OS FILHOS DO IMPERADOR

CLAIRE MESSUD

OS FILHOS DO IMPERADOR
CLAIRE MESSUD

Tradução
Santiago Nazarian

Título original: THE EMPEROR'S CHILDREN

Copyright © 2006 by Claire Messud

Direitos de edição da obra em língua portuguesa no Brasil adquiridos pela EDITORA NOVA FRONTEIRA S.A. Todos os direitos reservados. Nenhuma parte desta obra pode ser apropriada e estocada em sistema de banco de dados ou processo similar, em qualquer forma ou meio, seja eletrônico, de fotocópia, gravação etc., sem a permissão do detentor do copirraite.

EDITORA NOVA FRONTEIRA S.A.
Rua Bambina, 25 – Botafogo – 22251-050
Rio de Janeiro – RJ – Brasil
Tel.: (21) 2131-1111 – Fax: (21) 2537-2659
http://www.novafronteira.com.br
e-mail: sac@novafronteira.com.br

Cip-Brasil. Catalogação-na-Fonte
Sindicato Nacional dos Editores de Livros, RJ

M549f   Messud, Claire
Os filhos do imperador / Claire Messud ; tradução de
Santiago Nazarian. — Rio de Janeiro : Nova Fronteira,
2008.

Tradução de: The Emperor's Children
ISBN 978-85-209-2059-6

1. Nova Iorque (Estados Unidos) - Ficção. 2. Romance
americano. I. Nazarian, Santiago. II. Título.

CDD: 813
CDU: 821.111(73)-3

Para Livia e Lucian, que mudaram tudo;
e, como sempre, para J.W.

O general, dir-se-ia que falando com autoridade, sempre insistiu
que, se você cultiva corretamente seu mito pessoal, pouco mais
importa na vida. O substancial não é o que acontece com as
pessoas, mas o que elas pensam que lhes acontece.
— Anthony Powell, *Books Do Furnish a Room*

MARÇO

CAPÍTULO UM

Nosso *chef* é muito famoso em Londres

— QUERIDOS! BEM-VINDOS! Você é a Danielle? — Baixinha e elegante, com olhos grandes que o delineador deixava ainda maiores, Lucy Leverett, apesar de se parecer com um filhote de foca, fazia um estardalhaço impressionante. Seus brincos com pingentes em formato de leque batiam no pescoço enquanto ela se inclinava para beijar cada um dos presentes, inclusive Danielle, e apesar de Lucy segurar a piteira de madrepérola à altura do braço, a fumaça se espalhava e fazia Danielle lacrimejar.

Danielle não enxugou os olhos, com medo de borrar a maquiagem. Depois de passar meia hora no banheiro de Moira e John pintando o rosto na frente de um espelho manchado, caçando suas imperfeições e aplicando na pele uma espécie de massa corrida cosmética — sob a qual olheiras azuladas contornavam seus cansados olhos verdes; as curvas do nariz eram estranhamente vermelhas e a enorme testa descascava —, ela não tinha a intenção de revelar a estranhos a decadência sob a pintura.

— Entrem, queridos, entrem.

Lucy se mexeu atrás deles e conduziu o trio à festa. A sala dos Leverett era pintada num tom de roxo-escuro — cor de berinjela, diriam —, e as janelas tinham cortinas de veludo. Pendia do teto um enorme lustre de ferro fundido, como que saído de um castelo medieval. Três homens andavam pelo jardim-de-inverno, conversando enquanto olhavam para a rua, com taças de vinho tinto iluminadas pela luz do luar. Um sofá longo e macio ocupava toda a extensão da parede, e sobre ele quatro mulheres estavam sentadas como odaliscas num harém. Havia uma em cada ponta do divã, com as pernas cruzadas, os braços estendidos acariciando as almofadas, enquanto entre elas uma pousava a cabeça no colo da outra e, sorrindo com os olhos fechados, cochichava ao mesmo tempo em que a amiga lhe afagava a farta cabeleira. Para Danielle, tudo era um pouco nebuloso, como se ela tivesse entrado num sonho de outra pessoa. Em Sidney, longe de casa, tinha essa sensação o tempo todo: não podia dizer que aquilo não era real, mas certamente não era a sua realidade.

— Rog? Rog, mais vinho! — gritou Lucy para chamar o garçom nos fundos da casa, e virou-se novamente para seus convidados, segurando o braço de Danielle de maneira autoritária. — Tinto ou branco? Provavelmente tem até *rosé*, se quiserem. Eu não suporto, é tão californiano. — Ela sorriu e, pelas rugas, Danielle percebeu que a mulher já tinha quarenta anos, ou quase.

Dois homens trazendo garrafas surgiram da sala de jantar iluminada por velas, ambos esbeltos e ligeiramente exóticos à primeira vista. Danielle pensou que o mais imponente, aquele que vinha adiante, fosse o anfitrião. Ele usava uma camisa lilás justa e tinha as sobrancelhas de um personagem do escritor Nabokov, altas e suaves, com as pálpebras caídas. Estendeu-lhe a mão.

— Eu sou a Danielle.

Ele tinha os dedos finos e a palma de sua mão estava fria quando tocou a dela.

— Neste momento? — disse ele.

O outro homem, pelo menos dez anos mais velho, um pouco dentuço e de cavanhaque, falou por cima do ombro do primeiro:

— Meu nome é Roger. É bom vê-los. Não liguem para o Ludo, ele está bancando o difícil.

— Ludovic Seeley — apresentou-o Lucy —, Danielle...

— Minkoff.

— Amiga de Moira e John, de Nova York.

— Nova York — repetiu Ludovic Seeley. — Vou me mudar pra lá no mês que vem.

— Tinto ou branco? — perguntou Roger, com a camisa aberta mostrando o peito salpicado de esparsos pêlos brancos, divididos por uma correntinha dourada.

— Tinto, por favor.

— Boa escolha — disse Seeley, quase num sussurro.

OS FILHOS DO IMPERADOR

Ele a examinava de cima a baixo: Danielle sentia mais do que via, pois seus olhos estavam quase fechados. Ela só esperava que a maquiagem estivesse no lugar, que nenhum bloco de pó tivesse se acumulado no queixo ou na bochecha.

Para Danielle, o reconhecimento foi imediato. Entre todos os lugares daquele país peculiar e irrelevante, ela havia localizado alguém familiar ali. Ela se perguntava se ele também sentia isso, se sabia que isso era importante. Ludovic Seeley: Danielle não sabia quem ele era, e mesmo assim sentia que o conhecia ou que estivera esperando por ele. Não era uma mera presença física, a silhueta longa e felina, o jeito ao mesmo tempo relaxado e controlado como se ele fingisse uma certa simplicidade. Não era o timbre de sua voz, penetrante mas não muito forte, seu sotaque australiano tão leve, quase britânico. Ela concluiu que era algo em seu rosto: ele sabia, apesar de ela não poder dizer o quê. Eram os olhos, surpreendentemente profundos, de um cinza com brilho dourado, com os cantos um pouco caídos, e a pequena covinha que marcava a bochecha direita quando ele sorria, mesmo que de leve — que lhe davam um ar de espanto e pesar ao mesmo tempo. As orelhas, bem junto à cabeça, lhe conferiam um aspecto elegante: o cabelo escuro, cortado tão rente a ponto de deixar seu escalpo brilhar, enfatizava tanto o seu senso de humor quanto a sua contenção. A pele era branca, quase tão pálida quanto a de Danielle, e o nariz era bonito e afilado. O rosto, tão peculiar, lembrava-lhe um quadro do século XIX, talvez pintado por Sargent: a personificação de uma sabedoria mordaz, da alta sociedade, de um refinamento aristocrático. E ainda, no caimento de sua camisa, na linha de seu torso, no movimento gracioso, que não deixava de ser masculino, nos seus dedos esguios (e, sim, discretamente, mas sem dúvida, ele tinha pêlos nas mãos; ela considerou isso como algo que a atraía: homens não podem deixar de ter pêlos), ele era claramente do presente. O que ele sabia bem, talvez, eram suas ambições.

— Venha, querida — Lucy a segurou pelo cotovelo —, vamos apresentá-la ao resto da turma.

O JANTAR NA CASA DOS LEVERETT ocorreu na última noite de Danielle em Sidney antes de voltar para casa. De manhã ela iria embarcar no avião e dormir, dormir de volta para ontem, ou de amanhã para hoje, em direção a Nova York. Ficara fora por uma semana, pesquisando um possível programa de televisão com sua amiga Moira. Não seria filmado nos próximos meses, se é que isso aconteceria; um programa sobre o relacionamento dos aborígenes com o governo, os pedidos formais de desculpas e as compensações dos últimos anos. A idéia era explorar a possibilidade de indenização para os afro-americanos segundo o modelo australiano — um professor universitário de renome tinha publicado um livro sobre o assunto. Não estava claro nem para Danielle no que isso poderia dar. Desde quando o público norte-americano se interessava pelos aborígines? As realidades eram semelhantes? A semana foi preenchida por reuniões, pelo típico burburinho e pelas trocas de favores da sua profissão, a certeza fingida quando, de fato, não se tinha certeza de nada. Moira acreditava firmemente que o trabalho podia ser feito, que *deveria* ser feito; mas Danielle não estava convencida.

Sidney era muito distante de casa. Por uma semana de prazerosa alienação, Danielle se permitira fantasiar a possibilidade de uma outra vida — Moira, afinal, tinha trocado Nova York por Sidney havia apenas dois anos —, e, com isso, havia conquistado outro futuro. Ela raramente pensava em viver em outro lugar, assim como acreditava, sem muita convicção, que a maioria das pessoas nunca pensava em morar em Nova York. De seu quarto na casa da amiga— num condomínio de residências ornadas e cobertas por telhado de metal de sua amiga, no final de uma rua sombreada em Balmain —, Danielle conseguia ver o mar. Não a grande extensão do porto, com sua ponte curva, ou o ruflar das asas de gaivota da Ópera de Sidney, mas uma plácida extensão azul além do parque, agitada pelo movimento ocasional das barcas piscando com a luz do pôr-do-sol.

Enquanto em Sidney o outono começava, em Nova York o tempo ainda estava ruim. Pequenos pássaros de cores vivas saltitavam em jacarandás, gorjeando num descompasso alegre. Logo cedo, olhando para o quintal na luz da manhã, Danielle havia reparado numa teia de aranha coberta de orvalho presa num arbusto, brilhando com uma enorme aranha peluda num canto. Ali a natureza estava dentro da cidade. Era outro mundo. Ela imaginou ver o Boeing 747 partindo sem ela, uma nova vida começando.

Mas, na verdade, não. Ela era nova-iorquina. Para Danielle Minkoff, só existia Nova York. Seu trabalho estava lá, seus amigos estavam lá, até os conhecidos da Universidade de Brown de dez anos antes estavam lá — e ela havia encontrado um lar no conforto ruidoso e aconchegante do Village. De seu conjugado em um arranha-céu de tijolos claros na Sixth Avenue com a Twelfth Street, ela olhava a baixa Manhattan como um capitão na proa do navio. Apesar de às vezes se sentir triste e acuada, ou de precisar se afastar do mar de asfalto e ferro, querendo um silêncio na maré de falatório, ela não conseguia se imaginar renunciando a isso. De vez em quando dizia à mãe — criada, como ela própria, em Columbus, Ohio, e agora morando na Flórida —, brincando, que só sairia dali carregada. Não havia lugar como Nova York. E a Austrália, em comparação, era, bem, um lugar de fantasia — como atesta o apelido carinhoso dado ao país: Oz.

A última refeição em Sidney fora um evento puramente social. O lugar onde os Leverett moravam parecia um bairro onde ainda se poderia encontrar um ou dois descendentes de aborígines, grisalhos e exaustos, do lado de fora de um bar de esquina; gente que, com uma caneca de cerveja na mão, não havia aceitado a indenização do governo e seguiu em frente. Ou talvez não, talvez Danielle estivesse apenas imaginando o bairro e seus habitantes como haviam sido um dia: uma segunda olhada nos BMWs e Audis alinhados no meio-fio sugeriam que a nova Sidney (como a nova Nova York) já tinha rapidamente se tornado realidade.

Moira era amiga de Lucy Leverett, dona de uma pequena e influente galeria no bairro The Rocks e especialista em arte aborígine. Seu marido, Roger, era escritor. Quando John estacionou em frente à grande casa vitoriana dos Leverett, Moira explicou:

— Lucy é ótima. Ela fez muito pela cena artística daqui. Se você quer conhecer os artistas aborígenes para convidá-los para seu filme, ela é a pessoa certa.

— E ele?

— É... — John fez uma expressão de pesar. — Os romances dele não são lá muito bons.

— Mas gostamos dele — encerrou Moira com firmeza.

— Uma coisa ele sabe fazer: escolher vinhos.

— Roger é adorável — insistiu Moira. — E é verdade que os livros não são lá uma maravilha, mas ele é bem poderoso aqui em Sidney. Pode ser de grande ajuda, se você precisar.

— Roger Leverett? — pensou Danielle por um momento. — Nunca ouvi falar dele.

— Não me surpreende.

— Tipo o "Nosso *chef* é muito famoso em Londres".

— Hã?

— Há um restaurante chinês bem feinho no East Village com uma placa escrita a mão pendurada na janela suja, dizendo: "Nosso *chef* é muito famoso em Londres." Mas não em Nova York ou em qualquer outro lugar fora de Londres.

— E provavelmente nem mesmo em Londres, não é? — disse John enquanto se aproximavam da porta da casa.

— Roger Leverett *é* muito famoso em Sidney, querido, não importa o que você ache.

No jantar — camarões e ovos de codorna com talharim em tinta de lula, seguidos por casuar, uma ave cujo sabor lembrava carne vermelha e que ela teve de se forçar a comer —, Danielle sentou-se entre Roger e um belo rapaz asiático — Ito? Iko? —, namorado de um arquiteto mais velho chamado Gary, que estava do outro lado da mesa. Ludovic Seeley ficou ao lado de Moira, com seu braço lânguida e intimamente estendido por trás da cadeira dela, e se inclinava para falar com a amiga como quem conta um segredo. Sem conseguir se conter, Danielle não parava de olhar para ele, mas nem uma só vez, até que o sorvete de maracujá fosse servido, o viu olhar para ela. Quando ele finalmente o fez, seus olhos espetaculares pareceram novamente espantados, e não vacilaram. Foi ela quem baixou a vista, mexendo-se na cadeira e demonstrando um interesse repentino pela recente viagem de Ito/Iko para o Taiti.

A noite lhe parecia agora uma encenação elaborada em que o único propósito seria conhecer Ludovic Seeley. Danielle achava quase impossível que alguém gostasse de Lucy, de Roger, de Gary ou de Ito/Iko da maneira como ela gostava de seus amigos de Nova York: todos esses, para ela, eram atores de ficção. Apenas Ludovic era, em seus sussurros íntimos e olhares penetrantes, bem real, independentemente do que isso pudesse significar. A realidade, ou melhor, encarar a realidade, era a grande crença de Danielle; apesar de, para falar a verdade, ela também acreditar num pouquinho de mágica às vezes.

Roger, sentado a seu lado, era jovial e solícito. Danielle sentiu que seu anfitrião era um narcisista, encantado com o som de sua própria voz, com a graça de suas próprias piadas e com o cachimbo que ele manejava e tragava no intervalo entre os pratos da refeição. Era mais generoso no vinho tinto com ela e com ele mesmo do que com os mais distantes, e a cada taça ficava mais tagarela.

— Você já foi ao vale McLaren? Não? Quando vai embora? Ah, muito bem. Da próxima vez, me prometa que irá para o sul da Austrália fazer a rota do vinho. E também dá para mergulhar na costa. Você já mergulhou com equipamento? Não? Bem, entendo que fique com medo. Eu já mergulhei muito no meu tempo, mas podem acontecer situações terríveis, bem terríveis. Há cerca de vinte anos... eu não era muito mais velho do que você é agora. Quantos anos tem? Trinta? Bem, você não aparenta, menina. Uma pele tão perfeita. Devem ser esses belos genes judaicos; você é judia, não é? Sim, bem, de qualquer forma, a Grande Barreira de Corais. Eu gostava de mergulhar com uns amigos; isso foi antes de Lucy, ela nunca me deixaria fazer isso agora. Eu morava perto de Brisbane, tinha terminado meu segundo romance, *Estrada das revelações*, que você provavelmente não conhece... Não, bem, não sou vaidoso com essas coisas. Foi um grande sucesso na época. E, de qualquer forma, essa viagem para a Grande Barreira de Corais foi a recompensa, você sabe, por um trabalho bem-feito: o editor estava pulando feito louco em Sidney, tão entusiasmado que ficara com os originais, mas eu disse foda-se, George, eu tenho o direito de comemorar antes de voltar, porque, se é para viver, vamos aproveitar, não é? Então, onde eu estava? A Grande Barreira de Corais, sim. Foi a primeira vez em que estive lá, de helicóptero, claro, primeira vez num helicóptero, dá para acreditar? Éramos quatro rapazes...

A torrente de alegria de Roger foi ficando mais sombria para Danielle a cada gole de vinho *rosé*, e ela estampou no rosto um sorriso — verdadeiro, ela estava se divertindo e Deus sabe que não se esforçava para isso. Ela sorria enquanto sugava o talharim banhado em tinta, enquanto dissecava os camarões com antenas, e achou que sorria até quando mastigava o filé de casuar duro, tirando fatias grossas de cima de uma camada de polenta encharcada de sangue. Ela sorria enquanto olhava para Ludovic Seeley, que não olhava de volta, e sorria para Moira, para Lucy e para John. Então Roger foi pegar a sobremesa.

— Eu levo o vinho, querida, e faço a limpeza. Levo e trago. E eu farei o melhor risoto que você já comeu, mas não nesta noite, não nesta noite.

Danielle se virou para Ito/Iko e descobriu que ele tinha vinte e dois anos, era trainee de uma grife de roupas, conhecia Gary há oito meses e recentemente passara com o companheiro umas férias maravilhosas no Taiti:

— Parece um quadro de Gauguin, e é tão sexy. Quer dizer, as pessoas na ilha são *tão* sedutoras; é de morrer.

— Foi onde o capitão James Cook foi morto, não é? — perguntou Danielle, sentindo-se muito culta por citar o nome do descobridor.

— Ah, não, boneca, isso foi no Havaí. Tem um clima bem diferente. Totalmente diferente. — Ito/Iko soltou um sorriso largo e mexeu no cabelo, que era, ela concluiu, discretamente tingido de azul, brilhando à luz das velas. — Você não está aqui há muito tempo, não é? Porque *todo mundo* sabe que foi no Havaí. Até eu sei que foi no Havaí, e fugi da escola quando tinha dezesseis anos.

Depois do jantar, a festa migrou para a sala de estar, onde Ito/Iko se aninhou embaixo do braço de Gary como um pintinho sob a asa da galinha. Danielle largou de bom grado a taça de vinho na mesa e foi sentar-se, bebendo água enquanto a conversa ecoava em volta dela numa prazerosa névoa. Ela sentiu uma onda de preocupação — vívida — quando Ludovic Seeley sentou-se na poltrona à sua direita.

— O que vai fazer em Nova York? — perguntou ela.

Ele se inclinou, como ela o viu fazer com Moira: queria criar um clima de intimidade, ou pelo menos era o que parecia. Mas ele não a sensibilizou. O punho de sua camisa brilhou, encostando no veludo cor de ameixa da poltrona.

— Revolução — disse ele.

— Como?

— Vou encorajar uma revolução.

Ela piscou, deu um gole e tentou silenciosamente pedir que explicasse a idéia. Não queria parecer uma norte-americana indiscreta e sem senso de humor.

— Sério?

— Sério, vou editar uma revista.

— Qual revista?

— *The Monitor*.

Ela balançou a cabeça.

— Claro que você nunca ouviu falar, ainda não concretizei o plano. Ainda não existe.

— É um desafio.

— Merton está me apoiando. Gosto de desafios.

Danielle levou isso em consideração. Augustus Merton, o magnata australiano. O homem que estava comprando a Europa, a Ásia e a América do Norte. Tudo que falava inglês e tudo que estava à direita. O inimigo.

Lucy apareceu de repente, trazendo café:

— Ele já fez isso antes, Danielle. É um homem para se temer, esse nosso Ludo: tem todos os políticos e os jornalistas importantes da cidade a seu lado. *The True Voice*, a voz verdadeira, já viu?

— Ah, sim, Moira me falou. Quer dizer, me falou de você.

— Não concordamos em quase nada — disse Lucy, dando um sorriso conciliatório para Seeley, pousando a mão delicada com unhas pintadas de preto no ombro lilás da roupa dele. — Mas, Deus, esse sujeito me faz rir.

Ele assentiu levemente com a cabeça.

— Um verdadeiro elogio. E o primeiro passo em direção à revolução.

— E agora você vai conquistar Nova York?

O ceticismo de Danielle evidentemente o irritava.

— Sim — disse ele objetivamente, com suas pálpebras caídas e seus olhos cinza bem contraídos, agora pregados nela de maneira firme e apática: — Sim, vou.

DANIELLE FOI PARA CASA NO BANCO DE TRÁS, de olhos fechados na maior parte do caminho. Ela os abria de vez em quando para pegar *flashes* da cidade, as luzes sulfurosas no asfalto e o céu azul-marinho.

— Roger adora mesmo uma conversa — disse ela.

— Ele falou dos romances dele e matou você de tédio com tramas confusas? — perguntou Moira.

— Não, ficou falando sobre mergulho. E sobre a rota do vinho. É melhor do que aquele garoto oriental.

— O novo namorado do Gary? Parecia simpático.

— Simpático? — zombou John. — Simpático?

— Ele era simpático, era mesmo. Mas não muito interessante.

Caiu um silêncio, no qual Danielle quis perguntar sobre Seeley, mas preferiu não o fazer. No borrão da noite, Seeley era a única coisa que brilhava.

— Você conversou com Ludo? — perguntou Moira.

— Ludo, é assim agora? — indagou John. — Minha querida, onde estão suas boas maneiras?

— Ele é tão importante assim? — Danielle esperava que sua voz soasse neutra. — Parecia um pouco assustador, ou algo do gênero.

— Está se mudando para Nova York, como você sabe — disse Moira. — Foi contratado para lançar uma revista, demitiram o primeiro cara, talvez tenha lido sobre isso. Merton achou que a visão dele estava errada. Billings, era isso? Billington? Buxton, eu acho. Foi um grande escândalo. Isso fez com que Seeley fosse o escolhido, bem do outro lado do mundo. Deve ir logo, logo.

— No mês que vem — disse Danielle. — Dei meu e-mail a ele. Não que ele vá precisar, mas caso se perca na cidade. Tentei fazer política de boa vizinhança.

— Essa é boa — disse John. — Seeley perdido. Essa eu gostaria de ver.

— Você acha que ele vai se dar bem? — perguntou Danielle.

— *Ele* acha que vai — disse Moira. — Na verdade, sabe que vai. Mas ele não revela muita coisa, então é difícil saber o que está tramando. E é difícil dizer se ele está indo fazer alguma coisa ou fugindo de algo. Ele fez um estardalhaço e tanto aqui no passado; faz o quê, cinco anos? Deus, ele só tem isso? Trinta e três? Trinta e cinco anos? É um bebê! E tem vários amigos...

— E vários inimigos — concluiu John.

— Acho que não tem mais desafio nenhum para ele aqui. Só um monte de chatice. Também, com esse tipo de apoio... Deus, ele é o protegido de

Merton... Provavelmente acha que vai conquistar Nova York e, depois, o mundo!

— Como Kim-Jong Il, não é? Ou Saddam Hussein? — implicou John.

— Bem, pode não ser tão fácil quanto ele espera — disse Danielle, se achando muito esperta, apesar da quantidade de vinho tinto. — Pode ser apenas um caso do tipo "Nosso *chef* é muito famoso em Londres".

— Pode ser — disse John, obviamente satisfeito com a idéia. — Pode ser.

CAPÍTULO DOIS

Bootie, o professor

— BOOTIE? — GRITOU JUDDY TUBB, de camisola, do final da escadaria, banhada pela tênue e perolada luz refletida pela neve do lado de fora.

— Bootie, você vai descer e nos ajudar a tirar a neve ou não?

Diante do silêncio em resposta, ela pôs o pé na escada rangente, apoiou a mão na bola de madeira na base do corrimão e começou a subir, fazendo o máximo de barulho possível.

— Eu chamei você. Ouviu?

Uma porta se abriu e seu filho apareceu no corredor escuro, ajeitando os óculos no nariz e franzindo os olhos. Ele usava um pijama de flanela marrom antiquado e amarrotado, e sua primeira preocupação parecia ser a de não deixar a mãe ver a sua barriga branquela e farta: ele puxou para cima a cintura do pijama, deixando à mostra os tornozelos estranhamente finos e os dedos do pé, longos e peludos.

— Você estava dormindo esse tempo todo, desde o café-da-manhã? — Judy falava com firmeza, mas sentia uma ponta de ternura pelo filho ainda meio zonzo, oscilando em frente a ela, quase um metro e oitenta de altura. — Bootie? Frederick? Você ainda está dormindo?

— Lendo, mãe. Estava lendo na cama.

— Mas tem meio metro de neve na calçada, e continua nevando.

— Eu sei.

— Nós temos que sair, não temos?

— As aulas foram canceladas. Você não tem que ir a lugar nenhum.

— Só porque não tenho que dar aulas, não significa que não preciso ir a lugar algum. E você?

Frederick esfregou o olho esquerdo atrás dos óculos.

— Você deveria estar procurando emprego, não? Não vai conseguir nada deitado na cama.

— Está caindo uma tempestade de neve. Não é só a escola que está fechada. Não tem lugar nenhum para ir hoje, nem empregos disponíveis. — De repente ele pareceu firme, impassível. — Além do mais, minha leitura não é inútil. É trabalho também. Só porque não dá dinheiro, não quer dizer que não é trabalho.

— Por favor, não comece.

— Pergunte ao tio Murray. Você não acha que ele passa o dia lendo?

— Não sei como seu tio passa o tempo, Bootie, mas preciso lembrar a você que ele é bem pago para isso. Muito bem pago. E eu sei que, quando ele tinha sua idade, fazia faculdade e trabalhava. Talvez até tivesse dois empregos, porque o vovô e a vovó não tinham dinheiro para pagar...

— Eu sei, mãe. Eu sei. Vou terminar o capítulo. Aí, se parar de nevar, eu limpo a entrada.

— Mesmo se *continuar* nevando, Bootie. Desde as sete da manhã, já tiraram a neve da rua duas vezes.

— Não me chame de Bootie — disse ele, voltando ao quarto. — Meu nome não é Bootie.

Judy Tubb e o filho moravam numa espaçosa e decadente casa vitoriana, num bairro de casas igualmente grandes e malconservadas do lado leste de Watertown, perto da estrada de Lowville. Algumas tinham sido convertidas em apartamentos, e uma, no final da rua, fora abandonada, com suas janelas elegantes cobertas com tábuas e a entrada quase desabando. Era assim em Watertown. Continuava a ser uma boa região, uma boa casa num bom bairro, localizada num belo canto da cidade, tão respeitável quanto vinte anos antes, quando Bert e Judy se mudaram com a filha pequena, Sarah, sem nem cogitarem ter Bootie ainda.

Nascida a pouco mais de um quilômetro de distância daquela casa, Judy sempre morou na cidade, exceto durante a faculdade e nos anos em que deu aulas em Syracuse. Watertown era invisível para ela como uma parte do seu corpo. Não via mais (se é que já tinha visto) as fachadas devastadas e as varandas em ruínas. O centro grandioso, conhecido anteriormente como Garland City, com seus prédios de pedra construídos em escala imperial, muito raramente a impressionava pelo abandono: no seu trajeto até a escola ou o supermercado, tudo passava uma sensação de familiaridade que a cegava e reconfortava. Acontecia a mesma coisa com seu bairro e com a sua casa: amava-os fielmente só porque eram seus.

A casa tinha uma escadinha íngreme na frente e um pequeno pátio de cimento com uma sacada, que se abria do corredor do segundo andar. Os Tubb revestiram a casa com placas de alumínio — brancas, simples — no começo dos anos 1980, mas larvas de inseto se fixaram no metal, que ficou manchado de musgo e lama, e, em alguns lugares, amassado por canos caídos ou entortado pelos esquilos ou por pássaros que fizeram ninho entre o metal e a parede da casa. A cerca de madeira remanescente havia sido pintada de verde, mas faltavam alguns pedaços, e estava toda rachada e descascada. A neve cobria as partes mais feias da construção (inclusive uma fileira de tijolos apodrecidos na fundação) e suavizava sua aparência, de modo que o telhado pontudo — que já fora de ardósia mas que agora era forrado com um betume fraco — parecia se erguer confiante pelo céu nublado.

Por dentro, a casa dos Tubb ainda era elegante — exceto, talvez, pelo quarto de Bootie, território que Judy não governava. Há tempos os quartos não passavam por qualquer reforma — desde que Bert morrera de câncer pancreático quatro anos antes, ela não tivera coragem de passar nem uma demão de tinta —, e, talvez em conseqüência disso, as paredes adquiriram uma aparência escura e pesada. Mas Judy mantinha a casa limpa, a madeira lustrada, o piso encerado e até as janelas limpas (pelo menos no verão, estação das tempestades). Havia pouco a fazer com as insistentes manchas de mofo na parede do porão (ela culpava o revestimento de alumínio que, depois de todos esses anos, impedia a casa de respirar) ou com as emendas no piso azul do banheiro, atrás do vaso. De modo geral, Judy achava que tudo estava em bom estado, os velhos armários e o piso de tábuas largas, até o pequeno vitral vermelho e azul em forma de losango sobre a porta da frente, que ela sabia — Bert havia descoberto; ele adorava pesquisar essas coisas — ter sido encomendado pelo catálogo da Sears na virada do século.

Ela realmente adorava sua casa, mas não somente pela história que tinha. Preferia o andar de cima: o grande e iluminado quarto que dava para a rua — quarto que ela havia dividido com seu querido marido, e onde, se não fosse pelo hospital, ele teria morrido —, o corredor largo, com a sacada e os balaústres brilhantes, e até mesmo o carpete rosa florido desbotado no chão, com um cheiro fraco de poeira que ela conhecia tão bem a ponto de localizar, mentalmente, os cantos corroídos, o tecido puído e as manchas irremovíveis. Enquanto andava naquele corredor para seu amado quarto, preocupada com o filho calado (era culpa da idade e da época, repetia para si mesma), Judy se sentia iluminada: duas grandes janelas faziam reflexos coloridos no papel de parede de galhos, com as fotos da família em cima da escrivaninha. Até suas meias velhas, marcadas por suas pernas fortes, ficavam destacadas na luz. Suas mãos e seu cabelo, uma nuvem acinzentada, trouxeram da cozinha o cheiro do café, e as aberturas inferiores de suas calças espalhavam ar quente pelo solo. Apesar de Bootie... apesar, apesar de tudo, pelo menos neste momento, ela se sentia feliz: não era velha demais para amar até mesmo a neve.

Judy Tubb fez a cama — bem esticada, alisando o lençol de baixo, removendo os fios brancos do travesseiro e depois dobrando e prendendo o lençol de cima e o cobertor de lã cor de mostarda. Ela estendeu a colcha, acertou os dois lados e afofou o travesseiro na fronha. Não gostava de edredons leves, importados: preferia o peso da cama arrumada com cobertores e o trabalho que isso dava. Tomou banho, enxugou-se e vestiu-se no banheiro do corredor — a casa era antiga e, embora tivesse quatro quartos, só tinha um banheiro — e apareceu usando sua blusa preferida, rosa, de gola alta, sob o cardigã de angorá verde que havia feito no inverno anterior. Na verdade, o casaco tinha sido tricotado para sua sobrinha, Marina — só Deus sabe por quê, já que elas não eram próximas; talvez porque Judy adorasse tricotar e já tivesse feito uma dúzia de suéteres para sua filha e seus netos. Mas não ficou pronto a tempo do Natal, e Judy se deu conta de que o cardigã não era adequado quando abriu o presente enviado por Marina: um lenço de veludo vermelho com flores em relevo e franja de seda, quase um xale de uma dama vitoriana. No lugar do cardigã, mandou para Marina um vale-presente de uma rede de livrarias e ficou com o casaco. Quanto ao lenço, em Watertown, Nova

York, não teria onde usá-lo — decerto não lhe serviria para dar aulas de geografia aos alunos do segundo e do terceiro ano. Embrulhou-o em papel de seda e guardou-o no fundo do armário. O curioso era que adorava o cardigã como se fosse um presente precioso. De certa forma, ela achava que o ganhara *de Marina*, o que a fazia pensar com ainda mais carinho na menina, e no presente, que, afinal, não deixava de ser da parte da sobrinha para ela, se visto por uma perspectiva indireta.

Quando se enfiou em sua parca, suas botas e seu gorro de lã (também feito por ela, uma bela trama de fios com um pompom em cima) e pegou com as mãos cobertas de luvas a pá de alumínio da entrada, ela ficou preocupada com Boottie, lá em cima, de pijama, como um garotinho. Ela não ia pedir ajuda de novo — de onde estava, ele ouvia perfeitamente o barulho da pá e os movimentos dela —, mas esperou novamente que ele descesse por vontade própria. Claro que, se ele viesse, este seria mais um dia sem banho. Judy não gostava de chateá-lo com isso (quem quer ser a mãe que sempre implica e põe defeito?), mas não conseguia se lembrar de ter ouvido o barulho de água nem uma vez na semana passada. Ele só tomava banho de banheira, nunca de chuveiro, e mesmo assim era raro. Quando tomava, demorava uma hora na água que esfriava, lendo um de seus livros infernais.

Juddy Tubb retirou primeiro a neve da entrada de carros e, apesar do frio delicioso que atravessava as luvas e corava suas bochechas, apesar da dor gostosa que sentia, quase imediatamente, na parte de baixo das costas, ela viu seu bom humor se evaporar enquanto pensava outra vez no filho. Seu querido e único. Seu prêmio. Em que mês estava agora? Março, era março e a Páscoa já estava chegando. Bootie se formara há quase um ano, entre os primeiros da classe. Ela nunca imaginaria que ele ainda estaria ali ou que voltaria. Quando o filho foi para Oswego, em setembro, Judy pensou que era o começo da vida dele num mundo mais amplo. Sem falar no que ele poderia conquistar. Se Bert ainda fosse vivo, veria que o caçula havia correspondido às expectativas, que todas as economias (Bert era contador e muito econômico) tinham servido para *alguma coisa*. Para que Bootie brilhasse. Foi Sarah quem deu trabalho: engravidou aos dezenove anos e casou aos vinte. Mas agora ela tinha um bom emprego num banco e três filhos loirinhos bem levados; Tom mostrou-se um bom marido e se acertou em seu trabalho com passeios de barco na baía de Alexandria no verão, e limpando a neve das ruas para o governo do estado no inverno. Que diabos, Tom provavelmente viria da baía e tiraria a neve da sua calçada antes que seu filho pensasse em ajudar. Era um bom genro, ainda que ela tivesse desejado, em tempos passados, algo melhor.

Bootie, porém, dizia que queria ser político ou jornalista, como o tio, ou talvez professor universitário. Os garotos da escola o chamavam de "o professor". Fora um menino gorducho, de óculos, mas sempre respeitado, e até admirado, de uma maneira engraçada. Havia sido o orador da turma. Quando voltou para casa no Natal com dez ou quinze quilos a mais, devendo várias matérias, dizendo que faculdade era uma besteira, ou pelo menos que Oswego era uma besteira, que os professores eram tapados e que ele não ia voltar, Judy desconfiou que alguma garota tivesse partido seu coração ou o tivesse feito passar vergonha — ele não levava jeito com as garotas, não era seguro de si —; ou talvez tivessem sido seus colegas de quarto, dois atletas idiotas com o cérebro cheio de cerveja; mas Bootie não contava, pelo menos não para ela. E desde o Natal ele passou o tempo todo no quarto, lendo e fazendo sabe Deus o quê no computador (pornografia? Não seria problema, ela entendia isso num jovem, mas como uma distração, não como uma obsessão; se ao menos ela soubesse o que estava acontecendo) ou na grande biblioteca do centro, onde o aquecimento era sempre exagerado e o ar tinha um cheiro engraçado, onde, na verdade, ele tinha de encomendar livros de fora da cidade para conseguir algo melhor do que romances de banca de jornal ou a enciclopédia Britânica. Ele tinha procurado emprego? Nenhuma vez desde o mês passado, quando ela deu um ultimato, dizendo que ele teria de pagar aluguel de qualquer jeito se não voltasse a estudar. Foi então que ele fez um espetáculo com os classificados no café-da-manhã, circulando anúncios de empregos em fábricas e trabalhos temporários como ajudante de cozinha, dando a entender — na única vez em que riu nos últimos tempos — que ele poderia vender carros usados no Loudoun's Ford & Truck ou trabalhar como garçom no Annie's, um restaurante de beira de estrada.

E agora lá estava Bootie na entrada, sem luvas, sem chapéu, com uma jaqueta de esqui sobre o pijama, segurando uma pá velha e enferrujada como se fosse uma arma, com a respiração embaçando os óculos.

— Pare, mãe — pediu ele. — Chega. Você já deu o recado. Eu faço o resto.

Com um vigor incomum, Bootie começou a jogar a neve como se fosse um spray, fazendo uma segunda tempestade na calçada. Judy olhava essa improvável aparição, a calça do pijama salpicada de neve, cachos negros despenteados brilhando com os flocos, imaginando — perdoem-na, ela não conseguiu evitar — os vizinhos, através de suas cortinas, olhando-o também, se perguntando o que houve de errado com aquele garoto genial que mudou tão rápido de brilhante para bizarro. Sem uma palavra, ela lhe passou a pá nova e boa, pegou de volta a pá velha e saiu batendo os pés pela calçada para tirar a neve das botas, com as bochechas vermelhas de frio e de vergonha. Mas ele não podia ver, não devia... Ela voltou para dentro e escutou a dura porta de tela bater amargamente atrás de si.

CAPÍTULO TRÊS

Reflexologia

JULIUS ESTAVA DANDO NOS NERVOS DE MARINA, então ela pediu que lhe massageasse os pés. A massagem, em especial nas curvas dos pés — estavam muito doloridos, com nós e calos que um conhecido indiano dissera serem reflexo do estado de sua coluna; ou seria dos intestinos? —, parecia sob medida para acalmar a sua irritação. Não que Julius parasse de falar — enquanto flexionava o pé dela para cima e para baixo, dizia alguma coisa sobre *Guerra e paz*. Dizia que nunca soube se na vida deveria ser Pierre ou Natasha, o solitário melancólico ou a fervilhante mulher sociável; ou que não sabia se *era* Pierre ou Natasha, o que, no caso de Julius, fazia bastante sentido —, mas, de todo modo, ela não teria de ouvi-lo, inundada por sensações que vinham de suas extremidades e que preenchiam seu espírito.

A culpa era sua: depois de duas semanas sozinha na casa dos pais perto de Stockbridge, onde ficara acordada todas as noites até de madrugada, entretida com a escuridão estranhamente agitada até ir dormir na cama dos pais, colocando uma faca de cozinha embaixo do travesseiro; e, em certas noites, quando veados, ursos, ou sabe-se lá o que se mexia no bosque atrás da casa, precisando usar uma cadeira para escorar a porta do quarto, provavelmente de forma ineficaz, Marina decidiu que precisava de companhia.

A casa — a quinze minutos de carro de um vilarejo repleto de pousadas, lojas cafonas e turistas o ano inteiro — ficava no final de uma estrada de cascalho, onde ventava o tempo todo, numa clareira entre as árvores. Sempre-vivas cresciam escuras e assustadoras de um lado da casa e deixavam um gramado irregular no resto do caminho. Na grama, Annabel, a mãe de Marina, havia formado canteiros e espalhado bulbos e plantas perenes que serviam de lanche para a fauna local, cansada de vagar durante o inverno. No final do jardim, havia uma espécie de caramanchão, com uma cúpula arredondada, telas e treliças, onde Marina gostava de ler no verão; mas no inverno o lugar era escuro, frio e deserto, como hoje, com as telas cheias de neve e as armações de madeira expostas, parecendo mais o esconderijo de um caçador ou de um franco-atirador, com uma vista preocupantemente privilegiada da casa.

A construção em si era de um estilo pseudocolonial: uma edificação moderna que tentava ao máximo imitar algo antigo. Meio quadrada, com dois andares, pintada de vermelho como um celeiro, exibia para a estrada que a circundava uma entrada central e quatro janelas principais — bem fechadas com cortinas de renda — nos dois lados, em cima e embaixo. Nos fundos, entretanto, a casa abandonava todas as pretensões históricas e, para tristeza exclusiva de Marina, tinha portas envidraçadas e grandes janelas alongadas, sem cortinas — um toque aterrorizante de transparência —, que davam para a toca do franco-atirador e para os bosques escuros. Quando ela fritava um ovo ou assistia à televisão, quando se olhava no espelho do banheiro à noite, Marina ficava dolorosamente consciente de que era, se não observada, decerto observável. Por isso, ficava no quarto dos pais: era de frente para a estrada.

Com o tempo, ela percebeu que ia ficando cada vez mais ansiosa ao supor que seu perseguidor imaginário tinha a possibilidade — ela sabia que era imaginário, mas mesmo assim... — de memorizar a sua rotina, de saber até mesmo onde ela dormia (apesar de, claro, ela maquinar truques, acender e apagar luzes em quartos não usados; variar o banheiro que usava; e, às vezes, tomar banho ou comer no escuro para confundir e despistar). Um dia, então, quando acordou quase de tarde, depois de uma insônia exaustiva e sem sentido que por pouco não chega à manhã, Marina decidiu — com uma certeza que não era obsessiva, mas tampouco abalável — que não conseguia mais ficar sozinha. Ou melhor, que ela poderia agüentar o tempo que levaria para alguém chegar até lá, como um andarilho no deserto que, com alguma promessa de alívio, pode suportar, extraordinariamente, mais um dia sem água.

Assim, ela convocara Julius. Danielle estava fora, do outro lado do mundo, e a maioria de seus amigos tinha empregos que os impediam de alugar um carro e ir até Massachusetts a qualquer momento. Julius, claro, não podia alugar um carro pelo fato de não saber dirigir, mas era *freelancer* e podia levar o trabalho consigo, e Marina se oferecera (sem pensar, ela se dava conta agora, no terceiro dia de visita) para dirigir até a estação de trem de Albany, a mais de uma hora de viagem, para buscá-lo. Isso significava, claro, que a partida dele estava e não estava nas mãos dela: ela teria de levá-lo quando chegasse a hora, mas esse poder assegurava que ela não poderia pedir que ele fosse embora, não poderia nem sugerir isso sem correr o risco de ofendê-lo (ele era muito sensível, o Julius). Agora ela não sabia ao certo do que tinha mais medo: do silêncio oco da casa quando vagava por ela sozinha como um fantasma ou do eco verborrágico de Julius, que parecia preencher até os quartos vazios e permanecer lá como um zumbido eletrônico, de modo que, mesmo acordando no escuro da madrugada, ela sentia que não estava sozinha. Além disso, havia nevado: durante a noite e toda a manhã os flocos haviam caído, cobrindo a paisagem e abrandando a luz. Ela se sentiria segura só por estar cercada de neve (que louco invasor poderia planejar um assalto quando as provas, as inevitáveis pegadas na neve, o levariam diretamente à cadeia?), mas o que havia para fazer? Ela pôs Ella Fitzgerald no som e perguntou se Julius se importaria muito de exercitar sua reflexologia.

Enquanto olhava para ele, sentado com as pernas cruzadas na outra ponta do sofá, na sombra, o pé dela no seu colo e a luz branca da neve formando uma auréola ao redor da sua cabeça, Marina sentiu pena de Julius. A ladainha sobre Pierre/Natasha nasceu de outra decepção amorosa, mais um rapaz que primeiro parecera gostar da agitação de Julius e que dissera que a sua cara de sapo era bonita (mesmo na penumbra, seus olhos escuros e esbugalhados tremulavam), mas que, no entanto, com uma rapidez humilhante, lhe dera as costas, virara-se contra ele, zombando e chamando-o de caso perdido, dizendo que seu afeto era sufocante. Julius, com seu rosto mirrado de bebê, usava um pulôver de caxemira rosa e um lenço de seda até ali, em Stockbridge, e tinha emplastrado de gel o fino cabelo preto. As orelhas eram de abano, como se ultrajadas pela traição mais recente, e sua língua saía de tempos em tempos para lamber os lábios, num tique tão repetido quanto inconsciente.

— Já lhe disse que você precisa de um cara mais velho — irrompeu Marina, sem saber direito em que ponto seu amigo havia parado no monólogo. — Um cara bem mais velho. Já estabelecido.

— Mas é isso que eu estou dizendo. — Julius estalou a língua. — Eric *era* mais velho. Quer dizer, não muito, mas tinha trinta e oito anos, idade suficiente para saber o que queria. E não me queria.

— Talvez você tenha apressado muito as coisas.

Ele bufou.

— Pelo amor de Deus, eu não tentei nem morar com ele.

— Mas quanto tempo durou? Um mês? Menos?

— Três semanas.

— Quando tinha três semanas que eu saía com Al, mal estávamos namorando. Ele continuava saindo com outras mulheres, e eu pelo menos fingia que estava saindo com outros caras.

— Mas você tinha vinte e quatro anos naquela época.

— Mas não é só porque temos trinta... Quero dizer, você é homem, queridinho. Não há um imperativo biológico para você.

— E, além do mais, veja só no que deu.

Marina tirou o pé do colo de seu amigo e sentou-se direito.

— Nós namoramos durante cinco anos — disse ela. — *Moramos* juntos. Fizemos dar certo.

— Até não dar mais.

— Isso aí. — Marina fungou. — Mas não foi... não quer dizer...

— Eu sei. Só não acho que agora você esteja em condição de me ensinar como lidar com a situação.

Marina levantou-se e foi acender as grandes luminárias de cobre da sala, revelando repentinamente um mar de cores rosa, laranja e vermelha, o âmbar do sofá, tudo criação de sua mãe, supostamente um ambiente mediterrâneo, que realmente parecia tornar mais aconchegante o cômodo e menos convidativo o jardim à frente. Na penumbra cinzenta, ela via de relance a sombra do caramanchão cheio de neve; seus contornos agora, graças a Julius — ela tinha de admitir —, pareciam mais esquecidos do que ameaçadores.

— Eu não quis dizer isso — reconheceu Julius. — Não sei. Não dá para comparar os dois casos.

— Não, não dá.

Até agosto do ano anterior, Marina morava com Al — Al Gorducho, o Gordo, como os amigos de Marina o chamavam por causa de sua barrigona, da qual ela dizia gostar. Mas os dois terminaram, oficialmente porque ela precisava ficar sozinha para poder "dar um jeito na vida", mas a verdade era que Al estava cansado de sustentá-la (ou, como Danielle sugeriu a Marina, cansado da neurose dela com o assunto), e, além disso, e sobretudo, ele tinha ido para a cama, possivelmente mais de uma vez, com uma colega do Morgan Stanley, o banco onde trabalhava. O problema não era ele ter transado com outra pessoa — Marina se queixou com Danielle (e *não* com Julius — que fique claro —, que, se sabia, guardou o segredo) —, mas ter escolhido uma mulher degradantemente idiota. E, se ele era capaz de fazer isso agora, disse Marina, significava que ela tinha se enganado sobre Al o tempo todo, e todos os amigos dela, que por tanto tempo se abstiveram cuidadosamente de informá-la, estavam certos.

Essa ruptura, ao mesmo tempo inesperada e, num modo mais profundo, previsível, alterou fortemente o comportamento de Marina. Ela às vezes se sentia como se fosse um bebê trocado, como se alguém completamente novo tivesse tomado sua identidade — ou melhor, como se por fora alguém completamente diferente tivesse se transformado nela, enquanto ela permanecia imutável por dentro. Não muito diferente daquela reforma dos armários de cozinha em que simplesmente se cola uma nova folha de plástico ou de compensado no guarda-louça antigo sem sequer precisar tirar os potes de farinha e de açúcar ou o pacote de cereais murchos.

Na verdade, depois de terminar com o Gordo (que, para seu sofrimento, nem *tentou* salvar o relacionamento), Marina lutou bravamente, e continuava a fazer isso. Depois de ter sido a mais centrada de seus amigos — aos vinte e cinco anos, quando nenhum deles sequer estava perto de se casar, ela e Al já haviam comprado uma cama de casal bem grande —, ela era agora, de repente, a menos estável. Não tinha apartamento nem ao menos dinheiro para procurar um, e, assim, pouco antes de seu aniversário de trinta anos, no último mês de novembro, depois de ser recebida em diversas casas pela cidade, Marina voltou para o quarto de sua infância no apartamento dos pais no Upper West Side. Como se não fosse humilhação suficiente, ainda tinha de aceitar uma mesada deles para poder viver.

Apesar de não ter um emprego propriamente dito, Marina não era desocupada. Era apenas pouco eficiente — pelo menos foi o que seu pai, o famoso Murray Thwaite, mestre da eficiência, lhe garantiu. Mais ou menos na mesma época em que ela começou a sair com o Gordo, uma época agora tão distante que parecia mitológica, Marina se engajou no projeto de um livro. Ela havia sido estagiária na *Vogue*, e, como festejada beldade local (e isso não era para se reparar? Ela negava com veemência; mesmo assim, Danielle reclamou mais de uma vez com Julius que Marina não tinha idéia de como seria não ser bonita: "Às vezes tenho vontade de dizer a ela: 'E se você entrasse numa sala, Marina, e ninguém parasse de falar, e ninguém se virasse para olhá-la? Se ninguém se oferecesse para cortar seu cabelo de graça ou para carregar a sua bagagem? Como seria?'") e filha queridinha do papai famoso, valiosa moeda de troca, havia sido convidada para almoçar com um poderoso editor, um homem da idade de seu pai que fora em alguma época amigo da família e que ficava contente de ser visto com uma gata daquelas em San Domenico — formada na prestigiosa Universidade de Brown, é bom lembrar, nada de beleza sem conteúdo. Ele então pediu a ela que mandasse uma proposta para sua empresa. Depois de pesquisar por cerca de um mês, o que então parecia uma eternidade, período durante o qual ela teve medo de que ele desistisse do convite, Marina teve a idéia de escrever um livro sobre moda infantil e — esse era o gancho — sobre como verdades culturais complexas e profundas — nosso *ethos* — poderiam ser o resultado de uma decisão da sociedade de colocar na pequena Lulu um macacão ou na pequena Stacey um shortinho com lantejoulas. Naquela época, a proposta tinha mais consistência do que isso, claro; mas já se passaram anos, e, agora que Marina era, pelo menos em parte, uma pessoa diferente (ou "renovada"), ela não estava mais interessada naquele livro e naquela tese, nem se lembrava de já ter se interessado um dia, e trabalhava nele em boa parte porque já havia gastado há muito tempo o adiantamento recebido e porque não veria o resto do pagamento até que entregasse um original decente.

Para alguns, isso poderia, logicamente, acelerar o processo; mas Marina não colocaria seu nome — no *primeiro* livro, sendo filha de quem era — em algo do qual não se orgulhasse, mesmo que chegasse a duvidar da possibilidade de algum dia se orgulhar daquele trabalho. A separação a atrasara consideravelmente, assim como seu subseqüente nomadismo e, para ser sincera, sua instalação na casa dos pais. Nos últimos meses, seu editor — o terceiro encarregado do livro, conforme os anos passavam; um bochechudo sardento que ela tinha certeza de que era mais novo do que ela, de nariz empinado e nome de cachorro: Scott — havia começado a pressioná-la, fazendo declarações ameaçadoras sobre os prazos finais. Marina agora estava preocupada: se não entregasse os originais, eles pediriam o adiantamento de volta (essas coisas certamente aconteciam, aconteceram com pessoas que ela conhecia), uma quantia considerável que já havia se evaporado. Por sugestão de sua mãe (já que seu pai era alguém para quem o trabalho era inseparável da sociedade e o isolamento em Stockbridge sem os filhos ou hóspedes era um disparate), Marina retirou-se para o silêncio do campo na tentativa de dar, como chamavam — não que ela o dissesse, sabia que não era assim —, "o último empurrão" no livro.

Já era meados de março, e ela havia se comprometido a ficar lá até maio. Porém, se lhe perguntassem, Marina admitiria que não pensava em demorar tanto. A mesma coisa tinha acontecido com o Gordo: se alguém tivesse lhe perguntado se aquele era o homem da sua vida, ela teria imediatamente dito que não era para tanto. Então esse trabalho na casa de Stockbridge também não era nada além de fingimento — e o mais estranho era que até então não havia ninguém para quem fingir. Agora, com Julius, Marina tinha platéia e fingia, estando prestes a convencer a si mesma que não conseguia mais trabalhar porque sua solidão produtiva havia sido perturbada. Ela queria ao mesmo tempo que Julius fosse embora e, por medo do silêncio, claro, mas também pelo trabalho não feito e impraticável, que ele ficasse. Além do mais, Julius era um grande cozinheiro.

— Por causa da neve — dizia ele agora, na sala impressionantemente iluminada, tentando se redimir de seus comentários anteriores, passando seus longos dedos no tecido gasto atrás do sofá —, por causa desse tempo medonho, acho que devíamos ter uma comidinha caseira no jantar, não acha?

— Como feijões assados com torrada? — Ela ainda estava chateada.

— Na verdade, estava pensando num suflê de queijo, querida. Com batata *sauté* e espinafre no vapor para acompanhar, só para ter alguma coisa saudável. E, se ainda estiver irritada, eu faço um creme *zabaione* para você, contanto que prometa conversar comigo enquanto eu o estiver preparando.

— Leva muito ovo, Jules. — A relutância era dissimulada: *zabaione* era sua sobremesa predileta.

— Ainda não estamos tão velhos assim — disse Julius. — Podemos cuidar do colesterol ano que vem.

CAPÍTULO QUATRO

Quanto a Julius Clarke

Quanto a Julius Clarke, ele não era o que se esperava que fosse. Não era de Nova York e não era da Califórnia, não era de Washington — do estado ou da capital — e nem do Oregon. Tampouco era das ilhas britânicas ou de qualquer ponto além do Atlântico, apesar de seu insituável sotaque inglês. Ele vinha de Danville, Michigan, uma pequena cidade a uma hora de Detroit. Seus amigos só saberiam disso se o conhecessem desde o primeiro ano de faculdade, quando, no livro de calouros, a procedência (o endereço de casa) foi colocada de maneira infame ao lado de cada foto. Ele se esforçou muito para apagar os traços de seu passado — vide o lenço estampado, a caxemira rosa (apesar de gasta nos cotovelos), a voz musical —, mas, mesmo assim, parecia que, em algum momento, todo mundo havia conhecido seu pai, Franklin Clarke, com quem parecia impossível que Julius tivesse qualquer ligação e que, apesar disso, era seu passado encarnado.

Frank Clarke, um homem grande e desajeitado de cabeça chata e queixo proeminente, foi boina-verde no Vietnã, onde conheceu Thu, a mãe de Julius, com quem o garoto se parecia. Depois da guerra, Frank e Thu se estabeleceram em Danville, onde ele dava aulas de história e treinava o time de basquete; enquanto Thu, cujo inglês encantador nunca foi fluente, trabalhava em casa como costureira e modista. Julius era o segundo de três filhos, o único menino, todos morenos, de olhos bem abertos e frágeis como a mãe, de modo que quando Frank, com sua voz alta e costas largas, chegava em casa, era como Gulliver em Liliput. Apesar das expectativas locais — Julius sempre fora frutinha e era chamado de veadinho desde o primário —, o durão Frank se dedicou tanto ao filho quanto a suas filhas mais convencionalmente bem-sucedidas, e agora vinha visitar Julius em Nova York com tanta assiduidade quanto seu trabalho e sua esposa agorafóbica permitiam. Quando vinha, as incongruências eram constantes e deliciosas: a visão de Frank sentado na poltrona do pequeno apartamento escuro de Julius, lendo as críticas do filho, suas coxas grossas nas calças de algodão parecendo mais móveis no ambiente; ou pai e filho no restaurante do East Village que Julius freqüentava, o seríssimo Frank com sua jaqueta e seu boné de beisebol no banquinho ao lado dele, dando a impressão geral — Julius sabia, ainda que o pai não soubesse — de que era o amante rico do filho, ou um pai de família pegando um menininho por baixo dos panos. Se ocorreu a Frank que os fregueses no Avenue A poderiam interpretar a cena dessa forma, isso não o incomodou: era carinhoso com o filho e mexia na sua roupa e no seu cabelo, demonstrando um orgulho infinito pelas conquistas de Julius e deixando clara a sua alegria pelo filho ser um nova-iorquino — apesar de achar, não se engane, que Danville era um ótimo lar. (Não é preciso dizer que ninguém conheceu Thu, exceto um amigo que cruzou o país depois da faculdade e passou de propósito por Michigan. Depois de ir para a Costa Oeste, o único relatório confiável que deu foi que Thu era uma grande cozinheira, com talento tanto para a cozinha vietnamita quanto para a ocidental, fato que os amigos de Julius podiam inferir pelo talento gastronômico do rapaz.)

Quais eram então as conquistas de Julius que tanto orgulhavam seu pai? A angústia, decerto, era serem poucas e desgastadas. Conhecido na faculdade por sua espirituosidade ferina, Julius adentrara Nova York — ou, mais precisamente, os escritórios da *Village Voice* — com a certeza juvenil de que seu comportamento o levaria longe. E, por um longo tempo, levou: todos no meio literário da cidade sabiam quem era Julius, o indicando para os novatos nas festas. Suas críticas literárias devastadoras mas elegantes eram freqüentemente citadas; suas menos devastadoras mas não menos elegantes críticas de cinema e televisão eram citadas um pouco menos; mas, mesmo assim, durante seus vinte e poucos anos, viveu uma vida de excesso wildiano e despreocupação que parecia uma conquista em si mesma, um exemplo contemporâneo do *enfant terrible*. A despreocupação, claro, mascarava neuroses infinitas e extenuantes, bem conhecidas de Marina e de Danielle. Sua vida íntima era um fracasso, apesar do sucesso da vida sexual (não lhe faltavam parceiros, mas ficavam pouco tempo em cena). Além disso, estava sempre falido (por isso a caxemira puída), mas era vital, ou assim ele dizia, que o segredo de sua mesquinhez não viesse à tona:

— Isso é Nova York, gente. Quem não tem dinheiro não é nobre, é mendigo.

Ao que parece, ele não suspeitava de que todo o mundo já sabia. Ele sabia que, aos trinta anos, já havia passado do limite de bancar o esbanjador charmoso, que deveria encontrar uma atividade remunerada para não se apagar: de esbanjador charmoso a um fracassado chato e necessitado eram apenas alguns passinhos.

Seus amigos sugeriram que ele arrumasse um emprego — editar alguma coisa ou mesmo ter uma coluna regular, para estabilizar sua renda —, mas Julius era avesso a isso, dizendo que estabilidade era coisa de burguês. Danielle e Marina muitas vezes falavam sobre ele pelas costas — entre elas, de vez em quando se referiam a Julius como La Grenouille, a rã, por causa de seus olhos protuberantes e seu nariz achatado e polpudo, um apelido que elas lhe deram anos antes e imediatamente retiraram porque o magoara demais. Elas não conseguiam entender o que tanto ocupava o tempo de seu amigo: ele não tinha TV a cabo nem dinheiro para gastar. Elas deduziram, por sinais aparentemente inconscientes que ele dava, que pornografia e bate-papos sobre sexo na internet consumiam horas de seu dia; além disso, mais horas eram gastas em encontros com seus correspondentes virtuais. Julius transava o suficiente para os três juntos, brincava Marina — ela até se perguntava se em Stockbridge ele se sentia como um bêbado durante a lei seca —, e, muito de vez em quando, como aconteceu com esse volúvel Eric, por quem estava tão arrasado, tentava ir além, construir algum tipo de relacionamento. Todos os três tinham a impressão de que, ao longo dos anos, sem perceber, Julius teria transado — sexo seguro, que fique claro; isto é, se Marina e Danielle acreditavam no que ele dizia — com todos os gays da sua geração em Nova York, como que completando uma lista, pouco a pouco, até um dia conhecer todo mundo e ter uma rede de contatos profissionais superior à de qualquer um. Danielle até insinuou — de brincadeira, claro — que talvez isso pudesse ser sua atividade de sustento, sua conquista.

Isso, como muitas outras coisas, não era motivo de piada para Julius, que preferia instigar e controlar suas brincadeiras. Mais do que seus amigos, Julius se interessava pelo poder. Não era uma preocupação com um objetivo claro: não havia um tipo especial de poder que ele buscasse, apenas o poder nu e cru. Político, social, financeiro — tudo exceto talvez o poder moral (tão precioso para Marina), que não o interessava nem um pouco. Poderia jantar tanto com Donald Trump, Gwyneth Paltrow ou Donatella Versace como com o pai de Marina, Murray Thwaite, por exemplo, que lhe interessava apenas por sua habilidade de moldar a opinião pública, não pelas opiniões em si. Ele era capaz de seduzir, e isso já era um poder: ele o tinha, usava-o e funcionava. Queria que a vida toda fosse assim. Um poço de ambição indefinida, Julius sabia que logo, logo teria de encontrar alguma ambição mais concreta; do contrário, correria o risco de se tornar um frustrado, sem chance de recuperação.

Na sua consciência sempre generosa, ele havia ido a Stockbridge, para a casa isolada entre veados e sabe-se lá que outros animais selvagens (ele já convivera muito com a vida selvagem na sua infância em Michigan e, sendo totalmente urbano, não queria ver mais nada disso, assim como não queria sentir frio nem molhar os pés), a fim de ajudar sua querida amiga necessitada. Ele se orgulhava de fazer esse esforço extra — era uma qualidade que Danielle e Marina sempre comentavam. Nesse caso, ele sabia que Marina estava empacada com seus originais, que ela precisava de apoio e diversão, e ele sentia que sua jornada (aquela interminável viagem de trem num vagão que cheirava tímida mas inconfundivelmente a urina) era um dever altruísta. No entanto, ele estava machucado, desde a semana anterior, pela rejeição de Eric, e aproveitava a oportunidade para lamber suas feridas. Ele também sabia que seria alimentado na casa de Marina — bem, caso ele cozinhasse —, enquanto que em casa só havia pão de forma congelado e um vidro de azeitonas — não tinha dinheiro sequer para o mercado produtor. Marina, tão ingênua ou tão alienada (às vezes ele não sabia qual das duas opções), Marina, que achava que estava pobre quando saía de baixo das asas dos pais — ela dava nos nervos dele tanto quanto ele dava nos dela. Ela não parecia perceber que ele tinha de morder a língua, de se esforçar para deixar tudo bem (como se a experiência dela com o Gordo lhe habilitasse a aconselhá-lo em questões amorosas!).

Era tudo uma questão de autoridade. Marina, sentindo-se autorizada, nunca realmente se perguntou se era boa o suficiente, enquanto Julius se perguntava repetidamente, sempre respondendo que sim e se espantando com a aparente incapacidade que todo o mundo tinha de ver seu brilho. Ele teria de mostrar a eles — disso estava plenamente convencido. Porém, ele já tinha trinta anos, e a pergunta era: *como*?

CAPÍTULO CINCO

A poesia não faz nada acontecer

Quando o seminário se aproximou do fim, Murray Thwaite sentiu a garganta coçar em busca de um cigarro e de uma bebida. Caía a noite do lado de fora das janelas da sala de aula, e os alunos, apesar da censura da luz fluorescente, relaxaram e se curvaram, sem cerimônia, nas cadeiras de plástico. Para um grupo de estudantes, até que resistiram bastante. Ficaram animados e até entusiasmados com seus relatos em primeira mão dos movimentos antiguerra do final dos anos 1960 e do começo dos anos 1970 — na verdade, pareceram incrédulos e espantados ao imaginar o pátio de sua querida instituição, logo ali, do lado de fora, lotado de desertores, estando Murray, de cabelos compridos, entre eles —, mas, depois de três horas, estavam exaustos, ávidos pelo lanche da cantina, pela bagunça aconchegante de seus dormitórios e pelo bate-papo descompromissado com os colegas (sobre o que esses moleques conversavam?).

O amigo e anfitrião de Thwaite, Eli Triplett, vendo o relógio na parede e o desânimo de seu rebanho — talvez até percebendo urgência no pigarreio de Thwaite —, habilmente terminou com o discurso.

— E, meus filhotes — concluiu com seu sotaque de Manchester —, vocês não têm idéia da sorte que é terem tido essa oportunidade. Um agradecimento de coração para Murray Thwaite, por ter dedicado seu tempo a vir aqui.

Houve aplausos discretos e sinceros, achou Thwaite, e ele delicadamente acenou com a cabeça grisalha e grande.

— Lembrem-se de que vamos nos encontrar no centro audiovisual na semana que vem, às sete horas, para ver o filme.

— Que filme mesmo? — perguntou um garoto mal-humorado de macacão, que havia mexido sem parar em seu cavanhaque durante a aula e parecia mastigar a barba com sua arcada superior, assemelhando-se mesmo a um bode de cavanhaque.

— *Desaparecido, um grande mistério*, de Costa-Gavras. Vamos estudar os envolvimentos do nosso governo na América do Sul em seguida, Adam. Mais uma sessão de horrores.

— *Nosso* governo, Eli? — murmurou Thwaite enquanto os estudantes vestiam seus agasalhos para sair. — Você me surpreende. Você fez alianças sobre as quais eu não sei?

Triplett riu.

— Sabe, os esquerdistas levam a mal se eu sugiro que não tenho nada com isso. Uma coisa é criticar sua própria família, como você bem entende, e outra completamente diferente é criticar a dos outros.

— Então, basicamente, você está mentindo para eles? — perguntou Thwaite, ainda sentado, arqueando a sobrancelha em reprovação.

Uma garota espreitando do canto da mesa riu alto.

— Roanne. Murray Thwaite, Roanne Levine. Uma das melhores alunas do departamento.

Murray Thwaite ficou de pé no alto de seu um metro e oitenta e cinco e estendeu a mão para a jovem, pequena como uma criança, o rosto coberto pelos cachos negros.

— Obrigado por sua pergunta sobre Robert Lowell — disse ele. — É um alívio encontrar uma jovem que sabe que houve um tempo em que a poesia *realmente* fazia as coisas acontecerem.

Roanne riu de novo e pôs o cabelo para trás da orelha, revelando um rosto suave e redondo e uma boca grande.

— Auden, certo? Estou me formando em inglês e em história.

— Os dois se misturam mais do que você pensa. — Thwaite voltou-se para Eli, vendo com o canto do olho que a garota continuava ali. Ela era bem bonita, e ficou atenta até o final. — Onde é que fica o tal bar?

— A alguns quarteirões. Não muito longe.

— Professor... quer dizer, sr. Thwaite?

Com o cigarro já na mão, apesar de apagado (ele agora já estava a par dos irritantes regulamentos dos prédios institucionais, fortalecidos com o mesmo rigor inflexível dos banheiros de aviões), Thwaite se encaminhou para a porta, com um breve olhar sobre o ombro para encorajar a srta. Levine.

— Estava pensando... tenho algumas perguntas, para o jornal da escola, para fazer um perfil... — Ela era ao mesmo tempo incisiva e tímida, de uma forma que o atraía.

— Jornalista iniciante também?

Roanne Levine riu novamente. A risada podia incomodar, mas Thwaite estava bem curioso. E ela era linda.

— Por que não vem beber alguma coisa com a gente?

Eli pigarreou.

— Não sei. O que acha, professor Triplett? Não quero... bem, talvez rapidinho, quem sabe, se não se importar? Ou outra hora, se achar melhor...

Um pouco irritado com Eli — isso também era uma regra, que nem a proibição do cigarro? Mas ele nem dava aulas lá; qual o problema? —, Thwaite disse:

— Não, agora está ótimo. Nós temos a eternidade para dormir.

O bar era irlandês e antiquado, com mesas grudentas de madeira e cadeiras num chão grudento de concreto. Com uma luz fraca, a iluminação dependia muito do letreiro de neon na janela. Havia um cinzeiro em cada mesa e descansos de cerveja com o trevo da Irlanda. Thwaite e Eli pediram uísque e água, enquanto Roanne, depois de hesitar um pouco, pediu uma bebida com vodca, licor de café e creme de leite chamada *White Russian*.

— Isso é quase uma refeição completa, não um drinque, mocinha — observou Thwaite.

— Eu sei, eu sei, mas eles fazem um ótimo aqui. É o que eu sempre peço.

— Muito bem, então, você deve pedir isso mesmo. Seja sincera consigo mesma, é o que sempre digo.

Houve um silêncio um pouco incômodo. Thwaite sabia que Eli estava lutando para não quebrar esse silêncio, à espera de que o desconforto apressasse a partida da garota. Sem medo, ela tirou um caderno da mochila e o folheou, com um jeito artificial, como se estivesse ocupada.

— Escrevi algumas perguntas — disse ela. — Espero que não se incomode.

As perguntas eram em grande parte pessoais, e tiveram o efeito, talvez desejado, de fazer Thwaite olhar mais de perto para a garota, ouvindo menos o que ela perguntava e menos ainda o que ele respondia. Ele adorava falar — como dissera a Triplett antes da aula, ele adorava *ensinar* —, mas falar sobre si mesmo não o interessava. Ele percebeu que ela tinha a mania de puxar a manga do suéter até cobrir o pulso esquerdo e de segurá-la assim enquanto escrevia. Suas pernas, com botas pretas de cano longo, não estavam apenas cruzadas, mas totalmente entrelaçadas debaixo da mesa, e ela olhava para ele por trás da cortina de seu cabelo como uma corça ou um coelho. A cada pergunta, ela parecia mais nova e encantadora na sua ignorância, mas também mais determinada, o que o conquistou. E ele sabia — com certeza agora ele sabia — que ela o achava atraente, nada feio. Os três pediram uma nova rodada, e estavam chegando ao delicado momento de cogitar mais uma quando Eli, cada vez mais impaciente, sentiu o súbito dever profissional de intervir.

— Aposto que já tem material suficiente para uma biografia completa, Roanne — disse ele, empurrando a mesa. — Eu só vou acertar a conta... Talvez fosse a hora de ir terminando. O sr. Thwaite não tem a noite toda e tenho certeza de que você também tem outras coisas a fazer.

— Não ligue para ele — disse Thwaite, quando Eli se afastou. — Ele só está cuidando de você.

— Bem, eu tinha mais algumas perguntas. Só algumas, mas...

— Vamos fazer uma coisa — interrompeu ele. — Por que não me dá seu telefone e eu ligo mais tarde para você? — Ele prestou atenção numa possível reação dela, mas não houve nenhuma. — Ou amanhã, então podemos terminar.

Ela escreveu seus contatos rapidamente e destacou a folha de seu bloquinho.

— Muito obrigada — disse ela, sem respirar. — Foi ótimo.

Ele não ia ligar, claro, e ela não ia se importar. Mas dessa forma ela sentiria que uma conexão verdadeira havia sido estabelecida, que ele tinha ficado impressionado, e era isso o que ela queria. Ele colocou o papel no bolso do paletó, já cheio de recibos de táxi, caixas de fósforos e papéis como esse. Quem sabe? Talvez ele ligasse alguma outra vez, se não naquela noite. Era importante não fechar portas.

Roanne Levine despediu-se de seu professor com um aceno e escapou pela noite enlameada — a pouca neve havia derretido e a calçada brilhava úmida. Thwaite concordou em seguir Eli — e talvez alguns outros? Eli estava com o celular — até um bistrô vizinho na Amsterdam Avenue.

Quando chegou em casa, bem depois da uma da manhã, Annabel havia deixado aceso só o abajur da entrada. Incapaz, por instantes, de se lembrar se a filha estava em casa ou não, e certo de que a esposa, para quem ele não havia telefonado, ficaria irritada se fosse acordada, Thwaite se esforçou ao máximo para andar na ponta dos pés pelo tapete persa. Fosse pelo seu andar, pela escuridão ou, de fato, pela enorme quantidade de uísque e vinho que ele havia tomado — não sabia dizer —, simplesmente não viu a poça de vômito até pisar nela, umedecendo e fazendo barulho sob seu sapato direito.

— Merda — sussurrou ele —, merda, merda, merda.

Ele sabia, era a gata de novo: Papa, a abissínia de dezessete anos que sempre fora altiva e reservada, mas que agora, francamente, estava decrépita e repugnante. Foi um presente para Marina, que na época era adolescente e queria um pônei ou um cachorro, e Thwaite ainda considerava a criatura responsabilidade de sua filha. Não importava que ela estivesse — agora ele se lembrava — passando o mês em Stockbridge. Ainda não era, nem nunca seria, sua obrigação limpar as sujeiras da gata. Ele chutou o pé direito do sapato, tirando-o com a ajuda do esquerdo, e então inclinou-se cuidadosamente para tirar o outro com a mão. Quando voltou a caminhar pelo corredor, os sapatos sujos ficaram um ao lado do outro, assustados, como se o dono tivesse sofrido uma combustão espontânea.

CAPÍTULO SEIS

A Papa está doente

QUANDO FAZIA UMA SEMANA QUE Danielle estava de volta, tempo suficiente para se recuperar do incômodo de passar por diferentes fusos horários e descobrir — coisa que já sabia — que seu projeto australiano não vingaria apesar de todo o trabalho que teve, ela ligou para os Thwaite a fim de pedir o telefone da casa de campo de Marina. Pensou que fosse falar com Annabel (advogada da vara familiar, sem fins lucrativos, em geral ausente durante a semana, mas, às vezes, misteriosamente, em casa) ou com Aurora, a empregada, o que seria mais provável. Murray Thwaite, que, depois de todos esses anos, ainda a intimidava, tinha sua própria linha no escritório e não atendia ao telefone da casa. Entretanto, foi a própria Marina que atendeu, com voz baixa, até titubeante, parecendo sonolenta.

— Eu acordei você? Já passa das onze.

— Hummmm...

— E o que você está fazendo aí?

Marina falou da visita de Julius, da grande tempestade de neve, de como eles se sentiram assustados e claustrofóbicos em casa e de como ela se oferecera para levá-lo de volta.

— Achei que eu fosse voltar direto para lá, mas sempre tem um monte de coisas para fazer aqui, sabe? — lamentou ela.

— Que tipo de coisas?

— Ah, você sabe: mensagens, e-mails.

— Mas você levou o computador para lá, não levou?

— É... mas sei lá, meu pai precisava de ajuda numa pesquisa, depois ia a um jantar importante e perguntou se eu podia ir junto, então fiquei para...

Marina muitas vezes acompanhava o pai em eventos públicos. Anna-bel quase nunca ia, e às vezes as pessoas que não sabiam do parentesco entre Murray e Marina podiam tomá-la por sua esposa que ele gostava de exibir publicamente.

Danielle não concordava com a devoção cega de sua amiga ao pai, mas não adiantava falar. Marina só ficaria chateada. Era um dos poucos assuntos que podia gerar conflito entre as duas. Uma vez Marina até dissera: "Se seu pai não fosse um pedreiro de Columbus que não sabe nada da sua vida, eu até poderia pensar que você tinha outras intenções." Depois disso as duas não se falaram por quase um mês, até que Marina ligou para se desculpar. O pai de Danielle era um empreiteiro, não um trabalhador braçal. E só porque ele se interessava mais por questões prá-ticas do que pelo próprio umbigo, como faziam todos os nova-iorquinos (inclusive a própria Danielle), não deveria ser motivo de chacota. O pai de Danielle não era fácil, mas com certeza não era uma piada. A irritação transpareceu na sua voz quando perguntou:

— Como vai o livro?

Marina suspirou.

— Bem. Quer dizer, está indo bem. Como foi na Austrália?

— Ótimo. Cansativo. E inútil. — Danielle falou de John, de Moira (Marina não gostava muito de Moira, o que Danielle suspeitava ter a ver com o fato de que Danielle a admirava) e de sua bela casa à beira-mar. Contou dos encontros que teve com os líderes aborígines e com o ministro de Assuntos Multiculturais, sobre o que ela aprendeu da apavorante história das relações raciais na Austrália. E contou sobre a reunião com o chefe, Nicky, na volta, quando ele disse que tinham mudado de idéia e decidido fazer, em vez da proposta de Danielle, um programa que Alex propôs sobre o que aconteceu com as mães que tiveram seus direitos públicos cerceados. — Ele achou que o assunto não era atual o bastante.

— Que merda, Danny. Sinto muito.

— É muito atual lá, mas fazer o quê? E o livro de Jones vai sair aqui dentro de alguns meses. Sabe, o cara que eu disse a você que fala sobre a questão das indenizações aqui.

— Tem alguma chance de ele mudar de idéia?

— Mínima. É tudo uma questão financeira. Acho que a verdadeira razão é o custo de mandar uma equipe até a Austrália e montar tudo. Mas não foi o motivo que ele deu.

— E agora?

— De volta à prancheta. Tenho uma idéia para um trabalho sobre a atual onda de jornalismo satírico e seu papel como formador de opiniões. Você sabe, sobre a dissolução da esquerda e da direita em puro antagonismo. Pessoas que não são *a favor* de nada, só contra tudo.

— Isso é mesmo uma onda?

— Bem, o *The Onion* foi pra esse lado, e tem ainda o *The New York Observer* e o *McSweeney's,* além de um novo jornal que vai ser lançado no final do ano, com um cara australiano que eu conheci lá.

— Se você diz...

— Minha idéia é que está acontecendo algo parecido com o que ocorreu na Rússia há cem anos, os niilistas, entende? Como Dostoievski e Turgueniev.

— Isso realmente vai dar o que falar com seus chefes.

— Estou falando sério. Todo mundo achava que eles eram uns vagabundos insatisfeitos, e aí houve uma revolução.

— Não entendo. Uma revolução nos Estados Unidos?

— Eu não quis dizer isso. Não é que eu ache que vai haver um regime marxista daqui a vinte anos. Mas seria interessante descobrir o que eles acham que estão fazendo, por que razão o fazem.

— Para rir, não?

— Talvez. Ainda é só uma idéia.

— Quer vir aqui, sair para tomar um café?

— Estou no escritório.

O escritório de Danielle era na Lafayette Street, perto da Bleecker, na parte mais ao sul da cidade. Marina sempre parecia esquecer que Danielle trabalhava, que tinha de ser vista trabalhando por quem a pagava.

— Ok, que tal jantar, então?

— Onde?

— Estou quebrada. Gastei meu dinheiro numas botas novas. Precisava mesmo delas, e agora não tenho grana pra sair. Mas podíamos comer aqui.

— Com seus pais?

— Nem sei se eles vêm esta noite. Que tal só eu, você e a Papa?

— Ela está bem?

— Na verdade, não. Infelizmente ela vomitou algumas vezes. Mas não vai vomitar no seu colo nem nada assim. Está bom às sete?

Os Thwaite moravam no Central Park West, depois da Eighty Street, num prédio que, embora grandioso, sobretudo para alguém que vinha de Ohio, não era de forma alguma o mais elegante da vizinhança. Para começar, o saguão era pouco mais do que um grande corredor, com duas poltronas cinza acolchoadas encostadas na parede e, entre elas, uma mesa de vidro na qual repousava um arranjo de flores de seda elaborado, mas de mau gosto. A luz do corredor era esverdeada, fraca, parecida com essas de banheiro, e mal iluminava as figuras entalhadas que pareciam andar daquele modo pseudo-egípcio pelos azulejos cor-de-rosa até o elevador. Inadequadamente, o piso era um parquete preto-e-branco sobre o qual somente o mais suave dos chinelos não faria barulho. E o elevador, forrado de latão e com um pequeno banco de veludo vermelho, ao que se supõe ser para conforto do ascensorista, parecia pertencer a uma época diferente, mas não menos antiga.

Ainda assim, depois dessa área comum pouco promissora — seria uma rara tentativa de um nova-iorquino parecer despojado? —, o apartamento dos Thwaite, que Danielle conhecia havia mais de dez anos, era um refúgio delicioso e resplandecente. O elevador dava diretamente no *hall* frontal deles — um luxo que ainda impressionava Danielle —, e, da entrada, salas elegantes eram vistas por todos os lados. À direita, atrás de um grande arco, ficava a ampla sala de estar, com sua fileira de janelas com cortinas de seda que davam para o parque, seu chão coberto por um único e imenso tapete oriental. Havia espaço suficiente para o brilhante piano Steinway envernizado de preto que ninguém parecia tocar (Marina havia se revoltado e se recusado a ter aulas depois dos onze anos) e para um aconchegante e convidativo conjunto de sofás e poltronas cobertos de marfim e de ouro, brilhando com almofadas coloridas. Nas paredes havia quadros modernos que, como insinuaram para Danielle, haviam sido dados de presente por artistas amigos dos pais de Marina. Inesperadamente, entretanto, havia entre eles um retrato feito em pastel, em papelão, de Marina aos oito ou nove anos, com o cabelo preto preso por um grampo enfeitado e um vestido azul bufante bem justo no busto: isso era decerto uma exceção que Danielle não conseguia situar bem, pois parecia, pelo estilo e pelo tom, datar dos anos 1940 ou 1950. Um momento de franco conservadorismo nessa casa oficialmente progressista.

Indo pelo corredor da esquerda, depois de uma porta de correr que permanecia fechada, encontrava-se a cozinha, e, ao lado dela, novamente depois de um arco, a sala de jantar, um tributo a Roche Bobois ou a algum outro *designer* dos anos 1970. As cadeiras de couro preto liso sem braço eram tão simples quanto cadeiras de escritório; a mesa, simples também, era de uma madeira queimada; e a luz, que fazia o tapete de sisal brilhar, emanava de candeeiros em meia-lua presos nas paredes como sentinelas. Acima do fino aparador que, milagrosamente, era suspenso ou equilibrado de forma a não ter pés, pendia uma tela sólida, um mar de dourados e marrons: o quadro favorito de Danielle naquele apartamento.

Desses cômodos de acesso irrestrito, o mundo dos Thwaite se prolongava pelo largo salão: os quartos, sendo o primeiro de Marina; uma biblioteca; infinitos banheiros, que, como ela sabia, iam até o final da casa; e o santuário de Murray Thwaite, o escritório onde ele trabalhava (que dava, assim como a sala de estar, para o vasto e inspirador parque), no qual, após todos esses anos, ela nunca havia entrado.

Contudo, quando Danielle chegou ao apartamento dos Thwaite, conduzida pelo porteiro — um sérvio de ombros largos com um bigode extravagante e uma fisionomia triste que parecia ter sido espremido num uniforme dois números menor que o seu —, foi recebida não por Marina, mas pelo próprio Murray Thwaite. Ele estava no vestíbulo, usando uma camiseta e seus chinelos de couro vermelho, com um copo na mão.

— Sr. Thwaite... — começou Danielle, com certa surpresa.

— Murray, querida. Quantas vezes vou ter de dizer a você? Murray, por favor. Assim você faz a gente se sentir velho.

Ele se inclinou e beijou a bochecha gelada de Danielle, pressionando seu queixo áspero no dela, que era macio. Ele cheirava a cigarro e a uma colônia que parecia gim-tônica (seria Eau Sauvage, da Dior?), não muito forte, mas agradável. Ela tirou o casaco e o pendurou displicentemente num cabideiro.

— Quer que eu tire os sapatos? O chão está molhado lá fora, e eu sei que algumas pessoas...

— Só se você quiser revelar seus belos pés. — Ele sorriu. O rosto quadrado, conhecido e hostil envolto pela moldura prateada dos cabelos ficou repentinamente mais suave, até bonitinho. Ele tinha o que se chama nos livros de brilho nos olhos. E também tinha, ela via, as veias saltadas na bochecha, coisa de quem bebe. — Na verdade, eu, se fosse você, ficaria calçada. Há uma coisa nojenta no piso só esperando um descuido.

— A gata?

— Marina contou a você? Eu mesmo me sujei na noite passada. Mas venha, sente-se, deixe-me preparar algo para você beber.

— A Marina está? Não sei se ela avisou, mas me convidou para jantar.

— Não avisou, mas não tem problema. Seja bem-vinda. Ela saiu correndo às pressas, acho que foi cortar o cabelo.

— No François?

— Isso.

François era um cabeleireiro badalado que cortava o cabelo de Marina de graça desde que ela tinha dezessete anos. Em troca, ela o deixava tirar fotos de seu cabelo para publicidade, e uma vez, há anos, até participou de um desfile. O único inconveniente é que ele só fazia o cabelo dela quando tinha algum tempo livre — um cancelamento ou depois do expediente. Certamente um cancelamento havia ocorrido.

— Já faz quase uma hora que ela saiu. Deve voltar logo.

— E Annabel?

— Presa no trabalho. Algum moleque levou uma surra e ela tem de evitar que ele seja mandado pra casa hoje. Trabalho ingrato.

Danielle estava jogada no meio de um grande sofá branco. Sentindo-se pequena e envergonhada, ajeitou a saia, as almofadas brancas ao seu redor e, desnecessariamente, ajeitou também a meia-calça na panturrilha antes de aceitar uma taça de vinho — branco, a pedido dela — de Murray Thwaite, que permanecia de pé.

— Por favor — disse ela —, não quero atrapalhá-lo no que estiver fazendo. Tenho certeza de que está ocupado. Eu posso esperar sozinha até ela chegar.

— Não seja boba. Não pode haver interrupção melhor que essa. Eu estava mesmo me cansando mais uma vez da situação do sindicato. Pode ficar para depois. Então me diga, o que você tem feito desde a última vez em que conversamos?

Danielle se perguntou quando tinham conversado pela última vez, ou quando tinham trocado mais do que umas frases triviais de formalidade. Ela não sabia, claro, que lembrava Roanne Levine, só que com uma boca levemente maior, seios mais bonitos e sem a risada incômoda. Ela não podia saber que o pai de Marina a via como que pela primeira vez.

— Fui para a Austrália — disse alegre, feliz por ter algo minimamente interessante para relatar a seu anfitrião —, para pesquisar um programa no qual eu estava trabalhando, mas parece que foi cancelado.

Murray Thwaite então perguntou sobre o programa e as razões para o seu fim. Disse que conhecia Jones, o autor do livro que Danielle havia lido, e que ele era interessante, mas esquentado, e adorava holofotes.

— Não tenho certeza de que ele o escreveu para que os brancos realmente fizessem alguma coisa. Foi mais uma questão de ficar famoso e conseguir sentar a bunda numa cadeira acolchoada em... onde ele dá aula mesmo?

Eles tiveram, de fato, uma conversa, e Danielle deixou o nervosismo e a inquietude de lado. Murray Thwaite empoleirou-se primeiro no braço de uma cadeira e depois no banquinho do piano, seu corpo comprido e agitado projetando-se para cima dela de forma a parecer que, se ele se inclinasse um pouco mais, encostaria o queixo no joelho. Distraiu-se apenas com Papa, cujos lamentos aparentemente sem motivo ele imitava.

— Bichana, bichana, sua criatura maldita, bichana.

Annabel chegou em casa antes de Marina, carregando uma sacola de supermercado e fazendo barulho com sua capa de chuva.

— Jesus — falou para Murray do *hall*, antes de saber que Danielle estava por ali —, que dia desastroso!

Quando passou pela sala e viu a amiga de sua filha no sofá, ou melhor, já de pé, pois Danielle havia se levantado quase com culpa ao primeiro sinal da chegada de Annabel, seu rosto se abriu e a rispidez de sua voz se dissolveu:

— Danielle, querida, há quanto tempo! Deixe-me pendurar o casaco para poder dar um *abraço* de verdade em você...

Danielle então passou mais desconfortáveis vinte minutos na cozinha dos Thwaite enquanto Annabel — com mechas do cabelo loiro-acinzentado saindo do coque, mas com o terninho cor de marfim (Armani, pensou Danielle) impecável, apesar do dia desastroso — questionava, de maneira simpática, mas com o que Danielle identificou ser uma irritação escondida, se as costeletas que ela havia trazido dariam para quatro; até que decidiu, a pedido de Murray, que eles simplesmente pediriam comida chinesa e pronto.

Enquanto esse pequeno drama doméstico era encenado, Danielle tinha a peculiar sensação de ter roubado o papel de sua amiga na família Thwaite, e de tê-lo feito em algum momento de um passado distante, há mais de dez anos: ela se sentia como uma adolescente, como costumava se sentir na cozinha dos pais em Columbus (antes do divórcio, é claro), e, de repente, tomou consciência da profunda estranheza da vida atual de Marina, uma vida estagnada na infância, ou pelo menos que voltava a ela. Danielle não conseguia imaginar-se jantando com seus pais, não apenas porque agora eles moravam em estados diferentes e não se falavam, mas porque estava entrando na quarta década de sua vida e não havia passado pela cansativa burocracia da vida familiar por mais do que alguns dias suportáveis desde que tinha dezessete anos e havia ido para a faculdade.

Quando Marina surgiu em cena com um corte curto e perfeito, mas bagunçado de uma maneira sensual que apenas seu cabelo preto não completamente liso poderia sustentar com sucesso, Danielle decidiu que a amiga precisava ser salva. Sua própria vida, um conjugado na West Twelfth Street onde o pé da cama terminava a pouco mais de um metro da pretensa cozinha, parecia-lhe muito espartana para uma fase em que muitos de seus colegas haviam acumulado fortunas e habitavam *lofts* gigantes ou mesmo antigas mansões, fingindo desenvolver sites de funções inexplicáveis. A idéia de que aos trinta anos Marina não poderia nem apontar para um *futon* ou para uma cadeira dobrável e dizer que eram seus parecia, talvez, de uma perspectiva já superada, admirável; hoje, soa muito patética.

Ainda assim, na cozinha dos pais, Marina não parecia patética, e esse pensamento nem parecia lhe passar pela cabeça. Deu uma voltinha para mostrar o que ela, ou talvez François, chamava de "movimento" do cabelo, e então se jogou em direção ao aparador que estava ao alcance de um pacote aberto de batatas fritas, casualmente pegando uma por uma. (Danielle percebeu isso porque sua própria tendência era pegar um punhado de uma só vez e metodicamente ir mastigando-as; motivo pelo qual ela se absteve de pegar qualquer batata dos Thwaite.) Marina, animada, relatou o que havia visto no salão de François, uma discussão entre tinturistas sobre as luzes no cabelo de uma loira.

— Metade do cabelo dela estava com papel-alumínio, e ela observava os caras atrás dela pelo espelho como uma partida de tênis. Vocês precisavam ver a expressão no seu rosto — disse Marina, com uma batata na mão —; foi impagável.

Enquanto Marina falava, Annabel tirou os jogos americanos e os talheres, os pratos e os copos. A única interrupção que fez foi para perguntar "Palitinhos?", oferta aceita por todos; então ela tirou quatro pares de palitinhos da gaveta de talheres. Danielle a ajudou a colocar a mesa da sala de jantar, deixando Marina conversando apenas com o pai. Ele emitia sons como se estivesse gostando e até ria, mas ao mesmo tempo lia um artigo na *The New York Review of Books* que havia chegado pelo correio e sido trazida por Annabel. Marina, alheia a essa atenção dividida, continuava a falar.

"Será que Annabel está incomodada?", era o que Danielle se perguntava enquanto dobrava um guardanapo (de pano — Aurora até os passava a ferro) para cada lugar. Nem o marido nem a filha fizeram nada para ajudar, mesmo sendo Annabel a única a ter passado o dia inteiro no escritório — bem, Annabel e ela mesma, a visita inesperada, agora diligentemente dando uma mãozinha. Annabel não *parecia* incomodada; parecia distraída. Danielle então se lembrou da criança espancada sobre a qual Murray comentou.

— O dia foi longo hoje?

— Como? — Annabel voltou a si — Dia longo? Ah, sim. Caso difícil. O garoto é realmente um problema. Quer ir pra casa, seus pais, quer dizer, a mãe e o padrasto, querem que ele vá para casa e nenhuma família adotiva quer ficar com ele por causa de seu histórico: ele empurrou uma mãe adotiva escada abaixo e ela quebrou as duas pernas. Você deve achar que a solução óbvia seria mandá-lo para casa, já que deixaria todo mundo feliz. Mas nos últimos seis meses ele teve um ombro deslocado, um pulso quebrado e dois olhos roxos. É isso o que dá ele ficar em casa. Ele quer ficar lá para proteger a mãe.

— Qual é seu trabalho no meio disso?

— Eu represento o garoto. É o que meu escritório faz. — Annabel fundou a organização quando Marina ainda era uma garotinha, uma organização sem fins lucrativos que prestava serviços sociais. — Alguém tem de cuidar dele.

— Do garoto? Uau. Quantos anos ele tem?

— Catorze. E é grande. Não tão alto, mas grande. Só que o padrasto é bem maior, em todos os sentidos.

Ela interrompeu o trabalho, pôs as mãos na cintura e olhou a mesa de jantar. Agora, pela porta ao lado da cozinha, ouvia-se Murray falando algo sobre a turnê mais recente de seu livro. Marina ficou em silêncio.

— Ele adora tricotar, dá pra imaginar? — Annabel começou novamente. Danielle não sabia mais sobre o que ela estava falando. — Em algum lugar no meio de toda essa tristeza e violência, há um garoto gentil. Sua avó lhe ensinou, e ele fica fazendo, na sala de espera, um grande cachecol listrado ou um chapéu com manchinhas roxas. Fica curvado com aquelas agulhas, esperando com a língua de fora enquanto trabalha sem parar. Tão cuidadoso. A avó está num asilo agora, com Alzheimer. E acho que tudo o que ele quer é ir para o colo dela, ou para o de qualquer pessoa que pudesse tomar conta dele. Esse grande garoto assustado, capaz de todo tipo de violência, adora tricotar. — Annabel suspirou. — É terrível, ele pode ser julgado como adulto qualquer dia desses se fizer algo realmente sério. E, francamente, eu acho que é o objetivo dele. Não o julgamento, claro, mas o estrago. Ele odeia o padrasto. Quem não odiaria? O cara é um bruto bêbado. E acho que o garoto quer matá-lo.

— Aposto que isso é comum.

— Não. Quer dizer, acho que ele quer matá-lo literalmente. E ele é burro o bastante, coitado do menino, e esperto o bastante para isso. Então, Danny, você pode imaginar, eu tinha de me certificar de que ele não fosse pra casa hoje.

— O que você disse ao juiz? — Danielle presumiu que havia um juiz envolvido de alguma forma no caso.

— Não disse isso, como você pode imaginar.

— Coitado do menino. Ele parece ser um pesadelo.

Annabel olhou diretamente para Danielle:

— Ele *é* um pesadelo, mas o negócio é complicado.

— Coitada de você, então.

Annabel deu um breve sorriso.

— Não ajuda em nada pensar assim. "Fique firme" era o lema da minha colega de quarto na faculdade. Bem correto.

Por mais que Annabel repetisse esse perturbador mantra *Wasp*, típico da elite branca, anglo-saxônica e protestante norte-americana (que faculdade ela fez? A seleta Vassar? Ou a Bryn Mawr?), Danielle achou que ele não teve muito impacto em Marina, que estava, no momento, na entrada pagando ao entregador de comida chinesa com o cartão de crédito de seu pai. Ou talvez não estivesse muito certa: talvez Marina estivesse tão ocupada e centrada em si mesma que havia esquecido, ou nem notado, que estava de pé no nada, pousada no vazio. Assim como, anteriormente, ela estava conversando tão animada e tão viva com ninguém.

DEPOIS DO JANTAR — DANIELLE ACHOU a comida chinesa gostosa, sobretudo o enroladinho de porco com cogumelos *mu shu*, mas também achou que não estava lá muito quente e que escorregava muito no prato —, Murray Thwaite empurrou sua cadeira, revelando, mais uma vez, sua impressionante altura.

— Moças — disse ele, passando a mão no cabelo grisalho —, se me dão licença. — Depois disse: — Marina, querida, você imprimiu aquele cronograma para mim?

— Estava imprimindo quando fui ao François, papai. Vou pegar para você.

—E, Marina, querida — chamou ele —, seu cabelo está divino. —Ele se voltou para a mesa: — Talvez só meio centímetro mais curto do que deveria. Mas vai crescer. É bom ver você, Danielle. Você está linda. —Ele a beijou; ela corou e ficou quieta. — E, querida — para sua esposa —, me avise quando forem onze horas? Aquele idiota vai ao programa do Charlie hoje.

— Se eu ainda estiver acordada. Se não, peço para as meninas fazerem isso.

Annabel e Danielle tiraram os pratos e Marina ressurgiu assim que sua mãe terminou de colocá-los na lava louça.

— Acho que a Papinha fez de novo, mãe. A sala está com um cheiro ruim, mas não consigo saber de onde vem.

Annabel suspirou.

— Podem ir, vocês duas. Eu cuido disso.

— A ÚNICA COISA RUIM DA COMIDA CHINESA é que o cheiro fica impregnado no ar depois — disse Marina, enquanto fechava a porta de seu quarto e ia acender a vela aromática em sua penteadeira.

— Lavanda de Provence está bom?

— Não sinto cheiro de nada.

— Nem de porco *mu shu*? Não está mais sentindo o cheiro? Argh! — Marina fez uma expressão exagerada. — O que acha de ouvirmos Chopin?

— Tanto faz.

O quarto de Marina era bagunçado de uma forma charmosa, como a dona. A cadeira da escrivaninha estava cheia de roupas jogadas, sua penteadeira tinha batons espalhados, canetas e um vidro de perfume destampado, com seu líquido âmbar iluminado pela chama da vela. A cama estava malfeita, com o formato do corpo de Marina sobre ela, onde havia alguns livros jogados e um suéter. A luz da lâmpada era fraca, oval, e, através da porta semi-aberta do armário, Danielle via as pilhas de roupas e sapatos.

— Sua mãe deve estar exausta — disse Danielle, enquanto levava o *laptop* para o chão com a luz verde piscando, sentando-se numa poltrona cor de marfim e colocando os pés no pufe. Marina, ocupada escolhendo um CD na prateleira ao lado do aparelho de som, não replicou.

— Eu me senti culpada — continuou Danielle — dando trabalho a mais e sem ajudar.

O que ela queria dizer é que se sentia mal por Marina ajudar tão pouco.

— Não seja ridícula, Danny. Ela não está fazendo nada que não faria se você não estivesse aqui. — Marina pulou na cama, cheia de travesseiros e coberta com um edredom marrom-alaranjado estampado com sóis sorridentes que, como tudo o mais na noite e em Marina, lembrava Danielle da adolescência.

— M — disse ela —, está sendo bom?

— O quê?

Danielle fez um gesto largo:

— Isso. Tudo. O livro. Morar na casa dos pais, pelo amor de Deus. Não deve ser nada fácil.

Marina colocou as mãos atrás da cabeça e fechou os olhos.

— Não. Claro que não, se você quer mesmo saber. Como poderia ser bom?

Ela abriu os olhos. Eram de um azul profundo e belo, quase roxo, brilhante e claro, a cor que os olhos de seu pai deviam ter tido um dia, antes de ficarem tingidos pelo vermelho das veias.

— Mas o que mais posso fazer? Estou completamente falida e meus pais têm sido muito legais com isso, mas você sabe como é. Isso está me deixando maluca.

Houve um silêncio.

— Eu não sei o que fazer — disse ela novamente.

— Você podia arrumar um emprego, querida.

— Um emprego? — bufou Marina. — E como eu faria para terminar o livro?

— Bem, não sei. Mas as pessoas conseguem, você sabe. Trabalham de noite ou de manhã cedo nas suas próprias coisas. Que seja um emprego de meio período. É que me parece que você realmente precisa do seu próprio espaço.

— Eu não saberia como arrumar um trabalho agora. Realmente preciso terminar o livro, isso é tudo. É a prioridade.

— Mas... — hesitou Danielle. — Me diga a verdade: você *vai* terminar? Quando?

— Está previsto pra agosto.

— Não estava previsto pra agosto passado? E para o Natal anterior a ele?

Marina sentou-se.

— Pois é, eu sou lerda. Está atrasado. Aonde você quer chegar exatamente?

— A lugar algum. Acho que você está empacada, só isso. E se as coisas não melhoram, então pioram, entende o que quero dizer?

— Julius falou pra você do mais recente desastre amoroso dele?

— Ok. Vou mudar de assunto. Mas pense nisso. A gente pode ajudar você a arrumar um emprego. Eu posso pesquisar. *Você* pode pesquisar. Raios, seu pai pode pesquisar.

— Certo. — Marina cruzou as pernas na posição de lótus, parando para ajeitar a bunda. Sentou-se bem reta e respirou fundo.

— Não quero falar mais disso, porque eu sei como a incomoda e sei que você vai me dizer para superar, mas não tem idéia do que é ser filha de Murray Thwaite. Não quero um emprego arranjado por ele, e não posso pegar qualquer porcaria só porque ter um emprego é "bom pra mim". Tenho de acreditar, quer dizer, *eu sei* que posso ser levada mais a sério do que isso.

— Você quer dizer que é melhor do que isso.

— Por aí. Eu quero, e isso vai soar babaca, mas eu quero fazer diferença. Escrevendo. Fazendo alguma coisa importante. E não quero dizer, sei lá, cobrir reuniões de pais e professores de Staten Island para o *New York Times* — uma colega delas recentemente aceitara entusiasmada esse trabalho —, algo que nós sabemos que eu não poderia fazer, mesmo que quisesse.

— Todo mundo começa de algum lugar.

— O que é isso? Noite de clichês? Vou começar pelo meu livro. Só está levando um tempo, um pouco mais do que eu esperava.

Danielle fez o mesmo movimento com as mãos que havia feito antes.

— Que seja — disse ela —, não importa. Então, que história é essa de coração partido do Julius?

CAPÍTULO SETE

"Apresentando Murray Thwaite", por Roanne Levine (repórter do jornal)

POUCOS JORNALISTAS CONTEMPORÂNEOS são tão versáteis, eruditos e controversos como Murray Thwaite. Aos sessenta anos, Thwaite é conhecido principalmente por seus artigos mensais no *The Action* e por seus freqüentes ensaios na *The New Yorker* e na *The New York Review of Books*. Também escreveu ou editou doze livros, incluindo *Ira no sistema* e *Combate subterrâneo na América Latina*. Sua obra mais recente é um conjunto de ensaios sobre o capitalismo tardio, chamado *Esperando a senhora gorda cantar*. Thwaite esteve no campus recentemente para participar do seminário da turma trezentos e noventa e cinco organizado pelo professor de história Triplett, intitulado "Resistência nos Estados Unidos do pós-guerra", onde falou sobre o trabalho que realizou quando jovem junto ao movimento contra a Guerra do Vietnã. Um homem alto e bonito, com um denso cabelo grisalho, um rosto quadrado e olhos azuis penetrantes, usando um terno de *tweed* elegante e um pouco antiquado. Gesticulava muito quando falava, de forma dinâmica e sem medo das perguntas mais desafiadoras. Um estudante perguntou se ele achava que esse ativismo antiguerra havia feito diferença, e o sr. Thwaite bateu na mesa quando respondeu: "Obviamente. Pode não ter feito tanta diferença ou funcionado tão rápido quanto queríamos — não foi rápido o bastante para salvar milhares de vidas nos dois lados do conflito, mas acredite: deu resultado. Se existe algum sentido na democracia", continuou ele, "é assegurar que a voz do povo seja ouvida e que o desejo do povo seja respeitado. Isso não é idealismo, é um fato. E uma responsabilidade. Cada um de vocês nesta sala tem a responsabilidade de se educar, de formar suas opiniões baseadas na realidade e de educar os outros".

O sr. Thwaite, nova-iorquino há muitos anos, nasceu no interior, em Watertown, perto da fronteira com o Canadá, em 1940. Filho de um professor e de uma dona-de-casa, era o mais velho de dois filhos. Ganhou uma bolsa de estudos em Harvard no final dos anos 1950, onde cursou história e se formou em 1961, aos vinte anos. Depois de passar um ano em Paris com uma bolsa Fulbright estudando o movimento de resistência francês durante a Segunda Guerra Mundial, viajou pela Europa por mais um ano antes de voltar para casa e se estabelecer em Nova York. Começou sua carreira de jornalista enquanto estava no além-mar:

"Escrevi para um cara do *Boston Globe*, pai de um dos meus colegas de turma em Harvard, e perguntei se ele poderia olhar meu trabalho caso eu mandasse. Ele disse que sim, e o primeiro trabalho que lhe enviei era uma matéria sobre como os berlinenses estavam se sentindo em relação ao Muro [de Berlim], que era novidade naquela época. Depois disso, fui para a Inglaterra e entrevistei mineradores em greve. Ele publicou os dois artigos e me disse para continuar fornecendo material. A Espanha de Franco, a democracia na Turquia, eu apenas continuei. Fui para a Sicília e escrevi sobre uma cidade regida pela máfia. Foi um ano ótimo."

Perguntei ao sr. Thwaite se ele cogitou ficar na Europa e se tornar correspondente internacional: "Acho que sim, por um tempo", respondeu. "Mas achei que havia vários motivos para eu voltar. Tinha muita coisa acontecendo. Depois que Kennedy foi assassinado, esse sentimento cresceu em mim. Voltei bem a tempo de viajar para o Sul e falar com as pessoas sobre o Ato dos Direitos Civis. Foi quando eu me envolvi pela primeira vez no assunto da pena de morte, que ainda hoje é algo que me preocupa muito. É claro que já havia movimento no sul da Ásia, a guerra já estava a toda, então isso também contou."

O sr. Thwaite, um fumante compulsivo, gentilmente concordou em ser entrevistado depois da aula, e assim tivemos nossa conversa enquanto tomávamos algumas bebidas no Mulligan's, onde ele parecia se sentir em casa. Se ele estivesse usando gravata, a teria afrouxado. Em certo momento, ele me perguntou quando eu havia nascido, e, quando eu disse 1981, ele riu. "Sabe onde eu estava em 1981?", perguntou. "Estava em El Salvador e na Guatemala, cobrindo o que o governo norte-americano estava fazendo por lá, escondido, claro. Aposto que você nem conseguiria imaginar."

Casado desde 1968 com Annabel Chase, advogada de direitos da criança ("Eu vestia calças de veludo", diz ele, "e ela usava flores no cabelo"), o jornalista tem uma filha, Marina, nascida em 1970. Ela se formou em Brown no ano de 1993 e está trabalhando em seu primeiro livro. "Eu nunca pedi para minha filha se tornar escritora", disse ele. "Muito pelo contrário. Acho que, se você é capaz de fazer outra coisa, faça. Porque é uma vida estimulante, mas incerta. Mas eu a fiz entender que integridade é tudo, tudo o que temos. E, se você tem uma voz, um dom, é moralmente obrigado a exercê-lo."

O sr. Thwaite recentemente usou sua voz para criticar a desonestidade no governo Clinton. "Não me importa o que o cara faz com seu pinto", disse o sr. Thwaite sobre Clinton, "mas ele mentiu para o povo norte-americano como se ele fosse sua esposa, e mentiu para ela também. Sem falar nos seus planos e diretrizes. Se foi a isso que o liberalismo chegou, estamos em apuros. Invadir ou bombardear outros continentes para nos distrair sempre que o problema está em casa. E quanto ao Sudão, lembra disso?" Ele continua: "Os progressistas deste país merecem mais. Até Jimmy Carter era melhor. Esse cara nos fez retroceder vinte anos." Ele também não tem muita paciência com George W. Bush, a quem considera como "nosso ditador fantoche por decreto". O novo presidente "nem sequer foi eleito" e "tem menos cérebro do que minha gata. Uma felina excepcional, aliás".

Sempre divertido, o sr. Thwaite é também muito sério: "Nada disso é um jogo", diz ele sobre política e jornalismo. "Pode parecer que é, pode muitas vezes parecer um circo, mas é apenas do ponto de vista privilegiado dos Estados Unidos em 2001. Pergunte às pessoas de qualquer outro lugar: Bósnia, Ruanda, Oriente Médio, claro, e também da China, da Argélia, da Rússia, até da Europa Ocidental, e elas lembrarão a vocês o que é preciso saber: isso é uma questão de vida ou morte. Não há nada mais importante."

O sr. Thwaite, que já deu aulas na Universidade de Nova York e na nossa escola de jornalismo, pode em breve voltar a ensinar em Columbia. "Eu adoraria", diz ele, abrindo um largo sorriso e acendendo outro cigarro. "Adoro lecionar."

CAPÍTULO OITO

Um intelectual norte-americano

FREDERICK TUBB ESTÁ DEITADO NA BANHEIRA, segurando cuidadosamente seu livro sobre a água, com as duas mãos. Emprestado da biblioteca, o livro estava forrado com plástico, para que ficasse mais bem protegido dos inevitáveis dedos úmidos que haviam manuseado igualmente tantas outras obras. Mas este era um volume pesado, e ele já tinha pensado em afundá-lo inteiro na banheira, onde encontraria a massa branca flutuante de seu torso, não sem antes ser ensopado e destruído. Era um romance: *Infinite Jest*, de David Foster Wallace. Já tinha lido umas cem páginas e ainda não sabia dizer o que achava. Algumas partes o faziam rir, mas ele não conseguia entender a premissa maior ou o enredo (se é que o livro tinha uma premissa ou um enredo). Ele freqüentemente sentia isso, de um jeito ou de outro, nos romances, nesse mais do que em qualquer outro. Não gostava muito de ler romances — preferia história, filosofia ou poesia, apesar de só ler poesia de vez em quando, porque quando um poema "lhe comovia" era como se uma luz brilhante e agonizante se acendesse em uma pequena e íntima célula de sua alma. Larkin tivera esse efeito — mas tinha ouvido muito sobre esse aí, primeiro pelos garotos de Oswego, por quem não tinha um respeito em especial, e depois pelas pessoas da internet, em particular por um grupo virtual de discussão de livros em que ele meio que havia entrado. Eles não estavam lendo *Infinite Jest* agora; tinham lido no outono anterior, enquanto ele perdia tempo estudando microeconomia ao lado de outros duzentos calouros idiotas ou tentando ficar acordado na aula de redação do professor Holden, cheia de babacas tagarelando. Porém, alguns membros da discussão online se referiam sempre ao livro como se fosse a Bíblia ou algo equivalente. Uma internauta especialmente brilhante, pela qual Bootie tinha uma quedinha virtual, havia escrito que o livro era uma definição do *Zeitgeist*, o espírito daquela era. Então ele lia para acompanhá-los. Estava lendo para sua formação, o que era, junto à autoconfiança, seu grande objetivo atual. Ser capaz de comentar de maneira inteligente sobre uma das vozes de seu tempo.

O banheiro ao redor estava cheio de vapor, brilhando ao sol do começo da tarde. As peças, amarelo-mostarda, eram estranhamente pequenas para o espaço: uma pia com coluna, uma privada baixa e uma banheira onde ele se deitava, mal coberto pela água, com os joelhos dobrados para manter os dedos do pé submersos. O piso de linóleo azul com manchas coloridas era coberto em grande parte por um tapete azul de franjas e por outro em formato de u, decorando a base da privada como o pé de uma árvore de Natal. Sua mãe havia feito as cortinas azuis da janela, e as toalhas já gastas, também azul-celeste, haviam sido escolhidas há muito tempo para combinar com o esquema de cores. Era o banheiro que ele sempre conhecera, com os canos zumbindo e o vidro fosco, com os azulejos brancos colocados de forma não muito simétrica por seu pai, antes de ele nascer. Bootie olhou ao redor e suspirou, sentindo-se seguro e oprimido na banheira, querendo ficar lá a tarde toda ao mesmo tempo em que queria fugir para sempre.

"Se pelo menos não fosse tão longo", pensou ele enquanto a água ao seu redor esfriava. Puxou a corrente do tampão com o dedo do pé e deixou esvaziar um pouco, enquanto abria a torneira quente com a mão direita para equilibrar a temperatura. Seu pulso esquerdo pendeu com o peso do livro, mas ele não o deixou cair. Talvez pudesse ler só a metade. Seria o suficiente? Porque ele ainda tinha uma pilha de outros romances para ler até junho, e eram longos também: *Moby Dick*, *O arco-íris da gravidade*, *Guerra e paz*. Só de pensar neles já ficava com sono.

Graças a Deus, sua mãe estava na escola esta tarde, explicando aos alunos sobre a colheita de arroz na China ou sobre as fronteiras ainda mutáveis dos antigos países soviéticos, informações que eles não ouviam e que esqueciam antes de o dia acabar. O próprio Bootie já havia sido aluno dela há alguns anos, e, quando o curso acabou, ele perguntara à sua irmã, Sarah, que também fora aluna de geografia da mamãe alguns anos antes de Bootie, do que ela ainda se lembrava. A resposta foi: "Puxa, Bootie, não sei. Lembro que estudamos a América do Sul e que os países de lá eram uma confusão para mim. Não tem um país lá que fala português em vez de espanhol? Mas me lembro principalmente de ficar constrangida pela mamãe quando algum aluno (como o Jody, se lembra dele?) aprontava e ela ficava vermelha, parecendo que ia chorar. Ou no inverno, quando, no nosso primeiro semestre, o nariz dela sempre escorria e eu não sabia o que era pior: ver aquela gota brilhante pendurada em seu nariz ou a forma realmente babaca com que ela o esfregava sem parar com um lenço de papel. É do que eu mais me lembro, Bootie, de sentir vergonha."

Ao menos Judy Tubb não soube que seus filhos tiveram vergonha dela. Era uma das várias coisas que ela ignorava sobre os filhos. Assim como o fato de que ele também estava bravo com ela: por esperar tão pouco dele, por mantê-lo debaixo da saia por tanto tempo, por ser alguém que não conseguia ver um mundo além de Watertown, no qual tudo seria possível. Ela pensava que seu irmão, o extraordinário Murray Thwaite, era um homem inconseqüente. Enquanto isso, reverenciava a memória do pai de Bootie, um homem que o filho também havia amado, um homem gentil e calmo, habilidoso com as mãos, um homem que quando menino tinha a simpatia de todos e que raramente era lembrado. Mas ele entendera, desde o início da adolescência, antes que o pai ficasse doente, mais gentil, mais quieto e, sobretudo, mais triste (de forma que a doença e a tristeza eram as maiores lembranças de Bootie), que Bert Tubb não seria um homem que poderia compreender o filho. Assinante da *Time* e da *National Geographic*, ele não lia nenhuma das duas, vivia somente para a família, para jogar bola no quintal aos sábados e para o confortável ritual de jantar às seis na sala de jantar com lambri de madeira (bolo de carne com molho aos domingos, sempre), olhando para o filho gordinho, desajeitado e bibliófilo com uma preocupação amorosa. Ele queria que Bootie fosse comum em tudo, apenas *comum*, que saísse e brincasse, e, mesmo perto de sua morte, havia expressado a estranha (para Bootie) preocupação de que, sem um pai, o garoto ficaria preso o tempo todo nos livros. Não dava para discordar do amor de sua mãe por um homem assim — era um homem muito bom —, mas Bootie não conseguia entender direito em qual critério Bert Tubb era superior a Murray Thwaite, irmão de sua mãe, que era vivo, para início de conversa, e, de todas as maneiras admiráveis, extraordinário.

Além disso, Judy Tubb era tão dedicada a Bootie que o feria, sem saber quanto. Às vezes até o sufocava, como um colarinho, um colarinho apertado na garganta, da forma como fazia com a vida de Bootie agora: ela não entendia nada, parecia pensar que ele havia saído de Oswego por causa de algum namoro fracassado ou porque não tinha as habilidades atléticas dos colegas que ele havia apelidado de Panaca e Babaca. Mas não era algo tão primitivo assim: fora uma revelação, uma terça de manhã, às nove, duas semanas antes do dia de Ação de Graças, quando ele passeava pelo gramado coberto de neve ouvindo Ellen, uma ex-colega de colégio que morava dois andares abaixo dele e que, mesmo naquela manhã sonolenta, estava guinchando como um macaco e estourando bolas de chiclete. Estavam indo para a aula de microeconomia ("Não consigo entender... lucro marginal?"), em direção ao anfiteatro de concreto no qual se viam duas vezes por semana, quando Ellen, nada boba, pelo menos para os padrões de Watertown, dissera:

— Soube pela Amy, sabe a Amy? Aquela aluna do segundo ano? Ela me disse que o Watson tem um código de reciclagem de provas. Tipo, se pegarmos as provas finais dos últimos oito anos (estão todas na biblioteca, certo?). E se a gente examinar todas elas e tentar descobrir o código? Ou talvez a colega de quarto de Amy o tenha nas anotações do ano passado, certo? Assim saberíamos exatamente como vai ser a prova. Legal, né?

Ela olhou para ele na luz pastel da manhã: seu respirar formava uma nuvem saindo da boca, seu cabelo era escorrido e úmido como o de um cachorro, e seu nariz empinado de porquinho era vermelho não só na ponta, mas em toda sua extensão. Então ele olhou para ela, que disse:

— Bootie? Está escutando?

E foi como se o sol da manhã tivesse cruzado o horizonte, apesar de já ser dia. Ele teve uma revelação. O que disse foi:

— Ou então, Ellen, podemos apenas estudar para a prova. O que pode ser tão eficaz quanto o esquema idiota da Amy. — Mas o que ele pensou, que não veio tanto em palavras quanto numa força visceral, foi: "É uma farsa o que nós todos estamos vivendo, é uma farsa completa."

Ao longo desse dia e dos dias que se seguiram, sua percepção inicial se abriu como uma flor e se apurou. Silenciosamente, essas sementes estavam com ele há muito tempo, certamente desde março passado, quando soube que realmente lhe fora concedida uma vaga em Harvard (ele ainda podia sentir o entusiasmo caso se permitisse; aquilo também fora visceral e muito fugaz), mas que não lhe dariam uma bolsa de fato, apenas um monte de formulários complicados para preencher e a promessa de uma montanha de dívidas. Ele lera aqueles documentos repetidas vezes e até telefonara para o escritório da faculdade para obter esclarecimentos, e quando o que ele achou ter entendido se provou verdade, resolveu não contar para a mãe que havia sido aceito em Harvard, simplesmente fingindo que aquilo nunca acontecera. Ele sabia que ela tentaria arrumar o dinheiro, se debruçaria sobre os papéis e falaria sobre novos empréstimos e sobre vender o anel de diamante da mãe dela ("Afinal, o tio Murray estudou em Harvard, não estudou?" Ele já ouvia a voz animada dela dizendo isso), mas, mesmo assim, ele previa que a mãe terminaria na mesa da cozinha com a cabeça entre as mãos porque simplesmente não daria conta. Ele disse ao sr. Duncan, o orientador pedagógico, que realmente queria ir para Oswego porque era perto, que não queria estudar numa faculdade particular esnobe, à qual só tinha se candidatado para provar que seria aceito, e que por favor não falasse para sua mãe sobre Harvard porque ela ficaria no pé dele para ele ir para lá. Duncan era, claro, burro o suficiente para acreditar, e bateu nas costas de Bootie dizendo alguma besteira sobre como ele era esperto e sobre a grandeza do time de futebol de Oswego. "Eles não são ótimos", pensou Bootie. "São apenas da região e são tudo aquilo que você conhece."

Não que houvesse qualquer coisa de errado com o entusiasmo do sr. Duncan. Mas a percepção que... germinou na mente de Bootie era de que o que poderia ser bom para o sr. Duncan ou para Ellen Kovacs não era bom o suficiente para Frederick Tubb. A Terra da Mentira, onde a maioria das pessoas parecia estar satisfeita em viver, onde você pagava taxas a uma instituição, saía todas as noites para beber em vez de ler os livros e depois tentava inventar algum esquema esperto para colar nas provas — e, no final das contas, graças a uma transação financeira entre você, ou, mais especificamente, seus pais, e tal instituição, você se decla-

OS FILHOS DO IMPERADOR

rava *formado* — não era o bastante para Bootie. E não importava o que sua mãe, sua irmã (acreditando, claro, que ele não havia conseguido um lugar em uma das grandes universidades da elite norte-americana que compõem a Ivy League) ou o sr. Duncan (acreditando ser a escolha do coração de Bootie) dissessem: ir para Oswego em vez de ir para Harvard não era a mesma coisa. As duas nem de longe poderiam ser comparadas. Ele sabia que em Harvard provavelmente havia algumas pessoas que viviam na Terra da Mentira, mas sabia também que havia — ou melhor, de forma que não importava agora, *teria havido* — outras pessoas, pessoas sérias, como ele mesmo.

Então Bootie deu fim à sua farsa. Não se importava com o diploma, com as provas ou com os documentos institucionais (apesar de que, mais de uma vez desde que voltou para a casa de sua mãe e para a sua própria cama, ele sonhou que estava em Harvard, longos sonhos ensolarados nos quais ele parecia, estranhamente, usar um terno); ele se importava com o aprendizado. Então, com o bom desempenho que o havia destacado na escola e que o havia transformado numa figura de, no mínimo, certo respeito, ele seria um autodidata. Mas claro que tudo que sua mãe via — e o mundo todo via — era ócio e desemprego. Na semana anterior, ela até lhe perguntara, num sussurro apreensivo, se ele passava o dia todo no computador vendo pornografia. Ela iria claramente dificultar a sua formação. Watertown inteira iria. Talvez o mundo inteiro também. Mas era óbvio que Frederick Tubb precisava viver por si só, encontrar um lugar e uma forma para seguir seu curso autodidata sem empecilhos. Ele se soltaria dessa vida, como uma serpente troca de pele, e com ela deixaria a grande dependência de sua mãe. Deixe Sarah cuidar disso: Sarah, que não queria nada além de dois filhos, dois carros e talvez o programa da Oprah à tarde. Ele iria para um lugar onde ninguém o chamasse de "Bootie" e onde pudesse conversar sobre Kierkegaard e Nietzsche, sobre Camus e Kurt Vonnegut. Ele pensava, enquanto estava na banheira com David Foster Wallace, virando as páginas e fingindo absorver o conteúdo, em ir para Nova York. Parecia tolo, quase absurdo, um desejo inatingível. Mas parte de si ainda lamentava a decisão de desistir de Harvard, de se ater ao possível. E ele não queria ser alguém que sabotava a si mesmo, seu pior inimigo.

Talvez levasse um certo tempo para acertar os detalhes. Não conhecia muita gente em Nova York, só o tio Murray e a tia Annabel. Queria estar lá, perto deles, ter acesso a seu mundo misterioso. Seu tio era, sem sombra de dúvida, um grande homem, e Bootie tentaria ser digno dele. Tinha de tentar. Não tinha dinheiro algum, mas ainda tinha seu carro, um Civic 89 vermelho com problemas no amortecedor e uma linha de ferrugem na parte de baixo da carroceria, resultado inevitável e quase benquisto de uma vida automotiva passada na neve, como a tosse de um fumante ou o pulmão preto de um minerador. O carro não valia muito e seria difícil conseguir vendê-lo, mas já era alguma coisa, um ponto de partida.

CAPÍTULO NOVE

Rumpelstiltskin[1]

JULIUS VESTIA SEU ÚNICO TERNO DA GRIFE Agnès B., de lã grafite com riscas quase imperceptíveis e lapelas estreitas que revelavam ao olho atento a considerável idade da roupa e também, como ele gostava de pensar, sua leve falta de estilo, mostrando que era mais despojado do que moderno, que estava acima da moda. Nas festas, ele dizia que aquele terno tinha a sua cara, esperando deixar implícito que possuía outros, talvez um armário inteiro deles, pelos quais não tinha a mesma preferência. Mas claro que nesse contexto ele não dizia isso claramente: nesse contexto, com uma camisa puída, mas muito bem passada (ele não era filho de sua mãe à toa), e uma gravata fina, mas com uma estampa divertida, comprada numa loja popular, o terno era um mero uniforme.

Ao sair do metrô e cair na corrente de executivos que fluía entre os desfiladeiros de concreto do centro de manhã cedo, Julius manteve-se ereto e lutou para fazer as manobras com a graça habitual. Era tudo uma encenação, apenas um papel que interpretava, e ninguém que o conhecia precisava saber. Ele deslizou até o quarteirão dos escritórios em Water Street e se apresentou à recepcionista do Blake, Zellman & Weaver no trigésimo oitavo andar. Ela, uma negra bem-vestida com um olho azul e o outro castanho, observou bem o terno e, temeu ele, o colarinho puído da camisa antes de conduzi-lo à sua mesa.

Enquanto caminhavam, em vez de olhar com espanto para o escritório ao seu redor e para a fileira de mesas e divisórias que faziam o lugar pa-

---

[1] Personagem de um conto tradicional alemão. Para que uma jovem cumpra a promessa que seu pai fez ao rei com quem se casará, o anão Rumpelstiltskin transforma palha em ouro. Em troca, ela deverá lhe entregar o primeiro filho que tiver ou adivinhar o nome do anão. (N.E.)

recer um estacionamento de seres humanos, ele se concentrou no traseiro largo e volumoso dela, coberto por uma seda preta que se erguia e caía a cada passo, e no farfalhar das meias enquanto as coxas se roçavam sob o tecido. Ocorreu-lhe que muitos homens achariam isso sexy, o olhar atrevido e esquivo, o cabelo armado. Ela provavelmente era paquerada, pensou ele, talvez até assediada. A vida dela fora vivida no que para ele era uma língua estrangeira.

Ela também parecia saber disso quando se virou para guiá-lo mais uma vez, indicando a larga mesa de compensado com o computador zumbindo e dizendo:

— Aqui. O sr. Cohen chegará dentro de meia hora. — Ela cruzou os braços. — Não sei se Rosalie deixou instruções. Acho que é melhor esperar. Ou então pergunte a Esther. — Ela apontou para a mesa ao lado da dele, ou melhor, ao lado da de Rosalie, como se tivesse alguém. — Se precisar de mim, o ramal é cento e noventa e três — disse ela, indo embora.

Julius se instalou na poltrona acolchoada e mexeu na alavanca de plástico para regular a altura. Rosalie decerto era baixa. Colocou suas mãos no braço da cadeira enquanto a empurrava para frente e para trás. Embaixo da mesa havia um par de pequenas sandálias pretas com saltos altos. Sim, ela era baixinha. E ao lado do computador havia um porta-retrato com a fotografia de um homem, uma mulher e uma garotinha trajando um vestido de tule com uma larga faixa na cintura. Era de presumir que a mãe fosse Rosalie: ao lado da foto havia uma caneca limpa (ele conferiu) com a inscrição "Mãe nº 1". Ela tinha dentes bem brancos, cabelos escuros e cacheados como os da filha e um tom de pele castanho. Ele imaginava que ela e a família estavam de férias no México, em Cuba ou em El Savador, levando a mocinha para ver os avós. Apesar de que talvez ela estivesse em casa no Brooklyn, não, no Queens, talvez até no Bronx, cuidando da menina doente ou esperando que entregassem uma nova geladeira. Não, eles disseram uma semana. Queriam-no por uma semana inteira. Então foi tudo planejado: férias, mesmo se ela estivesse em casa. Talvez estivessem de mudança. Talvez Esther soubesse, quando chegasse lhe perguntaria.

Julius precisava muito de dinheiro. Era um trabalho temporário. Havia jurado que não faria isso de novo — odiava os olhares condescendentes de mulheres como a recepcionista, as exigências feitas de antemão por seus chefes temporários, o ar viciado do escritório e o tédio das horas —, mas agora que era forçado a isso jurou a si mesmo que ninguém conhecido jamais saberia. Seria só por algumas semanas. Era muito vergonhoso: não podia expor essa vulnerabilidade, essa necessidade desesperada de dinheiro, mesmo para seus amigos mais queridos. Ele sabia que era uma implicância sua, como se, digamos, Danielle fosse criticar! Mas sempre havia Marina, e ele não sabia o que era pior: o desdém ou a compaixão dela. Não: deixe-os pensar que ele estava o dia todo na academia ou caçando encontros na internet. Deixe-os pensar que estava dormindo ou se drogando, pouco lhe importava, desde que não imaginassem essa visão. Vinte dólares a hora. Ele digitava rápido. E estava precisando.

Quando chegou, Esther mostrou ser não a jamaicana robusta de quarenta e poucos anos que ele imaginara, mas sim uma garota genuinamente branca de idade próxima à dele, vestida com uma estranha blusa vitoriana com punhos de babados e um vestido tipo avental. Tímida, mas amável, com uma voz suave e aguda, ela lhe mostrou o banheiro masculino, a máquina de café e a sala da xerox. Apresentou-o aos rapazes da sala de correspondência, dois negros jovens e bem-vestidos que olharam — ou ele pensou que olharam — com admiração para seu Agnès B., e para Shelley e Marie, que, junto com ele e Esther, dividiam as baias do setor. Ele queria perguntar-lhe o que *faziam* exatamente os escritórios Blake, Zellman & Weaver, e o que o sr. Cohen fazia o dia todo; mas, antes que o fizesse, o sr. Cohen chegou.

Novamente, as expectativas de Julius não foram correspondidas: Cohen — "David, *por favor*" — não era um cinqüentão com uma pança e uma aliança enfiada no anular rechonchudo, e com o ar de quem pega o Metro North em suas roupas, mas um rapazinho esguio e de aparência comum com óculos modernos e um terno sob medida que encontrou o olhar de Julius com uma expressão zombeteira. Acima de tudo, Julius estava ciente de dois fatos desconcertantes: Cohen — David — era mais novo do que ele, Julius — e era gay.

Será que Julius achou David atraente pelo que ele realmente era — com seu cabelo negro encaracolado e pele branca, nariz e mandíbula fortes, olhos escuros penetrantes — ou somente por causa da emoção potencial perante a pouca probabilidade de se juntar a uma pessoa dessas no meio de uma cultura empresarial heterossexista e acelerada? Talvez o *frisson* tenha nascido do tabu, entre toda aquela luz fluorescente e os quilômetros de carpete discreto, da idéia de que Julius talvez tivesse de *convencer* David de seu valor nesse cenário, o que o colocava como serviçal mais do que como invejável e etéreo homem cosmopolita. Talvez, Danielle diria, o caso fosse pavloviano, apenas uma introdução obsessiva do desejo num ambiente onde ele não tinha lugar, Julius vendo sempre o mundo na perspectiva de Eros, um poder particular num mundo de outros poderes mais concretos. Ou talvez sentisse o olhar de David persistindo interminavelmente sobre ele, um olhar não apenas de reconhecimento, mas quase (estaria imaginando?) de apreciação... e, ainda assim, sem perder tempo, David empilhava trabalhos sobre a sua mesa, papéis cor-de-rosa com recados e documentos grossos esperando Julius encontrar seus arquivos originais no computador organizado, mas misteriosamente confuso, de Rosalie.

A empresa parecia voltada para a intermediação de atividades, o agenciamento de direitos — de abstratos — que permitiam a real troca de informações (também abstratas) por grandes quantias de dinheiro. O que era, claro, abstrato em si. Era como se o escritório todo estivesse gerando e movimentando, adquirindo e passando adiante, hipoteticamente, uma troca de idéias ou esperanças, da qual de alguma forma derivavam valores. Por que isso, se perguntava Julius enquanto seus longos dedos batiam no teclado, e Rosalie e sua família sorriam para ele de soslaio, por que nenhum valor derivava de suas próprias idéias, suas próprias esperanças? Não seriam abstratas o *suficiente*? Mas isso não era totalmente verdade: havia algum valor — as pessoas que liam seus textos sabiam seu nome; na verdade, ele não tinha certeza de que David não o soubesse, o que seria metade alívio e metade humilhação —, mas não era um valor monetário. Com a força de suas opiniões, ele não poderia jamais encomendar um terno sob medida como o de David; e mesmo assim, David, obtendo e negociando direitos de propriedade intelectual para outrem, provavelmente ficaria chocado ao perceber que seu secretário era, de uma forma pública, mais poderoso do que ele. Julius podia fazer com que milhares de pessoas deixassem de comprar um livro ou de ver um filme. Ele fazia isso o tempo todo.

Julius não era alguém que ainda acreditasse, da mesma forma que Marina e até Danielle de certo modo o faziam, no valor moral ou intelectual inerente a algo que a sociedade não quer. Ele sabia muito bem — tinha de saber, desde os dias de Danville, Michigan — que uma coisa era inútil se ninguém a quisesse — mesmo que fosse genial, palavra que ele não economizava para falar de si mesmo na juventude. Mas ele não sabia medir a relação entre desejo e recompensa. Ele sabia como despertar o desejo dos outros — por ele mesmo —, e, nos vários momentos mais sombrios, ele explorava essa capacidade, pois o fazia se sentir melhor e porque tinha esse poder. Mas ele não conseguia saber onde o desejo (de outras pessoas) se transformava em riqueza (para ele).

No mínimo, David, no alto de seus vinte e oito anos, devia ter algum conhecimento de como transformar o ar — ou a palha — em ouro. Por isso, Julius se determinou a grudar nele, a explorar a delicada corrente elétrica que passava entre eles e a aprender com o chefe durante sua semana no Blake, Zellman & Weaver. Essa aventura poderia até render um breve mas vibrante *affair* (por baixo do terno, o corpo parecia compacto e sedutor; de qualquer forma, era um belo terno). Julius decidiu encantar David, sufocar a própria vergonha que tinha por seu papel ínfimo e ser levado nos braços do sr. Cohen antes da noite de sexta. E que a recepcionista visse isso também.

CAPÍTULO DEZ

Conversando com uma criança crescida

COMO A SUA MESA DAVA PARA A JANELA, Murray Thwaite demorou para perceber que sua filha havia aberto a porta do escritório bem atrás dele, entrado e se sentado, com as pernas cruzadas, no divã encostado na parede. Ter feito isso em silêncio foi uma proeza, porque o divã — intocado por Aurora, conforme as instruções dele — estava forrado de papéis e pastas, de livros de capa dura cobertos de lembretes pregados de jornais amarelados, com ou sem clipes. Para se sentar — e em posição de ioga —, Marina tivera de colocar pelo menos duas pilhas no chão.

Apesar de não o demonstrar (não por uma leviandade como essa), ele ficou irritado com a intromissão. Era uma regra da casa que ninguém entrasse no escritório de Murray sem bater primeiro e que, se a porta já não estivesse aberta — o que certamente não estava —, não se deveria bater de forma alguma, exceto numa emergência de verdade. Ninguém tocava em seus papéis, ninguém movia suas pilhas, ninguém entrava no seu santuário sem ser convidado: como ele explicou mais de uma vez, seu cérebro estava exposto naquela sala em toda sua idiossincrasia. Estar lá dentro era estar dentro de sua cabeça; e ele acreditava que o resto da casa se comportaria de acordo, o que, quase sem exceções, acontecia.

Nesse dia, depois da meia-noite, Murray Thwaite estava tão seguro de sua privacidade que havia tirado o arquivo de sua gaveta trancada, o arquivo do livro que ele via como a obra da sua vida, o projeto que, quando estivesse concluído, se algum dia isso acontecesse (mas o que lhe sobraria para fazer então, uma vez concluído, se era de fato a obra da sua vida?), iria por fim e inegavelmente elevar seu nome do patamar de colunistas inteligentes e de jornalistas competentes, até corajosos, para o panteão dos imortais. Era uma obra — ele hesitava até em formar a palavra mentalmente, e, no entanto,

OS FILHOS DO IMPERADOR

o conceito de si, do *sentido* disso tudo, dependia dessa formulação — de filosofia. Parte aforística, parte ensaística, a obra era para ser a destilação cristalina do que ele aprendera, do que sabia e do que vivera. Na sua cabeça, embora não no papel — ele ainda não estava preparado, mesmo depois de tantos anos, para pôr tantas intimidades por escrito, muito menos no computador, demasiado acessível e preocupantemente localizável —, o livro tinha um título: *Como viver.* Simples, incisivo — e ainda assim ele desconfiava de que fosse grandioso, grandioso demais para o que ainda era apenas uma pilha de folhas escritas a mão, manchadas de café, com orelhas dobradas, marcadas, lidas milhares de vezes com insatisfação por um, e somente um, par de olhos. Annabel sabia da existência desse manuscrito assim como uma criança sabe da existência da terra fantasiosa de Nárnia, com uma mistura de esperança e descrença; e, desde que voltara para casa, Marina parecia supor que algum evento vital, sem data certa para vir à tona, estava se desenrolando em segredo (tudo bem que ele começara quase uma década atrás, quando ela estava na Brown), algo a que ela se referia ironicamente como "O troço de papai". Além dessas duas, ninguém mais tinha conhecimento, até onde Murray sabia, de seu texto. (Como ele poderia saber, e por que ele imaginaria, que Marina tinha contado a Danielle, Julius e talvez a outros que o próximo grande projeto de seu pai era um manuscrito confidencial que nem *ela* havia visto? Então entre os conhecidos dela corriam rumores sobre "O troço de Murray Thwaite", rumores que sugeriam conter o trabalho grandes revelações sobre a CIA ou o Partido Comunista, ou, numa vertente mais tola, receitas: *Receitas de Murray Thwaite para o seu* brunch — mas não chegavam, claro, e nem poderiam chegar, perto da verdade.)

O manuscrito o deixava nervoso: ele não sabia como prosseguir com ele. Nunca havia escrito algo assim. O número de páginas aumentava ou encolhia dependendo apenas do seu humor, já que era capaz de ler as mesmas passagens vinte vezes, achando-as esplêndidas e luminosas nas primeiras dezenove, e tolas ou banais na vigésima. E, mesmo assim, ele iria determinar, puramente por capricho, se descartava as páginas consideradas ruins ou se as colocaria de lado na esperança condescendente de que a vigésima primeira leitura, com melhor humor, restaurasse sua atração por aquela prosa insultante. Como o manuscrito o deixava nervoso, ele muitas vezes o evitava, por meses seguidos, até; uma mania que não era difícil de se justificar, sendo ele tão prolífico e tendo sobre si uma demanda pública constante. Apenas quando se sentia realmente tranqüilo, não apenas despreocupado, mas imperturbável, ele pegava essa pasta preciosa.

Foi assim que ele se sentira nessa noite, até a invasão da filha. Ele a amava e a adorava de verdade, claro; mas enquanto olhava para o pijama puído dela, os dedos do pé encolhidos, ele se perguntava por que essa mulher, não mais no começo da juventude, ainda estava morando na casa dos pais, ou por que estava morando lá de novo.

— Papai — disse ela, arrancando sem olhar uma pequena casquinha no tornozelo —, você está ocupado?

— Se estou ocupado, filhota? — Ele olhou por cima dos óculos, com o que esperava que fosse uma severidade amorosa. — O que você acha?

— Eu sei que a porta estava fechada, mas achei que... preciso mesmo conversar com você.

— Podíamos ter conversado durante o jantar, minha flor.

— É que, bom, não é que seja particular, mas meio que é; é que você vai entender, e a mamãe... eu queria falar só com você.

Murray tirou os óculos, deixando-os pendurados como os de um professor, enquanto ruminava alguma coisa. Não disse nada.

— Mas você está com um prazo apertado?

A preocupação dela soou falsa. Ele sabia que ela não se importava com os prazos dele; só estava interessada na possível conversa. Nesse sentido, pela obstinação, ele poderia até dizer que ela tinha herdado a cabeça do pai. Só que em alguns momentos, como agora, esse traço o incomodava. Mas ele sabia que Marina, quando se aproximou de seu santuário, estaria tão apreensiva quanto determinada; ele sentia de longe o suor das mãos dela, o batimento de seu coração, e, com um suspiro, o suspiro da responsabilidade paterna, ele se resignou. Juntou seus papéis, colocou-os dentro da pasta, virou-os para baixo — tudo com uma indiferença que sugeria que não eram importantes — e se ajeitou na cadeira para conseguir olhar direito para a filha, podendo, como ela pedia, conversar.

— Então — disse ele, estendendo as mãos.

Marina deu uma meia risada:

— Você está fazendo com que eu me sinta uma idiota, papai. De repente ficou tudo formal, como se houvesse um roteiro, e... eu não sei...

Ele a interrompeu:

— Você quer me perguntar ou me contar alguma coisa?

Marina pensou por um momento.

— Nenhum dos dois. Ambos. Que tipo de pergunta é essa?

— Marina, querida, você tem de pensar com clareza. Tem de aprender a articular seus pensamentos claramente. A clareza é a chave.

— Você faz parecer que tudo é tão simples...

— Mas é. Isso, pelo menos, é simples.

— Você faz qualquer coisa parecer simples. E *não é*. Você tem sempre tanta *certeza* de tudo.

Ele suspirou.

— Não resmungue, Marina. Não é do seu feitio. E não fale bobagem. Há coisas sobre as quais eu tenho informação suficiente para ter certeza. E há uma grande quantidade delas, claro, que é uma confusão.

Marina assentiu, mexendo nos dedos do pé, sem olhar para ele. Ele se orgulhava dela por tanta coisa — não só pela sua beleza, que sempre o surpreendia, como se ele, sem querer, tivesse ganhado um jogo ou cultivado um *bonsai* perfeito —, mas ela podia ser, e estava sendo, irritante. Ouviram uma sirene se aproximar na avenida embaixo, o ruído aumentando e depois diminuindo ao passar, seguindo em frente. Como se estivesse esperando educadamente que o barulho terminasse, Marina começou:

— Só quero pedir um conselho. Sobre... sei lá... as coisas.

— Que coisas? O livro?

Ele estava cansado do livro faz-de-conta dela; não só porque lhe fazia refletir se o livro *dele* — não o *Senhora gorda*, que estava indo muito bem, obrigado, mas o livro, esse livro que estava sob seu cotovelo — era uma farsa vergonhosa como o da filha.

— Não. — Ela olhou para ele através do cabelo, que estava jogado sobre o rosto de maneira sedutora. — Talvez não só sobre ele. — Ela parou. — É o conjunto da obra. Quer dizer, eu tenho trinta anos agora, não tenho?

— Tem.

— E aos trinta você já era famoso.

— Famoso? — Ele deu de ombros com modéstia, um desdém tão artificial quanto a preocupação da filha mais cedo. Ele conseguia vê-la percebendo a falsidade; os dois se conheciam muito bem. Então ele disse, com sinceridade: — Era um tempo muito diferente. Era um mundo diferente.

— É, mas você já começou fazendo coisas importantes. Tinha convicções.

— Acontecimentos mundiais. Havia uma oportunidade. Eu acreditava num monte de coisas, algumas das quais ainda são válidas hoje, e muitas outras que, bem, como estávamos dizendo... pouca coisa é certa.

— Mas papai, o que eu vou fazer?

Murray Thwaite piscou. Ela era adorável e charmosa demais, mas era assim há muito tempo, a vida toda; e ele achou que lhe havia incutido a importância de ser mais do que isso. Ele não queria suspeitar que ela não fosse inteligente; ele a conhecia, sabia que era. Não tão brilhante, talvez, como sua amiga Danielle, mas inteligente o bastante para não ter pretexto, nenhum pretexto para esse comportamento. Ele manifestou seu desagrado soltando o ar pelo nariz, como um dragão. Podia sentir as narinas se abrindo. Para dar tempo a ela, acendeu um cigarro e esvaziou o cinzeiro no cesto de lixo a seus pés. Aurora forrava os cestos com sacolas de supermercado, para facilitar a limpeza, e as guimbas e as cinzas farfalhavam de encontro ao plástico como folhas na brisa.

— A Danielle acha que eu preciso arrumar um emprego.

— Em que tipo de emprego você está pensando?

— Esse é o problema. Primeiro: será que eu deveria arrumar um se estou tentando terminar o livro? E depois: você sabe que um trabalho *de verdade* exigiria muito, afinal, é como um trabalho interessante deve ser... E um trabalho fácil, um trabalho idiota, bem... a quem eu estaria enganando?

Murray Thwaite tinha pouca paciência com isso. De repente ele viu sua filha como um monstro criado por ele e por Annabel, por eles e pela sociedade do excesso. Estava prestes a começar o "Quando eu tinha a sua idade...", mas de repente ouviu a voz de seu próprio pai na cabeça, entoando essas palavras que ele havia jurado a si mesmo — conseguia se lembrar de sua irritação ao ouvi-las — que nunca diria para seus filhos. Em vez disso, ele disse: — Você sabe que pode ficar aqui quanto tempo quiser. Uma cama, um teto, seu jantar, você tem; e um pouco de dinheiro também, enquanto eu e sua mãe dermos conta.

Marina assentiu, como se repreendida pela generosidade dele, esperando o que haveria a seguir.

Ele se perguntava o que deveria vir depois.

— Mas a questão é: o que você quer fazer com a sua vida?

— Eu quero o que sempre quis, pai, você sabe. Quero fazer alguma coisa importante.

Será que ela conseguia ouvir o que estava dizendo? Até aquela estudante da Columbia, como se chamava? Anne? Maryanne? Roanne, é isso, nem ela era tão ingênua, e era dez anos mais nova.

— E isso quer dizer o quê? — pressionou ele.

— Escrevendo. Eu queria escrever alguma coisa, artigos, um livro, alguma coisa que fizesse diferença.

— Mas sobre o quê? No que você acredita?

— Não sobre roupas infantis, com certeza. — Ela suspirou pesarosamente. — Não sei. Há tantas coisas. Você, mais do que qualquer um, sabe como é.

— Assuntos diferentes são importantes para pessoas diferentes, minha filha, como você bem sabe. Não é só questão de escolher algo de uma lista, de seguir a idéia de alguém. Se eu ensinei alguma coisa a você, certamente foi isso. Você tem de encontrar seu tema. Ou um primeiro tema, para começar.

— Mas como?

— Talvez, num primeiro momento, sua amiga tenha razão. Talvez você devesse arrumar algum tipo de trabalho.

— Em jornalismo?

— Em qualquer coisa que lhe interesse. Dar aulas. Trabalhar numa ONG. Numa agência de publicidade. Pelo amor de Deus, é só um emprego.

— Acho que o que me preocupa é... — Marina deu a seu pai um sorriso autodepreciativo, uma de suas expressões que ele considerava mais fascinantes. — O que me preocupa é que isso vai me tornar uma pessoa comum, como todo mundo.

— Minha linda... — Ele ficou de pé e a abraçou, interrompendo propositalmente o inquérito. Ela também saiu do divã, quase dançando entre as pilhas que havia colocado no chão. — Nada nesta Terra pode fazer de você uma pessoa comum. Nada, jamais. Agora eu preciso trabalhar. Porque *eu* tenho um trabalho. Me ajude a me concentrar.

Ele a deixou ir até a porta antes de falar novamente:

— Você vai terminar o livro, afinal, depois de todo o trabalho que ele deu?

Ela estava com a mão na maçaneta. Pela maneira como ela a segurava, pela forma da palma de sua mão e de seus dedos na superfície, ele sabia que ela estava sentindo o metal frio. Ele sentiu que a conhecia — o desenho da sua coluna, a curvatura de seus olhos — e que realmente não precisava que ela respondesse a essa pergunta.

— Não sei ainda — disse ela —, ainda estou tentando descobrir.

Ele assentiu. Ela estava no saguão, a porta não muito fechada, quando ele a chamou pela última vez:

— Marina?

— Sim, papai.

— Você sabe o e-mail da sua amiga Danielle? Eu disse que ia mandar umas coisas para ela sobre aquele sujeito, o Jones, sabe, aquele sobre quem ela quer fazer um filme.

— Que fofo. — Marina sorriu, mostrando apenas a cabeça pela porta. — Ela vai adorar.

Depois que Marina saiu, Murray Thwaite sentou-se diante de sua pasta aberta, pegou uma folha em branco e escreveu em cima: "Capítulo dez: Dar conselhos a uma filha adulta." Depois riscou e escreveu: "Capítulo dez: Conversas com uma filha adulta"; e então: "Um filho adulto pondera sobre como viver." Finalmente, ele se decidiu por "Conversando com uma criança crescida", e essas palavras ficaram no meio da página em tinta preta, com suas longas letras maiúsculas. Ele fumou vários cigarros enquanto olhava para a frase e esvaziou a garrafa de uísque que estava em seu bar, quase acabando, o suor do copo marcando o papel verde com um pequeno círculo. Por fim, ele colocou essa folha em cima do manuscrito e pôs tudo de volta na gaveta, trancada com cuidado. Marina havia feito — isso era, claro, o que uma criança faz — um estrago no seu avanço, arruinado seu pique.

MAIO

CAPÍTULO ONZE

As mães sabem mais

SEMPRE QUE RANDY MINKOFF VINHA À CIDADE, havia três coisas que ela invariavelmente queria fazer: assistir a um show na Broadway, fazer um passeio de charrete pelo Central Park (na primeira vez, sob muito protesto e discussão, mas por fim com muito prazer) e, o mais importante, ir ao Metropolitan. Ela também tentava visitar outros museus, diferentes a cada vez, e nessa visita propusera o Frick e o Pierpont Morgan, ou talvez a Biblioteca Pública, mas foi ao Met que voltou, tão maravilhada como sempre ficava cada vez que subia os degraus de mármore desde a primeira ida, conforme sempre dizia à filha, lembrando a sua primeira ida a Nova York, quando tinha dezoito anos e cursava o primeiro ano de faculdade na Ohio State, viajando com um grupo de amigas num feriado de primavera, para o desagrado manifesto dos pais.

— O encanto nunca acaba — disse ela alegre, com sua voz gutural, rouca. — Quem dera que com o sexo fosse assim. — E ria, espantada do fundo do coração com a própria ousadia.

Não que a mãe de Danielle fizesse muito sexo, pelo menos até onde a filha sabia. Após o divórcio, ela se mudara para St. Petersburg, na Flórida, a pedido de sua velha amiga Irene Weinrip, também divorciada e confortavelmente instalada num apartamento de frente para o mar. Por anos Randy Minkoff não havia trabalhado em lugar algum além da empresa de seu marido, mas, como ela dizia a Irene — ou Irene lhe dizia, nunca era muito claro —, uma coisa que Randy conhecia bem era patrimônio. Não se fica casada com um incorporador por tantos anos sem entender de patrimônio. Assim, ela fizera o exame para ser corretora, entrara no mundo brilhante das imobiliárias de St. Petersburg e descobrira um novo prazer na vida. Baixinha, morena e nariguda como a filha, ela ganhara corpo com a idade e tinha seios consideráveis, mas não deixava que seu senso de estilo fosse ferido pelo que alguns podiam ver como imperfeições no corpo.

— Os homens gostam de ter alguma coisa para apertar. E, se você tiver um bom espartilho, fica bem com qualquer roupa — informou ela a Danielle.

A mãe preferia as pantalonas, os *tops* justos (às vezes com estampas de espécies em extinção) e os saltos altos. Gostava de jóias de ouro, ou até de jóias que pareciam ser de ouro; não era esnobe em seus gostos, e mais de uma vez comprou um item que adorou num canal de televendas; ela escolhia acessórios que valorizassem sua pele naturalmente bela e o dourado artificial de seus cabelos. Era exuberante, quase exagerada, tinha uma voz que parecia o resultado de uma vida inteira de fumo intenso (apesar de ter largado o cigarro quando Danielle tinha oito anos) e portava uma certa sobra de tecido adiposo. Como corretora de imóveis, em especial para aposentados — aves migratórias grisalhas vindas do Canadá e da parte norte do Meio-Oeste norte-americano —, era popular, realmente bem-sucedida; como uma garota entre mulheres de meia-idade, dinâmica e brincalhona; mas, quando o assunto era homem, Danielle sabia que sua mãe falava sobre encontros sem nem mesmo os ter, que se referia abertamente ao sexo sem poder, desde o divórcio (fora idéia dela, afinal), olhar sem medo para algum homem que não fosse o filho. E talvez até ele fosse suspeito.

Danielle gostava de acreditar que, nos assuntos do coração, ela era diferente da mãe, mesmo que compartilhassem tantos outros traços. Mas a vida íntima de Danielle, apesar de mais povoada do que a de Randy, não era mais plena. Nem mais promissora do que a de Julius — pelo menos desde que um gatinho chamado Tim terminara um namoro longo e intermitente com ela para se casar com uma garota de dezenove anos que largou a faculdade. Danielle sentia pena de sua mãe, robusta, corajosa e "bem-resolvida", chegando aos sessenta como se gostasse disso, como se nunca tivesse se sentido tão bem consigo mesma. No entanto, quando Randy Minkoff chegou a Nova York e se instalou no hotel Days Inn, na Eighth Avenue com a 47 Street, num quarto que ela insistia em dizer que não era menor do que o conjugado da filha ("Cabem *duas* camas de casal, Danny. Duas!"), Danielle teve medo de que a mãe sentisse pena dela. Era lógico que Randy se preocupava com a filha ("Quando eu tinha a sua idade, querida, você e o Jeff estavam correndo pela casa peladinhos, gritando. Que delícia!") e projetava nela — assim acreditava Danielle — todo o seu inconsciente fracasso. Ela não parecia ficar tão impressionada, assim como Danielle ficava às vezes, com seu cargo de produtora de documentários para uma série de prestígio. Randy Minkoff achava que esse trabalho era incerto porque seu sucesso dependia de muitos fatores incontroláveis. Isso contradizia uma de suas tolas crenças de auto-ajuda, adotada na Flórida após seu divórcio. Assim, Danielle não contara à mãe que o projeto australiano estava acabado (Randy *tinha* ficado impressionada com a viagem para o outro lado do mundo, com passagem paga na classe executiva), mas, em vez disso, sugeriu que estava esperando temporariamente. Ela falou por alto sobre sua idéia atual, com uma indiferença que não sentia, para tentar deixar implícito que isso era algo sem importância, uma idéia mantida até que o financiamento para os dois meses em New South Wales ficasse acertado.

Na fila para o almoço no badalado restaurante do Metropolitan, Danielle falava dessa forma com sua mãe, mantendo a voz baixa em meio ao eco ressonante dos outros clientes e das hordas de gente passeando. Estavam esperando por Marina — Randy a adorava, sem suspeitar que a querida amiga de Danielle dissera à sua própria mãe que Randy era "realmente fofa, mas, sabe, daquele tipo vulgar de Miami" —, e depois do almoço elas iriam atravessar o parque para ir a mais uma das marcas registradas de Nova York, cantadas em prosa e verso: o zoológico das crianças, que era muito especial para Randy:

— Não se lembra? Nossa primeira visita em família a Nova York, quando Jeffy caiu do cogumelo do *Alice no País das Maravilhas* e ficou com um galo roxo gigante na testa... E você, você, Danny, viu um chimpanzé fazendo xixi na jaula e na mesma hora molhou as calças, lembra? Ficou lá olhando o macaco e de repente percebemos que a sua meia-calça branquinha estava pingando até os sapatos...

Danny disse não se lembrar dessa antiga humilhação, mas tivera essa imagem desenhada tantas vezes para si que não podia ter certeza: estava marcada agora em sua memória. Hoje, e não pela primeira vez,

Marina também faria parte da platéia desse mito; mas não ainda, não antes do almoço.

Randy e Danielle já haviam passado a manhã no museu, uma manhã ensolarada de uma quarta-feira de maio. Danielle tirara um dia de folga do trabalho especialmente para isso (sua mãe a visitava no meio da semana porque as passagens aéreas eram mais baratas: ela entendia de patrimônio e sabia viajar, mas, acima de tudo, sabia pechinchar), para vagar pelas catacumbas sombrias das galerias de moda do Metropolitan, vendo na luz fraca vestidos de noite, chinelos de brocados, saias estampadas, chapéus com plumas e manequins montados em poses elegantes, mas sem rostos. A ela, pareciam travestis instigantes mas perturbadores, contudo, para sua mãe, eram sem dúvida a maior atração do museu. Em segundo lugar, Randy gostava das jóias, dos brincos e das pulseiras romanas que se encontravam reproduzidos na loja do museu; mas, para Danielle, aquilo já era demais, assim como o eram os corredores de porcelana antiga: objeto da mais completa indiferença.

O ritmo lento do museu deixara as duas cansadas, exauridas, sobretudo Randy, cujo salto oito ("Uma mulher baixa, Danny, nunca deve usar menos do que isso", dizia ela sempre, lançando um olhar de reprovação zombeteira para os sapatos baixos da filha) fazia doer a sola dos pés e os joanetes. Antes do esperado, se recolheram ao restaurante. Lá encontraram muito mais gente do que esperavam, então entraram na fila.

Danielle terminara de explicar a idéia do seu programa "sobre a revolução" e estava ouvindo por alto o falatório entusiasmado de sua mãe sobre a obsessão que seu primo Melvin tinha, nos anos 1960, pelo partido libertário em Illinois. Antes, é claro, ele se interessara por coisas orgânicas e comprara uma fazenda no norte da Califórnia (que ligação existia entre as duas coisas?, Danielle se perguntava, espantada como sempre com a capacidade da mãe de ter pensamentos paralelos loucos e intermináveis e histórias inúteis, pouco ciente de que essas, como tantas outras, foram características que ela também herdou), quando ela vislumbrou, ou achou que o havia feito, a testa alta e clara de Ludovic Seeley. Ele estava à frente delas na fila, quase no início, e tinha o corpo longo e esguio curvado naquele gesto de intimidade que ela notara no primeiro encontro. Foi por esse ângulo que ela o reconheceu. Ela virou a cabeça para ver com quem ele estava conversando e percebeu que sua interlocutora era uma mulher jovem e atraente, talvez descendente de europeus e asiáticos, com grandes olhos negros, mãos pequenas e — Danielle saiu mesmo da fila e olhou para baixo — tornozelos de boneca sobre saltos que faziam os de Randy parecerem mínimos. A conversa estava animada, quase quente. Dava para perceber que Seeley tentava persuadir a mulher de alguma coisa, e, apesar de ela ser educada, talvez até estar interessada, não concordava. Danielle achou que eles não se conheciam muito bem; e, mesmo com sua suspeita imediata, decidiu que não era para levar a sério. Ou talvez ainda não; talvez fosse essa a razão do concentrado esforço de persuasão de Seeley.

— E eu acho que é por isso que Karen tem problema de peso, não acha? — Randy tocou o braço da filha com suas unhas pintadas de cor de cobre.

— Hein?

— A filha mais velha da Mel, Karen. Aquela que quer ser atriz.

— Ah, tá.

— Mas ficou obesa. Quer dizer, não só gordinha, obesa mesmo. E acho que foi por causa da comida orgânica, não acha?

Danielle viu o *maître* guiar Seeley e sua acompanhante até uma mesa reservada para dois. Quando se sentaram, ela não conseguia vê-los e achou que isso dificultaria um encontro casual. Danielle sabia que Seeley tinha chegado — alguém havia contado, em tese um concorrente dele da Condé Nast —, que ele havia alugado um apartamento em Gramercy Park três dias depois de chegar, no começo de abril, mas ela não o havia procurado. Vinha querendo fazer isso: ele era, ou seria, uma parte essencial de seu programa sobre a revolução, caso ela tivesse o sinal verde. Tinha quase certeza de que ele aceitaria, já que a publicidade para sua revista seria imensa; mas o diretor da série queria esperar até setembro, quando a *The Monitor* fosse lançada, para tomar uma decisão. Ainda assim, não seria inapropriado, sob essas circunstâncias, que ela aparecesse, rapidamente, em sua mesa, para se reapresentar. Mas não com sua mãe, ela não queria Randy envolvida nesse encontro. Nem Marina, pensando bem. Talvez fosse nervosas para que seu quarto parecesse deliciosamente hermético, ainda novo, ainda limpo.

Para poder se sentar perto da janela e ler, escrever e pensar banhada de luz na ilusão efervescente da cidade, ela havia escolhido colocar sua cama perto da cozinha e da porta. Ela sabia que, para a maioria das pessoas, essa decisão seria peculiar, nada atraente (e ela até se preocupava, às vezes, com a proximidade entre a comida e a roupa de cama), mas Danielle só permitia visitas raramente, e só daqueles que a conheciam bem o suficiente para não comentar as suas escolhas. O apartamento era todo e somente dela: uma parede de livros, lidos e não lidos, todos queridos não apenas por seus conteúdos, por suas lombadas, mas pelos momentos e períodos que lembravam. Guardava alguns livros da faculdade, que ela comprara para o curso e até hoje não lera — Frederic Jameson, por exemplo, e *A crítica do juízo*, de Kant —, e que sugeriam que ela era, ou poderia ser, uma pessoa séria, uma pensadora iniciante e universal. Guardava também uma pilha de livros infantis tirados de seu desmantelado quarto de menina, coisas como os romances *A teia de Charlotte* e a obra que serviu de base para o filme *Harriet, a espiã*, que relembravam uma versão antiga e apaixonadamente sincera de si mesma, a criança sóbria que lia sempre no banco de trás do carro, alheia ao irmão que lhe batia no joelho, alheia ao falatório dos pais, alheia ao trânsito e às paisagens que se impunham do lado de fora da janela.

Ela tinha, além dos livros, uma modesta prateleira de CDs que cumpriam uma função similar, só que mais restrita: ela não era como Julius, fanático por música, não entendia muito do assunto; ela sabia que sua coleção era composta sobretudo de títulos populares que refletiam — fosse música pop ou clássica — não um espírito individual, mas o gosto genérico de sua época: Madonna, Eurythmics e Tracy Chapman, de sua adolescência; Cecilia Bartoli, Anne-Sophie Mutter e Mitsuko Uchida; e, mais recentemente, Moby e a cantora *folk* de Washington, D.C. "descoberta" postumamente — morreu de melanoma aos trinta e poucos anos —, cuja trágica história atraía Danielle mais do que suas suaves versões de músicas populares.

Sua personalidade era representada por seus livros; sua época, pela sua coleção de discos; o resto do quarto ela considerava puro, neutro, com seus belos lençóis brancos e travesseiros macios (ela tinha uma quedinha por roupa de cama, e até havia comprado um jogo da marca chiquérrima Frette, uma extravagância pela qual se punia usando só em ocasiões especiais, como no seu aniversário), seu sofá verde-oliva, grande o suficiente para que ela pudesse se deitar com os joelhos dobrados, e sua bancada de madeira polida, que dava para a janela e tinha todos os elementos de um "escritório particular". Danielle esbanjara na cadeira de escritório, uma maravilha ergonômica que sua mãe a encorajou a comprar e a ajudou a pagar ("Acredite, querida, nada é mais importante do que ter as costas saudáveis. Nada! Você se lembra daquela viagem para St. Thomas no feriado de primavera quando você tinha doze anos e seu pai acabou com as costas? Ele dormiu no chão por dois meses depois disso, querida. Dois meses! E acho que as costas dele nunca mais foram as mesmas. Não que agora eu saiba disso, claro. Vamos comprar a cadeira."). Ela não exibia fotos ou recordações de qualquer tipo. Tinha horror a bibelôs. Nas paredes, havia pendurado quatro reproduções de Rothko, grandes, com molduras discretas, que lhe faziam lembrar a capela Rothko em Houston, aonde ela fora uma vez com sua família, quando ainda eram uma. Os tons lavados escorrendo — verde, cinza, azul, lilás e roxo — ainda a convidavam à contemplação, acalmando-a cada vez que se sentava diante deles. Ela ainda sentia — ou poderia sentir, se mantivesse a luz apagada e a forma plana dos quadros ficasse escondida, da maneira como as rugas de uma mulher envelhecendo desaparecem nas sombras — que podia se perder na paleta verde de cobre, um tom levemente diferente para cada estado de espírito.

Esta noite, com seu chá de hortelã, ela engatinhou para o sofá verde-oliva e olhou para o painel mais roxo, no exato instante que precedia a madrugada ou no auge da noite, como ela alternadamente encarava aquele momento. Talvez devesse mergulhar nos verdes e cinzas para dormir; mas, assim como suas pernas doíam, também doía seu cérebro, que parecia chiar de cansaço com um zumbido constante. Danielle sentiu a necessidade de organizar suas aspirações, de dar-lhes uma hierarquia e um ritmo, de fazer uma lista interna: aurora, poente, aurora, poente. Inspire, expire.

1. Já passava das onze. Ela não queria ligar para Marina. Também não queria ligar para sua mãe, sabendo que estaria enfiada embaixo de um cobertor de lã sintética no hotel Days Inn, no centro, mas tinha prometido que ligaria ("Eu só preciso saber que minha filha chegou segura em casa, entende?"). Ela então ligou, dando e recebendo um breve boa-noite murmurado e tossido, em ambos os lados, em usuais declarações de amor.

2. Ela não só não queria telefonar para Marina, como ficava irritada só de pensar nisso. Seria por Marina ter usado a palavra "comovente"? Ou porque ela não queria falar com a amiga sobre Ludovic Seeley? Claro que já tinha contado bastante a Marina, e a todo mundo, da idéia-Seeley, mas não da pessoa Seeley; e lá estava, esteve, a visão dele na frente da fila do restaurante, uma atração que Danielle sentiu ser inevitável, pessoal, até espiritual, sedutora. Sabia que sua mãe acreditava nessas coisas, e acreditava nessas coisas nesse exato momento. Danielle se lembrou vivi-damente de ter se sentido atraída, com carinho, até mesmo em Sidney; se fosse sincera, tinha-se apegado à idéia do programa sobre a revolução — na verdade, era constrangedor admitir — apenas como pretexto para contatá-lo de novo, e mais do que isso, para estar com ele durante algum tempo, para se sentir acima dele (não literalmente, claro). E, tendo toma-do essa decisão, instintiva e quase inconscientemente, já há dois meses, Danielle permitira que a idéia de sua ligação com Seeley florescesse no espaço privado de sua imaginação, de seu delicioso apartamento; e agora, mais problematicamente, inevitavelmente, e talvez assustadoramente, ele era real outra vez: carne, sangue e olhos com pálpebras caídas, com longos e belos dedos e o olhar persistente. Ele era real, e estava em Nova York para ficar. Isso já era preocupação suficiente sem o dilema da conversa boba de Marina na caça. Porque Marina decerto vira, como sua mãe, o seu desconforto; ela decerto sentira a tensão no ar em seu encontro internacional. Ou pior, talvez Marina não tivesse visto ou sentido, talvez essa corrente elétrica fosse pura imaginação, uma atração unilateral tão fechada em si que era impossível perceber — que Danielle percebesse — a indiferença do outro lado. (Afinal, ele havia se inclinado sobre cada uma das mulheres: foi pelo ângulo dele que ela o havia conhecido primeiro, e só então por sua sobrancelha, pelo perfil aristocrático.) De qualquer

forma, Danielle não queria conversar com Marina naquela noite. Não queria lhe falar de Ludovic Seeley. Ela teria que fazer isso, talvez amanhã, mas não agora.

3. Além disso, ela se sentia desconfortável com Marina em outro pequeno aspecto. Tinha a ver com o pai da amiga. Desde o jantar deles na casa dos Thwaite em março, Danielle parecia ter estabelecido uma correspondência por e-mail com seu anfitrião. Ele lhe enviara, em primeiro lugar, e de maneira um pouco surpreendente, informações sobre o professor Jones, apesar de ela achar que havia explicado que seu programa de "reparações" e "indenizações" fora cortado. Entretanto, ficara lisonjeada — como não? — pela consideração de alguém tão importante e tão ocupado, e lhe agradecera de uma forma que considerava espirituosa, apesar de não se lembrar agora do que havia dito. E para não parecer mal-educada ou egocêntrica (essas eram, como sempre, antigas lições de sua mãe — nesse caso, sobre boas maneiras na correspondência —, repetidas sem parar em sua mente junto com a ordem materna, tão difícil de cumprir, de não começar uma carta com a palavra "Eu" — por quê?, ela ainda se perguntava), Danielle perguntara a Murray Thwaite sobre seus projetos atuais, se ele estava dando aulas e em que artigo estava trabalhando; nunca esperando, claro — era só educação mútua —, que ele respondesse, que brincasse perguntando se deveria lecionar em Columbia ou em Sarah Lawrence na primavera seguinte, que mencionasse que estivera relendo William James para um capítulo em que estava trabalhando e que pedisse a opinião dela sobre *As variedades da experiência religiosa* a ponto de ela encomendar o livro na loja virtual Amazon — lá estava o livro, atrás de seu ombro esquerdo, enfiado entre outros volumes como se estivesse sempre ali — para ler o trecho indicado por ele, a fim de poder responder corretamente aos seus comentários. Sua correspondência parecia inocente — ele não flertava com ela, pelo menos não no sentido em que Danielle entendia a palavra; o tom era mais de professor ou de tio. Mas havia alguma coisa que não estava certa, algum toque suave de traição nas mensagens cheias de vigor. Danielle não sabia dizer se era um pequeno sinal de sensualidade ou apenas uma relação desviada entre pai e filha. Uma coisa era certa: não era apenas ela, Danielle, que não tinha pressa de mencionar a correspondência para Marina, não além

da primeira mensagem, da qual as duas riram juntas ("Isso é *tão* típico do meu pai!", dissera Marina, sem ouvir o que ele havia escrito, batendo palmas de prazer); ela tinha quase certeza de que Murray Thwaite também havia ficado quieto. Marina não era dissimulada, e Danielle sabia que, se seu pai houvesse falado de seus e-mails, Marina, ferida pela surpresa, teria dito a ela — "Como foi que não me disse nada?" —, ao que Danielle responderia dizendo (ela planejou, imaginou várias vezes o tom aéreo que usaria): "Não disse? Desculpe. Achei que tivéssemos conversado sobre isso." E com certeza, com certeza havia alguma coisa estranha até naquela conversa imaginária, mesmo que ela não conseguisse identificar o que era. Certamente a fazia parar quando ela estava com Marina trocando confidências ou apenas conversando, e sentia um frio de desconforto, ou de empolgação, na espinha.

4. Havia ainda a questão da quinta-feira de Randy Minkoff. Ela queria levar a filha para fazer as unhas na Madison Avenue, num salão sobre o qual havia lido na *Vogue*, e, esta noite, revelou que havia marcado hora para as duas secretamente, às 14h30. Isso apesar de Danielle ter tirado toda a quarta-feira de folga e de ter oferecido à sua mãe apenas a manhã de quinta, tendo concordado em participar da reunião habitual sobre seriados às três. Como decepcionar Randy? ("Você não tem idéia do estilo do lugar. Eu marquei hora há um mês, lá de St. Petersburg. E, se não fosse pela Malva, amiga da Irene, que é cliente, nós *nunca* conseguiríamos entrar!") Como faltar à reunião marcada sem mostrar falta de profissionalismo? Como sua mãe pudera colocá-la nessa situação? Ou foi ela, tinha de pensar, que de alguma forma *se permitira* ser manipulada? Sua mãe não faria isso com o Jeff, que trabalhava num banco em Dallas. Nem tentaria. Elas imaginavam a forma como Jeff iria encher as bochechas já cheias, bufar e dizer, dando de ombros: "Desculpe, mãe, esqueça. Não vai rolar." E, apesar de ele ter apenas um metro e sessenta e cinco e ficar engraçado usando terno, com seu pescoço grosso e seus braços curtos, apesar de ele ter quase dois anos a menos do que Danielle, o irmão manteria a autoridade — seria apenas pela masculinidade, embora se desconfiasse dela? —, o que faria Randy Minkoff desistir de vez sem muito lamentar e sem um ar choroso, sugerindo que sabia desde o começo que ele tinha coisas mais importantes a fazer. Por que isso? Por-

que se Danielle persistisse — e essa noite, ao saber do compromisso, ela empalidecera e até se encolhera, mas dissera apenas: "Puxa, mãe. Tenho uma reunião no trabalho. Mas vou ver o que posso fazer" — , ela sabia (não compreendia como sabia, mas sabia) que Randy Minkoff cairia em prantos. Não há cena mais prolongada e exaustiva no repertório da família Minkoff, e deve ser evitada a todo custo.

5. E finalmente, sem pressionar, mas incomodando, havia a questão de Julius. O que teria acontecido com ele, exatamente? Ela sentia saudades dele. Desde sempre ele havia sido, daquela forma engraçada e intermitente, uma luz no seu caminho. Ele a fazia rir, fazia a vida brilhar. De repente, então, desaparecera. Não que ela pensasse que ele havia sido atingido por um abacaxi de metal na cabeça e sangrado até a morte no chão de seu conjugado; não que ele houvesse sido vendido como escravo branco, nem sido feito refém por um grupo de radicais, não, ela recebera sinais de vida suficientes para saber que ele estava bem, talvez até melhor do que nunca. Era o que estava escrito num cartão de um hotel chique de Miami, o Delano, onde ele fora passar o final de semana com o novo namorado, esse misterioso David — ele estava na área há quanto tempo? Dois meses, agora? Fazia mais tempo? Mas que ninguém, ou ninguém entre os amigos deles, tivera ainda o privilégio de conhecer. Danielle e Marina brincaram que talvez David não existisse, que talvez fosse uma das ilusões de Julius, como os encontros imaginários que durante anos o isolaram. Seria, afinal, uma boa artimanha, não totalmente estranha à fantasia de Julius, o traquinas cujos caprichos extravagantes haviam se tornado cada vez menos comuns à medida que todos eles ficavam mais velhos (na faculdade, ele sempre mentia descaradamente, de maneira insultante, sobre onde havia estado e com quem saíra; e adotava as melhores histórias de todos, contando-as como se fossem suas, porém melhoradas de alguma forma; contudo, ele não fazia mais isso); mas Danielle havia visto o postal de Miami, e sabia que até para Julius estar lá, David tinha de ser real. Será que tinham se conhecido na internet? Ou numa boate? Quando ela o encontrou, Julius não quis contar, o que a fazia acreditar que o primeiro encontro tinha sido sórdido. (Às vezes Danielle achava que as bizarrices que ela associava ao seu amigo eram mais estranhas e incomuns do que qualquer coisa que alguém de fato

faria; e, ainda assim, sempre que Julius descrevia os detalhes, agora raros, ela se sentia uma completa inocente, como sua mãe.) Danielle sabia que devia, antes de tudo, ficar entusiasmada, animada por Julius parecer estar com mais sorte do que nunca na vida amorosa; mas ela ficava preocupada, desconfiando desse tal David: quantos anos ele tinha? O que fazia? De onde vinha seu dinheiro? Ao que parecia, ele não tinha a intenção de conhecê-la, Marina, ou qualquer outra pessoa. Quando ela falou com Julius, ele replicara com respostas evasivas e dissera coisas como: "Estamos indo para 'nosso' restaurante hoje à noite. Uma espécie de jantar de mini-aniversário." Como se em dois meses uma história de vida houvesse sido criada entre eles, apagando todos os anos que Julius passara em Nova York com seus amigos. Como eles já podiam ter um "restaurante" dos dois? Será que também (provavelmente) já tinham uma música? Uma hora do dia especial? Uma avenida? Mas Danielle não era boba, nem na sua irritação. Acima de tudo, o que ela queria era recuperar Julius, cuja língua afiada conseguia tornar cômica qualquer situação, podendo imitar qualquer um (ele fazia um ótimo Murray Thwaite), podendo aparecer às duas da manhã se você ligasse para ele e sempre dando a sensação de que seu mau-humor era passageiro. Sua mãe sempre dizia que não se pega mosca com vinagre. Para ter Julius de volta, David teria de ser conquistado rapidamente, e ela e Marina tinham de criar o agente responsável por isso. Se ao menos ela soubesse de alguma informação útil sobre ele, além do último nome, Cohen, e do fato de que ele, como Julius, detestava barba... Se David fosse conquistado, então Julius deixaria de se esconder. Essa era a lógica. E ela estava com isso na cabeça porque, naquela manhã, antes de sair para se encontrar com a mãe, recebera um e-mail em que Julius fazia outra desfeita: ele adoraria encontrar a mãe dela na sexta, última noite de Randy na cidade — ele a chamava de "a inimitável Randy Minkoff" e adorava provocar Danielle dizendo como sua mãe poderia treinar *drag queens* —, mas ia com David para Hamptons, local de veraneio dos chiques de Nova York, passar o final de semana com uns amigos do namorado. Julius em Hamptons? Julius num churrasco ou caminhando na praia, mesmo que todo vestido? E a *areia*? Ela dissera a Marina no almoço, quando sua mãe estava no banheiro: — Ele é delicado demais para a areia! — Mas o resumo é que agora seu orgulho estava ferido, tanto por sua mãe quanto por si mesma; e ela se sentia ofendida, podia admitir para Rothko pelo menos, com o fato de que Julius, que, entre todos os seus conhecidos, sempre pareceu o mais distante de ter um caso romântico, houvesse por fim tomado jeito. Ela não podia contar a ninguém que estava perturbada, não queria ser esse tipo de pessoa, mas continuava com aquela irritação, incontrolável como uma migalha na garganta.

INCAPAZ DE PENSAR NUM SEXTO ITEM, Danielle se mudou do sofá para a cama, mas não sem pendurar sua saia e enrolar sua blusa numa pequena bola para a lavanderia; não antes de passar creme (ela não queria, mas sentia-se virtuosa quando fazia isso) e de acariciar sua pele com um produto caro receitado pelo dermatologista que a havia dominado numa surpreendente submissão. Purificada assim como um cordeiro, Danielle deitava-se nua entre seus belos lençóis pesados, limpa, ou pelo menos esperava que estivesse, em espírito; e ainda, por uma boa hora, na penumbra, achou que podia detectar suas preocupações espalhadas como fragmentos nos cantos de seu quarto sem culpa.

CAPÍTULO TREZE

Os grandes gênios

NA SEGUNDA SEMANA DE MAIO, Bootie Tubb já estava fora de casa há vinte dias. Partira finalmente na hora em que as flores do açafrão e as amarílis — atrasadas aquele ano, mas ainda à frente dos jacintos que sua mãe adorava — estavam mostrando suas hesitantes cores vivas nos canteiros em frente à casa. A primavera estava chegando tão tarde que montes de gelo enlameado ainda persistiam nos cantos dos gramados e nos arbustos enquanto ele saía da cidade, um cenário triste que, na sua feiúra persistente, o deixou feliz de ir embora.

Ele não se havia libertado tanto quanto queria, mas também não tivera de vender o carro. Em vez disso, passou um mês, o último daquele interminável inverno, trabalhando para seu cunhado, Tom, que, além de limpar as ruas, fazia um extra como motorista. Para Bootie, dirigir o limpador de neve vermelho era como brincar num jogo de videogame de corrida de carros, e Tom, que cobrava oito dólares a hora, deixava Bootie ficar com a metade. Não era muito, mas como sua mãe nunca levava a cabo a ameaça de lhe cobrar aluguel, e como o pagamento era em dinheiro, Bootie conseguiu guardar tudo, um maço gordo de notas de um e de cinco que ele prendia com um elástico e punha num envelope de papel pardo na sua gaveta.

Quando saiu de Watertown ele tinha quatrocentos e oitenta e oito dólares em espécie, além de seiscentos e pouco na poupança, um dinheiro que sua mãe dissera vir de seu pai e que ela esperava que o filho usasse para viajar para a Europa. Com toda essa grana — parecia-lhe uma quantia importante, mesmo sabendo que não duraria muito, certamente não tanto quanto ele imaginava —, decidiu ficar com o Honda (um hotel portátil, como ele o via) e até com o computador. Fazendo isso, deixou Judy Tubb confusa e triste, quando, depois da partida do filho, ela entrou no seu quarto e encontrou a mesa vazia. Bootie não havia imaginado esse desânimo maternal: a mãe lhe falou disso na primeira conversa telefônica depois de sua partida.

— Tem alguma coisa que você não está me dizendo, Bootie? — perguntou ela.

Ele estava incomodado, curvado num telefone público no meio da estrada para Nova York, perto de Utica, onde tinha descido para tomar um café e comer uma fatia de pizza ruim, mas não disse nada, apenas franziu os olhos para a caixa plástica cheia de brinquedinhos na sua frente (um jogo em que, com um dólar, você pode inutilmente tentar apanhar com uma garra de metal um macaco de pelúcia roxo ou uma boneca de olhos esbugalhados), mexeu os pés no piso cheio de cinzas e disse:

— Não, mãe. Nada.

Porque antes de sair ele dissera à mãe, o que não era totalmente mentira, que estava indo para Amherst, em Massachusetts, visitar seu amigo Donald, um ano à frente dele na escola e agora no segundo ano de história na Universidade de Massachusetts. Não dissera nada sobre Nova York e sobre a necessidade de firmar relações com Murray. Ela não iria gostar, nem permitir. E teria impedido a sua fuga.

— O que o Donald quer com você? — perguntou sua mãe, um pouco incrédula, enquanto picava alface numa tigela de salada. — Está na época de provas.

— Ele tem que apresentar trabalhos, não provas, mãe. E ele mora fora do campus, numa casa grande. Me convidou, então acho que não vou atrapalhar.

Isso era verdade: Donald tinha convidado.

— Quanto tempo você vai ficar fora?

— Não sei exatamente. Talvez um tempinho. Ele fez alguns planos possíveis para o verão.

— Para o verão?

Então Bootie contou apenas essa mentira:

— Ele fez um planejamento para mim, para me ajudar a entrar na universidade dele, talvez, no outono.

— Com seu histórico escolar, acho que não vai ter problema algum — disse sua mãe, visivelmente animada.

— É, mas talvez ele possa me ajudar a conseguir transferir os créditos de Oswego.

— Sério?

— Aí eu só ficaria um semestre atrasado.

Bootie estava quase triste por sua mãe ficar tão animada com as notícias, seus olhos azuis brilhando e uma fileira de dentes brancos surgindo entre os lábios. Ela era professora, faça-me o favor; se parasse para pensar direito no que ele estava dizendo, saberia que era uma farsa. Não existia mágica para mudar os créditos incompletos de Oswego para a Massachusetts — não sem entrar num curso de verão, uma possibilidade que ele não havia cogitado.

— Não se preocupe agora — continuou ele. — Eu conto a você o que rolar, se rolar alguma coisa. Vou ligar sempre para você, não estou indo pra África nem pra nenhum lugar tão longe.

— Não, querido, eu sei.

Ela disse que achava bom ele ter um projeto, e que era ótimo ele ver Donald, um amigo tão bom há tanto tempo. Ele não mencionou Nova York, seu programa de autodidata e a expressão "para sempre". Deixou roupas nas gavetas e no armário e a maioria dos livros, incluindo o de David Foster Wallace, que nunca terminou e nunca devolveu à biblioteca, *O arco-íris da gravidade*, que uma rápida olhada lhe mostrou que não leria tão cedo, mas não deixou Emerson e nem *Guerra e paz*. Abandonou de propósito um tubo de pasta de dentes pela metade e a escova vermelha, pois eram fáceis de substituir e porque imaginava que poderiam ser um consolo para a mãe, à noite, na caneca da pia do banheiro que os dois dividiam, como uma leve sugestão de seu retorno iminente.

Vinte dias depois, Bootie estava mais perto de Nova York do que jamais estivera, e muito mais pobre. Quase todo seu dinheiro de limpar neve havia sido gasto, em grande parte num bar mal-iluminado perto do campus da U Mass chamado The Hangar. Mais de uma vez ele se vira pagando rodadas para Donald e seus amigos, como parecia justo, já que não dava qualquer outra contribuição pela hospedagem. O semestre letivo tinha praticamente acabado, e Donald e os amigos sentiam a necessidade, também compreensível, de comemorar seus sucessos.

OS FILHOS DO IMPERADOR

Bootie se acomodara com facilidade na casa de Donald e aos seus hábitos. Os quatro jovens — cinco, contando Bootie — viviam na miséria numa casa branca de ripas de madeira perto do centro da cidade de Amherst, num território encravado atrás de um prédio, fora da rua. A casa, pouco mobiliada, tinha cheiro de roupa suja e de lixo. Bootie dormia na sala, num sofá de tecido xadrez marrom queimado de cigarro, escondido do mundo por um par de lençóis amarrotados presos nas janelas. Nenhum dos rapazes cuidava da casa, e a cozinha e o banheiro ficavam sempre sujos, a primeira com pratos e sobras de comida, o segundo por espuma suja de sabão, pêlos de barba e respingos de urina. A geladeira, quando aberta, tinha um cheiro de mangue, por causa dos vegetais que estragaram não muito depois da chegada de Bootie. Ele havia gentilmente removido o saco de alface podre, os pedaços de tomate e o pepino amolecido, e já se sentia heróico o bastante por isso; entretanto, não havia tirado a caixa de comida velha e posto no triturador sob a pia, como sabia que sua mãe faria — não eram, afinal, seus legumes, então simplesmente tapava o nariz quando pegava o leite (compravam galões do integral) ou a margarina. Como Donald, Bootie vivia à base de cereais, torrada com pasta de amendoim e macarrão com queijo de caixinha, que era colorido artificialmente de cor de laranja. Como seus anfitriões, ficava acordado até de madrugada, às vezes até a primeira luz da manhã, e dormia até o começo da tarde, mal conhecendo o ritmo da cidade lá fora. Mas essa vida de estudante não o deprimia como a vida no dormitório de Oswego: Donald e seus três amigos não eram fingidores de má-fé; eram estudantes sérios, cujas horas no The Hangar eram compensadas por meses de trabalho dedicado, e que se debruçavam em seus copos plásticos de cerveja fraca discutindo Galileu e Hobbes, metáfora e prosódia.

Donald, pequeno, cabelos crespos, com a cabeça enorme, longos braços e antebraços fortes como os do Popeye, um rosto quase bonito e a barba por fazer, tinha deixado crescer o cabelo castanho-claro até os ombros e usava, diariamente, a mesma calça de moletom Adidas e os mesmos tênis velhos, trocando apenas a camiseta, que ele tinha em quantidade infinita. Quando falava sobre a Reforma ou sobre Fourier, seus olhos ganhavam o brilho que Bootie reconhecia de seus antigos colegas de quarto, Panaca e Babaca — só que eles estavam focados apenas em bebidas e mulheres. Joey, Ted e Robert — este último era conhecido como Jump e, como Bootie, era branquelo e gordinho — eram estudantes de literatura e filosofia, desajeitados e cheios de espinhas. Mas, para Bootie, pelo menos no começo, eram uma alegria.

Na primeira quinzena, quando estavam se arrastando determinadamente entre livros e escrevendo longos trabalhos, Bootie pensou que aquele poderia ser o seu lugar, que talvez seu julgamento e seu propósito de ser apenas um estudante do mundo tivessem sido precipitados. Talvez devesse pesquisar sobre a possibilidade de matrícula, pensou, e encontrar um quarto numa casa como essa, para ficar nos próximos quatro anos. Ele passava as tardes no silêncio da biblioteca da universidade, vagando pelas pilhas e tomando notas de grandes volumes que abandonava no final do dia, para outra pessoa guardar. Foi um luxo, um prazer. Mas, agora que as aulas haviam terminado, ele reconhecia que o interesse de seus colegas estava minguando, que seus intelectos estavam entrando em hibernação, que seus trabalhos de verão, prestes a começar, os preocupavam cada vez mais: Donald ia trabalhar para um projeto de artes local, escrevendo *releases* para a imprensa e propostas de patrocínio; Joey, que se dizia dedicado à terra, foi contratado para ajudar numa fazenda perto de Hadley, colhendo frutas e cuidando de uma banca ao lado da estrada; Ted e Jump, por sua vez, iam estagiar em Worcester e Boston. Na noite anterior, tiveram uma conversa desagradável sobre notas, na qual Jump confessou que havia procurado sua professora de filosofia ocidental para pedir que mudasse sua nota para A, a fim de manter seu CR. Assim Bootie foi dolorosamente lembrado da hipocrisia de toda a educação institucional, sobretudo porque a professora, segundo Jump, não foi hostil ao seu pedido.

No café-da-manhã, com tigelas de cereal comidas na hora do almoço no mesmo sofá sobre o qual Bootie cochilara e com o saco de dormir enrolado nos pés, Don perguntou a Bootie quais eram seus planos:

— Você sabe, cara, se quiser ficar aqui no verão tudo bem por mim, quer dizer, tudo ótimo. E com Joey também. Ele gosta pra caramba de você, cara, já vale só pela conversa, ele disse outro dia. E pode ficar no quarto do Jump, se quiser. Porque Zach (lembra, o cara barbudo do bar?) vai ficar com o quarto do Ted a partir de 1º de maio até o Ted voltar. Mas o negócio é que é uma questão de logística, de finanças, sabe?

OS FILHOS DO IMPERADOR

Bootie não disse nada, concentrado em sua colher, caído e curvado sobre a sua tigela, jogado, relaxado e com a boca cheia, pescando os pedaços flutuantes de cereal em sua poça de leite.

— O lance é o aluguel. Posso ajudar você a arrumar alguma coisa, se estiver a fim, talvez no Monkey Bar, conheço o gerente, ou no supermercado, o Big Y na Route 9, ou talvez até no Stop & Shop. Mas o quarto do Jump custa trezentos e cinqüenta por mês e, tipo, não dá pra gente ficar sem essa grana, sacou?

Bootie assentiu, colocou cuidadosamente sua tigela numa pilha de livros no chão e brincou com suas meias.

— Preciso saber logo, porque tem uma garota, a Wendy, acho que você não conhece, que quer ficar com o quarto se você não quiser, e eu disse pra ela que era com você, mas ela precisa saber, saca? Ela tem que se mudar daqui a uma semana, tem que sair de onde está, daí...

— Já entendi. — Bootie olhou para cima, piscou através de seus óculos embaçados para seu amigo e notou o resto de cereal no canto da boca grande e feminina de Don, a curva ensebada da barba no queixo. — Escutei o que você disse.

— Não precisa decidir agora, não, cara. — Don queria ser simpático, seu desconforto era visível, mas Bootie não pensou em facilitar as coisas. — Você pode me dizer hoje de noite?

— Claro, cara. Hoje de noite.

Bootie ficou no sofá, com seu pijama de flanela marrom, enquanto Don foi ao banheiro tomar um banho. Ele havia observado o sol passar pelas cortinas de lençol, havia passado pela desordem da sala ao seu redor, sua mochila de acampar aberta e espalhada no lambri atrás da porta da cozinha, tendo, a seu lado, a pilha de *hardware* e cabos que era seu computador, esperando virado para a parede. Ele ouviu água correndo, ouviu Jump — ou foi Joey? — correr rapidamente lá em cima e o distinto canto de um pássaro do lado de fora da janela. Ele havia adiado seus planos desde a chegada, fugindo não de Watertown, mas de si mesmo. Nos meses em Watertown, acostumara-se a longas horas de isolamento, aos dias silenciosos interrompidos apenas pelo zumbido da calefação, à neve caindo e aos ocasionais resmungos meigos de sua mãe. Aqui, nesta casa, havia se permitido fingir que a vida de Don era a sua, a havia vestido como um terno, em vez de construir alguma coisa, como pretendia fazer no próximo passo. Por semanas ele se comportara — era tão falso, tão seguro — como alguém apoiado na artificialidade do estudo acadêmico e das carteiras de estudante. Em vez disso, queria estar vivendo como um filósofo, como Emerson considerara Platão, sozinho e invisível, conhecido pelo mundo apenas por meio de seu trabalho. Tinha de ir para Nova York fazer isso, para seu professor e mentor que ainda não sabia de seus planos, Murray Thwaite.

O que era mesmo que Emerson havia escrito? Ele procurou o livro grosso na pilha do chão, passando por sua tigela de cereal no processo, enquanto observava, alheio, um filete de leite se derramar sobre o tapete azul. Jogou a tigela para debaixo da pilha com o pé descalço, limpou-o com a mão e limpou a mão no sofá. Virou as páginas do livro, encontrou o que estava procurando, a frase marcada com tinta fluorescente: "Os grandes gênios têm as menores biografias. Seus primos não sabem dizer nada sobre eles, que vivem para seus escritos, e então suas vidas pública e pessoal são triviais e comuns."

Quando o dia útil do mundo estava acabando, Bootie sentou-se nos degraus da imponente igreja católica no centro da cidade. Depois de ir e voltar pelo parque da cidade e de comprar um *bagel* com pasta de atum — uma extravagância paga com uma nota de cinco de seu envelope —, ele havia se sentado lá para comer e para pensar. Observava os devotos subirem ao seu redor, a maioria mulheres, a maioria falando espanhol, algumas filipinas, algumas com crianças pequenas, ninguém, ele supôs, a caminho da missa (será que existia missa às quatro e meia ou cinco da tarde?), mas, como ele mesmo, procurando espaço para contemplar e buscar respostas para seus irrespondíveis dilemas. Estava quente ao sol, e ele enrolou as mangas da camisa para pegar calor em seus braços brancos. Tinha tentado pensar e tentado não pensar, apenas observando os transeuntes, os jovens em sua alegria de final de semestre, as coxas e barrigas expostas e o caminhar agora preguiçoso, com os adultos, ainda empenhados, mostrando profissionalismo. Mas ele sempre voltava à declaração de Emerson, e repetidas vezes, especialmente, como se houvesse um sinal, à frase "Seus primos não sabem dizer nada sobre eles".

Seus parentes, de fato, não sabiam dizer onde ele estava, o que estava fazendo nem o que havia feito. Marina Thwaite era sua única prima, ou a única que ele conhecia — ninguém tinha certeza do que o tio Peter, irmão de seu pai, aprontara em Los Angeles — com idade para ter brincado com ele quando criança, mas com o breve entusiasmo de uma adolescente, depois de amuada e sofisticada, dando pouca atenção a ele e a sua irmã nas raras visitas a Watertown. Logo, claro, ela fora para a faculdade, e nunca mais voltara à cidade. Ele só se lembrava de ter visto uma vez a família em Nova York, com seus pais e sua irmã, anos antes. Lembrava-se do apartamento deles, grande como uma casa, mobiliado de forma opulenta, e da extensão do parque à sua porta, no qual quisera perder-se, mas ficara com medo, nervoso com a sobrancelha franzida de sua mãe e seus avisos de assaltos em plena luz do dia, de corpos espancados nas moitas ou jogados embaixo das cenográficas pontes, esquecidos como lixo.

Ele não havia visto seu tio Murray desde o funeral do pai, quando os três, Murray, Annabel e Marina, pegaram um avião para Watertown no final de novembro e ficaram com seus ricos casacos ao pé do túmulo do morto, com as mãos apertadas de forma impressionante, ele pensava, contra si. Depois, em casa, o tio Murray havia conversado bastante com ele, havia se inclinado diante da lareira na sala, com um cotovelo na cornija, uísque na mão, e havia feito perguntas a Bootie — ele o chamava de Fred — sobre seus planos para depois da escola, se ele já havia pensado em estudar jornalismo. Bootie, em retrospecto, podia se ver como era, tinha acabado de se tornar alto e — por tão pouco tempo — quase magro, com as bochechas coradas de vergonha e pelo calor do fogo, a jaqueta de *tweed* com as mangas curtas agarrada nervosamente nele com seus braços cruzados, ao mesmo tempo orgulhoso e envergonhado, sobretudo consciente de que aquele homem, que mal conhecia, era muito festejado e admirado, famoso antes mesmo de ser um parente. Marina também o deixara envergonhado naquela visita. Era esguia e quase tão alta quanto ele, com seus grandes olhos brilhantes abertos em sinal de compaixão enquanto o abraçava e sussurrava condolências em seu ouvido. Ele se lembrava do perfume cítrico do pescoço dela, da fragilidade de suas costelas e do tamanho surpreendentemente pequeno de seus seios, que ele mal podia sentir pressionados contra seu peito. Ele tinha quinze anos e havia imaginado o volume deles, permanecendo decepcionado em silêncio. Até Annabel, com sua enorme gentileza, o deixara desconcertado, pois ele não sentia que podia acreditar nela, na forma como ela fazia carinho nas costas e beijava a bochecha cheia de lágrimas de Sarah, sem se importar, aparentemente, de molhar seus lábios pintados, sempre de pé em sua elegância, como uma reprovação à mãe rechonchuda e grisalha, cujo suéter, como o dele, havia sido comprado num número menor do que o dela, ficando apertado e curto nos braços. De Annabel, se lembrava sobretudo do diamante brilhante no dedo e do som elegante da sua voz.

Ainda assim, pensou ele enquanto observava um casal, certamente de estudantes, parando para se beijar na calçada em frente à igreja, quase fazendo um protesto contra a religião e a repressão, ele sabia — soube a vida toda — que a família de seu tio era sua única esperança, sua passagem para fora. Seu tio era um homem que havia escolhido o caminho do intelecto, que havia optado pela integridade em detrimento da glória, mesmo que isso lhe houvesse trazido fama, em vez da obscuridade defendida por Emerson (mas até aí, apesar do que disse sobre Platão, Emerson em si não foi nem um pouco obscuro), e Bootie pensou, nos degraus da igreja, em como se apresentar a Murray Thwaite — como um tipo de discípulo, um seguidor independente. A frase de Emerson era decerto um sinal, apontando-o para seus primos, que ainda não o conheciam.

Pelo menos uma coisa era certa: ele não havia saído de Watertown para trabalhar no Big Y na Route 9, o que não seria diferente das possibilidades — a parada de caminhões de Annie, por exemplo, saindo na rodovia — com que ele zombara de sua mãe em casa. Ele sabia que Don estava tentando ajudar, mas seu modo de agir o ofendia, como se sugerisse que Bootie havia se aproveitado de sua hospitalidade, que ele estava abusando do amigo, que era o assunto de conversas sussurradas entre seus colegas no quarto de cima, depois de ele ir dormir. Quem Don achava que Bootie era, afinal? Um cobrador de ônibus ou um caixa de supermercado em potencial? Seu amigo não tinha entendido nada sobre ele, não era um amigo de verdade. Deixe Wendy, quem quer que fosse, ficar com a meleca nas gavetas da geladeira; deixe Wendy tentar arrumar a descarga defeituosa da privada, que pedia um freqüente esforço manual na cisterna suja para pegar a corrente solta, afundada como tesouro de piratas no fundo de um poço. Bootie só podia aceitar a trivialidade em sua vida cotidiana como um sacrifício: apenas o bem transcendental poderia ultrapassar as indignidades. E Don deixara claro — Jump também, em sua busca por notas — que ali só havia a ilusão de transcendência. Como a personagem Una no épico *The Faerie Queene*, que precisava distinguir a maldade até quando disfarçada de bem, Bootie também precisava discernir a rota para a sabedoria. Ele era, havia percebido, como um peregrino nos velhos tempos, um peregrino em busca do conhecimento.

Enquanto se levantava e esticava as pernas com cãibra, estirando os braços para o céu, sentiu seu estômago roncar. Ia comprar sua própria caixa de macarrão com queijo no mercado a caminho de casa. Telefonaria para o tio na hora do jantar. Agradeceria a Don pela oferta, mas avisaria que ia se mudar. E se acabasse indo para o The Hangar, não ia comprar bebidas para ninguém, só para si; não porque era ingrato, mas porque em Nova York iria precisar de cada centavo que tinha.

CAPÍTULO CATORZE

Tudo por amor

— JULIUS CLARKE, VOCÊ É UMA *MOCINHA*! Srta. Julia Clark, Terra para a srta. Julia Clarke! — David estava zombando dele, e Julius teve dificuldade em fingir que estava gostando. Estavam presos no trânsito de domingo à tarde, no carro hermeticamente fechado, com ar-condicionado — vermelhão do lado de fora, bege sintético dentro, alugado, claro —, na volta de Long Island. Fora um final de semana bem difícil esse que Julius passara entre os amigos de David, não porque não estava acostumado aos endinheirados — já os cortejava há tempo suficiente, desde os primeiros dias em Brown —, mas porque ele não estava acostumado a sacrificar todo o glamour e toda a emoção para o deus da riqueza. O grupo de parasitas que havia enchido a casa alugada apenas um pouco esbanjadora, a vários quarteirões do mar, parecia um anúncio antigay; talvez fossem mais musculosos e mais bem-tratados do que os seus comparsas heterossexuais, com certeza mais bem-vestidos, mais prontamente inclinados a oferecer carreiras de cocaína junto com os coquetéis, e nesse sentido, ao que parecia, mais generosos tanto no corpo quanto no espírito, mas eram homens de negócio mesmo assim, tagarelando sem parar sobre Nasdaq e suas taxas, políticas internas incompreensíveis e suas tediosas empresas. Nenhum dos outros hóspedes havia levantado a sobrancelha em sinal de reconhecimento quando Julius foi apresentado, uma indicação clara de que não havia leitores da *Village Voice* entre eles: eram uma milícia do *Wall Street Journal* e podiam no máximo arriscar, nos finais de semana, uma olhadinha no caderno *Out*.

Ele não esperava tanto ser apenas o acompanhante de David, mesmo sendo esse "o encontro", com pelo menos um segmento do círculo social do companheiro. Imaginara que seu nome teria algum valor, mesmo que

OS FILHOS DO IMPERADOR

indefinido, que sua *persona* poderia despertar um certo interesse. Mas, em vez disso, ele era a esposa que recebia sorrisos e era ignorada, a não ser que se tratasse de estética, de quais bares do centro eram os mais modernos ou de onde encontrar a melhor sunga para natação. Perguntaram onde ele cortava o cabelo, que academia de ginástica freqüentava, se fazia massagens regulares — como se sua profissão fosse um enfeite, como se fosse uma cortesã parisiense do século XVIII. Até que um corretor de valores bem branco e bem jovem, chamado Ian, por fim, no domingo de manhã, fez o esforço social que Julius estivera ostensivamente esperando, falando devagar, enquanto estavam lado a lado na cozinha picando cebolas e pimentões para as omeletes:

— Então, David me disse que você escreve *críticas*. Deve ser divertido. O que você critica?

Julius mal pôde segurar sua irritação e respondeu:

— Na verdade, sou *chef*; e, se não se importa, vou assumir a frente da cozinha aqui.

Ian, levemente espantado, retirou-se, aparentemente alheio a qualquer cutucada. No final, esse *brunch* que Julius havia preparado quase sozinho rendeu sua entrada bem-sucedida no círculo de David.

Mas, na volta para casa, Julius, apesar de saber da importância desse final de semana e de seu sucesso nele, não conseguia disfarçar por completo seus sentimentos; não ousava dizer nada tão direto quanto reclamar de irritação com Ian, com o chato do Bob, com o entediante Thomas ou o exagerado Barry, seu anfitrião pançudo e volúvel, o único outro gay assumido no andar de David no Blake, Zellman & Weaver, um ano ou dois mais velho que Julius. Não, em vez disso ele engoliu suas queixas com orgulho e transformou-as em leves elogios, em comentários sarcásticos sobre os carros e as roupas, a qualidade da comida (com exceção da preparada por ele) e a aspereza dos lençóis. Foi esse último comentário — "Achei que pinicavam bastante, não achou? Se eu fosse o Barry, eu diria alguma coisa ao dono da casa, quer dizer, pela fortuna que ele deve estar pagando..." — que fez com que David dirigisse uma risada a ele e batesse no volante dizendo que Julius era uma mocinha.

Julius pensou em ficar amuado com isso, mas fechou os olhos, tocou o antebraço de seu namorado e foi doce, com um sotaque sulista — "Srta.

Julia Clarke, querido, a seus serviços" —, antes de deixar que seus dedos de borboleta caíssem no colo de David.

— Cuidado, os caminhões têm olhos. — David fechou um pouco os olhos, visivelmente alegre, enquanto indicava com a cabeça o provocador passageiro da van velha que carregava frutas ao lado deles.

Julius não diria que estava dando duro por esse relacionamento com David — apesar de que Danielle e Marina poderiam ter colocado dessa forma —, mas sabia que estava sendo cuidadoso. Consciente da sua tendência de exigir demais em pouco tempo — não foi esse seu erro mais comum? —, e consciente também de sua propensão para se preocupar demais, para sucumbir a seus demônios interiores e dar a cada conversa, cada saída, cada relação sexual mais importância do que racionalmente deveria ter — consciente desses defeitos, se eram defeitos, ele estava se esforçando, nesse momento, para ser Natasha em vez de Pierre, para ficar tranqüilo, para ser uma companhia amena por trás de uma vida fútil, esperando que David pudesse perceber, quando estivesse pronto, os esforços de um parceiro dedicado. Era vital não parecer se importar demais e ainda assim parecer se importar, parecer dar mais do que pedir, ser divertido e divertir-se perante as adversidades.

Julius torcia para que estivesse funcionando. Já havia feito inúmeras concessões, apesar de, claro, não pretender jogar isso na cara de seu companheiro; nem sentia necessariamente que tinham sido concessões. Mas com David, pela primeira vez, o apelo da domesticação não parecia ser só uma fantasia. Ele era um homem normal em todos os sentidos — sofisticado, bem-relacionado, bonito, bem-sucedido —, e, ainda assim — tão sexy —, tinha um toque a mais. Parecia querer Julius de maneira obstinada, quase opressora. Queria que viajassem juntos, jantassem juntos, fizessem compras juntos. Fizera de tudo para encantar Julius, cobrindo-o de presentinhos: camisas, CDs, um massageador elétrico, quase tudo docemente meio equivocado (o colarinho da camisa era muito largo, os CDs eram muito populares, o massageador fora encomendado de uma revista de catálogo), mas por isso mesmo encantador, deixando David mais atraente por sua calma certeza, tão adulto em suas convicções. E ele havia respondido exatamente como Julius teria fantasiado — ele *tinha* fantasiado — às suas propostas, ao pedido para David faltar ao trabalho e ficar na cama ou ao seu convite para levá-lo a um *vernissage* chique no East Village, onde nenhum leitor do *Wall Street Journal* seria avistado. David era como um namorado imaginário em carne e osso: legal em todas as formas óbvias, mas também de uma safadeza sutil.

De repente, o poder de sedução de Julius lhe trouxera não apenas desejo, mas uma vida inteira, uma promessa de ser abraçado, cuidado e adorado por completo. David era tudo que sempre soubera que queria, com o acréscimo de um temperamento atraente. Gostava de beber, gostava da excitação da cocaína de uma forma quase ingênua, da mecânica e da aura ilícita. Julius, menos inclinado às drogas, estava mais interessado no interesse de David, que, por sua vez, empolgava-se com a idéia de que sustentava Julius, de que Julius era sua gueixa — essa era uma palavra usada por David, um pouco ofensiva em seu orientalismo aleatório para o eurasiano Julius, mas ele deixou passar sem comentar —, uma subjugação atraente precisamente porque ele havia percebido o valor de Julius num universo maior, ou num outro universo, pelo menos. O namorado que parecia desocupado em casa era, em alguns círculos, uma figura estimada, até renomada: era como se, então, David houvesse comprado para seu contentamento pessoal uma pintura que havia sido pendurada, com algum reconhecimento, numa galeria relativamente famosa. Ele havia dito o suficiente para Julius, ou quase, e isso sem mostrar o menor interesse nos supostos amigos cabeça dele; e enquanto estava claro que Julius era um tipo de prêmio, o próprio Julius decidiu considerar aquele status, pelo menos na maioria das vezes, como um elogio.

E como forma de chegar a um objetivo — ele insistiria —, seu próprio objetivo. Numa teia complexa que ele, Julius, não poderia, apesar de toda a sua articulação verbal, explicar, os dois estavam unidos mutuamente para seus próprios benefícios. David tinha grandes toalhas felpudas, uma prataria pesada e um apartamento de tamanho intimidante (eram cento e trinta metros quadrados?), mas Julius tinha em mente mais do que esses estúpidos confortos materiais. Ele não poderia dizer, naquele estágio inicial do que vislumbrava como uma parceria para a vida toda (mas não era isso precisamente o lado Pierre dele, o impassível monogâmico?), o que mais esperava de seu namorado.

Quando, despertando de sua manobra de gueixa no carro, Julius ouviu David sugerir, de maneira displicente, quase sem pensar, que Julius deveria sublocar seu apartamento, já que nunca estava lá mesmo, e mudar suas coisas para o de David — havia, afinal, um *closet* inteiro disponível no segundo quarto —, ele só conseguiu esconder seu contentamento com um vigoroso esforço, como antes fizera com sua irritação.

— Você acha mesmo que é uma boa idéia? — perguntou, olhando David de perfil: o nariz levemente curvado, o olho escuro.

— Não acha? — David virou-se, de repente. Julius podia dizer, ou achou que podia, que David estava nervoso, com medo de ter-se entregado demais. Mas isso podia ser apenas especulação de Julius.

— Fique de olho na estrada, querido. Eu só quero ter certeza.

— Certeza do quê? — David soou levemente petulante. — Você já mora lá.

— Certeza de que é isso que você quer, só isso. Certeza de que não estamos nos apressando.

Então David respondeu, com os olhos no trânsito:

— O que há de errado em apressar um pouco?

E dessa forma, vários dias depois, Julius se viu em seu conjugado, arrumando tudo o que lhe parecia mais pessoal: suas roupas e uma seleção de seus livros — ele precisava da edição francesa de No caminho de *Swann* que usara na faculdade? Ele titubeou; decidiu levar os cartões-postais mais importantes da sua coleção, há muito presos na parede com adesivos e agora retirados com cuidado. Deixou para trás não apenas o Proust, mas o intocado volume duplo de Musil, roubado, anos antes, do departamento de livros da *Voice*; e deixou também os originais há muito abandonados de seu romance, iniciado lá pelos tempos em que Marina havia assinado seu famoso contrato de edição. Ele tirou algumas fotos da porta da geladeira, algumas de sua família; o resto enfiou numa caixa de sapato e colocou em cima da geladeira. Pôs na mala seu cobertor favorito — de lã verde, que ele havia comprado em Michigan e que estava com ele desde a faculdade —, mas hesitou, sabendo que estava esfarrapado e que tinha sido comprado na Sears, um objeto cuja chegada não seria aplaudida por David.

OS FILHOS DO IMPERADOR

Quando terminou, o apartamento parecia ser o que realmente era: um imóvel barato, quase para estudantes, com as paredes gastas e irregulares e o piso manchado, o futon acinzentado coberto com uma estampa indiana gasta sobre o linóleo. As cortinas vermelhas penduradas para esconder o banheiro (sem porta) e o armário (idem) brilhavam vivas na luz do começo da manhã, uma iluminação oblíqua mas penetrante que revelava uma leve camada de poeira sobre os móveis e as teias de aranha penduradas do teto chapiscado. Ele nunca deixou David vir a seu apartamento, e David também não havia demonstrado vontade de visitá-lo.

Julius não tinha para quem sublocar o apartamento até então, apesar de ter avisado a várias pessoas. Tinha de ser um amigo, ou o amigo de um amigo, alguém preparado para mentir ao proprietário, para manter a mensagem da secretária eletrônica, para receber a correspondência em outro lugar. Aquele inquilino tinha de ser encontrado. Enquanto isso, em seu regozijo — não demonstre, não demonstre! —, Julius se concentrou na realização de uma de suas fantasias: morar junto com seu namorado. Ele repetiu para si mesmo: "Estou indo morar com meu namorado. *Meu* namorado. Meu *namorado*. Meu."

Isso, claro, era mais complicado do que deveria ser. O apartamento de Julius ficava bem escondido no Lower East Side, tão longe da moda, numa rua estreita chamada Pitt Street, preenchida do outro lado por conjuntos habitacionais e, do seu, por grandes torres de tijolinhos, atrás de cercas de corrente, entre elas seu próprio prédio decadente, no qual nenhum olho procurando imóveis para investimento havia pousado; e nenhum táxi jamais passava pela rua esburacada. Julius teve de alinhar suas caixas e malas — uma quantidade irrisória para quase metade de uma vida — do lado de dentro de seu prédio e pagar à esposa do zelador — uma mulher grande e lenta de avental sujo com a pele amarelada e um olho sempre à espreita — para cuidar delas, precisando andar vários quarteirões para pegar um táxi e levar o motorista até sua casa para esperar enquanto ele mesmo carregava as coisas (o motorista, um russo peludo, abriu o porta-malas sem se mexer no banco e mordeu com firmeza um sanduíche enquanto Julius, fraco e suando, enfiava suas malas; a mulher do zelador ficava sentada num banquinho fora do prédio e, enquanto o aconselhava de vez em quando a "tomar cuidado", abanava suas bochechonas com uma revista dobrada) e então dirigir até o bairro de David, atravessando a cidade em direção ao Everest social que era Chelsea.

Ao descarregar as malas, Julius foi atingido por estranhos medos: será que seus livros ou seu cobertor fediam? Eles carregavam mofo, pobreza ou um toque de bolor nas dobras? Suas roupas eram esfarrapadas demais para terem sido trazidas? Mais de uma vez David havia comentado sobre seu colarinho ou sobre o brilho de suas calças, sugerindo até uma ida à Barney's, o que Julius, dividido — ele queria parecer bacana e David tinha dinheiro, mas mesmo assim, mesmo assim —, havia recusado timidamente. No entanto, para interpretar o papel de marido de David — e parecia ser esse o papel oferecido, já que uma visita aos pais de David em Scarsdale fora proposta —, um novo guarda-roupa talvez fosse necessário.

Como David lhe indicara, ele ocupou o armário do segundo quarto e viu que dava para colocar suas coisas, sobrando ainda um espaço considerável. Deixou de fora os poucos livros que havia trazido, junto das fotos. Ele iria esperar até David chegar em casa para perguntar onde podia colocar essas coisas, de modo que, se não ficassem à mostra, pudessem pelo menos ficar em lugares acessíveis. Ele não se permitia refletir sobre a estranheza disso, de ter de perguntar onde poderia colocar fotos de sua família ou a enciclopédia de cinema para não bagunçar a decoração; ele sabia, instintivamente, que perguntar era, nesse caso, adequado. Ele podia sentir a já cansada complacência com a qual David, tendo afrouxado sua gravata e tirado o paletó, iria bagunçar o cabelo de Julius e dizer : "Você é *tão* lindinho, Jules. *Tão* lindinho. Não precisava perguntar." Mas se ele não perguntasse e apenas abrisse um espaço para Frank e Thu Clarke entre as fotos do casamento da irmã de David e a foto posada da família Cohen, tirada quando David tinha catorze anos e usava aparelho e óculos — se ele tomasse a liberdade supostamente sua —, Julius não poderia imaginar a reação de David. Razão pela qual alguém tão especializado em imaginar, às vezes até especializado demais, sabia que tinha de se conter.

CAPÍTULO QUINZE

E você, Napoleão?

— Então, está feliz de ter vindo?

— Eu não perderia isso por nada. — O sorriso de Ludovic Seeley revelava um pouco de seu incisivo de lobo. — A oportunidade de conquistar Nova York? — Ele deu de ombros.

Danielle brincava com seu garfo e sorria virada para a janela ao lado, para o seu reflexo e, mais adiante, para o pedestre que passava do outro lado do vidro, a milhares de quilômetros, um sem-teto de cabelo rastafári, esfarrapado, cambaleando pela avenida, na saída do parque em frente.

— Se é assim que você entende. Lá em Sidney você disse "revolução". Ainda acha que é assim?

— Vamos ver, né? Não precisamos entregar o jogo antes de ele começar.

— É bem enigmático da sua parte.

— O mistério gera interesse. — Seeley apertou o queixo com seus elegantes dedos. — Como produtora, você sabe disso, acho.

— Com certeza já me disseram. — Danielle virou o olhar para o prato vazio e brilhante à sua frente, no qual via a sua sombra. Ela havia decidido que não o deixaria brincar com ela, que tomaria a dianteira, forte e direta. Ela não queria nunca que Seeley suspeitasse que seus movimentos exerciam sobre ela uma força quase física, como se ela sem querer fosse sua marionete. — Mas às vezes me parece que é ainda mais forte, e mais animador, pôr tudo para fora desde o início. Acabar logo com todo mundo, sabe?

Seeley franziu os lábios. Para Danielle, ele não parecia australiano; parecia inglês, ou, quem sabe, francês.

— Com isso quero dizer que você talvez tenha ainda mais sucesso...

— Se eu contar para todo o mundo, e em especial a você, suponho, exatamente o que a *The Monitor* vai ser e como ela vai se diferenciar do resto.

— É, sim. — Ela parou. — Afinal, Ludovic...

— Ludo, por favor.

Ela assentiu vagamente.

— Afinal, a economia não é o que era seis meses atrás, e está muito longe do que era há um ano, e dizem que os sinais não são bons. Conheço muita gente que trabalhava em sites e perdeu o emprego, e a tendência continua a mesma. O que eu quero dizer é simplesmente que, num mercado como esse, as pessoas de fato querem acreditar em alguma coisa, ter alguma expectativa. Não é a época mais fácil para começar uma nova publicação, mas, se você conhece o mundo e se sintoniza com ele, então tem toda uma nova população de desencantados para captar. Quer dizer, se é revolução o que você está vendendo.

— Você não acha — falava Seeley, lentamente — que isso pode ter passado pela minha cabeça?

— Claro, com certeza, não estou insinuando o contrário. É só que, da maneira como você fala, ou não fala, acredito... — Danielle, sentindo o calor nas bochechas, cobriu com a mão uma delas. Ela queria ficar chateada, mas descobriu que não, não conseguia.

— Você pensou, com razão, que eu poderia apreciar sua opinião, coisa que eu faço, por favor, não me leve a mal. Mas não posso deixar de suspeitar... — Seeley foi interrompido pela chegada das entradas, um par de construções delicadas e brilhosas num mar de porcelana branca (o dela era supostamente um mil-folhas de queijo de cabra com pimentão, ou o doce *Napoleon*, e o dele, reconhecido como uma salada apenas pelas três lanças emergentes de endívias que ficavam em guarda sobre um amontoado de beterrabas e cebola marinada. Quando os garçons quase invisíveis haviam se retirado, deixando nada além de uma impressão digital nos pratos gigantes, ele voltou ao ponto em que havia parado, uma suspensão que Danielle, em silêncio, adorou). — ...que seus motivos para falar comigo, seus motivos para me convidar para almoçar, o que, devo dizer, é um prazer adiado por tempo demais, e é um convite que me entusiasma, mas mesmo assim esses motivos, com certeza, serão puramente altruístas?

— Acho que sim...

— Perdoe-me pela enrolação, por favor. O que estou dizendo, tudo o que estou dizendo, é que podíamos falar mais claramente e nos entender melhor se você me dissesse o que espera que eu faça por você.

— O que o faz pensar que eu quero que você *faça* algo? — Danielle estava realmente ressabiada, sem saber se devia sentir-se ofendida. E ainda assim: seu objetivo era ser direta. Objetividade acima de tudo.

— Você volta sempre à palavra "revolução", minha querida Danielle. É o que me garante que você quer algo mais do que o prazer da minha companhia.

— Bem, sim. — Parte dela queria explicar, apesar de ele já saber (ele não estava piscando, afinal?), que o bate-papo profissional era só uma máscara para esconder o desejo dela, precisamente, pelo prazer da companhia dele; mas ela não tinha uma visão tão distorcida da realidade para dizer uma coisa dessas: ela sabia, embora em sua imaginação tivesse tido conversas intelectuais e pessoais com esse homem, que esse era seu primeiro contato maior; e sabia também a importância de ver isso não apenas pelo filtro rosado de sua já longa amizade imaginária, mas à luz do dia. Ela olhou novamente pela janela, forçando-se a não olhar para si, mas para fora, onde o mendigo havia pegado uma pedra do calçamento e estava sacudindo as mãos sujas para os transeuntes. — Você tem razão, tem toda a razão. A franqueza é muito importante. Obrigada por ter perguntado. Deixe-me explicar.

Enquanto os dois desmontavam e consumiam seus pratos requintados — no caso de Danielle, pelo menos, um requinte que ela achou, mas não disse, menos original e extraordinário do que a fama e o preço do restaurante haviam-na levado a supor, um requinte decepcionante, portanto, já que ela havia escolhido esse lugar para impressionar —, ela foi explicando que o uso do termo revolução a tinha impressionado, e que ela havia, talvez de maneira equivocada, ouvido nisso um certo eco, uma sugestão de uma atitude que ela achava que se via, em maior ou menor grau, em outras publicações e em outros programas, e que ela, como produtora, havia pensado em pronunciar como um movimento.

Vendo-o levantar a sobrancelha e franzir a testa, ela continuou:

— Ou não necessariamente um movimento, se não for. Mas para comparar seu projeto com os outros e ver quanto eles se assemelham. Não é que eu esteja tentando achar as respostas. É mais um questionamento. E para mim... a semente para mim foi o uso que você fez, naquela noite em Sidney, da palavra revolução. E acho que de lá, vendo o que você já fez até agora, tentei imaginar o que queria dizer com aquela palavra; e tive algumas idéias. Mas o que eu queria mesmo, acho que o que eu queria mesmo, era ouvir de você. — Ela sorriu largo para ele, com os lábios fechados, numa forma que ela esperava inspira confiança. — Mas não agora, quer dizer, não que eu não ouvisse agora, mas vejo que as pessoas raramente falam tão bem sobre algo quanto na primeira vez, então o que eu queria mesmo era você falando para a câmera.

— Você quer ser surpreendida?

Danielle riu. Esperava que a risada parecesse espontânea.

— Se for isso que acontecer, sim, claro. Eu gostaria... eu gostaria de fazer o filme sobre você, na medida em que você deixar. Vejo você como uma peça-chave, na verdade.

— Você me deixa lisonjeado.

— Não é para tanto. Mas uma coisa é saber a hora certa. Acho que pode ser bom para sua revista se o programa (se o fizermos, claro) coincidir com o lançamento, ou se sair até o final do ano, com certeza. É um prazo bem curto para as nossas séries, mas acho que dá para convencê-los se conseguirmos algumas imagens, se você falar um pouco para a câmera, talvez. Quer dizer, quais são as novidades do momento, além do desemprego? A maior coisa que temos é Nicole Kidman em *Moulin Rouge*!

— Nicole Kidman — murmurou Seeley. — Recentemente solteira, recentemente uma estrela.

— Certo. — Danielle estava preocupada agora de ter sido direta *demais*, de ter sido enfadonhamente, ostensivamente, invasiva. De modo geral, confiava em suas apresentações; mas, nesse caso, era o problema da marionete: ela sentia que o controle era dele. Ele estava franzindo os lábios. Ainda? De novo? Mas não disse nada, e ela não sabia no que ele estava pensando. — Como eu disse, seria ótimo para a *The Monitor*,

OS FILHOS DO IMPERADOR

para seu currículo aqui. Sei que seria. Mas você deveria pensar, veja o que acha.

Ele baixou a cabeça levemente.

— Estou honrado. E lisonjeado. E sei que você tem razão em vários pontos. Mas vou pensar um pouco, só um pouco. — Ele deixou os olhos se fecharem ligeiramente antes de voltar a seu olhar penetrante. — Acho que refletir é melhor para mim. É muito raro eu ser impulsivo.

Como uma cobra exposta ao sol, Danielle pensou. Então disse:

— Ótimo. Como estão as contratações, por sinal?

— Ah. — Ele levantou as mãos em desespero. — É um sofrimento.

— Mas por quê?

— O orçamento nunca é suficiente; a época, como você disse, é de incerteza. Por que trocar um trabalho que existe por outro imaginário? Uns anos atrás, sim; agora, não é tão fácil.

— E a mulher que estava no museu Met?

— Julie Chen?

— Aquela era Julie Chen? Meu Deus, ela é minúscula!

— Mas é uma víbora. Uma minúscula víbora. Do tipo mais poderoso. E eu pedi que ela refletisse, exatamente como você me recomendou, mas ela disse não.

— Ela vai se arrepender, tenho certeza.

— Não com tanta certeza quanto eu tenho. Mas aos poucos, aos pouquinhos, estou formando uma equipe. Uma ótima equipe.

Danielle assentiu, servindo-se da codorna. As entradas foram retiradas e os pratos foram entregues sem eles notarem. Cinco estrelas pelo atendimento, pelo menos. Ela olhou para ele e permitiu-se soltar um sorriso verdadeiro, um sorriso meio torto que ela sabia que fazia seus olhos ficarem enrugados e seu nariz ficar mais adunco; mas era um sorriso que ela achava totalmente seu, e teve a impressão de que no olhar charmoso e um pouco demorado dele havia uma apreciação, talvez até uma atração. Havia, pelo menos e felizmente, um flerte. Havia esperança.

— Sabe — começou ela num tom diferente, mais confidencial (e mais tarde, embora tenha se perguntado por que havia embarcado nessa, não conseguiu responder de maneira satisfatória) —, isso pode ser um pouco de abuso, mas eu tenho uma amiga, ela é muito inteligente e já fez alguns frilas, trabalhou na *Vogue* uma época, há anos, e é muito mais séria do que aquilo lá. De qualquer forma, ela está terminando um livro e procurando emprego.

— Como jornalista?

— Sim, seria legal. Não sei que cargos você ainda precisa preencher, mas...

Seeley deu de ombros:

— Depende.

— Você já a conhece, na verdade. A minha amiga. Estava no Met.

Seeley levantou as duas sobrancelhas ao mesmo tempo:

— Tem certeza de que não é a sua mãe?

— Não seja bobo. A outra. Marina. Marina Thwaite. Lembra-se? Cabelo preto, alta. Bem, ela estava sentada. Bonita.

— Lembro com certeza.

— Ela é bonita — insistiu Danielle, se segurando para perguntar, mas jogando verde para saber a opinião dele. Entretanto, ele foi meio vago sobre isso, quase gay na sua indiferença. Será que ele era gay?

— Sim, claro — disse ele. — Linda, sim. Mas me diga, porque eu estava me perguntando: ela não tem nenhum parentesco com "o" Thwaite, tem?

— Filha.

— Achei que pudesse ser. Idade certa. Mesma estrutura óssea.

— Tem sido um fardo pra ela.

— Imagino. Aquela toupeira. Ele vive da fama desde que nós nascemos. Não tem um único pensamento original na cabeça.

— Você acha mesmo? Eu acho que ele é genial, na verdade.

Seeley bufou.

— Talvez não tenha sentido discutir sobre a Marina, então, porque ela *de fato* o acha brilhante. Ela é a Anna Freud do pai. Acho que ela casaria com ele se pudesse.

— Você me intriga. Pode ser sem querer, mas intriga.

— Por quê?

— Ela parece ser uma candidata interessante para... uma revolução, como você gosta de dizer. Num sentido literal, talvez: para uma grande virada. A *The Monitor* poderia fazer maravilhas para o desenvolvimento intelectual dela.

— Você faz parecer que essa é uma experiência sinistra, *à la* Frankenstein.

— Não é para tanto.

— Ou George Orwell.

— Não, acho que não. Televisão é que é coisa de Orwell. Sua área, sinto dizer, não a minha. Sou um cara das antigas, ainda acredito no mundo impresso.

— Assim como Murray Thwaite.

Seeley inclinou a cabeça com um ar de sarcasmo:

— É uma questão do sentido das palavras.

— Ou de as palavras terem algum sentido, pensando de forma pósmoderna.

— Certo. Isso mesmo.

— Murray Thwaite acha que as coisas têm sentido — continuou Danielle. — E sinto que você acha que não.

— Não é tão simples assim.

— Não que você não ache que "mesa" seja o suficiente para indicar essa coisa que está entre nós, não é o que estou dizendo...

— É mais uma questão de indagar o sentido das emoções — retomou Seeley —, de perguntar o que elas são e como colorem nossa realidade. De mandar embora a falsidade para ver o que as coisas realmente são.

Danielle esperou que ele continuasse. O mendigo voltou para seu banco personalizado no parque do outro lado da avenida e a calçada ficou mais calma, aliviada do corre-corre do meio-dia.

— É isso o que tenho contra Thwaite: ele é um sentimental. As análises dele não são claras; são bravatas, só bravatas vazias. E as pessoas as compram porque elas aceitaram a idéia antiquada de que um repórter apaixonado é mais valioso do que um não passional. Besteira.

— Bem, pelo menos é mais interessante, não acha?

Seeley pareceu iluminado, quase estremecendo em sua poltrona. Danielle pensou outra vez num réptil, um réptil belo, mas perigoso.

— Não, claro que não! — Ele se inclinou à frente sobre suas xícaras de café, sua voz baixa e quente. — O que pode ser mais raro, mais precioso, mais atraente do que desmascarar esses picaretas? Gritar que o imperador está nu, que o grão-vizir está nu e que a imperatriz está nua também, entende? Desiludi-los.

— É revolucionário, claro, mas o que sobra pra você?

— As verdades doloridas sobre esses caras todos, esses herdeiros bundões; você revela o que os faz continuar por aí.

— E depois? O que você dá para as pessoas em troca?

— Alguma coisa maior do que a opinião individual. Você dá algo que é mais verdadeiro, ou certamente mais real, se quiser chamar de outra coisa.

— Como por exemplo?

— Pense em Napoleão.

— O que tem ele?

— Um cara importante, querida, especialmente aqui, especialmente agora.

— E o que ele disse?

— Deixe-me contar, o que foi dito sobre ele é sempre a chave, não acha?

— Humm...

— Já se disse que "se Napoleão é a França, se Napoleão é a Europa, é porque as pessoas que ele domina são napoleõezinhos".

— Entendo — disse Danielle, não totalmente certa se entendia.

— Mostre às pessoas que Murray Thwaite é o Mágico de Oz, um homem pequeno e sem sentido rugindo atrás de uma cortina, e então aprenda o que elas são e mostre-as a si mesmas. O que pode ser mais atraente do que isso?

— Você é um grande fã de Napoleão, então?

O incisivo de Seeley mais uma vez veio à luz quando ele respondeu:

— Todo mundo não é, de uma forma ou de outra?

— Não tenho certeza se você seria o melhor patrão para Marina — disse Danielle rindo, mas não totalmente brincando. Ela tinha ficado ao mesmo tempo preocupada com a explosão de Seeley e atraída por ele. Não achava que ele pudesse ser gay.

— Por favor, por favor — disse ele, agora rindo também —, não jogue isso contra mim. Faça com que ela me ligue. Eu ficaria contente. Muito contente.

Quando estavam saindo do restaurante, entre os últimos fregueses (e por que não, se tinham pagado cento e vinte e três dólares mais gorjeta?, pensou Danielle), ela sentiu a mão dele nas costas, o calor do seu hálito e o corpo próximo, quando ele se inclinou para sussurrar no ouvido dela: finalmente, para ela, a intimidade que ele dava com tanto despudor para as outras. Aquilo passou por debaixo de sua pele numa corrente para todas as suas extremidades. Ele disse:

— Pense nisso como um aperitivo.

— Aperitivo?

— Do que você pode ter diante da câmera, se formos em frente.

Naquela noite, entre seus Rothkos, Danielle, com uma xícara de chá de hortelã nas mãos, as luzes do centro da cidade piscando na janela, não pôde deixar de se lembrar daquele aperitivo: a eletricidade dele, o carisma, o foco. Como se ele estivesse iluminado. E a mão, delicada mas firme, não conduzindo, mas provocando, de alguma forma, uma sensação que persistia certamente não apenas para ela, a promessa de algo — seria sexo? Podia ter sido? —, uma promessa que ela carregava como um presente embrulhado. Para a próxima vez.

CAPÍTULO DEZESSEIS

Lá vem o gordo

QUANDO SUA MÃE APARECEU NO CORREDOR, Marina estava sentada com as pernas cruzadas no carpete, de bermudas e *top*, com as costas apoiadas na parede, colando e arquivando os artigos que ela baixou e imprimiu para seu pai. À frente dela estava a entrada do escritório de Murray com a porta semi-aberta, e daquele retiro emanava o cheiro de tabaco queimado e o ocasional barulho de digitação no computador. Isso era o máximo que Murray deixava alguém se aproximar enquanto ele trabalhava; e era, para sua filha, um privilégio. Ele brincava dizendo que Aurora, a empregada, não podia chegar a cem metros do escritório. Marina, de sua parte, estava contente de estar ocupada com uma tarefa útil que não fosse seu próprio livro. Ela sabia que servir de secretária para seu pai a satisfazia mais do que deveria; e mais, certamente, do que ela teria admitido para a crítica ferrenha Danielle.

— Pelo amor de Deus — disse Annabel quando se aproximou —, acenda a luz! O que você está fazendo no chão?

— Já estou acabando. Papai pediu isso com urgência, e eu achei que dessa forma ele podia pegar cada uma assim que eu terminasse.

— Não estou criticando, querida; só estou preocupada de você ficar cega. — Dizendo isso, a mãe de Marina entrou no escritório do marido abrindo decididamente a porta. Ao passar, ela deixou uma trilha de óleo de bergamota e de néroli, seu perfume de verão.

— Murray, querido. — Marina a ouviu dizer, num tom que dava a entender que Annabel esperava, mas não aceitaria, resistência.

Pela voz do pai, Marina sabia que, de primeira, ele nem levantou os olhos da tela. Ela podia ver seus óculos de meia-lua, pendurados no nariz. Ele disse:

— Não pode esperar, meu amor? Estou prestes a...

— Não, querido. Sinto muito, mas não posso esperar. Preciso dar uma palavrinha com você.

Marina, que havia parado de mexer nos papéis, ouviu o estalar da cadeira de seu pai conforme ele se mexia. Ele suspirou. Marina viu pela porta a coxa e o ombro dele, mas não conseguia visualizar totalmente sua postura.

— Era seu sobrinho no telefone — disse Annabel.

— O filho da Judy?

— Tem outro?

Annabel era filha única.

— Está tudo bem lá?

— Tudo bem, Judy está bem. Não, parece que ele quer fazer uma visita.

Marina ficou de pé, escapando dos papéis, e entrou de uma vez pela porta.

— O Freddie Gordo? — perguntou ela. — Vindo pra cá?

Annabel, com os braços cruzados, assentiu.

— Qual é o problema? Parece uma ótima idéia. Quantos anos ele tem?

— Deve ter dezenove — disse Marina. — Talvez vinte. Depende da data do aniversário.

— Foi o que eu disse a ele — disse Annabel. — Que achávamos uma ótima idéia.

— Quando e por quanto tempo? — Ao perguntar, Murray já havia voltado para seu computador, dando o caso por encerrado.

— Daqui a pouco, Murray querido. Achei que você devia ser informado. Ele vem na quinta.

— Depois de amanhã? — Murray olhou através dos óculos.

— E não tenho certeza se ele pretende ir embora.

— O que isso significa? — perguntou Marina.

— Significa que ele me disse que está pensando em ficar aqui na cidade e que, interpretem isso como quiserem, precisa de um lugar para ficar enquanto se ajeita.

Murray murmurou.

— E ele pediu desculpas por vir tão de supetão, com certeza ele é bem-educado, mas não sabia mais a quem pedir.

— Ele é como um dos seus clientes, mãe. Como aquele garoto, qual é o nome dele?

— DeVaughn. Eu sei. E ele perguntou se sabemos de algum estacionamento barato para ele deixar o carro.

— Diga a ele que não sabemos e que ele vai ter de ir embora depois de alguns dias — disse Marina.

— É um bom garoto — disse Murray, quase com ternura. — Ou assim me pareceu lá no enterro do Bert.

— Isso foi há anos, pai.

— Sei que Judy estava preocupada por ele ter largado a faculdade, estar sem trabalho, sem perspectivas. Mas é um garoto inteligente, segundo ela.

— Tenho certeza de que é verdade, Murray, mas estamos mesmo...

— Não vamos para Stockbridge daqui a algumas semanas? Não é tanto tempo para aturá-lo.

— Depende de como ele for — disse Marina. — Lembro que ele era gordo.

— Ele estava bem magrinho no enterro, na verdade — disse Annabel. — Mas isso não tem nada a ver com o peso dele, nem com o tamanho do sapato.

— O garoto é da família. Vamos ver como fica. — disse Murray, encerrando, sem virar a cabeça nem as mãos, os dedos esperando para digitar. — Marina, você tem aqueles artigos? À minha esquerda é um ótimo lugar.

MARINA SEGUIU A MÃE DE VOLTA AO SAGUÃO e para dentro da cozinha com um maço de papéis ainda não conferidos pressionados contra o peito.

— Está chateada? — perguntou ela.

— Não exatamente.

— Mas é uma imposição.

— Ah, é. — Annabel havia virado suas atenções para o jantar e estava olhando para dentro da geladeira. — Achei que Aurora fosse fazer gaspacho.

— Prateleira superior no fundo. E o salmão frio enrolado no papel-alumínio está embaixo. Ela fez maionese também.

— Que Deus a abençoe!

— Aposto que ele come bastante.

— Quem?

— O menino.

— Seu primo? Ele não é "o menino". E já faz muito tempo que não o vemos.

— Onde ele vai dormir?

— Falei para Aurora arrumar o quarto de hóspedes ao lado do de seu pai.

— Pelo menos não vou ter de dividir o banheiro.

Annabel parou sua busca, dessa vez por um saca-rolhas.

— Deus do céu, você é uma menininha mimada mesmo, hein? Quer vinho?

— Não é *chardonnay*, é?

— Chablis, na verdade.

— É muito anos 1970 da sua parte. Só não acho que é legal recorrer a vocês, sem outras opções, assim do nada; só isso.

— Assim como? Como você?

— Isso não é justo.

— Eu sei, estou provocando. Mas, querida, ele é um dos seus únicos dois primos no mundo. É estranho, mas eu acho, como diz seu pai, que devemos esperar e ver como fica.

— Mas ele provavelmente vai chatear o papai, mais do que todo mundo. Vai atrapalhar. Ele não sabe o que é trabalhar em casa.

— Por isso eu quis que seu pai se preparasse. Mas quem sabe? Pode dar certo. De repente ele se torna o braço direito do seu pai a ponto de ser indispensável.

— Cuidado, mãe. Essa é a minha função.

— É mesmo? Achei que fosse a minha, durante todos esses anos. Mas pode ficar com ela.

CAPÍTULO DEZESSETE

Lar, doce lar

NAQUELA NOITE, DEPOIS DO JANTAR, Murray Thwaite retirou-se para seu escritório, supostamente para continuar a trabalhar no longo artigo que estava escrevendo, mas, na verdade, esperando roubar algumas horas sem interrupção para seu livro, que vinha progredindo muito pouco. Em segredo, culpava a filha, cuja presença era mais uma fonte de inquietação do que de ajuda, apesar da disposição dela. Marina, diferentemente de sua mãe, tinha o hábito de ficar espiando; e, embora soubesse que não havia nada além de boa intenção nela, pelo menos de maneira consciente, ele se sentia acuado por ela, por um espírito que, mesmo quando não estava enrolado como uma cobra prestes a dar o bote do lado de fora do cômodo, estava sempre esperançoso e aéreo. Às vezes, de forma absurda, ele imaginava que a filha queria apenas consumi-lo, sorver suas palavras e o ar que ele respirava para soltá-los como se fossem seus. Outras vezes, a dança dos dois parecia a sedução mais nua, um consumo mútuo, uma estranha paixão que ele não tinha nem pela esposa. Ela o desconcertava, sua amada, sua adorada filha, e ele culpava a distração que ela causava por não conseguir continuar seu livro. Cada vez que achava que uma idéia estava bem estruturada, ele a encontrava em pedaços quando se sentava para escrever. Há semanas vinha ruminando a questão da independência, do pensamento sem amarras e o que, de fato, poderia vir daí — um assunto pertinente, ele pensava, para um homem considerado iconoclasta, e em certa medida esse era o coração de seu livro —, e se sentira pronto a dar o seu parecer. Mas, em vez disso, nesta noite, com uma mancha de gordura da maionese de Aurora na camisa e um copo de uísque com o gelo derretido na mesa à sua frente, nessa hora em que ele sentia que deveria se sentir mais confortável, ficava imaginando que ouvia a suave aproximação de Marina ou o ritmo de sua respiração no saguão. Ele abriu a janela para a rua, para o tumulto de motores e obras, mas esses barulhos também o desconcentravam, à medida que ele começava a ouvir um padrão no ritmo e na parada dos carros, nas ondas da cidade aumentando e diminuindo.

A chegada do garoto poderia ajudar. Mas até aí o contrário também era possível, até provável. Quando Murray estava tentando trabalhar, sentia os egos, a cabeça das pessoas com quem dividia o espaço, tão nítidas como se fossem balões, crescendo, subindo e comprimindo o ar em que seu próprio espírito poderia se mover. A idéia de que um outro ser que vagasse nos corredores de Murray poderia libertá-lo era muito atraente; mas se Frederick engolisse todo o ar teria de ir embora logo. Mais difícil era fazer isso com Marina.

Daí surgiram duas ameaças divergentes porém quase simultâneas, uma envolvendo Frederick, e a outra (mais ou menos), Marina. Seu sobrinho, o filho único da única irmã de Murray. Ocorreu-lhe que deveria telefonar para sua irmã. Apesar de não serem próximos, havia entre eles uma ligação familiar, e não se falavam desde — desde quando? Algumas conversas sobre nevascas intermináveis, sobre as camadas impressionantes de neve que caíram sobre Watertown, uma troca enfadonha, mas necessária, de trivialidades familiares depois do Ano-novo, talvez perto da Páscoa e, ele suspeitava, por iniciativa dela. Agora, pelo menos, eles teriam algo para discutir: o garoto e seus planos, o que Murray deveria fazer por ele, quanto tempo ele deveria ficar.

O segundo pensamento era sobre a amiga de Marina, a garota baixinha que tinha vindo jantar em março, com os cachos escuros, olhos penetrantes e belos seios: Danielle. Ele não teve de caçar o nome dela, estava prontamente em seus pensamentos. Não por acaso: eles mantinham uma animada correspondência via e-mail na qual ele desempenhava um papel professoral, recomendando livros, dando conselhos, referindo-se sempre sabiamente a quando tinha a idade dela. Ele não havia mencionado esses contatos a Marina, e sentiu, com clareza, que Danielle também não; e nesse segredo partilhado ele via certa carga erótica.

Mas o que lhe ocorria esta noite, mesmo ele sentindo, ou imaginando que sentia, Marina em cima dele (uma expressão literal demais para agradá-lo), era a possibilidade, até a inevitabilidade, de levar Danielle a uma traição maior — não, essa não era a palavra certa: uma conspiração. Muito melhor. Ele queria que conspirassem juntos pelo bem de Marina. Murray Thwaite encontrou a desculpa que esperava desde março para ver Danielle novamente, e, desta vez, para vê-la sozinho. Em todos os seus e-mails, nem ele nem Danielle mencionaram Marina mais do que de passagem (isso também insinuava algo proibido), mas agora ele percebia que era hora de colocá-la firme entre eles, como um assunto a ser discutido.

"Querida Danielle", começou ele, digitando com seus dois dedos indicadores grossos, mas ágeis. "Espero que não se importe de eu lhe confidenciar que estou bem preocupado com nossa querida Marina. Isso pode parecer abrupto, mas você pode entender que minha preocupação e a de Annabel [seria bom mencionar Annabel aqui? Ele pensou, decidiu que era] data do outono passado, quando Marina veio morar conosco. Esperávamos que um período de descanso e o apoio da família fossem suficientes para ajudá-la a voltar a caminhar com as próprias pernas, mas, com o passar dos meses", ele parou, bebeu o uísque, "e como o aniversário de um ano de sua volta não está tão longe [um leve exagero, mas necessário, pensou ele], vejo-me cada dia mais intrigado". Ele leu o que já tinha escrito. Não parecia muito alarmista? Não sem razão. Ele queria que Danielle soubesse que tinha um assunto para discutir, que isso não era (não era?) uma desculpa qualquer. Digitou, apagando metade do que tinha escrito, querendo ter certeza de que tinha achado o tom certo, com as inferências e conotações de um significado possível. Porque ele queria que ela lesse a mensagem várias vezes, que se preocupasse — como ele esperava que ela o fizesse — com a decência de tudo aquilo, só para ser certificada, a cada frase, de que não havia nada inadequado, que essa era uma mensagem que a própria Annabel poderia ter escrito. E ainda sob sua placidez superficial, ele queria que ela sentisse — queria que ela não tivesse como não sentir — que ele precisava mais da sua presença do que dos seus conselhos, que ele queria acima de tudo comunicar-se com ela, Danielle; e que Marina aqui era um mero pretexto (embora percebesse que a condição de pretexto não combinava com a filha).

Ele arrumou e refinou a mensagem — apenas dois parágrafos — até o copo de uísque terminar, então pensou em depositar seus esforços na pasta "enviar depois". Nisso, ao pensar em Marina — não a havia

OS FILHOS DO IMPERADOR

escutado novamente? Ela havia rastejado até ele como o maldito gato? Certamente não — levou seu dedo ao botão de enviar, e a mensagem foi transmitida. Simples assim: um almoço na semana que vem? Ou um drinque seria melhor? Esse era o fundamento. Simples assim.

Ele se serviu de um pouco mais de uísque. Deixou de lado o gelo desta vez, por causa dos riscos envolvidos em aventurar-se até a cozinha. Olhou o relógio: não eram onze horas ainda. Não devia ser tarde para Judy. Ele planejava trabalhar pelo menos até a uma da madrugada. Tinha de procurar o número em sua caderneta de endereços, e refletiu, de passagem, sobre a estranheza de saber de cor o e-mail de Danielle e não saber o número do telefone de sua irmã.

A voz dela estava encorpada, como se estivesse com frio.

— Acordei você, Judes? Desculpe...

— Não... Quer dizer, acho que cochilei um pouco. Estou vendo TV, mas não estou na cama nem nada.

Murray puxou conversa, levando a irmã a acordar por completo. Era o tipo de conversa em que ele não entrava prontamente hoje em dia, um papo-furado provinciano, familiar à sua infância — não apenas sobre o clima, mas sobre suas conseqüências (o genro de Judy já estava arrumando bons serviços na baía de Alexandria; se o verão continuasse assim, seria ótimo para ele, mesmo com a economia em crise) e sobre os detalhes da forma como Judy ocupava seu tempo: apenas um mês para encerrar as aulas, a piscina municipal abrindo no Memorial Day, o preço da gasolina, sua velha amiga Susan — claro, ele se lembra de Susan, a ruiva — vindo de Kingston, Ontário, por algumas semanas; o marido dela? Tinha franquias do Burger King, duas, muito bem-sucedidas também: eles construíram uma piscina coberta em sua casa, com uma cobertura retrátil. Por fim, como ela não falou espontaneamente sobre Frederick, Murray puxou o assunto:

— Então, até que enfim vou ver o seu menino — disse ele.

— Como assim? — Judy fungou. Talvez ela estivesse resfriada. — Você está em Massachusetts?

— Não, não, só vamos para lá daqui a duas semanas. O garoto está vindo pra cá, você não sabia?

— Frederick? O meu Bootie? Ele está em Massachusetts.

— Mas, afinal de contas, o que ele está fazendo lá? — Murray sentiu como se os dois estivessem gritando numa linha cruzada, presos numa caverna de mal-entendidos cheia de ecos. Ele desejou não ter ligado. — Escute, Judy, eu não falei com ele pessoalmente; foi a Annabel, esta tarde. Então talvez ele esteja em Massachusetts, mas está vindo para cá esta semana, de visita.

— Visita?

— Você está me ouvindo direito? Achei que ele estivesse em casa com você.

— Ele saiu faz um mês. Para ver um curso de verão em Massachusetts. Na U Mass. Onde mesmo? Em Amherst?

— Isso, isso.

— Mas ele não pode estar fazendo isso se está indo ver você. O curso começa em algumas semanas.

— Talvez ele só precise de uma folga antes de sentar para estudar.

— Não entendo. Falei com ele há dois dias. — Judy parecia rude, ainda, e agora acusadora, como se esse mal-entendido fosse de alguma forma culpa de Murray. Ela sempre bancava a vítima. — Há dois dias, e ele não falou nada sobre Nova York.

— Não falei com ele, Judes. Annabel que conversou. Achei que ele estivesse em casa com você.

— Não está, há um mês.

— Entendo: ele partiu faz um mês para Massachusetts. Só estou dizendo que eu não sabia.

— Por que saberia?

— Certo.

Houve um silêncio na linha, como se ambos estivessem tentando controlar suas irritações mútuas, pensou Murray; ou talvez como se não houvesse nada mais a dizer.

— Então a gente liga para você quando ele chegar — disse Murray, por fim. — Ele pode contar com a gente. Provavelmente acabaram as roupas limpas dele em Massachusetts e ele precisa de um lugar para lavar as meias.

— Talvez — disse Judy, mais baixo agora, com outra fungada. — Mas digo uma coisa a você, Murray, ele tem estado bem calado desde que foi embora. Mais do que quando foi para Oswego. Acho que é porque eu estou preocupada com ele. Não sei o que ele está pensando, sabe? Ele precisa mesmo voltar à escola.

— Hum. Sei que você sabe disso, Judes, mas há mais de uma maneira de pescar.

— Está dizendo que ele *não precisa* voltar para a escola?

Murray fez outra pausa.

— Não, é só que às vezes... não, nada.

— O quê?

— Nada, nada. Você com certeza tem razão. Ele deveria voltar para a escola. E você vai ver que ele irá.

— Você vai falar com ele, então?

— Falar?

— Sobre a escola. Por favor, Murray.

— Claro, claro, falo com ele.

— Ele realmente admira você, como deve saber. E claro que o pai dele não está mais aqui, então...

— Não, claro que não.

Quando desligou, Murray sentiu como se tivesse caído numa armadilha, como um bicho idiota. Lá estava ele, como sempre, punido por seus impulsos de irmão mais velho: nunca tinha pedido nada a sua irmã, nada; e, toda vez que conversavam — na Páscoa, ele se lembrava agora, foi uma pequena quantia de dinheiro, algo para a manutenção do túmulo de seus pais —, ela tramava modos de extorqui-lo. Ele não deveria facilitar tanto para ela: não deveria telefonar, não deveria fazer isso. Não é à toa que o filho dela não havia dito onde estava indo — quem diria? Sendo assim, era possível inferir, com sorte, que o filho não era igual à mãe. Não diria isso a qualquer um, nem mesmo a Annabel. Era um irmão leal, acima de tudo.

Murray foi revisitado, em sua cadeira de escritório, com o rugido do trânsito noturno em seus ouvidos, por uma visão de sua casa na infância, o vestíbulo forrado e a sala de jantar, a escuridão opressora e a vileza, tudo espalhado, desbotado e gasto, e apenas a mãe deles, a bela mãe, com seu perfil nobre e seu cabelo negro ondulado como o de Ingrid Bergman, sua mãe fantasiosa, que, apesar da habilidade de cozinhar, polir e passar, apesar de seu eterno avental e das arrumações excessivas, lia romances e revistas, sonhando com horizontes mais largos para si e para o filho, coquetéis brilhantes na Park Avenue, quartos chiques de hotéis e viagens para a Europa. E o mais importante: Harvard, ela sonhava com Harvard, Princeton ou Yale, mas o ideal era Harvard — para seu filho, disse a ele logo nos primeiros anos, para que ele crescesse com isso na cabeça, não empurrando carrinhos de bombeiro ou de polícia, mas quieto nas salas da Biblioteca Widener e nos caminhos salpicados de folhas de Harvard Yard, lugares que ele não veria até ter dezesseis anos, mas que flutuavam mágicos como Atlântida em seu quarto escuro de infância. E, mesmo assim, seu pai e sua irmã estavam atolados em Watertown, onde, claro, Judy ficou, provando alguma coisa (o quê?) para alguém (quem?), ou talvez provando apenas que ela não era como o irmão. A merda da ética protestante do trabalho, quem cedo madruga, humildade cristã? — bobagem, tudo isso, que serviu para tornar Judy uma velha matrona que cochilava de noite na frente da TV.

Entretanto, sua mãe, mesmo nos últimos dias, ainda de avental, as mãos deformadas pela artrite, a cobertura de renda em cima da poltrona de *chintz*. Em seus sonhos não teria sido diferente; no final, tudo o que ela conseguiu fazer foi transformar seu menino em alguém, algo que ela não conseguia entender, um fato que o Alzheimer tornava literal, de modo que, em meados dos anos 1980, quando ele foi visitá-la, sentando ao seu lado à mesa, no seu "antigo lugar", quando ela perguntou por Murray e ele pegou sua mão cansada, com Judy dizendo "Está aí, mãe, bem ao seu lado", ela pousou os olhos fundos nele, brilhantes de medo, e chorou: "Esse não é Murray, não é o meu menino! Onde ele está? Você prometeu que ele viria!"

Então, para se proteger daquela vida, para evitar que aquilo fosse a sua vida, desde os primeiros tempos e com a bênção da mãe — apesar de ela nem saber o que significaria —, ele tomou as resoluções, não apenas sobre Harvard: nunca teria um escritório, um horário ou um despertador; todo dia seria sempre um novo dia, uma nova cidade, uma nova pessoa, uma nova bebida, outra descoberta, sempre mais vida, mais.

Será que isso já estava dito com clareza suficiente no manuscrito? Parecia infantil de tão simples, uma filosofia de vida, no entanto, ele decerto não era um homem simples. Nem era o produto direto e rebelde do vestíbulo estreito de sua infância, no qual você mal podia abrir a porta da frente por causa da escadaria e do jardim (lembrava-se do cheiro, que se tornou horrível para ele mesmo quando era suave, das folhas caídas numa manhã de sábado no verão, quando seu pai ficava ao lado da escada na calçada e abria caminho, podando as plantas com um corte perfeito, semelhante ao de seu cabelo curto e grisalho, como de um monge). Essas lembranças eram parte de Murray, e escapavam de uma parcela inescapável dele; mas não era desse modo, nessa fuga, que ele vivera, nem era assim que estimularia outras pessoas a viver. Talvez, se pensasse na sua vida nessa época e na vida de sua irmã agora, ainda ficasse com a garganta apertada e lhe faltasse o ar (mais um cigarro talvez resolvesse isso), então era falta de ingenuidade não dizer. Não era a irrelevância, a pequenez, a vida insignificante que, no final, todos queriam projetar? E projetar não era tão importante quanto adotar uma idéia, na formação de uma personalidade adulta?

Então ele pensou em Marina, criada como ele queria ter sido criado, e limitada agora pela falta de pequenez, a ausência de quaisquer limitações contra as quais se rebelar. Será que ela deveria abandonar uma vida de privilégios e mudar-se para uma Watertown interna às suas lembranças para começar novamente sua vida, aproveitando seu patrimônio hereditário, sendo uma figura como Judy, cujo mérito é apenas desistir de tudo o que recebeu? Absurdo. Mas ele lhe havia falado para arrumar um emprego, conselho que nunca deu a si mesmo, nem aceitou. E estava falando sério. Estaria de certo modo reconhecendo que seu caminho era apenas para os extraordinários, e que sua filha, apesar de linda e muito amada, não era — como aceitar isso? — nada além de comum? Ele conseguia fazer essa pergunta, mas não era capaz de respondê-la.

Lembrou-se então de seu pai dizendo a ele — seu pai, tão baixo quanto Murray era alto, com ombros tão caídos que o filho, quando criança, temia que os suspensórios escorregassem, um homem de gravata-borboleta com um bigode quase hitleriano, suavizado pelos pêlos brancos e pela maciez de sua voz baixa, uma suavidade que contradizia sua rigidez incansável, sua falta de senso de humor e sua bondade sem charme (por que ela casou com ele? Ela era tão bonita e tão divertida) —, quando ele escolheu o caminho para Harvard, que optasse por estatística, contabilidade ou economia: "Sabe, Murray, eu sei que você quer escrever livros ou algo assim. Mas só os gênios podem ser escritores, Murray, e francamente, filho..." E Murray havia matado seu pai, sem dúvida, para que a memória dele fosse levemente patética, quase carinhosa; risível, acima de tudo. E quem era Murray, quem ele seria, além de um pequeno homem, para ficar ao lado do julgamento de sua filha e declarar a incapacidade dela para a grandeza que ela tanto queria? Melhor não dizer nada; mais do que isso, era melhor não arriscar nada, esperar para ver. Ela ainda poderia surpreender, como ele havia feito.

E como seria esse menino? A mãe o chamou de Bootie? Que tipo de indelicadeza era essa? Seu nome era Frederick. E, se ele admirava Murray, podia haver esperança.

Murray decidiu olhar mais uma vez o e-mail antes de desligar, só por precaução. E sim, ela havia respondido. Tão prontamente. Seu pescoço ficou quente, suas mãos também — o velho e familiar arrepio, mesmo isso não sendo uma paquera. Não seria? Mas ele tentou ouvir os passos da filha, precavido, antes de abrir a mensagem. Era breve e relativamente formal: almoço era difícil, por causa do horário dela; mas claro que ela gostaria de conversar sobre como ajudar sua amiga, e, se um drinque não estivesse fora de questão, então quarta-feira seria bom. Ela não conhecia bons lugares e estava certa de que ele poderia sugerir algo. Tudo isso, tão adequado, o entusiasmou, da mesma maneira como o pescoço longo e branco de Danielle e sua cintura fina em contraste com suas curvas o entusiasmavam, ou a palidez do pescoço contra os cachos escuros, os olhos que justificavam o uso do clichê "fervorosa" — coisas que ele podia nunca ter percebido numa amiga de sua filha, numa amiga tão próxima de sua filha, mas que lá estavam, mais vida, mais. E, enquanto ele pensava em qual bar sugerir, em que ambiente situar sua pequena fantasia, ele ouviu a filha gritar pelo corredor, um som gutural, próximo, engasgado, tão preocupante que ele se virou na cadeira e quase se esqueceu de desligar a tela antes de correr para ajudá-la.

CAPÍTULO DEZOITO

O fim de Papa

MARINA TENTOU DURANTE TODA A NOITE avançar em seu livro. Ela havia sentado na cama com o *laptop* nos joelhos, cheia de anotações, fotografias e livros de biblioteca, tudo por causa do capítulo cinco, no qual supostamente estava trabalhando, tudo espalhado e desordenado na frente dela, um mar de folhas impressas que cobriam a cama e a faziam parecer pequena. Ela se sentia pequena diante disso: se tanta coisa havia sido dita, ela não tinha nada a acrescentar? Nesse capítulo, estava escrevendo sobre o antigo hábito ocidental de vestir uma criança como se fosse outra coisa: como se fosse uma criança maior, como um dos pais ou imitando outra pessoa completamente; e ela estava comparando isso com aqueles ventríloquos acompanhados de bonecos, fazendo, ou tentando fazer, uma reflexão maior sobre como as crianças são vistas como emanações de seus próprios pais. Ela precisava encaixar em algum lugar o argumento contrário, baseado, digamos, no vestuário feminino de Laura Ashley nos anos 1970, no qual mãe e filha vestiam batas florais com babados num resgate — ou, curiosamente, uma reafirmação irônica, talvez, na era da liberação sexual feminina — da meninice vitoriana, no qual a questão era: mães e filhas estavam celebrando a repressão de sua sexualidade ou a quebra de suas amarras? Aquelas botas pretas perversamente amarradas até a panturrilha, couro de bezerro, as camadas de *chintz* e musselina e os cachos caindo as tornavam pessoas iguais: uma com cinco, outra com cinqüenta anos, o que era um pouco perturbador, insinuando erotismo — a partir disso, ela queria fazer comparações com as garotas nas vitrines dos bordéis de Amsterdã; apesar de não as ter visto pessoalmente, soube que elas se vestiam para satisfazer fantasias: colegial, enfermeira, dominadora. Mas e se isso não tivesse nada a ver? Como uma peça de quebra-cabeça, escrita nas suas anotações, embora com um ponto de interrogação ao lado, essa analogia tinha de entrar no capítulo cinco. Mas as anotações tinham anos, e não serviam realmente a seu propósito proustiano de juntar argumentos intelectuais, com algumas palavras abrindo um rico depósito de pensamentos. Ao contrário, as frases ficavam isoladas, rabiscadas no papel, escassas e perturbadoramente sem importância. Marina sentia, enquanto lutava para formar não apenas frases, mas parágrafos volumosos a partir dos registros que tinha à sua volta, que estava comprometida com uma escavação arqueológica de uma civilização perdida — a civilização sendo seus próprios pensamentos mais antigos, claro —, e nada garantia que a interpretação atual dos artefatos teria uma lógica verdadeira. Será que deveria voltar às fontes? De volta aos tomos da biblioteca pública, aos arquivos do Fashion Institute of Technology e do Metropolitan, de volta a cinco anos antes como se nunca tivesse estado lá, para tentar novamente compilar os argumentos que, nos primeiros dias, haviam parecido cheios de conclusões? Não conseguia encarar isso. As anotações eram tudo o que tinha e tudo o que teria, e qualquer reconstituição que fizesse teria de servir — isso era uma analepse? Ou era uma catacrese? De alguma neblina da memória surgiram palavras gregas ouvidas num curso de teoria literária em Brown, e ela se perguntou se elas pertenciam a essa crise. Mas não seria bom. Toda vez que se sentava para escrever, sentia que as idéias reconstituídas tinham tanta semelhança com as originais quanto os legumes das sopas instantâneas com os legumes de verdade. Analepse, catacrese nada tinham a ver: a palavra que ela procurava era "debatendo-se". Ela já podia escrever uma crítica de seu livro não escrito: "Marina Thwaite se debate com seu tema, com pouco direcionamento e pouquíssimo progresso." O empreendimento todo se tornou — há tanto tempo que ela nem se lembrava de como era antes — parecido com os sonhos angustiados de sua adolescência, em que ela tinha de ficar nua diante da classe, dizer o texto de uma peça que não tinha decorado ou fazer a análise de um livro que não tinha lido.

A situação a desesperava, causava-lhe um enfraquecimento dos membros, um escurecimento da vista, de tal modo que ela mal conseguia levantar os papéis ao redor de si, incapaz de decifrar o que estava escrito neles. Não conseguia falar com ninguém sobre isso, sobre o fracasso que

OS FILHOS DO IMPERADOR

sentia pesar sobre si a cada dia: Danielle a censuraria, e depois, eficientemente, tentaria tomar as rédeas do papo e animá-la; o mesmo faria sua mãe, de cuja boca a irritante frase "Fique firme, garota" saía com muita freqüência. Para Julius, mesmo que ele não tivesse desaparecido, a situação seria uma desculpa para uma rodada de martínis, uma solução bastante prazerosa, mas que ela sabia, por uma experiência considerável, ser ineficaz. E seu pai: quantas vezes ela havia tentado — ou sentido que havia tentado, pelo menos — falar com ele sobre a atrofia de sua mente, sobre a aparente impossibilidade de cumprir a promessa, de levar a cabo a tarefa? E ele não entendia, não podia ou não queria: era mais uma máquina do que um ser humano nesse aspecto, por mais que a amasse. Ele honrou cada contrato de sua vida, chegava na hora em eventos aos quais não queria comparecer. Murray apertava um botão mental, como se fosse uma lâmpada num capacete de operário, e simplesmente prosseguia, fazendo o necessário até acabar. Ele apontava para a bagunça de papéis e dizia: "Viu? Está tudo aqui, bem na sua frente. Você fez todo o trabalho pesado, agora é só continuar!"

Apesar de tudo, Marina vagava pelo apartamento. Sua mãe já estava dormindo, à espera de um telefonema de manhã cedo, e as luzes estavam quase todas apagadas, só restando o zumbido soporífero do ar-condicionado e um leve cheiro de gás fréon pelo caminho. Ela parou mais tempo na cozinha, onde cogitou fazer chá (sabia que Danielle tomava chá toda noite antes de dormir, e jurava ter ótimas propriedades) e decidiu comer um biscoito ou dois, um do tipo francês que Aurora comprou no supermercado, feito com um chocolate especial. Serviu um pouco de leite para comer com os biscoitos e deixou a porta da geladeira aberta enquanto isso, com sua luz fria e assustadora sendo a única no cômodo. Foi andando com o copo de leite pela sala de jantar, pelo corredor, pelo seu quarto, pelo dos pais — ela imaginou que ouvia a mãe respirando, quase roncando, mas não parou para escutar, sentindo-se um pouco envergonhada dessa afronta —, e seguiu em frente, atraída como um cupim pela luz do escritório do pai. Descalça, ela sabia que era silenciosa como um gato; sabia também, de repente, da possibilidade de haver vômito da gata em algum lugar no carpete, apesar de Papa ter melhorado nos últimos dias, comendo menos mas vomitando menos também, e ganhando um novo zumbido na respiração que geralmente tornava fácil achá-la. Ainda assim, em nenhum dos cômodos pelos quais passara até agora Marina havia ouvido seus ruídos; nem tinha passado pelos ossos peludos em que Papa havia se transformado, a espinha proeminente e a cabeça esquelética.

Marina parou na porta, olhou pela fresta para as costas de seu pai, debruçado sobre o computador, e percebeu que ela já tinha estado ali, ou quase, horas antes. Era de fato ridículo debruçar-se sobre a vida de alguém, como uma empregada ou um cachorro, e ele era seu pai. Uma criança com um copo de leite, ela parecia ter seis anos de idade em vez de trinta.

Sem fazer um som, ela se virou e andou os poucos passos até o quarto que seria de Frederick. Talvez fosse bom tê-lo em casa por uns tempos, não apenas por distração, mas como um catalisador. Ou isso ou uma chance para ter um pretexto mais convincente para dizer que ela era uma garota charmosa (uma vez, nos tempos da *Vogue*, ela havia sido, não?) com a aura de um sucesso incipiente, brilhante ao redor dela como um halo, com um livro quase concluído e uma fila de pretenden-tes, uma vida adulta glamourosa, ainda que já mais reduzida. Ele era ainda muito novo, o Freddie Gordo, e ainda iria acreditar, mesmo sem conseguir ver o que havia além do belo visual dela; mas ela se lembrava dele, tão gordo e melancólico, de óculos sujos, com olhos que pareciam espiar tudo com muita atenção, para ver demais. Isso fora anos antes. Quem sabe agora? Ele podia nem mais ser gordo. E quem era ele, um morador de Oswego que fugiu da escola, para julgá-la?

Eficiente como sempre, Aurora mantinha o quarto arejado e limpo. Ela colocou um descanso no guarda-roupa, esperando um vaso de flores de boas-vindas (ele era um hóspede que merecia flores? Melhor seguir com a tradição, acreditou Marina). A cama estava feita com lençóis no-vos, um edredom branco no meio do qual, como o pompom de um pufe, ficava a figura negra de Papa dormindo.

"Que lugar melhor para uma gata velha?", pensou Marina, invejando a audácia dela, a habilidade que a criatura tinha de se fazer desaparecer sem deixar sinais e de não fazer nada que não fosse desaprovado. Ela sentou-se no canto da cama imaculada, colocou seu copo de leite vazio na mesinha-de-cabeceira (da qual Aurora, com seus olhos de águia, iria tirar antes da chegada do hóspede) e esticou-se para acariciar a elegante curva da espinha de Papa.

No começo nada pareceu diferente, mas depois ela diria que percebeu desde o começo. O calor do pêlo a impediu de sentir o frio da pele por baixo. O que ela percebeu, entretanto, foi que Papa não se aninhou sob sua mão, um involuntário mexer da pele intrínseco à longa história de suas carícias, e que o quarto, a não ser pelo baixo barulho da rua e do ar-condicionado central, estava em silêncio total. Nada de roncos nem de arranhões. Nenhuma respiração. E, apesar de parte de Marina não estar tão chocada e apenas ter registrado — ah, então isso é a morte —, outra parte dela — a criança, ela iria se repreender — se apavorou e deu o grito que fez seu pai correr.

— O que foi isso? Por que está aqui no escuro? — Ele compunha uma figura desgrenhada, camisa aberta, óculos na ponta do nariz, o cabelo grisalho arrepiado como pena de galinha, um cigarro enfiado atrás da orelha.

— Desculpe, papai, é só Papa. Ela não está mais... quer dizer, está morta.

— Ah.

Os dois ficaram lado a lado, sem se aproximar.

— Tem certeza absoluta? — perguntou Murray, coçando a cabeça.

— Sim. Certeza.

A gata, uma mancha preta no edredom, não se mexia.

— Sua mãe está dormindo?

— Há horas.

— Hum. Podiam acontecer coisas piores do que deixá-la aqui durante a noite, não acha?

A idéia parecia de certa forma um sacrilégio para Marina, apesar de ela não poder dizer se a ofensa seria para a gata, para a cama ou para seu futuro ocupante.

— As coisas mortas não... você sabe... vazam?

— Não numa noite, acho que não. E está bem frio aqui. — Seu pai parecia imperturbável, como se estivessem falando de uma planta ou de um livro. — Só acho que sua mãe é a pessoa que deve lidar com isso. Ou Aurora. — Ele parou. — A não ser que você queira fazer isso.

— Não muito.

— Achei que não. Venha, vamos fechar a porta. Vai ser como se você nunca tivesse vindo aqui. Aliás, como você veio parar aqui?

— Não sei. Pensando no Frederick, acho.

— Ah, o garoto. A charada. Liguei para a mãe dele esta noite.

— Tia Judy?

— Ela nem sabia que ele estava vindo. .

— Caramba.

— Então quem sabe que alma perturbada ou em conflito está vindo até nós? Saberemos logo. — Ele fez menção de voltar a seu escritório.

— Não parece um bom presságio, parece?

— O quê?

— Papa ter morrido na cama dele.

— A gata tinha dezessete anos, meu amor.

— Eu sei, mas...

— E você sabe que não acredito em presságios. Você também não deveria. Nenhum ateu que se preza deve acreditar em presságios.

— Não.

— Certamente nenhum papa vai morrer.

— Muito engraçado.

Ele se encaminhou para a porta fechada do quarto:

— Sua mãe vai cuidar disso logo cedo — disse ele. — Pare de pensar nisso.

Mas Marina, uma vez em sua própria cama, embaixo de seu edredom, não conseguia dormir sem pensar nisso, na gatinha que ela ganhou (no lugar de um cavalo, brincaram seus pais: cabia melhor na escala de vida deles) e que a havia encantado com seus passos errantes e seus ataques zelosos, a língua exploradora na mão dela. Ela abandonou Papa durante a faculdade, e anos depois, morando em outro lugar, não dava valor à gata quando vinha visitar os pais, uma passada macia em sua panturrilha, um calor em seus joelhos, os grandes bocejos e a orgulhosa inclinação de sua cabeça. Quando Marina voltou para casa no ano anterior, a gata estava inválida e com problemas de visão, esquelética, alquebrada, uivando e, claro, vomitando, o inevitável cheiro azedo; e, se Marina tinha sentido uma certa pena, ela sentia, em grande parte, com a brutalidade dos jovens, desprezo pela decadência do animal e repulsa por seus hábitos. Uma lágrima ou duas escorreram dos olhos dela e umedeceram a fronha, mas ela não sabia dizer ao certo se isso vinha da tristeza pela perda de Papa, da tristeza por si mesma, por sua atual insensibilidade à morte, ou se, na verdade — e talvez fosse essa a raiz do problema —, as lágrimas, derramadas só agora, eram uma indulgência permitida por Papa, mas se referiam, em sua angústia silenciosa, a um desespero mais antigo, aos deveres que ela teria inexoravelmente de confrontar, enquanto a gata, imóvel, livre e acolchoada por belas penas de ganso, pela roupa de cama irlandesa, havia encontrado repouso.

CAPÍTULO DEZENOVE

Bootie abraça Nova York

No SEGUNDO SÁBADO DE MAIO, às nove e quinze da manhã, Frederick Tubb sentou-se num banco do Central Park, a apenas um quarteirão da rua, na prazerosa sombra das novas folhas de bordo, com uma sacola de plástico ao lado e um livro no colo. Era *Guerra e paz*, que ele decidiu que era indispensável e no qual estava fazendo todo o esforço para se concentrar. Mas era difícil. Por causa da temperatura, antes de mais nada: apesar da promessa de calor da manhã, da suave neblina — uma umidade que, dentro do parque, pendurava-se com o peso tropical sobre os galhos caídos, iluminados pela luz já brutal do sol —, Bootie havia pensado — como, não há muito tempo, as pessoas acreditavam que deviam se vestir adequadamente para o almoço ou para o jantar — que estava agora numa grande cidade e tinha de se vestir bem por causa disso. Pingando de suor, com o cabelo grudado na testa e os óculos embaçados, ele se arrependia de sua decisão. Usava uma camisa xadrez com colarinho e punhos, ainda que não passada e, mais recentemente, colocada para fora de suas calças bem gastas. Seria ou calça cáqui ou jeans — ele só tinha duas calças —, e achava que a primeira estava um pouco mais limpa. Usava tênis, grandes lanchas brancas nos pés, porque naquele momento não tinha mais nada (seus sapatos sociais estavam ainda, e talvez para sempre, em seu quarto em Watertown), mas, julgando pelos calçados que passavam por ele, os seus eram perfeitamente aceitáveis. Os calçados, ou melhor, as pessoas que os usavam, também distraídas, faziam um desfile de notória variedade e volume (era cedo), de tal modo que era difícil manter os olhos nas páginas por mais do que um breve momento. Ele captava trechos de conversas — "Ela disse que não está com ela, mas eu *sei* que roubou de mim"; "Se você ler esse livro, querido, acho que vai

OS FILHOS DO IMPERADOR

mesmo mudar sua vida"; "Você sabe se vestir, não sabe? Então o que posso dizer para você?" — e, olhando discretamente através do cabelo para ver que geralmente as conversas mais animadas eram ao telefone, às vezes até conduzidas através de clipes nas orelhas junto de fios quase invisíveis, percebeu então que os falantes, como loucos, gesticulavam e se entusiasmavam como que para o nada. Em silêncio, ele se encantava com as formas dos nova-iorquinos, homens e mulheres magrelos com roupas de trabalho ou trajes esportivos, com as veias latejando em seus rígidos pescoços ou em suas panturrilhas duras, criaturas desajeitadas de sexo indeterminado, gigantes rolando e balançando sob camisetas largas, os rostos suados franzidos por absorverem o movimento contínuo, cada um de um tamanho e uma forma diferente; russos, chineses, africanos, andinos, de todas as cores e proporções, uma mistura oferecida a seu olhar que era, para Bootie, como o calendário da Unicef de sua mãe — uma parte perene de sua infância, pregada na parede sob o telefone da cozinha — trazido à vida.

Uma horda de crianças latinas rechonchudas passou relinchando, loucas pelo parquinho, suas mães — tão jovens, da idade dele, talvez; podiam ser mães? Sim, podiam — andando atrás, inclinadas sobre carrinhos nos quais outros corpos menores estavam deitados ressonando entre brinquedos coloridos pendurados, com as vozes das mulheres como um rio ondulante em espanhol, pontuadas pelas chamadas da prole que corria. Uma das mulheres olhou para Bootie, viu seu olhar e, apesar do sorriso dele, virou-se depressa.

Em sua sacola plástica, Bootie trazia o exemplar velho de Emerson, um par de óculos escuros comprado numa rua de Amherst por cinco dólares e uma garrafa velha de suco de maçã com o rótulo rasgado, cheia de água da pia dos Thwaite. Ele pensou em tomar café-da-manhã com eles — tia Annabel já havia dito várias vezes para se sentir completamente em casa —, mas ficou preocupado em sujar pratos, fazer bagunça. Ele se conhecia o suficiente — sua mãe sempre ralhava com ele por isso — para saber que era aquele que, mesmo inconscientemente, deixava traços, manchas e marcas de dedos e copos sujos. Melhor não tocar em nada.

Ele queria se levantar e sair antes que seus parentes aparecessem, antes que a quietude do apartamento — tão mais silencioso em seu selo hermético do que a casa de sua mãe — fosse quebrada. Ele não conseguia lidar muito bem com a bondade deles, o calor e a indiferença de suas boas-vindas, a forma como eles acreditavam (e a exatidão da suposição que faziam) que ele estava lá porque queria ser aceito em suas vidas, ser parte do grupo deles. Já na noite anterior, não exatamente a primeira, mas, dada a sua chegada tardia na quinta, essencialmente sua primeira —, eles o convidaram para ir a um churrasco na casa de um amigo. Ele pensou que estavam brincando — um churrasco em Nova York? —, até que explicaram que era uma cobertura com um terraço panorâmico, e a razão principal para ir era a vista fabulosa. Ele estava exausto, disse que estava cansado e ficaria em casa, mas pôde ver no rosto de Annabel, e no de Murray também, que eles não se importavam que ele preferisse se afastar com um livro e, mais visivelmente, que eles não podiam entender a escolha a fundo. Qual era então a idéia de estar não apenas em Nova York, mas na Nova York dos *Thwaite*? Então ele foi, apenas para ficar — previsivelmente, insuportavelmente — confuso e envergonhado no jantar, com a camisa manchada primeiro de suor e depois do vinho tinto que ele derramou.

Annabel, vendo-o muito sozinho no amplo espaço do terraço, pegou-o pela mão e inclinou-se sobre a barreira de vidro (ele não conseguia olhar para baixo) para mostrar-lhe a gloriosa vista, os lugares importantes, as curvas e construções do parque tão densamente verde perante eles, as torres do centro erguendo-se como brinquedos, como um brinquedo de criança, o rio cintilante e sempre com barcos, o tom roxo do pôr-do-sol caindo do grande céu e os prédios ao redor. Ela teve a gentileza de não se mostrar entediada, de demonstrar animação em seus comentários — ele sabia que eram banais e corava com esse conhecimento, piscando sem parar por trás dos óculos — e até, num gesto que o comovia e surpreendia, de colocar a mão dela nas costas dele, apontando na direção do parque o lugar onde os Thwaite, e agora ele também, moravam. Mesmo assim, ele sabia do suor em sua pele, do seu cheiro forte, da possível umidade de sua camisa sob os dedos dela, e essa vergonha o fazia sentir-se idiota e ficar quase mudo.

Enquanto escutava Annabel e olhava a vista, Bootie manteve um olhar furtivo nos outros Thwaite, em Marina e Murray, enquanto circulavam juntos ou separados entre a multidão no terraço. Murray era mais alto do que a maioria, o cabelo grisalho mais brilhante, e Bootie captava, muitas vezes, o tom fleumático da risada dele ou o tom elevado de sua voz animada. Ele vagava numa trilha quase constante de fumaça, como se fossem balões de pensamento, uma conversa por si só. Mais incisiva, Marina inclinava a cabeça, desajeitada com seus delicados membros como se a estranheza fosse, entre os belos, a mais graciosa afetação. A luz que diminuía desenhava os olhos dela com mais brilho e intensificava o vermelho de seus lábios, fazendo com que de longe ela parecesse brilhar, como uma marionete pintada no palco. Ele não conseguia evitar olhar, apesar de saber que ela era precisamente isso, uma mulher observada, e que tais mulheres nem sequer o vêem. Ela parecia lançar-lhe um olhar ou outro na conversa, parecia estar falando sobre ele, explicando sua presença — "Meu primo gordo do interior" —, ele a imaginava dizendo — "não é minha culpa" —, e essa imaginação, além da vergonha, o tornava mais reservado, de tal forma que, quando se juntou a eles na saída da festa, meio emburrado, havia se transformado de estátua gentil em hostil, e, espremido pela aura de limão do perfume de Marina no banco de trás de um táxi, mal conseguia dizer uma palavra de agradecimento para seus anfitriões...

— Você deve estar exausto. — Annabel consolou o sobrinho, que estava com a testa franzida e a boca fechada. — Talvez isso tudo seja além da conta. Durma até tarde amanhã, todos nós vamos fazer isso.

Contudo, no dia seguinte ele acordou de manhãzinha, e, sem se libertar dos maus espíritos, ainda irritado, apesar de não saber exatamente com o quê, planejou sua escapada temporária. A sociedade nova-iorquina dos Thwaite, afinal, não era o que ele queria. (Ou era? Não tinha certeza.) Em vez disso, queria apenas a vida puramente intelectual de seu tio. Ambicionava algo menos aconchegante e mais real para uma formação sólida com educação à mão: autoconfiança, afinal, era o objetivo. Lendo novamente, ou pelo menos fingindo, com o livro enfiado embaixo do nariz como uma paródia de sua miopia, ele se perguntava como era visto, no banco perto dos fundos do parque, pela mãe latina que não sorriu, pelos corredores, pelas meninas que andavam devagar — sempre as mulheres, ele sabia; consciente de que imaginava que os homens nem o enxergavam —, e, enquanto pensava, olhava de soslaio por sobre as páginas para ver se estava sendo visto e, claro, também para ver, porque lá estava todo seu interesse (que enfadonhos são os romances, afinal, até esse, de Tolstoi, apesar de ser melhor do que a maioria).

Na luz da manhã, Marina brilhava outra vez. Mesmo se não a conhecesse, ele teria olhado para ela, capturado pelo seu resplendor. Ela usava shorts, uma camiseta e tênis, como o resto das pessoas, mas eles se transformavam nela, de alguma forma. Para o pesar de Bootie, ela o viu também, apesar de Tolstoi, ou talvez por causa disso.

— Olha só, não é uma traça? — disse ela, levantando a poeira perto dele. — O que tem na sacola?

— Só um livro.

— Há quanto tempo está aqui?

— Não muito.

— É o lugar perfeito para papai espioná-lo do escritório, sabe? — Ela semicerrou os olhos, apontou sobre as árvores para o prédio projetado sobre eles do outro lado da rua. — É melhor no inverno, por causa das folhas, mas nesta época também dá. Aquela é a janela dele. Quando eu era criança, passava horas espionando as pessoas de lá.

Bootie mexeu as mãos, o livro, e fez menção de se levantar.

— Não se preocupe, ele não está olhando. Só estou brincando. Mas ele *poderia* vê-lo, se quisesse. Planeja passar o dia aqui?

— Claro que não. Eu...

— Porque o banco não deve ser muito confortável.

— Está bom.

— Digo uma coisa para você: vou para minha aula favorita de ioga ao ar livre, é em, tipo, cinco minutos, mas depois disso vou para o centro. — Ela parou, balançou a cabeça e o cabelo caiu sobre um olho. — Você já foi ao centro? Ao SoHo? Village?

Ele balançou a cabeça.

— Eu podia levar você. Vou encontrar uma amiga, porque preciso comprar uma roupa para um evento formal da semana que vem, então imagino que você vai preferir andar por lá sozinho — era uma dispensa mais delicada do que ele podia imaginar —, mas eu mostro aonde ir.

Além de ler, ele não tinha planos, e ela intuiu certo. Ele assentiu:

— Obrigado.

— Tenho de correr. — Ela estava tropeçando nos próprios pés. — Mas vejo você lá em cima às dez e meia.

— Lá embaixo, pode ser?

— Se preferir, na portaria.

— Ou na esquina?

Ela olhou duramente para ele, parecendo quase sorrir, seus lábios como uma linha fina. — Na portaria — disse ela novamente. — Às dez e meia, ok?

ELA QUIS LEVÁ-LO DE METRÔ. Assim ele saberia como voltar para casa sozinho, disse Marina. Bootie nunca havia andado de metrô antes, só uma vez em Washington, D.C., numa viagem de escola com outros vinte moleques, quando ele tinha doze anos, e isso não tinha muita semelhança com aquela lembrança. Ele estava fascinado e repelido pelas vigas em frangalhos, pelas grades de prisão, pelo rugido e a fumaça de lá, pela urina e podridão no ar, ainda não totalmente aquecido, mesmo sendo ainda primavera, e pela rajada repentina e fria de vento do trem. Outra vez, como no parque, ele queria absorver todas as formas e rostos: tranças elaboradas, unhas com cores elétricas, cavanhaques aparados e queixos marcados de acne ou de pêlos. Um homem careca usando um belo terno, olhando para o chão, como se fosse por modéstia. Uma matrona, maquiada de forma bem exagerada, com um olhar nu e desconcertante: talvez alguma coisa não estivesse muito certa. Um pouco de maquiagem demais, talvez; uma minúscula queda de seus lábios. Não, ela não estava nem um pouco bem. E talvez — sim, havia manchas em suas mangas de seda e sua saia de *tweed* estava puída —, talvez ela é que tivesse cheiro ruim. Ele parou de olhar para ela e passou os dedos para cima e para baixo no ferro grudento do metrô, percebendo a peculiar oleosidade humana. O trem, ou o ar-condicionado, não tinha certeza qual dos dois, fazia um zumbido de mosca enquanto acelerava, e na velocidade eles chacoalhavam e batiam como num brinquedo de parque de diversões; mas Marina — que pressionava suas costas contra o vidro escuro da porta entre as estações em vez de tocar qualquer coisa com as mãos — parecia, como o resto, imperturbável. Quando eles pararam inexplicavelmente num túnel e ficaram lá, interditados, Bootie começou a sentir um pânico crescente: as paredes pretas corroídas tapavam ambas as janelas, e o ar ficou esparso e mais fétido. Por alguns instantes, as luzes se apagaram, e o trem, como uma besta morrendo, bufou. Sua garganta estava se fechando. Seu pescoço e suas orelhas queimavam.

Sua preocupação deve ter sido visível, porque, no escuro, Marina se inclinou na direção dele — um toque de seu perfume de limão no meio do miasma — e disse:

— É perfeitamente normal. Estamos do lado de fora da Penn Station. Não está assustado, está?

Ele respondeu balançando a cabeça vigorosamente, mais rápido até do que a batida do seu coração, pensou, e então, confuso com o tranco do trem recomeçando, se reacendeu e se reanimou, com seu próprio choque. Ele não achava que voltaria para casa dessa forma — achava que não agüentaria —, apesar de não saber de que outra forma poderia circular pela ilha. Talvez houvesse um ônibus; talvez ele andasse; mas esse inferno subterrâneo e todas as suas construções ele não podia tolerar. Ele não disse isso, simplesmente agradeceu, piscou o olho enquanto subiam a rua e, como toupeiras, entravam na luz.

Ele devia estar olhando para a multidão de pedestres, outra mistura diferente nessas ruas mais estreitas, de prédios mais baixos, quase batendo nele casualmente, alheias, conversando, parecia, em muitas línguas estrangeiras enquanto circulavam para dentro e para fora de lojas com fachadas de vidro; entretanto, ele se pegou observando sua prima. O passo dela pareceu um pouco alterado, e sua mão subia mais vezes para arrumar o cabelo, como se estivesse mais consciente de si mesma lá, representando. Ela projetou seu queixo um pouco, os lábios mais abertos. Ocorria a ele pela primeira vez que o corpete flutuante dela, cor-de-rosa rendado, não era um traje qualquer, retirado do nada, mas um artigo da moda. Ele tentou descobrir de quem ela queria chamar a atenção — não a dele, obviamente —, e só então notou que o bairro exalava juventude e beleza, uma riqueza de peles douradas e espécimes de corpos esguios de cuja companhia Marina parecia naturalmente, mas não extraordinariamente, fazer parte.

A amiga então veio como uma surpresa: inclinada sobre um *bagel* na *delicatessen* Dean & DeLuca, era *mignon*, peituda, nariguda, só não enquadrada como de beleza comum pela luz dos olhos e pelos lábios carnudos. Quando ela sorriu, com os lábios tortos, seu rosto se transformou em algo mais agradável, mais acessível do que meramente belo. Ele gostou dela por isso, e também pelo pingo derramado de *cream cheese* na sua camisa azul-clara.

— Está gostando de Manhattan? É a primeira vez que você vem aqui, não é?

— Não exatamente. Primeira vez desde grande. — Até a palavra "grande" parecia infantil para ele, quando a disse. Ele tentou disfarçar seu embaraço. Queria ter dito "adulto".

— Mamãe e papai o arrastaram para os Beavor ontem à noite. — Marina revirou os olhos. — Sabe, eles têm aquela cobertura do outro lado do parque que eu falei para você.

A amiga, Danielle, o nome dela era Danielle, sorriu ligeiramente.

— Uma vista espetacular. Mas todo mundo era tão esnobe. O pobre Fred aqui parecia morto de vontade de fugir.

— Não, não. Eu estava... talvez um pouco... foi diferente. — Ele olhou para suas mãos. Conseguia se sentir corando, impossível parar.

— Ei, e eu não sei? — Danielle pareceu sorrir para ele. Seus dentes eram muito brancos. — Sou de Columbus, sabe, não como a srta. Nova York aqui, que não conseguiria se imaginar em outro lugar.

— Isso não é justo! — protestou Marina.

— Mas quem, até onde eu sei, nunca tinha ido ao Brooklyn até o primeiro ano da faculdade? — Tanto Marina quanto Danielle riram disso. História delas, uma piada interna. Bootie esperou. — De qualquer forma, o que quero dizer é que sei como é.

— Como é, então? — perguntou Marina.

— É desconcertante. É como se você soubesse e não soubesse, ao mesmo tempo. Você vê tantas imagens, nos filmes e na TV, que sente como se fosse seu. Mas claro que é diferente. O sonho sempre é diferente da realidade.

— Acontece com você? — Marina pareceu piscar para seu primo.

— Acho que sim. — Ele moveu seus dedos para fora da mesa, onde pareciam pálidos e enormes, e enfiou as mãos entre os joelhos. — Quer dizer, mal cheguei e peguei o carro para o Queens. Não vi muita coisa.

— É preciso dizer que fede de verdade, não é? O metrô?

— Claro, com certeza.

— Frederick, se não se importa que eu pergunte, você está aqui, tipo, de férias? Ou é algo mais a longo prazo? Marina não explicou bem.

— Acho que fui eu que não expliquei bem. Fui eu. Quer dizer, não quero que minha mãe saiba. Como ela está obcecada com a faculdade, acha que não posso conseguir nada sem algum diploma idiota e sem um sentido, então... — Ele parou, se recompôs e começou novamente. — Eu gostaria de ficar. Não com vocês, obviamente. Quero dizer, Murray e Annabel foram incríveis, não é que... Mas você entende. O objetivo é arrumar um lugar, sabe, algum tipo de...

— Trabalho? — sugeriu Danielle.

— Sim, claro. E então estudar.

— Ah, certo. Ótimo! Onde?

— Não numa faculdade. Ou melhor... — Seu joelho começou a balançar, balançando a mesa também. Não devia ser tão difícil de explicar: com certeza a idéia não era *tão* radical. — Quer dizer, na verdade eu não confio em instituições a este ponto. Acho que preciso aproveitar mais, sabe, sozinho...

— Caramba — disse Danielle, e Bootie não entendeu o que ela queria dizer com isso. Marina só ficou olhando, com um sorriso fixo e brilhante, como se ele tivesse falado alguma bobagem.

— Você tem, sei lá, algum tipo de programa na cabeça? Ou é uma coisa mais geral?

— Você quer saber se é besteira? Não, tenho um programa. Tenho a minha própria lista de leituras. E eu faço anotações, escrevo coisas, mas você sabe...

— Quem lê? — perguntou Marina.

Ele piscou:

— Até agora, bem, acho que até agora eu ainda não resolvi isso. Por enquanto só eu.

— Talvez meu pai possa ler seus ensaios.

Ele observou o rosto dela, os lábios vermelhos, os olhos violeta. — Ela estava rindo? Não saberia dizer.

— Está falando sério?

— Bom, não posso falar por ele.

— Praticamente — acrescentou Danielle.

— Mas eu tenho certeza de que você deveria pedir. Ou eu posso pedir. Quer dizer, você é sobrinho dele. E ele ama, como se diz, ser mentor. Ele adora moldar mentes jovens, toda essa coisa. Isso o mantém jovem, sabe.

— Que assunto você está estudando? — Danielle tinha outra vez aquele olhar paciente, quase maternal. Irritava. — Quer dizer, é literatura, neurociência ou o quê?

Ele franziu a testa:

— Quase tudo — disse ele, se sentindo mal logo em seguida; então continuou: — No momento é Emerson e Tolstoi.

— Uma leitura leve... — brincou Marina. — Mas é coisa muito boa, sério. Qual livro de Tolstoi? Adoro *Anna Karenina*. É um dos meus favoritos de todos os tempos.

— *Guerra e paz*, na verdade.

— Certo.

Pela maneira como Marina assentiu, Bootie se perguntou se ela teria lido *Guerra e paz*. Ele não queria questioná-la, então bebeu seu café.

— Mudando completamente de assunto — disse Danielle, esticando-se para tocar não o braço de Bootie, mas o de Marina —, talvez a gente conheça um lugar para o Frederick morar.

— É?

— Pense nisso, que tal a casinha recentemente vazia de nosso incrível amigo desaparecido?

— Ele não quer sublocar, lembro de ouvi-lo dizendo.

— O que houve?

Elas contaram a Bootie sobre Julius e sobre os recentes acontecimentos domésticos.

— É como se eles estivessem numa lua-de-mel permanente, não dá para interferir — explicou Marina. — Ou então somos nós. Esse David, nenhuma de nós o conheceu, e você sabe, Julius gosta de separar, sempre fez isso, mas é ridículo, é como se achasse que não somos boas o suficiente para David ou qualquer coisa assim.

— Ou então David não é bom o suficiente.

— Então por que ficar com ele? Não, não, é para dar ao namorado o que ele quer. O que me faz odiar o cara, mesmo sem conhecer. — Danielle levantou a voz e tapou a boca com a mão. — Que tipo de homem não quer conhecer os amigos mais antigos de seu namorado? Sério. Uma coisa seria passar um tempinho com a gente e depois rejeitar a nossa companhia, mas se recusar a jantar...

— Ele se recusou a jantar? — perguntou Bootie. Ele não fazia parte desse tipo de conversa desde que sua irmã estava na escola: as intermináveis e infrutíferas análises mostravam-se profundamente femininas, desconfortavelmente íntimas, como *lingerie* de babados.

— Não, a rigor, não — explicou Marina. — Só ficamos levando bolo do Julius, e não entendemos por quê. Então culpamos o Cabeça de Cone, como o chamamos. O nome dele é Cohen.

— Cabeça de Coca tem mais a ver — disse Danielle. — É assim que vejo as coisas, de qualquer forma.

Bootie estava meio chocado e sabia que não deveria estar, então apenas disse:

— É mesmo?

— É, mesmo Julius sendo bem careta, fora o fato de ser gay, claro (sabe o que quero dizer), sempre gostou de dizer que a vida dele é um pouco... arriscada. A coisa do sexo, drogas e rock-'n'-roll parece... é glamourosa pra ele.

— E o glamour conta para Julius. Ele é bem inseguro — disse Marina.

— Mas dessa vez, dessa vez há algo mais — disse Danielle, dando de ombros. — O que eu diria, M? Autêntico. Há algo perturbadoramente autêntico nas suas referências às drogas.

— Bem, preocupe-se quando ele não as mencionar mais — disse Marina de forma repentinamente brusca, juntando as xícaras vazias e os guardanapos de papel da mesa. — Mas agora, Danny, temos de comprar alguns vestidos.

Bootie juntou-se ao movimento de levantar-se, consciente mais uma vez de sua altura e obesidade, com Danielle mostrando-se bem pequena de pé. Ele tinha consciência também de que a possibilidade de um lugar para morar — a casa de Julius — havia surgido na conversa sem ele ter sugerido. Ele não tinha um trabalho ainda, não tinha dinheiro para uma coisa dessas, mas ainda parecia uma pequena perda que, no rio das fo-

foquinhas sobre a vida amorosa de Julius, assinalava quão distantes as prioridades de Marina — e de Danielle — estavam. Isso não era melhor do que Amherst, do que Oswego. E estava acontecendo num mundo que ele havia imaginado, de alguma forma, ser maior. Suas esperanças se depositavam em seu tio. Mas Marina, ali diante dele, era tão mais bonita, uma gazela, uma doçura. E se ela o tivesse convidado para ir fazer compras no shopping, em vez de apertar a sua bochecha e apontar para ele a direção do World Trade Center — "Pegue o elevador até lá em cima. Tire fotos da vista. Todo mundo em Nova York deve fazer isso pelo menos uma vez" —, ele teria logo aceitado. Mas ela estava querendo fugir, ele percebia no esvair-se de seus olhos violeta, em sua ligeira falta de fôlego; e foi Danielle quem disse, com uma risada: "Ou você pode ficar preso na Armani e na Anna Sui com a gente, se quiser. Porque eu mesma nunca fui às Torres Gêmeas, e, como uma garota de Columbus, eu sempre achei que não são os pontos turísticos que fazem com que você seja um nova-iorquino."

Com isso Bootie sorriu e piscou por trás dos óculos, recusando, por causa da prima, a amável oferta.

— É melhor eu ir — disse ele. E porque isso não era imediatamente lógico, nem fazia sentido aparente, ele mentiu. — Eu sempre quis ir lá para ver a vista.

CAPÍTULO VINTE

O dilema de Julius

As pontas de seus dedos formigavam e seu sangue pulsava nas orelhas. Julius estava fazendo uma coisa radicalmente errada, e isso tanto o excitava como assustava. Na noite de domingo, ainda claro, ele estava esperando, por um lado, que David voltasse da visita à família em Scarsdale; e, por outro, que a chave girasse na fechadura, embora soubesse que não seria a qualquer momento. Ainda assim, poderia ser a qualquer momento, não poderia? Sempre havia a possibilidade de David pegar um trem num horário mais cedo, decidir deixar a rotina de domingo chinês dos pais incitado pela expectativa do encontro com seu amante de infinita disponibilidade e criatividade inesgotável, cuja pele amarelada sem pêlos estava úmida e perfumada por caros óleos de banho, posteriormente enrolada com cuidado num robe roubado de hotel — assim Julius gostava de fantasiar. E ao mesmo tempo, de alguma forma perversamente não menos presente na fantasia de Julius, apesar de ser, nessa ocasião, de longe a mais certa, ou pelo menos mais iminente, ele estava esperando com o mesmo ânimo pela chegada de outro homem, desconhecido, encontrado na internet e conhecido apenas como Dale, um garanhão (ou assim prometia) e instrutor de academia (ou dizia), um cara apelidado de Bundinha Doce que prometera um encontro ao mesmo tempo sensacional e discreto, com a vantagem adicional de que morava (ou havia dito que morava) a apenas três quarteirões de distância, podendo então chegar e ir embora num piscar de olhos, com certeza — quem poderia ter certeza absoluta? Além do mais, não era disso que se tratava — antes de David voltar.

Se Julius pudesse explicar esse comportamento, explicaria de várias maneiras diferentes. Ele não se lembrava de já ter sido mais feliz na sua vida amorosa, e não havia motivo claro para essa traição, se olhasse por

OS FILHOS DO IMPERADOR

esse ângulo: o modo apático, acomodado de Marina ou Danielle; mas ainda assim, ainda assim... Para início de conversa, havia uma questão de hábito: certas pessoas são viciadas no eBay, e talvez Julius fosse viciado de forma semelhante, atraído, como aqueles arrematadores que compram geléia do Alasca ou tapetes orientais até estarem com o chão totalmente forrado, pela possibilidade, ou o sentimento, todas as vezes, de que o segredo trouxesse a resposta, de que aquele sujeito, aquele flanco, aquele torso se erguendo, aquela mandíbula quadrada pudesse revelar-se o elixir há muito procurado. Como poderia alguém, como poderia Julius largar tudo isso por uma única e conhecida trajetória, por mais que gostasse das curvas da nuca de David ou das formas de sua bunda, por mais emocionante que fosse a vida íntima deles? Não era possível ser Pierre *e* Natasha ao mesmo tempo?

Havia ainda o frisson distinto mas inseparável do risco de ser pego. Morando sozinho, ele havia se esquecido dessa excitação, sentido apenas em rápidos e incertos encontros em lugares públicos, ou uma vez num banheiro em um jantar chique oferecido por um velho conhecido de Brown. Mas isso, isso era a emoção da sua adolescência, uma emoção como a que conhecera em Danville, quando, aos catorze ou quinze anos, seus pais pensavam que estava no cinema do shopping, porém, na realidade, ele caçava caras num estacionamento atrás de um bar chamado The Hub, onde se sabia que homens podiam se encontrar e dividir o calor de seus carros e onde garotos novinhos como ele eram valorizados; mas onde também havia o perigo de ser pego pela polícia (eles conheciam as regras, como qualquer outra pessoa) e, de forma ainda mais assustadora, a pequena probabilidade de ser atacado por jovens bêbados com facas e tacos de beisebol, com raiva dos veados. Naquele mar de brancura do Meio-Oeste, uma bicha oriental adolescente, com olhos grandes, frágil como um bambu, receberia um tratamento especial. Quando Julius tinha quinze anos, um vendedor de seguros casado, que morava a três cidades adiante, tinha se transformado num vegetal de tanto apanhar (Julius sempre imaginou que seria uma berinjela: roxa, esponjosa) de três jogadores de futebol, depois de ter sido seduzido por um deles e levado para uma pedreira, numa armadilha. Não que Julius tivesse fantasias de violência, não. Mas o leve toque de medo, como o que tornava ainda mais frio o ar daquele distante estacionamento ou desenhava em alto-relevo os contornos dos prédios, as árvores tortas e, sobretudo, as sombras dos homens — a maneira como o medo havia sido sensual o acendia, deixava-o vivo —, era algo a se buscar, um deleite. Na adolescência, o terror maior nunca foi ser atacado pelos que batiam nos gays, nem mesmo ser pego pela polícia, mas encontrar um rosto conhecido, uma porta de carro que se abrisse e revelasse um amigo do seu pai ou um membro da igreja; ou um erro de cálculo que fizesse seu pai passar de carro para buscá-lo no multiplex logo ao lado, flagrando o adolescente enrolado e comprometido sob a fraca luz da rua. O maior medo sempre foi que mamãe e papai descobrissem; o maior triunfo sempre foi o fato de que essa vida secreta se manteve por tanto tempo desconhecida deles. Até, claro, o dia em que foi exposta.

Enquanto ele esperava a campainha (por que Dale estava demorando tanto? Com certeza não estava a poucos quarteirões de distância. Talvez nem fosse um instrutor de academia. Nem discreto. Então a súbita possibilidade animadora passou à apavorante e crescente de que Dale fosse qualquer um, *qualquer coisa*, inclusive o assassino da gangue de seus pesadelos de quando tinha quinze anos), Julius contemplou também, brevemente, as conseqüências de ser pego, desta vez não por seus pais, mas por David, no apartamento de David, na cama de David. Em sua visão menos realista, Julius imaginava que David podia ver o roteiro todo como um palco para seus prazeres mútuos; mas isso era improvável. Ele tentou imaginar a raiva de David, a decepção, e descobriu que não conseguia — não sabia o que David faria —, e isso por si só o excitava. A magnitude de sua traição era inimaginável.

Pelo menos no reino da fantasia, Julius conhecia bem a traição e suas conseqüências. Ainda assim, outro motor para sua escapada era a certeza — totalmente infundada, nem sequer insinuada, mas um medo excitante de outro tipo e, na sua imaginação, tão real quanto os demais — de que David o traísse também. Não se tratava de um caso longo e sincero — ele estava convencido de que David o amava exclusivamente; David o queria ao seu lado, exageradamente mimado e cuidadosamente aprisionado, sua esposa-troféu, sua Desdêmona —, mas de encontros, momentos perdidos depois de reuniões de negócios, de pegações com vendedores engravatados no depósito da Barney ou com garçons nos fundos do Balthazar, em aeroportos ou hotéis quando as demandas do Blake, Zellman & Weaver o levavam (de classe executiva, claro) para Chicago, Dallas ou Los Angeles. Julius temia tanto esses encontros na vida de David quanto os desejava para si mesmo. Para ele, isso era de uma lógica perfeita, embora não fosse explicável. Não suportava a imagem da boca de David na boca de outro homem, seu pênis, em sua glória íntima, compartilhado. Julius não tinha qualquer prova do comportamento volúvel de David, apenas a sua fantasia, combatida com a sua própria — a fantasia sobreposta tornada real, a fantasia de Dale.

Dale logo apareceu. Nem assassino nem Adônis, com pouca doçura, mostrou-se um homem branquelo da idade de Julius, de cabeça quase rapada, uns pelinhos para fazer cócegas no queixo e uns pregos de metal nas orelhas. Seus olhos eram redondos e sem cílios, e sua pele estava marcada de pelinhos aparados e cortes de gilete. Sua expressão tendia a ser pesada e, seja por natureza ou pelo seu próprio medo (mas com certeza aquilo seria apaziguado com a visão, e o cheiro perfumado, de Julius em seu robe roubado), mostrou-se lacônico ao extremo; aceitou um uísque com gelo e, nervoso, foi tirar a roupa.

O pênis de Dale, apesar de não ser uma vergonha, estava longe de ser gigantesco; e, embora ele tivesse a boca bem carnuda, tinha um minúsculo cavanhaque que era desagradável para Julius, um obstáculo incômodo para a excitação. Julius sugeriu um banho, uma ou duas carreiras de cocaína (isso ele já tinha deixado preparado, junto com uma pequena porção das reservas de David para seu uso. Sentia-se como sua mãe, preocupado demais; ao mesmo tempo, não queria correr o risco de que o desconhecido Dale enlouquecesse com a abundância de drogas, quisesse pegar tudo, largar o amante e fugir) e um vídeo pornô na enorme TV de tela plana na sala. Dale, quase monossilábico, aceitou todas as ofertas sem mudar de expressão, sempre fechado; e então Julius veio com vontade, mas ainda sóbrio, para a escapada que ele havia armado (como um bulímico do Meio-Oeste perante uma caixa de rosquinhas, pensou ele). No chão da sala, eles se pegaram, se lamberam e se chuparam com determinação. A barbicha fez cócegas e foi um problema até o fim, arranhando a bochecha, o peito liso e o saco macio de Julius. Nem a cocaína conseguiu tornar a cópula mais prazerosa ou sequer excitante, pelo menos para Julius. Ele estava decepcionado, como tantas vezes antes, e se distraía imaginando as chaves de David na fechadura, seu passo levemente torto, seu ar de horror. Mas isso, pelo menos isso, era pura fantasia, com toda a segurança da fantasia. Dale era sem-sal — devia ser mesmo instrutor de academia, tão durinho, sem graça. Tomou uma ducha rápida e foi embora, parecendo, em retrospecto, apenas um pensamento. Julius tomou um banho, pela segunda vez naquela tarde, e olhou-se detalhadamente no banheiro cheio de vapor procurando as mínimas marcas, mas não encontrou nada. Seus olhos pareciam maiores do que o normal, como se saltassem por causa da mentira: era o efeito Pinóquio, pensou. Na realidade, não estava arrependido do delito; mais do que isso, estava arrependido de não ter sido satisfeito. Afofou as almofadas do sofá, guardou o DVD na caixa e a caixa na prateleira; lavou e secou os copos de uísque; jogou spray no ar com um óleo de lavanda francês caro e, ainda de robe, foi preparar uma musse afrodisíaca de licor Grand Marnier a tempo da chegada de David.

Depois do encontro, Julius não se sentia satisfeito nem culpado — emoções opostas, mas compatíveis. Em vez disso, sentia-se triste e cansado. Isso, mesmo não sendo parte da fantasia, tornou-se inevitavelmente parte da realidade. O que quer que buscasse — e mesmo ser capaz de dar nome a isso poderia ter acalmado a ânsia — parecia sempre destinado a enganá-lo. Era como o paradoxo de Zeno: a flecha nunca atinge o destino, chega sempre perto, mas nunca lá. Para Julius, porém, a flecha nem sabia o destino, só sabia que queria ter um.

Por isso também ficava aliviado por estar com David, cujos gostos pareciam tão transparentes. Com ele, recebendo carinho, abrigo e mimos, Julius podia renunciar — ou tentar — aos sem nome. Ele conseguia coisas boas, atenções lisonjeiras, uma trégua nessa luta estranha e infinita. Mas para que isso desse certo de verdade, ele precisava mesmo de carinho; e onde andava o David agora?

Às dez e meia, quando seu amor finalmente voltou — e onde, onde estivera, meu Deus? Impossível não se perguntar sobre os homens em potencial na plataforma de metrô ou sobre os do bar da estação Grand Central —, Julius estava largado no sofá, com o controle remoto no peito como as contas do rosário sobre um morto, escutando a ópera "La Wally" no volume máximo e cuidando de seu orgulho ferido.

— Apareceu a margarida — alfinetou ele, desviando do abraço de David e saindo da sala. — Quanta consideração da sua parte.

— Ah, por Deus, sr. Clarke, deixe disso. Meu tio Merv apareceu lá. Aquele que vende seguros em White Plains. Queria tomar sorvete, então fomos ao Ben & Jerry's do Panda Garden. Foi demorado.

— Então você também vai recusar a minha musse.

— Como assim "também"?

Julius lançou, ou atirou, um olhar sobre o ombro. Com raiva, ele também exercitava seu ódio. Não sabia quanto falava sério:

— Fiz sua musse preferida, de licor Grand Marnier. Mas não considere isso uma oferta. E o "também" é porque eu, que fiquei disponível a tarde toda, não estou mais em oferta. Não mais.

Em seu gesto, havia graça suficiente para provocar em resposta uma investida em vez de uma briga. Era o que esperava, mesmo com toda a irritação. Ou melhor, uma investida com um discreto toque de raiva, em vez de um acesso de fúria. E Julius pôde então desfrutar um sexo satisfatório, um pouco bruto, talvez, mas excitante, com o homem que era de fato o seu amante e — pelo menos agora, como a visita de Dale havia provado — tudo o que ele deveria querer.

CAPÍTULO VINTE E UM

Noite de premiação

ÀS VEZES DANIELLE ACHAVA DIFÍCIL não ter inveja de Marina, apesar dos defeitos dela. Apesar de, por exemplo, Danielle ter secretamente a convicção de que Marina não era tão inteligente quanto ela. Nem tão divertida. Danielle sabia que sua inveja tinha origem em seu lado mais superficial — ela nunca trocaria de lugar com sua amiga por nada: ter trinta anos sem destino a seguir?! —, mas não conseguia conter o sentimento. Lutando com a pomposa e dispersa multidão no saguão, que brilhava reunida em sua festa anual, Danielle, tão conscientemente pequena, com um justo vestido carmesim, preocupada a cada respiração com a exposição trêmula e branca de sua fenda (Marina havia escolhido o vestido: Danielle se permitiu ser persuadida), captou Marina nos braços de seu pai e vacilou ao ser surpreendida por seu olhar esmeralda.

Eles formavam, na multidão, um casal distinto. Danielle percebeu uma aglomeração abrindo-se levemente ao redor deles — o convidado de honra e sua bela filha —, podendo ver mulheres com ombros nus e cabelo armado cochichando enquanto os Thwaite passavam. O grande saguão decorado no qual todos se reuniam, o próprio subsaguão do hotel, reservado exatamente para essas funções, tinha uma sutil aura vitoriana — gessos que pareciam adornos de bolo de casamento enfeitando paredes azuis como a mais fina porcelana inglesa Wedgewood, grandes lustres pendurados, o carpete sobre o qual pisavam lembrando um estilo árabe, uma miríade de cores —, tudo aparentemente velho, mas novinho em folha, a estampa floral do tapete de um brilho penetrante. Nessa versão hollywoodiana de uma clássica Nova York, Marina e Murray avançavam com a autoridade, a obrigação da nobreza dos protagonistas. Deveria ser uma insignificante subclasse social — Danielle tinha uma visão cética sobre os escritores e jornalistas reunidos, um aglomerado, ainda que refinado —, mas os Thwaite tinham domínio sobre ela: ah, parecia tão fácil!

O vestido de Marina, transparente, de um azul pálido e leitoso, flutuava ao redor de sua silhueta, suavizando sua magreza ossuda, realçando seus braços magros e seu quadril levemente protuberante, iluminando o rosa espontâneo de suas bochechas e seus esplêndidos olhos. Com o rosto abaixado e a cabeça ligeiramente virada, Marina sorria, como uma amante recatada, a algo que seu pai sussurrava em seu ouvido; e pela visão de seus lábios, praticamente roçando no cabelo da filha, Danielle sentia sua inveja renovada. Ela não havia se permitido imaginar totalmente como ela se comportaria com pai e filha juntos, agora que tinha, de uma forma leve e clandestina, relações separadas com cada um deles. Ela sabia que chegariam juntos, que Marina vinha para esse evento apenas como acompanhante de seu pai, mas, de alguma forma, ela não levou a *sério*. Nem havia se lembrado totalmente do rosto que havia por trás dos e-mails: feroz, mas belo, em seu envelhecimento marcado pelo clima; agradavelmente endurecido pela bebida e pelo cigarro; com seu atraente e levemente grande lábio superior e seu queixo ligeiramente partido; e agora ela finalmente reconhecia a origem dos belos traços de Marina. Esse era o rosto, ela estava bem ciente, com o qual conversaria em *particular*, quando se encontrassem para um drinque, apenas dois dias depois, um encontro do qual Marina não tinha nem idéia, nem teria. Tal esquisitice chocou Danielle, enquanto ela observava a intimidade deles, sem ser vista. Murray Thwaite a surpreendeu (e novamente: tão alto, tão grisalho), avistando-a antes de sua filha, apontando e acenando com um largo sorriso inocente. O estômago de Danielle se remexia — como se ela sentisse algo pelo cara! —, mas, mesmo que sentisse, ela se pegou se perguntando, pela franqueza da expressão dele, se a correspondência preocupada de Murray Thwaite era mesmo tão puramente, como ele colocava, voltada aos interesses de sua filha. Teria Danielle apenas imaginado, inventado — quão patético! — o flerte subliminar? Apesar de que, quando se aproximaram, ela podia jurar que o olhar dele se demorou um pouco mais, momentaneamente, sobre a linha do seu pescoço e a justeza do seu vestido.

— Sr. Thwaite. — Ela estendeu a mão e se inclinou para a frente, e ele ao mesmo tempo pegou sua mão e beijou sua bochecha, o que ela considerou novamente um avanço impróprio e provavelmente cheio de sentidos ocultos. — Marina, você está maravilhosa.

— Como sempre, não? — disse Murray, com uma benevolência que parecia mais do que paternal. — Você também está encantadora.

— Eu a fiz comprar esse vestido, papai. — Marina deslizou um braço sobre o ombro de Danielle. — Não ficou ótimo?

Murray Thwaite sorriu novamente.

— Ela não ia nem experimentar. Dei uma olhada nele na loja e disse: "Você precisa ter peitão para ele", e Danny tem peitão. Foi assim mesmo, né, Danny?

— Cuidado, Marina, acho que sua amiga está ficando da cor do vestido. — Ele fixou os olhos em Danielle. — Mas ela não está errada, você sabe.

Danielle se recompôs suficientemente para rir; estava prestes a responder, mas Murray Thwaite virou-se e ficou ocupado com um careca baixinho com rosto de macaco enfiado num *smoking* de veludo.

— Editor — sussurrou Marina. — Chato e totalmente entediante. Mas estranhamente poderoso. Sabem como é.

— Lógico. O bar fica por aqui. Podemos encontrar um garçom no caminho.

O caminhar delas foi lento. A cacofonia dos beijinhos e das fofocas ecoava ao redor.

— Julius não vem, vem? — perguntou Danielle, quando finalmente pegaram taças de champanhe com uma jovem de gravata-borboleta.

— Ele não disse nada, então acho que não. Deve fazer parte da tentativa dele de parecer invisível. Imagine: *ele* perdendo *isso*? Mas vou encontrá-lo ainda nesta semana.

— Vai?

— Não faça isso. Eu teria convidado você, mas ele disse que quer conversar sobre certas coisas.

— Só que não comigo?

— Você está sendo boba.

Danielle deu de ombros.

— Acho que ele me colocou na lista negra dele. Mais do que colocou você. Não faça essa cara. É porque você é uma Thwaite, ou algo assim, e porque você vai ser mais aceitável para o Cabeça de Cone.

— Isso é paranóia. Eu também não o conheci.

— Mas aposto que vai conhecer.

Marina fez um leve gesto teatral com sua taça de champanhe, que por pouco não bateu no pescoço rapado e brilhante de um cavalheiro mais velho ao lado dela.

— Julius desistiu de tudo isso — disse ela. — Deve ser por causa de alguma coisa.

— O que há para desistir? — perguntou Danielle, que já tinha terminado seu champanhe e estava procurando na multidão pela garçonete de gravata-borboleta. — Olhe para essas pessoas. Queremos mesmo ser assim? Todas bajuladoras, parabenizando umas às outras?

— Estão dando um prêmio ao papai, lembra-se? Nesta noite, gostamos delas.

Quando um outro garçom passou, Danielle depositou sua taça vazia e pegou uma substituta, sem ter de pedir para ele parar.

— Eu sei, eu sei. Mas não podemos ser sinceras por apenas um minuto? Olhe para esses palhaços vaidosos, enfiados na roupinha de domingo, um querendo ser mais importante do que o outro: é ridículo.

— É? Você não quer ser mais importante do que os outros? Você, acima de todos?

Danielle bufou. Marina estava perturbando-a. Isso era parte do jeito de Marina, uma devoção obtusa aos mais óbvios símbolos de status.

— Seu pai entenderia o que quero dizer — disse ela. — Ele nunca dá a mínima para o que essas pessoas pensam, esses déspotas de poltrona que nunca deixaram seus círculos sociais minúsculos de Nova York. Ele sai, faz as coisas dele, escreve e diz do que precisa e todos vêm até ele. Então ele realmente *é* importante. Não como esses zeros à esquerda, que passam a vida em festas como esta.

— Uau, Danny. O que está pegando?

O monstro de olhos verdes, pensou Danielle, está me pegando de jeito. Mas ela simplesmente deu um gole, sorriu e ajeitou o vestido.

— Além disso, você está errada sobre o papai, sabe? É claro que ele liga. Ele finge não ligar porque é essa a pessoa que ele quer ser. Ou melhor: é a pessoa que querem que ele seja. Mas você tem que ligar, ou não vai ter sucesso. Eu observei tempo o bastante para saber que é verdade. Você não terá sucesso, por exemplo, reclamando desse jeito.

Danielle respirou fundo e fechou os olhos. Quando você se deixa acreditar que Marina é um pouquinho limitada, ela vem com alguma alfinetada irritante. Danielle e Julius freqüentemente conversavam sobre isso — na época em que se falavam, claro. Então não havia motivo para Marina ser condescendente ou implicante: era fácil se apegar a determinadas certezas quando se era filha única de Murray Thwaite e ainda se tinha a beleza como diferencial. Talvez Marina tivesse simplesmente necessidade de se importar com sucesso, pensou Danielle amargamente, mas mal precisasse mover um dedo para tê-lo. Seu empenho em elogiar era muito menos importante do que o verdadeiro trabalho que produzia — trabalho que no momento parecia cada vez mais caminhar para o precipício. Seu chefe não tinha esgotado a questão da revolução? "Parece tão ultrapassado", disse Nicky. "Tão anos 1970. Um simples sarcasmo inteligente não significa revolução, Danny. É preciso muito mais do que isso." Ela tentou novamente explicar o que via como a revolução do niilismo por toda Nova York, o particular cinismo redentor na crista da onda — ela colocou dessa forma, achou que soava muito bem —, mas Nicky não comprou a idéia. Ele se importava demais com o sucesso: será que ela não podia escolher um vencedor?, perguntou ele, rindo.

— Não reconhece aquele homem de algum lugar? — O tom de Marina alternara-se para o conspiratório enquanto ela apontava com suas unhas roídas para a esguia figura de Ludovic Seeley. O terno dele tinha um corte impecável, mas seu portador não estava usando *black-tie*: não quis, supôs Danielle, para deleite da alta sociedade.

— É Ludovic Seeley. O australiano que está editando aquela nova revista, *The Monitor*. Você o conheceu comigo, quando minha mãe estava aqui.

— Ele é mais bonito do que eu me lembrava. Parecia meio magrelo no Metropolitan Museum.

— Ou talvez o sucesso o tenha tornado mais... bem, mais. — Danielle não estava certa de que Marina entenderia seu sarcasmo. Ela desistiu, mudou o tom. — Ele é de fato um cara bem interessante. Meio cobra criada, creio, mas interessante. — Ela pausou. — Eu disse a ele que devia fazer uma proposta de emprego pra você.

— Que tipo de emprego, exatamente?

— Um que desse uma boa reputação, claro.

— E o que ele respondeu?

— Pergunte você mesma — disse Danielle. — Acho que ele está vindo pra cá. — E, novamente, ela tentou, tão sutilmente quanto possível, ajeitar a fenda em seu vestido carmesim antes que Seeley chegasse e a cumprimentasse, beijando sua mão.

— Danielle Minkoff — disse ele, com seus olhos intensos e firmes quase apaixonadamente nos dela. — É meu dia de sorte.

— Por quê?

— Acabei de subir para ir ao toalete e chequei o mapa das mesas. Dividiremos uma.

— Ah, sim?

— Tomei a liberdade de trocar os números, e agora sentaremos lado a lado.

— Nossa, como estou lisonjeada.

— Não fique, eu estava mesmo tentando me afastar daquela viúva rica e poderosa do *The Observer*. — Ele se virou para Marina, dando meia-volta. — Já nos encontramos, srta. Thwaite, na companhia de Danielle, claro. Há cerca de um mês. Ludovic Seeley.

— Claro.

Danielle pôde ver algo peculiar acontecendo com Marina, uma inibição psicossomática que a tornava mais esguia e menos presente. Era o equivalente pessoal de Marina ao ajeitar o vestido de Danielle. Isso significava que ela gostava dele. E ele? Danielle tentou captar a intensidade do olhar do cara sobre sua amiga, mas julgou que, no mínimo, ele se mostrava menos cavalheiro e obstinado — na verdade, menos galanteador — do que com a própria Danielle.

Os três subiram juntos as escadas, apertados pelo calor das massas que afunilavam no saguão subindo, derramando-se no cavernoso salão de baile com enormes lustres. Lá, as mesas estavam tão encaixadas que não havia como passar por elas uma vez que os convidados estavam sentados. Nesse espaço maior, o barulho aumentou: ecoava e diminuía novamente, como um cobertor cobrindo todas as conversas, e as palavras de Marina para Seeley não foram captadas por Danielle, que escutou apenas: "Encontro você mais tarde. Vou achar meu par." Então Marina seguiu para a mesa de honra, atrás da qual Murray Thwaite podia ser avistado circulando, cigarro ainda não aceso na mão, parcialmente encoberto por um explosivo e ofuscante arranjo de flores.

Esse arranjo — feito de aves-do-paraíso e de plantas australianas como *waratah* e *kangaroo paw* (e isso, misteriosamente, na breve estação de peônias) — era repetido em menores proporções em cada uma das mesas, flores que, em seus feixes amarrados com curtos caules e seus tons vulgares de vermelho, laranja e violeta subiam acima dos convidados como se fossem uma paródia de suas vidas grotescas.

— A viúva está mais para o *waratah* — cochichou Seeley para Danielle —, e essa outra está mais para uma ave-do-paraíso. — Ele apontou uma quarentona alta e ossuda que passava diante de seus assentos. Guiada por sua tromba aristocrática, ela usava uma infeliz jaqueta drapeada de seda tingida à *tie-dye* de amarelo. A viúva, era verdade, lembrava uma *waratah*: corpulenta e ouriçada, enfiada num vestido vermelho cujas linhas e cores serviam apenas para acentuar a imensidão de seus seios. De cabelos grisalhos, rosto duro e uma boca de sapo, ela se chamava, inadequadamente, Serena Ballou.

— O balão eu posso ver — comentou Seeley em voz baixa. — A serenidade, infelizmente, não.

— Cuidado — disse Danielle. — Eu também estou usando vermelho.

— Carmesim é totalmente diferente. É um belo vestido; você está maravilhosa.

— Por favor, não tire sarro de mim. Pelo menos eu sei o que é o quê.

— Você dispensa minhas tentativas de galanteio? Que vergonha. Mas sou profundamente sincero. Você tem um ótimo olho para o que fica bem em você. Realmente.

— Marina escolheu o vestido — disse Danielle sem pensar, depois se arrependeu.

— Uma amiga boa e útil — disse Seeley. — Grude nela.

— É a intenção.

— Me pergunto se alguém pode se enganar tanto tempo com o pai — continuou Seeley.

— Já passamos desse assunto, não é?

— Claro. Mas tenho mais motivos para falar mal dele quando as brilhantes mentes da mídia da cidade se reúnem como um rebanho para premiar sua mediocridade. Um festejo mútuo. Muito mau gosto.

— Isso soa como se as brilhantes mentes da mídia tivessem uma opção melhor.

— Não têm?

— Quero dizer que a escolha deles é sempre desprezível. Vemos as mesmas coisas, mas de lados opostos: eu conheço Murray Thwaite e acho que ele se deprecia ao aceitar esse prêmio, porque essas pessoas, esse júri de supostos "nobres", são tão temíveis e medíocres. Você acha que Murray Thwaite é medíocre e por isso considera medíocre o prêmio em si, e talvez o júri também porque ele está sendo homenageado. Mas isso o torna um apoiador da instituição. Não é uma posição muito radical, é?

— Ou talvez eu nivele o prêmio e seu agraciado com igual desprezo, o que me torna ao menos lúcido.

— Então por que está aqui, Ludovic?

— Por que, na verdade, você está?

Danielle ergueu a taça.

— De cavalo dado não se olham os dentes, sabe. Nunca se sabe o que se pode aprender, mesmo aqui.

— É por aí — concordou Seeley. — Observe os animais em seu *habitat*.

— E você é o lobo em pele de cordeiro?

— Só um homem grato por ter uma pele com que se cobrir... — Seeley arrumou a faca e o garfo em seu lugar — ...quando parece que tantos entre nós estão totalmente despidos.

Danielle não conseguiu deixar de olhar para baixo, de repente e absurdamente com medo de que seu vestido pudesse ter saído do lugar e revelado o seio.

— A nudez, mesmo metafórica, de algum jeito emana de mim — acabou respondendo ela. — Todos se vestem demais.

— E, por se importarem demais, se expõem. Mesmo aqueles que violam as regras para passar uma mensagem.

— Está falando de você.

— Sim, sim, é a minha descrição. E, procurando passar uma mensagem, procuramos o reconhecimento da audiência.

— Mas então mesmo as pessoas que optam por não vir, que ficam em casa vendo TV, mesmo elas estão envolvidas, segundo sua tese. Estão passando algum tipo de mensagem.

— Exato.

— Bem, se você não pode fugir do sistema de forma alguma, então qual a utilidade de pensar nisso?

— Esqueceu-se de seu Napoleão, Danielle querida.

— Lá vamos nós de novo.

— Não faça essa cara. Se você não pode fugir do sistema, precisa simplesmente *se tornar* o sistema.

— Transformá-lo de dentro.

— Não, de forma alguma. Não de dentro. Essa noção é enganosa. Já passamos por isso. Você se torna o sistema. Se torna o que as pessoas querem ser.

— Se conseguir adivinhar o que é isso.

Ludovic a olhou com escárnio.

— Hoje, absurdamente, parece ser o Murray Thwaite.

Danielle sentou-se reta na sua cadeira. O vinho e o calor do salão haviam pintado grandes manchas coloridas em suas bochechas, e ela podia senti-las.

— Eu mesmo ficaria bem feliz de ser o Murray Thwaite. Ele escreveu muitas coisas importantes e honestas.

— Essa é exatamente minha teoria. Até você queria ser esse velho preguiçoso.

— Então não se importaria de conhecê-lo, não é?

Seeley esticou um braço atrás da cadeira de imitação de bambu de Danielle e inclinou-se em direção a ela. Seu rosto, pálido, oval, nabokoviano, tinha um ar perturbadoramente predatório.

OS FILHOS DO IMPERADOR

— Isso é uma proposta?

— Bem, pode ser. Mas só se você prometer se comportar.

— Acredite em mim, se não entendo de boas maneiras, de nada mais entendo. Minha mãe se prendia a esse quesito. Mas eu adoro observar os animais, em especial em seu *habitat*. Isso, sim, adoro.

A oportunidade de Danielle apresentar Seeley a Thwaite demorou um certo tempo. Primeiro vieram as complexas saladinhas com molho vinagrete de framboesa e lascas de queijo que pareciam antenas; depois os medalhões de filé brilhando no molho e as duras torres de batatas gratinadas. Havia vinho branco e tinto, água mineral com e sem gás; e, então, antes da sobremesa, a seqüência de discursos. Uma voz aguda de homem preencheu o salão. Era, Danielle enxergava, o editor careca com roupa de veludo que havia chamado Murray Thwaite durante o coquetel. Num eco, soltou o discurso anual sobre a Associação dos Jornalistas e seu casamento, nos anos 1960, com o Writers Guild, o sindicato dos escritores que deu origem a essa organização única na qual autores de tão diferentes setores podem se unir.

— Onde o *waratah* e a ave-do-paraíso se unem — cochichou Seeley, acenando para madame Ballou, cujo queixo duplo parecia tremer sobre sua jaqueta vermelha e cujos olhos iam se fechando conforme o discurso avançava; enquanto isso, por detrás dela, várias mesas atrás, mas numa linha visual sem obstáculos, sentava-se o torso de seda amarela que ele notara anteriormente, encimado por seu nariz longo e trêmulo. De um ângulo entre Seeley e Danielle, o nariz parecia pular do penteado de Serena Ballou. O pomposo homenzinho — apenas um vice-presidente, como transparecia, já que ele ainda tinha de apresentar o encouraçado de lantejoulas que era a presidente da associação ("Ou devo dizer, em respeito a ela, presidenta", se corrigiu ele com uma voz anasalada) — meandrava da história até a missão atual ("A-ha", suspirou Seeley, "vê, há uma missão! Isso por si só já pode ser um plágio. Por que não minha missão, me pergunto?") e da missão atual para o prêmio anual, tão cuidadosamente escolhido, para o indivíduo cuja contribuição à palavra escrita... ("Uma confusão da missão", sussurrava Seeley, "ou os profissionais televisivos não podem ser eleitos?".) O homenzinho, cujo nome era supostamente conhecido, por isso nunca mencionado, despediu-se, por fim, voltando para seu assento entre o eco do aplauso respeitoso, para ser substituído no pódio pelo ser encouraçado que falava com um sorriso travado, como se suas frases fossem arrancadas de seus lábios poderosos e resistentes. Seeley tirou sarro disso também, silenciosamente, e da proeminência do busto cintilante em forma de concha. Pelo menos ela ficou pouco tempo, um louvor para Thwaite, e então voltou calmamente para se aninhar atrás do maior arranjo de flores, à direita de Murray.

— Chegamos ao fim — murmurou Seeley.

Danielle então olhou para ele: flertando, claro, mas com um toque de culpa por sua timidez. Ela se sentiu um pouco confusa quando se encostou novamente em sua cadeira e percebeu a desconhecida presença da mão de Seeley em sua nuca. Lembrou-se assim da noite de seu primeiro encontro, em Sidney, da forma como ela o viu se inclinando em direção a Moira — e do que ela, Danielle, havia sentido então. Encorajar zombarias sobre Murray Thwaite dessa forma, principalmente vindas desse homem, com certeza constituía-se traição, tanto para sua querida amiga como para o alvo da chacota em si, tão recentemente comunicativo e, portanto, real para ela; pela possibilidade em suas mãos, esse sorriso contagiante, ela estava aparentemente mais do que volúvel.

Na verdade, o discurso de Murray Thwaite *não foi* particularmente memorável ou não pareceu assim quando ouvido sob a sombra de Seeley. Danielle podia visualizar a expressão extasiada de Marina — uma que ela conhecia bem —, captando isso em muitos dos rostos femininos a seu redor, incluindo, surpreendentemente, o de Serena Ballou. Murray Thwaite falou sobre a importância da integridade, sobre perseguir a verdade mesmo quando isso estava fora de moda. Ele falou da mudança dos tempos, de uma cultura crescentemente mais preocupada com a forma em detrimento do conteúdo, com a consagração de celebridades cujo público estava tão feliz em venerar.

— Por favor, não me levem a mal — disse ele. — Sinto-me honrado de estar aqui esta noite, e imensuravelmente grato pelo reconhecimento que vocês tão gentilmente conferem a mim. — Ele parou e olhou profunda e charmosamente para todos, com uma sobrancelha levantada que fez Seeley sussurrar: "*Kitsch, kitsch* puro", e continuou: — Mas eu cresci questionando a própria idéia de prêmios e louvores, a promessa de que qualquer idéia ou indivíduo *recebido* pode ser confiável. Eu era jovem nos anos 1950, e fui me descobrir mesmo nos anos 1960, uma época que alguns de vocês têm idade o suficiente para relembrar comigo, quando acreditávamos em derrubar tudo e recomeçar. Quando qualquer instituição e certamente qualquer organização como esta era suspeita. Lembrem-se, se puderem, daquele slogan de 1968 em Paris: *Rêve plus evolution é igual a Révolution* —; "Sonho mais evolução, igual a revolução." Coisa sagaz daquele tempo. Ingênuo também, e talvez finalmente, em sua ingenuidade, pernicioso; mas havia muita coisa boa naqueles tempos, naquelas vistas, e eles inegavelmente me moldaram e moldaram a forma como eu sigo meu chamado. — Ele parou novamente, e tossiu sua forte tosse de fumante.

— Velho cinzeiro nojento — soltou Seeley. — E, como o tempo já nos mostrou amplamente, sonhar não nos traz revolução alguma, meu amigo.

— Se eu não acreditasse, não diria isso, muito menos escreveria. Se eu encontro uma mentira ou uma injustiça, é meu dever corrigi-la, ou ao menos tentar. Não acredito que algo seja importante simplesmente porque assim me disseram; e o inverso, talvez mais crucialmente, também é verdade: algo não deixa de ser importante só porque foi ignorado por todos os outros. Vou parar de dar sermão, porque também acredito em não ser um chato. — Nesse momento, todo mundo riu, com muito mais ênfase do que era apropriado, pensou Danielle. — Mas tenho de aceitar de coração esse prêmio generoso — disse ele, assentindo para o rosto encouraçado, que pareceu retribuir o ato —, e espero que esse jeito antiquado de ver o mundo, ou de tentar vê-lo em sua essência, ainda seja de algum valor. Ou, pelo menos, que vocês ainda precisem de alguns velhos ranzinzas do contra como eu por aí. — Ele sorriu, pareceu dar uma piscadinha. — Agora vou dizer obrigado e boa-noite porque estou ansioso para sair daqui e fumar, como se fazia antigamente.

— Isso era realmente necessário? — perguntou Seeley durante os aplausos. — No meio de tudo isso, *tão cansativo*.

— Não sei — disse Danielle. — O papo do fumo é cansativo, o discurso um pouco, também, mas e se ele fala com sinceridade? Não está certo?

— Com sinceridade? Por favor, querida, não é nem o que ele acha que as pessoas querem ouvir, é exatamente o que ele acha que elas *não querem* ouvir. Como um óleo de fígado de bacalhau para a alma. Se eles não querem ouvir isso, tem que ser pelo menos bom para eles. Sórdido. Insulto premeditado, o que me parece bem pior do que um insulto espontâneo. Ele não acredita nisso mais do que eu ou você.

— Achei que eu acreditava.

— Você é engraçada.

Danielle refletiu sobre o comentário de Marina sobre seu pai, sua teoria de que sua *persona* não era mais ou menos inconscientemente autêntica, algo que Danielle, ao longo dos anos, havia mais do que indiretamente sugerido para sua amiga. O que apenas naquela noite ficou claro era que Marina via com transparência as bravatas de seu pai, sua artificialidade, sempre viu, e não se importava. Talvez todos percebessem e não se importassem, mesmo que sua principal virtude fosse sua vangloriada autenticidade. Ela sentia atração ou repulsa? Thwaite era um herói, um hipócrita, ou ambos?

— É preciso entender o jogo — Seeley estava dizendo. — Eles, nós, todos queremos o óleo de fígado de bacalhau de Murray. Queremos que ele nos repreenda por nossa falta de seriedade, queremos balançar a cabeça e pagar nossa penitência principalmente porque aí nos sentimos absolvidos, supremamente livres para assistir ao Oscar na TV e curtir. Exatamente como os católicos são inclinados a uma boa bebedeira na noite de sábado, contanto que ouçam sua punição no banquinho da igreja na manhã seguinte. Vamos todos nos sentir sérios e ainda nos divertir. Ele é um comediante, um piadista; ele sabe disso e nós sabemos disso. Estamos todos de acordo. Agora, você acha que ele terminou o cigarro? Pode me levar para eu fazer as honras?

Enquanto eles caminhavam lentamente pela multidão — que havia levantado em massa das cadeiras de imitação de bambu e agora se movia mais espremida do que no saguão embaixo —, Danielle tinha consciência de algo como um feitiço sobre ela: ela não conseguia decifrar quais seriam os sentimentos genuínos de Seeley por Thwaite; enquanto ele parecia desdenhar tão fortemente o homem mais velho, ainda assim queria conhecê-lo. Ela também estava um tanto consciente de um erro categórico na sua presunção

— automática, da maneira antiquada de Thwaite — de que Seeley podia possuir coisas como "sentimentos genuínos". De fato, quando se tratava de Seeley, "genuíno" era uma palavra sem valor algum. Ela não podia calcular bem que padrões éticos moviam um homem desses, apesar de que deveria haver algum código em jogo e embora ela suspeitasse que o jeito dele, ainda que obscuro para ela, estava cada vez mais em voga. Enquanto ela se espremia passando pela mulher ave-do-paraíso, com um sorriso fixo no rosto, Danielle pensou: "Código. Código napoleônico", e isso pareceu, apesar de nada apropriado, perfeito para descrever aquele homem. Essa moral alternativa, esse código rígido e ainda ilegível, era, pelo menos para ela, o meio de dominação de Seeley. Fazer todos enxergarem de outra forma, da forma dele, transformando, assim, essa forma no padrão. Então os deixaria — todos os pequenos napoleões da alta-sociedade, todos nós, pensou ela — sob seu jugo. Sua ânsia de passar o discurso de Murray Thwaite como absurdo, de interpretar sua genuína coragem em questionar a academia como uma manipulação voltada a seus próprios interesses — isso, pensou ela, era o discurso de Seeley infiltrando-se em seu cérebro sem ser solicitado.

Ou será que isso era besteira? Um caso absolutamente normal de um jovem turco que precisava matar seu pai — "a angústia da influência", como seus professores da faculdade que adoram o Harold Bloom como crítico teriam chamado. Afinal, qual outro motivo Seeley teria para conhecer aquele homem? Ela podia enxergar agora as costas de Marina passeando logo à frente, os braços finos contraindo-se elegantemente para gesticular apesar da multidão. Mas antes que ela perdesse a linha de pensamento, queria conceder a Seeley o benefício da dúvida. Deus sabia que ela podia se irritar com a mãe, mas ainda a amava. Analogamente, Seeley podia ao mesmo tempo admirar e desprezar Thwaite, e seria capaz de desprezá-lo ainda mais por tê-lo admirado anteriormente. Isso poderia explicar seu desejo por conhecê-lo, sem fazer dele um monstro mais do que ela própria o era. Parecia que Seeley *queria* que ela tivesse grandes fantasias sobre ele; ele fomentava o sentimento. Mas isso, talvez, era um motivo de vergonha igual, se não maior, ao desejo de Thwaite de se mostrar contra as instituições mesmo aceitando seu prêmio.

— Papai está lá embaixo — sussurrou Marina. — Prometeu nos levar para o restaurante Oak Room, no Plaza. Talvez volte para casa com uma galerinha, se parecerem legais. Sei que é dia de semana, mas vamos lá, Danny, diga que sim...

— Ludovic pode ir também? Ele gostaria de conhecer... — Seeley se achegou a elas e pousou aquela mão de tirar o fôlego na cintura de Danielle — ...estava dizendo, Ludovic, que você gostaria de conhecer o pai de Marina.

— Certamente gostaria. Ele é uma figura importante na minha formação.

— Não diga isso a ele. — Marina riu. — Vai fazê-lo sentir-se velho. Pensando bem, ele adora elogios, então talvez você deva dizer. Deixo por sua conta.

A frase equivalia a um convite. O trio foi levado pela correnteza para o pátio fora do salão, e então para uma limusine estacionada entre outras limusines, distinguível apenas por seu garboso motorista.

— Ei, Hussein, Ludovic pode se sentar na frente com você? — perguntou Marina, voltando-se para os restantes. — Papai só tem de receber mais uns aplausos e parabenizações. Tenho certeza de que vai conseguir se livrar logo. Não vai demorar.

— Você não fuma — comentou Seeley com Marina, enquanto esperavam encostados no carro, banhados pela brisa morna da noite.

— Está surpreso?

— Talvez.

— Além disso, como sabe que não fumo?

— Porque até eu teria que dar uma tragada depois *daquilo*. — Seeley gesticulou em direção à multidão que se dispersava, no meio da qual a ave-do-paraíso era até agora visível.

— Se tivesse crescido no meio disso, como eu, você não se incomodaria, acredite.

— O Al Gorducho fumava, não? — perguntou Danielle, ansiosa para se juntar à brincadeira.

— Uhum.

— Quem é o Al Gorducho? Um bicho de estimação falecido?

— Quase. Meu quase noivo. — Marina fez uma careta e sacudiu os braços. — Lembrança etérea, perdida em algum lugar. Fumando ou não fumando, não sei. Não é mais da minha conta.

Seeley mordeu seu fino lábio.

— Ele era gordo, mesmo?

— Depende do que você chama de gordo. Olhando para você, eu diria que o considero gordo.

— Ele era gordo, *sim* — disse Danielle. Ela teve a impressão de que os dois pareciam surpresos, como se estivessem quase esquecendo que ela estava lá. — Ele não era obeso, mas era gordo com certeza. Marina costumava agarrar as banhas dele e dizer que eram elas o motivo de seu amor.

— Entendo — disse Seeley.

— Aí vem o papai — disse Marina, fazendo com que todos se virassem para olhar aquele grande homem cruzar o pátio, com sua gravata desfeita, colarinho desabotoado e cabelo brilhando arrepiado ao vento. Estava cercado de convivas que se afastaram um a um como se estivessem coreografados, sem que os passos fossem disritmados. Com um cigarro aceso no canto da boca, ele sorriu, apesar de não ficar claro para quem.

— Parece um deus — sussurrou Seeley. Danielle olhou para ele e depois para Marina, que também fitava Seeley, e se perguntou o que ele realmente queria dizer.

CAPÍTULO VINTE E DOIS

Chega de nós dois

— ELE ME PARECE MEIO ESTRANHO — explicou Marina enquanto saía do caminho de um animado patinador. — Não sei direito por quê.

— Quem? — Julius não conseguiu entender. A noite foi exaustiva, a claridade do sol oprimia, e ele estava se concentrando em não vomitar, apesar de não ter comido nada no café-da-manhã. Talvez por ter pulado essa refeição. Em vez disso, ficou embaixo de uma ducha escaldante e percebeu que sua pele e cabelo brilhantes agora não mais indicavam seu sofrimento. Assim, o colírio não tinha, de fato, ajudado seus olhos, e seu nariz agora escorria e coçava freqüentemente.

— O que quer dizer com "quem"? Você está me ouvindo, pelo menos, Jules?

— Só estou cansado, é isso. Não me olhe assim. Diga quem.

— Meu primo, Frederick. Sabe como a mãe o chama? Bootie. Ele é um homem adulto, pelo amor de Deus. Podia dar um basta nisso.

— Booty? Como "sacuda a sua bunda", na música "Shake Your Booty"?

— Acho que ele não tem se sacudido muito, julgando pelo seu considerável tamanho.

— Ei, amiguinha, você *morou* com o Al Gorducho e dizia que ele era sexy.

— Por alguma razão, está todo mundo falando dele agora. Você vai gostar de saber que meu atual objeto de atração é genuinamente magro.

— Isso é novidade. Quero saber mais disso. Mas por que seu primo apavora você?

Marina começou a explicar que, na noite do jantar de premiação, quando todo mundo voltou para o apartamento de madrugada, cerca de

OS FILHOS DO IMPERADOR

uma e meia da manhã, e se jogou na sala de estar — apenas seis ou sete pessoas, bem bêbadas, mas vívidas —, ela havia se levantado para beber água e o encontrou espreitando na cozinha escura, apenas parado lá.

— Desculpe, nós acordamos você?, perguntei. Ele respondeu que não, não, ele não estava dormindo, só estava pegando algo para beber, mas ficou lá, apenas ficou lá, sem se mover, sem nenhuma bebida visível, e ele é um gigante, sabe, com esses óculos fundo de garrafa e olhos assustadores, e estava olhando para mim como um alienígena, então eu finalmente perguntei se ele queria se juntar a nós, o que por si só já era bem estranho, mas era o que as boas maneiras exigiam, e ele aceitou. Isso não é *estranho*?

— Por quê? — Julius bocejou. O andar lento deles pelo parque o estava exaurindo ainda mais; ele havia chegado a seu limite, sendo generoso. Sentia como se estivessem nadando em vez de caminhando. Não estavam longe do museu. — O moleque não está procurando um pouco de glamour? Quero dizer, ele é de Buffalo ou algo assim, não?

— Watertown.

— E ele é jovem, jovem. Lembra como era? *Ele* é que tem medo de *você*.

— É o que minha mãe sempre diz sobre as aranhas.

— Sério, pense nisso.

Marina pensou.

— Eu nunca tive medo. Não das pessoas. Fui criada para não ter.

— Talvez seja esse o seu problema.

— O que quer dizer com isso?

Julius deu de ombros.

— Acho que preciso de um café antes de comer alguma coisa.

— Não vou arranjar confusão por isso, já que tenho visto você muito pouco e não agüentaria. Mas não pense que não vou me lembrar disso.

Julius também sentia que havia limitações naquele relacionamento e que não havia muito sentido em tentar resolvê-las. Às vezes você tem de lidar com Marina como se ela pertencesse a uma outra cultura, o que até certo ponto era verdade.

— Bom saber que você não mudou. Agora me arrume um café.

— Na Madison tem.

— Não sei como você consegue morar lá.

— Não moro. Moro do outro lado do parque.

— É tudo destruído, morto, da mesma forma.

— Olha quem está falando... O oráculo! Ex-morador de conjunto habitacional, morando agora no paradisíaco *loft* de Chelsea.

— Ah, somos ou não somos fodões?

— Bem, você não convidou ninguém, e deve haver uma razão.

— Sério?

— Danielle e eu achamos que não somos machos o suficiente ou gays o suficiente, para o seu David.

— Por favor, não seja ridícula.

Ele também não queria conversar sobre isso. Se ela não entendia, como ele poderia explicar? Quando alguém sai de sua cidade natal para um novo emprego, sua família e seus amigos não devem se sentir deixados de lado. Ao contrário, devem sentir orgulho da conquista da pessoa. E não seria um relacionamento — pelo amor de Deus, na vida de Julius, êxito num relacionamento já de dois meses — algo que Danielle e Marina deveriam apoiar e de que ter orgulho? Tudo tem um preço, pensou ele, fatigado.

— Preferimos pensar que não é porque você nos acha sem graça.

Julius suspirou.

— David é muito ocupado. Ele tem um emprego importante, diferente da gente. Ele não tem muito tempo para se socializar, e quando ele *tem* tempo, tem muita gente que ele precisa ver.

— Que ele *quer* ver, você quer dizer.

— Pois é, que ele quer. O que há de errado nisso?

— Só acho que ele gostaria de conhecer os velhos amigos do namorado. Não necessariamente ficar saindo com eles, mas conhecê-los.

— Você sabe como é: ainda estamos encontrando o ritmo do *nosso* relacionamento, só nós dois. Vai haver tempo, muito tempo, para todo mundo se conhecer e ficar amigo.

— Já faz meses, Jules.

— Só dois. — Ele parou. — Lembra da diferença entre Natasha e Pierre?

— Jesus, como eu poderia esquecer?

— Bem, lembra o que acontece com Natasha no final? Ninguém gosta, todo mundo fica se perguntando "mas pra onde foi a verdadeira Natasha?". A questão é, no entanto, que ela gosta. Ela está feliz. Essa é a questão.

Marina suspirou.

— Quantas vezes tenho que dizer, Julius? Eu não li esse maldito romance.

Quando eles se sentaram num banco — com seu vinil e sua fórmica envelhecidos provocando vertigens nos olhos ressecados de Julius —, Marina decidiu perdoá-lo; totalmente, ele achou, porque ela queria continuar a conversa. Aparentemente, o breve papo na calçada havia fornecido informações suficientes sobre a nova vida dele, pois ela não perguntou, pelo menos por um longo tempo, mais nada.

— Então... talvez eu esteja interessada em alguém — confidenciou ela, se inclinando em direção a ele com um entusiasmo quase ameaçador.

— Você estava dizendo. Quem é esse cara que consegue corresponder às suas expectativas tão precisas?

— Estranhamente, ele é magrelo, está ficando careca e é muito, muito seco... Seu senso de humor, quero dizer.

— Parece ótimo.

— Me poupe do sarcasmo.

— Não, sobre o senso de humor. Estou falando sério. Não sobre ele ser miudinho e careca, lógico.

— Não exatamente miudinho. Alto e magro; ou melhor, esbelto. É a definição dele, acho.

— Gay?

Marina encostou-se bruscamente na cadeira.

— Não! Pelo menos acho que não.

— Parece gay.

— Não. Tenho certeza de que não é gay. Australiano, por isso é um pouco difícil de entender, sabe?

— Os australianos ou são machões ou são gays. Ou são machões e gays. Com aquele jeitão Village People.

— Pare com isso.

— Desculpe, se você acha que ele é hétero, ele provavelmente é hétero. O que ele faz?

— Bem, esse é o problema.

— Qual é o problema? Ele é ator pornô ou algo assim?

— Isso não tem graça, Jules. Desista. Não, o problema é que ele pode vir a me dar um emprego.

— Dar um emprego pra você? Quem em sã consciência daria um emprego pra você?

Marina fez uma careta.

— Ok, ok. Estou percebendo que eu não posso implicar com isso. Então me conte a história toda. Eu nem desconfiava de que *você* estava procurando um *emprego*. Comece do começo. Você o conheceu numa entrevista?

Marina explicou como ela conhecera Ludovic Seeley e o encontrara novamente no jantar; como ele aparecera depois, sentando-se ao lado dela no Oak Room, como identificaram similaridades entre si — da admiração de ambos pela violinista Anne-Sofie Mutter até uma predileção por sushi e um ódio por compras na internet, já que a experiência de provar, testar um item — o usufruto sensorial —, era essencial.

— Ele está organizando uma revista, que vai sair em setembro, chamada *The Monitor*, e me perguntou, do nada, voltando pra casa na limusine, se eu estaria interessada num emprego.

— Que tipo de emprego?

— Acho que não é como faxineira. Danny deu minhas referências a ele, mas ele disse que eu era mais instigante (instigante foi o termo que usou) do que ela havia informado.

— E agora?

— Ele propôs uma entrevista. Algo como um encontro formal. Mas foi muito repentino, e já estávamos bem bêbados, tomamos várias garra-fas, sabe, e no final, quando foi embora, ele disse apenas: "vamos manter contato", e agora não sei se eu devo ligar ou se talvez tenha sido tudo blablablá, se estou viajando ou...

— Você quer ir para a cama com ele ou trabalhar para ele?

— Não posso fazer os dois?

OS FILHOS DO IMPERADOR

Julius lembrou-se da sua semana trabalhando para David: toda a excitação, os olhares, o primeiro toque de dedos, a acentuada tensão do primeiro beijo por causa de seus cargos.

— Não há lei contra isso. Mas não é a melhor forma de começar. Deixa tudo nebuloso. Causa problemas no final. Ou logo no início.

— Como?

— Não tenho nada com isso, mas acho que você não *quer* um trabalho. Pelo menos, não até terminar de escrever o livro. — Notando suas sobrancelhas arqueadas, ele continuou: — Mas talvez isso tenha mudado.

Ele sempre parecia querer agradar. Tentava descobrir o que as outras pessoas achavam e esperavam, o que elas queriam. Até agora, mesmo isso era uma forma de descobrir o que Marina queria dele. Ele odiava isso. Como se fosse o amigo pobre. Parecia que a única vida que ele tinha, sua essência, era sua vida secreta, e ele só podia guardar isso para si, mantendo-a secreta. Marina nunca conheceria esse seu lado, e, se soubesse, não se importaria. Ela mantinha a atenção integralmente nos problemas de seus próprios dias. O infinito livro não escrito.

— Se você mantivesse mais contato com seus amigos, Jules, poderia saber essas coisas. Entrei numa puta crise nesses últimos meses, pensando se procurava um trabalho ou não.

— Por favor — disse ele, virando dramaticamente os olhos —, não quero mais ouvir que sou um amigo relapso. Fiquei totalmente disponível por dez anos para ouvir essas coisas. E, se fico distante por algumas semanas, você vem cheia de pedras nas mãos? *Por favor.* — Ele balançou a cabeça como se perseguisse um mosquito. — Então, me conte o porquê da crise.

— O que você quer dizer com porquê? Você teve seus sucessos, por isso não sabe como é.

— Por favor. Peço de novo, por favor. Não fale comigo sobre falta de sucesso. Minha carreira está estagnada há dois anos e até recentemente eu nem podia afirmar que já tivera um relacionamento decente.

— Se você compreende tão bem, então pare de desconsiderar a *minha* vida. Tenho trinta anos, estou desempregada e, conforme o tempo passa, parece que é cada vez mais difícil arranjar um trabalho. Até meu pai acha uma boa idéia. Mas não pode ser um trabalho idiota, nem algo muito servil ou sem sentido. Nada que eu tenha que aceitar só por causa do dinheiro, para sair de casa ou...

— Não pode ser nada como um trabalhinho temporário, por exemplo, né? — disse Julius para satisfação de sua própria ironia.

— Exatamente. Nada completamente idiota.

— E tem certeza de que isso não seria? É para escrever, editar, o quê?

— Ainda não sei.

Julius recuou e, passou as mãos no rosto. Sua teimosia infantil e, sua cabeça-dura causavam nele quase um desconforto físico.

— Apenas me diga — disse ele. — Me diga que você não está querendo esse misterioso trabalho só porque ele está se oferecendo junto, esse magrelo careca de nome engraçado.

— Não mesmo.

— Ok, se você diz. Agora me diga que ele não está oferecendo o emprego só porque quer comer você.

— Isso é coisa sua, e vou ignorar o comentário.

— Me diga outra coisa.

— O quê?

— O que Danny sente por esse cara?

— Ela diz que ele é poderosíssimo na Austrália, muito inteligente, mas maquiavélico, talvez. Ambicioso também. Jovem, para tudo que já conquistou.

— Isso definitivamente não responde a minha pergunta.

— Não estou entendendo.

— O que ela *sente* por esse cara?

Então foi a vez de Marina colocar a mão no rosto, o que fez de maneira exagerada, trazendo os dedos sobre sua corrente de prata no pescoço, com a qual começou a brincar, tentando trazê-la até o queixo.

— Acho que ela não sente nada especial por ele. Eles se conheceram em Sidney. Ela o encontrou lá e está pensando em fazer um programa com ele, algo sobre iconoclastas.

— Mas ela não está a fim dele?

— Acho que não. — Ela olhou da mesa para a janela, como se vasculhando seu cérebro. — Não. Ela desconfia dele. Ela não está a fim dele, como você coloca. Ela teria me dito se estivesse.

— E ela conta tudo para você? — Julius não conseguia afastar o sarcasmo de sua voz, mas Marina não se importou.

— Tudo que tenha a ver com isso, sim.

— Então de quem ela está a fim?

— Não sei. Ninguém. Faz anos que ela não se interessa por ninguém. Desde aquele colega de faculdade que sumiu e se casou.

— Se você diz. Talvez ela devesse sair com seu primo...

— Muito engraçado. — Ficaram em silêncio por um momento. Então Marina apanhou sua carteira. — Chega de nós dois.

"Nós?", pensou Julius, "nós?", mas deixou passar. Ele até se permitiu sentir uma certa ternura por Marina, que parecia tão limitada para ele, tão simples, tão limitada... Era bom vê-la, fácil como voltar para casa. Algo familiar até em suas irritações. Ele sentia saudades dela.

— Se você quer ver o cara, voto por ligar para ele — disse. — Não faz sentido ficar bancando a vaquinha de presépio. Não vai levar a nada. E o trabalho vai surgir disso ou não. De qualquer forma, é melhor do que não fazer nada.

CAPÍTULO VINTE E TRÊS

Uma mão amiga

MURRAY NÃO TEVE DE INVENTAR nenhum pretexto para encontrar Danielle para um drinque: Annabel raramente chegava em casa antes das oito; ele tinha um almoço marcado com Boris, de Londres, e ela o conhecia bem. Se Murray não estivesse em casa quando ela chegasse, Annabel acharia que ele ainda estava "no almoço" com Boris e se certificaria de que sobrou algo da janta na bancada da cozinha, caso ele quisesse. Murray sempre foi grato pela independência dela, e grato também porque sabia não se tratar de indiferença. Cada vez mais, desde o tempo em que Marina estava na faculdade, e principalmente agora que ela parecia voltar para casa por tempo indefinido, Annabel dedicou-se aos bons trabalhos da lei, encontrando satisfação nas famílias separadas e desajustadas e nas crises dos desprivilegiados. Às vezes Murray a provocava, lamentando por ela o trocar por uma dona-de-casa desnutrida e espancada ou por um vagabundo espancador. Mas era só brincadeira: eles haviam atingido, ele dizia a todos que perguntavam, um ótimo equilíbrio entre independência e confiança. Ela não precisava saber onde ele passava cada segundo, certamente não quando ele estava viajando, em leituras ou divulgações de livros, porque ela sabia que ele voltaria para casa de noite por ela. E, por sua vez, ele sabia que os excluídos do mundo nunca poderiam ocupar o lugar dele no coração dela. Ainda tinham um ótimo sexo, com freqüência suficiente para deixá-los seguros. Além do mais, o que era um simples drinque com uma amiga de Marina além de uma saudável manifestação de preocupação paterna com sua filha querida?

Justificativas, justificativas, resmungou ele enquanto fazia a barba meticulosamente. Não era a segunda vez: ele não havia se dado ao trabalho de se barbear por Boris, que, claro, também não se deu ao trabalho de

OS FILHOS DO IMPERADOR

fazer a barba para ele — dois homens rústicos na janela do restaurante, piscando um para o outro através da toalha branca, suas barbas — grisalha e branca, respectivamente — brilhando sob o bravo espiar do sol. Eles se enchiam de bebida, produzindo um estado de jovialidade lá pela hora em que o restaurante se esvaziou dos clientes do almoço; e, perto das 16h, Murray teve a satisfação — parecida com a de levar uma mulher mais fria ao orgasmo — de provocar o rugido que era a risada de Boris, um barulho encorpado e agitado que mexeu seus ombros, balançou a pele dentro de sua camisa e sacudiu sua mandíbula antes de se espalhar forte no salão agora vazio. Depois disso, finalmente, Murray pôde se recompor e ir para casa antes que os clientes do *happy hour* entrassem.

Para este encontro, ele se barbeou, passou colônia — com o cheiro de gim-tônica que ele considerava sua marca, apesar de ele ser, na verdade, um bebedor de uísque — e vestiu uma camisa limpa com listras finas, da qual gostava particularmente. Suas mãos pareciam tremer um pouco, quando levou a lâmina ao rosto, quando abotoou a roupa e se perguntou se isso era apenas a fartura do almoço se esvaindo — um sinal, freqüentemente mencionado, de ter bebido para curar a ressaca — ou se o tremor vinha de um receio genuíno. Isso mais tarde surpreenderia apenas por causa desse ritual — o estranho drinque, o estranho e repentino "caso", o estranho e prolongado concubinato — que era tão parte dele quanto Annabel, Marina ou, na analogia que mais lhe ocorria, a própria Papa. Se ele estava mais ansioso do que o normal — e era verdade, o ritmo de seu coração sugeria um ataque dos nervos ou um infarte incipiente —, era porque (ele se autocensurava com um pesaroso ronco virando uma pequena dose de uísque antes de sair) não devia estar fantasiando isso, não devia estar seduzindo a melhor amiga de sua filha. Porque ela *seria* seduzida, estava quase certo disso — algo sobre a hesitação dela, no vestíbulo, no jantar, algo no tremor de sua fenda pálida. Um vestido muito bonito, inclusive.

Ele a viu assim que entrou no bar, sozinha no escuro em uma mesa encostada na parede — onde cabia um banco de lanchonete, se o bar não fosse pretensioso. Ele preferiria um banco daqueles — uma taça de vinho tinto, pelo menos diante dela. Ela parecia menor, mais pálida, mais normal do que sua imaginação indicava, o nariz dela bem proeminente, e o cabelo, por si só uma gloriosa ondulação negra, com um penteado bem despojado, repartido mais para um lado, fazendo com que suas bochechas parecessem estranhamente grandes, como um pão. Mas até mesmo esses detalhes, que podiam ser considerados defeitos, provocavam-no, e, quando ela levantou os olhos e sorriu — timidamente, ele diria —, ele teve de parar e pigarrear para limpar a garganta.

— Minha querida. — Ele começou a se inclinar para beijar a bochecha dela, que estava fria e tinha um cheiro doce.

— Eu não sabia se você viria.

— Estou atrasado? — Ele deu uma olhada no relógio. — Tento sempre ser pontual.

— Não, não é isso, mas não falamos sobre isso na outra noite, e eu não tinha certeza...

— Não me esqueço de um encontro. — Ele sorriu. — Principalmente quando a iniciativa foi minha. Eu nunca me esqueceria de um encontro com você.

Ela lambeu os lábios e analisou o mosaico da mesa.

— E você está preocupado com Marina.

— Você não está? Sendo sincera, não está?

Danielle assentiu:

— Sugeri, sugeri várias vezes que ela arrumasse um emprego.

— Ela me disse. Me deixe pedir uma bebida. — Ele fez sinal para a garçonete, pediu e sinalizou que Danielle continuasse.

— E o livro, não sei...

— Francamente, minha querida, você acha que ela vai terminar o livro?

— Não sei.

— É um mau sinal, devo dizer, essa demora com o manuscrito, para aqueles cujas vidas dependem de coisas completas. Eu terminaria por ela, se eu pudesse.

— Acho que ela quer que saia tudo perfeito, esse é o problema. Sem ofensas, mas ela está tentando alcançar a sua reputação e as suas expectativas. Ela quer que você tenha orgulho dela, e isso é muita pressão para Marina.

— Eu sempre recomendei que ela não escrevesse. Ouça de quem sabe, eu disse, quando ela era apenas uma criança, faça qualquer coisa, qualquer coisa menos isso. Apesar de que isso possibilita, pelo menos de vez em quando, dormir toda a manhã. — O rosto de Danielle estava fechado, e Murray se esticou: era o pior momento ou o momento ideal para colocar sua mão, grande e avermelhada, sobre a pequena mão dela? — Era uma piada. Ela sempre acreditou ser uma piada. Tenho orgulho dela, independentemente do que ela faça. — Ela não tirou a mão; apenas moveu um pouquinho mais para baixo da dele, como um pássaro numa armadilha. — É a felicidade dela que me preocupa — continuou ele, consciente, acima de tudo, do calor do contato, da delicadeza ou da aparente delicadeza dos dedos de Danielle se movendo —, não alguma medida de sucesso mundial.

Nesse momento ela soltou sua mão, de forma gentil, para aparentemente ajeitar uma grande mecha de cabelo atrás da orelha. Ele achou até as orelhas dela, que eram estranhamente redondas, atraentes.

— Eu sei, sr. Thwaite.

— Murray, por favor. Murray — disse ele, enfaticamente.

Ela assentiu, olhando novamente para o mosaico da mesa.

— Murray, então. Sei que é. Acho que o problema está nela. Autoestima. Quero dizer, eu sei que ela é confiante, todos sabemos disso, mas em certos aspectos ela não tem sido. Sugeri que procurasse um emprego porque achei que ajudaria a aumentar a confiança dela, seu pique. Acho que pensei que ter outro trabalho poderia ajudá-la a terminar o livro. — Murray levantou uma sobrancelha. — Ou não. Talvez não. Mas, de qualquer forma, ela não vai terminar o livro do jeito que está.

— Não.

— E acho que posso mesmo ter arrumado um trabalho pra ela. Não tenho certeza.

— Ela não falou sobre isso comigo.

— Não, não está definido. Seria na nova revista do Ludovic Seeley.

— Seeley?

— O australiano com quem saímos a outra noite.

— Ele é seu namorado?

— Ah, não, nada disso. — Ele percebeu que ela corou. — Ele é só um cara que conheci. Mas a revista, *The Monitor*, sai em setembro.

— Ele que deu o nome?

— Não sei, por quê?

— Porque, além de lembrar o nome do jornal *Christian Science Monitor*, era também o nome do jornal de Napoleão. Mostra que o rapaz tem ambição.

— Acho que tem.

— A mim pareceu um varapau cínico.

Danielle deu de ombros, fazendo pouco caso.

— Tem certeza de que ele não é seu namoradinho? Seu amante secreto?

— Tenho bastante certeza.

— Ele seria um cara de sorte.

— Você me deixa encabulada.

— Mas claro. — Ele se interrompeu. — Então você diz que ele pode empregar Marina? Para fazer o quê, eu me pergunto?

— Não tenho certeza se é para escrever ou editar.

— E você acha que seria uma boa idéia?

Danielle ficou em silêncio por um momento.

— Sinceramente, não sei.

— Não. — Murray examinou o fundo de seu copo vazio. — Não dá para saber, dá? E não dá para fazer a cabeça dela, em qualquer sentido. Cada um de nós precisa tomar suas próprias decisões.

— Sim. Acho que sim...

— Quer outro? Vou tomar outro.

— Bem, eu...

— Não me parece nada condenável.

— Hum... — Ela riu novamente, empurrando o cabelo que caía para trás da orelha. A deliciosa orelha. — Nunca se sabe, não é? O que será condenável para mim? — E pareceu vagamente envergonhada. — É, por que não? Vou tomar outro. Afinal, é um *pinot noir*.

CAPÍTULO VINTE E QUATRO

Uma mão amiga (2)

ELE TINHA QUE DAR ALGUMAS EXPLICAÇÕES. É o que ela dizia para si mesma enquanto tirava o pó do quarto abandonado de Bootie. Seu irmão tinha que dar explicações. O que ela pensava sobre Bootie estar em Nova York, para começar? Ele já deveria estar em casa agora; e então ela perguntaria, graciosamente, sobre os cursos de verão, procurando se matricular de fato — um curso de quatro anos, um diploma. Além disso, a Universidade de Massachusetts não era nada de que se envergonhar, ela tinha certeza de que algumas pessoas bem famosas tinham estudado lá; e o amigo dele, rapaz do colégio, um garoto sardento de pescoço fino, qualquer que seja seu nome, já estava um ano adiantado, era um bom exemplo — era um menino estudioso, ela deu aula para ele —, ele já estava lá.

Uma teia de aranha, um bolo de poeira cinza, estava pendurada no teto sobre a cama de Bootie, como uma sombra ou um mau presságio. Flutuava lentamente na brisa que ela criava com o aspirador, por isso pôde notar. Contudo, ela não conseguia alcançar a não ser que subisse na cama, e então parou, contemplando. De alguma forma parecia uma traição pisar, com os pés calçados, no colchão de Bootie, como se o ato sugerisse que ele poderia não voltar. Ela sabia que isso era tolo, ilógico, e tirou a poeira da mesa-de-cabeceira que Bert havia lixado e pintado, imperfeitamente, por sinal, há uma eternidade, com o espanador sempre prendendo numa rebarba e deixando um fiapo para trás. Pela janela, ela via Hilda passeando com seu velho labrador, cuja pata ferida o fazia mancar, aparentando sofrimento. A vidraça estava riscada por dentro. Ele não havia feito uma boa limpeza desde que ele se foi? Quando ele se foi? Ela se lembrava dos meandros sujos de neve, as pessoas limpando as ruas. Fazia um bom tempo agora.

Então, o que Murray pretendia, dando um emprego pro garoto? Um emprego remunerado? Loucura. Talvez Bootie estivesse mentindo, ou pelo menos omitindo a verdade. Talvez ela tenha entendido errado. Ela freqüentemente sentia, nessas últimas semanas, que não estava ouvindo direito, ou que não absorvia a informação como devia. Por exemplo: ela confundiu completamente a história que Joan Swan contou no almoço quarta-feira passada, a história sobre Emma, ou Irma, do décimo primeiro andar, cujo pai se matou — ou acharam que ele tinha se matado, mas no final das contas ele havia apenas morrido. Ou foi o contrário, talvez. Essa era a questão: não que Joan Swan fosse uma boa contadora de histórias, mas Judy estava funcionando num tipo de piloto automático — onde esteve a cabeça dela? —, sem saber dizer se o problema era o escutar, quer dizer, o não escutar, ou se todo o sistema auditivo dela estava com problema. De qualquer forma, o resultado era o mesmo: ela fez uma pergunta a Joan que lhe parecia óbvia, mas que Joan claramente achou que não tinha muito nexo, e provava que ela não estava entendendo nada. E talvez isso tivesse acontecido agora, no telefone com Bootie, apesar de não ter certeza. Ela não pensava em outras coisas — como poderia, se estava falando com seu único filho? Apesar de possivelmente, era verdade, ela pensar em tudo o que não devia dizer — que se resumia a "Bootie, volte para casa!" — mais do que no que ele estava sussurrando (ele de fato sussurrava, pois sua voz era naturalmente baixa e ele não queria incomodar os Thwaite) no ouvido deteriorado dela.

Hilda e o cachorro já tinham desaparecido há muito tempo da moldura embaçada da janela. O sol estava baixo, laranja, emitindo uma luz quase sagrada e iluminando pequenos e seletos momentos pela rua, incluindo a porteira da casa dos Randall, toda envergada, com janelas interditadas. Tão deprimente. Quando se virou, Judy não conseguia mais ver a teia sobre a cama, não sem a luz ligada. Ela não queria saber se ainda estava lá. Ela não queria ligar o interruptor. Ela saiu do quarto para o corredor e chegou à escada.

Isso realmente era o problema ultimamente: desde que Bootie foi embora, ela achou sua realidade muito mutável. Judy parecia ter bastante controle sobre isso, de certa forma. Não havia nada, ou, mais precisamente, ninguém, para projetar sua experiência de volta para ela, então sua experiência se tornou toda a realidade. Ela não confiava nisso. Às vezes era legal — ao decidir ignorar a teia de aranha, era como se esta nunca tivesse existido. Não haveria confirmação externa da existência da teia, nem mesmo da aranha. Às vezes, porém, de forma não tão prazerosa, ela acordava de sopetão na penumbra azul da noite sem ter certeza, apesar de seu ritmo sanguíneo, de sua própria existência. Como se a silenciosa casa a houvesse engolido.

Ela não se sentia assim quando Bootie estava em Oswego, e não achava que se sentiria desta vez. Entretanto, também não esperava que ele fosse embora assim, fugindo de casa de qualquer jeito. Amanuense, dissera Bootie — o que devia ser uma palavra do Murray. É certo que Murray usaria uma palavra empertigada quando uma normal serviria. Ele queria dizer secretário. É isso o que seu menino brilhante faria. Não havia vergonha nisso, disse ele.

— Ezra Pound também foi secretário de W.B. Yeats, você sabe.

— Meu irmão não é Yeats — respondeu ela, azeda o bastante, acreditava, para demonstrar que não estava "boiando" no assunto.

Na cozinha, no pôr-do-sol, ela pensou em preparar o jantar. A torta congelada de frango demoraria tempo demais e iria sobrar. Uma salada exigia que picasse alimentos. Ela estava ao menos com fome? Não sabia dizer, mas era hora. O que era mais forte: o ritual ou a indiferença? Qual era mais real? O que poderia ser importante? E agora ela tinha de aceitar que Bootie nunca mais voltaria? Em que ocasião, ela refletiu, abrindo uma lata de feijões prontos cuidadosamente para não cortar o dedo na tampa, ela deveria mandar pra ele seus sapatos sociais? Ela os notou só agora, brilhantes como besouros, apontando para a parede e encostados no pé da cama de uma forma nada característica. Eles eram, ela de repente entendeu essa desarmonia, evidência da natureza de seus planos antes de deixar a casa. Não era imaginação dela. Ela tinha bastante certeza de que era realidade.

CAPÍTULO VINTE E CINCO

Uma mão amiga (3)

— VOCÊ PROVAVELMENTE NÃO PERCEBE, porque é, sei lá, pouco provável, mas acho que ele é incrivelmente sexy. É nisso que fico pensando, sempre. Fiquei lá por algumas horas e o tempo voou. Ele é tão... qual é a palavra?

— Atraente?

— Exatamente. Ele é atraente. E tem um jeito de falar com você como se fosse a única pessoa capaz de entender.

— Poupe-nos dos clichês.

— Mas não de uma forma cansativa. Ele é seco, sabe? Irônico. Muito britânico.

— Eu sei — disse Danielle —, apesar de ser australiano.

Ela suspirou e fechou o arquivo do computador na frente da amiga. Estava tentando arquitetar um plano que agradasse seu chefe, alavancasse a audiência e a tornasse notória. Ela pensara que Ludovic Seeley seria uma boa aposta, mas talvez a cirurgia plástica fosse melhor: mulheres morrendo nos consultórios médicos enquanto faziam lipo na hora do almoço. Levantaria algumas questões sobre ética e legitimidade de uma forma mais dramática.

— Então, me conte da entrevista. Qual foi a proposta de emprego?

— Ah, Danny, parece que o trabalho foi feito para mim. Na verdade, *foi* feito para mim. É incrível. — Danielle notava, pelo leve gorgolejo na voz de Marina, que ela estava deitada de costas apoiada sobre os joelhos, provavelmente na cama, uma posição ao mesmo tempo felina e triunfante que Danielle conhecia desde o ano de caloura. Marina se sentava quando não estava feliz.

— Ele ofereceu alguma coisa a você?

— Ele basicamente disse que o trabalho é meu, se eu quiser. Eu disse que iria pensar, mas...

— O que é?

— É para editar uma seção cultural. Não um besteirol cultural, como *rankings*, por exemplo, mas ensaios... ensaios sérios e controversos sobre temas culturais.

— Por exemplo?

— Sobre qualquer coisa, na verdade. Ensaios que questionem. Do tipo, se a associação internacional de escritores PEN é uma instituição que realmente tem um peso, por exemplo. Ou uma avaliação provocante da arte moderna, a cena artística de Nova York, se Matthew Barney é uma fraude, esse tipo de coisa.

— Ok. Garantia de ajudar você a fazer amigos e influenciar pessoas.

— Não vou escrever os artigos, a não ser que eu queira, até que haja algo que me agrade de verdade.

— Muito cômodo. Enquanto isso, você pode encorajar jovens escritores iniciantes a lançarem suas próprias bombas.

— Como assim?

— Você pode incumbir gente que não tem nada, ou tudo, a perder, e fazê-las escrever artigos bombásticos que irão arruinar suas carreiras para sempre.

— Ei, você sabe...

— O equivalente jornalístico a uma guarda de trânsito distribuindo multas. Parece ótimo.

— Qual é seu problema?

— Desculpe, tive um dia ruim no trabalho. — Danielle mordeu uma pelinha da unha e continuou: — É apenas um risco que se corre nesta cidade.

— Mas alguém tem de dizer às pessoas que o imperador está nu.

— Sim, ele me disse essa frase feita também. É estranhamente persuasiva, por um minuto ou dois.

— O que você quer dizer com isso? Não é uma frase feita. É um compromisso apaixonado. Ele é um cara extraordinário, se passasse um pouco de tempo com ele...

— Nós almoçamos juntos, lembra? Para falar do meu projeto para um programa...

— Eu sei. Mas é mais uma razão para ele ser reservado com você. A revista é secreta por enquanto. E um filho para ele, sabe? Ele quer surpreender o mundo.

— Claro, com certeza.

— Você devia ficar feliz por mim. Você está mesmo estranha.

— Você já aceitou, então?

— Ainda não. Marcamos um jantar amanhã, e eu disse que então daria minha resposta.

Então foi assim. Danielle arrancou a pelinha da unha com seu dente e conseguiu sentir a derme se afastando: uma dor leve e viva. Claro que não ocorreu a Marina que Danielle pudesse estar interessada. A mesma Marina que disse uma vez, bêbada, no primeiro ano, enquanto se deitavam na cama vestidas, calçadas ambas com um pé de sapato, encostado no chão para diminuir o giro do quarto:

— Você tem tanta sorte, Danny.

— Por quê?

— Você nunca tem de se preocupar se os caras gostam de você por causa de sua aparência ou por quem você é.

Danielle fez disso uma piada: ela havia caçoado de Marina, e desde então essa era uma de suas brincadeiras mais freqüentes. Ainda assim, ela deveria saber que Ludovic Seeley, nessa questão, não seria mais revolucionário do que qualquer um. Claro que eles iam jantar. E aquela mão, leve e forte, iria pousar sobre as pequenas costas de Marina daquele modo anestesiante, aracnídeo; então ele a manipularia de todas as formas que quisesse.

— Sabe, tenho uma idéia — disse Danielle, ouvindo sua voz e tranqüilizada por sua normalidade. — Por que não incumbe seu primo dessas páginas?

— Bootie? Quer dizer, Frederick?

— Estou falando do gorducho de óculos, claro. Ele parece inteligente. E doce. E um pouco perdido. Ele podia fazer algo teórico; digo, se fosse bom, ele poderia deslanchar, não acha?

— Talvez.

— Não fique assim. É essa a idéia do trabalho: você tem de incentivar jovens talentos. Ficará conhecida por isso.

— Hum, de certa forma eu não acho que Frederick "Bootie" Tubb esteja à altura disso.

— Não vai saber se não tentar. Dê uma chance ao garoto. É seu primo.

— Você está apelando para a bondade que existe em meu coração?

— Por aí. — Danielle parou. — Afinal, qual é o pior que pode acontecer? Você delega isso a ele, lhe dá certa confiança; provoca, mas encoraja; e da próxima vez ele estará mais apto a tentar. Por mais alguém.

— Talvez.

— E você podia passar trabalho para Julius também. Pra valer, quero dizer.

— É verdade. Parece que ele precisa de trabalho, anda falando que está perdido. Sinto que ele não é mais o mesmo, sabe? Corpo presente, mas a cabeça em outro lugar... Estou tentando descobrir se ele realmente está conseguindo tudo o que sempre quis com esse cara ou se ele está tão preso àquela fantasia, você sabe, de uma relação de longa duração, que está no meio de uma grande ilusão.

— Como foi aquela manhã?

Marina deu detalhes de seu passeio com Julius. Disse que os olhos dele estavam vermelhos, que seu nariz escorria. Disse que ele estava esquelético, que ele não queria comer e que demonstrou pouco interesse nas pinturas.

— E tinha um cheiro um pouco estranho.

— Cheiro estranho?

— De remédio, ou algo assim. Não parecia sujo, apenas doente. Por aí. Talvez fosse só uma nova loção pós-barba — suspirou. — Não acho que ele esteja feliz mesmo, sabe. Ainda que ele ache que está. Sabe quando você sente que as pessoas têm pontos fortes e fracos e podem escolher qual deles desenvolver? É como se ele só tivesse pontos fracos agora. É como se a alma dele estivesse evaporando.

— Talvez pareça assim porque não podemos vê-lo o suficiente para formar uma imagem clara.

— Bem, que seja sua alma realmente evaporando ou a nossa impressão do que está acontecendo; não dá mais ou menos na mesma coisa?

— Não, M, não mesmo.

Depois que Marina finalmente desligou, Danielle retornou, inspirada, ou quase isso, à sua lista de idéias: novidades sobre a AIDS, digitou ela. Quem corre mais risco hoje. Nicky não iria aceitar. A armadilha adolescente, escreveu ela: o que está acontecendo com a nova geração daqueles que largaram a faculdade agora que os sites estão quebrando? E mais: o que está acontecendo com os jovens de vinte e poucos anos que tinham milhões em ações e foram derrubados por seus sites? Como se já não houvesse uma enxurrada dessas matérias. Ela checou seus e-mails. Havia uma mensagem de Murray Thwaite. Ele a convidava para conhecer um amigo dele, um acadêmico que estava vindo à cidade dar uma palestra — uma idéia para um suposto programa, algo digno e caro de realizar, sobre a Guatemala. Inútil para ela. Ela verificou a data no calendário e respondeu que adoraria ir. Então voltou para seu arquivo de idéias. Pais e filhas, escreveu. Homens e mulheres. E novamente: ética?

CAPÍTULO VINTE E SEIS

Uma mão amiga (4)

MENOS DE DUAS SEMANAS EM NOVA YORK e uma nova vida estava se formando, organicamente, como se fosse coisa do destino. Bootie não conseguia acreditar direito que o caminho seria tão tranqüilo. Ele não poderia dizer que não esperava, porque, num canto profundo e inexprimível de si mesmo, onde não se sentia desajeitado nem inseguro, ele previra isso. Não; mais ainda, ele tinha desejado. Esse era o desdobrar natural de sua fuga de Watertown, de seu corajoso ímpeto de ligar para os Thwaite de Amherst. Se ele fosse de imaginar coisas, essa seria a forma como imaginaria tudo.

Antes de mais nada, havia Murray. Não, tudo bem, antes havia Marina. Inevitável e tolamente, ele se apaixonara pelo brilho dela, seus olhos violeta, sua risada rouca. Até por sua garganta. Ela era ao mesmo tempo natural, infantil; e formal, quase artificial. Ele adorava observá-la, vê-la de certos ângulos, por trás, a ponta de seu queixo quando ela estava pensando ou fingindo pensar: a forma como a mão dela se elevava inconscientemente para brincar com seu cabelo, parando como se ela, ou o próprio cabelo, de repente estivesse se observando; então continuava e fazia os movimentos de qualquer jeito, com um espírito completamente diferente. Ele pensava que era como se ele observasse uma garota se transformando em mulher na frente dele. Ou mais, como se ele visse uma mulher cuja infantilidade fosse incontrolável. Ela nem sempre era legal com ele — temperamental, rude em algumas ocasiões —, e mesmo isso ele meio que adorava. Ele passava por ela no saguão enquanto ela levava o café e parte do jornal para seu quarto, e ela mal o notava. Dessa forma, ela parecia, apesar de estar sendo real, o oposto de sua mãe, que estava sempre amaciando, acenando, sorrindo e tentando fazer todo mundo se sentir melhor, como se não devesse nada para si mesma. Até a indiferença de Marina era sexy, e isso preenchia cada noite de sono que ele passava com os Thwaite, cada manhã que ele acordava lá, com uma leve neblina de desejo.

E depois, havia Murray. O amigo de Bootie, Don, o chamaria de "rapaz do espetáculo". Por alguma razão, essa era a expressão que se cristalizara na cabeça de Bootie em relação a Murray — como a "Aurora de dedos de rosa" de Homero, a expressão parecia sintetizá-lo. Ele, assim como Marina, tinha um jeito meio popular, cômico, que parecia típico de Nova York para Bootie, cansativo e um pouco desanimador, mas que, ao conhecê-lo um pouco mais, demonstrava ser essa a forma que tinha para se proteger, já que tanta gente queria coisas dele e ele tinha de afastar essas pessoas, algumas delas o mais suavemente possível. Bootie podia ver, desde a primeira noite nos Beavor, naquela enorme varanda sobre o parque, quanto exigiam de seu tio. Assim, ele resolveu desde o começo não entediar ou incomodar Murray com perguntas e pedidos desnecessários. Ele pensou que faria melhor observando silenciosamente, vendo como seu tio trabalhava, tentando compilar, na mesa de jantar, a forma como ele pensava, por meio de seus movimentos, seu escritório, a natureza diária de sua prática intelectual. Bootie conseguia não avan-çar o sinal. Ele se considerava um peregrino; certamente teria que ir em frente como se nenhuma vida pudesse ser tão abençoada como essa, mas, nesse meio tempo — pensou ele desde o começo, que parecia, depois de tanta emoção, muito mais tempo do que quinze dias antes —, ele seria o melhor e mais discreto pupilo de Murray Thwaite.

Contudo, ele não estava lá há uma semana sequer — apenas há cinco dias, recém-concluídos, para ser mais preciso — quando, para sua surpre-sa, sua alegria e muito mais que uma emocionada gratidão, tio Murray veio até ele. E o fez tão naturalmente, não como se estivesse estendendo a mão para salvá-lo, mas só conversando educadamente. Então Bootie se deu conta de que, quando Marina contou a seu pai sobre os estudos independentes do sobrinho, Murray Thwaite soube exatamente o que ele estava tentando fazer, exatamente quão significativa e até mesmo vital a tarefa era. Ele soube exatamente.

Bootie estava deitado de lado em sua cama, sonolento, à tarde, lendo Emerson. Estava começando o ensaio "Nominalista e realista" — "Muitas vezes, não posso afirmar com veemência que um homem é apenas uma natureza relativa e representativa..." — quando uma batida na porta, muito fraca, o fez largar o livro, sentar-se, ajeitar os óculos e arrumar o cabelo, porque sua fantasia — ah, a fantasia! — imediatamente sugeriu que poderia ser Marina.

Entretanto, Murray entrou, postou-se próximo do alto rapaz, bagunçou seu próprio cabelo e sorriu.

— Lendo? — perguntou.

— Sim, senhor.

— Não me chame de senhor. Só estava me perguntando se você não ficava sonolento, deitado aqui.

— Talvez um pouco.

— Venha aqui rapidinho. Vou preparar uma bebida para você.

Então Bootie passou uma hora e meia no escritório de Murray, bebendo uísque — bem lentamente, não se importava com o gosto — na hora do chá da tarde, conversando com seu tio da forma como antes havia apenas sonhado que conversaria com qualquer um.

— Sinto que preciso ler esses romances — disse ele para Murray —, mas, na verdade, não gosto de muitos deles. É estranho, sabe, por que não estou lendo, tipo, história? Ela informa mais. Acho que vou ler essas coisas de um jeito ou de outro, e isso é mais como dever de casa; mas a questão é que sou meio atraído por eles, romances, quero dizer: é como uma relação de amor e ódio.

— Você está completamente certo. Precisa lê-los — disse o tio. — Isso é o significado de ser civilizado. Romances, história, filosofia, ciência, tudo isso. Você se expõe ao máximo possível, absorve, esquece grande parte, mas no meio do processo isso muda você.

— Mas *você* não se esquece das coisas.

— Claro que sim. Escrever ajuda. Quando se escreve sobre algo, quando se pensa realmente sobre um assunto, você o conhece de uma forma diferente.

— Eu sei. Estou tentando, para mim mesmo, só para mim, escrever ensaios. Sabe, artigos, como se fosse pra escola, sobre minhas leituras. — Bootie parou. Murray virou o copo em sua mão. — Não quero ser presunçoso, mas... — Bootie prometeu a si mesmo que não faria isso, exatamente isso. Mas sentiu uma compulsão, como se Murray estivesse pedindo que ele pedisse, como se Murray já soubesse, na certa, o que Marina lhe contara. Provavelmente sabia, e o tio estava mais ansioso para ajudar; mas requeria, como qualquer mentor decente faria, que Bootie se manifestasse.

— Peça, meu amigo — Murray finalmente permitiu. — Qualquer coisa, a resposta não será pior do que "não".

— Me pergunto se em algum momento você poderia ler, talvez só um. Porque ter sua opinião... bem, seria... bem... — Bootie olhou para o chão.

— Você me deixa lisonjeado. Não sou um professor. Tem algum para me dar agora?

— Agora? — Novamente, Bootie teve de parar. Ele não podia imaginar tamanha generosidade.

— Tenho tempo livre esta tarde, agora mesmo. Podemos ver juntos.

Bootie empurrou os óculos, inquieto.

— Não estou... Quero dizer, eu adoraria, mas quero... — Respirou fundo. — Quero mostrar a você algo de que eu tenha orgulho. Algo que seja meu melhor trabalho. — Ele se sentiu piscando, como fazia quando estava desconcertado. — Acho que não tenho nada a essa altura agora. Você se importa?

Murray deu de ombros e sorriu. Ele era tão sociável. Como se toda a vida pudesse ser confortável.

— Quando estiver pronto — disse ele. — Mas por que não me conta um pouco sobre você?

— Sobre mim?

— Frederick Tubb. Com o que você se importa. Suas ambições. Seus projetos.

Bootie assentiu. Ele não sabia o que dizer.

— Sua mãe disse que você largou a faculdade, mas sinto que você é muito estudioso.

Bootie só se perguntou muito depois se houve ironia no tom de voz de seu tio. Nesse momento, ele se sentia desperto, aberto, como que tocado por uma palavra mágica.

— Estudioso. Sim, acho que sim. O negócio é que... — dizia ele — minha mãe nunca entenderia isso, mas a faculdade não era nem um pouco um ambiente para pessoas estudiosas. Nem de longe.

— Por quê?

— Porque o sistema educacional é uma farsa. — Bootie corou: um pronunciamento dessa magnitude, talvez sem bases para ser sustentado. E mais: ele não tinha, até agora, dito a ninguém o que pensava. Ninguém sabia tanto sobre ele.

— Uma farsa? — repetiu Murray, de forma gentil e encorajadora.

Bootie então contou a ele. Não tudo: mesmo que ele estivesse poderosamente disposto a falar sobre Harvard, guardou para si mesmo. Não queria que Murray tivesse pena dele. De maneira alguma. E não queria que Murray pensasse que o sobrinho tinha inveja dele, que Bootie desejava algo que ele tinha. Melhor seria não mencionar Harvard. Mas ele falou sobre Panaca, Babaca e Ellen Kovacs, assim como sobre sua revelação; então contou sobre seu período na U Mass, como se sentia tentado a ficar, pensando nisso quase como uma pintura de Cristo no deserto (ele achou que Murray franziu a testa nesse momento), como ele havia se prontificado a se mudar, mais especificamente a se mudar em direção ao tio Murray, que não colecionava bobagens, cuja vida era um modelo, uma prova de que você não precisa ceder à falsidade e à mediocridade. Quando ele terminou de falar, sentiu-se quente. Podia jurar que suas bochechas estavam vermelhas.

— Você me deixa lisonjeado — disse Murray novamente. — Por favor, não faça isso. Você vai se decepcionar. Mas a idéia aqui é você, o que há à sua frente, o grande futuro que pode escolher.

— Não sei disso. — Parecia que Murray podia estar rindo da alma desnudada de seu sobrinho.

— Por que não?

— Não sei.

— É tudo uma questão de atitude, Fred, meu querido. Atitude.

No final da tarde, quando Murray, que precisava revisar um artigo, colocou uma mão calorosa em seu ombro, Bootie se sentiu ao mesmo tempo tonto e aliviado, como se estivesse andando sobre uma corda bamba, mas assegurado pela rede de proteção embaixo. Ele falou e foi ouvido, tinha sido *entendido*.

Com isso, ele ganhara confiança. Estava lendo, desde então, não apenas os livros que escolheu para si mesmo, mas os de Murray também: os ensaios em *A senhora gorda* sobre a educação pública, a imigração ilegal, o legado da batalha pelos direitos civis, o IRA e o Sinn Féin (e foi a primeira vez que ele realmente compreendeu a existência de dois países na Irlanda, com uma fronteira no meio, aprendendo também, razoavelmente, por que eles lutavam). Estava tentando escrever um ensaio sobre Pierre vagando depois do outono em Moscou, sobre o que significava ficar sozinho, no limite, no meio de um evento histórico. Não iria dar muito certo, pensou, porque era tudo muito abstrato para ele. Não conseguia se imaginar no meio de um evento histórico, mas sentia que era importante tentar entender isso tudo, em parte porque Murray Thwaite parecia tão compenetrado no mundo, tão ligado a todo grande acontecimento ocorrido desde 1960, quase meio século atrás. E ele se esforçava para escutar, tanto quanto possível, o que era dito ao redor dele.

Dessa forma, depois do prêmio de Murray, quando foi convidado por Marina para se juntar à festa, ele viu a amiga Danielle se inclinar e cochichar com o sinistro australiano, enquanto Murray estava pegando mais vinho da cozinha com a ajuda de Marina, e os outros cinco ainda estavam falando casualmente sobre Silvio Berlusconi (será que tinha ouvido mal? Achava que não):

— Então, você ainda acha que ele é um charlatão?

Bootie tinha quase certeza de que ela disse "charlatão". Então ele viu o cara sorrir um pequeno, lento e cruel sorriso e docilmente balançar sua cabeça, não como sinal de um "Claro que não", mas como se expressasse uma surpresa por ela se referir ao rótulo de charlatão de Murray Thwaite na própria sala do homem.

A aversão veio para Bootie como uma onda. Como uma doença. Ele não conseguia crer que os convidados favorecidos e bem-sucedidos de Murray falassem assim dele. A não ser que "ele" fosse outra pessoa. Mas quem mais poderia ser? Ele examinou a sala, não poderia ser mais ninguém. E a intimidade conspiratória deles, a maneira artificial e enfadada — tentou não pensar o pior deles, Danielle havia sido simpática, afinal; embora ele pudesse dizer com um único olhar que não gostou do australiano — o tornaram poderosamente consciente do que sentia pelo tio. Como se Murray fosse um membro seu, ou a garota que ele amava. Bootie sentia-se apaixonado pelos Thwaite. Ele queria que eles fossem sua família.

Na noite seguinte ao evento de premiação, na mesa de jantar — apenas Annabel, Murray e ele, porque Marina tinha saído para algum lugar —,

OS FILHOS DO IMPERADOR

Annabel perguntou sobre seu trabalho, seus planos. Ela evidentemente ouviu de Murray alguma versão deturpada de seu programa de aprendizado — ela parecia pensar que ele se achava capaz de aprender sozinho as ciências, química e coisas assim — e perguntou, daquela forma hospitaleira, ao mesmo tempo gentil e persistente, até mesmo investigativa, como Stella Woods, sua dentista de infância, com sua voz suave, sua língua opressora e sua inevitável, implacável broca. Ele falou novamente sobre sua lista de leituras e um pouco sobre a farsa de Oswego, apesar de ter contado menos do que contara a Murray.

Murray permaneceu em silêncio, mas não estava desligado. Ocasionalmente, um deles lançava um olhar oblíquo a seu rosto impassível — focado no *prosciutto*, na salada *caprese*, no *frisée* e nas nozes —, aparentemente distraído. Bootie (quando ele iria parar de pensar em si mesmo como Bootie? Havia blasfemado contra sua mãe por causa disso, mas Bootie ainda era o nome que permanecia preso, era seu desgosto, sua *essência*) sabia que Murray poderia tê-lo resgatado, que ele tinha o poder de libertar seu sobrinho daquela embaraçosa repetição. Mas Annabel continuou a inquirir, e Bootie, embora agonizando, continuou a divulgar seus segredos. Eles chegaram perigosamente próximos a Harvard. Parecia haver algo perverso — voyeurístico, masoquista ou ambos — naquele exercício. Ele até disse: "Por favor, por favor, não conte para minha mãe", e Annabel esticou uma mão para acalmá-lo, que não chegou até o braço dele, mas ficou lá, momentaneamente, na mesa polida, entre os dois, como um pensamento visível. Nesse ponto, Murray finalmente falou, colocando decididamente sua faca e seu garfo sobre o prato.

— Não se pode esperar que sua mãe entenda nada sobre você — disse ele, silenciosamente. — Ela é uma boa mulher, mas não tem idéia de quem você é. — Ele então vistoriou sua boca com a língua (um pedaço de *prosciutto* preso, presumiu Bootie, já que duelava com um) e voltou a comer. Só quando o prato de Murray estava limpo ele reiniciou a conversa: — Andei pensando, Fred. Annabel e eu conversamos sobre isso, e acho que há algo que eu posso fazer para ajudá-la.

— Você já está sendo tão generoso.

— Sei de onde você veio, rapaz. Cresci lá também. Eu podia ter terminado em Oswego, e, se tivesse, podia depois ter fugido. Podia — disse, vasculhando mais os dentes —, e podia não ter feito isso. Mas certamente admiro seu impulso.

— Não foi bem uma fuga, ou pelo menos eu não gosto de pensar assim. É...

— Abraçar o futuro. Seu futuro. Autodeterminação.

— E autoconfiança também.

— Sim, mas a não ser que você tenha um pedaço de terra e planeje viver por conta própria como agricultor — Murray parou e soltou fumaça, parecendo um dragão, através das narinas —, com exceção desse cenário bem improvável, você vai precisar de um emprego. Precisa ganhar dinheiro para financiar seus estudos.

— Eu sei.

— Isso não é fácil nesta cidade. Não porque não há empregos, apesar de a maioria deles destruir nossa alma, claro, mas porque é tudo muito caro. Então por que você não volta para Watertown, onde pode viver em casa e ler em paz?

Bootie empurrou seus óculos por sobre o nariz e respirou profundamente.

— Estou bem preparado para um trabalho que destrua a alma — disse ele. — Posso limpar banheiros, ser estivador ou fritar hambúrgueres. Não me oponho. Mas a idéia é ficar na cidade. Aprender com a cidade. Aprender com a vida, tanto quanto com os livros.

— E não há vida em Watertown?

— Não, nenhuma. Não do tipo que procuro.

Murray sorriu largo e inclinou as costas na cadeira.

— Bom pra você, Fred. Bom pra você. Sabia que diria isso. Sair daquela cidade na primeira oportunidade foi a coisa mais importante que eu já fiz.

Annabel sorriu também, com os olhos na parede, mas não disse nada.

— Então, Fred — continuou Murray —, sou seu tio e posso ajudar, se me deixar. Primeiro, tenho uma lição de vida para lhe dar, apesar de geralmente não ser do meu feitio. Você quer pegá-los de surpresa. É o crucial. Sempre se lembre disso. — Limpou a garganta para dar ênfase. — Mas você precisa estar bem preparado. Quero que me ouça, e quero que pese seriamente o que proponho. Me ocorreu há alguns dias. Eu conheço você, sei o que pensa, então me permita dizer que isso não é caridade. Nem por um segundo.

Murray continuou a dizer que há anos precisa de um secretário, que ele há muito tempo esgotou a boa vontade da esposa (Annabel sorriu novamente nessa hora, pacientemente; e Bootie sabia que ela estava totalmente de acordo com esta proposta, talvez a tivesse até sugerido) e a da empregada, só se salvando pela volta de Marina ao apartamento dos pais.

— Ela tem feito o trabalho — disse ele — e acho que até gosta, mas está perfeitamente claro para todos nós, inclusive para Marina, devo acrescentar; não estou traindo a confiança de ninguém aqui; ela não vai terminar seu livro até que todos os impedimentos, quero dizer todos mesmo, sejam removidos. Qualquer desculpa é motivo para adiar, e seu velho pai deu uma boa desculpa para isso.

Bootie assentiu.

— Eu disse a ela que ela precisa de um emprego. Mas, acima de tudo, Marina precisa parar de trabalhar para mim. Já falei isso com ela, ela está preparada; você não está roubando nada de sua prima. Sei que você é muito honrado para isso. — Murray parou novamente. — Então proponho contratar você como meu secretário. Meu amanuense, digamos assim. Como Pound e Yeats. Com um salário mínimo, claro. Um trabalho de verdade. Vamos ter de ir ajeitando, sabe, definir as funções conforme formos trabalhando, porque em todos esses anos eu nunca tive um secretário. Pode levar um tempo para encontrarmos o equilíbrio. Para começar, definiremos antes de mais nada no que eu gostaria que você não mexesse, se entende o que quero dizer. Nenhuma arrumação não solicitada no meu escritório. Nada de mover pilhas de papel por aí. Sempre disse que estar no meu escritório é como estar no meu cérebro. Tem de ter respeito por ele, conto com isso. Tem de aprender a bagunça, memorizá-la até parecer tão ordenada para você como parece a mim. Mas é um desafio, e você pode aprender algo no processo. Pode até conhecer pessoas interessantes. — Murray percebeu um silêncio. Olhou para Bootie, que olhava de volta sem expressão, piscando sem parar por trás de seus óculos.

— O que você acha?

— Ótimo, senhor.

— Nada de senhor. Você sabe mais do que isso.

— Murray. Tio Murray. É uma oferta excelente. Estou impressionado, só isso.

— Ele fala sério — disse Annabel. — Murray é totalmente contra dizer coisas que não leva a sério.

— Claro que falo sério. E não se preocupe com Marina. Ela pode se sentir levemente desapropriada por um dia ou dois, mas tem grandes planos, me disseram. Será melhor assim.

Bootie assentiu.

— Você topa, então?

— Eu... eu só...

— Dê um minuto para o pobrezinho — disse Annabel. — Não o pressione no jantar. Vou trazer sorvete para todos, ok?

Contudo, Bootie sabia, assim que foi oferecido, que aceitaria. Muito mais do que uma observação passiva, essa parecia a forma ideal para aprender com seu tio, para aprender o seu tio, de fato, como se ele fosse um livro. Era ao mesmo tempo divertido e assustador: ter tanta ajuda, não ficar sozinho. Ser capaz, no duro, de pegá-los todos de surpresa.

E também havia o aperitivo: o salário. Murray, em discussões posteriores, parecia pensar que US$30.000 por ano — uma soma astronômica para Bootie — era um salário mínimo, para principiantes, e o custo mínimo para os Thwaite. Era a coisa que sempre rondava Bootie: ele não podia se ver vivendo e trabalhando, o tempo todo, naquele apartamento. Porque nunca se sentiu em casa lá e porque não parecia, de alguma forma, nada saudável, quase insalubre, respirar sempre o mesmo ar (cheio de cigarro). Ele precisaria arrumar outro lugar para ficar.

Lá também os deuses sorriram para ele. Ele havia novamente se encorajado a confrontar Marina, a ardilosa Marina dos olhos violeta, sobre a casa do seu amigo — o nome dele era James? Julian? Ela então olhou com uma expressão neutra para ele primeiro, puxando um cacho entre seu dedo médio e o indicador, mordiscando seu lábio inchado; mas irrompeu, alegre — ela parecia, repentinamente, totalmente alegre —, quando se deu conta da menção de Julius. O nome dele parecia ser Julius, e seu apartamento ficava a leste da Alphabet

OS FILHOS DO IMPERADOR

City, a quilômetros, no centro (isso não significava muita coisa para Bootie), e dava, ela disse, um trabalho de cão para chegar até ali.

Eles estavam na imaculada cozinha dos Thwaite quando conversaram.

— Você tem de cruzar a cidade e subir. Pegue a linha F de Delancey até o Rockfeller Center e então a B no Central Park West. Você vai ter de caminhar um pouco a partir desse ponto. Nenhum ônibus passa perto, eu acho. Preciso perguntar a ele como ele chegava a qualquer lugar quando morava lá. Mas se você não se importar...

— Claro que não. Qualquer lugar. Parece perfeito.

— É um muquifo, na verdade. Só fui lá uma vez e foi o suficiente. Mas é barato.

Bootie assentiu, tentando não trair sua ansiedade. Ele não queria que ela pensasse que ele estava irracionalmente preso a essa possibilidade, mesmo que parecesse, de alguma forma, a única.

— Preciso avisar que, mesmo que não pareça, papai começa a trabalhar supercedo.

— Tipo que horas?

— Deve tê-lo ouvido em seu quarto. Ou sentido o cheiro do cigarro, pelo menos.

— Tenho sono pesado.

— Bem, no máximo às oito e meia.

Bootie hesitou, pensando no metrô na hora do *rush*, aquele terror subterrâneo.

— Mas ele pode preferir que você não esteja por lá nessa hora. Geralmente é o momento de ele escrever em silêncio. Talvez ele fique feliz que você venha à tarde, sei lá.

— Tenho certeza de que vamos dar um jeito. — Bootie não podia mais fingir não se importar com o apartamento. — Acha mesmo que seu amigo iria alugar esse apê para mim? A partir de quando, você acha?

— Vou perguntar a ele — disse ela — quando nos falarmos. Mas está vazio agora, sabe?

Bootie esperava só há alguns dias, mas parecia uma eternidade. Ele não queria encher Marina, mas achou que a questão do apartamento surgia, em sua mente, como a fumaça surge onde há fogo, sempre que seus caminhos se cruzavam. Então agora ele estava tentando evitá-la, espreitando em seu quarto se ela estava andando pelo *hall* ou voltando da cozinha pela sala de jantar, tentando ouvi-la saindo do elevador, seu peculiar passo ecoando no assoalho. Ele achava que ela, uma vez ou outra, notava suas fugas, e imaginava que ela atribuísse isso à quedinha que tinha por ela — porque sabia que ela conhecia suas fraquezas. Era uma conversa não-verbal entre eles, e ele sabia que isso a divertia. Ela nem pensava no apartamento, no quanto era importante para ele. Talvez ela já tivesse esquecido da conversa toda. Podia ser necessário lembrá-la. Então veio à memória dele a expressão exasperada. Ele não a queria novamente. Ele andava em círculos, seguindo a trajetória de sua ansiedade, voltando sempre ao mesmo lugar. Isso não era autoconfiança, ele sabia. Não era assim que queria viver. Se fosse independente, pensou, procuraria nos classificados da *Village Voice* e do site *Craiglist* um apartamento para dividir com desconhecidos. Mas, por alguma razão, ele não conseguia fazer isso: sua vida já parecia irreal, sua própria pele, uma coisa tênue, enraizada aqui e agora apenas pelos Thwaite, pelo pequeno e crescente grau estranhamente delicioso pelo qual ele era *conhecido*. Ele não parava de se imaginar desintegrando, caindo átomo por átomo em milhões de pedaços infinitesimais, caso se permitisse sair pela porta no vasto desconhecimento da desconhecida Nova York. A sensação era nova para ele — a forma como sua claustrofobia no metrô era novidade e, ainda assim, apesar de diametralmente oposta, atraente. Em ambos os casos, era um sentir-se menos, um sentimento de *Alice no país das maravilhas*: apavorante, assustador, insustentável; um esvaziamento. E, assim que ele percebeu que precisava manter-se com os pés no chão, percebeu também que precisava achar um apartamento com o qual tivesse alguma conexão lógica, identificável. Algo que o salvaria do afogamento, do desaparecimento ou do suicídio. (Você não cortaria os pulsos na casa de alguém que conhece, ou de alguém que conhece algum conhecido seu. Não era assim.) Não que ele fosse suicida, não mesmo. Mas tinha medo de — como colocar isso? —, medo de não ter sombra, de não deixar traços. Contudo, ele não podia dizer isso a Marina: preciso de um apartamento para deixar uma sombra. Parecia loucura pura.

Enquanto esperava que ela falasse com ele — esperava que ela o encontrasse deliberadamente na cozinha ou batesse na porta de seu quarto —, Bootie tentava, como Murray havia instruído, memorizar a bagunça no escritório. Ficou imediatamente claro que isso era um pré-requisito para qualquer assistência que ele poderia, com o tempo, ser capaz de providenciar, assim como era óbvio que ele não podia realizar essa memorização enquanto seu tio estivesse trabalhando — pelo menos não enquanto Murray estivesse em sua escrivaninha. Misericordiosamente, o "trabalho" de Murray exigia freqüentes compromissos e aparições, limusines para estações de TV, almoços e bebidas, sem mencionar possíveis festas fora da cidade, palestras em campi universitários, em bibliotecas e em espaços públicos pelo país, uma diversidade de trabalhos que pareceram, para Bootie, antitéticos a qualquer espírito de contemplação ou raciocínio, e prejudiciais, de alguma forma, à própria noção de trabalho. Mas ele não o julgava por isso (apesar de ouvir, no fundo de sua mente, o julgamento de Seeley). Esse traço mundano, acreditava ele, enquanto estava sentado desconfortavelmente de pernas cruzadas no chão do escritório do seu tio, era o preço exigido para uma vida séria e independente. Não dava para ser sempre integralmente livre. E o peso de Murray era sorvido em horas roubadas por colegas, editores, congregantes desconhecidos. A pilha de correspondências nas mãos de Bootie se constituía de cartas inoportunas, de um ano todo, não-catalogadas, fora de ordem, implorando para que Murray estivesse presente em jantares de Los Angeles a Calgary, a Austin, e por aí vai, em salas de aula de Northampton, Massachusetts ou Ann Arbor, no Michigan, em retiros na zona rural de Kentucky e no sul da Califórnia e em conferências de empresários em Miami ou de religiosos em Arkansas. A cada página, embora amassada, Murray marcou, em sua letra marginalmente legível, a natureza de sua resposta, junto da data; e um grande calendário numa parede estava escurecido, também de forma meticulosa, num enxame de tinta que se espalhava pelas obrigações aceitas. Não era como se um homem *quisesse* fazer isso, Bootie sabia. Não seria desculpável, moralmente, *querer* isso.

Nesse dia, Murray estava se dirigindo a uma colação de grau numa faculdade de Connecticut, como paraninfo da turma. Bootie se perguntava sobre a necessidade desse compromisso: a instituição era muito pequena, e seus cofres, presumivelmente apenas modestos; então não era pela honra nem pelo dinheiro... Havia ocorrido por alto que seu tio podia ser considerado, por isso, cúmplice da farsa de uma educação falha. Mas ele não insistiria nesse ponto. Queria saber, em vez disso, se Marina conhecia essas pilhas enquanto ele aprendia com elas, e se perguntava, também, se ela estava de fato se escondendo dele mesmo com ele se escondendo dela, perturbado por seu papel de usurpador.

O escritório tinha cheiro de cigarros, de papéis úmidos e também de comida vindo do computador, que nunca era desligado. Aurora, ele sabia, podia apenas esvaziar a cesta de lixo, e, por conseqüência, o tapete, sem ser aspirado, era coberto por cinzas e migalhas. Com papéis nas mãos, Bootie se moveu para a cadeira de seu tio. O couro rangia um pouco, era frio através de suas calças. A mesa de Murray era quase encoberta pelos papéis e pastas, com a sujeira de cinzas, os cinzeiros e os copos todos grudados no mogno marcado. A desordem e as instruções para não arrumar deprimiam Bootie um pouco; era um trabalho estranho, tão estranho quanto o de Murray: examinar a bagunça de alguém e deixar como encontrou. Porém, se esse era seu trabalho, levaria a sério.

Foi assim que ele encontrou o manuscrito, no seu terceiro dia oficial, enquanto Murray discursava em Connecticut. Ocorreu-lhe — como não ocorreria? — que ele estava invadindo, sondando o cérebro de Murray mais profundamente do que deveria. Mas era confuso: um molho de chaves estava em cima da mesa; a gaveta da mesa, fechada, clamava por uma investigação; a menor chave do chaveiro servia, girou como mágica, como se tudo fosse coisa do destino. Afinal, Bootie disse a si mesmo, ele precisava conhecer a mente de seu mentor tanto quanto possível. Contanto que não interrompesse, que apenas olhasse, aprendesse.

O único maço de páginas manuscritas: Bootie soube de primeira que era importante; sabia que era um segredo. Ele não poderia não saber. E, antes que começasse a ler, até imaginou por alto que pudesse ser pornografia, sentimentalismo ou, o que seria ainda mais chocante, um diário íntimo, opiniões reveladoras sobre os colegas de Murray e seus pares, sobre os seios de Annabel ou de Marina — ou mesmo até sobre o próprio

Bootie (ele imaginou que, sendo o caso, seria chamado de Bootie. Ele não conseguia evitar).

Depois se perguntou se tinha pensado em não abrir o arquivo, e foi forçado a admitir que não. Realmente não, o que sugeria um lapso ético do qual ele não estava necessariamente orgulhoso. Mas, no espírito da livre troca de idéias, na busca pela verdade e pelo conhecimento, ele se deixou imaginar que isso era o que Murray desejaria. Então Bootie, seu pupilo, poderia aprender melhor com ele, se moldar melhor à imagem do seu tio.

Por sua vez, a verdade das páginas não era uma decepção: longe disso. Intrigava. O manuscrito sem título, Bootie podia garantir, desde as primeiras frases, era o maior segredo de seu tio, sua empreitada genuinamente pessoal, muito mais arriscada do que boatos, profissionais ou pessoais, poderiam jamais ser.

Como viver? Não é essa a pergunta que martela cada um de nós, intermitentemente, desde o primeiro despertar de nossa consciência? Perguntar, como William James fez, se a vida vale a pena ser vivida é estimular a piada em resposta: "Depende do sobrevivente." E eu mesmo, claro, estou quase acabado. Mas o espírito da resposta é, pelo menos, correto. Apenas se você puder resolver satisfatoriamente a questão de como viver você pode decidir se este vale de lágrimas vale a pena. Misericordiosamente, a questão é infinita e insolúvel — nessa medida, eu espero que esse livro não seja infinito e insolúvel —, e então nós a levamos, com os pontos cruciais, muito além da metade da vida e freqüentemente até o fim. Certamente, na maioria dos casos, a vida pode atingir uma decrepitude beckettiana, um frio murmúrio pela sobrevivência, provocado pelas brasas de amores perdidos, sem que o sobrevivente desista. Devemos dizer que as questões de suicídio, se o ato é uma coisa nobre etc., não me interessam aqui; não porque elas não sejam pertinentes, mas porque a pergunta de o que a vida é, a priori, o que se deve fazer com ela, deve ser, me parece, respondida primeiro. E, nestas páginas, é isso o que estou tentando fazer.

Murray Thwaite estava se revelando aqui — não suas idéias, mas seu pensamento: ele *próprio* —, e isso, se Bootie pudesse apenas ler, provaria a estatura do homem. Mas Bootie examinou apenas os primeiros parágrafos antes de fechar apressadamente o arquivo, colocando-o de volta, com infinito cuidado, levemente atochado dentro da gaveta. Ele temia ser descoberto — não por Murray, que estava certamente mastigando canapés e bebendo um champanhe de má qualidade na formatura da faculdade, na mais distante estação que a linha Metro North, dos trens urbanos de Nova York, podia chegar; mas por Aurora ou, pior ainda, por Marina. E temia, acima de tudo, sua própria descoberta: temia o que podia encontrar. Podia impressioná-lo e auxiliá-lo, coisa que ele não desejava. Mas — apesar de ele não poder articular os fatos no momento — não podia correr o risco de se decepcionar.

CAPÍTULO VINTE E SETE

Flutuando

MARINA ACEITOU O EMPREGO oferecido por Ludovic Seeley uma semana antes de darem o primeiro beijo. Ele foi irônico e simpático ao receber a aceitação dela, estranho da forma que ela esperava.

— Estou impressionado. Porque tenho total confiança em você. Porque sei que você vai querer o que eu quero. Porque sei fazer com que queira o que eu quero, e sei que, se eu não fizer isso, você vai me fazer acreditar que fiz. O que é, afinal, o pulo-do-gato. — O pulo-do-gato, naquele momento, e na semana seguinte inteira, foi contornar a subliminaridade de suas demandas profissionais. Foi uma tortura aguda, um tipo de teste. Ela não estava totalmente certa de que ele sentia o mesmo friozinho na barriga que ela, mas tinha quase certeza. Da mesma forma, ela estava tentando perceber se ele acharia que qualquer avanço era uma fraqueza, se consideraria a conexão de seus dedos, membros ou bocas uma representação da falha fundamental de suas mentes loucas para se tocarem. Ela decidiu que não podia correr o risco, não podia tomar a iniciativa. Depois do que pareceu um prolongamento interminável, durante o qual ela relatou a Danielle, cada noite, em exaustivos detalhes, as interações dos dois no escritório, quando ele finalmente pressionou seus lábios nos dela, Marina ficou comovida quase até as lágrimas por essa estranheza, pelo corar nas bochechas dele e pela umidade que surgiu de forma aparentemente rápida de suas mãos fervorosas.

— Sou bom na maioria das coisas, mas não sou tão bom nisso — murmurou ele, enquanto a pressionava de encontro à porta dentro de seu escritório, como se agarrasse uma árvore numa tempestade. Ela não sabia se ele se referia ao lance em si, ao beijo ou a algo maior, como o sexo em geral.

— Você me parece muito bom nisso. — Essa pareceu ser a única coisa a se dizer, independentemente do que ele quisesse dizer; e nessa intimidade inicial, ela não sentiu o friozinho na barriga, mas uma dor em seu âmago, inesperada e inesgotável, o que a fez acariciar a bochecha e a sobrancelha dele com um dedo explorador, para colocar a cabeça para trás e dizer:

— Quero olhar para você. Só por um momento. De verdade.

Tudo isso ela contou a Danielle mais tarde naquela noite, deitada em sua cama, apoiada nos joelhos, com a típica risadinha em sua voz.

— Tudo isso soa como clichês, você sabe, né? Sei disso mais do que ninguém. Mesmo quando eu digo parecem frases feitas. Mas eu falei sério.

— Uhum.

Marina tinha a impressão de que sua confidente estava ocupada, não querendo ser perturbada.

— Acho que era vê-lo vulnerável, sabe? Ele não era bom nisso mesmo, ele estava certo. Não no beijo, digo, na manobra toda. Esse é um cara que pode soltar dez piadas numa reunião de pauta, manter uma dúzia de jornalistas intimidados e rindo ao mesmo tempo. E, de repente, é um mané. Tão genuíno. Sério, caíram lágrimas dos meus olhos. Uma lágrima, pelo menos.

Danielle limpou a garganta.

— O que isso quer dizer?

— Nada.

— Danny?

— Só não sei se "genuíno" é a palavra certa aqui. Esse cara é um jogador.

— Essa é a questão. Publicamente ele é, mas isso foi diferente. Acho que ele deve realmente gostar de mim.

— Não acho que ele goste muito de seu pai, só para você saber.

— O quê?

— Perguntei a ele, sabe? Ele disse algumas coisas para mim...

— Muita gente discorda do meu pai. *Você* várias vezes discordou de coisas que ele disse ou escreveu. Você me disse que eu devia ser mais dura com ele.

— Verdade, mas...

— O que está pegando, Danny? Quero dizer, você está estranha em relação a isso quase desde o começo. O que está acontecendo, na boa?

— Eu não confio nele. Não é que não goste dele. Eu só...

— Você não quer que eu me machuque. Muito obrigada pela sua preocupação. Esses são clichês também, você sabe.

— Eu sei.

— E a questão não é se você confia em Ludovic Seeley.

— Não?

— É se você confia em mim, se você acha que sou capaz de tomar as decisões mais acertadas para mim. — Marina parou. Isso também era um clichê. — Quero que você fique feliz por mim. Porque estou feliz de verdade agora. Estou flutuando. — Ela parou novamente. — Ainda está aí?

— Claro que estou. E estou feliz por você. Mesmo.

No entanto, Marina sentiu que havia um estranho silêncio ao redor das palavras de Danielle, uma mudez na frase; então ela concluiu que Danielle dizia que estava feliz apenas porque parecia o mais certo a se dizer, porque não dizer seria odioso. Marina não tinha certeza se havia mérito em apenas dizer: talvez o fingimento às vezes seja o melhor que você pode esperar.

CAPÍTULO VINTE E OITO

Estou de olho

ENTÃO O QUE ELA DEVERIA FAZER, quando o sr. Murray dizia "não toque, não toque", mas dava ao garoto, ao sobrinho, permissão para isso? O sr. Murray sempre diz que para ele sua bagunça é como a casa mais limpa; não faz menção aos cigarros fedidos e à garrafa esvaziando na gaveta; ele quer dizer que consegue encontrar tudo, sabe onde tudo está. E esse garoto, o sobrinho, talvez ele diga que pode manter a bagunça tão organizada quanto o sr. Murray, mas Aurora sabe. Ela sabe que ele mexeu nas pilhas, misturou-as, sabe só de olhar que ele abriu as gavetas, talvez as fechaduras; e, se algo estiver errado, o sr. Murray vai vir rugindo, sim, para a sra. Annabel, achando que Aurora não percebe, que já que não levanta sua voz para ela, não sabe que ele grita, e grita por causa dela, Aurora isso e Aurora aquilo, mas ela o ouviu, claro que ouviu. Todos que moram na casa fingem que ele é fácil e amável, mas ele é difícil, na verdade, ele é exigente, egoísta e muitas vezes bravo, geralmente por coisas egoístas, como "onde está meu sanduíche" e "por que a camisa azul não está no armário, falo daquela com abotoaduras, e onde estão as abotoaduras, aliás, e Annabel, ou Marina, eu disse que tínhamos de sair há meia hora, que diabos está acontecendo?". O impressionante é como todo mundo o ama mesmo assim. Talvez isso não seja surpreendente; ele é charmoso e divertido, e às vezes, na cozinha, ele a pega pela cintura com seu longo braço e dança com ela, Aurora, rindo e girando para que ela fique um pouco tonta, e, apesar de isso incomodá-la, é bem divertido, faz com que ela sacuda seu pano de prato e diga: "Olhe lá, sr. Murray, pare de bobagens." Ele faz com que todas as mulheres se sintam bonitas, mesmo quando não são. Ela viu isso. E quando ele não faz esse esforço, fica claro para todos que sabem como ele é, mesmo que pouco. Como a amiga da sra. Annabel que veio ontem com o garoto, a mulher com quem ela trabalha e o garotão negro — De Vaughn, é isso. Aurora viu a forma como ele olhou para a mulher, a assistente social, e não, ela não era bonita, tinha rosto de bruxa, vermelho e ossudo, seu cabelo parecia palha velha e o queixo era projetado para a frente, com uma verruga também, mas era educada, já tinha sido antes, e Aurora podia jurar que ele não gostava dela. Ele não sorriu, flertou ou esboçou lembrança do nome dela: srta. Roberts. Ele não foi um homem legal com ela. Ele não gostava do garoto, principalmente, do garoto negro grande como um homem, com ombros fortes e barriga gorda, e a mulher parecia querer que o garoto ficasse e esperasse pela sra. Annabel, que não chegaria em casa até sabe-se lá que horas. Ela insistia, e ele tentou bastante manter a voz baixa, Aurora podia ver na linha de sua boca e no estalar de sua língua, na forma como a mão subia ao cabelo, descia ao bolso, mas nunca se estendia, então a srta. Roberts não notava que era um punho cerrado.

O garoto — com quinze anos, talvez? —, preto retinto, um negro de ilhas caribenhas ou da África, não um negro americano, pensou ela, com olhos grandes e lábios de ameixa que tremiam, só um pouquinho — parecia assustado, bravo e envergonhado também. Ele sabia que o sr. Murray não o queria ali, que ninguém o queria ali (ele não pertencia àquele lugar, qualquer um podia ver), e tudo era ainda pior porque ele mesmo não queria estar lá. Devia ser vergonhoso não ser desejado num lugar em que nem você queria ser desejado: Aurora sentia-se mal por ele. Mas tinha filés de salmão marinando, prontos para assar, os lençóis do outro garoto, o sobrinho, para trocar e a banheira da Marina para esfregar, por causa dos resíduos do banho de espuma, tão teimosa, e isso só pra começar, então ela não podia ficar por lá observando; mas, quando o sr. Murray lhe perguntou, ela disse — era verdade — que não sabia que horas a sra. Annabel chegaria em casa, e não, disse ela, eles não tinham um quarto sobrando agora, por causa do garoto, Frederick. Então a srta. Roberts, com seu narigão, seu queixo e aquela verruga, queria que DeVaughn passasse a noite lá. Mas ele não falou, ela sabia que ele não falaria até que a sra. Annabel viesse para casa, o que não aconteceria, e ela, Aurora, foi cuidar do salmão, do banheiro e dos lençóis, a princípio, e tentou escutar e não escutar ao mesmo tempo, mas eles nem mesmo saíram do *hall* de entrada, e a estratégia do sr. Murray de mexer nas mãos funcionava, pois ele não levantou sua voz e ela não sabia o que eles diziam, mas, entre os lençóis e o banheiro, a cara ossuda e vermelha da srta. Roberts e o garoto DeVaughn se foram. Quando o banheiro estava limpo, o outro garoto, o sobrinho, estava de volta, e, quando ela estava misturando a salada para colocar na geladeira (ela detestava lavar as alfaces, ou melhor, detestava secá-las, naquela tigela que girava), Marina chegou também, e Aurora não sabia se o sr. Murray iria contar a ela sobre o menino, DeVaughn, ou se ele estaria furioso pelo outro garoto, o sobrinho, ter mexido nas coisas do escritório; e ela também não saberia a não ser que o ouvisse gritando, e não diria nada a não ser que perguntassem a ela, o que eles não fariam. Mas não era engraçado que todos fingissem que o sr. Murray era um homem dócil? Até entre si eles fingiam.

CAPÍTULO VINTE E NOVE

Vergonha

SE A VERGONHA É RESULTADO DA QUEDA, e as roupas, nossas respostas para a vergonha, então as roupas com as quais vestimos nossos filhos se tornam um legado para eles, a vergonha que passamos à frente. Obviamente, são nosso orgulho também — orgulho e vergonha como lados opostos da mesma moeda. Quando a sra. Ramsey do escândalo de fin-de-siècle norte-americano (não confunda com o alto modernismo da sra. Ramsay de Woolfian, um interessante oposto a ela) vestiu sua filha com babados e couro de patente, com fitas e laços, blush e rímel no rosto, a pequena JonBenet, cuja carinha de bebê Barbie nós todos conhecemos mesmo sem querer, como muitos daquele tempo, notou tanto a vergonha de sua mãe quanto seu orgulho. Ela mesma uma antiga rainha da beleza mirim, que havia se vulgarizado e embrutecido com a sombra de um bigode sobre seu lábio superior, com bochechas rosadas sem o frescor da juventude, mas com a marca da meia-idade, a ameaça de capilares nasais rompidos, a sra. Ramsey certamente viu na garotinha, em seus tutus e laços, seu incorruptível eu, a perfeição que ela nunca poderia atingir. Ela investiu o suficiente, garantem alguns, para matar: precisava enterrar sua vergonha. Se não se pode ser uma vencedora, pode-se fazer uma, e se o que você fez não é o que você quer, então o que, no final, é você?

Marina sentia que finalmente estava conseguindo voltar ao livro. Ela acreditava obscura e inconscientemente que, quando ela e Ludovic tiraram suas roupas, uma nova transparência, uma luminosa nudez entrara em sua vida. Sentiu que finalmente entendera o que era uma "vestimenta" num sentido adâmico — ou seria edênico? E por que não num sentido "évico"? —: a máscara, o mistério disso tudo. A necessidade simultânea do mistério e sua dolorosa e intrigante futilidade. Ainda mais com um filho: qualquer pai, assim como a sociedade, empurrava uma enorme bagagem sobre uma criança, sendo a herança de vestuário simplesmente a mais visível de uma imensa rede de projeções e constructos de pai, mãe e sociedade. Ser você mesmo, encontrar seu estilo — essas são buscas postergadas da adolescência e da jovem vida adulta numa cultura obcecada com a juventude, até a meia-idade. Ela viu de repente quão estranho é o desejo adulto de ser jovem, quando nem os jovens têm tempo para ser eles mesmos, sendo, geralmente, o que os adultos fazem deles e o que querem que eles sejam. Que pressão terrível. Que falsidade inexorável. Ela se lembrava de que Danny uma vez brincara — enquanto preparava casacos de tricô de angorá de cor verdeágua, laranja e azul-bebê para mandar ao Exército de Salvação, presentes da Randy — dizendo que até seu vigésimo sétimo aniversário, em face de uma vestimenta particularmente odiosa de sua mãe, Danielle não havia percebido que ela podia apenas escolher seu próprio guarda-roupa, mas que tinha uma obrigação moral de fazer isso. O necessário rompimento com os pais — só agora, quando ela falava dessas coisas com Ludovic, ela sentia como era necessário — podia tomar qualquer forma. Pelos mesmos indícios, só porque a própria Marina sentia-se livre para ir e vir, livre para se vestir como queria, desde a primeira adolescência (ela tinha um bom dedo para tal, desde sempre — até sua mãe dizia), não significava que ela havia enfrentado suas batalhas. Não significava que ela era livre.

Uma nova transparência: era isso que sentia com Ludovic, começando um novo relacionamento sério, de uma forma que ela não fazia há anos (seus amigos todos eram velhos amigos; e seu primeiro encontro com Al Gorducho foi irremediavelmente um fiasco, como o era o próprio Al Gorducho, na neblina do tempo); ela tinha uma chance, tinham uma chance, de serem perfeitamente abertos um com o outro, de serem puros e claros. Conversaram sobre isso, ou pelo menos ela falou. Ela não sabia o porquê dessa urgência, essa necessidade de franqueza, mas ele parecia entender completamente. Ela logo reconhecera que tinha a ver com seu pai.

— Se realmente estamos falando sobre transparência, sobre luz — disse ele —, então as metáforas, os clichês estão todos prontos e esperando. Você está à sombra de seu pai. Está escondendo sua luz. Preciso continuar?

— O que você quer dizer exatamente?

— Que é impossível ver você claramente, em sua totalidade, por causa da luz distorcida criada por seu pai.

E de lá, nas profundezas da noite, na gigante cama que parecia uma jangada, em seu apartamento em Gramercy Park, com as janelas bem abertas para o ar repleto de orvalho (Ludo não gostava de ar-condicionado, achava que era artificial) e um leve fedor levantando-se do lixo na esquina, do jardim comunitário ou de ambos, eles começaram a discutir o livro de Marina: seu tema ("Extraordinário", disse Ludo, com seus lábios no ombro nu dela. "Quero dizer, é um assunto tão rico: a superfície e as profundezas; é isso o que somos. É o teor de nossas vidas") e sua necessidade.

— Claro que acha isso impossível. Lembra-se da sombra do seu pai? Você pisou nela novamente. Mas como você pode ser livre se não tira isso das suas costas? E, novamente, as palavras falam por nós: tirar isso das suas costas significa tirá-lo, ELE mesmo, das suas costas. Um alívio quase orgástico. Certamente emocional: depressão, lógico, é um peso nas suas costas. Dessa forma você escapa das expectativas que você imagina que ele tem por você e segue seu caminho para ser, hã, independente.

— E o que isso significaria?

— Quem pode saber? Sacou o suspense!

— Me parece um pouco assustador.

— Você não estará sozinha. Sempre pode contar comigo. — Os lábios dele estavam entre os seios dela, onde ela sabia que sua pele estava salgada.

— Assim eu não ficaria independente, ficaria?

Ele parou, deu de ombros e sorriu na penumbra.

— É tudo uma maneira de dizer, minha linda. — Para ela, naquele momento ele soou estranhamente como seu pai.

— Mas não é isso que estamos tentando fazer, eu e você, um com o outro, mas também com a revista? Não é essa a idéia da *The Monitor*? Quero dizer, *não* falar de uma maneira já padronizada? Para ser mais exata, não cair no caminho conhecido? Foi você quem disse que o imperador está nu, certo?

— Eu consideraria uma analogia particularmente útil para seu livro. Talvez esse devesse ser o título.

— É um livro sobre crianças, sobre a forma como as pessoas vestem as crianças.

— Bem, então poderia ser *Os filhos do imperador estão nus*.

— Não vai parecer que é sobre a prole faminta de um déspota de um país do Terceiro Mundo?

— Confie em mim: é um título que pega. É intrigante.

— Mas faz sentido?

— Você vai fazer ter sentido. Isso é no que escrever se baseia: manipulação da linguagem, pelo amor de Deus. Você só precisa explicar isso para seu leitor. Que quer confiar em você, por sinal.

— Ok, espertinho, *você* explica isso pra mim, então.

— O livro não é meu.

— Mas eu quero que você faça isso. Por favor. — Ela piscou repetidamente os olhos para ele.

— Ah, olhos de *Lady* Violeta, irresistíveis. Por você, vou tentar. Mas, na verdade, eu ainda não li seu livro, querida.

— Ninguém leu.

— Nem mesmo seu pai?

— Neste estágio, nem ele.

— Bem, então. — Ludovic sentou-se encostado na cabeceira da cama e pigarreou. — Como pais, nós punimos, com nossos complexos, independentemente de quais sejam, as nossas crianças: nossas neuroses, nossas esperanças e medos, nossos desgostos. Da mesma forma como nossa sociedade se assemelha a um pai, punindo, com seus complexos, os cidadãos, se você assim determinar.

— Até agora você não foi além da premissa do livro. — Ela beliscou o mamilo rosado dele.

— Me dê um tempo. Estou só explicando o título, afinal. Onde eu estava? O revolucionário livro de estréia de Marina Thwaite desmistifica esses complexos, revelando-os por meio das linhas de nosso vestuário, mais particularmente das roupas de nossos filhos. Nesta brilhante análise de quem somos e de que maneira este "quem" determina o modo de vestir de nossas crianças, Marina Thwaite revela as formas e os padrões que formam e que estão por baixo do tecido de nossa sociedade. Fazendo isso, ela desnuda as crianças, seus pais

OS FILHOS DO IMPERADOR

e nossa cultura com um detalhamento sem precedentes, e, enquanto conta a verdade, nos mostra de forma irrefutável que os filhos do imperador estão nus.

Marina riu e aplaudiu. Então, simulando uma comemoração, foi pegar uma taça de sorvete de cassis para cada um e uma garrafa de *iced vodka* do freezer vazio de Ludovic.

No despertar dessa discussão, então, Marina ganhou um novo incentivo em seu trabalho. Ela passou a trabalhar no livro regularmente, algumas horas toda manhã — até instalou um *laptop* num dos grandes cômodos vazios do apartamento de Ludovic, onde logo ela estava passando a maioria das noites —, e tentava conversar sobre seu progresso com ele no escritório, ao final do estafante dia na revista. Ela podia dizer que, para Ludovic, era um fardo, às vezes, focar sua mente no livro, quando a revista exigia tanto. Ao mesmo tempo, se questionava se a energia criativa que ele queria que ela gastasse na seção de cultura da *The Monitor* não estava sendo pelo menos parcialmente desviada para os *Filhos do imperador*. Contudo, ele era a pessoa que lhe forçava a terminar; ele era aquele, mais do que ela, mais do que Murray, para ser mais preciso, que tinha fé não apenas no manuscrito, mas na autora. E ela estava cuidando bem da revista também, trazendo idéias, sugerindo colaboradores, associando assuntos a jornalistas. Sempre que ela vacilava ou tinha dúvidas — quando, por exemplo, achou que Lettie Abrahms zombou de sua sugestão de pauta sobre a corrupção em licitações públicas no meio de uma reunião editorial —, Ludovic a levava a seu escritório, fechava a porta e apertava-a com seu desejo evidente. Eles não vadiavam atrás da mesa dele, eram muito profissionais para isso. Mas ele a provocava, durante o dia, com palavras, com elogios inebriantes. Ele parecia até adorar os seios dela, pequenos montinhos que ela sempre considerou achatados; ele elogiava sua delicadeza e suas auréolas quando excitadas: "Como uma perfeita frutinha suculenta", dizia ele.

— Você é uma dessas raras criaturas que foram feitas para não usar roupas. De antes da maçã, minha querida. Tudo em você é bonito, um corpo bonito deve ser celebrado, iluminado e adorado.

— Ora, pare, Ludo. Você está tirando sarro de mim.

— Nem um pouco. É uma grande ironia que você esteja escrevendo um livro sobre roupas. Você, entre todas.

— Agora também é sobre nudez, acho. Graças a você.

— Então fiz algo certo nesta vida.

CAPÍTULO TRINTA

Fusão

CONTRARIANDO SEU BOM SENSO, ela permitiu que ele o fizesse. Essa era a frase que ela repetia em sua mente, mas sabia que de forma alguma refletia a verdade. Refletia a "verdade" que ela reservaria a Marina, se fosse o caso; o que ela não podia seriamente contemplar, e sabia que teria que impedir. Mas Marina foi seu primeiro pensamento depois que ele se foi. Como Danielle podia explicar a alguém como sua relação com Murray era distinta, separada e, ainda — rapidamente — tão intensa? Por meio de sua correspondência — hesitante, mas reveladora, nunca inadequada — e indo para além dos drinques (dois), almoço (uma vez) e (inevitavelmente) jantar, ela veio a conhecê-lo naquele último dia de maio, naquela noite cheia de estrelas de uma calma suprema, na qual eles andaram juntos do restaurante na Cornelia Street até o prédio dela, quando o homem perguntou, sempre com muita facilidade, como se não houvesse nada mais natural, se ele podia subir (e, ela notou, sem qualquer pretexto: ele não havia dito "para tomar um café", "para ver a vista" ou "para pegar aquele livro que emprestei a você", como poderia ter feito; por isso reconhecera ainda mais, ela sentiu, que ele era fundamentalmente um homem sincero) — então, num curto espaço de tempo, ela considerou que sua conexão com ele era quase sinistra, um encontro de mentes, um reencontro platônico de almas divididas. Para quem ela podia dizer isso? Ela podia ter dito francamente para ele, não fosse por Marina e Annabel. Não que ele tivesse medo de falar sobre elas: ela amava isso nele também, e se maravilhava por amar tudo, por deixar de lado tantas coisas, num homem que significou tanto para ela por tanto tempo, mas não admissivelmente um objeto de amor apaixonado.

Ele admirou os Rothkos. Ele emergia peludo, grande como um castelo em ruínas, uma semi-ruína na semi-escuridão de seu apartamento clássico, seu cinto desafivelado e seu esplendoroso tronco nu, segurando-a contra ele para que ela ouvisse seu coração batendo sob os pêlos grisalhos, que encostavam na bochecha dela. Quando ele falava, sua voz ressoava em seu peito e entrava no ouvido dela como um imenso eco.

— Eles mantêm você sã, creio eu — disse ele.

— Quem?

— Os quadros de Rothko. É o que fariam por mim. As cores param tudo e jogam você para dentro. Evitam que você pule da janela.

— É sempre uma possibilidade — disse ela, voltando sua cabeça para ele.

— Eu sei. Todo dia você encontra uma razão para não fazer isso. Como ele, Rothko, nas pinturas. — Interrompeu-se. — Até o dia em que não mais o fez.

— Exatamente — disse ela. — Me pergunto sobre isso, me pergunto se é por isso que as pessoas têm filhos, para parar de se questionar.

— É verdade que ter filhos faz com que isso pare por um tempo. Mas só por dar um ponto final, já é válido, entende o que eu digo?

— Não — diz ela. — Acho que não.

— Ok. Você tem um filho e pára de questionar a futilidade, verdade. Por alguma razão, fica ocupado demais. Por outra, a questão é respondida, a futilidade é confirmada. Você a transmitiu para a próxima geração. Eles são essenciais, você não é mais.

— Mas você não acredita nisso de verdade.

— Acredito e não acredito — disse ele. Ela achou que entendia exatamente o que ele queria dizer.

— Todo seu trabalho, tudo o que você escreveu...

— Todo dia a pergunta. E às vezes, essa é a resposta.

— E às vezes é isso? — Ela sinalizou para o quarto, para seus corpos semivestidos.

— Às vezes é isso — confirmou ele, franzindo a testa. — Mas normalmente, não. Porque pode ter o efeito oposto.

— Annabel sabe?

— Sabe e não sabe.

— Algo como "não pergunte que eu não conto"? E quanto a Marina?

Então ele lançou um olhar afiado. Ele se virou para olhar o horizonte pela janela, brilhando na noite aveludada.

— Não, até onde eu sei. Ela não precisa saber. Não é da conta dela.

— Não tenho certeza disso — disse Danielle. — Mas, se serve de consolo, acho que ela não sabe de nada. Ela não imaginaria que você é capaz dessas coisas.

— Mas você imaginou.

— Eu não diria isso. Quero dizer...

— Claro que imaginou. Ou não estaríamos aqui. *Eu* não estaria aqui. — Ele sorriu um sorriso largo, sem malícia. — Mas você não está feliz que eu seja?

Quando ele foi embora, Danielle deitou-se na sua cama, que ainda estava com o cheiro dos dois e, levemente, da colônia gim-tônica, e seu primeiro pensamento foi em Marina, o que teria de ser escondido dela agora. Danielle nunca teve um segredo que não pudesse contar para ninguém, mas esse, ela sabia, era de fato secreto. Ela nem podia contar a Randy, que queria tanto que sua filha encontrasse o amor. Se foi isso que ela encontrou. Ela guardava em sua mente duas realidades diferentes: uma era a feroz ternura que ela tinha por esse gigante explosivo, o prazer de suas pequenas gentilezas e vulnerabilidades, a sensação — opressora e certamente falsa, como ela mesma podia ver — de que ela podia prevê-las todas, que, como um cego, ela desenvolvera um sentido extra, onde ele era o ponto, podendo praticamente terminar as frases dele; a outra era uma certeza do errado, uma repugnância moral. Isso ela experimentava de forma abstrata, com sua mente: era, conseqüentemente, a mais fraca das duas realidades. Ela era fascinada pelo conflito interno ou pela idéia disso, porque, na verdade, ela não se imaginava renunciando a ele. A aversão era uma idéia, algo que ela sabia que tinha de ter, assim como uma criança autista consegue aprender a sorrir para sua mãe, demonstrando felicidade. Seus ossos, sua carne, o cafuné em seu couro cabeludo e as pontas de seus dedos todos falavam sobre o desejo sem usar palavras. Deitada sobre o peito dele, ela se sentia segura e alegre ao mesmo tempo, como se varrida por uma grande brisa interna, e parecia fazer pouco sentido dizer a si mesma que isso era imoral. Marina — ou mesmo Annabel — não chegou a tanto. Isso num espaço de uma semana ou duas. Ela se tornou a pessoa que nunca desconfiara do que seria.

Ela não conseguia ver futuro para essa união. E subitamente nem poderia imaginar um final para ela. O que deixava apenas um presente. Ele deu a ela seu número de celular, um que, segundo ele, quase ninguém tinha. Ele disse que queria vê-la amanhã — 1º de junho — e disse também que queria que ela usasse novamente o vestido do jantar de premiação — o vestido, ela não podia parar de pensar, que não teve efeito sobre Ludovic Seeley. Aquela foi a noite em que Marina se jogou em cima dele: agora eles eram colegas e, também, amantes. Danielle, que devia ter previsto o enlace, tinha largado seu projeto revolucionário em favor do trabalho sobre cirurgia plástica. Ela estava até pensando em investigar um caso fatal de lipoaspiração. Se não podia expor Seeley, podia, claro, se juntar a ele, executar as perversidades de sua revolução dos cínicos e dar ao público o lixo que eles ainda não sabiam que queriam. Murray reprovaria. Ou teria reprovado se soubesse da história; mas, no desenrolar, ele tentava persuadi-la a seguir com a história da Guatemala, e achava que lipo era pressão de cima, idéia de Nicky. Ela o deixou pensar assim. Danielle nunca iria se colocar como uma cínica dissimulada, uma mentirosa compulsiva. Graças a Deus que ela não estava vendo muito o Julius durante esses dias: ele seria capaz de sentir o cheiro disso nela, um cachorro farejando o medo. E aquele outro garoto, o primo: Frederick. Bootie. Bootie Tubb. Que trabalhava para Murray agora. Mesmo só o tendo encontrado duas vezes, ela podia dizer que ele era sagaz e orgulhoso, que ele via o mundo em escalas impossíveis. Nesse sentido, eles se viam um no outro; então, se fosse capaz, ele veria a mudança nela. Ele não parecia ser do tipo que sentia pena da queda do outro, mas raiva. Ele já tinha, de alguma forma, se decepcionado, apesar de mal ter vinte anos, e queria fazer com que alguém pagasse o preço. Murray iria decepcioná-lo mais cedo ou mais tarde, ela estava certa; era seu sexto sentido, um novo pressentimento. Ela não acreditava que Murray *poderia* decepcioná-la, pois ela o conhecia muito profundamente. Batendo distraidamente em sua nuca, ela se apoiou numa parede enquanto o dia amanhecia em sua janela e observou os Rothkos florescendo todas as suas cores; então se perguntou se talvez, de repente, ela tinha ganhado, junto com a paixão, o dom da clarividência. Ela refletiu brevemente, na primeira luz do dia, virando-se para o céu, para os telhados e para as torres que se alongavam na frente dela, que não havia nada que ela não pudesse adivinhar, e que isso, certamente, iria mantê-la — manteria todos — a salvo. Então o brilho dourado se tornou uma nebulosa manhã de verão e ela virou as costas para a janela, indo dormir.

JULHO

CAPÍTULO TRINTA E UM

De botas

O QUARTO ESTAVA QUENTE. O SUOR ESCORRIA pelo seu pescoço e embaçava seus óculos, o ar estático, quente como um forno. O ventilador de teto não funcionava, e não havia possibilidade de circulação de ar, já que as três janelas do apartamento ficavam uma ao lado da outra, dando para a ruazinha estreita de ar parado. No guarda-louça ao lado da porta, ele encontrou um ventilador oscilador de mesa (tão próximo de "osculador" e ainda assim tão distante; uma palavra que ele aprendeu recentemente e não teve chance de usar), um ventilador pequeno, que ele colocou sobre uma pilha de livros e virou em sua direção, para que então secasse, por partes, o suor sobre sua pele. Ele deixou um copo de gelo na mesa ao lado. Chupava os cubos periodicamente, o que fazia doer seu molar cariado, mas pelo menos dava a ele, ainda que brevemente, a ilusão de refrescância. O gelo era velho e tinha gosto de poeira e de freezer.

Isso era, finalmente, a primeira noite do primeiro final de semana de Bootie no escritório, o sábado do aguardado final de semana que precedia o dia da Independência, e a temperatura girava em torno de 40°. Sua mãe tinha esperanças de que ele fosse para casa, mas ele vendeu o carro para pagar o aluguel (isso ele não havia contado a ela ainda; ela era suscetível às lágrimas) e, além disso, parecia válido, no trepidante experimento que sua vida parecia haver se tornado, que ele passasse o dia da Independência de forma independente. Murray e Annabel o convidaram para ir a Stockbridge, onde tinham uma bela casa, com Marina e seu namorado esquisitão, Ludovic, mas ele sabia que, na verdade, eles não queriam que ele fosse. Além disso, dado o que andava escrevendo, ele não se sentiria confortável com eles. Não que ele tivesse algo contra Annabel; e não que Murray já tivesse qualquer noção do que seu sobrinho pensava dele. Não que, de fato, Bootie soubesse, até outro dia, da completa extensão de sua raiva. Afinal, como o próprio Murray disse, você quer pegá-los de surpresa.

Grandes gênios têm as menores biografias. Até seus primos desconhecem sobre eles. Seria jubiloso retornar ao estado de ignorância prazerosa sobre Murray. Cada revelação só diminuía ainda mais o brilho de seu tio, que se apagava. Se Oswego foi um fracasso, qual era a palavra para isso?, Frederick se indagava. Mais uma vez ele se pegou pensando em si mesmo, conscientemente, como Bootie, pois pretendia levantar o pé e chutar seu tio. Marina perguntou a ele — a princípio parecia idéia de Danielle, nesse ninho de cobras entupido: ela, com sorriso maternal, amigável e condescendente, além de um absurdo segredo — se gostaria de escrever um artigo especulativo para a *The Monitor*. Ele teve de perguntar o que "especulativo" significava, e primeiro ficou boquiaberto e constrangido, já que Marina o considerava o suficiente para fazer esse convite. Então ele descobriu sobre Danielle, e começou a suspeitar. Marina disse que ele podia escrever o que quisesse, contanto que se encaixasse no perfil de "reportagem cultural". Ela falou muito que a *The Monitor* era um novo tipo de revista, um órgão da verdade, sem rabo preso, na qual tudo — tudo que fosse verdade — seria bem-vindo. Isso foi há uma semana, antes de tudo, certamente antes de ele ter lido todo o manuscrito e antes de descobrir até mesmo o primeiro e-mail. Ele não sabia o que sugerir.

— Não se preocupe. — Ela disparou para ele aquele sorriso desajeitado e forçado que ia além do sedutor, intimidador e misterioso ao mesmo tempo. — Você vai pensar em algo. E vai ser ótimo.

Sua primeira idéia foi escrever um ensaio sobre Murray Thwaite e tudo o que seu tio significava. Ele manteria como segredo, até que estivesse pronto. Ele imaginou o texto antes como um presente para os Thwaite, imaginou o prazer de Marina e — quando fosse publicado, se fosse publicado — também o de seu tio. Não exatamente uma reportagem, apenas — de acordo com seus pensamentos — uma reportagem de seu próprio coração. Talvez um relato pessoal, quase autobiográfico, do que era crescer sob a gigantesca sombra de um homem desses, de como era saber, pela existência dele, do que era possível saber, de como era compreender, mesmo com uma infância em Watertown, o que poderia ser uma vida intelectual — e ainda sentir sempre que aquela possibilidade tentadora estava realmente muito distante para ser tocada. Ele visualizou isso, inicialmente, como uma história com o final dos mais felizes: sobre vir sozinho, depois de muito tempo, para a cidade grande, sobre depender da bondade de parentes que eram quase desconhecidos, sobre descobrir, na companhia deles, não tanto o conforto do corpo, mas o conforto — ou talvez uma confortável inquietação (ou seria um desconforto?) — da mente: aqui, em Murray, estava o interlocutor e o mentor, aqui estava a grandeza próxima. A imagem formada em sua mente, no começo de junho, era de um gentil mas medonho gigante pegando um simples garoto em sua enorme palma, ensinando-o, aos poucos, a crescer.

Inquietação e desconforto: durante aquele mês infernal, sufocante, Bootie entendeu a situação de uma forma diferente. As coisas pareciam diferentes; Murray parecia outro: ainda uma fachada imponente, claro, mas um monumento oco. Bootie não gostava mais de Ludovic Seeley do que quando o conheceu, mas começou a se perguntar — desconfortavelmente — se o australiano tinha razão. Nesse caso, a revista de Seeley era o lugar perfeito para se colocar a questão. Marina, ele passou a acreditar, ou já tinha percebido a verdade sobre seu próprio pai ou ainda iria perceber. Era a única esperança de liberdade que ela poderia ter perante ele — se livrar do mito de uma vez por todas. Independentemente do que acontecesse, ela iria — deveria — agradecer por alguém, por Bootie, ter o rigor imparcial para dizer tudo. Era para isso, acreditava Bootie, que servia a *The Monitor*. Esse era seu destino.

Era cumulativo. Primeiro, claro, ele se perguntou sobre a colação de grau em Connecticut. Ele não sabia dizer se foi isso, se foi a troca de cochichos entre Danielle e Seeley, ou ambos, que havia plantado a pequenina semente da dúvida. Então houve a vez, talvez na segunda semana de trabalho para Murray, em que seu tio pediu que ele procurasse os arquivos de vários artigos que ele escreveu, anos antes, sobre a Bósnia. Ele estava escrevendo sobre o Hague, o Tribunal de Crimes de Guerra, e queria, disse, checar alguns fatos e detalhes antigos. Mas então Bootie, que havia lido os trabalhos antigos, também leu o novo artigo de Murray, e descobriu que, nele, não apenas frases, mas passagens inteiras e, num caso, um parágrafo substancial, foram literalmente arrancados de um trabalho já publicado e transplantados ao novo.

Bootie se preocupou durante a noite, e, quando deu por si, estava refletindo sobre o grau de fraude, ou de baixeza, representado por esse roubo. Ele queria, como quando soube que Julius usava drogas, por exemplo, ser capaz de fingir naturalidade, ou pelo menos indiferença. Mas, deitado embaixo do fofo edredom, não pôde deixar passar. Na manhã seguinte, com os dedos tremendo, parou no escritório de Murray e pigarreou.

— Fred.

— Murray, é só... Tenho uma pergunta.

— Sim?

— Seu artigo.

— Sim?

— O artigo do tribunal. Aquele que você acabou de terminar. Com a história do conflito na Bósnia.

— Sim?

— Você já escreveu sobre isso antes. O conflito, quero dizer.

— Passei semanas em Sarajevo. Fui para Kosovo, Srebreniça. Sim.

— Mas você escreveu a mesma coisa.

— O que quer dizer? Pensei as mesmas coisas, de forma semelhante, naquela época e agora.

— Mas suas descrições.

— Vi aqueles lugares, aqueles acontecimentos. Não sei se estou entendendo você.

Bootie visualizava os papéis tremendo na sua mão. Ele achava isso tão difícil...

— Mas você usou as mesmas palavras. *Ipsis litteris*. As mesmas descrições. Você se plagiou.

— Eu que as escrevi.

— Mas então escreveu a mesma coisa, novamente.

Murray riu, inclinando-se em sua cadeira.

— Ah, que beleza. Fiz isso, sim. Escrevi a mesma coisa. — Ele acendeu um cigarro, tentou, era óbvio que estava tentando, manter um rosto impassível. — Plagiar. É lindo. Uma pessoa pode plagiar a si mesma?

OS FILHOS DO IMPERADOR

Saquear, sim; reciclar, certamente; mas plagiar? — Quando ele riu, seu peito emitiu um discreto ronco, como se uma escavadeira estivesse reviran-do terra dentro dele. — Você realmente imagina — disse ele, finalmente — que há palavras suficientes no mundo para que sejam sempre novas? A novidade, entre os jovens, é muito superestimada. Se você batalhou para encontrar as palavras certas para o que você quer dizer, então certamente seria imprudente descartá-las meramente por causa de alguma regra de etiqueta, algum senso de que é muito injusto repetir-se. Eu dou a mesma palestra duas vezes? Claro que dou. Tenho a mesma conversa mais de uma vez? Nem preciso responder. Sou culpado pelo tédio da repetição. Me desculpe se está decepcionado por descobrir que seu tio é um velho entediante. Ai de mim — disse isso com um grande, triunfante sorriso. Nesse momento, Bootie sentiu que tinha sido ridículo, murmurou des-culpas e saiu de lá.

Depois, porém, percebeu que ainda estava mal. Ele consultou Emer-son, que deveria entender essas coisas: "Todas as pessoas existem para a sociedade por um traço de beleza brilhante ou pela utilidade que têm. Nós pegamos emprestadas as proporções daquela bela feição do homem e terminamos o retrato simetricamente; o que é falso, pois o resto do corpo é menor ou deformado." Aquela era uma decepção, uma deformação, ainda que pequena. Seu tio talvez fosse um pouco preguiçoso, um pouco frouxo. Ele podia perdoar isso, mas não esqueceria.

Então aconteceu outra coisa, apenas uma semana depois. Tendo saído de tarde, Murray deixou para ele uma lista de coisas para fazer, entre elas um telefonema para a organização de um jantar filantrópico do programa de juventude do Harlem que ocorreria no final de junho, no qual faria um discurso. Ele pediu que Bootie cancelasse, expressando seu profundo pesar, porque algo urgente, ele diria, tinha surgido. E lá estava, ao lado da lista de coisas para fazer, outro telefonema, uma confirmação para um jantar oferecido pelo editor da *The Action* em homenagem a dois ativistas palestinos que viriam à cidade. Bootie tinha ouvido sobre um deles, lido sobre ele no jornal, sabia que era importante — mas mesmo assim... Mesmo assim, os dois eventos eram no mesmo dia. Murray não disse nada sobre isso em sua mensagem, mas era óbvio que estava caindo fora do programa para jovens por causa dos figurões da Palestina. Bootie se viu profundamente desconcertado: cada deformidade era leve, mas começou a imaginar que elas iriam terminar em algo grotesco. Ele não levou isso para o tio, que certamente iria apenas sorrir de forma charmosa, mas silenciosamente ajustou a vista. Murray Thwaite parecia cada vez menos o gigante brilhante.

Daí o porquê — imoral como poderia parecer de fora — de Bootie voltar ao manuscrito escondido. Ele esperava que lá houvesse uma justificativa que esclarecesse e simplificasse a visão sobre seu tio. Ver suas idéias particulares, pensou ele, seria a resposta. Ele leu em intervalos curtos mas intensos, nas horas do almoço quando Murray estava em restaurantes e numa longa noite quando todos os Thwaite saíram juntos. Ele lia curvado sobre a mesa de Murray, suando, constantemente secando suas mãos nas calças ou na camisa para evitar que a umidade marcasse as páginas. A decepção o fazia suar, e seu medo contínuo também; e então o próprio ato de ler — as palavras na página — o fez suar também, como se ele visse o homem nu, o desejo e a necessidade do homem, repudiando ambos: o objeto e sua forma física. Era uma experiência poderosa e terrivelmente apavorante.

Ele não poderia saber de antemão como se sentiria sobre isso, que o manuscrito lhe pareceria ao mesmo tempo pretensioso e banal, que iria clarear tanto sua visão de Murray que tudo o que ele podia ver agora era sua pequena e deformada essência, fazendo com que seu grande contorno desaparecesse. Ele acreditava agora que o Grande Homem sempre fora uma ilusão, simplesmente uma vitrine. Relutantemente, ele teve de concordar com Ludovic Seeley: Murray Thwaite era uma grande enganação, uma grande enganação preguiçosa, egocêntrica e carreirista.

E, para ser sincero, isso o deixou bravo. Não pouco, mas intensamente. Era irracional, ele sabia — Murray Thwaite era quem ele era: era presumivelmente tudo o que ele podia ser —, mas Bootie se sentia traído, diminuído, anulado. Ele apostou suas esperanças num homem oco e percebeu que esse era o artigo que Marina queria que ele escrevesse, mesmo sem ela saber. Esse era o artigo pelo qual ele foi enviado a Manhattan por um poder superior (Emerson, talvez?). Esse era seu destino e sua missão — não um ensaio para si mesmo sobre Pierre vagando por Moscou, mas um ensaio sobre Murray em Nova York.

Então, como se não tivesse se irritado o suficiente, ele abriu por acidente um e-mail que Danielle enviara para Murray. Não percebera que Murray deixava aberta sua conta pessoal de e-mail, pensava que a caixa de entrada na tela continha apenas sua correspondência profissional. E, mesmo que a mensagem não dissesse nada de escandaloso, ele apenas soube, de repente. Pelo tom, pela brevidade. Ele era jovem, mas não era um idiota. Ele apenas soube. E a deformidade agora era completa e irrevogável.

Agora, enquanto ele trabalhava em seu artigo secreto para Marina, percebeu que ela estava certa. Na melhor parte do mês, um assunto chegou até ele. Não escreveria um ataque *ad hominem*: não valeria a pena, iria trair os próprios padrões que usaria contra seu tio. Ele iria, decidiu, escrever uma análise completa do manuscrito, uma exposição do livro secreto, pois era quando Murray desenhava seu auto-retrato intelectual, acreditava Bootie, que sem querer revelava suas enormes deficiências, passando um retrato mais moralmente acurado do que ele sabia. Bootie iria contar a verdade, mostrar ao mundo quem era aquele homem. Seria devastador e, como Marina havia insinuado, grande. Contar a verdade: o que poderia ser mais importante que isso? Havia grandeza nessa tarefa, talvez até sacrifício — ele sabia que as pessoas podiam se incomodar com isso, podiam ficar até bravas, pelo menos no começo —, mas essa era sua missão, uma missão moral, e não podia sentir nada além da conseqüente onda de empolgação.

Então lá estava ele, banhado de suor, seus shorts grudados na pele, o resto dele palidamente desnudado pelo terrível quarto com o ventilador giratório, escrevendo o artigo que iria mudar o mundo. Ou mudar o seu mundo, com certeza. Isso era uma revolução para ele. Mais Dostoievski do que Tolstoi (ele ainda não tinha chegado ao final de *Guerra e paz;* mas *Crime e castigo,* isso, sim, era romance!).

Bootie havia ponderado sobre a culpa, e rejeitou-a: Murray deve ter desejado que ele, se não lesse o manuscrito, ao menos soubesse que estava lá. Deve ter feito algum teste de honra com seu sobrinho, junto das frases "eu não deveria ter de esconder as chaves da minha mesa, já que eu não faria isso normalmente. Tenho de confiar, vou confiar que aquele jovem não vá abusar da sua posição". Aquilo seria muito típico de Murray: usar a arrogância a seu próprio serviço, em nome de uma negligente mente elevada. Nesse caso, Bootie falhara no teste. Mas Murray tinha de saber que ele falhou — ele tinha de saber, senão não teria sentido montar todo o esquema. E apesar de essas coisas não serem ditas, Bootie sentia que seu tio olhava para ele de forma diferente ultimamente, um olhar irônico, inquisidor, como se para indicar que estava esperando, bem-humorado, pela reação do sobrinho. Quando ele pensava nisso, Bootie podia imaginar que se ele tinha sido, como esperava ser, intimidado pelo livro de seu tio, atingido por sua profundidade e sabedoria, então ele teria que confessar, mais cedo ou mais tarde. Nessas circunstâncias, ele estaria procurando uma abertura, uma forma de dividir sua satisfação e soltar um elogio aos pés do grande homem.

O que o tinha decepcionado tanto? Ele estava tentando articular sua tristeza da forma mais clara que conseguisse, mas achou complicado. Seu artigo, em seu primeiro rascunho, pelo menos, carecia disso. Ele não queria sair atirando suas descobertas concomitantes — a travessura pessoal de Murray Thwaite podia torná-lo um lixo, mas era *relevante*? —, mas isso, os e-mails, o conhecimento de que em Stockbridge, junto dos Thwaite, Danielle Minkoff podia fazer uma aparição a qualquer momento sob falsos pretextos, isso ilustrava, para Bootie, cada linha da prosa de seu tio, tornando difícil para ele dissecar imparcialmente os defeitos do livro.

Bootie passou as mãos em seu cabelo grudento, mastigou o gelo empoeirado, levantou-se e circulou pelo pequeno quarto. Além de terrivelmente quente, estava mal-iluminado: uma parca luz na mesa, um abajur de fraca luz avermelhada no chão, ao lado do *futon*, um desgastado tubo fluorescente sobre o balcão da cozinha. Ele podia ver um casal de baratas, pequenas, esticando suas antenas na pia. Saíram para uma caminhada, como ele. Botou a cabeça para fora da janela. Podia ouvir gritos e música, salsa, de um dos apartamentos ao lado, e, parecendo distante, o ruído do trânsito. Poucos carros vinham para essa rua, que tinha cheiro de podre e de pedras velhas. Ele estava nu e consciente de que poderia ser visto se alguém quisesse olhar, e isso geralmente o incomodava. Tinha a sensação de estar afundado nisso, na merda, ele diria, preso nos restos da baixa Manhattan, longe de tudo que pudesse respirar, mas ainda na dureza da vida. Ele ouviu um táxi parar e escutou conversas bêbadas. Bootie respirou profundamente; esse fedor, e ele mesmo, suas horas de suor, o repeliam e impressionavam na mesma medida.

Então houve uma barulheira e um tumulto nas escadas, e, de forma impossível, a porta se abriu, uma repentina explosão de membros e de risadas na sala. Bootie agachou-se, com suas mãos sobre sua nudez, e piscou, de costas para a janela. Sentia uma nova erupção de suor sobre si mesmo, dessa vez frio.

— Quem é você, porra? — perguntou um dos homens, ainda um borrão para Bootie, com seus braços parecendo entrelaçados no torso do outro homem, uma figura com os olhos notavelmente arregalados, muito gay. — E que porra você está fazendo na minha casa?

Uma luz na neblina.

— Julian? Você deve ser Julian.

— Julius. Merda. Eu sei quem você é. *Shake Your Booty*. O primo de Marina, certo?

Bootie assentiu, andou de lado em direção ao *futon*, às suas roupas jogadas.

— Desculpe. Qual é seu nome? Quero dizer, seu nome de verdade.

— Frederick.

— Cara, sinto muito, esqueci totalmente. Achei que fosse semana que vem que você viesse.

— Não. Hoje.

— Evidente. — Fez-se então um momento de silêncio, durante o qual Bootie colocou seu jeans e uma camiseta que ele havia roubado de Donald, em Amherst.

— Esse é Lewis — apresentou Julius, indicando a outra metade da criatura de quatro braços.

— Oi, cara. — Bootie piscou solenemente para o jovem musculoso, para sua bela cabeça rapada, sua pele morena, seus bíceps nus. Ele sentiu que eles estavam num impasse silencioso. Ele não conseguia reconhecer se Julius estava bêbado ou chapado. Bootie não queria se indispor com um cocainômano com possíveis variações de humor: mas até aí, ele não tinha lugar algum para ir.

— Não tenho outro lugar para ir — acabou dizendo ele, baixinho. — Senão eu iria.

A salsa do outro apartamento tocava inalterada, como se a convidá-lo para a festa. Ele podia ouvir vozes que acompanhavam a música, uma reunião.

— Tudo bem, Frederick. Tudo bem. — Julius, porém, só ficava lá parado, magrelo, encarando com seus olhos arregalados.

— Vamos, cara. Julius? Cara? Vamos. — Lewis colocou seu belo braço no de Julius, mais fino e mais branco.

Julius balançou sua cabeça delicadamente, como se estivesse acordando.

— Ela não mencionou que você era gordo — disse ele.

— Desculpe?

— Nunca imaginei que meu inquilino fosse gordo.

— Cara, isso é desnecessário. — Lewis levou Julius de volta para a escadaria. — Não importune o garoto assim. Ele não fez nada contra você. — Bootie ouviu Lewis dizer isso, e então Julius sussurrou algo de volta. Lewis colocou sua cabeça na fresta da porta.

— Desculpe pela confusão, tá? Tenha um bom dia.

Ele fechou a porta cuidadosamente, quase sem fazer barulho. Bootie ouviu seus passos retirando-se das escadas. Logo depois, no intervalo entre a música, os ouviu murmurando na rua abaixo enquanto andavam em direção à avenida.

Bootie sabia que Lewis não era o namorado de Julius. O Cabeça de Cone. Onde ele estava? E quem era Lewis? Ele respirou profundamente. Não precisava concordar com o comportamento de seu locatário. Lá estava ele, na merda, no coração da vida, certo? Ao ter certeza de que os dois estavam longe, ele tirou o jeans e a camiseta, que já estava ensopada, e deitou-se no *futon*. Se ele não se importasse tanto com o que Marina pensava, tudo seria fácil. Se ele não tivesse desejado que Murray o impressionasse, talvez se decepcionasse menos. Dessa forma, ele escreveria o artigo. E ficaria tão bom que, apesar de tudo, Marina teria de publicá-lo. Iria *querer* publicá-lo. Porque a verdade iria ser revelada. Sempre que a salsa parava, ele imaginava ouvir as baratas dançando na pia.

CAPÍTULO TRINTA E DOIS

Revelação

UM POUCO ANTES DO AMANHECER, ELE se foi. Na saída do elevador, Julius esfregou os olhos e tossiu. Sentiu-se um merda. Parecia que seu coração estava retumbando no fundo de sua cabeça. Seu pau, os músculos de sua coxa e sua garganta estavam doloridos. Ele sentiu como se a fumaça do cigarro tivesse se assentado, junto com o suor, como uma membrana sobre ele. Se ele soubesse que Lewis morava a três quarteirões do apartamento que dividia com David, não teria ido atrás dele com tanto ânimo. Quando ele foi ao bar, quase na sua velha vizinhança, não ocorreu a ele que o achado do dia podia morar no prédio ao lado da academia de David. Mesmo aprontando — ele ficou bem acordado na noite passada —, ele teve o bom senso de não brincar com fogo e foi pela Pitt Street — se ele fosse sincero, teria de admitir que planejara tudo de antemão — só para encontrar aquele gordo de merda pelado e praticamente batendo punheta em seu *futon*. Ele não conseguia se lembrar realmente de como *Shake Your Booty* era, apenas dos óculos, dos tufos de pêlo fino no peito e da pelanca feminina sobre sua cueca elástica. O garoto estava tentando encolher a pança na moldura da janela, com suas mãos sobre sua cueca como alguém numa foto de tortura, como se Julius estivesse empunhando um canhão de água ou uma arma de chumbinho. Ele estava assustado, e Julius tinha sido cruel com ele. Sentia-se mal com isso, enquanto se julgava um merda; mas ele estava bravo. A porra toda foi um desastre colossal.

Julius chafurdou-se no desespero de sua ressaca: que porra ele estava fazendo com sua vida, consigo mesmo? Ele queria deslanchar sua carreira este ano; havia sido desviado, tão profundamente, pelo amor; e agora nem era mais bom nisso. Era um idiota, um egoísta, um fodido.

Devia pegar o trem das dez e meia para Scarsdale a fim de passar um fim de semana prolongado com o charme de Cohen. Ele pensou na mãe de David, um grito distante de sua sensível genitora, com seus medos e suas incertezas, sua desonestidade retórica. A sra. Cohen era baixinha, mas forte; e ela tinha planos para este feriado. David, que saiu ontem para tranqüilizá-la, tinha zombado ao telefone sobre seus novos pratos (cheios de estrelas) e copos (cheios de listras patrióticas, de plástico). Ela tinha comprado lanternas chinesas com estampas de bandeiras americanas, e o *buffet* ofereceria um banquete tradicional judeu, *kosher*, incluindo bolo com glacê azul. Os Cohen não se mantinham *kosher*, mas os primos de Adele que moravam em Albany, sim; e eles estariam lá.

— Não dói se esforçar um pouquinho — disse Adele a David. — O que você acha da minha unha? — Elas, afirmou David, brilhavam com um vermelho exageradamente ufanista.

Julius temia um pouco tudo isso: o gói, o asiático, o veado. Eles tinham boas intenções, mas não gostavam disso de verdade, e Adele sempre manifestava seu desprazer não ouvindo o que Julius dizia e prontamente esquecendo toda informação sobre ele.

— É em Ohio? — perguntou ela. — Illinois?

— Michigan, na verdade.

— Hein?

— Michigan.

— Claro. Já tive um namorado de Michigan. Mas nunca moraria lá. Não tem futuro. — E então: — Sua mãe deve ter tido muita dificuldade em se adaptar. É tudo tão diferente na Coréia, não é?

— Vietnã, na verdade.

Daí levantava suas mãos com as unhas purpurinadas.

— Claro, lindinho. Claro que é. O que seu pai faz?

— É técnico.

— O quê?

— É técnico. Esportistas. Jogadores de futebol, na verdade.

— Não me diga. Não somos bons em esporte, nenhum de nós. Mas eu achei que ele consertasse coisas, sabe? Técnico, consertos.

— Ah. Certo, sra. Cohen.

— Adele, me chame de Adele. Claro, Adele.

Para limitar seu tempo com Adele e com Samuel, seu esguio e indistinto marido, que já deve ter sido bonito como o filho, mas que agora tinha o aspecto de uma fruta que secou no galho, um espécime inferior, Julius teve trabalho. Ele na verdade tinha uma incumbência medíocre, a primeira do verão (esteve muito ocupado planejando seu casamento para procurar trabalho), embora não fosse nada seguro. Marina propôs que ele escrevesse algo para a *The Monitor*, não para a edição de lançamento (que já estava "selada". Ela usou a palavra "selada" e isso o incomodou. Não lhe parecia a palavra certa, e ele suspeitava que viesse de Seeley), mas para o próximo número. Com uma revista semanal, havia muito espaço para preencher. Marina disse que o artigo tinha tema livre, mas ele tirou muitas conclusões das informações vagas dela: nenhum assunto estabelecido, nenhum contrato e gratificação a combinar, certamente menos grandiosa do que ele esperaria. Ela queria um tipo de reportagem cultural, ou pelo menos foi o que disse, apesar de não estar totalmente claro se ela sabia o que queria dizer. Nem Julius: "reportar" dava a entender uma revelação. A visão do *Shake Your Booty* de cueca era uma reportação insalubre; a visão, misericordiosamente não gravada (exceto, pensou ele, hesitante, pelo dito Tubb), de Julius nos braços potentes de Lewis era uma reportação também. Mas Marina queria outra coisa, e, enquanto ele estava fazendo o seu melhor para cumprir o pedido, ainda não tinha feito nada. Nesse sentido, ele contou uma pequena mentira aos pais de Cohen, e mesmo — já que havia insinuado que iria começar algo — para David. Julius teve a impressão de que David estreitara os olhos em reprovação, e então, antes de sair, disse:

— Você sabe, srta. Clarke, que nenhuma desgraça vai ajudar a escrever artigo algum, ou mesmo começar.

— Você por acaso é um santo agora? — Julius mostrou sua língua como uma rainha, como a puta que era, pensou ele. Mas estava verdadeiramente bravo, o começo da raiva que, bem alimentada, fez com que ele insultasse o primo idiota de Marina.

Agora Julius com certeza tinha que pegar o trem das dez e meia, sorrir para Adele Cohen e engolir o bolo azul de comemoração do dia da Independência sem nenhum sinal de cansaço. Pior ainda, ele teria de mostrar algo para sua noite ociosa, um assunto para o artigo, pelo menos. Ele suspirou, o que não ajudou nada na desaceleração de sua pulsação. Ele teria de deixar o assunto para seu inconsciente. Faltavam ainda quatro horas até ter de sair para a estação. Ou talvez ele fizesse um pouco mais do negócio e se movesse imediatamente depois.

Exposto. Exposto. *Julius sera exposé. Julius a été exposé. Julius a voulu être exposé.* Havia um homem encostado num muro do lado de fora do seu apartamento que parecia ao mesmo tempo conhecido e desconhecido. Seu cabelo arrepiado era cinza e branco, não todo, mas definitivamente mesclado, como uma galinha, com discretas ilhas de cinza e branco. Ele lançou um olhar a Julius, preocupante em duração e intensidade. Talvez fosse um detetive, contratado por David para monitorar as idas e vindas de Julius. Aquilo era um pensamento insano. Ou não? Ele lembrava alguém. Quem? Não Adele. Adele. Scarsdale. Dez e meia. Grand Central. Ele precisa tomar uma ducha; precisa se barbear. Não havia tempo. Havia muito tempo. Ele tinha deixado essas luzes do apartamento acesas? Parecia que sim. Ele não devia ter insultado o gordinho. Não devia ter transado com Lewis. Como estava magoado. Não devia ter ficado acordado a noite toda. Tudo de que precisava era um assunto. Reportação, reportagem, exposição. Não dele mesmo, mas de outro. Talvez só uma hora de sono. Só uma hora.

CAPÍTULO TRINTA E TRÊS

Comprometido

A NEBLINA PERFUMADA DA MANHÃ ESPALHOU-SE pela pérgula no final do jardim, peculiarmente sedutora. Marina havia levantado da cama — dividida, sem comentários dos pais, com Ludo, que estava com as costas viradas para a luz crescente, espinha ossuda protuberante, não muito diferente da que Papa tinha depois de velha — e ajoelhou-se para a janela aberta, que soprava uma lufada de ar com cheiro de mel. Ela observou sua mãe, em seu vestido lavanda, pisar descalça no gramado alto, deixando sombras naquele mar esmeralda desperto. Annabel carregava uma caneca — sem dúvida chá, provavelmente de jasmim —, e com sua outra mão puxou a bainha de seu vestido para o joelho, como se fosse uma donzela, como se houvesse orvalho. A luz empoeirada, prometendo calor, parecia, de cima, suavizar e enuviar seu belo cabelo, e então Marina teve a ilusão de que sua mãe era uma personagem de conto de fadas, incorruptível e livre; ou era, de fato, uma ilustração da própria Marina, alguma encarnação alternativa. Ela se sentia tentada a chamá-la, mas não queria perturbar o feitiço da manhã. Também descalça, jogou o vestido que estava amarrotado no chão, fechou a porta do quarto atrás dela e desceu os degraus cheios de farpas e de sisal para juntar-se à sua mãe do lado de fora.

O sorriso de Annabel, lento e definido, sugeria que ela não estava surpresa pela chegada de sua filha. Marina olhou de volta para a casa adormecida.

— Aqui é lindo, mamãe.

— Sempre.

— Na verdade, no inverno é bem assustador. Frio e isolado.

— Isso também tem sua beleza.

— Imaginei um atirador se escondendo lá, noite após noite, me espiando. — Marina passou sua mão por trás do banco, espanando a poeira e as folhas caídas antes de sentar.

— Minha menininha boba.

— Parece que faz tanto tempo.

— Março?

— Tanta coisa mudou.

— Ludovic.

— Ludo, a revista, até o livro. Vou terminar, você sabe. Está basicamente pronto.

— Eu sei.

— Você diz isso como se sempre tivesse sido perfeitamente claro, mas não era. Em março não era.

— Ludovic — disse sua mãe novamente.

— Mãe, vou casar com ele.

Annabel bebericou seu chá.

— Você não vai dizer nada?

— Estou animada por você, bebezinho.

— Mas...

— Sem mas. Você acredita nele...

— Ele acredita em *mim*.

— É mútuo, então. É muito empolgante. Mas você não pode...

— Eu sabia que tinha um "mas".

— Não pode ficar idealizando, só isso. É tudo o que eu quero dizer. Você vai se casar com um homem, não com a idéia de um homem.

— Claro. Sei que foi rápido, mas não sou boba.

— Longe disso. — Annabel tocou a bochecha de Marina, seus dedos quentes da xícara de chá. — Você ainda é minha garotinha, e quero protegê-la. É permitido. É meu trabalho.

— Ludo me protege mais do que qualquer um. Você não gosta dele, gosta?

— Ele me lembra, de certa forma, seu pai.

— Papai não gosta dele.

— Acho que não. Mas essa não é a questão.

— O que papai disse a você?

Os olhos de Annabel piscaram de reprovação. Marina foi lembrada, como havia sido repetitiva e exasperadamente durante toda sua vida, que havia momentos em que a relação de seus pais ia além dela, era inacessível.

— É só isso, sabe, que é tão importante para mim quanto para Ludo. Somos completamente transparentes e sinceros um com o outro. Não como *lá* em casa, onde fingimos ser sinceros, mas na verdade é tudo enganação.

Annabel olhou atentamente para o gramado e deu um gole em seu chá.

— Me desculpe. Você estava aqui em paz e eu estraguei as coisas. Mas quero que fique feliz por mim.

— Claro que estou feliz por você, querida. Você está iluminada com isso. Você está lindamente viva.

— Mas...

— Quando está pensando em se casar?

— No final de semana do dia do Trabalhador, estamos pensando. A revista sai dez dias depois disso, e nos sentiríamos diferentes, corretos, formalmente juntos antes disso.

— É cedo. Um pouco como casar antes de o bebê nascer.

— Por aí.

Annabel colocou sua caneca no banco e cruzou os braços, ainda observando a casa, suas venezianas meio fechadas. Não olhava para Marina.

— Você sabe que eu adoro seu pai — disse ela.

— Nem uma briguinha.

Marina repetiu uma velha frase de família, mas era verdade. Eles nunca brigaram de verdade. Ela falou duro com ele algumas vezes, quando ele entrava numa onda de soberba ou fanfarrice, de forma particularmente tirânica; e então ele fechava a cara discretamente, ou mesmo totalmente, por um tempinho, mas logo passava. Contudo, eles não brigavam. Agora que Marina pensara nisso: era mérito total de sua mãe, já que Murray Thwaite às vezes era briguento, até mesmo petulante. Danielle há muito tinha dito, brincando — para perturbar Marina —, que Annabel parecia, vez ou outra, a mãe de Murray. Uma tácita insinuação, claro, de que Marina parecia sua amante. Isso a perturbou porque, por um lado, esse prazer familiar particular parecia certo para Marina, se não para sua mãe, e, da mesma forma, indizível e totalmente pessoal. Ela se irritou porque Danielle parecia ao mesmo tempo expor e macular uma verdade secretamente desejada.

— Então lembre — dizia Annabel — que o tempo muda tudo.

— Hein? Desculpe-me, mamãe, eu estava pensando.

— Não importa. Você vai ter que descobrir sozinha. Mas eu o amei por sua mente, seus ideais; ah, claro que pela aparência também, tudo isso era de matar. E ele era um pouco mais velho, muito mais vistoso, mas só vendo, ele era alguém extraordinário e eu o amava já pelo que ele escrevia, dizia e fazia; e já era o suficiente para mim, então, amá-lo a distância. — Ela riu. — Ou *quase* suficiente. Ok, não realmente. Mas você entende o que quero dizer?

— Acho que sim.

— Estou dizendo que, apesar de achar que o conhecia bem quando nos casamos, eu completava as lacunas com o que eu achava que ele era.

— Uhum.

— Ele não fez falsas promessas. Ele nunca foi diferente do que é. Mas eu tive de aprender a vê-lo claramente e a não me decepcionar.

Marina sentiu que sua mãe estava tentando chegar a um lugar específico. Ela não queria falar sobre isso.

— Não acho que Ludo seja um herói de histórias em quadrinhos, sabe?

— Tenho certeza de que não. Tenho certeza de que não. — Annabel ficou de pé e colocou os braços em volta de Marina, confortando-a, até que a filha relaxou, como uma criança, num abraço.

— Quero que minha bonequinha seja muito feliz. Você pretende se casar aqui?

— Sim, por favor.

— Nesta mesma pérgula. Com flores no cabelo.

— No sábado do dia do Trabalhador. Final do verão e começo do resto de nossas vidas. O que acha?

— Será lindo. A família dele vem?

— Só a mãe. Quero dizer, ele só tem a mãe. Tem um irmão mais novo, mas não se dão bem. Ele não acredita que Darius venha.

— Darius? É o irmão?

— É jornalista em Sidney. Não tão bem-sucedido quanto Ludo. Acho isso estranho.

— Uhum.

Ficaram em silêncio por alguns instantes, ouvindo o canto matutino dos pássaros e o farfalhar das folhas enquanto o calor começava a aumentar. Havia leves sons, como de batidas, na casa.

— Alguém acordou — observou Annabel.

— Não acho que seja o Ludo.

— Quem serão as damas de honra?

— Só a Danielle. — Marina mordeu a unha. — Mas é estranho. Ela praticamente nos juntou, mas tem estado muito estranha com isso. Conosco.

— De que forma?

— Ríspida. Como se estivesse com inveja ou não gostasse dele. Ou ambos. Não sei...

— Talvez sejam ambas as coisas. Por que não pergunta a ela?

— Não tenho mais vinte e um anos, mamãe. Não temos mais tempo hábil para começar uma conversa sem fim como essa. Além disso, não sei se quero saber. Minha vida toda as pessoas sentiram inveja de mim por um motivo ou outro, e estou cansada de fingir que não percebo e de me sentir culpada por isso. Além disso, a questão com a Danielle é que eu nunca tive que fingir antes. Não quero fingir.

— Você acha que ela quer se casar?

— Claro que quer. Temos trinta anos, pelo amor de Deus. Me sinto mal por ela estar sozinha, mas não é minha culpa.

— Não.

— Não é, é?

— Não.

— E acho que ela se sente mal porque tenho um emprego, um bom emprego, e porque vou terminar meu livro. Ela se sente mal. Acredita nisso?

— Talvez ela não deva ser sua dama de honra.

— Não tenho mais ninguém em mente. Ela é minha melhor amiga.

— Bem, tenho certeza de que vai passar. Essas coisas passam.

— Mas você sabia que eu a convidei pra vir agora, no feriado, e ela não aceitou?

— Só porque ela veio três verões seguidos não significa que ela possa vir no quarto.

— Mas tenho certeza de que ela *pode* vir, essa é a questão. Ela não estava indo para a casa da mãe ou do pai, e ela não tem namorado. Quero dizer, talvez esteja trabalhando, mas então preferiu o trabalho a nós? Caramba! Estou um pouco magoada. Mais do que um pouco. Ela sabia que era importante.

— Ela sabe sobre você e Ludovic?

— Sobre o casamento? Ainda não. — Marina franziu o rosto. — Você é a primeira pessoa para quem eu conto. Não contei nem ao papai ainda.

Annabel acenou em direção à casa, onde uma grande figura de robe era visível nas sombras das portas.

— Ele está vindo. Você pode contar, se quiser.

Marina se aproximou mais de sua mãe e pegou o braço dela.

— Mas quero que ele fique feliz com isso. Como quero que Danielle também fique. A gente sempre acha que as pessoas que mais nos amam se comportariam com um pouco menos de egoísmo, não é? Como você, quero dizer. Por que não podem se comportar como você, sendo genuinamente felizes por mim?

— Teste-os. Teste-o.

— Não agora, mamãe. Marina se alongou e andou na ponta dos pés até o gramado com as mãos no quadril.

— Bom dia, bicho-preguiça.

— Não tão preguiçoso como seu rapazinho, parece.

— Mas ele ainda não sabe como é acordar aqui. Você sabe.

— Eu sei. — Murray se esticou como um urso em seu grosso robe, mostrando ser um homem longilíneo. — Se eu acreditasse, diria que é uma bênção. Mas, do jeito que as coisas são, só falo que me faz um bem do diabo.

— Ah, meu artesão de palavras — disse Annabel preguiçosamente, sem se mover de seu banco. — Isso é o melhor que você pode fazer?

Murray pulou dos degraus da pérgula e abraçou sua esposa.

— Ações — disse ele. — Ações falam mais alto.

Annabel sorriu. Marina os observou por um momento com a estranha sensação de ciúme, aquele sentimento de infância, e então se virou e correu para casa, sentindo a grama já seca esquentando seus pés. Quando chegou à porta, ouviu seu pai chamando.

— Ei! Ei, mocinha! Aonde vai? — Mas ela não se virou.

CAPÍTULO TRINTA E QUATRO

Fogos de artifício em Stockbridge

DANIELLE PASSOU O DOMINGO em seu escritório, suando porque o ar-condicionado estava desligado e passando as páginas de um arquivo com fotografias coloridas que mostravam bundas e coxas remendadas pela lipoaspiração. As fotografias quase não mostravam rostos, apenas inúmeros ângulos de membros roxos, inchados, disformes, com estranhas erupções, membros que pareciam travesseiros mal recheados. Bundas ossudas em ângulos inconcebíveis ou caídas, sem contorno entre as coxas. Mas, acima de tudo, a aflição vinha da textura e da cor. Danielle levara o café-da-manhã — um *muffin* de amora embrulhado num saco de papel —, mas descobriu que não poderia comer. Até a água com gás lhe dava um pouco de náusea. Ela sabia que no final do arquivo estavam fotos da paciente que tinha morrido depois da cirurgia, uma mulher apenas gordinha, mãe de três, de Tampa, Flórida, nos seus quarenta e poucos anos. Seu marido havia concordado em ser entrevistado, assim como várias das mulheres que ganharam um desastre nadegal que estavam sendo observadas por Danielle. Nicky gostou da história. Era boa. Danielle já sabia disso antes, mas, analisando as fotos, entristecida e forçosamente incapaz de virar-se, ela teve a certeza, quase triunfante. Se fizesse isso bem, se a crítica fosse boa, Nicky a deixaria escrever o que quisesse: indenizações para os aborígenes; revolução niilista na mídia; e, ah, por que não uma hora inteira de algo louco, como mulheres terroristas?

Ela devia ter ido para Stockbridge. Apenas em *flashes* — ou eram ondas? — ela estava ciente da grandiosidade daquilo em que tinha se metido e da impossibilidade de isso terminar bem. Ela inconscientemente lembrou que passou cada feriado de Independência, cada Quatro de Julho, com Marina, acordando embaixo de goteiras no quarto azul e branco ao qual Marina realmente se referia como quarto de Danny, ao som dos melros e das cigarras, com o beijo do ar quente cheirando a grama entre os bordos. É claro que era diferente este ano. Seeley estava no grupo, e talvez por sua causa ela não tenha ido (não que ainda sentisse qualquer arrependimento ou atração por ele — não, pelo contrário —, mas porque ele a usara, com falsidade; e porque ela desconfiava de que ele usava Marina, apesar de não poder dizer para qual fim); contudo, na ocasião não houve dúvidas sobre sua ida, e ela percebeu, com certo horror, que provavelmente nunca mais passaria um feriado naquele lugar novamente.

Nos anos anteriores, Murray e Annabel passaram o mês de julho em outros lugares — Califórnia, Toscana, fazendo trilhas no Canadá —, mas, mesmo que eles não estivessem na casa, Danielle não tinha certeza de que poderia transitar livremente naquele terreno. Tudo tinha uma cor diferente agora. Considerando que eles estavam lá, era naturalmente fora de questão. Racionalmente, ela se admirava por algumas guinadas inesperadas terem erguido sua vida — o jantar chinês no apartamento dos Thwaite aconteceu há apenas quatro meses? —, mas ela não era muito racional.

Parecia uma viciada... Não, ela *era* viciada. Pensava nele o tempo todo; ou então pensava em pensar nele e no fato de que não devia. Sentia o cheiro dele em suas roupas, a leve rajada de nicotina que agora permeava seu estúdio, outrora puro, e todos os seus pertences. Sentada à sua mesa, ou no metrô, ela se lembrava, entre seus dedos, da textura da pele dele, sua flacidez grosseira, envelhecida. Ela ardia com o som, ou a lembrança do som, de sua voz. Ela, que ridicularizava telefones celulares, agora não dava um passo sem o seu, carregado e pronto para uma chamada inesperada: a dele. Ela havia agüentado a suave tortura de ouvir o telefone tocar em sua bolsa enquanto andava às margens do rio Hudson com Marina numa adocicada tarde de quinta, enquanto uma tempestade se formava: sabia, sem checar, que era Murray. Deixou o aparelho tocando e vibrando em sua bolsa, seu coração batendo traiçoeiramente em suas costelas, enquanto ela virava os olhos e enrolava:

— Nicky acha que pode me perturbar com qualquer coisa, a qualquer hora, hoje em dia. É *tão* chato.

Ela checava seus e-mails como se disso dependesse sua vida. E quando o contato finalmente vinha, ela fingia desleixo, quase indiferença; como quando, no segundo grau, trocava de roupa três vezes a cada manhã, dizendo na escola, num esforço meticuloso para projetar o tom exato: eu estou ótima, mas não estou toda arrumada. Não estou vestida como se *planejasse* vê-lo: sou despojada e estilosa desde sempre, é meu jeito.

As fotografias, repugnantes, haviam afastado sua mente dele por algum tempo, e, mesmo assim, mesmo sabendo que ele não iria ligar, que ele não podia ligar, ela se pegou escutando o silêncio, esperando. Não havia mais ninguém no escritório naquela manhã de domingo, nenhum barulho de máquinas, nenhuma conversa, simplesmente o ar abafado, quente e grudento no qual o silêncio de Murray penetrava profundamente. Quando ela estava em casa, até os Rothkos pareciam esperar por ele. Ela deixava a cama com os melhores lençóis o tempo todo (foi por isso que ela os comprou), e a arrumação do apartamento não mais denotava uma solidão meditativa, transparecendo, em vez disso, a expectativa da visita. Era diferente, uma arrumação levemente mais planejada. Seu apartamento agora lhe parecia um palco montado para uma peça, um espaço esperando por ação, como se não fosse mais real por si só. Agora ela deixava guardada uma garrafa de uísque no fundo do guarda-louças, e sobre a geladeira, escondido, um simbólico maço de Marlboro ainda não aberto. Ela tinha sempre em mãos pacotes de *pretzels* bem salgados, de que ela mesma estava começando a gostar, e pastilhas Altoids, pelas quais tinha uma queda. Sentia-se ao mesmo tempo orgulhosa e envergonhada dessas provisões.

Às vezes tinha medo de entediá-lo. E também se preocupava por parecer jovem para ele, insignificante, ignorante, ingênua. Outras vezes, se preocupava por não o entediar, com receio de que isso significasse um declínio nos padrões dele, de que seus elogios constantes sobre seus seios, seu cabelo e seus pulsos ficassem no caminho; de que ela, a candidata menos provável, estivesse se tornando um objeto, se diminuindo: apenas uma mulher, e uma mulher jovem, disponível. Ela não era completamente tola, não se iludia de que Murray era virgem no adultério. Por outro lado, queria ouvir sobre suas outras conquistas para poder se comparar; e desejava revelar todos os momentos íntimos de suas existências. Ela tinha ciúmes desses casos, como não podia ter ciúmes de Annabel, nem mesmo de Marina, e ela, como ele, insistia em que conversassem normalmente sobre essas duas, em que não as empurrassem artificialmente para um canto. Para sua surpresa, Danielle achou isso, na maioria das vezes, peculiarmente suportável, como se essas duas, suas maiores rivais, queridas amigas e juízas de seus pecados, estivessem tão distantes do retrato da vida que podiam ser quaisquer umas, dissolvidas num borrão ininteligível. Muito mais perturbadoras eram as evasões quando ela perguntava: "Foram muitas?", "Eu sou a mais nova?" e "Quanto tempo durou a última?". Ela queria, claro, perguntar: "Você a amava?", apesar da previsibilidade. A despeito do horror que ela sentiria com qualquer resposta. No entanto, estava aprendendo os limites, sabia que não devia perguntar isso. Ele tinha — isso não era parte de seu charme? — uma mania peculiar por sinceridade (o que não deveria ser confundido com uma ilusão concedida: ele realmente acreditava que uma xícara de café no final de uma noitada podia deixá-lo sóbrio para o volante). Se ela lhe perguntasse a questão mais incomum (como, num impossível exemplo, "você me ama?"), ele responderia sem se importar com o frágil coração dela e sua delicada audição. Então ela precisava, nesse amor, ser sua própria guardiã. Ele não parou para pôr em questão que isso parecia a ela uma lição para sua própria maturidade, mais do que qualquer egoísmo da parte dele.

Ela considerou tudo isso, levou *Murray* em conta o tempo todo, cada possível momento de despertar. E as coisas esperaram por ela, como feridas pacientes, quando estava em reuniões ou com a alta sociedade, esperando para atacá-la tão logo ela estivesse disponível novamente. Queria ficar livre desse desconforto, dessa doença, e ainda assim ela os amava, sim, como uma viciada.

Marina não acreditou quando ela disse que tinha muito trabalho a fazer. Danielle sabia que Marina desconfiava ser tudo culpa do Seeley.

— Eles não podem pedir que você trabalhe especificamente neste final de semana. É praticamente o maior feriado do ano.

— Eles não estão *pedindo*, não é jardim-de-infância.

— Então?

— Então não consegui pensar num tema para produzir neste ano, e devo defender um daqui a uma semana. É importante.

— Você não ficaria sozinha, sabe disso.

— Eu sei.

— É a chance que você e Ludo têm para se conhecer. Meus dois MIM.

— Dois mim?

— É, MIM: MUITO IMPORTANTE MESMO.

— Você sabe que eu adoraria.

— E meus pais também. Estão morrendo de vontade de ver você. Ontem mamãe perguntou de novo se você viria.

Danielle sentiu um calafrio com a idéia. Ela estava aliviada, em sua neblina apaixonante, de ainda ter a decência de ficar aterrorizada.

— Por favor, peça desculpas a ela por mim. Você sabe que eu não perderia isso se não fosse obrigada.

Marina ficou quieta por um momento.

— Estou me perguntando por que você não quer se esforçar por alguém tão importante para mim.

— Ah, M — Danielle previu, depois ouviu seu próprio coração mole e fraco. — Por favor, não fique assim. Juro que não é por causa do Ludovic. Eu faria qualquer coisa para ir aí neste final de semana. — Isso, pelo menos, ela falava sério. — Mas não posso mesmo.

— Você não tem nenhum encontro amoroso marcado, né? Algum encontro às escuras?

— Há quanto tempo você me conhece mesmo?

— Só perguntei, calma.

E agora, no silêncio do escritório, o telefone tocou, quase fazendo Danielle derrubar sua água nas brilhantes e inconsoláveis bundas e coxas. Ela queria tanto receber uma ligação dele, mas nunca lhe ocorreu que pudesse ser alguém além de Murray.

— Amor — sussurrou ela no fone.

— Fico feliz em saber quanto você me considera — respondeu Marina. — Peguei você, e foi pra valer, querida.

— O que quer dizer?

— Quero dizer que você pode estar trabalhando, como disse, mas eu ligo esperando uma mocinha tristonha e pego uma apaixonadinha.

— Acho difícil, hein.

— Quem é o homem misterioso? Quem é o "amor"?

OS FILHOS DO IMPERADOR

— Achei que fosse minha mãe. Ela está um pouco deprê e eu pedi para ela ligar pra cá.

— E Randy Minkoff é o "amor"?

— É tão esquisito assim?

— Amiga, temos de conversar. Se está apaixonada, está liberada do baile anual do dia da Independência dos Thwaite, sem mais perguntas. Acredito incondicionalmente no amor, especialmente hoje em dia, como deve saber. Mas deve haver algo errado com esse cara, para você não ter me contado nada.

— Não *há* cara algum.

— E sua mãe é o "amor"?

— Você já me perguntou isso, está jogando verde.

— Aposto que você está ficando vermelha.

— Pare, Marina. Só estou tentando trabalhar aqui, é isso.

— E sua mãe é o "amor"?

— É.

— Que Deus abençoe o coração brega dela.

— O que você queria, além de se certificar de que estou mesmo aqui?

— Você está sendo grossa.

— Estou provocando. Você também me provoca, oras.

— Você sabe que não gosto que me provoquem.

— E quem gosta?

— Quero que você seja a primeira pessoa, depois dos meus pais, a saber. Vamos nos casar!

— Ah, Marina. — Ela soltou uma respiração profunda. — Estou tão feliz por você. É uma notícia maravilhosa.

— Não é? Eu sempre disse a Julius que eu tinha um coração de Amélia.

— Ele vai gritar.

— Ele me arrastaria para o altar, se pudesse. Ele e o Cabeça de Cone. Quem é Pierre, quem é Natasha? Quem é a justiça, quem é o ladrão?

— Então, quando vai ser?

— Ele não vai me enrolar, se é o que quer saber. Estamos tendo um relacionamento relâmpago, se não é um casamento na marra. No fim de semana do dia do Trabalhador. E sim, apesar de tudo, a noiva vai usar branco.

— Você parece meio chapada.

— *Estou* quase chapada. Antes disso, minha vida estava em queda livre, e olhe agora.

— Não me diga que deve isso tudo a mim...

— Mas devo. Ludo disse a mesma coisa ainda esta manhã.

— Não me deve nada.

— Ah, amor...

— Quem são as damas de honra? Julius e David?

— Só quero uma, e você sabe quem é.

— Estou honrada.

— Então mexa esse traseiro e chegue à estação de trem na terça de manhã.

— Por quê?

— Porque, mesmo que você não tire os quatro dias, o que até a preguiçosa aqui pode entender, você ainda pode tirar uma folga no feriado de Quatro de Julho. Vamos ter fogos de artifício em Stockbridge. Entenda isso como a festa de noivado.

— Mas eu não...

— Não aceito "não" como resposta aqui. Tem um trem saindo para Albany às 7h42 de terça. Um de nós estará lá.

— Mas M...

— Você não pode me negar isso. Vou me casar em menos de seis semanas. Vejo você na terça?

Ela não podia recusar o convite. Danielle pensou e se inclinou sobre os membros manchados e pelancudos. Existia alguma forma de ligar para ele? Ele sabia o que estava acontecendo? Ele podia pegá-la na estação? E ela teria estômago para isso?

Na rua, a umidade agachava-se sobre a tarde como um sapo. Ia chover, mas não ainda. Ela decidiu andar, e não esperava, num dia tão pesado e silencioso, encontrar qualquer pessoa conhecida. Mas, perto do Astor Place, Danielle avistou o primo de Marina, acelerando em direção ao metrô com uma pilha de papéis debaixo do braço. Mesmo no calor, ele usava uma camisa social, embora meio amarrotada, com as mangas enroladas, e sua testa estava molhada de suor. Quando ela o chamou — Frederick? É Frederick, não é? —, ele parou, levantou a cabeça e piscou, como uma criatura do mundo subterrâneo emergindo para a luz.

OS FILHOS DO IMPERADOR

— Você é o primo da Marina, certo? Eu sou a Danielle, já nos encontramos.

— Eu sei. Olá. — Ele não sorriu, e ficou piscando. Seus olhos eram enormes por trás dos óculos, com cílios grossos, bovinos.

— Você não foi a Stockbridge?

Ele fez um bico.

— Você também não.

— Muito trabalho, sabe? Geralmente vou. Pelo jeito, vou só para o Quatro de Julho.

Frederick Tubb entortou os pés, arrumou a pilha de papéis e olhou de novo para o chão.

— Está trabalhando para o pai da Marina agora, não é?

— Para Murray. — Ele disse o nome de seu tio com um tom de desafio. — Sim, estou trabalhando para Murray atualmente. Provavelmente não por muito tempo.

— Como assim?

Frederick deu de ombros. Danielle tentou outro assunto.

— Como andam seus estudos? Está tendo tempo para eles?

— Estou escrevendo um artigo. Para Marina. Para a *The Monitor*.

— Ótima notícia. Eu...

— Ela disse que você pediu que me convidasse.

— Bem, só sugeri...

— Então acho que devo um "obrigado" a você. — Ele não parecia grato.

— Você não me deve nada. Estou feliz que tenha dado certo.

— Ainda não.

— Como assim?

— Nada deu certo ainda. Estou escrevendo o artigo, mas é de tema livre. Sabe o que quero dizer?

— Sim.

— Então talvez não seja publicado.

— E talvez seja. É sobre o quê?

Agora ele olhou profundamente nos olhos dela e não piscou.

— É secreto. Mas vai ser grande. — Ele assentiu, solenemente.

— Uau. — Danielle riu, quase um latido. — Parece interessante.

—Sim. É. Você vai ver. —Ele enxugou sua sobrancelha com um lenço embolado tirado do bolso de seu short. Danielle percebeu, olhando para baixo, que a peça parecia uma calça incompleta, larga e manchada, terminando um pouco acima do joelho, e ele usava meias pretas com seu tênis. Suas batatas da perna, pálidas, duras, peludas e descuidadas, brilhavam na luz. Ele parecia ter perdido as calças no caminho do escritório e estar andando semivestido. Parecia um pouco louco. Nada bem.

—Boa sorte com isso, então.

Ele assentiu, seguiu em frente e se arrastou para longe.

CAPÍTULO TRINTA E CINCO

Notas do subsolo

BOOTIE ESTAVA SE SENTINDO DEPRIMIDO MESMO, e o inesperado encontro com Danielle o fez se sentir pior. O apartamento, depois que Julius e Lewis saíram, permaneceu um forno infernal; e parecia, além de tudo, um lugar marcado por maldade. Bootie pensou que poderia até gostar do espaço, apesar de sua precariedade, mas então o proprietário o pegou pelado, o insultou e o chamou de gordo na sua frente. Enquanto ele se deitava no *futon* pegajoso no chão, ouvindo estático a salsa do outro lado da rua e o barulho do ventilador, escutando, contra sua vontade e infrutiferamente, o ruído das baratas no escuro, ele sentia que o quarto, com seu reboco falho e ar quente de fornalha, era hostil. Ele não conseguiu dormir — por sua raiva, pelo calor — por um longo tempo, e se mexeu até quase de manhã, quando a música finalmente parou. Acordou por volta de meio-dia com uma mortalha sobre si, não apenas uma camada de suor seco, mas o horror, rapidamente lembrado, da noite anterior. Julius estava drogado ou bêbado, mas Bootie não conseguia explicar a maldade. Era como chutar um cachorro na rua. E o calor: o apartamento parecia cada vez mais quente, se isso era possível, como se fosse um depósito para um silêncio grudento, um depósito para a miséria.

Ele decidiu, sem muito planejar, ir para os Thwaite. Pelo menos para passar o dia, possivelmente para mais. Estavam todos longe. Ele tinha uma chave. O ar-condicionado estaria ligado. Ele compraria uma cópia do terceiro livro de Murray na Barnes & Noble do Astor Place e então pegaria o metrô, que não poderia alarmá-lo nesse domingo quente de verão. Pegou suas anotações e o começo de seu rascunho, e não sairia do apartamento da família até que sua majestosa análise de Murray estivesse completa.

Ainda assim, indo calmamente a seu destino, a estação N&R na Eighth Street, ele foi emboscado por Danielle. Ele queria repugná-la — a princípio, ele a repugnava —, mas seu jeito era gentil e sincero, e mesmo que ele mantivesse sua frieza (certamente para que ela ficasse na dúvida, afinal, como ela poderia saber o que ele sabe?), se sentiria culpado por isso. Ele se perguntou se o e-mail que leu — inadvertidamente, claro — fora só um devaneio. Será que ele não sabia o que achava que sabia? E, se sabia, então não era ela duplamente vilã, sorrindo e conversando no meio de um julho vaporoso, em uma esquina em ebulição, como se o mundo ainda estivesse no lugar? Era como as notícias infinitas, o escândalo em Washington, a estagiária desaparecida — Chandra Levy — e os congressistas. Ele juntou as coisas: ela era apenas uma figura, curvas escuras e um encantador sorriso branco. Agora, olhe. Devia ter dito para Danielle: "Lembre-se de Chandra Levy. Não vale a pena." Ele devia tê-la alertado. Porque, no final, de uma forma ou de outra, o homem era sempre o culpado. Como uma criança mimada, pedindo uma segunda sobremesa enquanto ainda está brincando com a primeira: ela dá uma mordida e joga fora. Danielle tinha de saber disso. Ela não devia tê-lo deixado, não devia estar machucando sua amiga, ou a mãe de sua amiga, dessa forma. Ele, Bootie, tinha uma responsabilidade nessa bagunça. O conhecimento trazia responsabilidade. Mas ele ainda não sabia exatamente como agir. O que era público e o que era privado? O que deveria ser provado e o que se deveria saber, simples e dolorosamente?

E por que, nesse verão, o ar além das catracas era tão fétido, uma maldita mistura fedorenta de mijo, suor e lixo apodrecendo, carregada por rajadas de vapor até aqueles túneis nojentos? A mulher ao lado dele cobriu o nariz com a mão recém-feita em manicure, indo em direção à boca do túnel. Magra e pequena, ela usava um vestidinho vermelho apertado no busto e carregava uma bolsa de praia; talvez também estivesse a caminho de um encontro romântico proibido. A cidade inteira estava, sem dúvida, carregada de trapaças, com a podridão, com a putrefação do ar do metrô. Murray Thwaite dizia que a honestidade era soberana; mas a palavra tinha, para ele, seu próprio significado. Alegava lutar pela justiça, dizia que sua vida foi dedicada ao que cunhou como "jornalismo moral". Afirmava viver para e segundo sua independência, seus próprios valores. Ele presumia que opinava no papel sobre como sua vida deveria ser levada, sobre o próprio significado da palavra, quando ele era evidentemente — Bootie falava isso seriamente: Bootie tinha *evidências* — alguém para quem as palavras não tinham significado fixo. Alguém tinha de tornar isso claro, e público.

Sentado no trem, o fedor em volta dele de alguma forma disseminado pelo sistema de controle de temperatura, Bootie examinou os papéis em seu colo. Ele tinha copiado algumas citações do manuscrito de Murray, algumas inspiradoras, outras tolas, mas todas com um contexto problemático, e tentou colocá-las em ordem. Entre o thwaiteísmo, Bootie havia gravado seus próprios comentários, oscilando entre o especulativo ("É realmente possível haver uma unidade genuína? Podemos mesmo ser quem queremos?") e o virulento ("M.T. é um mentiroso. Essa é uma mentira deslavada"). Quando Bootie começou o rascunho de seu artigo, no dia anterior, estava num estado de alta emoção. Agora ele enxergava. Enquanto o trem chacoalhava no trilho, ele relia sua introdução e pegava no seu próprio ritmo o apego de sentimentalismo, a fraqueza do discípulo desiludido. Não: para o artigo ser bom, precisava relatar minuciosamente as pregações que Murray fazia com tanta admiração e garantia, mas que ele mesmo não seguia. Tinha de ser preciso, calmo e claro. Tinha de ser paciente, franco, substancial. Tinha de ser acessível e relevante. Tinha de ser verdadeiro.

Ele percebeu que seus adjetivos foram escolhidos para combinarem com a música do trem. Percebeu que o trem estava desacelerando no túnel. Que o trem havia parado.

Ele olhou para cima e forçou a vista através da janela suja para a parede do túnel, sua negritude enclausurada. Não deviam estar em Times Square, onde ele iria fazer baldeação. Sempre se lembrava, nesses momentos, da forma calma e tranqüilizadora de Marina, quando ela o assegurara, naquela primeira viagem de metrô, que os trens sempre paravam em túneis fora de grandes estações. Era absolutamente normal.

Foi absolutamente normal, também, quando as luzes piscaram e depois se apagaram. Isso já havia acontecido antes, e, mesmo não apreciando muito essa situação — não gostava nem um pouco —, conseguia agüentar. Ele se concentrou na respiração e no assobio de suas narinas, que tinham substituído o zunido do ventilador. O ventilador, como as luzes, fora desligado. Uma fraca lâmpada de emergência piscou perto dele, um pesadelo epilético. No fundo do vagão, no escuro, duas mulheres mais velhas conversavam silenciosamente em espanhol. A mulher de vestidinho tossiu — uma tosse falsa, pensou Bootie, nervoso — e vasculhou a bolsa. A luz não voltou. O vagão imediatamente ficou quente, um calor particularmente estagnado, abafado. Não havia rajada de fedor, nenhuma explosão de vapor quente, apenas uma lenta transpiração de peso, uma sensação de que o ar depositava-se neles, nas pernas, nos braços e sobre todo o pescoço de Bootie, o calor lambendo seu pescoço e o sufocando, pouco a pouco, tornando a respiração mais difícil. Ainda assim as luzes não se acenderam. Nenhum trem passava nos becos vizinhos. Não havia sinal sonoro de movimento fora do vagão.

Dentro do vagão, entretanto, os passageiros se moviam a passos pequenos, furtiva e ansiosamente. Um rapaz moreno vestido com um jeans enorme e caído se levantou, murmurou, fez menção de se mover, sentou-se novamente, levantou-se e chutou o canto de um banco. Enquanto abria as portas, dando caminho para o vagão trancado, ele xingou.

— Que se foda essa porra, cara. Que se foda.

Bootie checou seu relógio. Só haviam se passado alguns minutos; menos de cinco. O vagão prendia a respiração. O ar pesava. Bootie lambeu seus dentes, novamente, a parte de trás deles, com a ponta da língua. Seus óculos, lambuzados, escorregavam pelo nariz. Seus dedos deslizavam um contra o outro. A mulher de vestidinho procurava, furiosamente, seu *walkman*, e agora apertava os fones de ouvido em suas orelhas. Ela mantinha os olhos fechados, e o pulsar abafado de sua música era filtrado pelo vagão. Um tipo radiante. Talvez ela fingisse estar na praia.

Bootie, como os outros, acionava o crepitar do alto-falante. Uma fresca umidade espalhava-se pelas palmas de suas mãos. A voz de um homem, fina e alta como a de um cachorro, falou de forma ininteligível na maior parte do tempo. Suas últimas palavras foram "assim que possível". Ele as repetiu duas vezes. Então o silêncio foi reiniciado e Bootie pôde ouvir pessoas perguntando umas às outras, silenciosamente, o que fora dito. Ele perguntou. Não sabia se alguém tinha a resposta. Ele, como a mulher com o *walkman*, fechou os olhos. Concentrou-se novamente em seu fôlego, tentou dosá-lo para desacelerar o coração, que fez mais barulho e mais suor do que qualquer coisa no vagão. Não podia se deixar pensar em todas as conseqüências possíveis — fogo e explosões lideravam-nas — que podiam ter ocasionado a parada. Não devia pensar nas paredes pressionando o trem, na terra pesando, na composição como uma minhoca enterrada, presa, pronta para ser esmagada. A garganta de Bootie estava bem apertada agora, e o barulho em seus ouvidos era tão tempestuoso, tão alto que, quando o latido do maquinista ressoou no alto-falante, Bootie mal notou. Ele fechou bem os olhos, enfiou as unhas nas palmas das mãos e tentou novamente se concentrar em seu fôlego perdido. Ainda estava respirando.

Vinte e três minutos. Estavam parados há vinte e três escaldantes minutos, como mineradores perdidos, como espeleologistas sem saída, como mortos. Para Bootie, foi uma experiência de alteração de estado de consciência: não estava definitivamente certo de como foi alterado, tinha apenas a certeza de que fora mudado para sempre. Ele soube algo que não sabia antes, sobre si mesmo e suas limitações. Ele nunca, nunca deixaria que isso acontecesse novamente consigo. Mas pelo menos, pensou enquanto andava com velocidade e grande determinação, subindo uns três quilômetros até o apartamento dos Thwaite pela Sixth Avenue, quase engolindo o ar pesado, tão aliviado de encontrá-lo em abundância, ainda que ensopado; pelo menos ele não havia entregado as cartas e gritado. Ele estava com sangue pisado na mão esquerda por causa da força com que a apertou, e havia ficado com uma dor de cabeça gigante motivada pelo grito que vinha de dentro de sua mente; porém, mantivera a boca e os olhos fechados, havia se concentrado no assobio de suas narinas (ele ainda conseguia ouvir, da mesma forma como um marinheiro em terra sente o chão rodar) e conseguido passar por tudo. Ninguém no vagão podia ter percebido quão perto ele havia chegado da erupção, da insanidade — nem mesmo, ele imaginou, a jovem de vestidinho vermelho, que sorrira empaticamente para ele quando desembarcaram. Parecia quase um milagre para Bootie.

Freqüentemente ele imaginava, quando era criança, que seus pais ou professores, meio que num Big Brother, eram capazes de penetrar em seu crânio e espreitar seus pensamentos, podendo até, talvez, usurpar sua identidade; até a idade adulta, ele carregou um vestígio de crença e o medo da transparência. Contudo, seu momento de minhoca, como ele acabou apelidando a situação, reforçou nele a opacidade e o isolamento de sua alma e de todo o mundo. Enfatizou a necessidade de falar claramente, de tentar ser ouvido mais alto do que todo o sangue em circulação no ouvido das pessoas. Ninguém deveria poder ser como a mulher com o *walkman*: bloqueando obstinada e artificialmente a experiência e a verdade: era dever de Bootie se dedicar. E falar. Não ininteligivelmente, como o maquinista, mas na clara voz da razão. No entanto, não havia dúvidas de que aquilo tudo meio que o enlouqueceu.

CAPÍTULO TRINTA E SEIS

Na grelha

— Eu realmente nunca imaginei você fazendo churrasco. — Seeley se inclinou contra o batente da porta com seu longo torso listrado curvado contra a parede vermelho-escura. Sua camisa era uma daquelas intencionalmente amarrotadas. Tudo nele parecia gay.

— Você se impressionaria com o que acontece nas famílias patriarcais — respondeu Murray, sem tirar o cigarro da boca. Algumas cinzas voaram para dentro da grelha. Murray estava suando. — Você também vai fazer isso, quando chegar sua vez, mesmo que jure que não.

Seeley franziu seus olhos de grandes cílios e pareceu sorrir, como que para dizer "nunca". Murray sentia-se como um urso ao lado dele, com vontade de agarrá-lo pelo colarinho e sacudi-lo até que ele perdesse os sentidos. Danielle achava que esse cara era uma cobra; mas tudo o que ele conseguiria tirar de Annabel era aquela suave e confusa concordância de soldadinho raso: o que importa é fazer nosso bebê feliz.

— O que vai fazer se sua revista for um fracasso?

— Não vai ser.

— Claro que não. Mas é possível.

— Há sempre outra saída. Mas a *The Monitor* vai mudar o cenário.

Murray virou um pedaço de carne com um pegador ensebado. Um pouco de gordura respingou em sua camisa. Ele sentiu que isso era um traço masculino.

— Sabe — disse ele —, tem uma cadeia britânica de restaurantes de sanduíche que está tentando se estabelecer em Manhattan. Só que os americanos comem de forma diferente. Eles querem uma comida customizada.

Seeley ajustou a curvatura de sua coluna e cruzou os braços sobre seu peito estreito.

— Não estou dizendo que é uma coisa boa. Somos todos obesos por aqui, sei disso. Mas é assim que as coisas são. Só porque este é um lugar relativamente novo e mutável, não significa que não temos uma cultura.

— Eu sou australiano, não britânico.

— E isso quer dizer o quê?

— Quer dizer que eu sei.

Marina apareceu no canto da casa com um escorredor cheio de feijões. Ela tinha uma mancha de terra na testa que parecia ter sido feita pelo departamento de maquiagem da TV, para criar a personagem de uma jovem donzela recém-chegada da campina. Os feijões tinham acabado de ser colhidos, formavam um montinho empoeirado.

— Meus dois homens favoritos no mundo todo.

— A carne está quase pronta. O frango leva mais tempo. — Murray jogou o cigarro já quase chegando ao filtro na grelha, entre o carvão.

— Isso é nojento, pai.

— Dá um novo significado a "fumante passivo" — respondeu Murray. — A carne vai me agradecer.

— Não faça isso quando a Danny vier, ok? Ela tem mania de limpeza e provavelmente não vai conseguir comer o jantar.

— Sua amiga Danielle está vindo? — Murray se esticou até o copo de uísque colocado em cima do muro do pátio. — Achei que ela não podia vir este ano.

— Eu a pressionei. Só para passar o dia na quarta-feira. Mas aposto que consigo fazer com que ela durma aqui. — Marina colocou o escorredor na mesa e envolveu a cintura de Seeley com os braços. — Eu disse a ela que era nossa festa de noivado, no dia da Independência. — Depois de um momento de silêncio no qual a carne chiou opressivamente, Marina disse: — Achei que você gostasse dela, papai.

— Gosto. Gosto bastante. Ela é uma jovem extremamente agradável.

— Agradável? Ela *choraria*, papai, por ouvi-lo chamando-a assim. Ela é brilhante, na verdade. Você percebeu isso, não foi, Ludo? Ela é muito brilhante e o trabalho dela é muito importante.

OS FILHOS DO IMPERADOR

— Algo com filmes, não é?

— Como você nunca se lembra de *nada*? Ela ia fazer um documentário sobre Ludo, não se lembra?

— Mas pensou melhor — acrescentou Ludo, levantando e se livrando do abraço de Marina. — Deixe-me pegar uma travessa para essa carne. — Ele entrou na casa.

— Papai, você está pelo menos feliz por mim?

— Claro que estou, princesa, é que parece muito rápido.

— Velocidade romântica. Está numa velocidade romântica. Mas, se estamos ambos seguros disso, por que esperar?

— Lógico. — Murray, mexendo dentro do papel-alumínio nas espigas de milho, queimou os dedos. — Merda — disse ele. — Merda, merda, merda.

Agora ele entendia por que seu celular indicava o recebimento de quatro mensagens. Ainda não havia tido a chance de ligar de volta para ela, mas se preocupava, de uma forma passiva, intermitente, que algum mal lhe tivesse acontecido. Aquilo — e ele ficou agoniado. Porque eles tinham combinado que ela não ligaria para ele neste final de semana, que ele ligaria se pudesse, mas, encarecidamente, que ele ficaria sozinho por enquanto. E lá ele ficou pensando que as mulheres nunca podem esperar, e nunca escutam de verdade. Porém, ele pensou negativamente sobre ela e agora sentia remorso. Assim como um pouco de desconforto. Ele sabia que teria de interpretar — um papel parecido com todos os outros papéis que desempenhava, como o de fazer a figura patriarcal num churrasco ou bancar o papai bonzinho —, mas para Danielle seria um teste. Ela parecia muito verdadeira — era um dos traços que o haviam atraído, e agora ele se sentia quase sufocado por gostar da garota, uma chama baixa mas constante, que poderia facilmente se espalhar —, e podia não se importar com o drama — muito *sexy*, ele sempre achou — da decepção. Tudo foi sempre baseado em limites, os limites certos: o rápido agarramento sem palavras na copa como algo a que se dedicar e a ansiosa troca de olhares como algo a ser evitado a todo custo.

Ele já havia feito isso antes? Sim e não, mas nunca tão terrivelmente. Automaticamente transferiu as espigas de milho para a travessa de carne, o que causou uma desaprovação afetuosa em Marina, que mandou Seeley voltar à cozinha para pegar uma segunda travessa. Ele nunca teve um caso com uma amiga de sua filha, algo tão perigoso — tão deliciosamente perigoso — e tão perto da superfície. E no que ele estava pensando para permitir essa reunião em Stockbridge, até agora sempre um solo sagrado para a família? E o grau de sua afeição: ele estava perdendo o controle, enquanto sabia que precisava, como sempre, de alguma forma queria fazer. Era como tomar o enésimo uísque contra o bom senso. Ele adorava pensar nela — a pele, uma certa ternura esperançosa, o peso de suas curvas, o peso de seu seio em sua mão —, era como deveria ser. Contudo, ele deveria ser capaz de não pensar, e nisso estava começando a falhar. A voz dela não deveria sussurrar em suas orelhas tão rapidamente. A imprudência levaria a enganos, e, nessa alçada — ele olhou para sua filha, a sujeira agora limpa de sua testa radiante, suas mãos novamente, e com um zelo imperceptível, sobre o torso de seu pretendente —, as apostas eram altas demais.

O AR TINHA CHEIRO DE CAPIM-LIMÃO, e a luz da noite era prazerosamente incolor. Uma nuvem de mosquitos sobrevoava o gramado. Annabel, do outro lado da mesa, olhou para seu prato, para sua espiga de milho e seu pedaço de carne, com a testa franzida.

— O que, além da umidade e dos insetos, está incomodando você, meu amor?

Ela balançou a cabeça.

— DeVaughn.

— De novo?

— Acabei de receber uma ligação. Ele foi preso por tentar incendiar o carro do padrasto.

— Talvez isso seja um bom sinal — disse Marina. Seeley pareceu conter uma risada.

— Como assim?

— Bem, as pessoas não queimam as coisas para receber o seguro, normalmente? Então talvez ele estivesse trabalhando em conjunto com o padrasto. E isso seria uma coisa boa.

— Você acha mesmo que é hora de piada? — Annabel se serviu energicamente dos feijões-verdes. — Vou ter de ir lá. Vão levá-lo ao tribunal de manhã.

— Você não pode ir pra lá — disse Marina. — Este é nosso feriado em família. O dia Quatro! Nosso noivado. É especial.

— Quem irá se eu não for?

— Ele não tem uma assistente social ou algo assim?

— Bem, na verdade, eu sou a advogada dele.

— Não acredito nisso.

— Marina — disse Murray. —, você diz que quer fazer algo importante na sua vida. Sua mãe faz algo importante. Você faria bem em imitá-la.

— Estamos celebrando meu noivado. Meu e do Ludo. Sou a filha única de vocês.

— Devo voltar na quarta. Posso até trazer Danielle, sabe? Sempre há um lado bom.

Marina fez um beiço exagerado, tanto para mostrar sua petulância como para zombar dela.

— Quantos casos você pega ao mesmo tempo? — perguntou Seeley.

— Não é o número deles, não há muitos. É que, de alguma forma, o garoto já virou parte de mim.

— Porque você pode ajudá-lo?

Annabel olhou francamente para o rosto de Seeley.

— Porque *não posso*, na verdade. Porque não importa o que eu faça, não será o suficiente. A vida dele é insuportável. Ele não pode ser salvo.

— O apelo da causa perdida — observou Seeley.

— Estamos cheios delas na nossa casa. — Murray tirou o milho de seu dente. Ele odiava milho. — Acho que não conhecemos nenhum outro tipo.

— Você é bem sentimental, hein?

Marina olhou para Seeley como se não o conhecesse. Murray, entretanto, não estava surpreso.

— Não há nenhum sentimental aqui, meu amigo. Nenhum religioso também.

— Concordamos nisso, pelo menos — disse Seeley. — Embora eu acredite que há aqueles para os quais a religião é essencial. Que queremos que eles tenham uma religião.

— Nós? Eles?

— Marx estava bem certo: é um ópio. É necessário. Não sejamos sentimentais, mas práticos. DeVaughn não estaria melhor se tivesse Deus? Seu padrasto não estaria? Se existisse alguma saída de seu terrível pântano, não seria essa?

— Sei que, para muitas pessoas que vivem em realidades duras, a fé é o que as motiva — disse Annabel. Ela abriu bem seus dez dedos e os pousou sobre a mesa, parecendo estar pressionando-os forte contra a superfície. — E respeito muito isso. Eu mesma não acredito, e nunca encorajaria alguém a investir em algo que, para mim, parece claramente uma fantasia. Seria uma falsa esperança.

— Mas por quê? — Seeley se inclinou para a frente na mesa de vidro, com seus longos dedos parecendo acariciar o ar de capim-limão. — Por que qualquer esperança não é melhor do que nada? Quem pode dizer que você não está errada? E quem é você para privar DeVaughn até disso?

— Entregar a ele uma Bíblia em sua cela? Há padres que fazem esse trabalho. Seria contra meus princípios. Se não sou uma corretora de honestidade, então o que sou?

— Ah. — Seeley sentou-se e sorriu. — Como eu disse, você é uma sentimental.

Annabel balançou a cabeça.

— Porque, na real, você pensa que sabe o que é melhor para ele. Ou pior: você *presume* que o melhor para você seria o melhor para ele, que serviria alguma fantasia, uma palavra sua de verdade objetiva, na qual você se enquadra; quando, na realidade, a vida dele e a sua estão tão separadas que a mesma verdade simplesmente não se aplica.

— Puro sofisma, meu amigo — disse Murray, dobrando seu guardanapo. Sua cortesia era tão real e tão falsa como a petulância anterior da filha. — Marina, não é tarde demais para mudar de idéia.

Ela olhou para ele. Seeley riu.

— Não quero perturbar ninguém. Longe de não ter princípios, estou defendendo a prescrição de uma cura comprovada. A religião pode fazer milagres.

— Mas não para você...

— Eu não acredito. Mas, claramente, para aqueles que acreditam, ela pode. Colocando de outra forma: DeVaughn poderia estar pior?

— Podemos falar de outra coisa? — Marina empilhou os pratos. — Alguém viu o cervinho e a mãe dele que estão morando lá no bosque? E quem quer melancia?

— Eu tenho uma coisa para dizer ao jovem Ludovic aqui...

— Papai, você não precisa dar a última palavra sempre. Perguntei sobre o veado.

— Estão morando nos fundos da propriedade dos Jasper — disse Annabel. — Evelyn estava reclamando que nada os tira da horta. Eles acabaram com as alfaces, apesar da cerca de arame.

— Mas não com nossos feijões... Que estranho. Acha que eles não gostam de feijões?

Murray pôde ver que Seeley ainda estava tremendo levemente e que seus olhos tinham um brilho fervente, como um animal interrompido no meio de uma caçada.

— Mais feijões para nós — disse Murray, com um largo sorriso que podia ser visto como conciliatório. — Não estou certo, Ludovic? Mais feijões para nós.

CAPÍTULO TRINTA E OITO

"Murray Thwaite:
um retrato decepcionado"

COM A INTENÇÃO DE FAZER *uma revelação completa, permitam-me dizer que Murray Thwaite é meu tio. O irmão mais velho de minha mãe. Ele é também, no momento, meu patrão. Sirvo como seu amanuense (palavra dele) ou secretário (minha), trabalhando em seu escritório, que fica localizado no apartamento dele no Upper West Side, em Nova York. É um belo apartamento. Deixem-me dizer também que ele e sua esposa, meu tio e minha tia, não têm sido nada além de muito generosos e simpáticos comigo. Eles me abrigaram, me alimentaram (apesar de agora eu morar sozinho) e, obviamente, me empregaram. Então a questão é: por que Murray Thwaite é uma decepção tão grande para mim?*

Mesmo nossas famílias não sendo particularmente próximas quando eu era jovem em Watertown, Nova York, sempre tive orgulho das conquistas do meu tio. Sua inteligência e erudição me impressionaram desde que eu era pequeno, e eu fui um leitor entusiástico de seus livros e artigos desde que comecei a entendê-los. É justo afirmar que ele tem sido meu herói.

Bootie gostou dessa apresentação, apesar de não estar totalmente certo sobre a palavra "herói", que parecia insinuar idéias de desbravamento. Ele chegou a considerar "ídolo", uma palavra na qual a falsidade estava inerentemente implícita, com uma conotação sempre levemente pejorativa, mas queria reunir a inocência e a sinceridade de sua admiração. "Herói" era melhor para isso, sugerindo como fizeram os gregos, ou os bombeiros. Ele não estava no escritório de Murray, nem à mesa da sala de jantar, mas confortavelmente sentado em seu antigo quarto, no silêncio sepulcral, na grande cama. Encontrou um resto do jantar no freezer, um ensopado de cordeiro, que ele esquentou no microondas, e alguns pedaços de melão numa embalagem de plástico que, apesar de um pouco adstringentes na língua, eram perfeitamente comestíveis. Os restos dos Thwaite estavam congelados num prato em cima do armário da cozinha, e o quarto ficou com um cheiro levemente podre. Ele também derrubou algumas gotas de ensopado no edredom branco. Depois de esfregadas, elas infelizmente pareciam rastros de excremento.

Murray Thwaite, por ir direto ao ponto, construiu uma reputação de quem não tem papas na língua. Por contar a verdade nua e crua. Do movimento dos direitos civis e do Vietnã até o Irã e a Operação Tempestade no Deserto, da política educacional aos direitos trabalhistas e seus benefícios aos direitos da mulher que precisa de aborto e dos condenados à pena capital: Murray Thwaite emitiu opiniões significativas sobre tudo. Acreditamos nelas, nas opiniões e na pessoa.

Bootie hesitou no trecho que seguia: ele queria fazer uma menção específica às contribuições mais substanciais de Murray, até onde ele, Bootie, sabia. Era difícil não fazer isso soar como uma lista de supermercado ou um fanzine; mas talvez fosse correto se passar por um discípulo eloqüente. Talvez fosse retoricamente poderoso e aumentasse o efeito da segunda metade do artigo.

Claro, mesmo que ele estivesse apaixonado por isso, toda a tarefa transparecia uma sensação estranhamente artificial. Bootie nunca escrevera um artigo antes, muito menos para uma publicação real. Ele não tinha certeza absoluta do que deveria conter, não estava certo também sobre a proporção de fatos e opinião. Parecia que podia transmitir sua opinião de forma bem sucinta em algumas centenas de palavras, e que de alguma forma fundamental isso não requereria nenhuma evidência: a autoridade de sua convicção já devia ser suficiente. Por exemplo, todos saberiam o que ele queria dizer ao falar que Murray "não tem papas na língua" ou sobre "a consciência liberal do país". Talvez eles precisassem de um guia para compreender as idiossincrasias menos conhecidas de Murray — seu relativo conservadorismo fiscal, que datava de anos; sua peculiar proximidade e popularidade dentro da comunidade negra, pelo menos no papel, que era uma herança do antigo negócio dos direitos civis; mas Bootie basicamente imaginou que você podia levar muitas a sério. Ou não? Talvez os leitores da *The Monitor* tenham apenas uma vaga idéia de quem era Murray Thwaite. O que significaria que Bootie deveria começar do começo, em Watertown, e repassar toda a história do início: mais fatos, menos opiniões.

Sim, essa seria a forma de preencher o texto. Uma espécie de minibiografia. Ele percebeu que não sabia tanto assim sobre seu tio, não *a esse ponto*. Não sabia exatamente onde ele havia morado e o que havia feito. Ele sabia outras coisas: o mito de família, a aura, a atmosfera doméstica dos Thwaite. O restante ele podia perguntar à sua mãe — o que não faria — ou se basear na pesquisa de outros. Deixando o quarto com cheiro de cordeiro para ir ao escritório de Murray com sua brisa residual de nicotina, Bootie se sentou para pesquisar sobre o tio no Google. Conhecendo o homem como agora conhecia, estava decepcionadamente certo de que Murray, sentado em sua cadeira, mais de uma vez procurara a si mesmo no Google. Um dos itens no alto da lista era um perfil do jornal estudantil da Columbia University, escrito por Roanne Levine. Quando o leu, Bootie se pegou questionando, dada a torrente, se ela também havia sido seduzida por seu tio. Ele podia até ouvi-la ofegante nas frases do artigo, mas precisava de um tom mais frio.

Bootie trabalhou em seu artigo a noite toda e até de madrugada. Várias vezes ele apanhou comida na cozinha, encontrando, entre outras coisas, uma barrinha de Mars escondida há tanto tempo atrás da lista telefônica que o chocolate se embranquecera. Enquanto comia, pensou de quem deveria ser: será que Thwaite escondia doces? Talvez tivesse sido de Aurora. Ele consumiu também dois iogurtes de fruta, uma tigela de cereal e metade de um saco grande de batatas fritas, das caras, num saco de papel pesado, de um sabor artificial que lembrava creme de leite e cebola. Às 6h30, antes de finalmente ir dormir, ele voltou para a cozinha e terminou o saco. Não porque estava com fome, nessa hora ele estava apenas sonolento, mas porque parecia uma agressão tácita, um gesto contra Murray que nunca sequer seria percebido. Isso o satisfazia, de qualquer jeito.

Depois de pensar cuidadosamente nas possibilidades, Bootie decidiu não mencionar Danielle no artigo. Era seu desconto a Annabel, de quem ele gostava bastante; e a Marina também. Ela não merecia o golpe duplo de vilania do pai e da melhor amiga revelado ao mesmo tempo. Ele não podia abandonar totalmente o ponto, mas o tinha transformado numa vaga insinuação. Bootie estava bem satisfeito com sua formulação, enfiado numa passagem sobre a suposta transparência de Murray, que de fato (de acordo com ele) mascarava uma determinada e poderosa obscuridade, para não dizer desonestidade. Ele montou uma frase inteira em parênteses, entre outras duas frases: "(Murray Thwaite é analogamente complicado e opaco quanto à sua vida pessoal, uma série de enredos emocionais trilhados com uma eficiência maquiavélica para seu máximo proveito.)" Bootie gostava de usar a palavra "maquiavélico", que nele provocava um alegre esfregar de mãos. Ele não disse nada, mas os mais astutos entenderiam o que ele queria dizer.

Bootie estava dormindo não havia muito tempo quando foi acordado por alguém entrando no apartamento, abrindo e fechando portas e torneiras, certamente batendo as coisas. Inicialmente, ele não sabia onde estava. Depois, não sabia que horas eram — oito da manhã — e, ainda por cima, não conseguiu localizar os barulhos. Ocorreu a ele que talvez um dos porteiros — talvez Milos, o ascensorista sérvio e musculoso — fizesse uso do apartamento dos Thwaite quando eles não estavam. Mas algo naquela confusão o assolava. No mínimo o preocupava. Alguém estava dando um recado.

Bootie colocou seus óculos e esfregou seus cachos. Foi ver. Enquanto caminhou até o saguão, observou que talvez não houvesse se comportado como um bom hóspede. Seus sapatos e meias estavam jogados no corredor. Na sala, as almofadas do sofá estavam empilhadas no chão — ele tentou, brevemente, encontrar uma posição confortável para trabalhar lá. Um pote vazio de iogurte e uma colher pegajosa estavam grudados na mesinha de centro. Ele se aventurou na cozinha: alguém tinha pegado seu prato engordurado no quarto e o colocado na pia enquanto ele ainda estava dormindo. Também haviam varrido as batatas que ele tinha derrubado no chão, amontoando-as repreensivamente perto do forno. A caixa vazia de leite foi escondida, com ódio, sobre o balcão, ao lado da cafeteira, na qual o café estava sendo preparado, pingando. Inchado, embaçado, enjoado, Bootie teve certeza de que alguém — uma mulher — havia chegado em casa. Inesperadamente.

Ele serviu café para si mesmo, fungou e esperou. Certamente ela logo apareceria. Ele achava que, em todo lugar onde deitava sua cabeça, não era potencialmente bem-vindo. Com sorte ele não seria, agora, insultado. Ela não o chamaria de gordo. Mas ele podia, justificadamente, ser chamado de porco. Ele pisou num floco de cereal, pulverizando-o debaixo de seu calcanhar nu. Deixou a embalagem desesperadamente remexida de Mars no balcão, à brisa do ar-condicionado. Pobre Bootie, pensou ele. Ninguém me quer. Pobre Bootie. Então pensou em sua mãe, que o queria de fato. Pensou nela como um monstro ávido, alado, seus olhos brilhantes e magoados cheios de lágrimas, com um permanente malfeito no cabelo, seu corpo aberto se estendendo por toda Watertown, o estômago da cidade terrível e destruído tentando engoli-lo, trazê-lo para casa. Ele pigarreou. Preferia ficar sozinho e indesejado do que ser comum. Achou que preferisse. No entanto, não havia imaginado uma solidão como essa. Não sabia que podia existir, nem que o deixaria tão triste e bravo.

— Bootie. Está acordado.

— Annabel. — De banho tomado, ela estava vestida para o trabalho, macérrima e bege, folheando papéis enquanto entrava na cozinha.

— Foi uma surpresa — disse ela, sem levantar o olhar. — Achei que tivesse encontrado um lugar pra você.

— Me desculpe. É que... eu estava trabalhando numas coisas e minha casa é bem longe. Além disso, está tão *quente*.

— Hoje está melhor, na verdade. Vim dirigindo de Stockbridge esta manhã, e estava bem fresco lá fora.

Bootie assentiu, mas ela ainda não estava olhando para ele. Ela franziu a testa fortemente para algo que viu nos papéis.

— Estou indo para o tribunal agora — disse ela, finalmente olhando para ele. — Você vai ficar para o jantar?

— Não... acho que não. Quero dizer, com certeza não.

— Ok, bem, nos vemos em breve, então. Mas, por favor, você pode arrumar as coisas antes de ir?

Bootie começou a murmurar; queria que ela entendesse que ele não sabia de sua chegada, que ele não faria essa bagunça se soubesse.

— Porque, você sabe, é feriado para Aurora também.

Na porta da frente, ela aparentemente suavizou e o chamou.

— Tem certeza absoluta de que não quer ir para Stockbridge amanhã? Vou voltar, provavelmente com a amiga de Marina, Danielle.

Ele foi até Annabel enquanto ela esperava o elevador.

— Obrigado, mas não posso. Estou ocupado com esse artigo.

— Artigo?

— Para Marina. Ela pediu. Para a revista dela.

Annabel, distraída, deu um meio sorriso.

— Eles vão se casar, sabia? Não é empolgante?

— Quem?

— Marina e Ludo. — A porta do elevador abriu e Milos se levantou de seu banquinho para manter a máquina parada enquanto eles terminavam a conversa. — Vamos comemorar amanhã.

— Vão se casar?

— Não amanhã. Em setembro. Logo, logo.

Bootie não sabia o que dizer.

— E seria ótimo se você pudesse colocar o edredom na máquina — acrescentou Annabel, enquanto Milos se mexia para fechar a porta. — Apenas jogue um pouco de sabão em pó nele, naquelas manchas.

— São de cordeiro — disse ele. Parecia importante que ela soubesse, mas a esposa do tio já havia ido embora.

Bootie, ferido pela secura de Annabel, tentou arrumar tudo o mais eficientemente que podia. Ele sabia — sua mãe sempre reclamava — que não tinha o mínimo talento para limpeza. "É preciso aprender a ver a sujeira", sua mãe sempre dizia, como se a sujeira fosse um idioma ou uma música.

Ele não podia deixar de lado essa novidade sobre Marina. Queria acreditar que havia algum engano, mas sabia que não. Ele havia observado Marina — quando não a estava observando? O prazer e a dor que os movimentos dela causavam nele eram físicos —, e viu suas mãos virarem pássaros em sua garganta, seus olhos se abrirem mais, mais brilhantes, sua grande boca parecendo elevar-se — tudo isso conversando com Seeley, Ludovic, aquele amante mentiroso profissional, com seu andar aristocrático não muito diferente da primeira letra de seu nome, como se ele estivesse sempre escorrendo para a terra, escondendo-se. A princípio, naquela primeira noite, quando ela o conheceu, quando Bootie se juntou ao grupo na sala depois do jantar de premiação de Murray, ele viu que o rosto dela seguiu Seeley com uma particular avidez, uma atenção luminosa, que ela tentava — assim como ele, Bootie, sempre tentava, falando com Marina — esconder, falhando. Ele pensou, então, que Danielle tinha inveja, que as duas mulheres disputavam a atenção de Seeley; mas, em retrospecto, ele deve ter se enganado. Deveria manter um olho em Murray. Fora ingênuo durante todas essas semanas, e tal possibilidade libidinosa não ocorreu a ele. Ele ainda acreditava.

Bootie permaneceu na sala de estar depois de recolher as almofadas, o pote de iogurte e a colher que usou. Lembrou-se então da qualidade luminosa da lâmpada naquela manhã, da forma atraente como o cabelo da mulher brilhou, uma piscina aveludada, como o calor, nos sofás brancos. Ele havia saído de seu quarto quando ouviu as vozes e a risada, e tinha passado pelo corredor pela sombra, espreitando sorrateiramente na cozinha até que Marina, surpreendendo-o lá, o convidara a se juntar a eles. Ele se sentiu como no Natal. Sabia que ela só estava sendo educada, mas sua educação, como a de Annabel, o emocionava, o fazia sentir como se alguém ou alguma pequena engrenagem no peito realmente tivesse sido ativada. Ele foi grato assim. E então observou, observou tudo de uma cadeira fora do círculo iluminado. Havia pairado, sem ser notado, como um fantasma privilegiado. Ele escutara um pouco também, mas sua empolgação e sua ansiedade eram grandes, e a voz em sua cabeça era muito alta. É isso. Isso, até que enfim. Aqui estão os mais importantes salões do conhecimento e a liberdade do discurso intelectual; a emoção da vida intelectual, da vida tão imaginada, tão saborosamente desejada, bem *assim*, quando ele se deitava na banheira amarelo-mostarda na casa de sua mãe em Watertown, sempre com medo de que a Vida nunca chegasse para ele, ou ele a ela; e lá estava Ela, em seu subjugado mas belo esplendor, um pequeno grupo, de todas as idades, conversando, rindo, fumando, ouvindo, como se estivessem na sala de madame de Staël, na corte de Catarina, a Grande ou na casa de Rahv após uma reunião do periódico literário *Partisan Review*. Os pensadores de todas as eras sempre fizeram isso, a Vida, isso, seu propósito — no qual ele mal havia sido aceito, mas que fora discutido. Ninguém falou com ele depois das apresentações, mas Danielle havia sorrido, encorajando-o algumas vezes daquela maneira que ele achava ao mesmo tempo reconfortante e irritante. Nem as trocas entre Danielle e Ludovic o haviam perturbado. Todos pareciam espertos, e ele sentia-se como se fosse levemente surdo ou se estivesse escutando uma língua que conhecia de forma instrumental, como se perdesse frases, referências, juntando, conectando os pedaços num todo brilhante, colorido e impressionista, vindo de informações parciais. Não dava para saber quão parciais: ele havia descoberto muito sobre Murray desde aquela noite cheia de pessoas célebres, e aqui, não muito depois, Marina e Ludovic Seeley iriam se casar.

CAPÍTULO TRINTA E NOVE

O Quatro de Julho (1)

JULIUS QUASE NÃO CONSEGUIA ACREDITAR que não tinha ido. Ou melhor, ele tinha ido, sim, mas para a cama, a fim de dormir por apenas uma hora, e acordou quatro horas depois com David no celular, da estação de metrô em Westchester, perguntando onde diabos ele estava, sua irritação sexy explodindo numa enorme ira. Julius só foi capaz de coaxar, tossir e desculpar-se sinceramente pela sua terrível dor de cabeça, sua temperatura corporal oscilante, seu nariz escorrendo.

— É alguma gripe de verão, sabe? Bizarro demais. Fiquei acordado quase a noite toda. Programei o alarme pra ligar pra você, mas devo ter dormido enquanto ele tocava.

— Então você nem trabalhou em seu artigo? — O desprezo de David estava claro.

— Venha para casa e cuide de mim, querido. Estou tão doente...

— É inacreditável, minha mãe...

— Todas as relações entre mãe e filho são doentes. Ela vai ficar muito feliz de ter você só pra ela.

— Você não tem idéia de quanto ela se sacrificou.

— Olhe, se você quiser mesmo a Maria Remelenta, eu posso me arrastar da cama e me reunir com você em torrentes de vômito.

— Ótimo.

— Mesmo doente, sou seu escravo do amor.

— Bom saber. Mas você me entristeceu muito.

— Vou recompensar você. Sabe que vou.

— Pode vir amanhã.

— Exato. Posso ir amanhã.

No dia seguinte, porém, Julius alegou não ter melhorado. Ele não podia explicar precisamente o porquê. Ficou em casa, fez uma omelete e tomou um longo banho frio. No dia seguinte, pensou novamente em recusar o convite, mas, percebendo que seu momentâneo desejo por paz e solidão poderia resultar no fim de seu relacionamento, ele cedeu.

A celebração de Quatro de Julho dos Cohen foi menos difícil do que poderia ser. Eles tinham uma piscina, o que ajudou, e havia um grupo de sete primos de nove a setenta e três anos de idade, muitos dos quais eram bonitinhos, como David. Alguns vizinhos também apareceram, com bandejas de salmão defumado e tigelas de salada de batata nas mãos. Os Cohen serviam *prosecco* junto com uma ótima cerveja, e, na breve hora antes de começar a chover e todos se recolherem, Julius pôde brincar com um David ainda mal-humorado, dizendo que curtir a piscina com uma tacinha de espumante fazia dele uma rainha na lama. Foi assim que David cunhou o apelido Rainha do Lixo, ou Lady Sucata, que posteriormente, para irritação de Julius, ele empregou avidamente, quase como uma arma.

Depois que a tempestade passou, eles se reuniram, úmidos mas não abatidos, e assistiram aos fogos de artifício da região, ele e David de mãos dadas no gramado ao lado da piscina Scarsdale, uma intimidade que os pais de Cohen graciosamente ignoraram (Frank Clarke amava seu menino, mas Julius sabia que nenhum técnico de futebol do Meio-Oeste que se preze poderia suportar dois rapazes de mãos dadas em público. Em seu território familiar, ele nunca ousaria uma coisa dessas). Eles dormiam — em camas vizinhas — no quarto de infância de David. Julius agiu da maneira mais educada possível, encantando a tia da sra. Cohen e carregando de cavalinho o primo mais novo, um garoto robusto e dentuço chamado Owen.

No trem de volta para casa, na manhã de quinta, Julius disse a David que adorara o programa.

— Seus pais não poderiam ter sido mais receptivos! Obrigado.

David levantou os olhos da sessão de Negócios do *Times*.

— Eles podiam ter sido mais receptivos, na verdade. Teriam sido. Queriam ser. Dois dias mais receptivos, como você sabe. Mas você não apareceu.

— Não é justo. Eu estava doente. Não estava mentindo.

— Ok, estava doente. Mas você não parece perceber como isso era importante para minha mãe.

— Ou para você; é o que parece.

O cabelo de David estava bagunçado; seus olhos grandes, atrás dos óculos; sua pele, pálida por ficar no escritório.

— Ou para mim. Acho que você está certo.

— Se eu soubesse que tinha o poder de deixar você com raiva, teria feito isso antes. É muito excitante.

Dessa vez, David olhou por cima do ombro.

— Está com medo de que o papai esteja no trem? Ou os amiguinhos de golfe de Westchester dele? Não se preocupe, querido, todos sabem que você é uma bichona.

— Por favor — disse David, olhando de volta para o jornal. — Aqui não. Não agora.

— Você me surpreende. — Julius insistiu: — Tem vergonha de se expor para um bando de homens de terno? Ou de que eles conheçam você? O que é, Davey? Pode me dizer.

— Se não calar a boca agora mesmo, vou trocar de lugar e fingir que não conheço você. Sério.

Julius podia ver que ele não estava brincando.

— Também posso brincar disso, querido — disse ele, levantando a seção de arte até o nariz. Ele viu de pronto que uma de suas antigas rivais no escritório da *Village Voice*, uma mulher sem graça e rechonchuda chamada Sophie — sem graça e rechonchuda até na foto de divulgação —, recebeu uma crítica por seu primeiro romance. Favorável. Ela era três anos mais nova que ele. Ele queria muito, nesse momento, estar com Marina ou Danielle. Com pessoas que entenderiam como ele se sentia péssimo de muitas maneiras diferentes. Mas, no momento, pareceu que ele nunca as recuperaria: havia concluído a troca; escolheu David, e agora era tudo o que tinha. Sem trabalho. Sem escrever romances, isso com certeza. Sem amigos. Apenas David, que não entendia.

CAPÍTULO QUARENTA

O Quatro de Julho (2)

DANIELLE ESTAVA AFLITA PELA CARONA com Annabel. Não sabia o que iriam dizer uma à outra, dado quão mudada, e quão carregada, a relação delas, ou não-relação, estava. Danielle se sentia oprimida pelos Thwaite e pela culpa, claro. Annabel sempre foi gentil com ela. Ela pensou em pegar o trem, mas decidiu que isso pareceria muito estranho, e também que o destino deve tê-la colocado ao lado de Annabel por algum motivo. Certamente sua mãe pensaria assim.

Ela não teria de se preocupar com a viagem. Transparecia, no carro, pelo menos, que os mecanismos repressivos de Danielle estavam amarrados a Yale: se Annabel não tivesse dúvidas, e se, para Annabel, o relacionamento delas permanecesse o mesmo, então certamente permanecia, para todos os propósitos e intenções, exatamente assim? Tratava-se novamente de fatos, percepções e da questão do que se constituía a realidade. Danielle julgou ambos tanto prazerosos quanto descomplicados para habitar a visão ancestral de Annabel, e descobriu, para sua surpresa e deleite, que ela era capaz de cumprir a tarefa totalmente sem complicação e sem, de fato, qualquer desconfiança de que estava decepcionando. A carona foi inspiradora como suas conversas nunca foram.

Danielle realmente se lembrava das conversas delas, da noite de primavera com comida chinesa, da noite, considerava ela, na qual tudo começou — uma conversa sobre o cliente de Annabel, o garoto problemático —, e reconheceu o perfil daquele caso no cenário que Annabel estava descrevendo. A manhã anterior, perante o júri, não tinha sido tão boa, e o garoto estava sob custódia da corte. O único jeito de contornar a decisão, pensou Annabel, teria sido oferecer-se para levá-lo para casa esta semana.

— O juiz concordaria, acho — disse ela. — Mas não pedi. Sinto que foi uma falha moral, mas...

— Pois é, Quatro de Julho e noivado da Marina...

— Oh, há tantos motivos. Mas o que mais contou foi o olhar de Murray que se repetia na minha mente. Não sei se seu bom humor se prorrogaria ao dia da Independência em Stockbridge com DeVaughn.

Danielle quase disse algo inócuo — algo como "Aposto que ele não ia gostar" —, mas achou que seu tom poderia soar estranho ou que sua inflexão fosse incômoda, e então, em vez disso, olhou através do pára-brisa para o asfalto à frente e sorriu de uma forma vaga, mas solidária. Ela sentiu que Annabel estava profundamente envergonhada de si mesma, que sentia que havia sido reprovada em um teste.

— Ludovic disse outra noite que estou errada por impor meus valores, minha crença e minha cultura a alguém como DeVaughn. Discordei dele na hora, mas talvez ele esteja certo. Acho que teria sido melhor levar DeVaughn a Stockbridge do que fazê-lo passar o feriado na cadeia, porque é basicamente onde ele vai ficar; mas para quem teria sido melhor? Certamente para nenhum de nós. Seria certo dizer que escolhi o bem-estar da minha filha em vez do de DeVaughn. Talvez nem para ele tivesse sido melhor. O que você acha?

— Acho que Ludovic consegue nos fazer duvidar de nós mesmos e dar uma segunda opinião para nossas decisões. Se isso funciona, ninguém pode reclamar.

Annabel não respondeu.

— Quero dizer, se a lógica fluida dele ajuda você a entender e se sentir tranqüila em deixar DeVaughn no sistema, então está ótimo.

Annabel continuou calada, talvez por causa de um congestionamento, mas era difícil ter certeza. Danielle, angustiada, pensou além. Ela queria saber se Annabel gostava ou não de Seeley. Ela sempre pisava em ovos nessas horas.

— Não quero dizer que você está se *justificando*, ou, bem, se estou, não estou dizendo que está se justificando sem justificativa. É que isso parece ser uma tática dele.

— O quê?

— Seeley. Ele parece querer fazer com que a gente se sinta bem. Quero dizer, as pessoas em geral. Mas, na prática, acho que está sempre impondo sua visão de mundo enquanto dá a ilusão de que é a sua. Ele quer ser Napoleão, sabe?

— Meu Deus. É um pouco tarde para isso, não é?

— Não ao pé da letra, claro. Mas esse é o efeito. Ele quer que as pessoas o sigam. Quer revolucionar e controlar suas vidas.

— Estamos falando do mesmo Ludovic Seeley? Aquele que sempre ajuda na cozinha e vai casar com minha filha?

— Sei que não parece possível, mas ele é muito sincero quanto às suas ambições. Pergunte a ele.

Annabel riu.

— Acho que ele quer ser o editor de revista mais bem-sucedido de Nova York. Quer superar Tina Brown. É minha impressão.

Danielle sorriu novamente encarando a estrada, timidamente. Havia várias árvores lindas pelo caminho, e eram opressivamente frondosas. A luz estava nebulosa. Ela imaginou, rapidamente, sua própria franqueza com Annabel. De alguma forma, talvez por causa de Murray, ela sentia que havia pulado uma geração: como se fosse tia de Marina em vez de sua amiga, ou sua amiga ao mesmo tempo em que era sua tia. Danielle se sentiu um palimpsesto, várias pessoas ao mesmo tempo.

— O que não quer dizer que ele não tenha substância — continuou Annabel. — Politicamente, óbvio, ele não está no mesmo nível de Murray, ou mesmo no meu. Mas ele tem integridade.

— Uau. Não tenho certeza de que essa é uma palavra com a qual me referiria a ele.

As árvores surgiam enquanto elas passavam, uma após a outra, infinitas e verdejantes.

— Se você sente tudo isso em relação a ele, talvez devesse dizer algo a Marina. Ela planeja se casar com ele, afinal.

— Eu sei. Não é muito fácil.

— Se eu sentisse que minha melhor amiga estava prestes a cometer um engano fatal...

— Sim, mas então você seria culpada novamente do que Seeley acusa. Você estaria impondo seu ponto de vista, sem considerar o que é melhor para sua amiga.

— Então Seeley pode, em sua opinião, ser uma pessoa ruim, mas boa para Marina?

— Não estou dizendo isso. Estou dizendo que ele diria que é possível. —Danielle parou. — E acho que estou dizendo que no momento não diria nada a ela sobre minhas impressões. São apenas minhas impressões.

— Impressões. — Annabel fungou. — É tudo o que temos. E tenho péssimas impressões sobre o que aconteceu com DeVaughn.

— Ele se sentiria muito mal neste carro. E você na sua casa. Muito mal.

— Mas não *sabemos* disso.

— Sim, sabemos.

Annabel e Danielle chegaram a Stockbridge pouco antes de meio-dia. Começava a chuviscar, e os arbustos mostravam suas partes de baixo, prevendo uma tempestade.

— Não é bem o que imaginamos — disse Annabel enquanto saíam do carro. — Nada de churrasco hoje.

— Nem de cochilos na pérgula — disse Danielle.

Os cochilos sempre foram dos programas favoritos de Danielle na casa de campo dos Thwaite, quando se escondia atrás das telas com um livro e um copo de limonada para pegar no sono no banco, o que era ao mesmo tempo desconfortável e estranhamente prazeroso.

— Talvez todos nós estejamos brincando de Banco Imobiliário.

— Talvez — disse Annabel. — Algo assim.

Pelo menos Murray não estava por lá quando entraram. Ludovic estava lendo numa poltrona perto das portas do jardim, e Marina estava esticada no sofá, comendo metade de um *bagel*. Ela lambia os dedos melados de manteiga como um gato.

— Você veio! — Ela se levantou e, sem largar o *bagel*, jogou seus braços em volta do pescoço de Danielle, que se perguntava se estava sendo lambuzada de manteiga no cabelo. — Que alívio! Estamos praticamente em alerta de tornado.

— Sua mãe dirigiu como um raio.

— Ela nunca faz isso. Apostei com Ludo que vocês não chegariam antes do almoço.

— Onde está seu pai? — Annabel já estava subindo as escadas.

OS FILHOS DO IMPERADOR

— Trabalhando, acho. No quarto.

Foi mais fácil não testemunhar o reencontro dos Thwaite. Danielle não queria presenciar o afeto deles — ou a falta dele.

— Tem almoço aí? — disse ela, meio brincando, por causa do *bagel*, ciente de que ela e Ludovic não haviam se cumprimentado diretamente. Como se ele soubesse o que ela achava dele. Ou como se ele pensasse o mesmo dela. Ela tocou o ombro dele, deliberadamente. — Ei, parabéns para vocês dois.

Ele só estalou o calcanhar; o que era difícil de se fazer com chinelos. Ela queria dizer algo, mas não conseguia.

— Setembro, hein? Está chegando.

— Vamos ouvir muito isso. Mas o plano é ter alguém coordenando, comemorar aqui, então não deve ser difícil de organizar.

Eles estavam discutindo os preparativos à mesa da cozinha quando Murray finalmente desceu. Danielle ouviu seus passos e sentiu-se corando. Quando ele entrou na sala, ela se levantou e se virou lentamente, arrumando-se, e se viu misteriosamente, como se tivesse um nó dentro de si, cara a cara com o Murray Thwaite que ela conhecia há anos, o amável e distraído patriarca patrício cujo olhar desfocado, mas benevolente, parecia deslizar sobre ela como água. Ele apertou a mão da amiga da filha e beijou sua bochecha: nesses gestos ela procurou alguma intimidade — uma pressão mais forte, uma simples palavra sussurrada, até um olhar mais demorado —, mas a máscara dele era tão completa, tão impenetrável que Danielle se perguntou ligeiramente se o relacionamento deles era só imaginação, se ele pensava que ela era uma puta — de alguma forma havia um insulto implícito no sucesso da atuação dele — e se essa coisa toda, na sua completa loucura, era invenção. Ele se moveu, serviu café, acendeu um cigarro, perguntou sobre os planos para a tarde ("Se eu não for para a grelha, preciso saber qual será minha tarefa"), perguntou a Ludovic o que ele estava lendo, plantou um beijo sem esforço (invejavelmente) no alto da cabeça de sua filha — fazendo isso ele permitiu que seus olhos, por um brevíssimo momento, encontrassem os de Danielle, um momento que, com otimismo, ela tomou como o beijo que seria seu, apesar de ter sido dado em Marina — e sumiu de volta nas escadas.

Só depois que ele deixou a sala, Danielle voltou a respirar normalmente; ou assim pareceu. Ela podia sentir seu cheiro de gim-tônica mesmo depois de ele ter saído. Percebeu que não sabia o que Marina estava dizendo, e que possivelmente estava segurando sua caneca de chá gelado na boca há minutos, como se estivesse quente e fosse inverno, para esquentar as bochechas com o vapor. A idéia de passar vinte e quatro horas lá de repente pareceu muito tempo.

— Flores de que cor para o buquê? — perguntou ela. — E que flores, aliás?

— Bem — disse Marina —, estou entre um de flores do campo do final de estação, sabe, com flor de cenoura, margaridas e sálvia, algo parecido com a propriedade, sabe, que mostre a beleza deste lugar; ou algo mais sofisticado, como, sei lá, meia dúzia de copos-de-leite amarrados com um laço.

Quando ela disse "copos-de-leite", Seeley, bocejando, assentiu e levantou um dedo.

— Não sei se o noivo pode palpitar sobre o buquê.

— Ah, vou enfiar meu nariz em tudo — respondeu Seeley, com seu sorriso lânguido. — Como você sabe, é meu jeitinho.

— Vai escolher o vestido também?

— Se eu puder. — Ele sorriu, tirou uma cereja de uma travessa no centro da mesa e a jogou na boca. — Mas Marina é um modelo de bom gosto, e, se escolher o buquê certo, certamente pegará o vestido certo. — Ele cuspiu o caroço em seu punho fechado e desapareceu com ele, como num passe de mágica. — É a roupa de todos os outros o que me perturba.

Danielle mal estava escutando, e seu sorriso parecia preso. Era a sensação mais peculiar: era esse o sentimento dos loucos? Ela deve ter imaginado o olhar dele, sem ver e sem perceber que ele não demonstrou qualquer intimidade. Ela disse a si mesma que não esperava que ele o fizesse, mas como não esperaria? Até agora, ela não havia aceitado totalmente a força de seu desejo, o que não era apenas vergonhoso, como um caso de adultério, mas muito embaraçoso também. Era como se ela estivesse apaixonada por seu pai. O pai de Marina é que estava lá, não o irônico cortesão ursino que a visitava sozinho em seu apartamento nas horas mais esquisitas ou que meio que se levantava aristocrática e desengonçadamente de sua cadeira quando ela chegava a um bar ou restaurante. Danielle estava corando — a lembrança de sua bochecha no peito dele, a textura do lóbulo de sua orelha com sua rarefeita penugem, o cheiro dele. Seeley riu.

— Não estou criticando seu senso de estilo — disse ele. — Certamente você não está no seu melhor dia, Danielle, mas está indo muito bem.

— Isso é ótimo, vindo de você.

— Embora devesse usar salto alto. Você é baixinha.

— Muito obrigada. É o que minha mãe diz também.

— A mãe de Danny é uma comédia. O nome dela é Randy.

— Randy é o nome, mas o sobrenome é Sem-Vergonha.

— Tem noção de que essa piada já foi feita? Mas não podia ser mais verdade.

— Eu a conheci — disse Seeley, mastigando outra cereja. — No Metropolitan, quando eu conheci você. — Ele olhou, de forma prolongada, para Marina.

— Ah, que dia fatal — disse Danielle. — Parece mesmo há muito tempo.

— Mesmo não sendo. — disse Marina. — Não faz nem um pouco de tempo.

Durante toda a tarde, Danielle teve a estranha e vívida sensação de que algo estava prestes a acontecer. Por que não aconteceria? Tanta emoção estava acumulada nela que certamente deveria — como telepatia, como fantasmas — mover os móveis, as pessoas, os acontecimentos. Uma emoção catalítica. Porém, essa sensação era só dela: ela podia sentir, ainda que fracamente, que, para o resto da casa (exceto, claro, para Murray, convenientemente afastado trabalhando num artigo), esse era realmente um dia de descanso. Intermitentemente, Marina e Seeley se enrolavam como cobras. Eles liam. Jogavam Banco Imobiliário. Observavam a chuva. Começavam conversas tolas. Annabel ia e vinha. Fez uma torta de maçã; colocou sua capa e suas galochas e tirou alface do pomar. Todos eles se reuniram numa grande sala (novamente, com exceção de Murray; ela tinha pavor de vê-lo entre eles, mas não suportava sua ausência. Como ele podia estar num cômodo logo acima, a segundos de distância, e ser tão inacessível?) para observar a enorme tempestade da tarde. As árvores dobraram até a metade. As telas da pérgula brilhavam. A casa estava fortemente selada — "Como um navio, construímos como um navio" — que a tempestade parecia estranhamente silenciosa, um show mudo de chuva se movendo, pontuado apenas por trovões. Eles pareciam ecoar através das placas do chão e vibrar sob seus pés. Era simultaneamente envolvente e irrelevante, pensou Danielle, enquanto o céu tremeluzia. Sobretudo explosivo. Como seus sentimentos por Murray. Talvez esse fosse seu efeito telepático; nesse caso, ainda que não auspicioso, pelo menos não era arrojadamente destrutivo. Enquanto ela pensava nisso, um enorme galho no fundo do jardim estalou e caiu, por pouco não acertando a pérgula.

Murray só apareceu mais tarde, como o estreito raio de sol que deslizava entre as nuvens da tarde. Ficou parado com o cigarro na mão no escorregadio pátio de pedras do jardim.

— Parece que vou apelar para a grelha, afinal — disse ele. — Então vou tirar mais uma horinha antes disso. Joseph quer soltar esse artigo sobre as idéias que surgiram sobre a saída dos EUA do Protocolo de Kyoto antes das conversas em Bonn.

— Seu pai é obcecado por churrasco — observou Seeley quando ele se foi.

— É a única comida que ele faz, e tem muito orgulho disso.

— Eu vou tirar um cochilo. — Danielle pensou que era agora ou nunca.

— Você tem pelo menos uma hora. — Marina deu a ela um de seus sorrisos. — Eu acordo você. Podemos fazer coisas de mulher.

— Falar sobre mim, quer dizer — disse Seeley.

— Bem que você gostaria. — Marina o beijou na bochecha.

Danielle sabia onde ele estaria, em que quarto. Era no final do outro lado do corredor em relação ao quarto dela, no canto. Não havia outro motivo para ir lá a não ser ele. Inevitavelmente, a porta estava fechada. Danielle ficou parada ali, ciente do carpete grosso sob seus pés, olhando para as nuvens passando através da pequena e alta janela do corredor. Ela escutou. Pensou em bater. Mas, se Annabel estivesse lá — ela talvez tenha ouvido vozes suaves do outro lado da porta, apesar de que podia ser

OS FILHOS DO IMPERADOR

Murray falando consigo mesmo; ela já o viu fazendo isso —, o que ela diria? Ela não poderia fingir estar perdida, após todos esses anos como convidada. Podia ter uma pergunta, mas não tinha. Se ele soubesse que ela estaria em seu quarto, iria ao seu encontro, não iria, só por um momento? Apenas uma palavra inocente. Apenas um rápido abraço. Ou não. Porque era possível que ele tivesse esquecido que ela estava lá, ou que ela estar lá fosse significativo. Homens são bons nisso, Randy sempre dizia. "Olhe para seu pai — separando as coisas. É como as vacas: têm quatro estômagos. Parece sofisticado, mas na verdade é sinal de um organismo mais primitivo", afirmava ela.

Danielle suspirou (audivelmente, esperava ela, mesmo sem querer de verdade) e retirou-se para seu pequeno quarto azul, com uma cortina de *voile* e almofadas, cama de solteiro, o tapete de retalhos azul embaixo do pé um pouco mais puído do que no ano anterior. De repente tudo parecia uma celebração aconchegante de sua solteirice, seu suposto celibato. Havia outro quarto desocupado na frente da casa, um quarto verde, com uma cama de casal. Mas eles nunca a colocariam lá. Nunca pareceu ser necessário até agora.

Quando Marina acordou Danielle, ela estava babando e com marcas das pregas do lençol na bochecha. O tempo fechado havia passado, e o sol da tarde mandava feixes de uma luz furiosa pelo gramado. Danielle abriu a janela, e o ar parecia ter sido lavado, momentaneamente, como um verão forte após uma tempestade. Marina se jogou no canto da cama e mexeu com os pés do móvel, enquanto Danielle lutava para ficar acordada.

— Por que não gosta dele? — perguntou Marina.

— De quem?

— Pára com isso, Danny.

— Eu gosto dele, gosto dele. Eu não o *conheço*, pelo amor de Deus.

— Você queria muito que eu o conhecesse, e agora queria não ter armado isso.

— Isso é ridículo.

— Sinto como se estivéssemos nos afastando, sabe?

— Você está apaixonada, tolinha. Esqueceu? Isso consome. E, se nos afastarmos um pouco, bem, não é assim que as coisas são?

— Nos conhecemos há mais de dez anos.

— Olhe para Julius. Talvez seja essa época da vida. Você sabe. As pessoas se casam.

— Mas não você.

— Ainda não. Quem sabe, talvez nunca.

— Mas você não está nem tentando.

— O que quer dizer? Não sabia que você estava tentando.

— Você sabe do que estou falando. Tenho medo que você fique presa na sua carreira e deixe pra lá.

— Quer dizer que eu estou ocupada demais para me apaixonar?

Marina, com as pernas cruzadas, ergueu lindamente a cabeça. Ela parecia intoleravelmente convencida. Danielle não conseguiu segurar.

— E se eu disser que estou apaixonada?

Marina agarrou os tornozelos de Danielle com as duas mãos.

— Eu sabia. "Amor! Venha para mim, meu amor!" Quem é ele?

— Isso é absurdo. Eu estava esperando a ligação da minha mãe. Não, essa história de estar apaixonada não é adequada.

— O que quer dizer?

— É... não correspondida. Esse é o termo.

— Ih. Sinto muito.

— Não, não sinta. É também... quero dizer, é inadequada. Então é melhor do que não correspondida.

— Ele tem dezoito anos? — A voz de Marina ganhou um tom brincalhão. — É mais velho? Não é casado, é?

Danielle deu de ombros.

— Eu não devia ter dito nada. Não importa.

— Claro que importa. Você pode conversar comigo. — Danielle percebeu que Marina estava louca para saber mais, em parte porque se sentia genuinamente angustiada por sua amiga (se ela soubesse...), mas também porque adorava fofocas.

— Fim de papo. Não falo mais nada. Só não pense que não tenho coração ou algo assim. É só que minhas afeições são mal direcionadas.

— Isso parece sério. Vou arrancar isso de você, você sabe.

— Por que em vez disso você não me arruma alguém?

— Porque, se você estiver mesmo apaixonada, nunca vai funcionar, vai? Não é o Nicky, é?

— Por favor. — Danielle fez uma careta. — Não é o Julius também, caso você esteja se perguntando.

— Eu o conheço?

— Acho que não. Vamos deixar quieto, tá bom?

Marina ainda estava com as mãos nos tornozelos nus de Danielle, e os apertou antes de soltar.

Antes do jantar — se a curiosa refeição de feriado servida no final da tarde podia ser chamada de jantar: representava uma ruptura com os horários de refeições tradicionais que ocorria também no dia de Ação de Graças e, claramente, para aqueles que o celebravam, no Natal, uma quebra de cânone que sempre desconcertava Danielle, que seguia uma ordem severa em seus dias normais —, eles providenciaram um champanhe caro para brindar ao casal feliz. Danielle bebeu duas taças rapidamente, e se sentiu tonta, melhor para lidar com isso, para ignorar a estranheza ao redor. Ela ajudou Annabel a pôr a mesa do lado de fora, o que primeiro exigiu que a esfregasse com panos de prato, e, então, por todo seu desprendimento, aproximada do desespero, ela passou por Murray, que estava de pé e fumava ao lado da grelha.

— Você parece um especialista nisso — disse ela.

Ele mal olhou para ela.

— E como. Marina deve ter contado a você que eu sou, é minha especialidade culinária. — A voz dele parecia ter sido gravada para o rádio, um pouquinho acima do tom natural. Ela se perguntava se alguém mais notara.

— Ela me contou mesmo. — Danielle não conseguia pensar em mais nada para dizer. Ela esperou que Murray dissesse algo.

— Uma pena que você não fume — disse ele, finalmente. — Marina diz que você é contra eu fumar sobre a carne.

— Não me incomoda, na verdade. Acho que a gente se acostuma a tudo. — Agora ela não estava olhando para a grelha e nem para ele, mas teve a impressão de que os olhos de Murray estavam nela.

— Esse é o espírito — disse ele. — Se adaptar às circunstâncias.

— Ela ficou mais um tempo. — Ela quer que você seja a dama de honra dela, eu acho.

— Sim, acho que sim.

— Um membro de honra da família.

— Eu realmente não pensei dessa forma. — Ela esperou novamente, mas ele parecia ter cessado a conversa, totalmente absorto em virar as coxas de frango e os hambúrgueres.

Ela voltou para a cozinha, sabendo que seus membros se moviam frouxos, que sua conduta projetava — deveria projetar — uma indiferença controlada. Essa era a delicada tortura: inocente, como ela previu. Não estranhava Marina ou a mãe dela, já que esses relacionamentos pareciam — eram! — os mesmos. Não, o estranho era íntimo seu, o homem que ela achava que entendia tanto, por quem agora ela relutantemente admitira estar apaixonada (e que tolice era essa?), que parecia, de modo enfurecedor, impossível e inevitável ser capaz de desligá-la como um interruptor, de relegá-la à esfera da irrelevância, uma amiguinha de sua filha que devia ser meramente tolerada e, idealmente, evitada. Ela queria repetir os elogios dele à mesa, em voz alta. O choque disso. Ela queria lembrá-lo, estando a família dele presente ou não. Ela queria. E queria. E permaneceu querendo: o assento molhado, o frango seco, mais champanhe, a dor de cabeça provocada pela bebida, os mosquitos, a conversa, a falha dele, não, a recusa de olhar, olhe para mim, causei uma tempestade com minha paixão e me sento aqui tremendo por baixo da pele e você não percebe porque está se esforçando para não perceber, mas de todos à mesa só existimos eu e você, e você sabe, o ar está carregado disso, é um calor, um vento quente, Marina e Seeley são uma vergonha perto disso, Annabel deixa de existir, é simplesmente apagada pela força disso, que não é uma fantasia, não é minha imaginação, percebo pela forma como você levanta seu garfo, pelo movimento da sua mandíbula, por aquele sexto cigarro, você está me fumando, ou fumaria, se pudesse; por quanto tempo podemos continuar com isso, quanto tempo até a erupção, até que a tempestade volte e todos possam ver o que é, o que realmente é?

— Você está muito quieta esta noite, Danny — observou Annabel.

— Deve ter sido o cochilo. Durmo tão bem aqui. Acho que nunca acordo direito do meu cochilo.

— Deve ser a pressão do ar — disse Seeley. — Afeta algumas pessoas.

— E algumas pessoas dizem que cafeína as mantém acordadas à noite, também — disse Murray, apagando o sexto cigarro, fumado, como o resto, até a metade.

Danielle de repente viu, através da neblina ou da tempestade de seu desejo, quão pouco Murray gostava do homem com quem sua filha se casaria. Não estavam sozinhos à mesa ou no mundo. Mesmo sendo normal, a percepção a machucou — ela não queria admitir o normal — e a libertou.

Mais tarde, sozinha, ela se sentou à mesa, assistiu aos vaga-lumes piscando pelo gramado no pôr-do-sol e respirou o melancólico ar úmido. Murray pegou os pegadores da grelha para lavá-los, parou um momento diante dela no escuro e colocou a mão em sua cabeça como uma touca aconchegante. Não disse nada, e se foi; mas era tudo o que ela queria: a bênção.

CAPÍTULO QUARENTA E UM

O Quatro de Julho (3)

— ACHO QUE A DANNY ESTÁ APAIXONADA por você — disse Marina a Ludovic enquanto se despiam.

— Por mim?

— Está apaixonada por alguém inadequado, segundo as palavras dela. E não é correspondida. Só que não me disse quem ele é.

— Talvez "ele" seja "ela"?

— Sério, Ludo. Acabou de me ocorrer... Toda a conversa sobre você antes de a gente se conhecer, ela querendo fazer aquele filme sobre você... Então começamos a sair, talvez ela não tenha conseguido agüentar. Explicaria por que ela anda tão estranha. — Marina estava esfregando loção de limão na batata da perna. — Sabe, até Julius insinuou isso. Ele perguntou se Danielle estava apaixonada por você, e eu ri. Meu Deus, me sinto tão mal.

— Por que se sentiria mal?

— Ela, você sabe, tinha esperanças. Ainda tem. Está apaixonada, ela me disse.

— Pode ser outra escolha inadequada. Tenho certeza de que existem muitas.

— Mas e se for você?

— Então ela não consegue levar em consideração as emoções da pessoa que ela ama. Portanto, ela é uma apaixonada egoísta e sua solidariedade deveria ser limitada.

— Isso não foi muito legal.

— Sério. É narcisismo amar um muro e ressentir-se por ele não corresponder ao sentimento. É perverso. Amor é mútuo, floresce com a reciprocidade. Não se pode ter amor de verdade sem afeto em retorno. Do contrário, é apenas obsessão e projeção. É infantil.

— Então, de fato, devo me irritar um pouco com ela, por não amadurecer.

— Por aí.

— Você tem um jeito, não tem? De mexer com a cabeça das pessoas.

— Tenho, sim. — Ele riu, secamente. — Sua amiga Danielle chama isso de minha "revolução". É só meu desejo de que as pessoas vejam as coisas mais claramente.

— Ou do seu modo, dependendo da abordagem.

— Sempre depende *disso*. Aqui entre nós, não acho que sua amiga esteja apaixonada por mim. Não estou apenas sendo modesto. Realmente pareceu haver um pequeno interesse inicial, que eu ignorei nobre e apropriadamente.

— Por quê?

— Porque ela não faz meu tipo. Porque eu estava esperando por você. E, desde então, nada. Um coração de pedra. No máximo, ela está brava comigo.

— Isso, sim, é absurdo.

— Por tirar você dela. Não, não estou dizendo nada esquisito aqui. Ela é sua melhor amiga, acostumada a ter acesso ilimitado a você e, sinceramente, de algum modo acostumada a ter uma vida muito mais organizada do que a sua, aparentemente bem-sucedida no emprego, dona de um apartamento. E então, de repente, você não é apenas mais bonita e mais interessante, você também está comprometida, tem um emprego, está seguindo em frente. Não precisa mais dos conselhos dela. Deve ser doloroso. — Encostando-se na cama, Ludovic colocou as mãos atrás da cabeça. — Talvez *você* seja o caso de amor inadequado dela. Já pensou nisso? Não necessariamente sexual, embora eu não descarte a hipótese. Mas, de qualquer forma, você era o centro do mundo dela, e agora não é mais.

— Estou sendo uma má amiga?

— Pela primeira vez na vida, você está seguindo seu próprio caminho. Isso só pode estar certo.

— Você salvou minha vida.

— A missão ainda não foi concluída. Afinal, ainda estamos na casa do seu pai. — Ele a abraçou, acariciou o braço dourado dela. — Mas não por muito tempo, docinho. Não por muito tempo.

vigorosamente como se fossem para algum lugar. Um amigo de David, agora fora do tumulto, tocou o ombro de Julius e perguntou sobre ele.

— Não sei. Achei que ele estivesse aqui.

— Isso é estranho — disse o amigo de David. — Não é do feitio dele. David é tão certinho.

Não era do seu feitio? Julius não pensou na ausência de David como nada além de um fato; mas ele acreditava, se fosse o caso, que, pelos padrões do mundo, David era consideravelmente mais confiável do que ele mesmo, e que era realmente estranho que não tivesse aparecido.

— Ele está, tipo... doente?

— Acho que não. — Deu de ombros. — Tenho certeza de que aconteceu algo.

— Hum. — O sujeito, de cujo nome Julius não conseguia se lembrar, olhou para ele com uma aparente desconfiança e então voltou para dentro. Julius, que não fumava, pegou um cigarro com uma baixinha ao lado dele (o jeito machão dela, seu cabelo lambido e sua tentativa de parecer durona eram quase um soco no estômago do namorado de David) e atravessou a avenida para fumar sozinho, enquanto fingia olhar a vitrine de uma loja de antiguidades.

Revelava-se nele algo desconcertante, já que não tinha concebido que algo estava errado. Ele havia imaginado — ainda imaginava — que David simplesmente quis dar uma mudada, cometer um pequeno deslize. Deus sabia: Julius estava acostumado com essa sensação, mesmo que não a perdoasse nos outros. Do atraso, Julius parecia não sentir nada além daquilo, um constante empurrão, uma dolorosa inquietação que pinicava sua pele desde que seu dia começara. Se ele pensasse nisso, acreditaria que estava infeliz sem qualquer motivo, porque tinha, finalmente, quase tudo o que queria. Era verdade que, mesmo que ele estivesse aprimorando seus suflês, não estava aumentando suas oportunidades de grandeza. Escrevera alguns artigos desde o começo do verão e deixara algumas propostas escaparem. Precisava fazer ligações, amolecer os editores de revista espalhados por Nova York e pelo resto do país, de cuja boa vontade sua vida dependia. Ele não pensou no seu futuro, só no seu futuro doméstico. Ele, um leitor voraz, nem sequer estava lendo um livro.

Julius não gostava de pensar que David podia, mesmo sem querer, ser responsável por sua infelicidade — porque, enquanto Julius estudava atrás do vidro as formas de uma poltrona *art déco* com estofamento de couro de vaca, ele deu à sua ansiedade física o nome de "infelicidade", permitindo imediatamente que crescesse e mudasse de forma —, assim como não lhe agradava pensar que David também poderia estar infeliz. Se ele, Julius, estava infeliz, isso queria dizer que os dois estavam? Ou seria apenas projeção? Não parecia provável, de forma alguma, que Julius fosse infeliz e David estivesse perfeitamente satisfeito, mas alguém podia ter certeza disso? Ele percebeu que acreditava que a ausência de David era provocada por algum caso, já que a sua própria — algumas semanas antes, por exemplo, com o belo Lewis — era assim justificada. No entanto, o amigo sem nome de David estava certo: David geralmente não deixava de ir. Infeliz ou não, Julius tinha uma responsabilidade para com seu namorado. Talvez ele tivesse de ligar para delegacias, hospitais.

Era quase uma hora quando Julius virou a chave na fechadura. O apartamento cheirava a batata frita e gim. David estava sentado à mesa; suas mangas, arregaçadas; a gravata violeta frouxa, manchada de ketchup, parecendo sangue. Os olhos de David, por trás dos óculos, estavam embaçados. Diante dele, um enorme hambúrguer com fritas sobre uma toalha de papel e um copo de gim Tanqueray com gelo. Julius sabia que era Tanqueray porque a garrafa estava aberta na mesa, quase pela metade.

— Que surpesa encontrá-lo aqui — disse Julius com as mãos nos quadris.

— Posso dizer o mesmo pra você. — David estava com o queixo levemente sujo por causa de um guardanapo já engordurado.

— Fiquei representando nós dois na festa *ridícula* de Ned e Tristan — soltou Julius. — Era você que estava DESAPARECIDO.

— Tive um dia ruim.

— Bem, claramente não foi tão ruim quanto poderia ter sido. Não ruim o suficiente para me ligar e me contar. Aqui estava eu, pensando se você tinha sido atropelado.

— Não tão preocupado a ponto de não ir para a festa. — David franziu seus olhos embaçados. — Não tão preocupado para bagunçar o quarto. Ou para usar minha camisa sem pedir.

— Por acaso temos oito anos de idade para sermos tão possessivos?

— Não — disse David, com uma honra paródica. — Estamos simplesmente observando um fato. — Ele deu um gole cuidadoso em seu drinque, quebrando os cubos de gelo com os dentes. — O que aconteceu no quarto?

— Não importa agora. Fiz jantar, sabe? Pato ao *curry*.

— Que engraçado, não tinha nada para comer quando cheguei aqui. Tive de sair de novo para comprar isso.

— Não acredito que estamos tendo essa conversa. Eu por acaso sou uma dona-de-casa dos anos 1950 e você tem o direito de ficar puto porque, quando apareceu com seis horas de atraso, não havia jantar na mesa? Você só pode estar brincando.

— Tudo o que eu disse é que não tinha jantar quando cheguei. Só um lugar que parecia ter sido saqueado por ladrões. E nada de Julius. O que, considerando o meu dia, não foi muito legal.

— Você fica batendo na mesma tecla, então é melhor que me diga por que seu dia foi tão ruim. Rosalie queimou seu café? O mercado estava tumultuado?

— Fui despedido — ruminou David, com a boca cheia de hambúrguer, e Julius achou que podia ter ouvido errado. Estendeu as mãos num sinal de incompreensão. David calmamente terminou de mastigar, engoliu e tomou um gole de gim. — É o que você ouviu... Fui despedido.

— Como?

— Não vai dizer "sinto muito"?

— Claro que sinto muito. Você sabe que sinto. Mas qual foi a razão? Podemos dar um jeito?

— Você está perguntando se eles me demitiram porque sou gay? Que pena, mas não desta vez. Me demitiram porque não estão mais faturando. Demitiram nove de uma vez.

— Mas como eles decidiram isso, por que você?

— Não importa. Não sei. Não tem como saber. Eu custava caro demais? Era ineficiente? Acho que não. Difícil de lidar? Óbvio que não.

— Talvez eles tenham demitido porque você se veste melhor.

— Talvez.

— Querido, sinto muito. — Julius abraçou David, ainda sentado, por trás. — Eu não sabia. Coitadinho. Esse é o pior dia. O pior. — Levemente ocorreu a Julius que ele não podia, pelo menos agora, permitir sua própria tristeza. Era, de repente, hora de se recuperar, de ser corajoso. Até então, ele não tinha muita prática nesse tipo de atitude, não tinha muita experiência.

David resmungou algo e bebeu um pouco mais de gim.

— Eu até faria um drinque pra você se não tivesse percebido que já passou da conta.

— Não bebi muito. Comprei essa garrafa no caminho para casa. Fiz a excursão da Circle Line. Foi relaxante, e bem bonita. Lembra os prazeres ilusórios de Manhattan.

— Comeu alguma coisa?

— Um monte de amendoins. E esse hambúrguer. Vou dormir agora.

— Deixe-me ajudá-lo. — Julius brincou com os botões de David, mas foi afastado. — Vamos ter de ir, você sabe — disse ele, enquanto caminhava sobre o mar de roupas além da porta do quarto.

— Ir pra onde?

— Se eu não arrumar outro trabalho logo, vamos ter de deixar este apartamento. — Ele parou e falou lenta e claramente. — O aluguel aqui é muito caro, Rainha do Lixo.

— Me deixe arrumar isso, rapidinho. — Julius passou por ele cheio de ginga e colocou as camisas de volta nos cabides e as meias, cuecas e suéteres nas gavetas, enquanto David olhava. Jogou as camisas mais amassadas junto das toalhas molhadas no cesto de lavanderia. David ficou parado, pálido e sonolento, esfregando o nariz vez ou outra. Quando terminou, Julius abraçou David. — Sinto muito, monstrinho. Devia ter me ligado.

David acenou com a mão.

— Eu estava em casa, devia ter me ligado.

— Vou dormir. Bebi muito desse gim. — David arrotou silenciosamente e se arrastou para o banheiro. Mijou ruidosamente com a porta aberta.

Ocorreu a Julius que David, bêbado como estava, se movia como um gordo. A cena toda era vagamente deprimente: o cheiro de gordura de hambúrguer e das batatas fritas o seguiu até o quarto. Ele não conseguia imaginar David sem seu emprego. Era uma nova forma de nudez, uma que Julius sentiu que não devia desagradá-lo de ver; mas, em vez disso, ele estava preocupado, já, com as contas, com o aluguel, com o preço dos restaurantes e com as roupas. Com seu artigo não escrito para a *The Monitor*, alguns milhares de dólares lá.

— Podemos ir para a Pitt Street, é uma opção — disse ele. — Chutar o primo da Marina de lá. Se precisarmos.

David não respondeu. Jogou suas calças, brigou com sua gravata e subiu em sua cama ainda de camisa. Colocou os óculos cuidadosamente na mesinha-de-cabeceira e virou as costas para Julius, que ainda estava no meio do quarto.

— Posso dar um beijo em você? — pediu Julius. — Só unzinho.

— Se quiser — disse David, sem se virar. — Tive um dia ruim mesmo.

CAPÍTULO QUARENTA E TRÊS

Concluído

NÃO MUITO DEPOIS DE ANUNCIAR seu noivado, não muito depois de sua determinada insistência para que Danielle os encontrasse no Quatro de Julho, e imediatamente depois da volta dele a Nova York para trabalhar, Marina entregou para seu pai um manuscrito de tamanho modesto, mas aparentemente completo, com o título digitado na primeira página: OS FILHOS DO IMPERADOR ESTÃO NUS. A página que se seguia a esse cabeçalho um tanto quanto bobo era, aparentemente, a dedicatória, que também irritava: "Para meus pais, que me ensinaram tudo", constava, ainda: "E para Ludovic, que me ensinou mais." Murray compreendia perfeitamente os impulsos sentimentais de sua filha, mas isso não justificava o simples transbordar disso. Não fazia sentido. "Tudo" e "mais". Não fazia sentido nenhum.

Sua perturbação nessas palavras iniciais constituíram, para Annabel e Danielle (ainda que de formas diferentes), sua resistência em ler o livro; mas, no fundo do coração dele, Murray sabia que nunca quis ler, que estava perfeitamente satisfeito em imaginar que o projeto nunca seria concluído. Não podia dizer a ninguém — nem ao jovem Frederick, cujas radicais demandas, padrões quase dementes, o impressionavam; ali estava um jovem que podia criticar Tolstoi — que se esquivou, por quinze dias, de sua tarefa de ler o livro, pois suspeitava que não seria nada bom. Isso não era o mesmo que pensar que a produção poderia entediá-lo — e o assunto parecia ao mesmo tempo tão frívolo e tão obscuro que Marina teria de atingir um grande feito para não entediá-lo. Melhor ainda, ele percebeu que toda sua ansiedade sobre as habilidades intelectuais de sua filha, sobre sua seriedade, aglomeravam-se sobre uma pilha de papéis como um persistente odor de umidade. Virando as páginas, lendo-as, poderia limpar o ar; mas até aí...

Por mais de uma semana, Murray manteve o manuscrito no canto esquerdo da sua mesa, com o elástico da cópia ainda a envolvendo. Periodicamente, Frederick perguntava a ele: "Já leu, por acaso?", e, se já não estivesse fumando, Murray acenderia um cigarro antes de responder:

— Ainda não. Estou muito ocupado. Você sabe.

Na quarta ou quinta vez que eles tiveram esse diálogo, Frederick tossiu levemente com a resposta de Murray e disse:

— Acho que significaria muito para ela.

— Lerei assim que puder.

— Durante seu almoço ontem, Marina veio dar uma olhada. Ela não disse nada, mas sei que ela percebeu, porque eu mesmo percebi, que o livro não foi mexido.

— Então vamos mexer nesse maldito maço de papel. — Murray pegou, tirou o elástico, desorganizou as páginas e enfiou na gaveta de baixo. — Não posso ter o mundo todo fungando no meu cangote — disse ele. — Torna a leitura muito pouco natural.

Frederick levantou suas sobrancelhas e retirou-se, o que também irritou Murray. Ele tentou explicar a situação a Danielle quando se encontraram no apartamento dela na hora do almoço do dia seguinte.

— Sei que Marina está aguardando minha opinião — disse ele. — Ela está esperando por isso a vida toda, e agora parece que é a hora da verdade. Não posso dizer uma mentira.

— Não pode?

— Não sobre algo tão importante. Será que você não percebe? Ela nem deu uma cópia a você. Só para mim e para o namorado. Só.

— Claro que percebo. Mas você não deveria ser tão... Pra início de conversa, o que o faz pensar que você não ficará orgulhoso? Ela finalmente escreveu o livro, levou quase toda nossa vida adulta. — Danielle massageou os ombros tensos de Murray com seus dedões e esfregou-os com suas pequenas e frias mãos. — Por isso só... bem, mesmo que você tenha suas reservas, fará elogios também; então, aposto que, sem mentira alguma, você será capaz de salientar o que é positivo. Ela realmente quer uma crítica, não apenas seu elogio.

Murray fez uma careta.

— Ok, ela quer principalmente elogios. Mas não apenas elogios. Ela é mais do que isso.

Os dois ficaram quietos por um instante, e então as buzinas e a turba da tarde penetraram no cômodo. Para Murray, os Rothkos pareciam estar de olhos fechados.

— Vou dizer isso só uma vez, e nunca mais. Minha única filha seguiu meus passos, não pode haver maior honra do que isso, e escreveu um livro. Mas e aí? Minha filha escreveu um livro sobre roupas infantis. Um livro. Sobre roupas infantis.

— Deixa disso. É sobre o significado de roupas infantis, a forma como elas refletem nossa cultura. Não é...

— É um livro sobre roupas infantis — suspirou ele. — O que significa ou que os passos que ela seguiu são peculiarmente, inesperadamente pequenos, ou pelo menos que elas os vê como pequenos. Em todo caso, falhei gravemente em tudo. Ou significa que os próprios pés dela não são muito grandes.

— E isso tem algo a ver com você, amor?

— Os pezinhos dela não têm "a ver" comigo, mas não deixam de me decepcionar. — Ele parou. — Eu não devia dizer essas coisas para você, que é a melhor amiga dela. Você não quer saber que o velho pai rabugento dela acha o livro um lixo.

— Você ainda nem leu. Já passou do título?

— A dedicatória para seus pais. Sou eu. E para o namorado. Ou devo dizer "o noivo"?

— Você tem medo de que ele tenha mexido nas coisas?

— No livro ou na menina?

— Em ambos, na verdade. Só tenho curiosidade.

Murray suspirou novamente.

— Como poderíamos saber? Sobre o livro.

— Ele a encorajou a terminá-lo. Deu o título. Ela me contou. Acho que ele o leu no processo.

— Mas ele não escreveu.

— Não? Estritamente falando, não. Mas... — Danielle deu de ombros.

— Você acha que ele é um grande Svengali.

— Acho que ele é Napoleão. E acho que ele é seu inimigo. E acho que Marina é o Cavalo de Tróia dele.

— Por favor, continue, criança. Essa mistura deliciosa de figuras marciais. Estamos em guerra? Eu não sabia.

— Ele quer algo de você. Queria desesperadamente conhecê-lo. Gostou da idéia de Marina porque era sua filha, pelo menos em parte.

— Então você acha que ele quer, na verdade, ir pra cama comigo?

— Não sei se ele quer cooptar e converter ou acabar com você, mas, de alguma forma tácita, acho que tem tudo a ver com você no final das contas. Não com Marina.

— Achei que você acabou de dizer que não tinha "tudo" a ver comigo. Você é bem inflexível.

— Não tire sarro de mim.

— Não estou tirando sarro. Longe disso.

— Você não vê o perigo, não é?

— Que perigo pode haver? Ou, de outra forma: o que pode ser mais perigoso para mim do que isso? — Ele apontou para a cama, para eles mesmos deitados nela, para os raios brilhantes de verão que chegavam através da janela, pintando grandes listras douradas no chão.

— Esqueça, então. Depois não diga que não avisei.

— Quando o céu cair, minha lindinha?

Danielle vestiu uma camiseta e cruzou os braços.

— Você precisa ler o livro — disse ela. — Assim que puder.

Então, nos dois dias seguintes, Murray leu o livro. Ele saiu do apartamento com as folhas enfiadas num saco de supermercado, foi para um bar na Amsterdam, pediu peixe, batatas fritas e um uísque e ficou lá numa primeira tarde em seu banco escuro e grudento até chegar à metade, e uma segunda tarde até ter virado a última página. Seus sentimentos, ao juntar as páginas novamente, colocar o elástico e as enfiar no saco, eram semelhantes à raiva, apesar de não serem exatamente isso. Ele não podia se afastar, não podia dizer totalmente se pensava mal do livro, se não esperava pensar mal dele. De certa forma, impressionou-se com a destreza dela, as viradas das frases, e pensou que ela sabia realmente escrever, podendo até conceber metáforas sem deixar o texto longo demais. No entanto, a satisfação não estava em lugar nenhum. Muita enrolação, uma opinião repetindo-se em

OS FILHOS DO IMPERADOR

volta de uma série de fatos previsíveis sobre o peso do mercado de roupas infantis na América do Norte, a idade na qual as crianças agora deixam a barriguinha de fora em oposição à idade em que fazem sexo ou qualquer porcaria, sociologia básica fajuta, sobre a invenção do conceito de infância no século XIX (como antes disso os infantes eram apenas adultos em miniatura, o que se pode ver nos retratos) e sobre como agora nós, como uma nação, não queremos crescer nunca. Era exatamente o que ele desejava gritar para sua filha: cresça, cresça! As pessoas deviam se preocupar com a devastação do capitalismo selvagem, as atrocidades na Bósnia e em Ruanda, o derretimento das calotas polares — sua filha estava ocupada pesquisando o custo de casacos de veludo na Best & Company. O livro como um todo o atingiu como uma caixa de presente bem-feita, embrulhada com papel elegante e fitas que, quando rompidas, revelavam o vazio. Talvez não totalmente vazio: umas bolinhas de gude cintilantes rolavam lá dentro, no fundo da caixa. Essa era a analogia que ele preparava para Annabel, para Danielle e para Frederick, se este estivesse interessado.

Com Marina, ele apelaria para uma abordagem mais delicada. Elogio — ele precisava começar com um elogio. Lecionara o suficiente para saber disso. E então, mais diluidamente, a verdade. Não podia deixar de apresentar a verdade fundamental: ela não deveria publicar o livro. Não havia jeito de suavizar essa notícia; mas, de alguma forma, ele precisava entregá-la certificando-se de que ela seguiria seu conselho. A filha merecia mais do que isso — talvez essa fosse a melhor forma de contar. Era capaz de muito mais. Tinha um futuro tão brilhante reservado (talvez isso fosse exagero — ela já tinha trinta anos, com pouca coisa que comprovasse uma eminência) que não devia limitar sua (ainda não existente) reputação só para ganhar um pouco de atenção. Uma vez que o livro fosse publicado, não poderia ser cancelado, diria a ela. Será sempre seu primeiro livro.

Ou o último. Impossível não pensar, no banco, no bar, nesses momentos antes de fechar a conta e entregar o cheque, impossível não se lembrar de seu próprio manuscrito escondido, um trabalho que, analogamente, ele via cruzar a linha entre seriedade e popularidade, com mais sucesso, se ele tivesse sorte, mas passando por alguns dos mesmos riscos. Não havia ninguém que reprovasse a publicação dele, nenhum leitor em cuja franqueza ele poderia confiar. Pensando nisso, ele se consolou pela pancada que deveria entregar: Marina tinha sorte. Sorte de ter um leitor que a amasse tanto, que se importasse tanto.

Ele ligou para a casa de Seeley procurando por ela. Ela estava quase sempre com o Seeley agora; e Murray descobriu que sentia saudades dela, dos pequenos afagos, seu despertar de cheiro doce. Ele sentia falta do sentido de urgência que ela tinha, um sentimento de que ele tinha de superar as expectativas dela, de ser o mito. Ele pegara isso de Danielle, essa tácita, mas diferenciada, adulação. Contudo, com Danielle era diferente. Afinal, ela não era permanente, não era da família. Ele ligou para Marina na casa de Seeley e a convidou para almoçar com ele. Fez uma reserva no San Domenico, aonde teria ido com o curioso e certamente libidinoso editor todos esses anos. De manhã, excepcionalmente, ele se barbeou antes do meio-dia e penteou o cabelo cuidadosamente. Perguntou a Annabel o que deveria vestir e escolheu um paletó e uma camisa, ambos relativamente novos, presentes que Marina dera a ele. (Sem Annabel, é inócuo dizer, ele não teria se lembrado disso.) Annabel tinha medo de que ele entristecesse Marina, mas Murray prometeu ser cuidadoso.

— Você nunca foi muito diplomático — disse Annabel. — Quer que eu vá com você?

— Onde há fumaça, há fogo. Ela perceberia — disse ele, rindo; mas, no táxi, suas mãos tremiam um pouco. Danielle também o havia preparado.

— Sua opinião significa tudo pra ela — disse. — Vá com calma.

— Se isso fosse verdade — respondeu ele —, ela não estaria casando com aquele cara. Não diria que ele a ensinou mais que tudo.

— Você parece uma criança mimada — disse ela. — Tente ser um bom pai, assim como um bom leitor.

— Merda — disse para si mesmo, fumando o último cigarro antes de cruzar a porta. Marina já havia chegado, apesar de não tê-lo visto. Seu cabelo escuro caía sobre seu rosto enquanto ela olhava o menu. Mesmo de longe, através do vidro, ele podia admirar o contorno das costas dela, a elegância de seu fino braço nu sobre a mesa. Ela era, sem dúvida, mais adorável de se ter do que Danielle. Menos sexy, talvez, mas adorável. Era incrível pensar, todavia, que esse cisne negro era fruto seu.

Ela se levantou quando ele se aproximou e sorriu seu grande sorriso desajeitado.

— Você alguma vez pensou, papai, que eu viria do meu escritório para encontrá-lo para o almoço? Já pensou que eu teria um emprego?

— E um livro, ambos. — Ele a abraçou. — Você chegou lá.

O olhar cabisbaixo dela era modesto, uma falsa modéstia, ele sabia, porque era igualzinha a ele; e a própria pungência da falsa modéstia chegou a ele como a coisa mais difícil de agüentar. Muito mais fácil seria se ela se exaltasse com ele — jogando pratos, até — do que testemunhar — causar — a derrubada de suas cuidadosas defesas.

Mas essa era uma questão de princípios e de responsabilidade paterna, e ele cumpriria seu dever. Depois de conversarem sobre a *The Monitor*, depois de um papo rápido — superficial — sobre os planos de casamento, depois de pedirem e tomarem o primeiro drinque, ele disse:

— Li seu livro.

Ele parou e ela se endireitou. Ele sentiu que ela achou sua pausa muito longa, e isso era um mau presságio. Ele queria confortá-la, mas não podia.

— Tem coisas muito boas lá — disse ele. — Você escreve lindamente.

— Mas... — O sorriso dela era grande e fixo. — Sempre tem um "mas".

— Está certa. Sempre tem um "mas". Pelo menos quando alguém ama você tanto quanto eu, sempre há um "mas". Porque acho que criei uma menina que anseia pela verdade.

— Quero saber o que você pensa, sim. Significa muito pra mim.

Então ele contou a ela. Tentou expor sua opinião da melhor forma possível; mas até aí era importante que ela não saísse com a impressão de que, com alguns ajustes, ou mesmo vários , o livro seria viável.

— Você está dizendo que eu não devo publicar meu livro?

— Estou dizendo que, com um pouco de revisão, para que eles façam sentido isoladamente, um ou dois capítulos, publicados em revistas, podem ser mais eficientes e econômicos, transmitindo o que você quer dizer.

— Você está dizendo para eu não publicar meu livro.

Murray respirou profundamente.

— Estou sendo completamente franco com você, pois é minha única e amada filha. Simplesmente não está claro para mim que exista um livro no seu livro.

— O que isso quer dizer?

— Você pode me chamar de antiquado, mas, no meu mundo, um livro, se fosse só pelas árvores cortadas para fazê-lo, mas por várias outras razões também, deve justificar sua existência. Deve ter uma razão de ser. Apenas não vejo uma aqui. Me desculpe.

— Você está dizendo que acha que meu editor vai rejeitá-lo?

— Não, claro que não. Não mesmo.

Ela pareceu momentaneamente aliviada.

— Estou dizendo que, apesar do fato de que eles irão publicar contentemente, acho que você deve encontrar força interna para resistir à tentação. Não acho que você deva permitir que esse livro seja publicado.

— Por você achar que é superficial?

Murray levantou os ombros e arrebitou seu lábio inferior.

— *C'est evident.* — Ele precisava de um cigarro, mas, em vez disso, bebeu seu drinque. O almoço estava diante deles, quase intocado. Era como se a comida e o restaurante tivessem sido varridos para longe e eles estivessem levando a conversa numa atmosfera exclusiva.

Marina não levantara sua voz, nem fez isso agora. No entanto, os sons surgiram como se estrangulados na boca.

— Se você achava que esse projeto não valia nada a pena, por que não me disse antes? Você esperou sete anos, papai. É muito tempo.

Murray suspirou. Havia muitas respostas para isso, nenhuma delas lisonjeira. O que parecia um pequeno, mas não vergonhoso, compromisso para uma garota de vinte e três anos não era mais apropriado para uma adulta de trinta. Ele há muito tempo já não acreditava que ela concluiria, e então não se preocupou com sua futilidade: o havia considerado um emblema beckettiano do interminável e indiscutível mal-estar de Marina. Ele não poderia saber, até ler o manuscrito, como seria tolo. Não havia julgado o tema (ou não totalmente), mas a interpretação dele. Contudo, o que ele disse foi: "Você nunca pediu minha opinião sobre o projeto, só a minha opinião sobre o livro."

Marina, olhando para baixo — mas agora não mais com uma encantadora e falsa modéstia —, assentiu.

— Entendo — disse ela.

— Não chore, minha querida. Por favor, não chore.

— Não estou chorando. — Ela o olhou nos olhos e ele não conseguiu identificar sua expressão imediatamente. — É que é muito interessante para mim, papai.

— O quê?

— Ludo me avisou que você seria hostil. Todo esse tempo, ele disse que você não queria que meus textos fizessem sucesso, que queria me manter à sua sombra. Eu disse a ele que aquilo era ridículo. Mas é muito interessante.

— Isso *é* ridículo. Ninguém quer seu sucesso mais do que eu — observou Murray enquanto Marina, totalmente concentrada, comia. Ela nem levantou os olhos. Finalmente, ele disse:

— Você queria que eu mentisse? Esse seria o pai que você respeita?

— Ah, respeito — disse ela, e agora havia um tom amargo em sua voz. Parecia a Murray que ela tinha uma cor: verde. — Como eu poderia esquecer a palavra-chave da família Thwaite? Só que não me parece, papai, que você tenha respeito por qualquer pessoa. Não acho que você tenha.

— Você está chateada.

— Claro que estou chateada. Por que não estaria?

— Não estou dizendo o que você deve fazer, só estou dizendo o que eu faria. Só isso.

— Você já deixou isso bem claro. Podemos falar de outra coisa? — Eles mantiveram um duro e prolongado silêncio, no qual Murray sabia que ambos lutaram contra seus impulsos de falar. Eles se desligaram do burburinho de outras conversas audíveis ao redor. Um garçom derrubou um garfo. É para isso que servem os restaurantes: para reprimirem publicamente fortes emoções. Murray perguntou novamente, de forma mais detalhada, sobre a *The Monitor* e seu progresso; em poucos monossílabos, quase um sussurro, ela respondeu. Então eles se arrastaram até o café e além. Eles não pareciam discutir, e ambos, talvez de forma errada, sabiam que eram vistos. Um sujeito do rádio — um quarentão bonito mas baixinho, com uma voz suave e uma camisa da cor do Mediterrâneo — parou na mesa deles para cumprimentá-los. Pousou sua mão no ombro de Murray e olhou com sinceridade para Marina, visivelmente espantado de saber que era a filha dele, não uma protegida — claramente porque isso, em uma realidade paralela, dava esperanças a ele. Seu aceno servil e seu sorriso serviram, de certo modo, para abrandar a tensão: Marina não conseguiu parar de sorrir para Murray depois que o homem — cujo nome, para diversão dos dois, era Baz — foi embora.

CAPÍTULO QUARENTA E QUATRO

Estranho

— NÃO ESTOU SURPRESO, TENHO que admitir. E digo mais: não estou nem um pouco surpreso.

Depois de voltar do almoço, Marina, com sua camisa de botões sem manga encolhida por tristeza e calor, imediatamente se trancou no escritório de Ludovic para esperar que ele voltasse. Descalça, esticada no sofá de couro dele, ela até pensou em chorar, mas resolveu guardar as lágrimas até o desabafo indignado e inevitável que viria à tona. Ela não precisava de lágrimas para expressar sua tristeza para si mesma.

Quando Ludo finalmente voltou de seu extravagante almoço — algo com o departamento de Marketing e os anunciantes: eles estavam angariando fundos para patrocinar a festa de lançamento, ou seja, havia bebidas grátis em troca de alguns convidados —, Marina disse a ele o que seu pai havia dito. Foi quando ele disse não estar surpreso.

— O que *eu* disse a você sobre seu livro?

— Disse que gostou.

— Mais do que isso. Eu disse que você é brilhante. Vai ser um sucesso. Acredite em mim. Seu pai está lamentavelmente sem senso algum.

— Ele não disse que não era bom. Ele disse para não publicar. Ludo, ele disse que não vale a pena.

— Quantas vezes vou ter de dizer que, para acreditar que ele mesmo é importante, seu pai tem que colocar você para baixo? Ele vai fazer tudo para manter você só como uma promessa e usar você; ou, nesse caso, abusar de você. É só uma pequena necessidade dele.

— Você faz soar como se ele fosse propositadamente malicioso.

— Não era minha intenção. — Ele a segurou contra si e ela virou seu nariz para seu esguio pescoço, uma posição ao mesmo tempo segura e estranha. Algo estava tenso na curvatura da coluna dela. — Ele não sabe o que está fazendo. Acha que tem a melhor das intenções, mas é uma pessoa muito raivosa e hostil.

— Não acredito...

— Estou falando sério. Você precisa se distanciar dele. Precisa ignorar aquela merda dele, porque é isso que é.

Marina se aninhou no ombro de Ludovic. Tinha cheiro de camisa passada. Ele mandava suas camisas para lavanderias.

— Me promete isso? — disse ele.

— O quê?

— Que vai se afastar dele.

— Nem sei o que isso significaria.

— Significa reconhecer a verdade sobre ele. Ver que ele não é um deus mítico, mas apenas um jornalista medíocre com um misterioso complexo de superioridade sobre si mesmo. — Ludo pausou para enfatizar. — Seu livro é um trabalho de pensamento e pesquisa mais importante do que qualquer coisa que ele tenha produzido nos últimos vinte anos.

— Na verdade, Ludo... — Marina respirou profundamente e os dois se encararam em silêncio. Ela disse, por fim: — Isso não deveria ser uma desculpa para você atacar meu pai. A questão não é ele. Acho que não. É meu livro.

— Exato. E você tem de estar pronta para chamar as coisas pelo nome. — O que Marina, confusa, insistiu que faria.

MAIS TARDE, EM SUA AULA DE IOGA, quando chegou a hora do *shavasana*, posição de defunto, de conclusão, Marina finalmente se pegou chorando. As lágrimas escorriam pelos cantos de seus olhos fechados e rolavam quentes para o cabelo próximo das orelhas. Ela chorou silenciosamente, dando graças pelas luzes não estarem fortes, o tom suave da voz da professora levando o grupo ao relaxamento. A tristeza que Marina sentiu era como se houvesse um uivo interno, como se algum órgão tivesse sido arrancado dela. Era isso que significava crescer, essa vasta solidão? E, como sua raiva no restaurante — aquele belo lugar sombrio, agora estragado para sempre —, ela podia controlar o sentimento, empurrá-lo para um lado, assim como podia afastar as lágrimas antes que as luzes fossem ligadas novamente; mas ela não sabia se essa força iria diminuir.

— Foi horrível, Danny — disse ela naquela noite ao telefone. Ela estava sentada no chão da cozinha, perto da porta de serviço do apartamento, com os joelhos no peito. Ludovic havia balançado a cabeça com aflição e levado sua taça de vinho para assistir ao CNN.

— O que ele disse? — Danielle parecia estar comendo algo enquanto escutava Marina contar sobre o almoço. Marina tentou não deixar que isso a incomodasse. Lembrava a ela de quanto se irritava ao ouvir seu pai respirando fundo e perceber que ele estava fumando enquanto conversavam ao telefone. Eram distrações egoístas: certamente sua melhor amiga deveria ser capaz de ouvir, e apenas ouvir, pelo curto espaço de tempo em que Marina precisava dela.

— Sinto tanto — disse Danielle. — Meio que não consigo acreditar que ele faria isso.

— Só "meio que"?

— Você sabe o que quero dizer. Acredito em você, mas parece inacreditável.

— Nem me fale...

— O que vai fazer agora?

— O que quer dizer? Vou levar o livro para o meu editor e deixar que ele decida.

— Por que você acha que ele disse isso?

— Não sei, Danny. Porque ele é um idiota egoísta, por isso. Porque não é o tipo de livro que ele escreveria, então ele não vê sentido. — Ela suspirou. — Não vamos mais falar disso.

— Mas você não... Quero dizer, sei que está brava, mas não acha que ele *quis* ajudar?

— O que quer dizer?

— Nada. Parece triste, isso é tudo. Você e ele sempre foram tão próximos.

Marina bufou com o nariz.

— Talvez fosse uma proximidade falsa — disse ela, sentindo outra vez, brevemente, um aperto no peito. — Ludovic diz que todo mundo deveria perder as ilusões sobre seus pais antes, mas pelo fato de a sociedade, de nosso segmento de sociedade, pelo menos, concordar e reforçar minha ilusão paterna, as mantive por muito mais tempo.

— É uma hipótese.

— O que me sugere?

— Não sei, M. Estou só me perguntando se você entendeu errado, se interpretou errado ou... Não sei. Seu pai adora você. Ele nunca iria querer magoá-la.

— Era você que sempre costumava me provocar por eu adorá-lo. Ele não é Deus, você costumava dizer.

— Mas é um cara esperto, com as melhores intenções.

— Não acho que seja tão simples, na verdade. Vejo as coisas mais claramente agora.

— Tem certeza?

— Isso só me faz refletir sobre o casamento. Sobre realizá-lo em Stockbridge. Quero dizer, talvez devêssemos ir para um restaurante aqui na cidade e acabar com isso.

— Como assim?

— Você acha que eu quero mesmo que ele me entregue, e na propriedade dele? Entende o que estou dizendo? Não é que eu seja uma feminista desvairada, mas, dadas as circunstâncias...

— Não sei. — Danielle riu. — Na verdade, talvez você esteja pronta para ele entregar você a outro.

— Não é engraçado. Não sou um livro velho, sabe.

— Quando eu posso ler o livro, aliás?

— Em breve. — Marina queria e não queria que Danielle o lesse. Ou, colocando de outra forma, ela ao mesmo tempo se importava e não se importava com o que Danielle pensava dele. — Quando estiver pronto.

Após uma pausa, Danielle disse:

— Estou tão orgulhosa de você, sabe. Você chegou lá.

— Então por que me sinto deprimida?

— Depressão pós-parto. Não pós-festa, como na faculdade, mas é verdade agora. Pós-parto. Perfeitamente natural.

— Nada disso é natural — disse Marina. — Essa é a época mais estranha da minha vida.

— Estranho bom ou estranho ruim?

— Apenas estranho.

CAPÍTULO QUARENTA E CINCO

"Murray Thwaite: um retrato por Frederick Tubb"

O ARTIGO SE MOSTROU MUITO MAIS COMPLICADO do que Bootie podia imaginar. Ele estava obcecado com isso: toda noite, por duas semanas, deixando os Thwaite para a longa viagem rodoviária em direção à casa em Pitt Street, ele ficava pensando nos acontecimentos e mudanças do dia, se perguntando se deveria abrandar o retrato com gentileza ou se deveria endurecê-lo com brutalidade. Ele reescreveu o artigo, a mão, uma dezena de vezes, curvado à mesa do apartamento da Pitt Street, muitas vezes sem camisa, sempre em alerta caso Julius reaparecesse. Ele não pensava se era publicável — o que quer que isso significasse —, mas se focava, ao contrário, na verdade. Se ele conseguisse fazer do texto um veículo da verdade, então sua força exigiria uma publicação: como sua mãe sempre dizia, a verdade se revelaria.

O Murray Thwaite que ele esperava ter elaborado era devidamente complexo, mas ele chegou a um ponto em que não tinha mais certeza. Ele sabia, por exemplo, que o complicado envolvimento com Danielle (não podia realmente visualizá-los na cama juntos, apesar de ter tentado; e quem saberia dizer se era realmente um caso físico? E o que isso significava? Estavam envolvidos, desprevenidamente, meio que sem uma apropriada comunicação íntima) havia colorido as emoções dele, e Bootie não sabia se sua reprovação moral havia inadvertidamente contaminado sua prosa. Quando Murray demorou muito para ler o manuscrito de Marina — e sua própria filha havia escrito um livro! —, Bootie sentiu raiva por seu tio ter saído dos projetos da semana pela tangente; mas então, quando ele pegou o trabalho dela, Murray cancelou simplesmente todos os compromissos para se dedicar integralmente a isso. Dessa forma, ele recuperou um pouco do respeito de Bootie. Mas então houve a reação de Murray, lembrando a Bootie que ele tinha dois pensamentos: ele queria apenas o sucesso de Marina, mas também suspeitava que Murray não estava exagerando quando chamou o livro de tolo (era um assunto tolo, afinal). Suspeitou também que Ludovic Seeley tivesse falsamente apoiado sua namorada e que provavelmente tivesse um dedo na piora do manuscrito também.

Bootie sabia que era irracional, mas estava convencido a culpar Ludovic Seeley por muitas coisas — até mais do que a Murray Thwaite. Tio Murray, afinal, pagou Bootie por horas em que ele não trabalhou e o presenteou com cópias revistas de livros, se oferecendo até — oh, projeto há muito abandonado! — para ler seus ensaios autodidatas, se é que eram mesmo ensaios.

No entanto, escrever seguidamente sobre Murray havia se tornado o projeto que mais consumia Bootie. Não havia tempo para gordos livros de biblioteca com títulos austeros, isso sem falar dos tomos obrigatórios de Robert Musil que o encaravam da prateleira de Julius. Ele chegou a pensar em Murray como sendo, de alguma forma, mais uma idéia do que um homem, e às vezes o homem o surpreendia, como algo esquecido e redescoberto: o cheiro dele, o eco de sua voz ao telefone.

No final de julho, ele chegou ao ponto em que sua versão escrita de Murray, mesmo embaçada, sobressaía ao homem na sala, se tornando mais forte do que ele. Esse era o momento, Bootie percebeu, de deixá-lo ir embora, de mandar esse Murray Thwaite para o mundo. Sentia que era crucial ser honesto, totalmente honesto, quando deu esse passo. Ele não queria que ninguém sentisse que ele era hipócrita ou enganador. Precisava amortizar as falhas de seu tio. Digitou a versão final em seu próprio computador, no apartamento de Julius, e mandou por e-mail para si mesmo, para depois imprimir na Kinko's. Parecia mais honesto, por exemplo, imprimir na Kinko's do que nos Thwaite, já que eles não ficariam felizes com o conteúdo: ele não usaria a impressora, a eletricidade e o papel da família. Ele pediu, então, três cópias, e, permitindo-se uma pequena vaidade, encadernou-as com capas de plástico, uma vermelha, uma azul-marinho e uma preta. A vermelha era para Marina, porque ele queria que ela tomasse conhecimento disso, que soubesse dele. A azul-marinho era para sua mãe, porque parecia uma cor sóbria e segura, um anúncio da seriedade de seu compromisso. E a preta era para Murray (e para Annabel, claro, caso quisesse compartilhar com ela), porque ele queria, acima de tudo, ser direto, e era imperativo que Murray soubesse o que ele esteve fazendo. Preto parecia apropriadamente pesaroso: expressava a tristeza com que entregava seu trabalho.

Estranhamente, ele depois pensaria que não levou em conta que esse gesto aberto poderia custar sua fonte de renda e, de fato, suas conexões familiares. Ele não podia adivinhar o que aconteceria, pois não perdeu tempo imaginando as conseqüências. Ele fez o que precisava fazer.

Curiosamente, foi sua mãe quem respondeu primeiro. Ele lhe enviou o ensaio por correio expresso, e ela, sem dúvida impressionada pela urgência do pacote, leu de uma vez. Ligou para a casa de Julius atrás dele, de noite, e o pegou cochilando no *futon*.

— Que diabos deu em você? — perguntou ela.

— Como assim?

— Bem, eu não li o livro não publicado de Murray, mas acho que ele não iria querer que eu lesse. Acho que não foi para isso que ele contratou você, para cuspir no prato em que come. Está ficando louco, Bootie? O que está acontecendo, afinal?

— Nada, mãe. — Ele explicou que Marina lhe pedira uma reportagem cultural, e seu texto era isso. Ele não explicou que, secretamente, tinha esperanças de que o artigo pudesse fazer com que Marina o amasse. Mesmo que ele tivesse mais do que esperanças, estava certo, em sua fantasia, de que, se ela apenas reparasse em seu jeito de ser, se entendesse sua mente, o sentimento afloraria.

— Vou ligar para seu tio. Ele viu isso?

— Dei para ele. Duvido que já tenha lido. Levou anos para ler o manuscrito da Marina.

— Ele é um homem ocupado, Bootie. Jesus... Você sabe que é hora de largar essa loucura toda e voltar para a escola. Mandaram uns papéis de Oswego. Eu os abri. É hora de fazer a matrícula. Posso fazer o cheque amanhã.

— Estou tão além disso, mãe.

— Além do nível superior? O que isso quer dizer?

— Não sei como explicar. Só posso dizer que estou no meio da *vida*. Mas realmente no meio dela. Não há como voltar agora.

— Você está ficando louco. Bootie, vou ter de ir aí buscar você?

— Sou adulto. Sou *bem maduro*. Estou *vivendo minha vida*.

Sua mãe suspirou.

— Não precisa levantar a voz para mim — disse ela. — Acho que isso tudo é loucura, mas amo você mesmo assim.

— Também amo você, mãe.

— Ele vai ficar muito chateado, você sabe. Às vezes eu acho que não conheço meu irmão muito bem, mas conheço o suficiente. Ele pode ter um temperamento terrível. Sempre teve. E você também fez algo terrível.

— Alguém tem de dizer a verdade. Alguém tem de dar nome aos bois.

— O que o faz ter certeza de que é a verdade? E por que tem de ser você, me pergunto? Está tentando acabar com sua vida?

— Vai ficar tudo bem, você vai ver. Vai ficar tudo bem. — Ele estava acostumado a confortá-la dessa forma, apesar de ter passado pela sua cabeça que poderia não ficar totalmente bem.

Marina ligou para ele duas horas depois. Ele estava lendo Emerson quando atendeu:

O bócio do egotismo é tão freqüente entre pessoas notáveis que devemos inferir alguma poderosa necessidade na natureza à qual ele serve; assim como vemos na atração sexual. A preservação das espécies era um ponto de tal necessidade que a natureza a assegurou, além de todos os riscos, sobrecarregando a paixão, sob pena de crime perpétuo e da desordem. Então o egotismo tem suas raízes na necessidade cardinal de que cada indivíduo persiste em ser o que é.

— Frederick — disse ela. — Isso é algum tipo de piada?

— É uma reportagem cultural.

— É um ataque insano contra meu pai.

— Não enxergo dessa maneira. Não foi minha intenção. Talvez o tom não esteja claro... — Ele pensou por um segundo. — Nunca escrevi algo para ser publicado antes. Achei que você poderia me ajudar a editar.

— Você não acha mesmo que eu publicaria isso, acha?

OS FILHOS DO IMPERADOR

— Alguém tem de contar a verdade. E as pessoas que o fazem geralmente são punidas. Não é a melhor forma de fazer amigos, sei disso.

— Qual é a verdade aqui, Frederick? Tirando o fato de que você não gosta do meu pai?

— Na verdade, eu gosto bastante dele, às vezes. Ele foi muito legal comigo, com esse lance do trabalho. É um retrato com nuances.

— Com nuances?

— Achei que você, mais do que ninguém, seria capaz de ver isso.

— Por eu estar brava com ele, por acaso?

— Porque você o enxerga. — Bootie sentou-se curvado no chão, com o telefone entre seu ombro e sua cabeça, examinando seus dedos do pé enquanto falava. Correu seus dedos em volta deles como se os estivesse contornando com lápis de cera no chão. Sentiu que isso o ajudava a evitar chateações. — Ludovic já leu? — perguntou ele.

— Ele leu, na verdade. — Ela fez uma espécie de assobio, baixo, tomando fôlego por entre os dentes. — E vou dizer, hein... Você causou uma de nossas maiores discussões.

— Vocês brigaram por minha causa?

— Ele acha que seu artigo (e nem quero chamar isso de artigo) é não uma verdade, mas um tipo de verdade, a sua verdade. É o que ele diz. Ele acha válido. Acha que a *The Monitor* deveria fazer o texto circular, polemizar com as pessoas. É um começo, ele diz.

— E você não acha?

— Frederick, acorde! Você está atacando meu pai por um manuscrito em que ele está trabalhando e ninguém viu. Eu não vi. Minha mãe não viu. É particular.

— Estava lá na gaveta da mesa. Ainda está.

— Você é da família. Ele confiou em você. Não entende? Você é como Ludo. Não é que você não possa arruinar a vida dele, é que você escolhe não fazer isso porque se importa com ele, com nossa família. Não fomos legais com você?

— Extremamente. — Bootie contornou seus pés cada vez mais rápido. — Não creio que isso vá destruir a vida dele.

— Ele se importa mais com esse livro do que com tudo. É o projeto de vida dele, e você tira sarro.

— Ele não foi tão legal com seu livro, se me lembro bem.

— Você não tem nada a ver com isso.

— Você o perdoou, se é que perdoou, porque acreditou que ele estava ajudando você.

— Ele não expressou a opinião dele no papel. Ele me levou para almoçar. E, sem ofensa, Bootie, você está muito longe de ser meu pai. Ele tem direito a ter opiniões.

— E, sobre as questões fundamentais da vida, ele não tem opinião alguma — disse Bootie, segurando os pés como se para evitar que eles fugissem. — E o que digo não é uma opinião, é um fato. — Ele parou. — Ninguém queria mais do que eu que o tal manuscrito fosse brilhante — disse ele silenciosamente. — Ele foi meu herói durante toda a minha vida.

— Pelo menos ele não precisará saber disso nunca — disse ela. — Podemos pôr um ponto final nisso agora.

— Ah, não — disse Bootie. — Ele tem uma cópia.

— Ele o quê?

— Dei uma cópia a ele. Deixei com ele ontem à tarde quando estava indo pra casa. Hoje ele me disse que tentaria ler à noite. — Então um silêncio se fez. Bootie imaginou que Marina estava tentando, como algo tirado do *Tom & Jerry* ou do *Papa-léguas*, descobrir como poderia roubar o papel antes de Murray lê-lo. — Ele sabe que é pra você — disse ele. — Sabe que outras pessoas o têm.

— Ele sabe sobre o que é?

— Eu não mencionei, não.

MURRAY THWAITE NÃO LIGOU para a casa de Julius em busca de Bootie naquela noite, apesar de o sobrinho ter ficado plantado sobre as ancas até as duas da manhã, por via das dúvidas. Ele não queria ser pego cochilando. Bootie acreditou que não recebera o telefonema porque Murray não conseguiu ler ou não teve vontade, em momento algum. Da mesma forma como ele enrolou tanto tempo com o livro da Marina. Mas quando Bootie chegou, logo depois das nove, andando o mais alegre possível, Murray o encontrou no corredor e pediu que ele entrasse em seu escritório e se sentasse. Assim Bootie soube que ele havia lido.

Murray parecia sério, mas em grande parte afável. Confortavelmente amarrotado, ele se inclinou, cruzou as longas pernas, acendeu um cigarro, brincou um pouco com o papel prateado da caixa de cigarro, arremessou-o na cesta de lixo e errou o alvo. Bootie não percebeu de primeira que o copo no qual Murray bebericava intermitentemente estava cheio de uísque. Bootie tinha em mente sua própria desvantagem física: os óculos caindo pelo nariz, as grandes coxas sobressaindo-se estranhamente, a falta de habilidade para sentar-se de maneira confortável no pequeno sofá entre pilhas de papéis. Pelo menos ele podia descansar os pés firmemente no chão; contudo, estavam enfiados num tênis, e não podiam amenizar a situação.

— Você é um homem muito jovem — disse Murray. — O que é uma coisa boa. Ambicioso, sério, independente.

Bootie manteve-se sem expressão e piscou por trás dos óculos.

— Não tem grande consideração por mim. O que é seu trabalho, o trabalho da sua geração, mas, sendo meu sobrinho, o mais próximo que tenho de um filho, é um traço seu também. — Ele fumou e tossiu levemente. Estava enrolando de propósito, torturando Bootie. — Na hora certa, você fará grandes coisas — disse ele. Bootie pensou, então, que não errou ao assegurar a sua mãe que ficaria tudo bem. — Ou não — continuou Murray. Então parou, apagou seu cigarro, se inclinou para a frente até que os cotovelos encostassem nos joelhos e virou os olhos para Bootie. Seu olhar era mau, um brilho malvado no rosto caído e inchado desse velho homem, por trás das impressionantes sobrancelhas protuberantes. — Mas que porra foi essa que você fez, seu nada, seu merdinha ordinário, mexendo nos meus papéis e fazendo merda com eles? O que exatamente andou acontecendo aqui esse tempo todo? Hein? — Ele se inclinou para a frente. — Hein, hein?

— Nada, senhor.

— Claro que nada. Nada que seja trabalho de verdade. Paguei um salário de rei, minha esposa confiou minha casa a você, minha filha o colocou debaixo da asa, e é com isso que nos retribui?

— Não, senhor.

— Que diabos isso significa? E não me chame dessa porra de senhor.

— Sou muito grato. O que você fez por mim... Não posso...

— Ah, entendo. É que você tinha de mexer nas minhas coisas particulares e levar a público sua opinião autoritária para a porra do mundo todo? Sabe o que você é? Você é um merdinha, um nada, tem a inteligência de um cupim. Você é um pedaço de bosta de Watertown e Nova York, que por si só já são um pedaço de bosta. Você é um nada. E sabe como eu sei? Porque eu era igualzinho a você. Deus, eu era você, só não era gordo. Mas sei meu lugar, sei o que eu tinha de agregar, corri atrás e fiquei calado; ouvi, aprendi e trabalhei, seu idiota, trabalhei até que virei gente. — Ele parou e tomou um largo gole. — E as pessoas prestaram atenção em mim não porque eu era um merdinha presunçoso, não porque eu era parente desse ou daquele ou porque puxei o saco desse ou daquele. Eles prestaram atenção porque eu fiz meu dever de casa e sabia das coisas. Fatos, não opiniões. Não se tem direito a ter opiniões até se saber dos fatos.

— Com todo o respeito, senhor...

— Respeito? É precisamente o que falta em você, acredito.

— Por favor, só quero dizer que minhas opiniões se formaram baseadas em fatos.

— Fatos?

— Seu manuscrito *Como viver* é um fato.

Murray olhou espantado, por apenas um momento. Ele se sentou e se inclinou para a frente novamente. Suas mãos, para Bootie, pareciam enormes.

— Um fato? Um fato? Minhas primeiras anotações voltadas a um projeto de longo prazo, rabiscos que podem nunca ver a luz do dia, que certamente nunca, na forma atual, verão a luz do dia? Você chama isso de fato? E se eu revirasse aquele insalubre mar de detritos que você carrega e achasse seu diário? Isso seria um documento público?

— Um manuscrito de um livro existe. Se você morresse amanhã, alguém publicaria.

— Eu deixaria claro que não poderia. Mas isso não está em questão.

— Para seus leitores, o manuscrito é muito precioso. Ainda mais precioso porque não foi publicado. Só estou contando às pessoas o que ele é.

— Não, jovenzinho. Você está me melando de merda. O que você parece não entender é que eu posso pôr um fim nisso agora. Um sinal de minha mão e você simplesmente deixa de existir.

OS FILHOS DO IMPERADOR

— Você está me despedindo?

— Quero dizer algo bem simples: até onde me for possível, farei de tudo para você deixar de existir para mim, para os intelectuais da cidade e, conseqüentemente, para o país inteiro.

— O que você vai dizer à minha mãe?

— O que *você* vai dizer à sua mãe?

Bootie, paralisado, assentiu lentamente, levantou-se e foi embora. Ele não tinha nada para pegar, mas olhou como se buscasse algo, brincando com o tempo. Não imaginava que as coisas terminariam assim. De qualquer modo, ele simplesmente não imaginara nada. Tinha muita certeza, certeza pelo menos de que Marina ia querer publicar o artigo. Ele trabalhou tão duro para concretizá-lo. O resto, pensou, iria se encaixar, contanto que ele fosse honrado. Antes de chegar à porta, disse:

— Você sabe que Ludovic Seeley não está do seu lado, não é? Sabe que ele quer publicar?

— Foi o que ele disse?

— Não diretamente. Mas ouvi de fontes seguras.

— Bobagem.

Bootie, porém, percebeu que Murray se desconcertou, o que infantilmente o agradou. Estava acostumado a se sentir como um animal arredio. Essa característica o incitava a morder.

— Só mais uma pergunta, senhor? Antes de eu ir?

— O que foi? — Murray, de pé, ameaçou. Estava acendendo outro cigarro e segurava o fósforo como se quisesse jogar nas roupas de Bootie ou em seu cabelo.

— Você não deixou o manuscrito lá para mim?

— Do que você está falando?

— Devo admitir que pensei estar fazendo o que você queria que eu fizesse. Seguindo instruções, quase. Só que reagi ao seu manuscrito diferentemente do que você esperava.

Por trás de sua grande sobrancelha, Murray não disse nada, e soltou fumaça pelo nariz como um dragão. Bootie quase riu, em parte pelo nervosismo, em parte porque a situação lhe pareceu engraçada, absurda. Ele esperava que Murray abrisse um sorriso, batesse no ombro dele e dissesse algo como "Chega de bobagem. Vamos voltar ao que interessa, ok?". Isso irritaria Bootie um pouco (ninguém gosta que seus esforços sejam ignorados), mas prazerosamente restauraria a ordem. Para ajudar esse cenário a se desdobrar, Bootie disse, apesar de parecer tolo enquanto ele falava:

— Você sempre foi meu herói, você sabe. Eu disse no artigo.

Murray soltou um ronco que trouxe parte da fumaça às suas narinas.

— Acho que é melhor você ir embora — disse ele, e se moveu em direção a Bootie, forçando-o a se retirar para o corredor. — Agora.

CAPÍTULO QUARENTA E SEIS

Um estranho no ninho

MARINA DISSE TER CHORADO QUANDO LEU o artigo e brigou com Bootie quando ele ligou, mas também sentiu pena dele, pois o rapaz realmente não sabia o que estava fazendo. Marina também disse que ela e Seeley tiveram a pior briga de todas — talvez tenha até dito "primeira briga de verdade" —, e estava claro que a discórdia ainda causava dor: persistia a possibilidade de o artigo ser divulgado. Seeley era, afinal, o editor da *The Monitor*; ele era, nesse quesito, o chefe de Marina. Marina também disse que a parte mais desconfortável era seu próprio *schadenfreude*, o prazer em ver o sofrimento alheio:

— Papai fez isso comigo, sabe, uma semana atrás, e agora que tudo está oficialmente esquecido e que as coisas voltaram ao normal, eu vou estragar tudo novamente... Mas Bootie deixou-o provar do seu próprio remédio, não foi? Ele está, essencialmente, dizendo ao papai para não publicar seu livro. Seu livro secreto.

— Pelo jeito, ele não ficou escrevendo receitinhas, né? — disse Danielle. Nem Murray nem Marina mostravam a ela o artigo de Bootie.

— E outra coisa — continuou Marina — que continuo pensando é que Bootie, Frederick, é estranho e às vezes até bizarro na forma como olha para mim. Se você pudesse ver... Mas ele não é idiota, sabe? Ele até que é bem esperto, mesmo o artigo sendo um pouco confuso. É confuso porque é como se ele escrevesse em códigos, para pessoas que já sabem do manuscrito e conhecem meu pai, e claro que ninguém o viu de verdade, nem mesmo eu. Sabia que Bootie roubou da mesa do meu pai? Mas a questão é que eu me pergunto: será que suas críticas são legítimas? Talvez nesse livro o grande Murray Thwaite realmente se revele, não sei, menos pensador, ou com pensamentos menos interessantes. Quero dizer, ele sugere que é até meio superficial. E se estiver certo?

— Você não acha que alguém teria percebido antes?

— Ludo acha que papai é superficial, um intelectualóide limitado. Como ele diz, isso não interfere na afeição que sente por ele. A questão não é o homem, mas seu trabalho.

— E Ludo é alguma autoridade imparcial?

— Ludo adoraria admirar o trabalho do papai. Ele diz que admira as coisas mais antigas, antes de o papai ficar preguiçoso.

— Seu pai não é preguiçoso.

— Você não acha que eu o conheço melhor do que você?

— Tudo o que eu sei, M, é que Ludo queria conhecer você *porque* você é filha do Murray. E ele já tinha falado sobre desprezar o Murray antes disso.

— Aonde você quer chegar?

— A lugar nenhum. Mas acho que você tem de ficar com um pé atrás sobre o que ele diz. Não conheço os motivos dele, mas não são muito claros.

— Você está falando do meu futuro marido.

— Desculpe, Marina.

— Você estava apaixonada por ele desde que o conheceu em Sidney, e vai fazer de tudo para tentar estragar as coisas para mim.

— Isso, sim, é absurdo.

Então Marina gritou, mas pelo menos não desligou, e Danielle finalmente a convenceu de que deveriam conversar cara a cara, e então se encontraram na Union Square e perambularam sob as árvores, indo e voltando, indo e voltando, por mais de uma hora, de vez em quando de braços dados, enquanto Danielle escutava Marina falar de como era difícil ser filha do pai dela, de como era cansativo quando as pessoas estavam sempre com inveja de você, de como na verdade não havia nada para fazer sobre isso e de como não dava para evitar o ressentimento, porque seus problemas eram genuínos, mas ninguém queria acreditar neles. Marina voltou ao assunto inexplorado, por fim, ao telefone, perguntando se Bootie poderia estar de fato certo; e Danielle percebeu que a influência de Seeley havia virado a cabeça dela.

OS FILHOS DO IMPERADOR 343

— Pense nisso: não há nada pior do que pretensão, e falsa pretensão é o fim da picada. Papai despreza meu livro porque ele acha seus objetivos frívolos, que de alguma forma não servem à filha *dele*. O que quer dizer, por sinal, que a questão não sou eu, mas ele, o que é outra história. Ele é como o monstro que comeu Manhattan, achando que é tudo sempre relacionado a ele. — Ela fungou. — Mas o negócio é: não é pior estar fazendo algo pretensioso e ruim em vez de algo despretensioso e totalmente decente? Não estou me comparando a Flaubert nesse caso, ou, sei lá, ao dr. Spock, Gloria Steinem ou qualquer coisa, fazendo pronunciamentos revolucionários, mas *ele* acha. Todo esse tempo, se levarmos Bootie em conta, papai ocupou-se de reinventar a roda. Viva decentemente. Não perca a calma. Abrace a beleza e a verdade. Sobretudo a Verdade. Blablablá. Por favor. Ele está oferecendo máximas desgastadas como se fossem jóias legítimas. Só porque ele imagina ser um pensador não significa que ele pode de repente se tornar um.

Danielle emitiu apenas um barulho tolerante nesse ponto.

— Ludo acredita em desmascarar. Ele sempre diz, e com razão, que é mais nobre escrever um livro sobre, por exemplo, queijo, um guia simples e útil sobre queijo, do que outro romance vagabundo. Ou pior: um tomo pomposo de pseudofilosofia. — Marina parou de circular pelo parque para dizer isso e balançou os braços no ar. Uma sem-teto dormindo num banco próximo, alarmada pela explosão, murmurou obscenidades.

— Então, o que você quer dizer?

— Não sei. — Marina voltou a andar. — Estou dizendo que ninguém faz com o papai o que o Bootie acabou de fazer. Ninguém o lembra que ele é um mortal. Ele se safa de tudo. Então deve ser algo bom. É o que estou dizendo, acho. — Ela parou novamente, por um momento. — O que não significa que acho que o artigo deva ser publicado. Sou filha do meu pai, pelo amor de Deus. Nem é um artigo tão bom. Mas estou feliz que meu pai tenha lido. Feliz por papai, afinal. Não feliz por Bootie.

— Não. O que aconteceu com ele? — Na verdade, Danielle não precisava perguntar o que tinha acontecido com Bootie. Num relato dos acontecimentos por outro ponto de vista, Murray tinha, com um tipo de risada que demonstrava seu desconforto, contado a Danielle que enxotara o garoto.

— Más maneiras — disse ele. — É ao que se chega. Não sei o que aconteceu em Watertown, mas nenhuma educação entre pessoas civilizadas justifica isso. O garoto é uma aberração. Ficou conosco uma eternidade. Comeu nossa comida. Levamos para passear. Marina encontrou um lugar para ele morar. Eu o contratei, porra, porque era meu sobrinho. E, quando Annabel teve de voltar para casa no Quatro de Julho, ela o encontrou jogado na nossa casa, tudo de pernas pro ar. Foi o que ela disse. Devíamos saber. O estranho no ninho. Apenas rimos disso. No entanto, ele se sentiu à vontade para cagar na gente, quero dizer, literalmente cagar na gente. Filho-da-puta patético. — No estúdio de Danielle, de forma grandiosa, Murray não se cansava fisicamente de recontar o ocorrido, assim como Marina estava incansável lá fora. Ambos andando.

— Sinto tanto — disse Danielle.

— Por quê? Por que sentiria? Eu sinto em saber que o sangue do meu sangue é um sociopata. Ou um psicopata. Ou talvez seja um portador retardado da síndrome de Asperger, como vou saber? Mas ele é um merdinha do mal, de qualquer forma.

— Ele estava tentando se aproximar de você, não acha?

— É assim que você ganha amigos e influencia pessoas? Me desculpe se estou enganado. Acho que fui para as escolas erradas.

— Não — disse Danielle. — Você sabe perfeitamente bem o que ele fez.

Murray não ficou impressionado.

— Sinto pena do garoto — tentou explicar Danielle. Mais tarde, ela nem tentaria falar isso com Marina, porque não achava que fazia sentido para nenhum deles, pai ou filha. Para Murray, ela disse: — Ele é jovem, esperto e ambicioso, e é de Watertown. Eu era de Columbus, pelo amor de Deus, muito mais promissora do que Watertown. E o que ele tinha para tirá-lo de lá? Nada além de vocês. Vocês são o passaporte, a esperança dele.

— Por isso ele cagou na gente.

— Porque é complicado. Quanto mais ele ama vocês, mais vocês fazem por ele e mais ele odeia você também.

— Então ele é um idiota. Não importa. Não vou mais vê-lo.

— Sua irmã já sabe?

OS FILHOS DO IMPERADOR

— Judy? Ela é tão limitada, tudo o que importa para ela é se ele vai voltar para casa no dia do Trabalhador para ir àquela maldita faculdade.

— Ele vai?

— Não sei. Duvido.

— Você nunca mais vai falar com ele?

— Pergunte novamente daqui a uma década. Mas, agora, eu direi não.

— Contudo, mais tarde, depois do uísque, do jantar e do sexo (Annabel estava no interior, cuidando do jardim; e, apesar de Murray a princípio se recusar a dormir na casa de Danielle, porque ele e Annabel conversavam diariamente de suas respectivas camas, não havia toque de recolher, nenhuma ligação repentina), depois de se vestirem e irem para o terraço no telhado do prédio para admirar a vista e o grande dossel aveludado da noite de verão, Murray disse: — E, claro, como evitar? Há uma pequena parte do meu cérebro se perguntando se o garoto está certo. Se ele é o único corajoso e burro o bastante para me dizer a verdade.

— Você sabe que não é assim. Ele tem inveja, está tentando abraçar o mundo e...

— E por que ele não deveria? E, se for um monte de besteira, por que ele não deveria dizer?

— É um manuscrito particular. E o primeiro rascunho.

— É o livro dos meus sonhos. O livro que eu sonho ser capaz de escrever, pelo homem que eu sonho em ser.

— Tenho um grande respeito pelo homem que você é. E gosto de ler seus livros.

— Você acha que algum de nós chega a algum lugar sem aspirações? Sem pretensões? Frederick Tubb ainda estaria em Watertown. — Murray gesticulou em direção ao rio Hudson. Acompanhando o braço dele, Danielle afetou-se novamente pela glória da cidade ao redor, suas estalagmites brilhantes e vias arteriais, respingada pelas luzes do trânsito em eterno movimento e congestionamento. Mesmo os pontos mais escuros, os telhados planos dos prédios de tijolo e arenito logo ao sul e ao oeste ou o buraco que ela sabia ser um *playground* de dia, até essas elipses eram vitais para o estilo. Mais à frente, no centro, um agrupamento de arranha-céus se erguia, iluminado, na noite, uma segurança mercantil fria na louca extravagância da cidade.

— Watertown — disse ela. — E todo mundo deveria estar mais feliz por isso. Então você está inseguro em relação ao livro, e ele piorou as coisas.

— Não vou publicar agora.

— Não está concluído.

— Não. Quero dizer que espero que eu simplesmente não publique. Nunca fiz isso antes.

— Está muito longe de ser terminado.

— É uma autoparódia, como ele diz. É falso.

— Não acredito nisso.

— Viu o pequeno avião? — Uma minúscula luz, como um vaga-lume, passou baixo no céu manchado, bem no final da ilha. Parecia dançar entre os prédios, uma luz brilhando entre luzes. — Um dia vou levar você num desses. Ou fazer um passeio de helicóptero. É como uma carruagem para turistas, mas a vista é estupenda. Já levei uns turistas curdos há alguns anos.

— Manhattan do alto?

— É melhor de noite.

Depois de um tempo, Danielle disse:

— Você acha que ele está totalmente sozinho? Seu sobrinho?

— E como vou saber?

— Ele não tem nenhum amigo. Está apaixonado por Marina.

— É um jogo interessante, não é? Os sujeitos que não dão a mínima para mim gostam da minha filha.

— E a melhor amiga dela gosta de você.

— É o que parece.

Danielle não poderia repetir nada disso para Marina, andando pelo colorido circuito cheio de árvores perto do mercado do produtor; no entanto, ela queria gritar que entendia. Sentia que via todos, como se ela fosse o público, e eles, os intérpretes no palco. Era esse peculiar senso de clareza que ela tinha desde que as coisas com Murray começaram, de que seu mundo se desdobrara perante ela num palimpsesto iluminado, e ela sabia, ela sentia, por que Bootie disse isso ou aquilo e o que ele realmente queria dizer; ela compreendia também a dança entre Murray e Marina como se ela mesma a tivesse coreografado. Ela se perguntou brevemente se isso era como ser Annabel, mas desprezou o pensamento. Não tinha desejo de usurpar o lugar de Annabel. E o que ela via e sabia diferia — mesmo que apenas na qualidade, na sua particular natureza cristalina — daquilo que perturbava a outra mulher.

Andando entre as árvores, sob a sombra verde-acinzentada, quando Marina finalmente pareceu ter se acalmado e elas se preparavam para se afastar, a filha de Murray perguntou se Danielle sabia das últimas de Julius.

— E nós achamos que temos problemas. Ele me mandou um e-mail porque quer realmente escrever um artigo para mim. Eu disse para escrever, mas ele não conseguiu definir um assunto porque, até onde eu sei, está muito ocupado com festas. Na verdade, eu disse que ele podia escrever sobre as festas do centro da cidade, sabe, um artigo engraçado, sei lá, o significado delas entre as pessoas de vinte e poucos contra as de trinta e poucos anos, porque aí parece haver realmente um salto, tipo, cultural ou etário. Não é patético? Ele concordou em escrever sobre isso: nosso Julius, escrevendo lixos desse tipo. Juro, quase chorei. Então, o negócio é que David perdeu o emprego.

— Ah, meu coração não agüenta!

— Isso não é muito legal da sua parte.

— Como posso me importar com alguém que nunca vi, que em última análise se recusou a me encontrar?

— Você pode se importar com Julius, não pode?

— Claro que me importo. O que eles vão fazer?

— Parece que, se não ajeitarem tudo bem rápido, vão ter de se mudar.

— De volta ao apartamento de Julius?

— Acho que sim.

Depois de um momento de caminhada em silêncio, Danielle perguntou:

— E o seu primo?

— Bootie? — Marina deu de ombros. — Não sei. Nem pensei nisso. Talvez volte para Watertown.

— Uau. Sério mesmo?

— Bem, ele não vai voltar para a casa dos meus pais. Isso é certo.

SETEMBRO

CAPÍTULO QUARENTA E SETE

O homem sem qualidades

BOOTIE PASSOU O ÚLTIMO DIA DE AGOSTO, uma sexta-feira, apagando vigorosamente seus vestígios do apartamento na Pitt Street. Ele não tinha certeza de quão limpo ou imundo o lugar estava quando se mudou dois meses antes, mas Julius pareceu-lhe ao mesmo tempo maldoso e provavelmente meticuloso, e o primo de Marina precisava muito receber de volta o total do seu seguro de depósito. Ele iria dividir um apartamento em Fort Greene, Brooklyn, encontrado nos classificados da *Village Voice*, onde Julius sugeriu que Bootie olhasse quando ligou — foi civilizado quanto a isso, afinal — para dizer que precisaria de seu velho apartamento e que Bootie teria de desocupá-lo. Frederick esfregou, lavou e tirou o pó, jogou fora seus papéis sem utilidade e guardou o resto de suas coisas. Ele tinha a impressão de que freqüentemente as pessoas exigiam que ele se anulasse. Todos simplesmente desejavam que ele fosse embora. Na sua última noite, ele foi comprar um *burrito* na lanchonete mexicana a alguns quarteirões do prédio e, quando voltou com a comida, sentou-se à mesa e deixou o cheiro impregnar o quarto. Comeu tomando um copo d'água. Até queria uma cerveja, mas não tinha dinheiro para tanto.

Ele já tinha guardado seu tão folheado Emerson, com a contracapa já rasgada, no fundo de sua bolsa, junto com o restante dos livros. Mal conseguiu fechar o zíper da mala, e não queria espalhar suas roupas novamente pelo chão. Em vez disso, para acompanhá-lo na refeição, ele pegou da prateleira de Julius o primeiro volume de Musil: *O homem sem qualidades*. Era claramente alemão, e, apesar de não conhecer o título, concluíra que era um clássico pela forma como foi publicado: a foto embaçada e ambígua na capa, em preto-e-branco, mostrava um rosto pesaroso de olhos negros. Obscuro, não deixava de exigir a atenção de Bootie — dele, especificamente.

Bootie podia ter dito antes, insinuando, que seu tio era o homem sem qualidades; mas a expressão do homem e seus próprios sentimentos diziam íntima e fortemente que era Bootie que o era, de fato. Ele resistira à idéia, sentia, severamente. Não falava com os Thwaite há semanas, e até Marina havia ligado apenas duas vezes desde a briga dele com Murray para saber se Bootie estava bem. E, na verdade, ele não estava, nem precisava dizer; no entanto, nas duas vezes ele conversou da forma mais leve e animada possível. Ele não queria que Marina pensasse que não havia mais nada na vida dele. Fingiu estar bem para sua mãe, que, claro, o havia chamado para voltar para casa: ele estaria praticamente empregado (num restaurante, disse ele; o que não era totalmente mentira: ele trabalhara três dias como ajudante de garçom num lugar chique no final da Fifth Avenue, mas derrubou uma bandeja cheia de pratos no terceiro dia e fez muito barulho) e procurando cursos na New School.

— Como assim? — bradou ela. — Nunca ouvi falar nisso.

— É exatamente para pessoas como eu, mãe. Para pessoas que estudam e trabalham ao mesmo tempo.

— Algo como uma faculdade comunitária, então?

— Diferente. É uma boa escola. Pergunte a qualquer um.

— E para quem nessa cidade eu deveria perguntar, agora que não estou falando com seu tio?

— Você não precisa parar de falar com ele, sabe disso.

— Por que eu iria querer falar com ele? A forma como ele tratou você. Sangue do sangue dele.

— Por favor, mãe.

— Não estou negando que o que você escreveu foi terrível, uma coisa terrível para se escrever. Mas ninguém nunca vai ler, então que diferença faz? Quero dizer...

— Mãe. Eles podem publicar. A *The Monitor*. Ainda podem.

— Não seja ridículo, Bootie. Espero que não. Marina tem mais bom senso, tomara que tenha.

Mas ele não podia falar sobre Marina com sua mãe, mesmo querendo conversar, e conversar sobre Marina, só para dizer o nome dela para alguém. Ele mudou de assunto, de volta para a escola.

— Talvez eu faça russo, mãe.

— Russo?

— Por que não?

E ele tentou ao máximo diminuir o desalento dela.

Ele estava mesmo quase conseguindo um emprego e sentia que setembro era o começo de um novo capítulo em sua vida, um começo fresquinho, mesmo que não tivesse ninguém lá para testemunhar. Estava saindo do radar: grandes gênios têm as menores biografias. Seus primos não sabiam nada sobre ele. Como o tio mencionou, num momento de iluminada sabedoria, "pegue-os de surpresa". Ele encontrou uma quitinete no parque Fort Greene sem ajuda nenhuma. Achou uma agência de empregos temporários para se registrar (apesar de que, para ser justo, foi o malvado Julius que também sugeriu essa via de emprego, dando até o nome da agência a ele) e agora estava na fila de candidatos para começar a trabalhar com uma empresa de finanças do centro da cidade logo depois do dia do Trabalhador. Bootie não era bom digitador, mas fez os testes da agência e disseram que ele era muito preciso com números ("Velocidade é importante, mas precisão é o que realmente conta", informou-lhe a loira aguada com um meneio de seu queixo pontudo. "De que vale velocidade sem exatidão?") e que seria fácil encaixá-lo em algum lugar. Ele não precisava usar terno (graças a Deus, porque ele não tinha nenhum), mas teria de usar um *blazer* e uma gravata. Bootie não perguntou sobre os sapatos. Sabia que queriam sapatos sociais. Ele, porém, só tinha tênis. Os sapatos ficaram em Watertown: ele podia vê-los exatamente, com as pontas encostadas na parede, como se ele tivesse saído através deles e a ultrapassado, como um fantasma. Sua mãe, com a mania de cultuar imagens, não os teria movido. Quanto ao trabalho em si, ele não sabia exatamente o que faria; mas seria pago, a moça aguada assegurou-o, ao final de cada semana. Só uma semana até o pagamento. Essa era a vida real, disse ele a si mesmo. Isso era viver por conta própria.

De manhã, quando carregou suas coisas para o andar de baixo e as colocou, inclusive o computador, na calçada, se perguntando como iria arrastá-las na avenida, ele viu um táxi parar. Julius saiu — limpinho e magrelo, com sua camisa pólo azul-arroxeada bem passadinha —, e, atrás dele, um homem de óculos com olhos assustados, um borrão como Musil, que devia ser o Cabeça de Cone.

— Bootie, certo? — Julius, civilizadamente, esticou a mão, como se fosse o primeiro encontro. — Vou pedir para o táxi esperar você.

— Obrigado.

— É difícil de eles chegarem aqui. — continuou Julius, enquanto o Cabeça de Cone pairava atrás dele, carregando sacolas. — David, esse é o primo de Marina...

— Frederick.

— Certo, eu só sabia seu apelido, claro.

Bootie olhou para David, que tinha pulsos e braços brancos e peludos como os seus, mas eram ossudos também. Não pareciam saudáveis. David não parecia saudável.

— Vocês dois estão se mudando? — perguntou Bootie.

— Nós dois. Só até... você sabe, encontrarmos algum lugar. — Julius foi todo amável. — Só por um tempinho.

— Legal. — Bootie sentiu que deveria dizer algo sobre como ele gostou de ficar lá, mas não podia mentir na caradura. Ele nem podia dizer que era um bom apartamento. Era horrível. — Melhor eu não deixar o cara esperando. — Ele apontou para o taxista, que estava lendo o *Post* de sexta. — Obrigado novamente — disse ele, o que geralmente parecia positivo, mas não bajulador. Quando alojou sua mala, seu edredom e seus sacos plásticos na caverna úmida do porta-malas do carro, junto de um estepe cheio de graxa e de uma chave-inglesa bizarra, Bootie viu Julius e David desaparecerem com a bagagem na escadaria negra. Ele teve a impressão, talvez falsa, de que Julius estava segurando a mão de David, conduzindo-o pelo caminho.

A QUITINETE TINHA UM CHEIRO ESTRANHO: uma umidade persistente, emanando talvez do armário. Espaçosa e limpa, ficava no último andar de um edifício de arenito na South Oxford Street, com uma vista para o fundo de telhados e, se você ficasse de pé com seu nariz para a janela e olhasse para baixo, de jardins e cercas bagunçadas. A tinta cor de limão estava descascando, e as tábuas do assoalho, desgastadas, com pouco brilho, em volta de um retângulo central onde um tapete — azul-claro, felpudo; ele o vira quando foi lá — tinha ficado por muito tempo. Num canto perto da janela, as lâminas de madeira estavam marcadas pela água, escurecidas e manchadas. Talvez tenha havido uma planta ali. Ele não

OS FILHOS DO IMPERADOR

conseguia se lembrar. Empenada, a porta do guarda-louças não fechava e ficava ridiculamente pendurada como um lábio aberto.

Havia um banheiro no mesmo andar, e outros dois quartos ocupados por mulheres. Bootie conhecera rapidamente as duas, mas não necessariamente as identificaria na rua. Uma delas era uma parteira que avisara que tinha horários estranhos, e a outra, uma estudante de pós-graduação da Índia com um jeito sério, cujas área e instituição de estudos permaneciam desconhecidas para ele. Ele percebeu que ambas as mulheres eram pequenas e morenas; uma tinha um traseiro corpulento; a outra era compacta, seca. Nenhuma das duas era atraente, o que o satisfazia.

No andar de baixo, o do meio, havia dois quartos maiores, ocupados pelos moradores mais antigos, que colocaram o anúncio e o entrevistaram: um instrutor de ioga alto e flexível chamado Joe, dono de uma silhueta romana e de cachos ousados, cujo quarto tinha paredes forradas de cordas, fios e polias de vários tipos, como uma câmara de tortura medieval. A janela de Joe dava para a rua, e ele tinha orgulho de mostrar seu quarto, embora seu companheiro de quarto, Ernesto, fosse sujeito pesadão, moreno e bochechudo, com a cabeça rapada — que Bootie nem viu, não quis abrir a porta. Bootie estava ciente de que seu quarto ficava acima do de Ernesto e se perguntou se todos os seus movimentos podiam ser ouvidos. Ele associou Ernesto a Maiakovski, por causa de uma foto que vira uma vez. Ele queria ter alguém para quem dizer isso, mas na sua nova vida, na vida auto-suficiente, ele não tinha.

Bootie, claro, não tinha mobília e nenhum dinheiro para comprá-la. Ele surrupiou um lençol de Julius, para que pudesse improvisar um saco de dormir; e, nos meses seguintes à sua saída de casa, ele juntou alguns cartões-postais — Beckett fumando; uma pintura de Paul Klee que escolheu por causa do título: *Dance, You Monster, to My Soft Song*; e o horizonte de Manhattan no crepúsculo —, que grudou nas paredes amareladas. Além disso, sua presença pessoal não foi registrada no quarto. Ele guardou seu edredom e bolsas no armário e colocou as tralhas do computador num cantinho, inicialmente sobre a mancha de água, em cima de uma toalha azul que saqueara de Julius junto com o lençol, até que percebeu que aquela era sua única toalha, pegando-a de volta. Então ele se preocupou um pouco com o contato do computador com alguma infiltração de água (não parecia recente, mas de onde viera o líquido?), e acabou movendo a máquina para um canto atrás da porta. Empilhou sua pequena coleção de livros numa torre ao lado do equipamento. Suas lombadas eram o que havia de mais colorido no lugar. O quarto parecia ter sido esvaziado para uma aula de dança, ou para ser pintado. Nem restos de poeira que ficam em frestas conseguiriam se formar lá.

Tudo a seu tempo, disse Bootie a si mesmo. Fora do radar. Um novo começo. Ele não tinha telefone. Só tinha suas chaves. Sentou-se, de pernas cruzadas, no meio da sombra escura onde o tapete havia estado e olhou pela janela: uma linha baixa de uma parede de tijolos, encimada por chaminés; uma nuvem fofa solitária; um par de galhos se esticando, como a imagem de um biombo japonês; a luz, a luz perfeita, e o céu. Ele fechou os olhos e segurou a cabeça. Podia ver fragmentos de Marina, apesar de não conseguir ouvir sua voz. Se ele se restringisse a ouvir a voz dela, a imagem da prima se desvaneceria; era como se sua mente precisasse lembrá-lo de que ela era uma ilusão, de que não estava realmente lá. Às vezes Murray entrava no retrato; às vezes Annabel. Ele não permitia que Ludovic Seeley entrasse. Nem Danielle. Acreditava que, sem eles, tudo teria se desenrolado diferentemente. Eles eram, de alguma forma, os culpados, pessoas a serem evitadas. Porque, apesar de tudo, ele amava os Thwaite, todos eles: Murray, com seu jeito peculiar, acima de todos. A lembrança de Marina realmente o perfurou, uma dor em suas costelas — isso, sim, devia ser dor no coração —, uma agonia palpável. Ele estava resignado com sua perda — era a vida real. Ele sempre soube, por essência, que seria assim — e, ao mesmo tempo, não estava conformado. O casamento seria naquela mesma tarde. Não podia ser impedido, e, ao mesmo tempo, não podia acontecer. Seus olhos se fecharam e ele a observou se movendo, seu passo engraçado, a protuberância masculina em sua garganta, o sorriso. Os olhos violeta. O cabelo caindo na orelha dela. Aquelas mãos. Ele tinha mais ciência dos acontecimentos do que poderia admitir. Conhecia-a da mesma forma como ele sentia que conhecia Murray, só que ainda mais. Eles eram sangue do seu sangue; eram dele; eles formavam seu mundo. Estavam perdidos. Tudo o que queria estava perdido. Tudo o que queria que eles fossem. Doía, mas ele manteve seus olhos fechados e continuou observando por trás de suas pálpebras, tudo tão lindo, no meio de seu quarto vazio, à luz perfeita de sua janela solitária.

CAPÍTULO QUARENTA E OITO

Preparativos

Aprontar-se para seu casamento deveria ser um prazer, o maior prazer, certamente, com exceção do casamento em si. Mas, quatro dias antes das núpcias, Marina estava em crise. Seu vestido, Jil Sander, exclusivo, estava sendo alterado. Uma pequena espanhola, com um coque apertado e uma estranha erupção cutânea na orelha direita, arrastava-se de joelhos aos pés de Marina no carpete cinza, com a boca cheia de alfinetes. O vestido já tinha sido provado uma vez, mas, sem dúvida, na afobação, Marina perdera meio quilo ou mais, e agora, no espelho da costureira, ela podia ver o tecido frouxo em suas costelas, onde deveria grudar-se a ela, e escorregando no quadril, onde deveria estar moldado. O vestido, de corte reto, simples, era azul, não branco, o que parecia para Marina uma quebra suficiente da tradição, um ciano-claro que podia ser descrito como azul-piscina. Ela tinha os sapatos (os saltos eram prateados e bem altos: ela tinha medo, embora apenas rapidamente, de que pudessem afundar e grudar no gramado enquanto seguisse guiada pelos braços de seu pai); havia encomendado as flores (copos-de-leite, no final das contas); e sabia que penteado usaria (o cabelo puxado para cima, menos justo do que o de sua costureira, com um lírio enfiado nos cachos). A comida havia sido planejada, assim como os assentos, sob uma marquise onde os convidados poderiam se sentar sem que o sol ou a chuva estragassem as coisas; até a decoração para a pérgula fora finalizada. Não haveria tantos convidados — só uma centena —, mas esses ficariam alojados por toda Stockbridge.

Na ocasião, a família de Ludovic não seria representada por ninguém, apesar de ele ter permitido que Marina conversasse com sua mãe pelo telefone. O sotaque dela era, aos ouvidos de Marina, bem britânico, com a voz levemente trêmula, e o tom, se Marina fosse franca (o que, com Ludovic, ela não foi), frio. A conversa foi breve e formal: Marina havia sido efusiva, em seus melhores modos sociais, sobre como ela queria que sua futura sogra comparecesse e como estava ansiosa para conhecê-la; como resposta, a sra. Seeley disse que infelizmente as circunstâncias (não especificadas) a impediam de fazer a viagem. Marina parou para pensar que talvez sua sogra fosse um pesadelo, mas concluiu que a distância entre elas fazia disso um problema nulo. Ludovic, de passagem, sugeriu que eles podiam tirar uma semana em Sidney depois que a revista fosse lançada.

— Mamãe não se sente bem em aviões — disse ele. — Nem ao telefone. Mas ela é um doce. Você vai ver.

Marina apenas sorriu.

Suas brigas não vinham de emoções previsíveis. Ela não tinha reservas sobre seu pretendente, apesar de parecer que todos os outros tinham. Não estava ressentida por a organização do casamento ter sido inteiramente arquitetada por ela e Annabel, mesmo com ela preparando sua própria editoria para o número de estréia da *The Monitor*: ela entendia a magnitude do compromisso de Ludovic, e sabia que, acima de tudo, ele tinha de cumpri-lo. A ambição dele era inegavelmente parte de seu charme. As brigas dela tinham outros motivos, pelo menos era o que parecia. Exceto com Annabel: ela não tinha rixas com sua mãe. Podia sentir que sua mãe estava genuinamente feliz por ela. Mas, em todas as outras frentes, ela estava sendo entregue por um homem que ainda não perdoara; acompanhada por uma dama de honra cuja reprovação a Marina era como um perfume forte. Julius estava pigarreando, falando hesitantemente que não sabia se seria capaz de comparecer por causa de sua mudança e dos "compromissos" do Cabeça de Cone, e perguntando como ela poderia não se sentir mortalmente ofendida por isso. Então, num recorrente vôo de imaginação que a fez tremer, ela temeu, inexplicavelmente, que seu primo, que fora tacitamente desconvidado, pudesse aparecer no dia e executar algum tipo de vingança. Botar fogo na casa. Dar um tiro em seu pai. Raptá-la. Era loucura, ela sabia, alimentar possibilidades tão implausíveis.

— Mamãe — sussurrou ela numa noite recente, na porta do quarto de seus pais —, me diga se estou louca, mas Bootie não vai nos perseguir e nos matar, vai? No dia do meu casamento?

Então sua mãe saíra do *closet* para dizer, num calmante tom maternal:

— Não, não, querida, não seja tola. Não mesmo. Imagino que ele esteja apenas triste, pobre garoto. Ele é um problemático. — Com uma blusa no braço, ela balançou a cabeça, meio triste. — É só porque está diferente. Como extrair um dente. Tenho certeza de que tudo vai ficar bem novamente; mas, por enquanto, temos de conviver com isso.

— Mas ele não vai tentar nos matar?

— Acho que não, querida. Acho que o artigo dele sobre o papai era o máximo que ele conseguiria fazer.

Aquele artigo, aquele artigo: outro dia, esperando por Ludo em seu escritório, ela percebeu que ele ainda existia, na pasta pessoal do computador dele. Evidentemente, Ludo fez uma cópia escaneada do artigo — ou possivelmente até digitada, por Lizbeth, aquela secretária bajuladora e afetada de 48 anos, magrela e sinistramente reservada, que sempre olhava para Marina como se tivesse pena dela — e guardara-o. Como se, apesar de eles não conversarem sobre isso há semanas, a vida deles não fosse suficientemente carregada também — tema já discutido oralmente —, voltando a ser complicada. Quem precisava de uma despedida de solteiro? Em vez disso, quando ele chegou (Lizbeth pisando fiel e ordenadamente atrás dele como um poodle bem-arrumado), Marina perguntou sobre a festa de lançamento — marcada para o dia 13 —, e voltaram à lista de celebridades locais que tinham respondido ao *RSVP*. Era com isso que Ludo mais se importava naquele momento, mais do que com o casamento, parecendo às vezes, mesmo que num ponto significativo, que as listas de convidados dos dois eventos coincidiam. Ele se preocupava em relação aos famosos da lista da festa de lançamentos: "Nenhuma resposta da secretária de Sontag", reclamava ele. "E Lizbeth ligou para lá duas vezes já. Não acha que era quase certa uma maldita resposta? Mesmo um não? E, francamente, ela deveria estar lá. Eu poderia colocá-la nas paradas novamente, se ela colaborasse. Mas pelo menos Renée Zellweger aceitou." Talvez tivesse sido um erro marcar os dois eventos em datas tão próximas. Marina não conseguia lembrar agora por que isso parecia tão importante. A urgência da paixão deles, sem dúvida. Mas ela não conseguiu prever os obstáculos ou a sua raiva, que mal podia ser controlada com tudo o que estava envolvido.

Na última semana de agosto, no silêncio da cidade, ela se encontrou com Scott, editor de seu livro, e ele se disse impressionado com o manuscrito.

Iriam publicar no próximo mês de setembro; seria um alarde só ("É sexy, mas sério", Scott ficava repetindo. "Essa é a minha estratégia de marketing: sexy, mas sério. Podíamos tentar lançar um primeiro fascículo na *Vogue* ou na *The New Yorker* — talvez em ambas"). Eles iriam anunciar e fazer uma turnê com ela. "Também é adequado para a TV", continuava ele. "Talvez no programa da *Rosie*, talvez no da *Oprah* — é nisso que estamos pensando." Ela teria de montar a estratégia com o departamento de Publicidade: eles iriam querer "uma foto bem grande de rosto", disse ele.

— Você é linda. É uma jovem celebridade. Vamos nos aproveitar o máximo disso.

No escritório, ela ferveu, entusiasmada, com o triunfo percorrendo sua espinha; mas, assim que foi para a rua, ocorreu a ela que apenas Ludo ficaria feliz, e que mesmo ele estava preocupado. Ela não iria contar a seu pai — ainda não, pelo menos. A ferida, ainda não cicatrizada, não agüentaria. Ele não acreditava nela ou no seu livro; iria meramente alertá-la sobre ser manipulada. Ela podia ouvir a conversa toda em sua mente, e certamente não precisava realmente vivê-la. No entanto, mesmo a imaginação provocava raiva, enquanto ela voltava pela Broadway em meio ao desordenado barulho da Times Square. Os turistas do final do verão, todos amontoados e olhando embasbacados com suas bermudas folgadas sacudindo como bandeiras, caminhando devagar, cheios de sacolas e câmeras, abaixo da cacofonia de neon, ansiosos e totalmente perdidos enquanto entregadores em bicicletas passavam, deslizando entre o meio-fio e os transeuntes — ainda tantos deles, mesmo depois do almoço no final de agosto, na hora mais silenciosa, calçadas cheias deles, como rebanhos de carneiros, no fedor dos escapamentos, do suor e de salsichas —, tagarelando, acenando, sendo empurrados e discutindo, como figurantes afetados num *set* de filmagem — tudo isso geralmente a irritava. Quando ela cruzou para o lado mais calmo de Chelsea, se perguntando se conseguiria encontrar Julius fortuitamente e, com ele, talvez o ardiloso Cohen, sentiu novamente a intransigência de Murray, revivendo suas conversas em San Domenico, como se ela fosse algum subproduto do pai e ele pudesse controlar seu rendimento; — quando ela pensava nisso realmente era sempre da forma dele, e por que (ela puxara seu pé, cruzado contra a luz, quase censurado por uma buzina de táxi), vamos falar sério, por que ela não pensou nisso antes? Marina, a filha zelosa,

OS FILHOS DO IMPERADOR

o braço direito dele; quem mais poderia terminar seu trabalho e até suas frases, se precisasse, e nunca questionava, nunca perguntava, quando ele podia abrir espaço para ela, porque — era tão óbvio; como ela precisou de Ludo para perceber, com propriedade, os passos errados do pobre Bootie Tubb? — para ele era sempre tudo em torno de Murray Thwaite. Não havia mais ninguém. Então a raiva subiu nela novamente no costureiro, em seus saltos prateados, de braços abertos: poderia deixar que ele a entregasse?, se perguntava; mas não podia encorajar a ruptura se ela negasse isso a ele. Não agora. Teria de ser como eles planejaram, mas ela sempre, sempre iria manter no coração dele a memória de seu rancor enterrado, o sabor químico disso, maculando e corroendo o casamento e sua lembrança invisivelmente, mas certamente como um ácido.

Isso sem mencionar Danielle ou Julius, seus amigos mais próximos que SUMIRAM, perdidos em seus egoísmos no momento mais importante da vida de Marina. Danielle, que quase acusou seu futuro marido de toda desonestidade e charlatanismo por causa de um velado surto de inveja que Marina sabia que devia ser capaz de perdoar (pobre Danielle, com sua secreta e não correspondida paixão; devia ser difícil, afinal, viver encalhada e ver Marina em júbilo), mas que não podia ainda. Sua dama de honra: Danielle também iria gerar parte do desfile clandestino de má vontade. Parecia uma possibilidade impossível, Marina tentara disfarçar, por todas as palavras ásperas que Danielle usou para se retratar. Não era à toa que Marina temia o ataque de Bootie. Esses pequenos dramas perfurantes pareciam impossíveis de se controlar, de se conter: tinha de haver uma erupção, alguma erupção, sendo dela ou de mais alguém; e nesse ponto Bootie era o mais seguro, mais descartável entre eles.

Quando ela chegou em casa, tentou explicar isso tudo a Ludo, que se entretinha abstratamente com uma travessa de sushi. Contudo, foi presa por lealdades e confianças, e não queria, acima de tudo, machucá-lo ou sugerir que aqueles em volta dela não davam as boas-vindas a ele de todo o coração, apesar de ele não entender realmente o que ela estava tentando dizer, desprezando as palavras, tediosamente, como uma "tensão arquetípica".

— Não seja previsível, minha querida — disse ele, mexendo os pauzinhos. — Você não é disso. Temos coisas tão importantes em que nos focar neste momento.

CAPÍTULO QUARENTA E NOVE

De volta para casa

DAVID DEITOU-SE NO *FUTON* COM OS OLHOS FECHADOS.

— Não consigo acreditar nisso — disse ele.

— Não consegue acreditar no quê?

— O que você acha que eu quero dizer?

Julius sentou-se à mesa com o queixo nas mãos. O quarto era realmente muito pequeno, especialmente para duas pessoas; e, depois do apartamento de David, uma piada de mau gosto.

— Agora entende por que eu nunca convidei você para vir aqui — disse ele.

— Não posso entender por que você morou neste lugar, pra início de conversa. É nojento. O que tem a ver com você para ser seu lar?

— É bem barato.

— Padrões, Dama do Lixo. Você, mais do que todo mundo, sabe que um corpo precisa de padrões.

— É bem barato. Podemos pagar. Quando ficarmos ricos, podemos sair novamente.

— O que é pior, pense: viver neste lugar com alguém ou sozinho?

Julius fungou.

— Vivi sozinho aqui por seis anos e perfeitamente bem.

— Mas não feliz.

Julius deu de ombros. Não estava certo, nesse caso, do que significava felicidade. Talvez ele tenha sido feliz todos esses anos sem saber. Era bem plausível.

— Porque parece infeliz. Sabe, há animais que se isolam para morrer. Não sei quais, mas existem. Isso aqui parece um lugar aonde você vai para morrer.

OS FILHOS DO IMPERADOR

— Muito obrigado.

— Sério, a energia é bizarra.

— Talvez por culpa do garoto, o primo de Marina.

— Ele é tosco.

Julius assentiu, mas se sentiu culpado. O garoto não lhe havia inspirado nada além de culpa desde o primeiro e infeliz encontro.

— Ele não é tão mau assim, ouvi dizer.

— Quem disse, exatamente?

— Ok. Ele é tosco.

— Você quer mesmo que eu vá a esse casamento? Não tenho certeza de que posso encarar.

— Ela é uma de minhas melhores amigas. Talvez minha melhor amiga. E a mais antiga.

— Eu sei, eu sei. A linda branquela riquinha na fila da cantina do segundo dia na faculdade. Vai ser tudo tão lindo, a incrível lista de convidados. Eu sei, eu sei.

— Eu fui a muitos lugares por você. — Agora, mais do que nunca, Julius tinha consciência disso. Consciência de tudo a que havia renunciado, de bom grado, é verdade, mas renunciado, de qualquer maneira. Esse casamento não era negociável.

— O que há entre você e seus amigos de faculdade, hein? Parece que nunca seguiram em frente.

— Nunca precisei.

— Esse é o benefício ou a desvantagem de se ir para uma escola tão cara?

— Desde quando a sua Union não é cara?

— Não é uma das favoritas da aristocracia.

— Ela não é aristocrata, David. Acredite em mim. — Ele não conseguiu resistir: — Confundir Marina com uma aristocrata mostra que você não tem idéia de quem ela é.

— Exatamente, esse é meu argumento.

— Estou pedindo que você faça isso. E estou pedindo que dirija, temos de sair em uma hora. O casamento é às seis, e leva duas horas e meia para chegarmos lá; e ainda quero fazer *check-in* no hotel primeiro.

— Acho que deixei os carregadores levarem meu *smoking*. Está no depósito agora, não posso pegar até segunda. Opa. Foi mal.

— Então seu terno preto comum ficará bom.

— Bom? Acho que não.

— Eu o embalei pra você. — Julius apontou para dois porta-ternos perto da porta. — É tudo de que precisamos, incluindo loção e balas de menta.

David permaneceu de olhos fechados, seus braços sobre a cabeça.

— Creme de barbear?

— Pasta de dente também.

— Um livro de cabeceira?

— Também.

— Ainda não tenho certeza de que posso ir. Só de pensar me dói o estômago. É como se todos os seus amigos fossem membros daquela associação com pessoas de alto Q.I., a Mensa, ou algo assim. Como se tivesse de passar em algum teste idiota para entrar no clube.

— Eu devia ter obrigado você a conhecê-los antes.

— Por quê?

— Você não teria medo na época. Poderia até estar ansioso pela festa.

— Não estou com medo. Quero dizer, quem *são* essas pessoas?

— O pai dela é bem famoso, você sabe.

— Em revistas pretensiosas que ninguém lê.

— E isso importa? Ela é minha melhor amiga.

— E isso não piora a situação? Ela teve tanto de você, e por tanto tempo. Não consigo mesmo agüentar isso. Além disso, você é meu agora.

— Não sou de ninguém, senhorzinho. Como você bem sabe.

— Você não me ama. — David se sentou e fez uma careta infeliz, como um palhaço triste. Seu cabelo estava charmosamente bagunçado. — Se me amasse, me pouparia disso. Ficaria aqui comigo.

— Venha comigo. Pelo menos até Stockbridge. Você tem que dirigir o carro. O hotel é bonitinho, Marina garantiu. Quando estiver lá, você decide.

David levantou-se.

— Deve ser mais bonito do que este buraco.

Julius deu um soquinho de leve no braço dele.

— Esta é minha casa. Muito humilde e tudo o mais. Se *você me* ama, você vai engolir.

— Vou levar você para Stockbridge. — Ele suspirou, um enorme suspiro zombeteiro. — Quem diria que eu terminaria assim, como o humilde chofer da Rainha do Lixo, mordomo do Barraco de Sucata.

— Não estou brincando — disse Julius, numa voz brincalhona. — Eu não vou agüentar isso.

— Ah, não, por favor, Rainha do Lixo, me perdoe.

— Não vou mesmo, David. — Julius também estava de pé, com os lábios fechados e os olhos bem abertos. Ainda tentava fingir que estava brincando, porque, embora ambos soubessem que o clima era outro, fingir parecia importante. — Por que não vai encerar o Bentley para sairmos?

David fez um barulho entre um ronco e uma risada, um barulho, no fundo indistinguível, que irritou ainda mais Julius; mesmo assim, ele foi até a porta e colocou a bolsa no ombro, e Julius sabia que pelo menos o primeiro passo ele havia ganhado.

— Você vai se divertir, eu sei — disse ele na escadaria, onde um ar velho e com cheiro forte ficara parado. Então acrescentou: — Ou vai achar interessante, pelo menos. Posso prometer que será interessante. E interessante é bom, certo?

— Talvez você viva em tempos interessantes... Isso é bom? Achei que fosse uma maldição do confucionismo, não uma bênção.

— Bem, querido... — Julius brevemente deslizou um braço pela cintura de David quando colocaram os pés na rua, mas tirou imediatamente porque achou que David estava se esquivando, porque sabia que o namorado não queria a intimidade dos dois exposta. — Não se preocupe com isso, pelo menos. Seja como for o deles, nosso tempo é quase criminalmente desinteressante. O tempo mais enfadonho do mundo.

— Podemos torná-lo excitante, Rainha do Lixo — disse David, repentina e aparentemente mais alegre. — Só sair desse lugar já é um começo. Olhe, o sol está brilhando. Olhe, o mundo ainda está aí.

— Não é tão ruim assim.

— É, sim. Não suavize. É, sim. Aqui fora, no grande mundo, até Stockbridge parece possível. É aquele lugar, digo a você. Aonde os animais vão para morrer.

na pérgula, com seu sanduíche de muçarela, manjericão e tomate na *focaccia*, de costas para a casa, ciente das abelhas contra a tela e da sua solidão; de repente, Murray juntou-se a ela.

— Posso?

— Talvez não seja uma boa idéia.

— Minha família acharia muito estranho se eu não flertasse nem um pouquinho com você. Tenho uma reputação a manter.

— Estou achando tudo isso muito esquisito.

— Estou ficando de fora.

Ele se sentou num banco em frente ao dela, tão longe quanto poderia estar. Parecia que a pele dela estava tentando mover seu corpo, fechar o espaço entre os dois, ansiosa.

— É difícil quando você é a dama de honra. É meu trabalho estar envolvida.

— Por aí.

— Não pedi muita coisa, pedi?

— O que quer dizer? Pode pedir o que quiser.

— Quero a noite. Uma noite, qualquer uma. Só que inteira.

— Sim. Isso seria... sim.

— Você teria de mentir. E não quer isso.

Ele olhou para ela através de seu cabelo, como um garoto.

— Você pode dizer que está viajando. Uma palestra. Você esqueceu, alguém lembrou a você, e você tem de ir.

— Quando?

— Logo.

— Por que agora?

— Porque... — ela suspirou.

Ela não podia dizer que era porque havia sido acometida pelo medo de que ele amasse sua esposa. Nas conversas deles, tão maduras, era um traço louvável amar sua esposa. Ele falava disso freqüentemente, e ela seguia ouvindo, tomando aquilo como a retórica necessária de um homem há mais de trinta anos casado. Mas ele era, a seu modo, um contador de verdades — aquilo, acima de tudo, era o que ela havia idealizado, o que ela queria —, e nessa nova luz imaginada, cada palavra dele era verdade. Só a habilidade interpretativa dela estava em baixa.

— Porque eu quero. E eu nunca pedi nada assim a você. Nem vou, nunca mais — disse ela.

— Não prometa demais. — Ele também suspirou. Ela queria saber o significado do suspiro, que parecia de repente aberto a muitas interpretações, poucas delas favoráveis a ela. Então ele disse, bem baixinho.

— Você não sabe que, quanto mais temos, mais queremos?

E ela sentiu uma descarga de prazer. Ele se levantou, segurando seu prato intocado na frente dele como uma oferta, e passou a mão no cabelo, com aquele jeito de menino que tinha. Ela queria beijá-lo, mas olhou para a melancia que segurava.

— Tenho uma palestra em Chicago segunda que vem, que foi adiada — disse ele. — Descobri ontem. Está no calendário. Estou oficialmente fora da cidade.

— Você faria isso?

— Estou oficialmente fora da cidade — repetiu ele. Quando estava indo embora, ofereceu: — Quer um pouco de vodca na limonada para ajudar? É fácil de fazer, ninguém vai ficar sabendo.

— Vou ficar bem — disse ela, engolindo o "agora".

Não foi uma elegância acomodada, entretanto: assim que a dança começou, a jovem Thwaite tirou seus saltos e pisou na grama, com seu garboso esposo com a gravata-borboleta desfeita bem atrás dela. "Parece incrível", disse ela. "Quem podia adivinhar que se casar poderia ser tão libertador?"

"É só uma questão de encontrar o editor certo", ironizou o sr. Seeley, enquanto conduzia a noiva na batida do samba.

CAPÍTULO CINQÜENTA E DOIS

Hora de dormir

— CONSEGUIMOS. — MURRAY DEITOU-SE NA cama com os olhos fechados e as mãos atrás da cabeça. — Conseguimos. Aliás, *você* conseguiu. Você fez tudo. Bravo!

— Na verdade, não. Estou feliz que tudo tenha dado certo.

— Ainda estão limpando. São quatro e meia.

— Isso que é um bom casamento.

— Ainda tem mais alguém aí? Quero dizer, temos convidados?

— Acho que Danielle foi embora com Julius e o namorado dele. Convidei-a para ficar, mas acho que ela pensou que seria estranho tomar café só com nós dois. Pais demais.

Murray não abriu os olhos. Ele a imaginou no apartamento, a luz em sua bochecha. Suspirou.

— É uma boa menina. Ela ama Marina.

— Mas ela não queria que ela se casasse com o Ludovic.

— E quem queria?

— Pare com isso. Ninguém teria passado nos seus testes. Ele a adora.

— Será? Ele é cobra criada.

— É o que Danielle pensa.

— É um pacote, não é, o que ele comprou?

— Comprou?

— Ganhou. Como quiser. Ele fisgou nossa Marina e acabou como meu parente ao mesmo tempo.

— Isso é um pouco egocêntrico até para você, meu querido.

Murray se endireitou, abriu os olhos e começou a desabotoar sua camisa.

— É o *New York Times*.

— Não dou a mínima. Já é ruim o suficiente que ela esteja aqui. Deixe que ela veja o quanto quiser. Não quero falar com ela.

Então Danielle se revelou, fez uma piada e se ofereceu para varrer a jornalista dali se quisessem.

— Ela só pediu para falar com Marina por cinco minutos — disse Seeley, com os lábios fechados. A rosa em sua lapela parecia tremer com exasperação. — Não é muito.

— Ei, M — Danielle, contra seus instintos legítimos, optou por amenizar. — Cinco minutos? Para que sua noite de casamento se desenrole mais calmamente? Vamos, você pode fazer isso. Pelo Ludo, aqui. Por amor?

O olhar que Marina deu a ela era peculiar, como se achasse que Danielle estava tirando sarro ou julgando. Danielle pensou, durante o banho, que era como se Marina acreditasse que ela havia pensado que Seeley estava revelando suas verdadeiras cores cínicas. Para ele, até o casamento era para avançar profissionalmente. Ela nem pensou nisso na ocasião; e talvez estivesse projetando. De qualquer forma, Marina se recompôs, seguiu em frente sorrindo e cumpriu seus deveres com o amor e com a *The Monitor*.

Da noite, ela se lembrava, acima de tudo e inevitavelmente, de Murray. Depois da conversa no almoço, eles mal trocaram uma palavra, mas ela estava sempre o observando, como se estivessem ligados eletronicamente, ciente de longe do aterrorizante e profissional fingimento de indiferença da parte dele, de sua impecável habilidade de desempenhar o papel necessário. Ele e Marina, um par de jarras.

E também havia Julius, há muito desaparecido, apenas levemente obediente nos braços de seu bonitão. David pareceu legal. Na verdade, David parecia, a Danielle, um assunto sem possível relevância, um jovem — definitivamente mais jovem — perfeitamente educado, suficientemente bonito e meio entediante de Westchester, um cara de negócios, o tipo de cara que na faculdade você até cumprimenta alegremente no refeitório com um sorriso genuíno, mas com quem você não se importa mais, pois sente — pelas roupas, pelos amigos, pelo corte de cabelo, pelo curso (provavelmente ciências políticas ou economia) e até pelo tom da voz — que ele não tem nada interessante a dizer. O traço mais intrigante dele, para Danielle, era sua aparência comum, dando até a entender que era heterossexual: o centro da nação privilegiada. O que poderia explicar pelo menos em parte a atração de Julius, claro; mas, quanto à intensidade, à sua reserva prolongada — Danielle estava iludida. David não parecia hostil, afinal.

— Ouvi falar muito de você, sim, ótimo — disse ele estendendo a mão franzina quando foram apresentados, de forma meramente irrelevante. De maneira mais generosa, ele permaneceu cordialmente reservado. Ela percebeu que ele não dançava determinado ritmo e que se sentou com um *bourbon on the rocks* e uma expressão ao mesmo tempo tolerante e cansada, enquanto Danielle e Julius giravam e pulavam na frente dele. Ela esperava, pela experiência, que Julius fosse se ajoelhar aos pés de seu namorado, focando-se, acima de tudo, em fazer com que David se juntasse a seus velhos amigos; no entanto, Julius se mostrou frescamente bem Julius, insensível, abandonando David por longos períodos para fofocar com gente que não via há anos.

Tanya Reed, por exemplo: Danielle nunca gostou muito dela, e todo mundo sempre disse que sua acidez era resultado da insegurança que tinha — Danielle não comprava essas desculpas.

— Todos somos inseguros — diria —, e algumas pessoas são educadas e outras são rudes.

Esse era um firme princípio de Randy Minkoff. Entretanto, o sucesso havia presenteado Tanya, que agora se vestia e se penteava de forma mais cara (resultado: ela parecia menos uma cabeça de alfinete, seu rosto eqüinamente estreito agora equilibrado por um cabelo arrumadinho num pompom marrom), não menos graciosa que um limão. E, depois que Julius passou dez minutos atualizando-se sobre a carreira dela (*Newsweek*, contrato para livro, um convite para lecionar em Georgetown), Danielle observou por trás as tentativas de Tanya, bem espasmódicas, de mover seu corpo com o ritmo da música, tremendo-se irregularmente num terno lavanda de cetineta, e cochichou para Julius, ao voltar para dançar:

— Lá se vai uma branquela sem bunda.

Julius então repetiu para David, que riu com um zelo que Danielle tomou como misoginia: ele estava rindo, sentia ela, da coisa errada. Mas pareceu gostar mais de Danielle depois disso, e se esforçou mais para conversar.

Ele não gostou, entretanto, de dividir seu quarto de hotel. Julius e ele começaram uma sessão de cochichos depois que Danielle pediu o

— O que você estudou na... na faculdade? — tentou ela novamente, depois de um tempo.

— Ciências políticas.

— Hum.

— Você estudou inglês, certo?

— É tão visível? Todos estudamos. Estudei inglês e filosofia. Não me lembro de nada.

— E quem lembra?

— Mas é sério, eu olho para os livros na prateleira e está claro que eu os li naquela época, mas não consigo nem me lembrar de ter feito isso, e não tenho idéia sobre o que podem ser.

— Leia-os de novo, então...

Danielle suspirou.

— Agora não. Talvez algum dia. Olho para eles e me pergunto quem eu era, sabe? Faz muito tempo. Tenho *trinta* anos.

— Você devia jogar fora esses livros.

— Tipo, no lixo?

— Tipo isso.

— Seria um sacrilégio.

— Você fica com roupas que já não usa há dez anos? Ou com sacos de macarrão e latas de feijão?

Danielle não precisava responder.

— O que há nos livros? Pessoas perfeitamente racionais ficam loucas com seus livros. Quem tem tempo pra isso?

— Eu meço minha vida pelos livros.

— Você devia medir sua vida pelo próprio viver. Ou melhor: você não deveria estar medindo sua vida. Qual é o sentido disso?

— Julius também mede.

— Acho que não.

— Ele costumava fazer isso.

— Todos mudamos. Graças a Deus.

Danielle, minimamente ofendida em nome de Julius, respirou profundamente.

— Falando nisso, você comprou para ele um terno novo.

— Antes de eu ser despedido. Sim. Legal, não é? Italiano.

OS FILHOS DO IMPERADOR

— Os punhos não são puídos. Sinto falta do velho Agnès B.; a suposta "assinatura" dele, ou seja, o único terno. Ele ficou bem nesse novo.

— Ele lembra um pouco o Tiger Woods, não lembra?

— Nunca pensei nisso. — Danielle pensou por um segundo. — Acho que um pouco. — Ela mordeu o lábio. — Você vê jogos de golfe, então?

— E jogo também.

— Uau. Acho que nunca conheci um golfista antes.

— É tão engraçado assim?

— Não, nem um pouco, eu só... eu não sabia que pessoas, pessoas jovens, ainda jogassem realmente.

David não disse nada.

— Sei que soa idiota. Só que nunca pensei nisso a fundo.

O carro, com seu poderoso ar-condicionado e cheiro de plástico, escoava num silêncio aumentado mecanicamente. Danielle refletiu que crescer e encontrar um par era um processo de se afastar da alegria, como se, igual a um anfíbio, passássemos a respirar de outra forma. O riso — antes uma necessidade vital, um alívio fugaz, capaz de tornar o isolamento, a luta e o medo suportáveis — é substituído pela insensível questão da estabilidade. Dizendo-se satisfeitas, resignadas e sem medo, as pessoas cresceram para temer as piadas e sua capacidade de desestabilizar. De onde antes vinha o riso, vem agora uma brisa fria. O que, afinal, estava Julius fazendo com um homem de negócios praticante de golfe? No ano anterior, ele mesmo teria gargalhado da possibilidade. Todos eles, todos os três amigos... Um ano atrás, eles acreditavam que ficariam juntos para sempre. Talvez tenha sido melhor assim, cada um encontrou o seu próprio caminho. Mas será que eles riam como antes? Será que ririam novamente ou isso havia terminado agora, no Reino da Sobriedade Adulta?

Enquanto eles iam velozmente pela rodovia, ela observava David tentando ao máximo não aparentar que fazia isso. Ele não parecia já ter sido muito de rir. Parecia ser um homem de negócios que jogava golfe mesmo vestido de bermuda. E era difícil de acreditar que essa pessoa fazia alegre a vida de Julius, que ele era ou Pierre ou Natasha para o Pierre ou a Natasha de Julius. O que quer que ela tivesse contra Ludovic Seeley, ela não achava que ele era medíocre. Ele pelo menos fazia Marina rir; ou devia. Ele era o mal encarnado, apesar de ninguém, além dela, perceber isso, mas, naquele extremo, ele valia a pena. E Murray: por um lado, ela era passional; por outro, ele era engraçado. Marina sempre disse, desde que se conheceram, que ele fazia todos rirem. Era afeito a gracinhas.

O casamento foi poderosamente sem graça. Nenhuma pancadaria; nenhuma lágrima inesperada; todos os discursos de bom gosto, inclusive o dela. Ela ficou esperando alguém mencionar Bootie Tubb (mais cedo, quando Marina estava se vestindo, um dos funcionários do bufê subiu ao segundo andar para dizer que havia um jovem à porta, deixando Marina obcecada — era Bootie —; no entanto, era o entregador de uma floricultura do Great Barrington trazendo uma orquídea roxa enviada por amigas californianas da mãe de Marina, endereçada para "Marina & Hugo — o casal feliz"), mas claro que ninguém mencionou. Ninguém mencionou também a mãe dele. Eles eram significantes apenas em suas ausências. Se estivessem lá, ninguém teria notado — ele, o jovem silencioso e esquecido, comendo bolo sozinho à mesa e gemendo silenciosamente pela noiva; e ela, a mãe dele, vestindo, na imaginação de Danielle, uma blusa avermelhada, levemente de porre, e cheia de lágrimas no final, com um lencinho na mão enquanto falava sentimentalmente sobre sua sobrinha, os laços de sangue, tudo que ela e Murray dividiram crescendo juntos. Não, o casamento perfeito de Marina foi de bom gosto demais para eles; os mais comuns nunca poderiam ter vindo à festa. A falha — a briga familiar — tinha sido necessária, pelo menos por esse motivo.

Mas ninguém comentou isso. Murray, a única orelha possível, sentia fortemente que deveria rir da situação. Danielle, no carro alugado de David, sentiu falta de rir tanto a ponto de não conseguir respirar, a ponto de quase fazer xixi, respirando ofegantemente, curvada, as lágrimas forçadas nos cantos dos olhos. Quando eles estavam na faculdade e saíam para jantar num restaurante italiano — devia ser aniversário de alguém —, Julius, o limpo e comedido Julius, uma vez riu tão alto que caiu da sua cadeira, engatinhou para fora do restaurante sobre as mãos e os joelhos e rolou descontroladamente na calçada suja, ainda exaltado. Em outra vez, numa apresentação de dança da instituição, com Marina, eles ficaram tão possuídos pela comédia da coisa que roncaram nas poltronas como porcos, repetida e descontroladamente, até que finalmente

OS FILHOS DO IMPERADOR

saíram do auditório, deixando a porta bater atrás deles, desistindo e não resistindo a toda hilariedade no saguão. (Naquela vez, eles foram vistos por um professor que os seguiu e os repreendeu, pedindo que eles escrevessem notas de desculpa para todos os dançarinos.) Estava tudo ligado à eternidade? Seria o tipo de risada fruto e sinal de imaturidade? Era algo que adultos nunca faziam, especialmente não em casais. Algo perdido para sempre. Que tristeza.

David a deixou na porta da estação e foi embora com um aceno que ela achou mais alegre do que qualquer outro gesto que ela vira dele até então, de tão feliz que estava de se ver livre dela, e ela se viu com uma hora e vinte minutos para passar na estéril sala de espera, na companhia de máquinas de doces (da qual Danielle retirou, depois de um longo exame, uma barra de granola velha e levemente úmida embalada num papel-alumínio verde) e de uma mãe de duas crianças, cujos filhos, um gorducho e um bebê cambaleante que estavam entre elas, preenchiam o espaço com tamanha comoção — gritando, pisando, batendo, uivando — que era impossível até ler os jornais. Finalmente, para escapar do tumulto, Danielle acabou se retirando para um banco coberto ao longo da plataforma, e espantou-se, novamente carrancuda, por seu estranho e desnecessário isolamento. Ela podia cair ali, na frente de um trem, e ninguém nem saberia que ela esteve lá — em Albany, pelo amor de Deus, sozinha no final de semana do dia do Trabalhador, completamente desancorada, mandada de volta à sua incompetência (a lipo era um bom começo) e ao silêncio ensurdecedor de sua vida solitária.

Murray, Murray, Murray. Ela tirou o telefone celular de seu bolso, olhou para ele e guardou novamente. Ela o imaginava ainda dormindo, com o braço dominante de Annabel sobre o peito dele, uma bela luz caindo aos pés da cama dos dois, a casa finalmente silenciosa daquele modo secreto e prazeroso, como se eles tivessem voltado, no final das contas, ao Éden, para uma vida sem filhos, podendo se desnudar em qualquer lugar e brincar pelados na grama, dando uvas um ao outro e bolos de mel na cama, como um imperador romano alguns séculos atrasado e sua imperatriz. Nesse cenário, Danielle tornara-se uma aventura desnecessária, uma cansada diversão. Essa era uma das duas visões incompatíveis mas igualmente certas que ela mantinha simultaneamente em mente. Na outra

— como não poderia deixar de ser —, tendo finalmente descoberto sua alma gêmea, sua cara-metade platônica, ele se pregava nela acordando e dormindo, e, quando ela entrava no quarto, ou mesmo na casa, ele sabia, se esforçava para estar junto dela, sua voz interior sempre falando com ela e desejando ser ouvida telepaticamente. Ela queria que ele a quisesse, mesmo agora, na cama com Annabel, almejando alcançar seu telefone celular para estabelecer uma conexão: a conexão deles.

Ainda assim, talvez não importasse qual visão era verdadeira, já que ele não iria — certamente essa era a questão: ele não iria — pegar o telefone celular. Ultimamente, então, o desejo, fosse fato ou imaginação — e, ainda, sua realidade, sua desconhecida concretude, era de suma importância para ela —, não era nem relevante. Como ela pôde se meter numa situação dessas? Uma brisa quente soprou pela plataforma, como se em desgosto pela fraqueza de Danielle. E que remédio desintoxicante poderia fazê-la voltar a si mesma? Até a lembrança de seu apartamento — dos Rothkos, assim como da cama, esperando, esperando — estava envenenada agora. Ela ligaria o celular, iria direto da Penn Station para seu escritório e deixaria o regozijo para outro alguém. E, por mais desgraçado que o Cabeça de Cone pudesse ser — ela não gostou dele mais do que imaginou que gostaria —, Danielle esperava que ele fizesse o Julius, o velho e divertido Julius, feliz.

CAPÍTULO CINQÜENTA E QUATRO

Uma noite na cidade

APESAR DE TUDO, ELES SE DIVERTIRAM em Stockbridge. Um fim de semana tranqüilo longe de casa, no qual o casamento ocupou apenas algumas horas vivas, mas estéticas. David foi charmoso, graciosamente aceitou acolher Danielle durante a noite, galantemente a levou até Albany de manhã. Deixou de fazer comentários afiados sobre Marina e Danielle — apesar de não conseguir deixar de soltar algumas pilhérias sobre os votos, sobre Murray ("Aquele velho dinossauro cascudo, premiado até o pescoço. Fiquei surpreso de ele não estar vestindo xadrez") e, com um certo *frisson*, sobre Ludovic Seeley também —, e até afirmou ter gostado de conhecê-los todos, afinal. Julius ao mesmo tempo acreditava e não acreditava nele, estava concomitantemente satisfeito e decepcionado. Parecia, de fato, que morar juntos, mais do que um estado de paz, era, pelo menos para Julius, um estado de constante e desgastante contradição.

Uma das coisas que eles realmente discutiram naquele fim de semana foi o status de sua união: "discutiram a relação." David provocou, no contexto do casamento: afinal, o que era estar casado, e quão diferente eles eram, digamos, de Marina e Ludovic? Estavam juntos já há mais tempo, e o relacionamento deles, argumentou, não era menos intenso. Se pudessem se casar — talvez algum dia fossem permitidos a isso: afinal, uniões civis eram legais em Vermont, e certamente estavam a apenas alguns passos de lá —, eles iriam querer, e o que isso significaria? Julius disse que, mesmo se eles se casassem, seria diferente de um casamento heterossexual.

— Totalmente — concordou David. — Mas como?

— Bem, eu não usaria um vestido de *chifon*, por exemplo. Mas, tipo, acho que o imaginário gay traz uma abordagem mais sofisticada de relacionamento — disse ele enquanto relaxavam na varanda da hospedaria, observando um casal largo, baixinho e lento tirando sua bagagem do porta-malas de seu Lexus marrom, aparentemente enquanto discutiam de forma quase silenciosa. — Tipo, não terminaríamos *assim*. Em parte porque conhecemos o amor e o desejo, não é?

David franziu os olhos para o casal.

— Meu Deus, eu jamais usaria essas listras — disse ele. — Você está livre disso, pelo menos.

— Mas estou falando sobre relacionamentos. Nós fazemos com que funcionem porque cada casal gay tem de reescrever as regras. A sociedade não impõe nossas regras.

— Não.

Julius parou. O casal se arrastou para dentro da hospedaria, rangendo a porta por um tempo desnecessário.

— Então, quais são suas regras? — perguntou ele, olhando de volta para a rua, que tinha um charme da Nova Inglaterra e turistas tomando sorvete.

— O que quer dizer?

— Respeito mútuo, tolerância, perdão...

— Claro.

— E sabemos, como eu disse, não confundir amor e desejo.

— Claro.

Julius olhou para David, que agora estava folheando um exemplar da revista *Vanity Fair* deixado na varanda por um hóspede antigo.

— Está me ouvindo?

— Amor e desejo — repetiu David, levantando o olhar. — Os grandes casais gays com certeza sabem a diferença.

— E nós?

— Somos um grande casal gay.

Eles então mudaram o rumo da conversa, voltando-se para o perfil de Mark Wahlberg, que eles haviam visto recentemente em *Planeta dos macacos* só porque os dois achavam-no atraente. Julius entendeu que eles haviam tido, ali, um momento de pura honestidade, um reconhecimento de suas necessidades, da necessidade de Lewis ou Dale. Era empolgante, calmamente empolgante, ser capaz de falar não de forma totalmente aberta, mas com tal claridade sobre algo tão carregado. Ele se sentiu aliviado, e achou que David também se sentiu assim.

Quando voltaram para Nova York — de volta à cansativa busca por emprego, de volta ao buraco na Pitt Street do qual David não parava de reclamar —, parecia crucial manter aquela conversa, a lembrança do que formava aquela união, apesar de toda a briga (agora havia muita briga) e toda a chatice (o que havia bastante), forte e única. Porque Julius, inabalavelmente, sentia-se oprimido. Ele sentia o peso de David e das necessidades de David sobre ele. David, por exemplo, agora queria e não queria sexo, mais parecendo querer que Julius tivesse vontade, mas sem corresponder, como se estivesse iniciando alguma desprazerosa e levemente degradante espiral, gerando entre eles uma discordância teatral para a qual não haveria um simples descanso. Conversando com Danielle ao telefone (e ele se pegou discando o número dela mais de uma vez — acontece que ele ainda o sabia de cor), Julius observou de maneira culpada que, sem trabalho e sem dinheiro, David não era o jovial e amável homem que fora antes. Briguento, ele se mostrava uma pessoa de mau temperamento, até mesmo pessimista.

Uma manhã, após uma noite de ineficazes e estranhas tentativas de intimidade, na qual David apenas o rejeitou, Julius teve de insistir e importunar seu namorado para se vestir. David estava deitado esticado de barriga para baixo, de braços abertos e nu no *futon*, bem no meio do quarto. Julius queria se vestir e se arrumar — ele decidiu levar seu *laptop* a um café para trabalhar, pois queria terminar o artigo para Marina (ok, os diferentes valores éticos das gerações que freqüentavam clubes gays estavam longe de ser Proust; mas isso pagaria as contas) o mais rápido possível —, e teve de pisar ao redor e sobre as partes do corpo protuberantes de seu namorado uma dúzia de vezes. Finalmente, David resmungou:

— Me deixe em paz, porra.

— Estou tentando deixá-lo em paz, embora o motivo pelo qual você queira ficar em paz num apartamento que odeia tanto esteja além da minha compreensão.

David resmungou.

— Você podia se levantar e vir tomar café-da-manhã. Podíamos sentar no terraço do Time Café. Omelete de claras de ovo? *Chai latte*?

— Tô mandando você cair fora.

Julius colocou as mãos na cintura.

— Se você não se sentar e olhar para mim agora, eu vou cair fora. Vou cair fora.

Então David se sentou, turvo, pálido, seus olhos cheios de tristeza e sono.

— Agora levante-se — disse Julius.

David não se moveu.

— Você vai tomar café. Levante-se.

— Vá à merda — disse David. No entanto, ele se levantou e, sem tomar banho, se vestiu, seguindo Julius pela porta numa massa de suor e mau humor. Não falou nada e não foi tomar café, mas bruscamente desviou do caminho e foi levantar peso. Dizia que o boxe do chuveiro da Pitt Street estava infestado de baratas e era nojento demais para se usar, e insistia em tomar banho na academia, na qual se isolou obsessivamente na semana depois do dia do Trabalhador, por três, às vezes quatro horas por dia. Como se tivesse hora marcada. Como se fosse um executivo das séries de exercícios, um Nautilus Nero. Na tarde de sexta, Julius soltou:

— Acha que vai encontrar emprego lá? Talvez você se veja como um futuro *personal trainer*, não? — E depois, com remorso, ele sugeriu que jantassem no restaurante deles.

— Você paga, não é mesmo, Dama do Lixo? — disse David.

— Estou quase terminando esse texto para Marina, tenho uma coluna para escrever para a *Voice* e provavelmente um artigo para a *Slate* também. Só estou esperando a confirmação. Então, sim, eu pago mesmo. Precisamos de uma trégua. — Só fazia uma semana desde Stockbridge, mas eles precisavam. *Ele* precisava. — E, se for um bom menino, levo você para tomar uma bebida depois, também.

Se eles tivessem voltado para casa direto do jantar, tudo teria ficado bem. Ok, não bem, mas o suficiente para viver. O restaurante, restaurante deles, ao qual, até mês passado, eles iam uma vez por semana, os recebeu de braços abertos: o divertido *maître* de pernas arcadas foi até eles com um sorriso no rosto de sapo; e Inge, a garçonete deles, a alta garota de Berlim com uma argola no nariz e uma fabulosa voz de Marlene Dietrich, assobiou para eles gloriosamente.

— Porronde vocês andarram, meninos? Bebida por conta do catsa, zim? Parra dar boas-vindas pela volta.

David delicadamente deu a entender que eles viajaram em agosto para a Europa, nada menos, o que fez Inge virar os olhos dramaticamente e assobiar:

— Ssupër legal. Legal parra carramba.

Eles comeram salada — endívia com *bacon* — e filé com fritas, que era o prato de sempre de David; e beberam dois uísques cada e duas garrafas do caro Barolo. O restaurante, aconchegante como era, com as mesas não muito espaçadas entre si, ressoava ao redor deles (sem música, entretanto: essa era uma das razões pelas quais David gostava tanto do lugar, não havia música, isso e sua aura européia da metade do século), e, quando Julius pagou a soma astronômica no cartão de crédito, ambos estavam flutuando no bom humor, até mesmo na comédia, e Julius pensava: "Isso, é por isso que estamos juntos, eu sabia. Por isso."

E foi por isso que ele sugeriu o bar na First Avenue, um bar gay bem sereno com mesas de granito e bancos de couro, entristecido apenas por sua iluminação avermelhada, que fazia com que todo mundo parecesse banhado em sangue, uma equipe de figurantes de um filme do Stephen King. Mas isso não era um problema, aquele lugar era adequado; encontraram um amigo de David, Jan, um rapaz nórdico, ex-modelo, com um sotaque de imbecil — naquela hora, bem embaçadas como já estavam as coisas, Julius achou que eles ouviriam uma rodada de sotaques imbecis quando chegassem em casa, uma grande diversão antes da cama para obscurecer o cenário em volta —, e foi Jan, finalmente, que propôs a Espelunca na Avenue C: mais tosca, disse ele, só que mais divertida do que esse lugar barulhento e sem graça. Espelunca era um tipo de boate com um segurança na porta de metal que proporcionava a emoção de descer as escadas como se fosse um abrigo subterrâneo. Era quente, fechada e cheia de homens dançando, alguns seminus, com torsos perfeitos e bíceps parecendo frutas ainda nem maduras, junto a vários outros, menos interessantes, que mantinham a camiseta. Jan encontrou uma mesa para eles; trouxe outro amigo seu, um homenzinho pequeno com uma barba negra curtinha, um híbrido de pigmeu com demônio, que parecia gerado por uma experiência de engenharia genética, mas sua voz emergiu alta e cantada como a de um garoto. Ele usava uma coleira de couro sobre sua camiseta e Julius queria contar a ele que ficava imbecil: você tem o tamanho de um bicho de estimação, ele queria dizer, e planejou dizer isso depois para o David: não insista nisso. Eles beberam, dançaram e, no banheiro, fizeram umas carreiras de cocaína, um de cada vez — era do Jan ou do carinha, ele não tinha certeza, talvez ambos tivessem cheirado um pouco; de qualquer forma, o que importava, enquanto estivesse lá? A música estava muito alta, insistente, persistente, sexy à sua forma, um zumbido e um tremor que reverberava através deles. E em algum momento, ele não soube qual, Julius pensou que seria assim que sua cabeça ficaria no dia seguinte; e aí também, um pouco depois, num raio de claridade, como a clareira no mato na qual o sol, imenso e cristalino, de repente permeava, ele percebeu, olhando enviesado para David, suado na luz azulada, que eles estavam, como casal, condenados. O pensamento sumiu tão rápido como havia chegado, algo ao mesmo tempo conhecido e desconhecido, inadmissível, e apenas depois ele iria se lembrar disso, se perguntando se o pensamento havia permitido ou causado o que viria depois.

Ele havia ido ao bar para pedir outra rodada de drinques quando viu o homem, ele nunca soube seu nome, um esguio mas musculoso homem de olhos negros, talvez dez anos mais velho, com cabeça quase rapada, seus lábios carnudos e escuros, como se tivessem sido pintados. Parecia mediterrâneo, talvez grego ou italiano, e, quando ele sorriu, levemente, Julius percebeu que um de seus dentes da frente era quebrado, e isso, a ponta protuberante de seu dente, o tornou de repente a visão mais sedutora possível. Enquanto esperava pelas bebidas, Julius olhou novamente, e então mais uma vez, e, cada vez mais, ele encontrava o sorriso, o brilho do dente, os olhos negros com cílios grossos, como os de um cigano ou um pirata.

De lá até a pegação no banheiro foi uma questão de, talvez, 15 minutos: na memória, as indicações, o flerte tácito, transmitido através da multidão e então com David, Jan e o pequeno satanás, imperturbável em volta dele, foi difícil de recapitular. Parecia de alguma forma milagroso paquerar tão audaciosamente na vista de todos e aparentemente sem ser notado pelos outros, particularmente por David; mas o porre, a música

OS FILHOS DO IMPERADOR

e o calor talvez o tivessem entorpecido — ele, Julius — mais do que se deu conta, e, quando pediu licença para mijar, apesar de não saber, não deixou de ser monitorado.

Mesmo depois, ele pensaria naquilo como uma das mais excitantes aventuras sexuais da sua vida: o descaramento, o perigo, o exotismo. Seu namorado na mesa do outro lado da parede, a menos de cem metros de distância, o banheiro meio molhado e imundo — sem janelas, concreto roxo, cabines de metal como em uma escola terrível —, tudo isso tornava a experiência melhor, não pior. Pressionava a urgência do encontro. Eles foram rápidos, agarrando, abrindo, desejando, ambos um pouco chapados, o belo homem surpreendentemente forte gemendo com ele, como um animal salivando. Julius estava tão absorto com isso que não percebeu que David estava no banheiro, na cabine, arrastando ambos pela pele loucamente exposta no banheiro, com as calças abertas, paus para fora, e ele surrava Julius, e o outro homem se arrastava para colocar as roupas de novo, com sangue no queixo, um lábio cortado, David o havia cortado, bateu nele, e ainda estava rosnando, urrando como um elefante, e Julius estava tentando chegar à porta e David não o largava, estava dando patadas e arranhando seus braços, seu peito, e então agarrou — foi seu cabelo, o cabelo de Julius, e houve uma dor agonizante, ao mesmo tempo localizada e por toda a cabeça, e um som, um som terrível, quase um som de quebra, e então umidade se espalhava em sua cabeça, era sangue, era, escorrendo, David arrancou um tufo de cabelo pela raiz e Julius colocou a mão para tentar, para tentar conter a dor, se não o sangue, se era sangue em seu escalpo — ele não podia dizer se era sangue ou só a sensação disso, e foi então que ele percebeu que as paredes eram de concreto roxo, roxo-berinjela, porque David o empurrou de encontro a uma e havia um cano, um cano de água atrás de suas costas, machucando-o, ferindo seus rins, e a parede roxa perto de seu olho e de sua cabeça machucada, a mancha grudenta sem cabelo contra a pedra fria, e ele percebeu que o outro homem, o belo homem, havia ido embora, o banheiro estava vazio — como podia? —, e ainda o urro de elefante, como nenhum som humano existente, mas era David e as palavras — Seu porra! Seu porra! Seu porra! — ainda machucando-o e batendo-o contra a parede, a dor em seus rins, aguda, pior do que em seu couro cabeludo, ou talvez não, ele todo estava em agonia, sofrendo, então David, como um animal, deu o bote, com a boca aberta, e ele mordeu. Mordeu a bochecha de Julius, e isso também ecoou, o som de uma pele rasgando, o dente na carne, não foi tão rápido quanto se imagina que tenha sido, foi estranhamente, horrivelmente, dolorosamente lento, pavorosamente lento, como se ele fosse uma presa na selva, uma refeição condenada, destinada a ser comida viva.

David se afastou, cuspiu, respirou.

— Seu porra — rugiu ele novamente, e Julius viu sua chance, percebeu que aquilo não iria terminar, e, tão duro e rápido quanto pôde, deu uma joelhada no saco de David e o chutou quando o namorado caiu, e então saiu cambaleando, sangrando, sangrando, chorando também, embora mal soubesse disso, catarro e lágrimas caindo por seu rosto e sua boca, cambaleando pelo calor, o barulho de seu corpo pelas escadas, direto para a rua.

Ele passou pelos mendigos, esquivou-se da luz; e, como um inseto, voou para casa nas sombras com os dedos tremendo — molhado, vermelho como a luz no bar, há algum tempo — em sua bochecha destruída.

Contudo, a questão ainda não havia sido concluída, apesar de ele achar que já havia. Ele se olhou no espelho, a pele cortada ainda sangrando, seu olho esquerdo roxo e inchado, a mancha sem cabelo em sua têmpora expelindo pus, pulsando; ele mal reconhecia seu rosto. Otelo, ele refletiu: a raiva existia, como ele sempre suspeitou, e lá estava, sobre ele e dentro dele; tinha sorte de estar andando, sorte de estar em casa, o mundo todo de cabeça para baixo e sangrando. Como, perguntava-se, ele poderia continuar depois daquilo? Levantou-se, atônito por sua imagem distorcida (como esse rosto podia ser dele, de Julius? Como as coisas chegaram a esse ponto?), ouviu um carro parar do lado de fora, viu as luzes azuis e vermelhas refletidas na parede e foi chamado na porta por um oficial da justiça. David, cujo rosto brilhava pálido com um triunfo descontrolado, louco, estava atrás, provocando-o.

— Este jovem diz que você está com alguns pertences dele.

— Como assim?

— Afaste-se, senhor, por favor, afaste-se e nos deixe entrar.

— Mas não entendo...

OS FILHOS DO IMPERADOR

— Há itens que pertencem a esse homem em seu apartamento?

— Claro que há, ele, ele mora aqui.

— Senhor, ele diz que precisa de proteção para remover os objetos em segurança.

— Isso é ridículo, eu não...

— Ele diz que o senhor o agrediu.

— *Eu* o agredi?

— Se puder se afastar, senhor, vou ficar aqui enquanto esse cavalheiro pega as coisas dele. Ele diz que não quer prestar queixa, mas está preocupado com a própria segurança.

David estava sorrindo maliciosamente.

— Segurança dele? Segurança *dele*?

— Não vamos ficar muito tempo, senhor, por favor, fique calmo.

Julius levantou-se, então, com as costas pressionadas contra a porta aberta, o peito do policial fortão a menos de dois metros de distância, sua mão grossa e sardenta sobre o coldre, enquanto David separava metodicamente as pilhas de roupas e papéis. Ele fez sua mala direitinho, o tempo todo sorrindo, totalmente silencioso. Pode ter levado vinte minutos; pareceu uma eternidade, e o latejar da cabeça de Julius se tornou um rugido, um rugido que soava como os gritos de David, os diferentes espaços de agonia escorrendo e se fundindo um no outro, num universal e intolerável rugido. Achou que talvez estivesse doente, mas não estava; ele esperou e observou a calma peculiar de David, e estava certo, novamente, de que havia um tom de vitória em sua calma — o gato que comeu o canário, o creme, todos os mantimentos, o gatinho de boca cheia, talvez. Julius notou isso. O que não estava machucado formigava, a adrenalina do impulso de voar mesmo de pé e parado — e o tira, exceto pelo profundo respirar que o inflava, fazendo seus distintivos subirem e descerem, também estava parado de pé —, e ele sentiu como se tudo, cada célula e partícula, estivesse em órbita.

No final, quando partiram, David ainda estava sorrindo de forma atemorizante, mas não para Julius; o tira, por sua vez, não tinha desmontado a firmeza de seus traços duros e pequenos. Então Julius começou a tremer febrilmente, e mal ouviu o policial dizer:

— Boa noite, senhor. Obrigado por sua cooperação. Eu iria para um pronto-socorro, senhor, se eu tivesse um corte profundo como o seu.

— Ele me mordeu — sussurrou Julius, mas nem o tira nem David se viraram, e quando Julius viu as curvas escuras de sua longa nuca desaparecendo na escadaria, sentiu uma ducha quente de raiva, de tristeza, e, ainda assim, de desejo, e soube que nunca mais veria David Cohen.

De volta no apartamento, a madrugada pálida tocava a mobília barata da sala, a extensão da parede, e longe Julius detectou os sons da cidade, a manhã de sábado se erguendo. Ele tomou um banho, se vestiu cuidadosamente, sofrendo, e foi ao pronto-socorro em St. Vincent, o que significava uma boa caminhada, mas era o mais próximo que ele conhecia.

CAPÍTULO CINQÜENTA E CINCO

Casados

TALVEZ A SENSAÇÃO DE SE CASAR depois do rebuliço do lançamento fosse diferente, disse ela a Danielle. Mas, naquele momento, na noite de domingo, uma semana depois do casamento, parecia que ela havia se casado não com um homem, mas com a *The Monitor*, ou melhor, que *ele* estava casado com a *The Monitor*, e ela, com ninguém, porque já tinha passado das nove da noite e ela tinha feito as malas há horas — a edição, em toda sua glória, não podia ser mandada para a gráfica até a noite de terça; a parte dela havia sido feita, a primeira versão, pelo menos, e os artigos de sua seção para a segunda edição estavam editados e prontos para serem enviados; apenas Ludo ainda estava aprimorando e mexendo, obcecado com o trabalho, porque a edição estava pronta, até para ele, não havia mais nada a fazer, era noite de domingo, pelo amor de Deus, e as verificações finais podiam ser feitas na segunda ou mesmo na terça, até mesmo tarde da noite de terça, se fosse necessário. Essa era simplesmente a obsessão dele, sua loucura por controle — ela sempre soube que ele era um perfeccionista. Ela o admirava pelo alto padrão. Apaixonou-se por isso, afinal. Mas, para ser sincera, ele respondeu-lhe duramente, quase de forma brutal, quando ela insinuou que iria para casa ao propor que fossem embora juntos — seu tom era diferente, um novo tom, exasperado, ela nunca tinha ouvido antes, ou não tinha ouvido diretamente para *si*, isso era certo, e agora ela se perguntava: *isso* era ser casada? —, e, na volta ao apartamento, ela sentiu vontade de chorar, de realmente choramingar, porque em qualquer relacionamento normal eles estariam na lua-de-mel agora, numa praia na Tailândia, por exemplo, em vez de passar cada minuto, dia e noite, naquele escritório idiota com ar viciado e suas janelas bege de parede a parede e do chão ao teto, com a horrível secretária ríspida dele, Lizbeth, que ainda olhava para Marina como se ela fosse portadora de ebola, mesmo que agora fosse franca e legitimamente a sra. Seeley (apesar de, claro, ela ter mantido seu nome — nada político, mas Thwaite era realmente um nome melhor do que Seeley, não acha?).

— Ai, Danny — disse ela —, será que vai ser assim todo maldito domingo? Será que eu errei feio nessa? O que eu fiz?

Então Danielle disse que claro que não, que eles sempre souberam que essa semana seria tumultuada — como ela poderia culpá-lo por querer tudo perfeito? —, essa era a hora, essa terça seria a ocasião pela qual ele esperou o ano todo; e não era só o lançamento da revista, era seu próprio lançamento nos Estados Unidos, sabe, o mesmo papo do "nosso *chef* é muito famoso em Londres". Danielle teve de explicar a referência, porque Marina não se lembrava dela; mas o negócio era que ele podia ser Jesus Cristo em Sidney, mas, ainda assim, mesmo na era da aldeia global, ele não era ninguém em Nova York, ninguém até que fizesse seus milagres em Manhattan, que era o máximo que a maioria dos nova-iorquinos se importava em olhar.

— Ele tem de deslumbrá-los desta vez, ou ele perde a chance — disse ela. — Você entende.

Marina bufou.

— Claro que eu entendo, a princípio. E você sabe, mamãe disse para eu me certificar de que não idealizaria as coisas, de que seria realista. Mas uma semana, sabe? Faz só uma semana.

— Espere só até ter um exemplar em suas mãos, não uma provinha, mas a publicação mesmo.

— Sim. Mal posso esperar. — Marina ligou a televisão com o som desligado. — O que você está fazendo, afinal? — perguntou ela, desejando quase ao mesmo tempo que não tivesse perguntado. A pobre Danielle não tinha ninguém para esperar chegar.

— Estou esperando Julius.

— Julius? O que aconteceu? David o largou?

— Acho que é mais complicado do que isso. Ele me ligou esta tarde e me contou mais ou menos o que aconteceu.

— Por que ele não *me* ligou? — Os três eram próximos, mas foi ela que o descobrira na primeira semana de aula, e sempre pensou nele como seu amigo antes de qualquer outro. Durante o verão inteiro ele ligou para ela, não para Danielle.

— Você acabou de se casar. Ele não quis atrapalhar seu prazer conjugal contando uma desgraça.

— E o negócio é uma desgraça mesmo?

— Bastante. — Danielle repetiu a história como Julius havia contado a ela, incluindo as palavras do residente no pronto-socorro do St. Vincent, que o alertou que, mesmo com todos os esforços, a bochecha ficaria com uma cicatriz expressiva. — Se fosse um ataque de cachorro — disse ela a Julius —, o animal teria de ser sacrificado. Tem certeza de que não vai prestar queixa?

— Você não acha que ele deveria? — perguntou Marina. — Não se pode deixar um cara desses... Não gostei dele no casamento, você gostou? Não se pode deixar um cara desses achar que pode se safar assim. Quero dizer, e se ele fizer de novo, com mais alguém? O que há de *errado* com um cara desses?

— Vou engolir seu corpo porque amo você — disse Danielle. — E Julius disse "não!".

— Não tem graça.

— Tem um pouco. Mas sei que, antes de mais nada, é terrível. É surreal. O tipo de coisa que você não consegue acreditar que tenha acontecido com alguém que você conhece. Você não acredita que ele passou por isso. Quero dizer, foi uma manhã de sábado. Onde nós estávamos, sabe, enquanto isso acontecia? Na hora do jantar na sexta nada havia acontecido, e agora ele está marcado para o resto da vida. Isso faz a gente refletir, não é?

— É a mesma coisa quando alguém morre, acho — disse Marina. — Você sabe, assim, do nada. Num minuto a pessoa está aqui, e no outro não está mais, e você não tem como digerir isso. É surreal.

— Ou é real. Se é que você me entende. — Danielle, pensou Marina, estava sendo estranhamente engraçadinha com a coisa toda.

— Que horas ele chega?

— Daqui a meia hora, mais ou menos. Tenho uma garrafa de uísque aqui, e acho que a gente pode matá-la juntos. Ele pareceu bem abatido pelo telefone.

— Desde quando você bebe uísque? — perguntou Marina. E então: — Calma aí, por que eu não vou praí também? Ludo vai demorar anos para chegar. E quando foi a última vez em que ficamos só nós três juntos?

Ela achou que detectou um segundo de hesitação na voz de Danielle, e lutou para não ficar magoada quando a amiga disse, de maneira entusiástica demais:

— Claro. Grande idéia. Venha.

— A não ser que vocês dois estejam planejando fofocar sobre o casamento a noite toda.

— Não seja ridícula. Venha logo.

Nenhum deles conseguia se lembrar da última vez em que se reuniram, só os três. Momentos depois, estavam subindo na impecável cama de Danielle (mas não sem antes tirarem cuidadosamente seus sapatos).

— Você colocou seus lençóis bons — reparou Marina. — Alguma ocasião especial?

— Prêmio de consolação — disse Danielle. — Aqueles que não têm vida amorosa têm de fazer da ida para a cama um ritual especial.

— Eu trocaria minha vida amorosa por esses lençóis a qualquer hora — disse Julius.

— Você está bem ruim, não está? Está doendo agora?

— Sete pontos — disse ele. — Me deram codeína no hospital ontem, então fiquei flutuando. Mas, quando o efeito passa, fica latejando.

— Pega leve no uísque.

— Ah, sossega, amiga. Preciso de uma boa bebedeira neste momento.

— Seu cabelo vai crescer de novo normalmente? — perguntou Danielle.

— Pelo jeito, sim. Mas não antes de eu vagar pela cidade por alguns meses como um Frankenstein com um buraco na cabeça.

— Acho que faz você parecer intrigante.

— Ótimo. Um secretário temporário intrigante. Tudo o que ninguém quer.

— Você vai entrar num trabalho temporário?

— Vou ligar para a agência amanhã. É patético, mas preciso do dinheiro. Mesmo depois de ter sido despedido, David cobria o aluguel. Papai e mamãe, sabe.

— Você acha que ele foi pra Larchmont?

— Scarsdale, na verdade. Totalmente diferente, minhas queridas. Como vou saber?

—Scarsdale? Você só pode estar brincando... *Scars*-dale? *Scar* é cicatriz! Quais as chances de uma coincidência dessas acontecer?

— Ele devia ir pra prisão, é pra lá que deveria ir. Que diabos ele pensa que é, agindo assim?

— Direito de posse — disse Danielle. — É uma idéia de posse, não acha?

— Mas o que não é, exatamente? — perguntou Julius.

— O que você quer dizer com isso?

— Quero dizer que parece que direito de posse, esse dom misterioso, explica tudo o que todo mundo faz hoje em dia. E eu gostaria de saber por que eu perdi todos os direitos de posse. Tem algo a ver com a distribuição de terras no Meio-Oeste? Danny, me explique.

— Você sentiu que tinha direito de transar com aquele cara no banheiro — disse Marina.

— Direito? Me senti compelido. Mas saber que eu não tinha direito é precisamente o que tornou tudo tão sexy.

— Todos temos direito — disse Danielle. — Comparativamente, quero dizer. Temos tanta sorte de não sabermos que nascemos.

— Você conhece alguém que não tem direito?

— Pessoalmente? Isso é patético, claro que sim.

Depois de um minuto, Danielle disse:

— Seu primo, Marina, seu primo. Bootie. Ele não se sente no direito. Acho que é justo dizer isso.

— E o que aconteceu com ele?

— Ele foi para o Brooklyn, certo? Pobrezinho.

— *Shake Your Booty*. Certo. Ele deixou um endereço de Fort Greene. Mas sem telefone.

— Tenho dúvidas de como ele vai se virar.

— Eu o encaminhei para a minha agência de emprego — disse Julius. — Esse uísque é bom.

— É do mesmo tipo que meu pai bebe; sabia disso, Danny?

— Não sabia, não.

— Não existe outro tipo — disse Julius.

— Ele estava apaixonado por você, M — disse Danielle.

— Provavelmente ainda está — disse Julius.

— O que eu devo fazer? Como Ludo diz, o amor deve se fundar na reciprocidade, e, quando não o faz, é unilateral, é só narcisismo. Não é minha culpa que ele está apaixonado por mim. Eu não dei corda.

— Ninguém disse que você deu corda. Mas ele está numa situação triste agora. Talvez você devesse ligar pra ele.

— Julius acabou de dizer que ele não deixou um número de telefone. E me desculpe, mas não vou andar até Fort Greene só pra ver se ele está comendo direitinho.

— Não, mas alguém...

— Então por que você não vai lá, Danny? Pode fazer disso o seu projeto. Podia até fazer um filme sobre ele: O *progresso de um peregrino*, ou *Um autodidata em Nova York*.

— Bem, se ninguém mais for, talvez eu devesse. Mas eu sou a pessoa aqui que tem menos ligação com ele. Julius, ele morou no seu apartamento, no fim das contas.

— Meus encontros com ele foram apenas... — Julius parou. — Infelizes. Fico imaginando: será que ele fez uma mandinga em mim ou no meu apartamento. Admita: havia algo de bizarro nele.

— Não admito mesmo — disse Danielle. — Patético, sim. Bizarro, não. Por alguma razão vocês dois o viam assim. Pense em como é ser um garoto, e ele é só um garoto, preso, sem contatos e, agora, sem amigos. Com quem você acha que ele conversa?

— Quem se importa?

— Não sei. Ele me parece rude. Sinto que de alguma forma eu sou ele ou vice-versa. Ou que eu poderia ter sido do jeito que ele é. Isso soa ridículo?

— Um pouco.

— Julius, ele podia ser você. É diferente para a Marina. Mas para você ou para mim...

— Marcado para o resto da vida eu posso ser. — Julius colocou a mão dramaticamente em seu curativo. — Mas nunca fui gordo.

— Ele não é gordo — disse Danielle. — É um pouco rechonchudo. — E se virou para Marina. — Você já pensou que seu pai pode ter sido um pouco como Bootie quando era jovem? Quero dizer, ele veio de lá e...

— Para ser sincera, não acho que meu pai fosse nem um pouco assim. E ele tentou destruir meu pai. Ele gostaria de destruí-lo. Não que isso importe para vocês, mas foi muito sério na minha família.

— Claro que foi.

— Por favor, Danny, não use esse tom.

— Que tom?

— Condescendente, terapêutico. Odeio quando você faz isso.

— Meninas, meninas. Vamos manter o encontro doce.

— Curto e doce. Melhor eu ir, Ludo disse que ia ligar quando saísse do escritório, mas pode ter esquecido, e quero estar lá quando ele chegar.

— Doce esposinha, preparando a lareira e o lar?

— Muito difícil. É a única hora que tenho pra vê-lo.

— Não vai ser sempre assim — disse Danielle. — É só esta semana.

— Cuide da sua bochecha, Jules. Quem diria que ele era louco?

— Louco? Não sei.

— Louco — disse Marina firmemente. — Há um limite para tudo, não? Não importa quão chateado você esteja, você sabe que está fazendo a coisa errada. E você se segura. É só se segurar. É uma escolha, entregar-se a uma raiva dessas. É loucura.

— Bem — disse Danielle —, podemos dizer que ele segurou, mas não *se* segurou. Ele segurou *você*.

— Isso não é engraçado.

— Eu acho bem engraçado — disse Julius. — Mesmo que toque numa ferida aberta.

CAPÍTULO CINQÜENTA E SEIS

Sem dizer

DEPOIS QUE MARINA SE FOI, Julius deitou-se esticado na cama de Danielle e fechou os olhos.

— Por que não posso morar aqui? É tão melhor do que Pitt Street.

— Se você tivesse um emprego de verdade — disse ela —, poderia pagar.

— Então, agora que você enfiou Marina no mercado de trabalho e a fez se casar, vai começar a me preparar também, não vai? — Ele suspirou. — Quem está preparando você, me diz.

— O que você quer dizer com isso?

— Os lençóis — disse ele, passando as mãos sobre o edredom. —Hum. O uísque. Não sei, mas há algo diferente neste lugar. Tem quase cheiro de cigarro, apesar de que pode ser dos vizinhos.

— Faz tempo que você não vem aqui.

— E há algo diferente em você. — Ele piscou preguiçosamente para ela, com seu olho roxo inchado já indo para o amarelo. — Marina achava que você estava apaixonada pelo Ludovic, mas no casamento eu percebi que você não gosta dele. — Ele parou. — Também não gostou muito do David, gostou? Não que eu me importe.

— O que mais reparei é que ele não queria ser incomodado.

— Não. Então, se não é Ludovic Seeley...

— O que faz você pensar que há alguém?

— Por favor, Danielle Minkoff. Há quanto tempo nos conhecemos?

Danielle queria muito contar a ele. Ele, entre todos, iria entender, iria sentir o prazer e a excitação disso. Podia até, se andasse exercitando suas habilidades empáticas, ver o lado dela, a loucura de estar sempre esperando, sempre querendo, de ter renunciado aos bons modos e à moderação por um estado de constante e insaciável apetite. A loucura — a inexprimível, terrível delícia — da situação toda. Mas Julius não era uma pessoa discreta; se ela contasse a ele qualquer coisa, acabaria revelando quem era; e, ao fazê-lo, tudo iria por água abaixo. Ela saberia que ele não conseguiria se conter. Mas seria tão bom se ela pudesse contar a alguém que amanhã, segunda, só por uma noite, ele dormiria lá; que ela planejava buscar flores e uma garrafa de vinho de ótima qualidade, que tinha encomendado um jantar com um *traiteur*, um fornecedor francês, e iria apanhá-lo à tarde; ela havia pensado até no café-da-manhã: ia comprar *croissants*, framboesas, chantili e suco de laranja fresco; e incontáveis vezes imaginou o perfeito desenrolar da noite, a noite inviolável, ambos acordando juntos. Para Julius, ela apenas disse:

— Só nos seus sonhos que há alguém. Ou, talvez, nos meus. Só nos meus sonhos.

E então ela riu um pouco amargamente, porque às vezes — como na semana passada, quando ela não o viu uma única vez; falou com ele, claro, todos os dias, mas teve a esperança de um encontro várias vezes cogitada e descartada — parecia que essa sua grande paixão, essa união que talvez fosse, em outras circunstâncias, tão perfeita, existia apenas em seus sonhos.

CAPÍTULO CINQÜENTA E SETE

Um compromisso verbal

EM TODOS ESSES ANOS, EM TODAS AS suas aventuras, ele nunca havia feito isso. Nunca arrumou sua mala e chamou a limusine para ser levado ao aeroporto e apenas pegar um táxi para voltar para a cidade. Ele pensou em tudo: levou o celular e iria ligar para ela tarde, por volta das onze. Ele disse que não tinha certeza de onde o hospedariam — aquilo acontecia com freqüência — e que haveria um grande jantar até a meia-noite, e então avisou que ela não deveria se surpreender se ele ligasse do restaurante. Ele até se lembrou de um jantar — um que aconteceu em Chicago dois anos antes —, podendo até fazer uma reconstituição para ela, se fosse necessário. O restaurante, sua decoração, o arranjo dos assentos. Não era tão difícil. Graças a Deus sua memória para essas coisas era boa.

A situação era meio estranha. Ele não era, de certa forma, um mentiroso. Um ator, sim; e um bom ator. Culpado, em inúmeras ocasiões, de pecados e omissões, acreditava firmemente que o que os olhos não vêem o coração não sente (um ditado do qual ele sabia ter sido curado pela recente traição de seu sobrinho: o que teria acontecido se ele tivesse pegado Frederick Tubb mexendo em suas coisas?), sabia amenizar tudo, com uma técnica que incluía um brando remoldar dos fatos. E, sendo sincero, Annabel não perguntou nada. A dignidade dela, dele, deles, era baseada na confiança, talvez para cada um deles uma coisa levemente diferente (seu conceito de confiança visava ao bem de sua esposa; ela sempre poderia se sentir supremamente amada, e sempre, até agora, sabia que no final do dia ele viria fielmente se deitar a seu lado. Apesar de que, ele estava ciente, às vezes o tácito conceito de confiança dela era mais rígido do que o dele), mas, mesmo assim, um valor mútuo de família, que ficava muito bem isolado. Ele não vasculhava profundamente a vida particular dela, não quisera conhecer o famigerado DeVaughn (apesar de que, uma certa vez, no verão, ele o conheceu sem querer) ou qualquer outro dos seus clientes que buscavam tão constante e zelosamente os recursos angelicais de sua esposa. Ele sabia que isso era justificável: não havia comparação genuína entre os segredos efetivos dela e os dele. A questão era suavizar esse sentimento que ele não tencionava e que só podia ser chamado de culpa.

O sentimento já não era tão forte na limusine para o aeroporto LaGuardia, uma viagem durante a qual ele quase se convenceu de sua própria mentira. Mas no táxi — um veículo particularmente discreto e com um cheiro estranho, no qual ele foi sacudido, dolorosamente e em alta velocidade, em cada buraco em que passara —, voltando, ele se atormentou. Foi nesse passeio, não tarde demais para repassar as coordenadas ao motorista, não tarde demais para voltar ao Central Park West, onde Annabel iria encontrá-lo ao voltar de noite, e para dizer a ela, aliviado, que foi tudo cancelado em cima da hora. Mas, apesar de tudo, ele não desejava isso realmente. Mais vida, mais, era o que ele queria, e, fazendo malabarismos para dominar sua mente, junto com visões de segurança doméstica, estava a promessa do corpo revigorante e das bochechas coradas de Danielle, pelas quais fugidias mechas escuras serpenteavam, escapando dos grandes cachos de seu cabelo. Ele conseguia enxergar os Rothkos pelo vão da janela e, voltadas para o sul, durante o pôr-do-sol, as torres cintilantes no céu dourado — estar em seu apartamento era como estar a bordo de um navio, muitos andares acima da terra. Sempre parecia, quando ele estava lá, que se podia viver feliz com pouca coisa, que todas as armadilhas de sua vida de adulto eram fúteis e desnecessárias. Chegar ao prédio dela, com sua maleta toda arrumadinha, com um espalhafatoso ramalhete de gérberas do vendedor coreano da esquina, às duas da tarde de uma segunda-feira, encontrá-la sorrindo e levemente sem jeito na porta quando saiu do elevador, a cabeça dela timidamente inclinada, seu cabelo rebelde, uma simples garota com o charme e o desaprumo — aquele delicioso desaprumo — da juventude, tinha de ser poupado, liberado inesperadamente num *eu* mais jovem, mais livre, mesmo que, milagrosamente, ele conseguisse deixar disponível a fachada de uma grande *persona*, de homem importante, como reserva, talvez, no corredor, como um Macintosh num cabide, mas nunca abandonado, sempre imediatamente acessível. Ele revelou nas muitas possibilidades disso

No entanto, uma sombra caiu obliquamente sobre eles, e foi tirada apenas quando Danielle se levantou para colocar uma música, um soprano espanhol cantando "Cantaloube", sua melodia pura e agonizante flutuando, suas harmonias menores reverberando no pequeno quarto, como se para lembrá-los de que a beleza e a perda estavam inseparavelmente ligadas.

CAPÍTULO CINQÜENTA E OITO

A manhã seguinte

DE MANHÃ, QUANDO ACORDARAM — meio tarde para os padrões dos dois; ambos habitualmente madrugadores, mesmo quando separados —, Danielle colocou os *croissants* no forno e foi tomar uma ducha. Eles compartilhariam pelo menos a melhor parte do dia: limusine que o levaria para casa só estava marcada no aeroporto de LaGuardia para as três da tarde. Ela estava planejando a caminhada — podiam andar em segurança na baixa Manhattan? Certamente Marina e Ludo estariam enfiados na redação da revista, ininterruptamente; mas Murray era conhecido, podia encontrar com qualquer um que então comentaria sobre o encontro com Annabel — quando o ouviu gritando. Seu primeiro pensamento, enquanto ela corria para se secar e se juntar a ele, fora de que o amante tivera um ataque do coração, de que ela teria de chamar uma ambulância, de que tudo seria revelado. Mas, quando ela apareceu, ele estava na janela, de cueca *boxer*, seu peito grisalho nu sobre a baixa Manhattan — ela ia fazer uma piada sobre isso, sobre um *strip-tease*, talvez, quando o viu apontando.

— Olhe aquilo — disse ele. — Está havendo um incêndio colossal. Deve ser uma bomba ou algo assim, tão alto.

Ela pegou o controle remoto e apontou para a televisão. Eles então viveram a próxima hora e meia em estéreo, olhando pela janela — a visão deles espetacular e, horrendamente desimpedida — e para a tela do aparelho, como se estivessem simultaneamente em Manhattan e em qualquer outro lugar do planeta, até mesmo em Columbus; tudo que viam parecia de alguma forma mais ou menos real na televisão, porque viam com seus próprios olhos, não conseguiam acreditar. Danielle pensou, em certo momento, na nebulosidade dele, que ele era como as bruxas — ela sempre acreditou nisso quando criança —, que não podiam ser fotografadas (por isso se sabia que eram bruxas), e similarmente o que acontecia do lado de fora da janela poderia ser creditado à feitiçaria, a algum truque de luz quase cômico e absurdo, não fosse o fato de que estava sendo filmado — a filmagem era a garantia da realidade: o mundo todo estava vendo aquilo, o Pentágono também, e assim se sabia que era verdade. As sirenes na TV ecoavam com um atraso perturbador em relação às sirenes de fora da janela. A cacofonia na televisão era mais suportável e mais reconfortante, pois era contida numa pequena caixa; e, diferentemente das sirenes, dos gritos e dos ruídos viscerais lá de fora, era possível, ao menos, que ela fosse simplesmente desligada. Melhor que os dois saíssem, alimentassem a ilusão de que podiam, se quisessem, mandar parar a catástrofe toda.

Levou bastante tempo para eles se vestirem. Ficaram assistindo pelados, presos. Os *croissants*, abandonados e queimados nas bordas, endureceram, mas não importava; eles não estavam com fome.

— Preciso ligar para ela. — Essa foi a primeira coisa que Murray disse depois de um silêncio tão longo que ambos ficaram surpresos com a voz dele.

— Claro que precisa — disse Danielle.

— Posso telefonar lá de fora, se preferir.

— O que você vai dizer a ela? Vai dizer que está aqui?

— Não sei.

Ele tentou ligar do corredor, mas as linhas estavam todas congestionadas.

— Pode tentar do meu telefone — disse ela. — Talvez funcione.

— Eu seria... ela teria... o número aparece no telefone.

A televisão informou que os vôos no país todo foram suspensos. Os vôos da Europa retornaram do meio do Atlântico. Ninguém ia a lugar algum. Danielle pensou que Murray fosse chorar.

— Estou em Chicago — disse ele, de camisa, cueca e meias pretas, sentado no canto da cama, olhando não para ela, mas para a televisão. — Ninguém está saindo de lugar nenhum. Eu deveria estar em Chicago.

— Pode ficar comigo — disse ela. — Até que possa retornar de Chicago, sabe?

— Ela provavelmente está tentando ligar para mim, para o telefone de lá neste momento.

— Ela ligaria para seu celular. Você não pode passar. Ninguém pode passar. — Danielle foi para a janela, se inclinou no vidro e olhou para a rua. — Há milhares de pessoas. As ruas estão... bem. Talvez devêssemos sair.

— Por quê?

— Porque sim. Não sei. Porque parece loucura ficarmos confinados aqui.

— Preciso ir pra casa.

— Como assim?

Ele estava de pé agora. Tinha colocado suas calças, apertado o cinto. Era um alívio para ela, Danielle percebeu: ela, que se excitava com as vulnerabilidades dele, não o queria vulnerável nesta manhã. Ela queria que ele calçasse os sapatos.

— Annabel — disse ele.

— Sim, mas você está em Chicago, lembra? — Danielle sabia o que ele estava dizendo a ela, mas parecia terrível demais para se admitir.

Ele suspirou.

— Talvez eu tenha de não estar.

— Você vai contar a ela? Não pode contar a ela.

Por um segundo efêmero, ela pensou ter visto um novo caminho, uma forma de ela e Murray poderem estar juntos da forma certa: ele iria contar a Annabel, eles iriam se separar, seria natural e correto. Mas, tão rápido quanto veio, ela percebeu que o pensamento era absurdo: ele contaria a sua esposa apenas porque queria muito voltar para casa e para ela. Fizera sua escolha.

— Posso andar até lá — disse ele. — São apenas alguns quilômetros. É provavelmente a melhor forma de chegar. — Ele arrumou o cabelo com os dedos, casualmente. Continuou bagunçado. Ele não tinha feito a barba, seus pêlos prateados brilhavam no sol forte.

— E não me pergunte o que vou dizer porque eu não saberia responder.

Ela mordeu os lábios.

— O que quer que eu diga, você não vai participar da história. Talvez um encontro por acaso no aeroporto. Qualquer coisa.

— Você não precisa ir.

Ambos olharam pela janela, para a fumaça preta ainda pairando onde os prédios estiveram um dia.

— Me desculpe — disse ele. — Você vai ficar bem? — Para isso não havia resposta possível. Incrédula, ela quase riu.

Ele a beijou antes de sair, um rápido, pudico e último beijo. A bochecha dele estava áspera; a dela, úmida, e ela também tinha a impressão de sentir tudo, de sua pele de repente ser feita quase insuportavelmente de todas as sensações. Ele disse novamente que sentia muito, e então se foi. Por algum tempo, ela continuou à janela, a ponta de seus dedos no vidro, olhando para baixo — ela não o vira saindo do prédio, ele parecia ter desaparecido —, e observou que ainda havia gente coberta de poeira, desnorteada, algumas chorando, desaparecendo na avenida, muitas delas como refugiados da guerra, pensou Daniella, lembrando-se da famosa foto do Vietnã; a garotinha pelada fugindo do napalm, chorando, seus braços estranhamente abertos; e, na televisão atrás dela, falavam sobre os aviões, imaginem o tamanho deles, era tudo grande demais, demais para se agüentar, e agora ela queria desligar, desligar tudo, então tirou os sapatos e, com sua saia dobrada para cima, voltou para sua bela cama e puxou o edredom — um algodão tão macio, tão bom, os lençóis especiais de Murray, com o cheiro dele — para cima da cabeça, como ela costumava fazer quando criança, e pensou que deveria chorar, pensou que talvez mais tarde ela devesse chorar; mas, minutos depois de sentir tudo tão intensamente, ela estava anestesiada na mesma intensidade, não sentia nada, nada mesmo, poderia ter um membro amputado que não se importaria. Ela vira o segundo avião como uma flecha brilhante, a explosão dele, estranhamente bela contra o azul do céu, a fumaça por todo lado, as pessoas pulando, de longe, pontinhos no céu — e ela sabia que era isso o que elas eram para a TV, para o grande recorte da realidade na tela —, e vira também os prédios se esmigalharem em poeira; ela conseguia sentir o cheiro até dentro de casa, mesmo com as janelas seladas, a mistura amianto-fumaça-gasolina lembrando levemente um avião, um ligeiro cheiro de fogueira; ela tinha visto essas coisas e havia partido, para sempre; porque à luz daquilo tudo, ela não se importava, você tem de fazer a escolha certa, tem de manter os pés no chão — mas, Deus, o céu da noite anterior fora maravilhoso, as cores, as luzes, as torres; e depois disso ela deixou seu terror passar, o prazer dele —, você tem de manter os pés no chão e não havia como sentir coisa alguma, não havia nada para se sentir porque você não valia nada para ninguém, você tivera seu coração, a sua coragem, ou ambos, arrancados, fora eviscerada, essa é a palavra, e a espanhola cantando na noite passada, ela sabia, ela sabia o tempo todo, e agora não havia nada a não ser tristeza, e seria assim agora, sempre.

CAPÍTULO CINQÜENTA E NOVE

The Monitor

NA NOITE DE TERÇA, LUDO DECIDIU cancelar a festa de lançamento. Ele reuniu todos que haviam vindo e permanecido no escritório — um número surpreendente, considerando as circunstâncias — e falou eloqüentemente sobre como todos precisavam de um tempo para ficar com seus entes queridos mais do que num escritório, como isso colocava as coisas em perspectiva e como era difícil saber como tudo ia se desenrolar a partir daquele momento, mas o importante era que todos tivessem certeza de que sua família e seus amigos estavam a salvo, e, se alguém não estivesse, que Deus os livrasse disso, a *The Monitor* estaria lá para apoiá-los, e, claro, haveria bastante tempo para eles se reencontrarem e reavaliarem a situação, mesmo que ainda não estivesse claro quando iriam fazer o lançamento — na verdade, não conseguiam contatar a gráfica no Brooklyn, então não teriam a edição impressa de qualquer forma, as coisas estavam nesse ritmo —, mas isso não era motivo de preocupação, porque eles eram um time, um time forte, pronto para adversidades.

Na privacidade de seu escritório, ele apoiou a cabeça nas mãos em sua mesa e disse para Marina:

— Estamos completamente fodidos.

— Tudo está fodido. — Isso foi tudo o que ela conseguiu dizer. A televisão estava ligada num canto, sintonizada na CNN, com o volume baixo. Passavam sem parar as mesmas imagens que foram ao ar a manhã toda, intercaladas com âncoras ansiosos, mas bem-dispostos. — E agora?

Ludovic se endireitou na cadeira. Apenas agora ela percebeu como ele parecia acabado, seus belos olhos marcados como se por fuligem, sua pele numa palidez amarelada. Ela podia ver uma veia pulsando por baixo da pele fina em sua têmpora. Ele não dormia direito desde antes do casamento.

— Que desgraçado eu sou — disse ele.

— Você foi ótimo. Disse as coisas certas. Parece que o mundo parou.

— E parou.

Ele arrumou os papéis em sua mesa. A capa da primeira edição, com o título em letras maiúsculas pretas e o logotipo — ele achou alguém para desenhá-lo — de um olho que tudo vê, estava em cima da pilha, já com seus gráficos vermelhos, laranja e amarelos e um sol, uma fotografia notável de uma explosão solar, passando a idéia de que eles explodiam na cena, de que iluminavam as verdades e de que eram diferentes, em tudo; aquilo tudo já parecia ultrapassado e um tanto quanto pesaroso, como o desenho abandonado de uma criança.

— O que devemos fazer? Agora, quero dizer... Eu e você... — Ela se sentou no canto da mesa e fez carinho no cabelo dele.

— Acho que devemos ir para a rua. Andar pelo centro. Ver tudo.

— Porque somos jornalistas?

— Ou porque é a história. Porque não dá para andar até nossa casa fingindo que nada aconteceu.

— Você acha que, como todo mundo está dizendo, todas essas pessoas na TV, nada será igual novamente?

Ludovic não respondeu. Ele colocou sua jaqueta, lutando para evitar que os punhos virados subissem para seus bíceps. Então começou a escolher uns papéis, enfiando alguns em sua pasta para levar para casa, como se fosse um dia normal.

— Você acha que conhecemos alguém?

Ele não respondeu.

— É difícil acreditar que não. Pessoas com quem estudei na faculdade, ou os pais deles... Acho que a mãe daquele garoto, DeVaughn, trabalha nas torres.

— Quem?

— DeVaughn, o garoto com quem minha mãe sempre se preocupou. O incendiário, sabe?

— O incendiário?

— Sim. A mãe dele. A expedição, ela cuida da expedição de uma dessas empresas.

— Pode não ser nas torres. O centro de Manhattan é muito amplo.

— Mais de cinqüenta mil pessoas trabalham naqueles prédios, Ludo. Provavelmente conhecemos alguém.

Mais tarde, saíram do apartamento e passaram pela Union Square, onde vigílias haviam começado, multidões carregando velas trêmulas, mesmo antes da escuridão. A praça estava abarrotada de pessoas numa espécie de geléia humana, como se seus membros não pudessem se mover mais rápido, muitos deles configurados em novas formas humanas por seus abraços, como os que andavam machucados; duas mulheres, desconcertadas, carregando uma terceira; entre elas, um homem precariamente segurando uma criança melancólica em sua cintura, dois homens recém-barbeados agarrando o pescoço um do outro, com suas cabeças se tocando, como gêmeos siameses da tristeza. Os abundantes cartazes se expandindo como uma estranha folhagem, cada um com suas fotografias: um retrato frugal de casamento, de uma praia ou de um piquenique — e seus apelos brilhavam brancos no crepúsculo, e as pessoas circulavam, silenciosamente, com os rostos molhados, examinando-as. Marina também, chorando enquanto andavam, parou para ler alguns detalhes ("DESAPARECIDO! DESAPARECIDO! DESAPARECIDO! Tem uma tatuagem em forma de estrela na parte de baixo das costas. Usava um crucifixo e brincos de pingente. Tem três cicatrizes de catapora em forma de lágrima na bochecha esquerda. Visto pela última vez usando camisa branca e gravata com estampa de elefantes") e andou novamente.

— Isso é uma desgraça — murmurou Ludo, enquanto se aproximavam de uma árvore cujo tronco estava quase todo coberto de papéis. — Isso é pornografia necrofílica.

— O que você quer dizer com isso?

— No que está pensando? — explodiu ele. — Estão todos mortos. Claro que estão todos mortos. Ok, talvez quinze, vinte ou até uma centena dessas pessoas sejam desenterradas dessa bagunça. Mas que bem faz fingir que todas vão voltar para casa, que estão só vagando por Manhattan num choque pós-traumático? Estão todas mortas, Marina, mortas.

— Fale baixo. — Ela viu duas mulheres e um jovem olhando e balançando a cabeça.

OS FILHOS DO IMPERADOR

— É sobre isso que deveríamos fazer uma capa — continuou ele, numa aparente e efervescente fúria. — Sobre como neste país todo mundo quer um final feliz. Chegando à desonestidade, como se pregar esses cartazes pudesse desfazer, consertar ou mudar o que aconteceu. Quem vai dizer a eles "vão para casa e encarem os fatos! Seu filho, sua mãe e sua sobrinha estão mortos, viraram poeira, se foram. Não sobrou nada"?

— Não sabemos disso.

— Não? Vamos encarar os fatos aqui.

— Eu sei que você está chateado, querido, mas aqui não é lugar pra isso.

— Mas aqui é a porra da terra das mentiras, não é? E ninguém vai dizer isso. Nem a gente, porque não temos uma merda de revista.

— *Vamos dizer*. Não seja tolo. Estamos todos chateados. Foi um dia duro. Foi irreal. Precisamos ir pra casa agora.

— Você acha que vamos porque semana que vem pode ser uma boa hora para lançar a revista? Ou mês que vem? Ou talvez ano que vem? Deixe disso, pare de brincar. A bolha estourou agora. Terminou. Estamos fodidos.

— Vamos ter de esperar pra ver.

— Faça isso, se quiser. Eu prefiro ver e depois esperar. E o que eu vejo é o que acontece, garanto a você.

Marina o levou embora, relutante e lento, inquieto no abraço dela, ela ao mesmo tempo firme e carinhosa, com um ar de impaciência, ela sabia, e percebeu pelos olhares de solidariedade ao redor deles que as pessoas achavam que ele estava pregando um folheto, que um dos rostos sorridentes na barreira pertenciam a ele — uma mãe, talvez? Uma irmã ou um irmão? Uma esposa? — e que ele estava tentando, com sucesso apenas moderado, mas louvável, deixar que ela cuidasse de sua dor.

CAPÍTULO SESSENTA

Em casa

Naquele dia terrível, ela esperou que ele ligasse, mesmo sabendo logo — alguém disse na TV — que ele não poderia. As linhas estavam ocupadas, cruzadas, o sinal costumava vir do alto das torres, algo assim. Ela estava no estacionamento da escola quando ouviu, pegando material do porta-malas para sua aula do segundo período. Joan veio correndo e contou a ela, e Bootie foi a primeira pessoa em quem pensou. As aulas foram canceladas em Watertown, mas, mesmo depois que todas as crianças se foram, ela ficou na sala dos professores por um tempo, vendo televisão. Aquela filmagem toda fez com que ela suasse, e, uma vez que as torres caíram, eles as mostraram caindo várias vezes, os mesmos trechos de gravação, em todos eles aquele belo céu azul — estava ensolarado assim em Watertown também, mesmo sendo a milhas de distância.

Ela ficou se perguntando se era esquisito ou reconfortante o dia parecer normal, mesmo sem ninguém saber onde o presidente estava (Dakota do Norte?) e com o vice escondido em algum lugar — num local seguro, disseram na TV, e Joan, que sempre falava o que pensava, disse:

— Lugar seguro, uma pinóia! Um caixão, isso, sim, é lugar seguro pra ele — repetia ela a toda hora, até que Hal Speed, que ensinava física básica, disse para ela parar porque era desrespeitoso numa hora de crise, não importava qual fosse a posição política dela. Joan convidou Judy para almoçar no restaurante da praça, mas então ela disse que achava que deveria ficar em casa, porque Bootie tentaria entrar em contato, ele saberia que ela estava preocupada —; e, é lógico, ela não era ingênua e sabia que Nova York era um lugar imenso, mas, ainda assim, para ser sincera, era angustiante, e ela só queria ouvir a voz do filho e saber que ele estava bem.

OS FILHOS DO IMPERADOR

A casa estava muito quieta, o que era terrível — de alguma forma, mesmo os raios de sol entrando pela janela e refletindo na mesa da cozinha, tão pacíficos e calmos, eram horríveis também —, e ela ponderou se deveria ligar a TV, sem conseguir deixar de fazê-lo, realmente, porque era preciso saber, não era? Ela abriu uma lata de talharim com frango e fez um sanduíche de presunto — com maionese e algumas fatias de pepino, do jeito que gostava —, mas descobriu que não conseguia comer muito, o que na verdade não era uma surpresa, pois ela estava esperando. Cerca de três horas da tarde, o telefone tocou, e antes de atendê-lo ela já se sentiu aliviada; no entanto, era apenas Sarah, ligando de Alexandria Bay para perguntar se Bootie já havia ligado e se ela estava bem. Indagou também se Judy queria que ela fosse para lá, talvez com as crianças, porque de certa forma um desastre desses faz com que todos queiram ficar juntos, não?

Por que não nos falamos mais tarde, quando eu conseguir falar com ele?, respondeu ela, porque quem sabe, mas não deveria demorar muito para os telefones funcionarem; e, quando desligaram, ela pensou: Droga, vou tentar, o que tenho a perder, e discou o número que tinha dele, daquele lugar sublocado no centro, que certamente não era perto das torres, ele havia dito do outro lado da ilha, ela tinha muita certeza. Para sua surpresa, o telefone chamou na primeira tentativa, mas ela só conseguiu ouvir a mensagem da secretária eletrônica, a secretária eletrônica com a voz do outro garoto, claro, o amigo da Marina, dono do apartamento, e então a tentativa foi em vão. Talvez fosse a primeira vez em que ela teve medo, pois o imaginara na rua em algum lugar, em vez de seguro dentro de casa, mas isso era tolice, porque provavelmente todo mundo estava lá fora, se encontrando e se certificando de que o mundo ainda estava de pé.

A vida continuava. Por isso, ela se forçou a entrar no carro para ir ao salão de beleza que estava marcado para as quatro. Dolly estava sorridente com isso, em seu modo estranho e desatento, enquanto picotava os fios de cabelo da nuca de Judy. Havia uma mancha em seu avental rosa, ao lado da orelha esquerda de sua cliente, e ela balançou a cabeça, dizendo:

— Terrível, não é? Terrível. São aqueles árabes — disse ela, pronunciando *Ai-rabes*. — Minha irmã Lily está em Buffalo, ela diz que estão por todos os lados lá. E eles vivem como se estivessem na Arábia. Não falam inglês, usam turbantes, aquela coisa toda. Eles matariam cada um de nós se pudessem. É assustador, não é?

— Com certeza — concordou Judy, apesar de ela saber que os sentimentos de Dolly sobre estrangeiros eram muito particulares. Joan não iria mais cortar seu cabelo na Dolly por causa disso, embora ela provavelmente fosse a melhor de Watertown.

Judy chegou em casa às seis, com o cabelo um pouco engraçado (não havia feito permanente hoje. Ela deixou para a próxima. De alguma forma, ela não conseguiria suportar), mas certamente melhor do que estava antes, orgulhosa de si mesma por ter, apesar de tudo, ter cumprido um compromisso, afinal, que bem faria se preocupar com coisas que você não poderia resolver?

Foi logo antes das sete que ela ligou de novo para aquele telefone. Um sujeito atendeu — Julius Clarke, ela se lembrava do nome — e disse que ele não sabia nada sobre Bootie (ela pensou que era um pouco estranho ele chamar o filho dela de Bootie, já que geralmente o rapaz não incentivava isso) e que ele havia se mudado para o Brooklyn, mas não havia telefone lá, até onde Julius sabia. Agora ela lembrava: ele disse algo sobre se mudar, mas, por algum motivo, ela pensou que fosse demorar. Ele também estava trabalhando num restaurante agora, mas ela não conseguia, de jeito nenhum, se lembrar de como se chamava. Mexicano, talvez? Refinado e mexicano, um bom restaurante, ela achou que ele disse. Certamente de comida exótica. Ela ficou surpresa.

Julius disse que não sabia nada sobre isso. Ele dera a Bootie o número de uma agência de empregos, mas não sabia se eles o haviam contatado. Com certeza ele tinha o número, e o deu a ela. Ele lamentava não poder ajudar mais, mas eles não se conheciam muito bem.

— Quem ele conhece? — perguntou ela, tentando soar mais animada do que queixosa.

— Sinto muito, senhora — disse ele, que era um jovem educado: havia dito "senhora" —, mas não tenho a mínima idéia.

Ela tentou se acalmar depois disso. Estava se concentrando apenas em si mesma. Só porque ela ligava para Nova York não significava que eles conseguiam ligar de volta, não é? Porque às vezes as coisas funcionavam assim, não funcionavam? Ela ligou para o número da agência de empregos que Julius deu a ela, para que soubesse que fez tudo o que pôde, mas só conseguiu ouvir uma gravação. E então ligou para Sarah porque não podia ficar esperando sozinha, e Sarah disse que iria para lá, mas só amanhã, depois da escola, porque os filhos estavam prestes a tomar banho para dormir.

— Não se preocupe tanto, mãe — disse ela —, porque Bootie *vai* ligar. Pelo menos você sabe que ele não estava lá, entre todos os lugares, naquela hora da manhã. Ele é um pouco egoísta com essas coisas; tenho certeza de que nem imagina que você está preocupada. Você pode imaginar como é estar lá, quero dizer, como no filme *Independence Day*, certo? Ele provavelmente está com outras pessoas, sabe, amigos, tentando se sentir bem com tudo. Tenho certeza de que ele vai ligar amanhã, se não conseguir ligar hoje.

Isso a fez se sentir um pouco melhor. Sarah estava certa, afinal: pelo menos ela sabia que ele não estaria lá. O restaurante era em outro lugar — ele não disse que era na Fifth Avenue? Era tão longe assim? Pelo menos não era perto —, e, além disso, nenhum cumim tem de aparecer para trabalhar àquela hora. Mas, se ele estava com amigos, quem eram eles? Ela não conseguia entender como a vida do seu menino se tornara um mistério tão grande para ela, quando há apenas algumas semanas, ao que parecia, ele estava com Murray, e ela sabia — ok, apenas mais ou menos, mas ainda assim sabia — o que ele fazia todo dia.

Ele não ligou naquela noite e nem de manhã, e, quando ela chegou em casa da escola, onde todo o tempo de aula foi gasto falando do desastre, claro, ele não havia deixado nenhuma mensagem. E, como ela disse para Sarah quando se encontraram, o mais terrível era ter apenas de esperar. Só esperar. Quem poderia ficar bem com isso? Quando Bert estava doente, houve tanta espera, em hospitais e em casa, e ela odiou esses momentos, a impotência e a inutilidade deles, mas desta vez parecia pior, de certa forma porque ela sabia que era ridículo se preocupar, mas o que mais ela podia fazer? Não conseguia sair de verdade, não sem ter alguém para atender ao telefone, então finalmente foi fazer compras (precisava de leite, pão e alguns mantimentos) enquanto Sarah montava uma casa de brinquedo no quintal para as crianças.

Na quinta, ela se rendeu e ligou para Murray. Ela não tinha certeza de a quem cabia arrependimento, então se esforçou ao máximo para arejar as coisas desde o começo.

— Sei que estivemos afastados, Murray — disse ela. — Mas você é meu único irmão, e precisamos superar isso. Meu Bootie fez uma coisa muito idiota e ele se arrepende disso a cada segundo, mas é só um garoto, e eu ainda acho que você não precisava ser tão duro com ele.

— Judy. Eu ia ligar pra você. Essa coisa toda...

— Eu sei. Um desastre como esse faz a gente pensar. As famílias não deveriam discutir. Não é certo. E preciso da sua ajuda.

— Ajuda?

— Não tive notícias dele, Murray. Faz dois dias e ele não ligou. Provavelmente é besteira minha, moleques são moleques, e Sarah diz que ele não deve nem estar pensando, mas é a única coisa que passa pela minha cabeça.

— Ah, minha querida...

— Você pode encontrá-lo para mim, Murray, por favor?

— Claro, Judes, mas não sei como.

— Não tenho nenhum número de telefone. Esse é o problema. Aquele garoto, Julian, me deu um endereço. Tenho o endereço. É um lugar chamado Fort Greene, pelo jeito. Você sabe onde é? É no Brooklyn, em algum lugar assim?

— Tenho certeza de que vamos conseguir encontrá-lo.

— Bem, se um de vocês não se importar. Sei que é meio estranho, por causa de, você sabe, tudo. Mas faz 48 horas e eu não tive uma palavra. — Ela estava quase chorando.

— Você não acha que...

— Claro que não. Claro que não. Quero dizer, é em Fort Greene, não é nem um pouco perto, certo?

— Nem um pouco.

— Então não é como se... Mas uma mãe se preocupa, Murray. Sabe disso. Pergunte a Annabel.

— Sei que se preocupa. Não tenha medo, Judy. Tenho certeza de que ele está perfeitamente bem, mas um de nós vai verificar a situação dele. Digo uma coisa: vou pedir para Marina fazer isso. Vão chegar lá como se fosse um incêndio. Não seria bom?

— O que for preciso, sabe? Porque eu posso ir para aí também, se precisar.

— Não seja boba, Judes. Essa é a última coisa que todos querem. As pessoas estão aparecendo aos montes aqui: em ônibus, trens, de todas as formas que podem, para ajudar a escavar essa bagunça. Procurando sobreviventes, sabe?

— Me diga uma coisa, Murray: dá pra sentir o cheiro? Tem cheiro do quê, pelo amor de Deus?

— Estamos muito longe de lá. Eu vou amanhã. Estou escrevendo algo. Mas Marina já foi. Acho que tem um cheiro bem forte, dependendo do ar. Você sabe, o vento. Algo como poeira queimando, na maior parte das vezes, e outras coisas, combustível. E outras coisas. Você sabe. Muita poeira.

— Mas vai ter cheiro de morte, não? Logo, logo, se não agora mesmo? Um grande cemitério como esse. Vai ter cheiro de morte.

CAPÍTULO SESSENTA E UM

Fort Greene

QUANDO MARINA E JULIUS FORAM JUNTOS para a casa em Fort Greene, ficaram parados nos degraus por dois ou três minutos depois de tocarem a campainha. Julius, cujo olho agora estava rodeado por manchas de amarelo e verde, brincava com o curativo em sua bochecha.

— Não tem ninguém aqui — disse ele. — É hora do almoço de sexta-feira. Quem estaria em casa numa sexta-feira na hora do almoço? *Shake Your Booty* está provavelmente trabalhando. Trabalho temporário, sabe? Dei o número a ele.

Marina fez bico e apertou a campainha novamente, por um longo tempo. Eles podiam ouvi-la ecoando no corredor.

— São ótimas essas casas — disse Julius, olhando através do vidro trincado da porta. — Se eu tivesse um milhão, compraria esse lixo e reformaria. Mais cedo ou mais tarde vai valer bastante.

— Tenho certeza de que já vale — disse Marina. — Você não viu? Um quarteirão abaixo, parece que já foram todas reformadas.

Julius continuou a olhar para a escadaria interna.

— Acho que perturbamos alguém — disse ele. — Parece um assassino com um machado.

O homem que veio até a porta tinha tanto pêlo em sua mandíbula grossa quanto cabelo na cabeça. Seus ombros eram como um presunto, redondos, densos e apertados dentro de sua camiseta encardida.

— O que vocês querem? — questionou, com um sotaque.

Marina, toda charmosa, explicou sobre Bootie e como eles tinham certeza de que ele estava bem, mas só queriam se assegurar.

— Ele não está aqui agora.

— Tem certeza?

— Moro embaixo do apartamento dele. Todo mundo acha que a construção é sólida, mas os dutos de calefação ficam abertos. O cara peida, sei disso.

— Então vamos rápido para não incomodar o senhor ainda mais. Você o ouviu desde terça, certo?

O homem coçou seu pescoço peludo, num arremedo de pensamento.

— Não sei — disse ele. — Não pensei nisso. Mas não o escuto há alguns dias.

— Desde os aviões? Você o ouviu desde que os aviões bateram?

— Não sei.

Eles pediram para ver o quarto dele.

— Sabe, se tiver jornais de quarta-feira no lixo, não precisaremos nos preocupar com ele.

— Certo. — O homem olhou para eles com uma leve desconfiança. Como se soubesse que, por uma questão de princípios, apesar de não parecer ter muitos, deveria impedi-los de entrar, mas não se incomodou.

— Sou prima dele — repetiu Marina. — A mãe dele, minha tia, está muito preocupada.

— A porta está trancada — disse ele. — A porta do quarto dele.

— Você não tem chaves mestras por aí em algum lugar? — perguntou Julius.

O homem assentiu, parecendo quase acanhado, e fez sinal para eles entrarem. Quando passaram por ele, Marina fora atacada pelo cheiro de alho no suor do grandalhão.

A escadaria estava gasta, e não muito limpa. Um revestimento de borracha estava soltando dos degraus, e uma enorme quantidade de pedrinhas estalava sob os pés deles. O reboco desaprumado havia sido pintado, há muito tempo, com uma tinta azul-celeste brilhante, presumivelmente para tornar as coisas mais alegres e fáceis de limpar, mas claramente ninguém passava um pano nas paredes há anos, e elas estavam riscadas e sujas. Os corredores em cima, sem janela, eram mal-iluminados, e a luz do dia passava apenas por baixo das portas fechadas dos quartos. O homem parou no segundo andar, disse para eles esperarem e entrou no quarto do fundo de uma maneira furtiva, para que eles não pudessem ver dentro, fechando a porta atrás de si. Ele ressurgiu com um molho de chaves numa fita de pano.

— Eu não deveria fazer isso — disse ele, dando de ombros enquanto os guiava para outro andar. — As pessoas deviam ter direito à sua privacidade.

O andar de cima era mais estreito, mais apertado do que os de baixo, mas pelo menos uma porta do banheiro ficava aberta. Marina percebeu que alguém tinha colocado uma plantinha no beiral da janela; a cortina do banheiro, de listras festivas, foi escolhida para combinar com o tapetinho do banheiro. Não era tão ruim.

O quarto de Bootie fez todos prenderem a respiração. Não havia nada lá que pudesse os ajudar: uma pilha de lençóis amarrotados sob a janela; um computador desligado no chão, na quina da parede, perto de alguns livros; alguns cartões-postais tristes presos aleatoriamente na parede. Havia uma caneca suja e um prato encrostado com o que parecia ser molho de tomate. Meio saco de pão de forma envelhecido fazia companhia a algumas latas, sob as quais uma colher e um abridor de latas haviam sido colocados cuidadosamente. Marina foi dar uma olhada na janela, para os telhados, e então voltou para dentro. Não apenas não havia jornais: não havia lixeira onde eles poderiam ter sido jogados.

— Talvez ele tenha ido embora — sugeriu Julius, chutando desordenadamente os lençóis. — Essa é minha — disse ele, apontando para uma toalha pendurada na maçaneta do armário. — E aquela também. Seu primo é um ladrão.

O homem grandão ficou no meio do quarto com seus braços jogados estranhamente nos lados de seu corpo. Eram curtos e pareciam grossos.

— Ok — disse ele.

Marina abriu o armário. As malas de Bootie estavam embaixo, vomitando seus conteúdos: cuecas, meias descombinadas, algumas camisas amarrotadas, pernas de uma calça jeans.

— Ele não foi embora — disse ela. — Ele só não tem nada. — Ela balançou a cabeça. — Me sinto tão mal.

— Não é sua culpa.

OS FILHOS DO IMPERADOR

— Eu podia ter persuadido meu pai a ficar com ele. Eu estava com tanta raiva, acho.

— Já terminaram? — O homem sacudiu as chaves algumas vezes. — Ele não está aqui.

— Não. — Marina concordou com o óbvio. — Obrigada, de qualquer forma.

De volta à escadaria, ela se virou para Julius.

— E agora?

— Talvez ele esteja no trabalho. Por que não ligamos para a agência?

— Mas e se ele não estiver?

—Então pensamos no próximo passo. Neste momento ele provavelmente está comendo um sanduíche em alguma *delicatessen* no centro da cidade. Ele não estar aqui e o quarto dele ser deprimente não quer dizer nada.

— Só parecia... Não sei. Abandonado. O quarto. Foi terrível.

— E daí que ele está dormindo no chão? Há destinos piores.

— E se não conseguirmos encontrá-lo? Chamamos a polícia?

— Acalme-se. Você está se precipitando.

Ele colocou o braço no ombro dela e ambos voltaram pela rua, ainda à luz do dia, numa forma ao mesmo tempo suburbana e lúgubre. No caminho para o metrô, eles passaram por um quartel de bombeiros feito de tijolinhos cobertos por uma renda preta. Fora dele havia pilhas de flores, a maioria amarela, e Marina soltou um pequeno gemido.

— Julius — disse ela. — Eu disse a Ludovic, no dia, logo depois que aconteceu, eu disse a ele: "Provavelmente conhecemos alguém." Achei que eram, sabe, amigos, pais de alguém que conhecemos na faculdade, pensei até mesmo na mãe do garoto que minha mãe representa e...

— Ela está bem, certo?

—Não. Essa é a questão. Ela não está bem. Está desaparecida. Estava no 101º andar, ou algo assim, e ninguém tem notícias dela.

— Uau. Quantos anos tem o garoto?

— É um problema, Deus, é um problema, porque ele tem 14 anos e não tem pai nesse mundo, só um terrível padrasto que é a razão de todo o mal. Minha mãe diz que é como se ele tivesse levado um tiro, ele anda completamente em silêncio e respira com dificuldade. Ele geralmente faz tricô para ficar calmo, é estranho, eu sei, mas minha mãe diz que ele nem consegue fazer isso, mesmo que seus dedos continuem se movendo, como se tivessem vida própria. Ele não diz nada, mas os dedos continuam o tempo todo. — Ela suspirou. — Então você sabe, ela ainda é considerada desaparecida, mas, ah, Deus, Julius, é terrível.

— *É* terrível mesmo — concordou ele, indo mais para perto de Marina, até que seu colarinho roçou a orelha dela. — É completamente horrível, mas não tem nada a ver com o seu *Shake Your Booty*. Garanto.

Ela fungou um pouco e limpou seu lábio e sua bochecha com um lenço de papel macio tirado do bolso de seu jeans.

— Meu nariz está vermelho? — perguntou ela. E então: — Você percebeu que, quando coloquei esses lenços no meu bolso, o mundo era um lugar completamente diferente? — E, finalmente, com uma voz diferente e mais baixa: — Temos de encontrá-lo. Sabe disso, não sabe? Temos de encontrá-lo.

Quando Julius ligou para a agência, eles não puderam dar nenhuma informação.

— Sinto muito, mas é contra nossa política — disse a mulher. — Mesmo você sendo registrado conosco. O inquérito tem de ser oficial. Tipo, por meio da polícia. Você pode pedir para a polícia fazer isso?

— O quê, junto a mais cinco mil pessoas? — soltou ele. — Você já não acha que eles têm problemas suficientes para se preocupar?

— Me desculpe — disse ela novamente, com um arrependimento óbvio. — Sei que é uma época difícil.

Então ele foi para o escritório deles, com Marina, logo depois das cinco da tarde, e a única mulher lá não era a recepcionista, mas uma pessoa mais velha, uma mulher de nariz de batata com seus cinqüenta anos num terno de cor púrpura. Julius a reconheceu.

— Todo mundo foi embora — disse ela. — Acho que é melhor vocês voltarem na segunda. Devemos estar com todo o pessoal até lá, finalmente. Algumas pessoas ficaram fora a semana toda — suspirou ela.

— Mas não podemos esperar até segunda — disse Marina. — Sinto muito, mas não podemos.

A mulher ouviu a história deles e assentiu, olhando de perto para Julius.

— Claro — disse ela. — Trabalhei com você. Lembro-me do seu nome. É um segundo nome incomum. Fidelity, Fidelity, certo? Você deve começar quinta que vem. Por três meses. Você sempre foi muito bem recomendado. Está com um corte péssimo.

Ele deu de ombros, triste. Ela podia pensar que era da tragédia.

No final, ela concordou em procurar para eles. E, sim, Frederick Tubb havia feito sua ficha logo depois do dia do Trabalhador, começando na terça, um trabalho de duas semanas numa firma de finanças na Cedar Street. O horário era normal, das nove às cinco, cinco dias por semana.

— Há um recado no arquivo — disse ela. — E, sabe, agora eu me lembro de Mary falando sobre ele. Ele veio sexta passada com sua folha de ponto e queria ser pago imediatamente. Ela disse que ele estava realmente desesperado, e ela se sentiu tão mal por ele que fez um cheque nominal de valor irrisório, o que é completamente contra nossa política. Eu poderia demiti-la por isso. Mas ela foi honesta, pelo menos. Conversamos sobre isso e agora eu acho que ela entende como o procedimento é importante. Ele disse que não poderia comer a semana toda ou pagar seu Metrocard, o vale-transporte do metrô daqui da cidade. Nada. Um garoto, disse ela. Caso sério.

— Ai, meu Deus — disse Marina.

— A empresa ou alguém ligou e disse que ele não havia aparecido ou algo assim?

— Quer dizer, esta semana? Acho que eles nem estão abertos. Você sabe onde fica a Cedar Street?

— Não exatamente.

Ela foi mostrar a eles um mapa de Manhattan que estava preso na parede perto da mesa da recepcionista.

— É a apenas alguns quarteirões — disse ela. — Tenho certeza de que todas as janelas foram explodidas, poeira tóxica por todo lado, sem energia elétrica, provavelmente até sem água. Ninguém está trabalhando lá agora. — Enquanto saíam, ela deu um sorriso triste para eles. — Boa sorte — disse ela. — Todos precisamos disso esses dias.

— Mesmo indo para um escritório a dois quarteirões, não tem motivo para ele ter estado no Marco Zero — disse Julius, assim que eles entraram no elevador. — Não é a estação de metrô dele. E, além disso, a primeira torre foi atingida, tipo, às nove e dez, certo? O que quer dizer que, a não ser que tenha chegado muito cedo, ele só teria passado pela vizinhança depois de acontecer. A ordem era que as pessoas saíssem de lá. Ele teria saído, caminhado de volta para a zona residencial ou para o Brooklyn. Muita gente andou de volta para o Brooklyn naquele dia.

— Então você acha que ele foi pisoteado pelo povão na ponte de Brooklyn?

— Você tira sarro, mas ele pode estar no hospital com uma perna quebrada ou algo assim. Não duvido nada.

— O que vou dizer ao meu pai? O que vamos dizer à tia Judy?

— Não é o fim do mundo, você sabe disso. Ele vai aparecer em algum lugar. A vida é assim.

— A vida era assim. Não sei mais como nada é.

— Não — disse ele, passando os dedos na bochecha. — Está tudo marcado para sempre, e não sabemos como as coisas vão ficar.

CAPÍTULO SESSENTA E DOIS

Clarion Call

NA TARDE DE SEXTA, BOOTIE TOMOU seu primeiro banho em dias, na banheira de plástico de seu quarto no Clarion, a uns oitocentos metros da rodoviária de Miami. Colocou água bem fria, pois estava quente lá fora e ele estava com calor. O banheiro também não tinha janela, e parecia conservar a temperatura quente. Ele estava grudento e sujo há dias, já que tinha só o que estava usando desde a manhã de terça, sua camisa listrada da Brooks Brothers, suas calças de sarja, agora manchadas de ketchup e gordura, e o mesmo par de meias pretas, tão sujas e empapadas de suor que parecia que nunca mais ficariam secas. No ônibus, com sua barba crescida e seu cabelo grudado debilmente à cabeça, ele estava consciente de que fedia e de que o fedor se expandia silenciosamente no ar, entre os assentos. De uma forma engraçada, isso fazia com que ele se sentisse vivo, mais presente do que se sentira em muitas semanas, como se cada passageiro tivesse de admitir que Bootie Tubb *existia*, por causa do seu cheiro; e quando um velho, um pequeno negro magrelo e troncudo com um chapéu de feltro, precisou sentar ao lado dele por um momento, torcendo seu nariz brilhante e colocando os dedos preventivamente nas narinas, Bootie sentiu-se ao mesmo tempo envergonhado e orgulhoso: nunca teve tanta certeza de que estava chamando a atenção.

Ele não acordou naquela manhã, claro, com a intenção de ir a lugar algum a não ser ao escritório do Reading and Lockwood, onde já havia passado boa parte de outra semana confirmando as somas de infinitas colunas de figuras, usando uma calculadora viciante que imprimia tudo num rolo de papel. Sua tarefa, depois de checar as somas, era anexar o segmento apropriado da fita ao documento em sua mão e entregar à sua chefe, uma mulher meio acabada de cabelo loiro ralo que tinha um cheiro forte de perfume e cigarro. Não era um trabalho difícil, mas meticuloso e rapidamente enjoativo, e o escritório — ele nunca havia passado o tempo num escritório antes, não assim — parecia insalubre para ele, todo mundo respirando um ar reciclado num andar bem alto. Nos primeiros dias ele foi muito pontual, mas foi fácil perceber que sua chefe, Maureen, não se importava com o horário em que ele chegava, desde que no final do dia ele tivesse deslocado todos os papéis da caixa de entrada para a caixa de saída, com suas fitas presas corretamente. Seus dedos, apesar de grossos, ficaram ágeis na calculadora, e ele conseguia terminar o trabalho mais rápido do que ela sabia, o que lhe dava tempo. Ele lia Musil na hora do almoço, curvado em sua mesa com um saco de Doritos. Para economizar, comprava o maior tamanho na *delicatessen* da esquina, junto com uma coca-cola de dois litros, guardando tudo embaixo de seu pé. A coca estava sempre quente e gradativamente sem gás, finalmente se tornando um suco tóxico, extraído, talvez, de pneus açucarados ou de alguma inominável planta mortífera da Amazônia. Ele lia Musil e chegava tarde ao escritório, tarde porque o metrô que tanto o repugnava era levemente menos cheio depois da diminuição de fluxo às nove horas.

Naquela manhã, ele estava muito atrasado. Foi obrigado a sair de dois trens seguidos depois de ter passado apenas por uma estação porque eles estavam tão cheios que aceleravam seu coração e travavam sua garganta. Exigiu um grande esforço entrar no terceiro trem, e, mesmo assim, ele só conseguiu agüentar enquanto passavam por cima da água (ele detestava ficar submerso, achava que conseguia sentir o peso dela empurrando o túnel para baixo, o vagão, ele mesmo), só porque sabia que realmente precisava; então ele saiu na Whitehall Street, suando e ofegando ao chegar ao nível do solo, e andou o resto do caminho. Era uma vergonha, ele nunca havia chegado tão atrasado antes — já eram 9h10, mas ele estaria lá às 9h25 ou 9h30 no máximo, horário em que Maureen estaria na rua para seu primeiro intervalo para o cigarro, e então, se ela não o visse realmente, não poderia saber quão atrasado ele estava.

Algo estava errado no solo. O ar. A fumaça. O sol, o céu claro, estava eclipsado por fumaça, um oceano de fumaça preta, alta, mas ainda envolvente. As pessoas gritavam e apontavam, e ele se virou e pôde ver, acima dos outros prédios, o alto das torres, as chamas, e conseguia sentir o cheiro. Não foi capaz de recuperar o fôlego, estava ficando sem ar; mas isso, o que era isso? Ele não entendia. O fim do mundo. Um sinal de Deus.

Ele perguntou a um homem de terno, com sapatos pretos caros, não muito diferentes de seus sapatos sociais guardados em casa, mas de um couro melhor e mais brilhante — ele se pegou olhando principalmente para os sapatos —, e o homem contou a ele sobre os aviões, não um, mas dois, e o segundo, bem, as pessoas lá haviam visto — Bootie não ouvira? Ele estava no subsolo? Bem. É um lugar melhor para se estar, disse o homem, porque isso era como o Armagedom. Havia pessoas presas lá, disse ele, que não conseguiram descer. Pessoas certamente morrendo por causa da fumaça. E outro homem veio até eles, com a gravata afrouxada e seus olhos selvagens, um homem em seus cinqüenta anos com um corte comportado em seus cabelos brancos, e disse:

— Estão pulando. Ouvi dizer que estão pulando.

Então o primeiro homem falou:

— E quem não pularia? Meu Deus, meu Deus. Você não?

Foi então que Bootie começou a andar. Estava com o Musil numa sacola plástica, seus dedos escorregavam nas alças, e havia neblina, poeira ou algo assim em seus óculos, mas ele afrouxou sua gravata e soltou o botão de cima, andando para a área residencial.

Ele se sentiu compelido a ir ver os prédios mais de perto; contudo, lhe davam medo, tanta morte lhe dava medo, um medo mais poderoso do que a atração que as construções provocavam, e a fumaça dava mais medo do que tudo. E não pela impossibilidade de respirar. Ele foi para a Nassau Street e depois para a Lafayette. Havia muita gente na rua, o dia todo, e finalmente ele baixou a cabeça e olhou seus pés, seus sapatos cobertos de branco, um pé na frente do outro. As pessoas iam todas na mesma direção, como figurantes entulhados nas ruas, raspando umas nas outras, mas não de forma agitada, estranhamente como um cortejo em massa, como um rio lento, no qual os indivíduos, como seixos, paravam e levantavam por algum tempo e deixavam a água e outros andarilhos se chocarem silenciosamente entre eles. Ele não queria saber. Estava na Canal Street quando a primeira torre caiu. Quando todo mundo gritou e perdeu o fôlego, ele parou e olhou: a fumaça e a poeira se apoderaram do mundo. Ele desviou o olhar e apelou para o chão.

Por não estar com ninguém, não falar com ninguém, mas ter observado sozinho, por trás de seus olhos parecia que tudo aquilo poderia não estar acontecendo, como se fosse um sonho acordado do qual poderia escapar se se esforçasse o suficiente. Na multidão, ele se sentia absolutamente sozinho, mais do que se sentira até então. Não percebia conexão com os rostos, com as vozes que, para ele, vinham de longe. Era um homem num país desconhecido, pensou, e às vezes os gritos não soavam como palavras, mas só como barulho, o som e a fúria disso. Uma fábula contada para um idiota. Com a cabeça baixa, ele atravessou a multidão parada, e o rio ao redor dele congelou enquanto Bootie, perversamente, seguiu em frente.

No bolso de sua calça, ele tinha todo seu dinheiro, a quantia que sobrara do cheque que a gentil mulher da agência tinha lhe dado ilicitamente. Enquanto rumava para o norte, sob o céu claro e brilhante, numa impressionante aparência de normalidade — quanto mais longe ele ia, mais as ruas ganhavam a aparência de feriado, subjugadas, mas bem extraordinárias, como se a morte de um imperador amado tivesse acabado de ser anunciada, e os cidadãos, apesar de pesarosos, estivessem frustrados pela saída de suas rotinas —, ele foi tomado por pensamentos, como se o rugido em sua cabeça tivesse se acalmado pela primeira vez em semanas, um interruptor ligado em seu cérebro, e não conseguia fazê-los parar de chegar. Ele mergulhou em loucuras, pensando que Marina, de repente, poderia amá-lo, que iria amá-lo para sempre. Ela fez sua escolha, o canguru idiota, e a edição estava pronta: os carinhos dela nunca foram significativos, eles nunca *significaram* nada. Do primeiro passeio ao centro — ela o convidou, sem dúvida, para demonstrar a educação dada por sua mãe — até a proposta da *The Monitor* — sugerida, na verdade, pela misteriosamente simpática Danielle, cuja torpeza moral de alguma forma sujava uma alma muito boa —, não havia Marina, *stricto sensu*, nas ações dela. Porque Marina — qualquer um podia ver — era sempre voltada, em tudo, para o pai. Mesmo quando ela se virou contra ele, ou fez menção de fazê-lo. Como todos faziam ao redor dele, as mulheres sem exceção, mas os homens não menos. Até Ludovic Seeley estava sempre, inconscientemente, em seu transe. E certamente era aí que residia

OS FILHOS DO IMPERADOR

a grandeza de um homem. Como Bootie confundira isso tudo? Porque, claro, isso garantia, predeterminava seu próprio erro; e havia muita coisa em jogo para ele naquele quesito. Até agora: isso, o fim do mundo como ele o conhecia, mudara tudo. A Torre de Babel caindo. Um fim aos falsos ídolos. E Murray, cuja grandeza residia não em suas palavras ou em suas ações, mas simplesmente na capacidade de convencer as pessoas dessa grandeza, começando, naturalmente, consigo mesmo; Murray, que era o imperador nesse lugar de faz-de-conta, uma terra que se estendia de Oswego até o coração de Manhattan, indo além — certamente até Murray, sobretudo Murray, seria sobrepujado por isso.

No entanto, Bootie não queria ser esmagado pelos ídolos decadentes mais do que queria ser abatido pelas ruínas vulcânicas do centro da cidade. Seus instintos de sobrevivência eram mais fortes, graças a Deus, do que seus impulsos voyeurísticos. Ele podia testemunhar tudo de qualquer lugar.

De qualquer lugar: onde antes ele tinha medo de que essa imensa cidade pudesse deixá-lo à deriva, um átomo girando no éter, e onde antes ele havia reconhecido um derradeiro terror de insignificância, ele agora, repentinamente, via que seu destino o conduzira até lá. Seu destino o expulsara de dois trens de manhã, o levara para a superfície na White Hall Street e mostrara a ele os átomos girando, desenrolando-se, o fim da vida, todas as pessoas se esgarçando por amor, hábitos, trabalho e significados, presas a um significado que de repente estava explodindo, porque, ao contrário de tudo o que ele imaginou, estar conectado, ser *conhecido*, não mantém ninguém a salvo. É exatamente o contrário: isso, certamente, era o significado de Emerson, que ele tinha há tanto tempo e com tanta vontade entendido errado — os maiores gênios têm as menores biografias. Mesmo seus primos não sabem nada sobre ele. Ele nunca foi compreendido da forma certa — como poderia, na carapaça de seus nomes mal combinados —, mas pensou que esse conhecimento imperfeito precisava ser trabalhado, melhorado. Mas claro; mutação, precisamente a capacidade de girar como um átomo, sem amarras, essa emoção de absoluto desconhecimento, não era algo a se temer. Era o sentido de tudo isso. Ser completamente desapegado, "desfamiliarizado". Sem contexto. Confiar em si mesmo de todas as formas. Finalmente.

Assim, isso, agora, era seu mantra de mutação. Ele pensou nisso enquanto se virava para o oeste na Fortieth Street. Ele recebera — era seu destino — a preciosa oportunidade de *ser* novamente, e não como havia sido. Porque, até onde todo mundo sabia, ele *não era*. Havia sido verdade por dez dias, claro, mas ele não percebera, assim como um animal liberto da jaula, sem conhecer a liberdade, não foge de primeira. Ele não havia entendido até agora. Havia ouvido, enquanto andava. Já se falava de, talvez, dez mil pessoas. Pessoas nas torres, nos aviões, mas algumas também na multidão, nas ruas abaixo e nas redondezas, onde ele tinha de estar se o destino não o tivesse tirado de lá. Mas, para qualquer um que fosse procurá-lo (a bela Marina procuraria, talvez? Ou apenas sua desconsolada mãe?), seria como se ele estivesse lá, no abrigo das torres, desaparecido, pulverizado, o odiado Bootie Tubb encontrando seu inenarrável destino.

O TERMINAL RODOVIÁRIO DE PORT AUTHORITY estava fechado quando ele chegou, sem previsão de reabertura. A multidão era densa do lado de fora, com pessoas chegando, tentando voltar para Nova Jersey ou para o interior, e já era possível encontrar gente decepcionada. Bootie, livre de preocupação — ele não tinha casa; não tinha que estar em lugar nenhum; havia, afinal, de uma forma estranha, apenas deixado de existir —, observava serenamente. Uma mulher perto dele, de cabelo escorrido, morena, com seu terno azul-pavão, seus sapatos, embaixo de sua meia-calça, um branco neon, abriu a boca como um pelicano e começou a chorar.

Outra mulher, mais velha, corpulenta, de cabelos grisalhos, que lembrava a Bootie sua mãe, colocou o braço em volta da mulher que chorava.

— Está tudo bem — consolava. — Calma, calma, não se preocupe. Estamos todos no mesmo barco. Mas seus filhos estão a salvo e você está a salvo, e é isso o que importa. Chegaremos todos a tempo.

No final das contas, ele passou a noite de terça no Central Park. Não estava sozinho. Não pareceu assustador (ele se lembrou novamente dos avisos de sua mãe anos antes: "Há um corpo sob cada ponte"), mais se assemelhava a um livro de aventura ou a algo saído de um romance de ficção científica que ele lera aos 13 anos, só que mais enfadonho. Afinal,

OS FILHOS DO IMPERADOR

ele tinha uma barra de cereais de carne, uma garrafa grande de coca-cola e um pacotinho do biscoito recheado de chocolate Oreos, para ajudar a manter o alto-astral; e, apesar da situação, o homem na *delicatessen* se lembrou de colocar picles condimentados, que Bootie mastigou fazendo barulho no crepúsculo, sob uma árvore nos limites de um dos campos verdes do Central Park, *Sheep's Meadow*, certamente imaginando que esse estranho novo mundo era, pelo menos em certo nível, contíguo ao velho. Não um cenário totalmente pós-apocalíptico. Ele sentiu frio à noite — só tinha seu blazer, sem cobertores: não esperava que fosse ficar muito tempo ao ar livre naquele dia —, e dormiu espasmodicamente. Apesar de ser caro, ele comeu uma omelete de restaurante na manhã seguinte e tomou oito refis de café. Aconchegou-se em seu banco azul, sonolento, lendo Musil lentamente, até que os últimos vestígios de tremor tivessem passado e ele não sentisse mais frio. Aí já era hora do almoço, e ele pediu uma sopa. A televisão no restaurante ficou ligada o tempo todo, com ruídos de suas impressões imaginárias sobre o Congresso de Viena e dos planos para o festão do partido do Kaiser, mostrando imagens cheias de interferência de um homem chamado Mohammed Atta e um jovem companheiro — bonito, aparentemente feliz — num caixa eletrônico na noite anterior. Apenas na noite de segunda, quando ainda estavam planejando, quando tudo ainda estava nas suas cabeças, e não solto no mundo. Era impressionante, um pensamento temeroso: você podia criar algo na sua cabeça, tão grande e devastador como isso, e desaguar em realidade; tornar concretamente verdade. Podia — para o mal, mas se podia para o mal, então por que não podia para o bem também? — mudar o mundo. Quão insignificante o tio Murray parecia perto disso; quão insignificantes eram as rixas de sua família; quão insignificante era a vida que ele, Bootie, estava levando.

Era a segunda noite que ele passava no terminal rodoviário, pois havia um aviso lá dizendo que o lugar logo seria reaberto. Ele não dormiu — a não ser por algumas horas cochilando sentado, mas ainda assim, e essencialmente, devido à presença da polícia, parecendo ler seu livro com a maior paciência do mundo —, sabendo que, uma vez no ônibus, teria todo o tempo para isso. Um homem mais velho vestido com um casaco esportivo, um atleta entrando na meia-idade — ainda loiro, mas vermelho demais e cheinho, com dedos gordos, pescoço e peito largos —, ofereceu duas vezes um cigarro para Bootie, e o rapaz se perguntou, na segunda vez, se o homem havia esquecido ou se ele estava, ainda que discretamente, paquerando-o.

— Bom, o livro? — perguntou o homem na segunda vez, mas Bootie manteve os olhos na página enquanto assentia, e não levantou o olhar novamente por um longo tempo.

Ele escolhera Miami porque, quando a estação abriu às cinco, era o lugar mais longe para o qual se poderia ir mais cedo; e era um destino quente para seu corpo dolorido, respeitando suas finanças. Ele pagou em dinheiro, pegou três *donuts* (dois com cobertura de mel e um polvilhado com açúcar, recheado com geléia de morango) e mais algumas cocas e se sentou assim que o embarque foi liberado. O ônibus saiu às sete, a caminho de sua viagem de 29 horas, novamente para uma terra diferente e certamente melhor.

De fato, naquela hora, na tarde de sexta, na banheira de plástico do Clarion, um novo começo parecia realmente se apresentar a ele. Um batismo. Ele decidiu adotar um novo nome, para espantar as angústias do antigo. Ulrich estava à mão, claro, por causa de Musil: não muito distante, em sonoridade, de Frederick, mas prazerosamente irredutível em comparação. Como sobrenome, ele nunca se importou com Tubb. Quem se importaria? Era tentador roubar o Thwaite: ele sentia que tinha o direito, sentia que poderia torná-lo o que devia realmente ser. Mas, se fosse assim, não haveria nada de realmente novo. Novo, *new*, em inglês: lá estava um nome. Ulrich New. O que mais Bootie sabia? Como ser Novo, como ser *New*.

Ele saiu da água turva e se enxugou com as toalhas de péssima qualidade do Clarion. Precisou de três delas para fazer o serviço, mas que luxo! Três toalhas! Que luxo ter um quarto com uma cama — tão grande —, televisão, água encanada. Ele tinha um tapete sob os pés, gasto, mas ainda assim um tapete... Era o quarto mais legal que ele teve em vários meses. Encontraria um trabalho, continuaria aprendendo, iria esperar a hora certa chegar para erguer-se das cinzas, como a fênix, mais poderoso do que antes. Será então que eles iriam — *ela* iria — reconhecê-lo? Ela poderia, com o tempo, estar pronta para vê-lo, para conhecê-lo como ele era de verdade.

Ou melhor, como ele seria depois. Porque Ulrich sabia estar no começo de uma longa estrada — uma longa e quente estrada, ele poderia dizer, apesar do ar-condicionado do Clarion —, que finalmente seria — sem relacionamentos, desprendido —, a estrada certa. Uma estrada para o topo de uma montanha, ainda sem nome: poder, descoberta ou verdade; ou as três. Sua própria estrada.

Ele se levantou despudoradamente pelado na janela à luz do sol vespertino de Miami, com as toalhas no chão atrás dele e com a trilha sonora chorosa do ar-condicionado, observando um Taurus azul acabando de estacionar em uma vaga e dois garotos negros de sua idade saírem e entrarem pela porta de vidro. Em sua mente, eles eram como as torres que despencaram, seu cinema pessoal. Era tudo baseado no controle. Ulrich iria moldar a realidade dentro de sua cabeça e, então, quando fosse a hora certa, iria dá-la à luz, faria com que todos entendessem: finalmente, iria pegá-los de surpresa.

Ele abriria mão de sua sombra nessa nova encarnação; mas estava tudo bem, perfeitamente bem. Ele seria seu próprio ídolo, aquele que nunca havia encontrado. Tudo daria certo.

NOVEMBRO

CAPÍTULO SESSENTA E TRÊS

Enterrando os mortos (1)

JUDY ORGANIZOU A CERIMÔNIA EM MEMÓRIA dos mortos para uma semana antes do dia de Ação de Graças porque, como disse a Joan, precisava muito encerrar aquilo. Ademais, ela não queria acabar com aquele feriado, e também com o Natal, dos filhos de Sarah, mais do que já estavam arruinados. Tudo estava arruinado para sempre, mas ela realmente não podia dizer isso. Foi para Nova York, ao local, achando que isso pudesse ajudar; mas aquele enorme buraco pareceu apenas uma explosão de sua própria dor. Ela encontrou outros parentes, mas eles lhe pareceram sobretudo diferentes, difíceis de começar conversas, em parte porque podiam reivindicar aquele lugar apavorante, afinal, eles sabiam porque seus maridos, suas filhas e seus irmãos estavam lá: o caso deles não era um acaso terrível, fugaz, mas uma sensação de lúgubre direito. Ela não as conhecia, mas se identificava com as famílias de turistas perdidos, de estrangeiros que estavam em rápidas viagens de negócios: como as probabilidades, o destino, Deus, podem ter sido tão maliciosamente orientados contra o *meu* sangue? Por que o meu? Quanto a Murray e os seus, como ela poderia não culpá-los, aquela garota insensível e imatura, e seu próprio irmão monstruoso, ela não falaria mal dele em voz alta, mas ele sempre foi assim, um ego do tamanho da casa, sua mãe o havia feito daquele jeito desde o começo, alimentando-o com beijos e com o que há de melhor, seu primogênito, queridinho, um lixo doentio, se ela se permitisse lembrar, como um bezerro na fase de engorda; mas ele mandara seu sobrinho para o matadouro em seu lugar. A vaidade de Murray havia matado seu Bootie, não há dois modos de ver isso; e ela não sabia, em seu coração, se algum dia seria capaz de perdoá-lo: sua vida toda, e agora a dela também. Ela havia levado o amor do coração *dela*, seu bem mais precioso.

Judy tirou o epitáfio da lápide de Bootie de uma cova muito mais antiga, no outro lado do cemitério, e não se importou em repeti-la porque era muito verdadeira: "Aqui jaz não uma vida, mas um pedaço de infância perdida." Ele tinha um futuro à sua frente, tinha seu tio para superar. Ele tinha um futuro.

Ela não era como seu irmão, egoísta a ponto de virar as costas com seus problemas para fingir que não tinham parentesco. Não dava para fugir disso, não importa quanto tentasse. Então, quando ele perguntou se eles podiam vir, ela respondeu que sim, porque eles podiam vir mesmo sem serem perdoados: eles eram, além de Sarah, Tom e as crianças, toda a família que lhe restava agora.

Além disso, seria um adeus apropriado a Watertown. Ela estava terminando o ano letivo, afinal, não era uma desertora, nunca fora (só tirou um período de folga quando Bert estava nas últimas, mas depois ouviu coisas terríveis sobre o substituto, um garoto recém-formado que gaguejava e não conseguia manter a ordem), mas já havia decidido, com Sarah, que não podia continuar na casa, que iria colocá-la à venda na próxima primavera, porque com quantos fantasmas uma pessoa poderia viver, mesmo se ela os amasse mais do que tudo?

Os sapatos dele! Quantas vezes desde aquele dia ela apertou seus sapatos sociais abandonados, um em cada mão, contra os seios? Ela não poderia engraxá-los, apesar de eles precisarem, porque isso significaria cobrir a superfície que as mãos dele haviam tocado. Ela brincava com os cadarços, conversava com eles — era loucura, mas o que mais ela tinha dele? E isso era o que eles iriam enterrar, era tudo o que havia, pois o esterroamento dos escombros ainda estava em curso. Alguns sapatos, uma pedra: um pedaço de infância perdida. Ela foi ao desolado quarto no Brooklyn — não com Murray, mas com Annabel, que foi gentil e cuidadosa, com sua voz suave e aguda, alternadamente um bálsamo e uma irritação — e chorara ao ver a que Bootie havia se reduzido: dormindo no chão, num emaranhado de lençóis emprestados, provavelmente sem comer, ou próximo disso, seus poucos pertences como o escasso e insuficiente testamento de sua curta vida.

Elas fizeram novamente as malas dele, colocando os livros e os cartões numa bolsa de papel de compras e embalando o computador numa caixa,

OS FILHOS DO IMPERADOR

enrolado nos lençóis e na toalha. Primeiro ela pensou em simplesmente dar a alguém, porque Annabel, pelo seu trabalho, conheceria algum jovem que merecesse, mas então lhe ocorreu que ele poderia ter deixado lá algo que iria dizer a ela, revelando quem ele estava se tornando nessa estranha e solitária jornada à qual havia se dedicado, fatalmente embarcado, meses antes. Mesmo ficando com a máquina, ela ainda não tinha coragem de ligá-la, e então a deixou guardada em sua caixa no chão do quarto dele em Watertown. Annabel e Murray convidaram-na para se hospedar com eles naquela viagem, mas ela recusou e, em vez disso, se instalou num hotel barato no fim da zona oeste, um lugar em cujas redondezas ela não achou muito confortável andar. Ainda assim, foi a melhor escolha; e ela não os deixaria ficar na sua casa também, quando viessem. Reservou quartos para eles no Hampton Inn, do outro lado da cidade. Era como o funeral do Bert: antes de mais nada, era a mesma estação do ano; além disso, os três também viriam, Annabel, Murray, Marina. O novo marido estava do outro lado do oceano — Inglaterra, era isso? —, o que parecia meio estranho, logo agora; mas quem era ela para se meter? Novamente, era como Bert, de várias formas. Bootie era um garoto, mas uma rocha para ela, tão calmo e forte. Era ele que a fazia se levantar de manhã, a razão pela qual ela lavava o rosto. Não tinha isso por mais ninguém agora. Se não fosse atenciosa, perderia e esqueceria o sentido disso tudo, não apenas o porquê, mas como viver. E, no passado, esses detalhes já lhe haviam sido certezas, certa vez.

CAPÍTULO SESSENTA E QUATRO

Enterrando os mortos (2)

MARINA ESTAVA COM MEDO DE IR a Watertown. Era tudo tão inacreditável, tão obscuramente absurdo — beckettiano, ela disse a Julius. E Watertown, aquele lixo, parecia o centro de tudo o que era surreal. Mas talvez isso fosse apropriado: talvez eles devessem testemunhar o descanso de seu estranho, problemático e azarado primo ("Foi simplesmente um azar de merda. Péssimo azar de merda", disse Ludo várias vezes, para tentar suavizar a culpa dela. "Se você ganhasse na loteria, procuraria alguém para se responsabilizar?") naquele lugar estranho e azarado. Ela se lembrou do cemitério da morte do seu tio: estranhamente perto do centro, com um restaurante *fast-food* — era o KFC? — ao lado. Um tempestuoso e desamparado campo de pedras — seu pai mostrou os túmulos dos avós dela — e um grande céu frio. Claro, Bootie não estaria realmente lá. Enterrariam alguma noção dele, porque foi tudo o que sobrou. Era pelo bem da tia Judy. Quando o pai de Marina pediu a ela que fosse e recebeu leves reclamações sobre o horror daquilo, ele disse, com lábios cerrados:

— Você vai fazer isso por sua tia Judy.

No entanto, aquilo era a culpa falando. Ela sabia que ele estava permeado por ela, porque ela também estava. Contudo, ela nunca conhecera, no sentido mais claro da palavra, sua tia, e não conseguia imaginar como falar com ela sobre isso. Quando ela a viu em Nova York, algumas semanas antes, Judy pareceu menor, com suas roupas largas e sua cabeça redonda se inclinando sobre o pescoço enrugado, como se fosse ao mesmo tempo velha e muito mais nova do que Marina se lembrava, como se algo, uma parte essencial, tivesse sido removido. O que, é claro, realmente havia acontecido.

OS FILHOS DO IMPERADOR

Marina estava brava com Ludo por ele estar em Londres e não ao seu lado a caminho de Watertown, mas sabia que ele não tinha escolha. Estava numa entrevista de emprego num jornal de lá; ele tinha de ir. Não era só pela renda — os pais dela podiam ajudar por um tempo —, mas pela carreira dele, claro. Ele disse dias depois dos acontecimentos:

— Não vão querer estrangeiros aqui agora. É hora de cobrar uns favores de meus contatos no Reino Unido. Não posso perder esse momento propício aqui, entende?

— E quanto a mim? — perguntou ela.

— O que tem você? — disse ele. — Que momento propício você tem a perder? Você ainda é filha do seu pai, não é?

Ela não soube como aceitar isso. O que ele parecia estar dizendo era terrível demais — o traduzia como uma pessoa excessivamente abominável — para encarar. Mas ela concluiu que ele estava falando com uma postura confusa, cheia de dor, e então o perdoou, até o consolou. Ela o amava, não amava?

E era bem possível, em não muito tempo, que ela também não teria escolha também, que eles teriam de se estabelecer do outro lado do Atlântico. Ela não conseguia começar a pensar nisso: sabia que não queria ir. Não poderia deixar Manhattan, especialmente agora. Mas a *The Monitor*, como previu Ludo, não iria deslanchar, não agora, pelo menos. Segundo Merton, todas as centenas de milhares já gastos deveriam ser consideradas perdidas: ninguém queria uma coisa dessas neste novo mundo, tão frívola e satírica. Ludo disse que Merton soava como se fosse uma revista de moda que ele desprezasse, em vez de um veículo voltado a comentários culturais radicais. Mas mesmo Ludo, debatedor mestre, não foi capaz de persuadi-lo a mudar de idéia, e então era o fim. Era demais tomar Nova York assim, como que numa tempestade. Até mesmo para uma revolução. A revolução pertencia a outras pessoas agora, muito distantes deles, e era real.

Marina sabia quão decepcionado e bravo Ludo estava: ele viajou de longe, da Austrália, para isso, trabalhou dia e noite por meses para criar do (quase) nada essa revista que iria, ele sabia, construir sua reputação mundial de uma vez por todas. Havia considerado muitos cenários pelo caminho, incluindo adversidades, mas nada tão ruim como isso. Ninguém teria previsto algo assim. Ele não falara com ninguém sobre o assunto, exceto com Marina, e para ela apenas por alto — porque ambos sabiam que a morte de Bootie de alguma forma tornava a livre discussão impossível, imoral —, mas sua tristeza infiltrava-se em seu rosto, em sua voz. Ele era ríspido com ela, reclamou de suas roupas, queixava-se do pai dela — para quem a tragédia nacional trouxe um ressurgimento de celebridade: Murray Thwaite opinava na imprensa, na televisão, no que Ludo chamava de "repugnante" rádio — e mesmo dos amigos.

Seus amigos: Ludo não gostava mais de Danielle, se é que já havia gostado. Talvez porque ela havia se tornado a mais difícil deles, e ele sentia que ela tinha menos motivos. Nos dias depois do 11 de Setembro, Marina e Julius tiveram literalmente que arrancá-la da cama: eles todos se falaram, claro, na noite de terça, verificando se estava tudo bem; mas, quando realmente deram uma passada para vê-la, na tarde de quarta, perceberam claramente que ela não tinha saído desde o infortúnio, seu cabelo e suas roupas desgrenhados, seus olhos remelentos e fechadinhos. Os três ficaram à janela dela e olharam para o buraco no céu, no ar transparente, e Danielle quis voltar imediatamente para a cama. Talvez, disse Marina para Ludo, talvez ver tudo se desdobrar de forma tão clara fosse mais traumático, mesmo que a alguma distância; mas Ludo pensou que o problema era só auto-indulgência. Desde então, Danielle andava estranha, evasiva; começara a fazer terapia e agora tomava antidepressivos, sem dúvida como metade da cidade; porém, mais do que isso, Marina sentia que a havia perdido, que a Danielle que ela sempre conheceu foi evacuada, que só sobrara uma casca monossilábica, oca. Danielle nunca mais ligou para Marina, e, quando Marina ligava, as conversas eram forçadas, cortadas. Marina meteu o bedelho — achou que seria bom para ambas — e perguntou se a amiga poderia acompanhá-la ao memorial de Bootie. Afinal, Danielle sempre foi solícita com ele, parecia ver alguém ferido através da irritante pessoa solitária dele, uma alma batalhadora: tentara ajudá-lo, ou pelo menos clamou que Marina o fizesse. Mas Danielle fez um bico que parecia ser um escárnio e disse:

— Não acho que eu me enquadraria lá, você acha? Não é uma festa, é uma cerimônia. — E, quando Marina abriu a boca para falar, ela continuou: — De qualquer forma, acho que não estarei aqui.

— Pra onde você vai?

— Não sei. Para longe. Acho que preciso ir para longe.

Sua frieza fez com que Marina ficasse aturdida durante toda a conversa. Muito mais agudo do que a perda de Bootie, que intermitentemente lhe parecia mais uma idéia do que papo furado — ela não conseguia acreditar que ele não estava mais lá fora, em algum lugar do Brooklyn, apenas sem falar com eles todos —, ela sentiu como se tivesse perdido sua melhor amiga. Não dava para sentir o mesmo tipo de dor por alguém que você mal conhece, argumentou Ludo sobre Bootie, mesmo que houvesse laços sangüíneos. Sentia-se culpada: isso era diferente, visceral, deprimente, mas não pessoal, de forma alguma. Quanto a Danielle, só se podia esperar que, com os remédios, ou depois deles, ela voltasse a si mesma. Apesar de haver dúvidas de que as coisas deveriam ser como antes.

Julius continuava o mesmo, pelo menos. Ou melhor, Julius havia retornado. Mais ou menos. Isso dava esperança a Marina. Ele parecia, em todos os aspectos, mais sóbrio, graças ao término com o Cabeça de Cone — estava mais cínico, se é que era possível. E ele ainda não sabia o que estava fazendo, gastando seus talentos em trivialidades, como o artigo sobre boates que revendeu para a revista *Interview*. O corte em sua bochecha, ainda bem recente, dava a ele um aspecto extravagante que o impressionava quando não o deprimia. Ele disse que aquilo o tornara mais atraente — os homens comentavam sobre isso, como se fosse uma marca de beleza —, mas nos dias ruins ele confessava que não conseguia acreditar que ficaria assim para sempre, que carregaria a marca de David nele, um carimbo.

— Pense nisso — disse ele durante o café no começo de novembro. — Você não pensa em si como marcado. Você esquece. E você acha que pode continuar sendo você mesmo. Mas todo mundo vê você, vêem uma pessoa mudada, e aqueles que sabem da história vêem você mudado de uma forma muito particular, o que não é tão legal. Então eles lembram você de tudo, seguidamente, e eu acho que, no final das contas, você acaba sendo modificado, de fora para dentro. Acaba absorvendo isso de alguma forma.

— É um pouco como meu livro — disse Marina. — Mudando as roupas, você muda a pessoa. Parece bobo, mas é verdade.

— M — disse Julius com certa exasperação —, uma cicatriz no rosto *não é* como uma camiseta nova ou um par de botas de caubói. Não é opcional.

— Não, eu não quis dizer isso — disse ela, mas percebeu que ele ainda estava perturbado.

Ele concordou em ir com ela para Watertown, Deus o abençoe. Porque ele se sentia culpado também: naquela mesma tarde, no café Starbucks, ele contou a ela sobre o incidente com Lewis, quando chamou Bootie de gordo.

— Você estava chapado, bêbado. Não foi legal, mas tem de se perdoar — disse ela.

— Ele terminou numa espelunca porque eu o expulsei da Pitt Street, lembra?

— Querido — disse Marina —, Pitt Street é uma espelunca.

— Valeu, hein.

— Mas é. Nossa meta de Ano-novo vai ser arrumar um apartamento decente para você.

— E me arrumar um emprego decente também?

— Eu mesma estou desempregada, lembre-se disso.

— Com um livro saindo, muito obrigado.

— Sim, mas...

— Vai mudar tudo. É um projeto grandioso.

— Ou vai chegar às livrarias e cair fora com a mesma velocidade. E não vai mudar nada.

Julius levantou a sobrancelha.

— Não estou sendo preciosista, sabe? É totalmente plausível. Acontece o tempo todo. Se você recebe uma crítica ruim do *Times*, é o fim.

— É um longo caminho, o quê, setembro do ano que vem? Será que você não pode simplesmente ficar animada com isso?

— Às vezes me pergunto sobre você, Julius. Moralmente, quero dizer. *A-llo?* Onde você esteve? No momento parece um milagre conseguirmos chegar até setembro que vem.

— Ah, deixa disso.

— Sério. Se Ludo conseguir um emprego na Inglaterra, quem sabe onde vou estar ou o que vou ser? E, se ficarmos em Manhattan, pode

OS FILHOS DO IMPERADOR

haver outra coisa, uma bomba maldita ou qualquer outra coisa. E aí, meu amigo, foi-se!

— Você não vai viver assim, com essa mentalidade. Porque aí eu não vou mais sair com você. Quero dizer, se é pra ser assim, vá viver em Michigan, com meus pais.

— Ou em Watertown, Nova York?

Nesse momento, eles trocaram olhares e caíram num breve silêncio.

— Você acha — disse Julius — que ele é de alguma forma uma pessoa melhor do que nós por estar morto?

— Por causa da forma como ele morreu, você quer dizer?

— Porque ele estava miserável, e agora está morto. Ao mesmo tempo em que, bem, no contexto geral, vamos encarar, sempre tivemos uma puta sorte, e continuamos em frente.

— Eu sei que Danielle pensa que ele era uma pessoa melhor.

— Ela disse isso?

— Pela forma como ela fala dele. "Sobriedade", "ambição", "integridade", você sabe.

— Ela está idealizando a juventude. Isso é *tão* típico dela. Você sabe, dividida entre aquele programa canadense *cult*, o *Big Ideas*, e uma festa. Ela sempre foi assim.

— Não somos todos?

— Não, não. — Julius riu. — Nós só queremos estar na festa do *Big Ideas*. Na teoria, o ideal é que animemos o evento. Percebemos que não há contradição.

— Só os insuportáveis suportam a dor por arte. É o que Ludo diz. É tão sem classe.

Eles riram de uma forma um pouco estranha.

— Ele acredita mesmo nisso?

— Ele não acredita em sofrer, em tolerar, não.

— Como se o sofrimento e a tolerância fossem uma escolha?

— Deixa pra lá. — Marina levantou, colocou as xícaras no lixo e eles voltaram para o frio.

CAPÍTULO SESSENTA E CINCO

Enterrando os mortos (3)

No dia da cerimônia, sexta-feira, 17 de novembro, estava claro e fresco. Murray acordou cedo, apesar da escuridão do quarto do hotel, tomou banho, se vestiu sem perturbar Annabel e foi dar uma caminhada. A vista do Hampton Inn bem encostado na estrada não era encorajadora: podia ser qualquer lugar. O asfalto já tinha um aspecto lixiviado de inverno, com uma geada branca de sal nos cantos e pedaços de lixo encharcado ao longo do meio-fio. Os enormes sinais de neon presos às correntes traziam a única cor: os arcos dourados, o sino batendo, o sorriso animado do coronel. Mesmo de manhãzinha, o assobio do vento provocado pelo trânsito na estrada tomava o ar como música de fundo. Murray era o único pedestre à vista.

Eles haviam voado de Syracuse na noite anterior, com Marina e seu amigo, e dirigiram no escuro durante uma hora, rumo ao norte. Ele ligou para Judy quando chegaram, mas não foi vê-la: ela estava com Sarah e Tom, que estavam colocando seus filhos para dormir, e não os havia convidado. Eles jantaram uma gororoba intragável num restaurante do outro lado do estacionamento, num banco sob um lustre de cristal falso, e foram servidos por uma estudante sardenta com um sorriso estranhamente simpático e com um furinho imponente no queixo. Julius estava muito animado com tudo.

— Para mim isso é como voltar para casa — disse ele. — Sempre achei que se deve respeitar esses restaurantes da forma como eles são. Quero dizer, o que havia aqui antes dos tradicionais como o Bennigan's e o Applebee's? Provavelmente nada.

— Não muita coisa — disse Murray, se lembrando das raras saídas para churrascarias em sua infância, a emoção de comer coquetel de camarão ou melão no gelo.

OS FILHOS DO IMPERADOR

— Então isso deve ser bom, certo? Eles não fingem ser nada que não são.

— Viajei um longo caminho para fugir disso — disse Murray. — E você também, aposto.

— Frederick também — disse Annabel, e ficaram todos em silêncio por um momento.

— Quem vem amanhã? — perguntou Marina.

— Não sei — suspirou Murray. Ele não sabia nada sobre a vida de sua irmã, o que apenas agora, momentaneamente, parecia chocante.

De manhã, andando pela estrada, entre os postos de gasolina, restaurantes *fast-food* e alguns outros hotéis (DU MA AQ I! PER OITE A P RTIR DE US$39,9), com uma mistura de mato esmagado sob seus pés, Murray tentou imaginar que talvez a memória de Bootie ainda pertencesse pacificamente àquele lugar, mas não podia. Lembrava-se do garoto se esforçando tanto à sua mesa de jantar, em seu escritório, e ainda assim tão despreparado para aquela existência. Uma questão de confiança, sem dúvida. Ele podia ter aprendido com o tempo, se fosse obstinado o suficiente. O que — Murray se sentia no direito de pensar assim porque a história do garoto havia terminado, sem reviravoltas ou novos começos possíveis — ele não havia sido. O nariz de Murray ficou vermelho, ao vento, e ele podia sentir suas orelhas como maçanetas fervendo nos lados de sua cabeça. Obstinação significava fazer o que precisava ser feito. Sem arrependimentos, sem desperdícios, sem entregar os pontos. O garoto entregara os pontos inúmeras vezes. Quem sabia o que se passava na sua cabeça? Mas o que quer que tenha sido, matou-o. Murray pensou bastante nisso: o garoto trabalhava a vários quarteirões. Ele não estava no escritório antes de as torres serem atingidas — sua supervisora, Maureen, disse isso. O que significava que, para ser esmagado, ele teve de chegar mais perto, de propósito, atraído pelo horror; ele tinha de estar observando isso do próprio epicentro, tinha de ter ido e ficado, permanecido. O que representava, num garoto desses, sua própria perversidade. Ele sentiu uma admiração relutante, mas isso era uma outra questão. Ninguém pensou que as torres fossem cair, claro, mas, mesmo assim, tantos espectadores — a maioria deles — sobreviveram. Murray não se sentiria responsável por algo com o qual ele não tinha nada a ver. Em qualquer momento, o garoto poderia ter se virado e ido embora. Os bombeiros e os policiais teriam tentado forçá-lo a isso. Mas não, ele se entregou ao fogo. Era uma tragédia grega, de fato.

Você pode controlar o que você faz, se quiser. Você deve, como um atuário, calcular constantemente os pontos negativos. Foi eficiente? Foi produtivo? Os benefícios superaram os riscos? Tanta gente não se importava — um tipo de estupidez, acreditava Murray, uma falta de visão, de propósito. Qualquer um que diga que simplesmente acordou e se viu no lugar em que sempre quis estar está mentindo; e qualquer um que acredite nessa pessoa é um tolo. É tudo uma questão de vontade.

No dia 11, ele andou para casa, tomou uma ducha, foi para seu escritório e esperou, ciente de que em seus esforços atuariais ele havia calculado errado. Seu desejo de estar com Annabel nunca fora sequer questionado: ela era sua vida. Ele conseguiu falar com Marina pelo telefone, no final da tarde, e não mencionou Chicago. Ela não parecia nem se lembrar disso. Annabel finalmente chegou em casa quase às oito da noite, cansada e pálida, com o garoto, DeVaughn, a acompanhando. Parecia que ela havia passado o dia com ele; a mãe dele estava desaparecida, havia saído do Harlem para trabalhar na Torre Norte às 6h45 daquela manhã. Diferentemente de outras pessoas, ela não ligou para sua família e não falou nem com seu marido depois disso. O que os levou a ter esperanças — talvez ela estivesse presa em algum lugar, fazendo um serviço externo, talvez no shopping do subsolo, comprando um *bagel*, talvez fosse emergir inesperadamente do metrô, com seu sorriso exausto, sua longa capa de chuva verde-escura um pouco empoeirada, mas sem ferimentos. Annabel ajudou DeVaughn a fazer cartazes com uma foto de sua mãe em sua última festa de aniversário, vestindo um brilhante suéter preto e dourado e usando o cabelo afro curtinho que brilhava na luz, as sardas de menina em suas bochechas à mostra. Na fotografia, ela sorria bem largamente, com os dentes brancos, e porque DeVaughn havia tirado a foto, os olhos fechadinhos dela mostravam amor, preocupação e esperança. Ou foi o que Annabel sentiu e contou a Murray naquela noite, se debulhando em lágrimas na cama. Ela ajudou DeVaughn a fazer os cartazes (Nasc. 12 de dez. 1968; Marcas visíveis: sardas, cicatriz de queimadura em seu pulso direito etc.), e então o ajudou a pregá-los no centro da cidade, ou o mais perto de lá possível, motivo pelo qual eles chegaram tão tarde. Ligaram para hospitais, mas não conseguiram resposta. O plano para a manhã era voltar para o centro e tentar encontrá-la.

— Eu não estava esperando você, querido — disse ela para Murray, nos braços dele. Ele a abraçou por um momento, sabendo do garoto espreitando atrás, olhando para o chão, para a parede, qualquer lugar menos para eles, com as mãos se movendo como pássaros nas sombras.

— Como chegou até aqui?

— É uma longa história — disse ele. — Conto mais tarde. — E então ele, com um esforço incomum, fez ovos mexidos com torradas e fatias de tomate para todos, e eles se sentaram num silêncio surreal e agonizante, os três, na sala de jantar, o garoto grande com seu rosto mal contendo o pânico e Annabel encarando por bastante tempo a parede, como se não houvesse sobrado nada deles além de suas cascas.

Na cama, ele tentou dizer algo, mas Annabel o silenciou.

— Estou apenas feliz de que esteja aqui. Tudo o que importa é que esteja aqui, e agora. Me abrace forte. Não fale.

De manhã, então ele tentou novamente explicar, quando DeVaughn ainda estava dormindo no quarto que já fora de Bootie, e ela disse:

— Não. Você escolheu vir para casa. Isso é tudo o que eu preciso saber.

— Mas eu nunca, você deve saber, nunca...

— Não importa. Talvez algum dia, ok? Mas não agora. O que importa no momento é que você está aqui. Ontem de manhã eu realmente meio que rezei. Reclamei, de qualquer forma, com o Deus que não existe. Por que ele não está em casa?, perguntei, porque, numa hora dessas, ele deveria estar em casa. Eu estava brava. E então você chegou em casa. Assim. Como um milagre. Pense no pobre DeVaughn. Ele está rezando, até agora, para nada.

— E é por isso que não devemos acreditar em Deus — disse Murray. — Porque não há resposta para o problema da teodicéia, da divina Providência.

— Ela pode estar no hospital enquanto conversamos.

— Talvez.

Então DeVaughn vagou até a cozinha, usando as mesmas roupas do dia anterior, seu tênis e sua jaqueta. Estava com as mãos nos bolsos. Acenou para Murray e murmurou:

— Dia, senhor.

— Murray, por favor. Me chame de Murray.

— Melhor irmos. — Annabel jogou as migalhas de *muffin* que estavam em suas mãos na pia. — Temos um longo dia pela frente. Você precisa comer. Pegue um *muffin*. Integral, com gordura reduzida e uvas-passas. Talvez tenha nozes também. Você não é alérgico a nozes, é? — Ela estendeu o *muffin* para ele e, depois de um tempo, DeVaughn tirou uma das mãos do bolso para pegá-lo. Ele olhou para o doce como se fosse um meteoro, e então baixou a mão com o *muffin* para o lado.

— Vemos você mais tarde, amor — disse ela para Murray. — Ou eu vejo. Aurora deve vir hoje. Depende do metrô, acho. Mas eu volto quando puder. Amo você. — Ela deu um beijo de verdade na boca dele, um beijo possessivo, e ele soube que dessa forma ela estava dizendo o que queria dizer.

Depois que eles saíram, ele esperou um tempinho e ligou para Danielle. Só conseguiu falar com a secretária eletrônica, e deixou uma mensagem para ela, desculpando-se pela saída repentina e pedindo que ela retornasse a ligação, avisando se estava bem. Ele deixou uma versão diferente da mesma mensagem no celular dela, mas não obteve retorno, e, com o passar das horas, começou a se preocupar. Ligou seguidamente, apesar de na terceira vez não ter deixado mensagem. Nos dias seguintes, ele foi engolido pelo silêncio dela, mais malignamente do que teria sido por qualquer palavra; e, apesar disso, quando finalmente recebeu uma mensagem — no celular dele, uma semana depois: "Por favor, você pode me deixar em paz?" —, não ficou surpreso, tampouco sentiu-se livre. Viu-se, de forma doentia, obcecado. Ainda mais do que quando eles eram amantes, ele pensava nela, ouvia sua risada, virava, achando tê-la visto na rua. Ele se sentava à mesa de casa, supostamente redigindo artigos sobre os acontecimentos — e, de fato, ele escreveu inúmeros artigos, repentinamente convocados para serem um guia moral ou ético, para oferecer um caminho para os progressistas confusos e assustados pelos loucos alarmes e autoflagelações dessas terríveis e tumultuadas semanas —, enquanto, na verdade, estava olhando para a parede, repetindo o nome dela copiosamente dentro de sua cabeça. Era como se ela estivesse diretamente na frente dele, não apenas bloqueando sua visão, mas impossibilitando que ele visse qualquer coisa por inteiro. Ele não podia aceitar que não a veria mais; não conseguia acreditar que, mesmo com tantas coisas importantes para pensar, ela poderia, em sua sucúbica falta de importância, ocupar tanto a mente dele. Contudo, depois que ela deixou a mensagem, ele não tentou mais contato. Foi forte. Soube, por conversas com Marina, que Danielle entrara em depressão, que estava bem mal, e isso quase o obrigou a capitular; mas ele também tinha seu orgulho, e, mesmo escrevendo e-mails para ela diariamente, não os enviava — mantinha-os na pasta "rascunhos".

O tempo todo, ele esperava que Annabel perguntasse sobre a noite do dia dez. Às vezes parecia que isso era sua punição: ficar continuamente se perguntando o que ela pensava, sabia ou imaginava. As conversas mais comuns deles eram, a seu ver, permeadas pelo silêncio dela, sua imposição de silêncio sobre o assunto; mas ele não conseguia detectar fúria ou ressentimento em sua mulher. Ela não o repreendeu, nem pareceu desconfiada ou acusadora, mas continuou igual: se estava diferente, era por ser, agora, mais indulgente, apesar de distraída. Isso fazia com que ele quisesse contar tudo a ela, toda a verdade, e, em certos momentos, tarde da noite, com um uísque ao lado, ele conseguia imaginar sua calma aceitação da história sobre ele, seu abraço amoroso, sua absolvição. Mas até nisso ele permanecia firme, sabendo que sua visão harmoniosa podia ser apenas fantasia. Ele não revelou nenhum segredo.

E ela, até onde lhe cabia, permaneceu preocupada. Os dias e as semanas deixaram claro que a mãe de DeVaughn não poderia aparecer, que ela estava onde deveria estar, no 101º andar da Torre Norte, entre aqueles desafortunados que ele e Danielle testemunharam escolher entre um inferno ou outro, como a reinterpretação de algum quadro bizantino. Talvez, mais tarde, um anel fosse identificado, ou um pedaço de osso; ou talvez nada. E o garoto, disse Annabel, teve toda sua capacidade de luta sugada, estava lacônico e dócil agora, apesar de não se saber se isso era a prévia de um novo e aterrorizante acesso de raiva. Um primo fora encontrado, na cidade de White Plains, e poderia cuidar dele, colar os cacos de sua vida para que ele pudesse começar novamente, se fosse possível. O padrasto já estava fora de cena, fora expulso pelo desaparecimento da mãe de DeVaughn. Murray observou Annabel chorar por esse garoto, por essa alma perdida. E também por Bootie.

Porque foi principalmente Annabel quem carregara esse peso, de ajudar Judy a resolver as coisas com os hospitais e com o registro civil, de retomar os pertences dele, de visitar com Judy o poço fumegante no centro da cidade, no qual o filho dela havia desaparecido. Murray era requisitado por seu público. Ele tinha muito a escrever, a falar. Ele formulou um meio-termo razoável que, não chegando tão longe quanto aqueles que diziam que os Estados Unidos mereciam isso, também não deixou de gentilmente lembrar seus compatriotas sofredores das persistentes agonias da Cisjordânia ou da crescente população de jovens muçulmanos sem direitos civis pelo mundo. Argumentou a favor do entendimento mais do que da hostilidade cega, recomendou enfaticamente não o apaziguamento, mas um realinhamento produtivo, uma reorganização das prioridades da política externa dos Estados Unidos, que podiam afetar a intensidade do antiamericanismo do mundo, enquanto daria ao país possíveis parceiros no Oriente Médio e na Ásia. Ele não era contra a invasão do Afeganistão, mas fez ressalvas sobre seus métodos. Prendeu-se firmemente à liberdade civil, aos direitos humanos, à soberania internacional. Ele não fez isso apenas na mídia impressa, no rádio ou em debates na CNN, mas também, desde o começo, numa prolongada entrevista de TV, tarde da noite, na qual se viu, com seu uísque *on the rocks* ilicitamente perto dele, momentaneamente desconcertado por sua interlocutora, uma loira meio velha pesadamente maquiada, que tinha um incrível sotaque sulista de "o"s fechados e pausas afiadas:

— O que eu quero saber, Murray, e me desculpe por entrar no lado pessoal aqui, é como você consegue permanecer tão intelectual, tão desprendido disso tudo, se essa tragédia, acredito, tirou seu sobrinho de você? Estou certa em dizer que essas pessoas malignas mataram o filho único da sua única irmã?

Ele piscou, ciente de estar piscando, lembrando-se, no mesmo instante, do tique de piscar de Bootie; então pigarreou, inclinou a cabeça

OS FILHOS DO IMPERADOR

grisalha, um gesto que poderia ser interpretado como de respeito, resignação ou desprezo pela rude intromissão da entrevistadora, e disse:

— Algumas coisas são assuntos de família. É uma perda indescritível. E a nossa é apenas uma entre milhares.

Depois disso, muitas pessoas escreveram sobre o assunto. Outros jornalistas expressaram espanto por essa tragédia não o ter tornado um militarista, não o ter feito pedir sangue, e viram nisso, não importando suas vias políticas, a marca de uma integridade imutável do homem; e Murray não conseguiu deixar de notar a ironia: a morte de Bootie dera a ele ainda mais dignidade, a moral — falsa, ele sabia — de um homem de justiça, impenetrável às flechas do infortúnio. Mas talvez, se ele fosse capaz de ver isso, Bootie teria finalmente ficado orgulhoso de seu tio.

E quanto a seu livro: estava na espera. Ele pensou, antes dos acontecimentos, que poderia abandoná-lo; no entanto, agora via que aquele sentimento fora apenas um medo medíocre. Ele teve medo, mas agora percebia, claramente, e sem vaidade, que, mesmo que suas palavras não fossem geniais, ainda eram mais verdadeiras e reflexivas do que as da maioria das pessoas que o cercavam. Eram boas o suficiente, e ele recebera o chamado para escrevê-las. Quem sabe, talvez ele fosse dedicar o livro a seu sobrinho. Estava fazendo anotações, ao longo das semanas, sabendo que a tragédia iria remoldar completamente seu desafio: como viver era uma questão diferente agora. Mais urgente. Menos respondível. Ele recomeçaria e escreveria um livro novo e melhor, por causa disso.

De volta ao hotel, Murray encontrou sua família — Annabel, Marina: elas eram sua família, tudo — no café-da-manhã com Julius. O amigo da filha, sempre com uma aparência peculiar, estava agora decididamente grotesco, com uma parte careca em sua cabeça, na qual novos tufos de cabelo brotavam, e sua bochecha mutilada, uma cicatriz de pirata em seu rosto de menino. Nessa estranheza, ele havia passado gel no cabelo, fazendo o estilo porco-espinho, mas Murray absteve-se de comentar porque pensou que, com trinta anos, por mais que parecessem, os amigos de Marina não podiam mais ser tratados como crianças. (Ele pensou na barriga plana e branca de Danielle, na forma como sua bacia se pronunciava quando ela se deitava, e então baniu o pensamento.) Todos eles estavam subjugados, cinza como o dia, com suas altas nuvens se movendo.

— Estamos prontos? — perguntou ele.

Annabel pegou a mão de Marina sobre a mesa de imitação de madeira, e Murray percebeu que sua filha estivera chorando. Seus olhos violeta estavam contornados de vermelho, inchados, e sua maquiagem, um pouco borrada. Ele de repente se lembrou dela pequena, com três anos, talvez, em seu joelho, o serpentear caloroso dela, seu cabelo preto prendendo em fios sedosos no queixo dele, a risada aguda e contagiante: uma felicidade tão simples. Bootie trouxe essa alegria a Judy antes de crescer e ficar gordo, mal-humorado e bravo por tudo o que o mundo não lhe deu. Murray finalmente sentiu: era uma perda realmente indescritível. Então seus próprios olhos se encheram de lágrimas, finalmente e de uma vez.

No entanto, ele também as baniu. Não dava para sentir tanto assim. Ele era chamado a coisas maiores do que sentimentos; e, se ele rompesse sua vigília e permitisse isso, poderia se perder. Judy não pediu que ele discursasse na cerimônia — ele sabia que era porque o culpava; como poderia não saber? Olhando para Marina, percebeu que faria a mesma coisa se estivesse no lugar dela — mas estava preparado para discursar, se fosse necessário. Havia escrito algumas palavras numa ficha que carregava no bolso: "O funeral de Bert. A ambição de Bootie. O artigo. Integridade." Se ele falasse, aqui, acima de todos os lugares, diria a verdade. Não que alguém se importasse de ouvi-la, exceto talvez o próprio Bootie, que não poderia estar presente. Ele queria contar a história da separação, de como se sentiu traído e, em sua fraqueza, havia traído o garoto como retaliação. Não podia desfazer isso, e não o faria, na flagrante e sentimental auto-responsabilização pela morte de Bootie (o garoto escolhera seu próprio caminho: Murray via isso claramente), mas ele queria que isso fosse dito. A verdade era tudo a que as pessoas tinham para se prender.

A igreja — de Saint Paul, no centro da cidade, a igreja de sua infância, tão gratamente esquecida, seus bancos encerados e o ar empoeirado, o cheiro de umidade imutável em todos esses anos — estava muito mais cheia do que ele esperava. Não ficava longe da larga praça principal, com sua extensão de gramado com falhas e bancos decrépitos, seu pilar do memorial de mármore, tudo grande e abandonado numa escala que assegurava a própria desolação da cidade: era impossível não sentir, no centro, toda a esperança que Watertown havia perdido. A igreja, entretan-

OS FILHOS DO IMPERADOR 461

to, perseverava, estava surpreendentemente cheia nesse dia. Não apenas os garotos da escola, os velhos colegas de Bootie, e alguns do círculo social mais recente, todos com as melhores e mal ajustadas roupas de domingo, alguns acompanhados dos pais; não apenas os professores, os amigos de Judy, e suas famílias; mas rostos inesperados de seu passado perdido: a amiga de Judy, Susan, a ruiva que veio de Kingston, Ontário, e outras do círculo de infância de sua irmã — Margaret, Eleanor, que já tinha sido belíssima, mas que agora estava descuidada e até mesmo gasta, com o pescoço enrugado, e a pequena e estranha Rose, menor ainda com a idade, junto de seu minúsculo marido, Vito, que tinha uma loja de bebidas no extremo leste da cidade, herdada de seu pai, Vito pai. Vito fora da turma de Murray, do tamanho de Napoleão, tagarela, na época, matador de aula assíduo, mas agora era careca e resmungão, seus olhos escuros italianos empapados e estranhamente espertos. Murray viu uma jovem mulher conduzindo uma anciã que ele não reconheceu presa a uma cadeira de rodas, inicialmente, como sendo a sra. Robinson, grande amiga de sua mãe, mãe de seis filhos, dois perdidos no Vietnã, agora certamente com seus noventa e poucos anos, o couro cabeludo brilhando sob seu cabelo esparso e sedoso, suas orelhas com aparelhos auditivos enormes. Ele viu também os conhecidos de sua juventude que devem ter continuado em contato com Judy, cumprimentados todos esses anos nos supermercados ou no correio: Lester Holmes e Betty, Ed Bailey e sua filha, parecia; e Jack Jackson, que já tinha sido um loiro quase albino, com quem Murray, quando era bem menino, costumava pescar rãs num córrego perto de sua casa.

Judy ficou na porta da igreja, cheia de honra em seu traje de luto, e cumprimentou todos pelo nome, como se ela própria os tivesse consolando. "Obrigada por ter vindo. Obrigada por ter vindo", repetia, num sussurro, para cada um. Tom estava com as crianças do lado de fora e as deixou correr até o último minuto, mas Sarah ficou ao lado de sua mãe, com seus braços balançando, um lenço na mão, seu vestido preto como um saco e seu rosto, um borrão de dor. Murray não ficou de pé com elas; não foi convidado a isso. Ele deu a sua irmã e a sua sobrinha um abraço, viu o lábio de Judy se estreitar levemente, como uma corda puxada, e então guiou Annabel, Marina e o improvável Julius (o que o garoto estava fazendo aqui? Como ele virou parte da reunião?) até os bancos da frente, à direita. Assim que se estabeleceram, era tentador se virar e observar os outros chegando; mas ele resistiu a mais essa tentação. Esse não era um jogo infantil de hóquei ou uma peça de escola. Era uma cerimônia de memória.

O reverendo Mansfield, conhecido por alguns (não por Murray) como Billy, havia batizado Fredericke e lhe ministrado a eucaristia. Como ele disse — e pareceu haver lágrimas em seus olhos; certamente sua voz desafinou —, nunca esperou enterrá-lo. Murray, com uma dança-de-são-vito, um movimento involuntário em seus joelhos provocado por toda a observação religiosa, não conseguiu deixar de pensar que aquilo era um erro: Bootie não estava sendo enterrado. Eram meramente artefatos que iam descansar em seu lugar. Um vicário, mas não verdadeiro, enterro de Bootie.

Judy falou, em seguida, sobre o dom da vida e o dom de viver, com o qual ela alegava — não com muita honestidade, sentia Murray — que seu filho tinha sido abençoado. Ela falou sobre seu potencial e sua ambição, como ele recentemente parecia ter perdido seu rumo.

— Mas perder o rumo é parte do crescimento — disse ela, que, durante a vida toda, com exceção da faculdade em Binghamton, não morou mais longe do que em Syracuse, e isso só por três anos, quando tinha vinte e poucos. Ela tinha se apegado tanto ao caminho conhecido que não conhecia nenhum outro, e ninguém espera pagar por isso com a vida.

Com uma amargura manifesta, ela tentou apurar os pensamentos.

— Deus deve ter algum propósito — disse ela, e contou com um leve burburinho de concordância entre a congregação —, mas ainda não descobri qual é. O que eu sei é que Bootie era honrado, amável, forte e destinado a grandes coisas. — Ela voltou ao microfone e se recompôs. — E quero tentar me certificar de que seu espírito sobreviva no mundo.

Murray detectou cabeças assentindo em volta dele, congregadas em total concordância. Mas o que ela queria dizer com aquilo? O que poderia significar "manter seu espírito vivo"? Seu espírito ainda estava em formação, era um embrião, um feijão. Não fazia sentido.

OS FILHOS DO IMPERADOR

Sarah falou — lembranças, principalmente —, assim como uma garota da escola, que tinha ido para Oswego com ele, chamada Ellen qualquer coisa. Uma amiga, professora da escola — era Joan? —, e então o pároco, com suas mãos levantadas, palmas estendidas, naquele tipo de gesto eclesiástico que tanto repelia Murray. Tudo o que ele podia fazer era ficar em seu assento, enquanto o tolo Billy Mansfield, sob seu longo lençol branco, ficava sobre o caixão e conduzia algumas rezas. Marina e Annabel ficaram paradas; Julius cutucava suas unhas. Murray estava louco por um cigarro. Ele não havia falado; Judy não queria que ele falasse. Tudo muito triste, claro, mas o principal era que ela tinha medo da verdade e da vida em si, como sempre tivera. Mesmo agora, quando o pior tinha acontecido — o que pode ser pior do que a perda de um filho? —, ela ainda tinha medo, muito medo, e muitos arrependimentos.

Não podia ser assim. Não para ele. Ele cumpriu com sua obrigação, e, logo que isso terminasse, eles iriam embora. Tinha esperado falar a verdade lá, mas ninguém queria, ela menos do que todos, pois desejava que ele mentisse e dissesse que aquilo tudo era culpa dele, para que assim tivesse alguém para culpar, para que pudesse entender. Ele não esperava que todo seu passado ainda estivesse lá dessa forma, intacto, como uma caixa lacrada por 45 anos, algumas partes gastas, claro (as orelhas da sra. Robinson! A cabeça careca de Vito!), mas tudo estava lá, uma cápsula do tempo, os mesmos cheiros, a mesma luz fraca, a mesma sensação de nó no fundo de sua garganta, a mesma dança em seu joelho, o instinto de escapar tão forte que era um gosto, um gosto amargo. Foi isso que Bootie sentiu também, Murray sabia, de repente conseguia sentir de verdade, a necessidade de fugir dessa segurança odiosa; eles eram a mesma pessoa, de alguma forma. Murray tentou ajudar e falhou, e por um momento sentiu que era ambos, que eles eram uma só alma, que o que estava sendo enterrado era a própria Watertown, aquele estranho e estático reino de impossibilidades. Para que então pudessem se virar novamente para um mundo maior: na face da morte, mais vida, sempre mais.

Pouquíssimos foram ao cemitério, talvez porque essa fosse a etiqueta, talvez porque fosse uma vergonha. Mas eles foram. Em pé lá, depois de mais algumas orações, depois que desceram o caixão em seu buraco frio e úmido, depois que flores e terra foram simbolicamente jogados (mas o que era o simbolismo exatamente?), Murray abraçou sua irmã fortemente, beijou sua bochecha molhada, olhou em seus olhos como se estivesse dizendo sinto muito, não de uma forma culpada, mas como pura compreensão, genuína compreensão da profundidade da dor dela, e então ficou a seu lado para ver Annabel gentilmente sussurrando, tocando o braço impiedoso de Judy, sempre fazendo a coisa certa, sempre, graças a Deus Annabel estava lá (apesar de não haver Deus). E então Marina, no que parecia ser um extraordinário desabafo, dissolveu-se no abraço da tia, um jorro de lágrimas e um "me desculpe", como se ela mesma tivesse enfiado uma adaga em Bootie. Era, para ele, improvável, mas teve a distinta impressão de que Judy, com o cabelo de Marina em seu rosto, com suas próprias lágrimas e seu nariz escorrendo, com suas mãos cobertas de luvas firmes nas costas trêmulas de Marina — ele teve a distinta impressão de que Judy sentiu prazer, de alguma forma fora fortalecida por aquilo.

Enquanto esse pequeno drama se desenrolava, Murray notou que o novo e repulsivo Julius virou as costas e vagou pelos túmulos, com as mãos atrás das costas, inclinando-se para ler as inscrições e então seguindo silenciosamente o passeio. Como um turista: como um turista visitando a morte. A cicatriz no rosto de Julius era assustadora, e seu cabelo parecia ridículo com seus penachos brilhantes; contudo, seu longo casaco azul-marinho era bastante bom, e pelo menos de costas dava a ele um aspecto de autoridade. Ou talvez, então, de um representante: enviado ao funeral *no lugar* de Ludovic. Em seu lugar, obviamente; mas de algo mais também. Eram todos representantes e turistas de outro mundo. Podiam ser reconhecidos simplesmente por seus casacos.

CAPÍTULO SESSENTA E SEIS

Enterrando os mortos (4)

VOCÊ NÃO SABE COMO É ATÉ QUE aconteça com você. Não poderia saber que se encontraria no mesmo apartamento onde morou por um longo tempo com tudo do mesmo jeito, que lhe pareceria um lugar conhecido apenas em pesadelos. Que os Rothkos pareceriam estar sangrando nas paredes, que a luz — tanta luz — iria perfurá-la, que você acharia seus membros pesados demais para levantar, a comida seca como poeira, seca demais para se comer, que você ficaria com tanto frio, frio como se estivesse morto. E não podia ligar para ele, mesmo com ele ainda ligando para você, como se estivesse provocando você, do outro lado de um grande rio — o Estinge, era isso? Ele partiu para o reino dos vivos, deixou você observando tudo queimando e se despedaçando, ainda dava para sentir o cheiro, todas essas semanas depois, em seus lençóis, em seu sofá; e, independentemente de quantas vezes você o lavasse, no seu cabelo também. Então você não conseguia atender ao telefone — não apenas as ligações dele, mas as de mais ninguém —, não conseguia ler — você até tentou por um tempo — e nem trabalhar. Porque o que ninguém sabia ou nunca poderia saber, claro, era que você encontrou sua cara-metade, sua perfeição platônica, e que então o seu ser — ele foi o *ser* dela, apesar de ela não entender como tudo acontecera tão rápida e completamente — foi arrancado, deixando uma grande ferida supurante, um corte que ninguém podia ver e do qual você não podia falar. E o mundo, apesar dos grandes desastres, ou talvez por causa deles, mantinha-se estoicamente rígido, você podia ver os cidadãos alvoroçados pela janela, e, quando saía para a rua (apenas quando você precisava mesmo), eles davam coto-veladas e esbarravam em você, como se não apenas sua ferida, mas você toda fosse invisível, como se fosse melhor que você nem estivesse lá. Se alguém perguntasse, você teria concordado com toda a sinceridade. Era ridículo. E, de alguma forma, depois de dias, mesmo semanas, com tudo doendo tanto o tempo todo e sem ser capaz de suportar — quem poderia suportar uma coisa dessas? —, você se via às três da madrugada, apesar de não saber o dia, sobre o tapetinho branco, agora quase cinza, do banheiro, vestindo uma camiseta rasgada e sua roupa de moletom mais velha, com frio porque seus pés estavam descalços, seus tristes dedinhos tremendo como lagartas de costas — era quase engraçado; tudo era quase engraçado, e esse era o problema: nada mais era realmente engraçado —, e, na pia à sua frente, havia um copo de uísque cheio quase até a borda (uísque *dele*, claro, mas ele não precisava mais, senão voltaria para pedi-lo de volta; e o fato é que você, mesmo no segundo copo, ainda não gostava daquele gosto insignificante).

Ela passou algum tempo — um tempo confuso — admirando seu reflexo, retraída nele, examinando seus poros, os fios desalinhados da sobrancelha, o pêlo solitário não arrancado debaixo do queixo. Ela quis tirá-lo, como se isso fosse importante. Ela segurou a bochecha firme para ver se era, como ele uma vez disse, como porcelana, ainda não murcha ou marcada. Era uma bela bochecha. Uma bela, mas inútil bochecha. Quantas vezes ela se levantou e olhou, desde a infância, pensando em se conhecer melhor ou esperando se encontrar repentinamente muda-da, mais bonita; e que decepção, mesmo agora, encontrar o mesmo rosto, os mesmos pensamentos e valores de sempre, só que agora sem ninguém para dizer ou dar algum valor, um sinal sem referente, uma máscara. Ela tinha à sua frente também, no canto da pia, um pequeno pires, separado de sua xícara (presente de sua avó, uma xícara Spode com peônias desenhadas e há muito tempo trincada), no qual ela estava acumulando pílulas: comprimidos para dormir, analgésicos, seus me-dicamentos de vários anos de vício, com outros mais recentes, pílulas tiradas de frascos de vidro e de cartelas, uma pequena pirâmide de compri-midos formada quase inconscientemente, como uma parte de sua mente preparada para levá-la a outra parte maravilhada, desapegada, quase animada (a mesma parte, talvez, que via seus dedos como lagartas) com a banalidade de tudo isso, todo o absurdo, na idiota que ela se permitiu ser. A parte, a parte desapegada, via as lágrimas caindo de seus olhos injetados (que luz medonha, a desse banheiro — ela teria de trocá-la, para que ficasse menos feia), e zombou, pensou como isso parecia claramente uma paródia de loucura. Isso tudo transformava a situação numa paródia? Alguns, perante seus suicídios, estariam realizados no momento? Em todo caso, qual era a relação disso com o fato de ela não conseguir acalmar essa voz, de não conseguir deixar de observar? E, se ela não conseguia deixar de olhar, conseguiria então realmente se observar fazendo isso, conseguiria realmente colocar uma pílula em sua boca — tente, apenas uma — e engolir? Parecia que sim, apesar de não sem um ritual de desprazer; ainda era o gosto do uísque, como um produto de limpar móveis. Conseguiria fazer isso uma dúzia de vezes? Conseguiria fazer 37 vezes, para todas as pílulas do pires? Não, ela não se imaginava conseguindo. Olhou novamente para seus dedos, tremendo de ódio, engoliu outra pílula — apenas um Tylenol 3, guardado por causa da extração de seu siso há três anos; ela a identificou porque era uma pílula enorme, que arranhava sua garganta conforme descia — junto com um enorme gole de uísque, olhou para seu rosto e pensou como tudo isso era tolo, como se pudessem vê-la, tirariam sarro sem dó, por ser tola o suficiente para entrar nessa situação, por ter entrado nisso, por se comportar assim. Se ela mesma sabia que era uma tola, então não havia desculpa. Bebeu um pouco mais e olhou novamente. Seu olho esquerdo era perto demais de seu nariz. Sempre fora. Ela não podia consertar isso. Era o olho de sua mãe. O olho de Randy Minkoff, com suas incipientes olheiras, olhando para ela através do copo de uísque maltado, destilado apenas uma vez.

Sua mãe. Randy Minkoff. Fácil de sacanear também, mas sempre brilhante e corajosa, alguém que certamente já passara por isso e por mais. Não dava para contar a ela sobre essas coisas, e não dava para garantir que ela teria o bom senso de não perguntar — na verdade, ela iria perguntar, com certeza. Mas poderia ser driblada. E o mais importante: ela viria. Viria, tomaria conta de você e a levaria embora, provavelmente enlouquecendo você, ela sempre provocava isso, mas considerando que você mesma já estava se enlouquecendo, isso poderia não ser algo ruim. Ela podia surpreendê-la. Ela era surpreendente mesmo quando previsível, Randy Minkoff — e ultimamente ela queria vir e pegar você, queria que respirasse ares melhores, disse ela, aparentemente sem saber (mas quem teria dito a ela?) que você mal podia respirar, mal estava viva. Primeiro ela se preocupou com o antraz — que poderia chegar nos jornais, pela manhã, mesmo poucos esporos eram letais —, e logo se preocupou com o ar. Não achava que estavam contando a verdade sobre a segurança — provavelmente não estavam, mas o que se podia fazer, você não estava no centro do problema, então não era tão ruim assim —, e ela queria salvá-la. Mesmo que nunca tenha acreditado que você pudesse estar perto dessas torres, não conseguiram se falar por dois dias depois do acontecido, assim ela vivenciou a situação toda, dramática como era, como se você tivesse desaparecido e então ressuscitado, milagrosamente, das cinzas. A mãe acabou dizendo muitas coisas sobre como isso ensinava a uma pessoa o que era o amor — fale isso à mãe de Frederick Tubb, pobre criatura inconsolável —, e ela realmente queria ajudar.

Então. Então Danielle tomou outro gole do uísque Lagavulin para ter mais um gostinho da dose e levou a garrafa para fora do banheiro com o intuito de se sentir segura, sentando-se no canto de sua cama e olhando para aquele horizonte abandonado, mas já conhecido — qual era a forma dele antes? A forma de qualquer coisa? Mas isso era melodrama: seu rosto cansado e seus olhos muito próximos não haviam mudado em nada. Então Danielle Minkoff ligou para sua mãe.

— Mãe — disse ela, numa voz baixa que parecia brincar e ponderar ao mesmo tempo, assim como aqueles minutos no banheiro. — Mãe — disse ela. — Eu sei que está tarde, mas preciso que você venha.

Randy Minkoff, por sua vez, não perguntou nada, apenas disse:

— Eu sabia, filhinha. Sabia que as coisas não estavam bem. — Danielle havia se sentido tocada por sua mãe falando "filhinha". Parecia um tanto quanto brega; como sua mãe podia ser tão brega? Julius teria adorado. Então ela disse: — Já estou chegando, minha menina. Já estou chegando.

Dez minutos depois ela ligou para dizer que havia um vôo às sete horas. Por precaução, Danielle enfiou seus dedos na goela, o que era nojento, e o uísque queimou no caminho de subida; a pílula cavalar voltou quase intacta, mas o outro comprimido, onde quer que estivesse,

OS FILHOS DO IMPERADOR

o pequeno, não voltou; e então ela se sentiu muito cansada e teve de dormir — era um dia tão sombrio, vazio, amanhecendo. Quando ela acordou, era sua mãe ligando do táxi por meio do seu novo celular para dizer que chegaria em vinte minutos. Esse era o tempo suficiente para jogar fora as pílulas e limpar o copo, mesmo com ela se sentindo péssima demais — como se a morte estivesse esquentando, eles diziam em Columbus — para colocar uma roupa e até para lavar aquele rosto entediado sem olhar para ele.

Três dias depois, elas estavam em South Beach. Graças a uma amiga, Randy pediu um favor e conseguiu uma reserva num hotel, um cancelamento pós-11 de Setembro, tudo muito pretensioso — uma tigela de laranjas e um espremedor na cozinha quando chegaram, além de uma musselina transparente presa no teto do quarto, numa alusão tropical —, e o apartamento ficava sobre um restaurante que tocava Bob Marley desde as oito da manhã. A experiência toda era cegante, turquesa e surreal, e era como se Danielle fosse recém-nascida, nua, tudo até agora apagado. Elas se deitavam na areia branca lambuzadas de bronzeador e em toalhas felpudas do hotel, observando os pequenos e lotados navios de cruzeiro passarem no horizonte, os turistas sem medo (menos, talvez, do que nos outros anos, mas uma quantidade nada desprezível) divertindo-se em volta delas, tantas costas e tornozelos tatuados, corpos agitados; então Randy, embaixo da larga aba de seu chapéu, perguntou:

— Você vai voltar?

— Voltar?

— Você não precisa — disse ela. — Não sei como você pode continuar morando lá.

— E isso porque...

— Porque não é seguro, e você sabe disso. Este é apenas o começo.

— Começo?

— Só o começo. Para Nova York, especialmente. Todos esses policiais, os soldados que enviaram, ainda não conseguiram deter alguém realmente determinado. Estão falando de uma tal de bomba suja, uma bomba radioativa, é disso que as pessoas estão falando.

— Que pessoas?

— Ah, pare com isso, Danny. Não é uma piada. Olhe, isso já quase acabou com você. Você pode... poderia vir pra cá, poderia morar comigo por uns tempos.

— Aqui? — Danielle apontou para a areia e para a água.

— Não na praia. Claro que não. Por favor. Você poderia vir comigo. Ficar comigo.

— Eu não posso morar com você, mãe. — Danielle franziu os olhos para sua mãe. — Não me olhe assim. Sei que iria cuidar de mim. Mas já tenho trinta anos.

— E daí?

— Daí que eu tenho um trabalho.

— Você pode ter trabalho em qualquer outro lugar. Pode ter um trabalho diferente.

— Eu gosto do meu trabalho. — Falando assim, ela até acreditou em suas palavras.

— Tudo bem, então por que não ir pra Austrália fazer aquele programa agora? É um bom momento pra ir à Austrália. Eu poderia ir com você, para me certificar de que está bem.

— Eles não querem fazer aquele programa. Nicky acabou com ele há meses.

Randy fez um clique exasperado com a garganta.

— Você me fez querer um cigarro — disse ela. — Depois de tantos anos.

— Então fume.

— Você não entendeu?

— Entendi o quê?

— Você me ligou. Porque precisava de mim.

Danielle viu duas garotas — adolescentes, provavelmente — rebolando em suas sandálias de salto, escorregando na areia, mas retmando a postura sem se abalar. Usavam biquínis cavados e *piercings* em seus umbigos, e uma delas tinha grudado cílios falsos em seus olhos azuis de boneca. Ambas estavam maquiadas — base, delineador, lábios carnudos e molhados. A garota com os cílios falsos tinha uma tatuagem de uma pequena embarcação navegando em sua bunda com celulite. Ela estava rindo e escorregando enquanto passava por Danielle, uma risada áspera e exasperante.

OS FILHOS DO IMPERADOR

— Está me escutando?

— Desculpe.

— Só estou dizendo o que penso. Ainda sou sua mãe.

— É claro que eu vou voltar.

Isso também era verdade. Ela tinha um filme sobre lipoaspiração para fazer. Parecia, em alguns ângulos, banal, mas não era, na verdade. Quando estivesse pronto, as pessoas estariam cansadas de grandes tragédias, e estariam prontas para assistir a isso novamente. Na maioria das vezes, as tragédias das pessoas eram pequenas. Ela faria a coisa certa.

Randy levantou-se e limpou a areia.

— Vou entrar — disse ela. — Não sei pra que tudo isso, se você não me escuta.

— Estou grata, mãe. De verdade.

Randy se abaixou e beijou o alto da cabeça de Danielle; o boné do News Café levantou-se. Danielle se perguntou do que sua mãe suspeitava — não de quem, mas de que havia algo, alguém, uma dor particular —, porque Randy não questionou nada sobre isso. E aí, ela provavelmente achou que era por Marina ter se casado com Ludovic Seeley. Ou por Frederick Tubb. Bootie.

Danielle observou sua mãe descer a praia, enfrentar a água. Pequena e robusta, ela ficava no raso, os cotovelos dobrados, as mãos esticadas à frente, como se para impedir o choque com as ondas dóceis. As alças ficavam encravadas em seus ombros sardentos; seus seios, bem firmes, não se mexiam; sua barriga, rebeldemente estufada por baixo do maiô. Ela ficou com o chapéu e com os óculos. Danielle sabia que ela não iria muito longe antes de voltar com suas pernas pingando, seu jeito deliberadamente revigorado. Randy acenou; Danielle retribuiu o aceno, uma pequena saudação, então se deitou novamente e fechou os olhos. Ela queria tanto contar a alguém sobre isso, sobre ele, sobre tudo o que levou àquele dia e o dia em si. Ela queria contar à mãe, fazer com que sua mãe cuidasse dela, a envolvesse em seus braços, desse um beijo para sarar, da forma como na infância o beijo realmente funcionava. Como Randy podia ser sua mãe e não saber disso, de sua mudança mais grave, da cratera escancarada nela própria? Ela imaginou, por alguns minutos, as palavras que usaria, a conversa que elas poderiam ter; mas não podia, mesmo mentalmente, proceder da forma como queria. Então ela soube que nunca diria em voz alta. Não era uma conversa para sua vida real. Talvez nada daquilo — ficar deitada lá, seminua, na areia quente, parecia apenas possível — fosse real de fato. Lá ela estava, apagada e renascida com sua corajosa mãe, ainda que cegamente cuidando dela, com a chance de um novo começo, um novo esquecimento, e isso era tudo o que ela tinha agora. A luz do sol era de um rosa-escuro quando passavam por suas pestanas, e ela seguia as pequenas criaturas transparentes — o que eram elas? — enquanto nadavam pelo seu campo de visão. Ela costumava fazer isso enquanto criança, deitar-se ao sol na piscina, no *country club* em Columbus, sentindo a água evaporar em sua pele e observando a peça no interior de suas pestanas. Era relaxante. Fazia com que tudo o mais parecesse distante. Ela pensou que talvez Randy estivesse certa; ela achou que talvez não devesse voltar. Mas sabia que retornaria, porque não queria ir para lugar algum, ou não tinha lugar algum para ir. Ela sabia que sua vida — seu futuro — era lá.

Mais tarde, perto do pôr-do-sol, Danielle e Randy foram dar uma volta. Usavam saias leves, de cores fortes, e sandálias, como se estivessem celebrando algo. Elas se viraram para dentro, longe da parada na frente da praia, os músculos, as barrigas e a pele dourada, dourada. O restaurante embaixo do apartamento delas tocava Frank Sinatra quando saíram, e um garçom solitário na varanda acenou para elas quando passaram de braços cruzados. Ele não parecia esperar muitos clientes: o restaurante era barulhento, mas não muito freqüentado.

Atrás da praia, a vizinhança parecia rapidamente irregular, como uma cidade da época dos pioneiros, na qual as calçadas dão na pradaria. O quarteirão da avenida principal era cheio, cada loja acesa e aberta na rua, butiques de roupas chiques, cafés e lojas de bugigangas. A segunda avenida era salpicada por pequenos hotéis recém-redecorados e restaurantes mais tranqüilos, mas seguindo à direita elas podiam ver a luz fluorescente saindo de um mercado pobre e lojas de peixe frito no meio de uma fileira de fachadas de estabelecimentos comerciais abandonados. O quarteirão à frente, até onde elas foram, era residencial, assustadoramente silencioso

OS FILHOS DO IMPERADOR

sob a luz fraca. Nenhuma das casas parecia ter pessoas dentro, e apenas uma leve voltagem ocasional queimava por trás das cortinas, o tipo de luzinha que se acende para afastar os ladrões.

— Vamos voltar? — sugeriu Randy. — Podíamos beber alguma coisa em um daqueles lugares.

— Sim, por que não?

Os itens do jantar delas — salada e salada de frutas, para a dieta rigorosa de Randy — foram deixados no balcão da cozinha perto do espremedor de laranjas. Elas iriam jantar com Sinatra, brincava Randy.

Antes, porém, Randy escolheu o lugar para o coquetel, o restaurante no jardim de um dos pequenos hotéis, repleto de folhagens de palmeiras, bem iluminado. Uma brisa balsâmica passava pela folhagem, fazendo a vela em sua mesa trançada tremer.

— É bom aqui, querida, não é? — disse Randy. — Parece especial.

— Claro. Foi um bom negócio. Obrigado, mãe.

— Estou feliz de termos esse tempo. Minha filhinha. — Ela bebericou o seu colorido drinque com frutas. — Não temos isso há anos.

— Não.

— Seu pai ficaria com ciúmes. Vai ficar.

— Não tripudie.

— Não estou tripudiando. Mas não posso esconder que estou grata. — Ela parou. — Você pode voltar para Columbus a qualquer momento, se preferir. Eu entenderia.

— Vou voltar para casa, mãe. Assim que estiver pronta. Não vamos mais falar nisso.

Elas ficaram quietas. Danielle sentiu que era um silêncio amigável. Um pequeno lagarto passou pelas pedras da calçada, e um homem, várias mesas à frente, riu alto.

Danielle virou-se para olhar para ele. Era gordo, com vários cachinhos. Sua barriga parecia que iria escapar de sua camisa xadrez, uma peça de mangas curtas da qual seus braços rechonchudos saíam como meias cheias de areia. Ele tinha um lábio superior bem pronunciado e um rosto bem vermelho, apesar de ser difícil dizer se era do sol, da bebida ou da emoção. Talvez ele fosse alemão, pensou ela. Corresponderia ao seu perfil de germânico.

Algo atrás dele chamou a atenção dela. Um gesto. Uma forma peculiar de empurrar os óculos para o nariz. Um peculiar dobrar de braços. Ele estava de pé no escuro perto da porta, no saguão, vestindo um uniforme preto e levemente zen, com gola chinesa. Sem cachos, sua cabeça quase rapada; e mais magro; mas tinha de ser.

Ela olhou de volta para sua mãe, que estava sorrindo levemente para si mesma, dando outro gole.

— Mãe — disse ela. — Eu já volto, ok?

No entanto, ele tinha ido embora quando ela chegou às escadas. Ela entrou e passou pelo grande e meio borbulhante aquário com cor de anti-séptico bucal e exóticos peixes roxos, até o balcão da portaria. Outro homem de uniforme estava ocioso e silencioso na recepção. Ele era mais velho, latino, bonito.

— Me desculpe — perguntou ela. — Acho que acabei de ver um amigo meu. Talvez ele trabalhe aqui. Frederick? Frederick Tubb?

O homem interrompeu seu momento de ócio e olhou para ela, cansado.

— Acabei de vê-lo. De uniforme. Jovem, com óculos? Frederick?

— Não sei, senhorita. Frederick? Acho que não trabalhamos com nenhum Frederick.

— Bootie, talvez? Às vezes as pessoas o chamam de Bootie.

O homem zombou suavemente.

— Não, senhorita. Não neste hotel.

Danielle pousou suas mãos no balcão, na altura do peito. A pedra negra estava fria.

— Então talvez ele use um nome diferente — disse ela. — Mas acabei de vê-lo.

O homem estava sacudindo a cabeça quando Bootie Tubb — tinha de ser ele — atravessou o saguão trazendo uma jarra de metal suando, cheia de água. Estava de cabeça baixa e tinha ambas as mãos encostando na jarra, como se isso demandasse toda a sua concentração para não derramar.

— Bootie.

Ele não quebrou o passo. Talvez tenha vacilado um pouco, era difícil dizer.

OS FILHOS DO IMPERADOR

— Bootie Tubb?

Era possível que ele tivesse propositadamente andado mais rápido.

Ela o seguiu até o lado de fora e esperou no último degrau até ele ter terminado de servir água na mesa do homem gordo. Ela queria ver os olhos dele. Quando ele se aproximou, disse novamente, com um tom um pouco mais alto que o de um suspiro:

— Bootie Tubb. O que está fazendo aqui?

— É Ulrich — disse ele, ainda segurando a jarra. Ele não olhou para ela.

— Todo mundo está achando que você morreu.

Ele não disse nada.

— Coitada da sua mãe. É desolador. Acho que Marina está no seu memorial praticamente neste instante.

Então, ele se mexeu. Quase olhou para ela. Mas não.

— Ela está bem?

— "Bem" é um termo relativo. Que diabos você está fazendo?

Finalmente ele se virou. Seus olhos, por trás de seus óculos grossos, eram imensos e um pouco lacrimejantes.

— Só me deixe em paz, por favor.

— Mas sua família, todo mundo, como você pôde?

— Como eu pude o quê?

— Deixar que pensassem que estava morto.

Ele olhou para dentro da jarra, como se algo vital flutuasse lá dentro.

— Eu apenas... — Ele fungou. — Estou sobrevivendo. Estou fazendo o que preciso para sobreviver. Você não entenderia.

— Tente se explicar.

— Não. Frederick não existe; e para mim, para Ulrich, você não existe. Não tenho de explicar nada.

— Na verdade, acho que você tem.

Ele estava bravo agora, ela percebia. Ele quase cuspiu nela.

— Eu precisava ir. Senão morreria. Eu precisava, não fiz nada de errado. Se eu tivesse me matado, teria morrido de verdade, estaria morto de verdade. Talvez isso fosse melhor. Daí você estaria satisfeita?

— Não — disse ela. Ela queria dizer que entendia isso, pelo menos, mas ele não olhava para ela. Ela se esticou e tocou seu braço, mas ele se esquivou, retraiu-se, e a água agitou-se na jarra, fazendo com que os cubos de gelo batessem.

— Eu não sou a mesma pessoa — disse ele. — Meu nome é Ulrich. — Ele se endireitou, falou mais firme. — Me desculpe pela confusão. Me desculpe por seu amigo.

— Eu também — disse ela. Ela sentiu isso como outra ferida, outro machucado invisível. Quantos seriam necessários para liquidar os problemas? Qual seria o golpe fatal? *Sauve qui peut*, salve-se quem puder, pensou ela. — Você acha que eu não sei? — disse. — Como é? Murray, eu o amava também. Tanto quanto você. Talvez mais.

— Eu sei. — Ele deu de ombros, levemente. — Mas ele não é quem você pensava que ele era, não é isso?

— Não sei mesmo. Não tenho certeza de que sei quem acho que *eu* sou.

Bootie — Ulrich — olhou para ela por um minuto. Ele se segurava na jarra de água. Seu rosto não tinha nenhuma expressão discernível.

— Acontece com todo mundo — disse ele. — Marina diria que só precisamos mudar de roupa. — Ele apontou para seu próprio uniforme zen.

— Talvez seja por aí.

— Estou indo agora — disse ele. — Tenho de trabalhar. — Ele parou. — Prazer em conhecê-la — falou, como se nunca tivessem se encontrado antes, como se falasse sério. — E boa sorte.

— O que foi isso? — perguntou Randy, de volta à mesa, bem colocada com seu belo drinque, seu braço arrepiado da brisa fria.

— Só alguém que achei que eu conhecia. — Danielle balançou a cabeça.

— É engraçado, esse lugar. Eu podia jurar que aquela modelo, a Lauren Hutton, passou aqui enquanto você não estava. Bem na calçada. É quem eu quero dizer, não é, aquela com um espaço grande entre os dentes? Provavelmente não muito mais nova do que eu.

— Sim. — Danielle observou Bootie com o canto do olho, enquanto ele se movia entre as mesas.

Agora havia mais clientes pedindo comida, e o lugar estava mais barulhento, uma tagarelagem entre o verde. Bootie — Frederick —, Ulrich não levantou os olhos para ela nem uma vez. Ainda meio estranho, fisicamente, e um pouco gorducho, ele tinha, contudo, mudado muito, estava quase bonito em sua jaqueta de gola chinesa, com seu cabelo cortado bem rente. Ela pensou que alguém talvez fosse amá-lo, algum dia. O que também acabaria acontecendo a ela, por sinal. Então pensou na mãe dele e em sua terrível, indescritível dor; ela se esticou e pegou a mão de sua mãe.

Era uma mão pequena, muito parecida com a sua própria, porém mais ossuda, com mais veias, mais seca. As pedras falsas dos grandes anéis da mãe afundaram na palma da mão de Danielle enquanto ela apertava a mão de Randy. A sensação era de dor, mas Danielle não se importava.

CAPÍTULO SESSENTA E SETE

Pegue-os de surpresa

DEPOIS DE DEIXÁ-LA, ELE FICOU com duas frases na cabeça durante toda aquela noite: no trabalho, em seu quarto, na rua. Elas sempre andavam em sua cabeça agora, mas nessa noite insistiam mais, porque ele desejou dizê-las em voz alta para ela, que poderia até tê-lo compreendido. Talvez entendesse independentemente de tudo, apesar de as probabilidades indicarem que não. Ela, entre todas as pessoas. A mais parecida com ele. Qual a importância disso? Ela diria algo? Não estava tudo terminado: ele iria apenas seguir em frente agora. Se ela dissesse algo, quem acreditaria? O que ele havia feito de errado?

Quando voltou para seu quarto, começou a empacotar seus poucos pertences na mochila de náilon azul-marinho que ele comprara por via das dúvidas. Pensou em tomar um banho, uma última vez na banheira de plástico da qual acabou gostando; mas não havia tempo. Ele deixou o Musil, volume um, na cabeceira, para mais alguém descobri-lo, e silenciosamente deu adeus para seu rosto desnorteado, embaçado. Passou as mãos levemente, como um curandeiro, sobre a televisão, a penteadeira e a roupa de cama estampada, de tecido sintético. Por último, o peitoril da janela; já havia passado da meia-noite, e o estacionamento estava pacato, a paisagem, com seu solitário poste de luz, tão estática quanto uma pintura. Lá fora, no piso, ele respirou profundamente, ciente de sua sombra escura arqueada, nascida da luz artificial atrás dele. Ele se lembraria do cheiro do ar daquele lugar, da forma como a brisa brincava brutalmente com sua pele. Levaria essa mensagem consigo, junto com todas as outras.

Dessa vez ele estava pronto. Ele estava se transformando nessa pessoa impulsiva; e em algo mais, também: um homem, algum dia, com qualidades. Ulrich New. Grandes gênios têm as menores biografias, disse ele a si mesmo; e pegam todos de surpresa. Sim. Seria seu destino.

EDITOR RESPONSÁVEL
Izabel Aleixo

PRODUÇÃO EDITORIAL
Daniele Cajueiro
Ana Carolina Ribeiro
Phellipe Marcel

REVISÃO DE TRADUÇÃO
Phellipe Marcel

REVISÃO
Eduardo Carneiro
Hugo Langone

DIAGRAMAÇÃO
Filigrana

Este livro foi impresso em São Paulo, em março de 2008,
pela Lis Gráfica e Editora, para a Editora Nova Fronteira.
A fonte usada no miolo é Sabon, corpo 11,5/15 .
O papel do miolo é pólen soft 70g/m², e o da capa é cartão 250g/m².

Visite nosso site: www.novafronteira.com.br